MEISTERWERKE DER WELTLITERATUR

Charles Dickens

Oliver Twist

MEISTERWERKE DER WELTLITERATUR

Ins Deutsche übertragen von Carl Kolb,
durchgesehen von Anton Ritthaler
Mit einem Nachwort zu Leben und Werk des Autors
Illustrationen von George Cruikshank

Reader's Digest

Ein dunkles Geheimnis liegt über der Herkunft des Waisenjungen Oliver Twist. Er wächst im Armenhaus auf, wird bei einem Leichenbestatter in die Lehre gegeben und flieht vor der brutalen Behandlung, die ihm dort widerfährt, nach London. Hier fällt er einer Bande von jugendlichen Taschendieben in die Hände. Warum aber hat ihr Anführer, der gerissene alte Hehler Fagin, ein so großes Interesse an ihm? Und welche Rolle spielt der finstere Mr Monks? Die Antwort auf diese Fragen findet Oliver am Ende eines Irrweges, bei dem sich freundliche Menschen wie der gütige Mr Brownlow und die hübsche Miss Maylie hilfreich seiner annehmen.

Erstes Kapitel

Handelt von dem Ort, wo Oliver Twist geboren wurde, und von den Umständen, die seine Geburt begleiteten

Unter den öffentlichen Gebäuden einer Stadt, die ich aus mancherlei Gründen lieber nicht nennen und noch weniger mit einem erfundenen Namen bezeichnen will, ist auch eins, wie es ehedem die meisten Städte, große und kleine, besaßen: ein Armen- und Waisenhaus. In diesem Haus wurde an einem Tag und Datum, die ich nicht zu erwähnen brauche, da sie für den Leser keinesfalls Bedeutung erlangen können, jener Sterbliche geboren, dessen Name diesem Kapitel voransteht.

Noch lange nachdem er durch den Wundarzt des Kirchspiels in diese Welt der Sorgen und Mühen eingeführt war, blieb es recht zweifelhaft, ob das Kind lang genug leben werde, um überhaupt einen Namen zu erhalten. In diesem Fall wäre höchstwahrscheinlich die vorliegende Lebensbeschreibung gar nicht erschienen, oder sie hätte, auf wenige Seiten zusammengedrängt, das unschätzbare Vergnügen gehabt, die knappste und getreueste Biografie in der Literatur aller Zeiten und Länder zu sein.

Ich will nicht sagen, dass der Umstand, in einem Armenhaus geboren zu werden, zu den glücklichsten und beneidenswertesten gehört, die einem menschlichen Wesen zustoßen können; aber ich wage zu behaupten, dass es in diesem besonderen Fall das Beste war, was Oliver Twist begegnen konnte. Es kostete beträchtliche Mühe, Oliver zu veranlassen, die Arbeit des Atmens auf sich zu nehmen – ein beschwerliches Geschäft, das jedoch die Gewohnheit für unser Wohlbefinden unentbehrlich gemacht hat –, und er lag geraume Zeit schnappend auf einer kleinen Wollmatratze, schwankend zwischen dem Diesseits und dem Jenseits; aber die Waagschale neigte sich entschieden dem zweiten zu. Wäre Oliver in dieser kurzen Zeitspanne von sorgfältigen Großmüttern, ängstlichen Tanten, erprobten Wärterinnen und hochweisen Ärzten umgeben gewesen, so wäre er unvermeidlich in kürzester Frist dem Tod verfallen. Da aber niemand bei ihm war als eine zerlumpte Armenhäuslerin, die von einer ungewohnten Bierration ziemlich benebelt war, und ein Armenarzt, der solche Geschäfte kontraktmäßig abtat, fochten Oliver und die Natur die Sache unter sich allein aus. Das Ergebnis war, dass Oliver nach einigen Anstrengungen atmete und nieste und dann daranging, den Bewohnern des Armenhauses die Ankunft einer neuen Bürde für das Kirchspiel durch ein so lautes Schreien anzukündigen, wie es sich vernünftigerweise von einem männlichen Kind erwarten ließ, das die ungemein nützliche Beigabe einer Stimme erst seit drei viertel Minuten besaß.

Als Oliver diese erste Probe der freien und richtigen Tätigkeit seiner Lungen ablegte, raschelte die aus tausend Flicken zusammengestückelte Decke, die nachlässig über die eiserne Bettstelle gebreitet war; das bleiche Gesicht eines jungen Weibes erhob sich mühsam aus den Kissen, und eine schwache Stimme formte undeutlich die Worte: „Lasst mich das Kind sehen und sterben."

Der Arzt saß dem Feuer zugekehrt. Er hielt seine Hände darüber oder suchte sie durch Reiben zu erwärmen. Als das junge Weib sprach, stand er auf, trat an das Kopfende des Bettes und sagte mit mehr Freundlichkeit, als man von ihm erwartet hätte: „Oh! Sie müssen noch nicht vom Sterben reden."

„Du lieber Himmel, nein!", fiel die Wärterin ein, indem sie hastig eine grüne Flasche in ihre Tasche versenkte, deren Inhalt sie mit sichtlichem Behagen in einem Winkel des Zimmers gekostet hatte. „Gott steh ihr bei! Wenn sie einmal so alt ist wie ich und dreizehn Kinder zur Welt gebracht hat und alle sind tot bis auf zwei, die mit mir im Arbeitshaus leben, dann wird sie's besser zu nehmen wissen. Denk doch, was es heißt, Mutter zu sein; du Schäfchen, du!"

Diese tröstliche Aussicht auf künftige Mutterfreuden verfehlte offenkundig die beabsichtigte Wirkung. Die Kranke schüttelte den Kopf und streckte die Hand nach dem Kind aus. Der Arzt legte es ihr in die Arme. Sie drückte ihre kalten weißen Lippen inbrünstig auf seine Stirn, fuhr sich mit den Händen über das Gesicht, blickte wirr um sich, schauderte, sank zurück – und starb. Sie rieben ihr Brust, Hände und Schläfen, aber das Blut war für immer erstarrt.

Sie sprachen noch von Hoffnung und Trost, aber die waren ihr schon allzu lang fremd.

„Alles vorüber, Mrs Thingummy", sagte endlich der Arzt.

„Ach, die Ärmste, wahrhaftig!", versetzte die Wärterin, indem sie den Stöpsel der grünen Flasche aufhob, der aufs Kissen gefallen war, als sie sich gebückt hatte, um das Kind wegzunehmen. „Das arme Ding!"

„Ihr braucht nicht nach mir zu schicken, wenn das Kind schreit", fuhr der Arzt fort und zog bedächtig seine Handschuhe an. „Wahrscheinlich wird es unruhig sein. Gebt ihm dann ein wenig Haferschleim." Er setzte seinen Hut auf, blieb auf dem Weg zur Tür noch bei der Bettstelle stehen und fügte hinzu: „War ein hübsches Mädchen! Woher kam sie?"

„Sie wurde gestern Abend auf Befehl des Aufsehers hereingebracht", antwortete die alte Frau. „Man fand sie auf der Straße liegen. Sie muss weit gelaufen sein, denn ihre Schuhe waren ganz zerrissen; aber woher sie kam oder wohin sie wollte, weiß niemand."

Der Arzt beugte sich über die Tote und hob ihre linke Hand empor. „Die alte Geschichte", sagte er kopfschüttelnd, „kein Trauring, wie ich sehe. Hm! – Gute Nacht."

Der Doktor ging zum Essen, und die Wärterin setzte sich, nachdem sie noch einmal ihrer grünen Flasche zugesprochen hatte, auf einen Schemel vor dem Feuer und begann das Kind anzuziehen.

Welch treffliches Beispiel für die Macht der Kleider war doch der kleine Oliver Twist! In der Decke, die bisher seine einzige Hülle gewesen war, hätte er ebenso das Kind eines Edelmannes wie das eines Bettlers sein können; es wäre selbst dem stolzesten Fremden schwer geworden, seinen Rang in der Gesellschaft anzugeben. Aber jetzt, in dem alten Kattunkleidchen, das im stets gleichen Dienst gelb geworden war, war er gezeichnet und gestempelt; jetzt nahm er seine Stellung ein: ein Gemeindekind – eine Waise des Armenhauses –, ein demütiges, halb verhungertes Lasttier, bestimmt, durch die Welt gepufft und geknufft zu werden, von allen verachtet, bedauert von keinem.

Oliver schrie aus vollem Herzen. Hätte er wissen können, dass er eine Waise war, der zärtlichen Sorgfalt von Kirchenvorstehern und Aufsehern überlassen, vielleicht hätte er noch lauter geschrien.

Zweites Kapitel

Berichtet, wie Oliver heranwuchs, erzogen und ernährt wurde

In den nächsten acht oder zehn Monaten war Oliver das Opfer eines wohlgeplanten Verrats und Betrugs. Er wurde mit der Flasche großgezogen. Die Armenhausvorsteher meldeten die Brot- und Hilflosigkeit des Waisenkindes pflichtschuldigst den Gemeindevorstehern. Die Gemeindevorsteher fragten würdevoll bei den Armenhausvorstehern an, ob sich derzeit in dem „Haus“ keine Weibsperson befinde, die in der Lage sei, Oliver Twist die Nahrung zu reichen, deren er bedurfte. Die Armenhausbehörde antwortete untertänig, dies sei nicht der Fall, worauf die Gemeindevorstände den großmütigen und menschenfreundlichen Entschluss fassten, Oliver solle „ausgegeben“ werden, mit anderen Worten: Er sei in einem drei Meilen entfernten Filialarbeitshaus unterzubringen, wo zwanzig bis dreißig andere jugendliche Übertreter des Armengesetzes tagsüber auf dem Fußboden herumtollten, ohne von Kleidung und Nahrung allzu sehr belästigt zu werden, unter der mütterlichen Aufsicht einer ältlichen Frau, die solche Verbrecher gegen eine Entschädigung von wöchentlich siebeneinhalb Pence für den Kopf aufnahm. Für siebeneinhalb Pence wöchentlich lässt sich ein Kind recht gut ernähren; siebeneinhalb Pence reichen sogar aus, seinen Magen zu überladen und es krank zu machen. Die ältliche Person war eine kluge, erfahrene Frau; sie wusste, was für Kinder – und noch viel genauer, was für sie selbst gut war. Sie führte den größeren Teil des wöchentlichen Kostgeldes ihrem eigenen Gebrauch zu und setzte die heranwachsende Waisengeneration auf noch kleinere Anteile als von Haus aus bewilligt ward. Auf diese Weise fand sie in der tiefsten Tiefe eine noch tiefere und erwies sich somit als hervorragende Experimentalphilosophin.

Alle Welt kennt die Geschichte eines anderen solchen Forschers, der eine umfassende Theorie aufstellte, wie ein Pferd ohne Nahrung leben könne, und sie glänzend bewies, indem er sein eigenes Pferd auf einen Strohhalm täglich herabsetzte. Er hätte sicherlich ein feuriges, draufgängerisches Tier aus ihm gemacht, das jeder Nahrung entbehren konnte, wenn es nicht genau vierundzwanzig Stunden vor seiner ersten behaglichen Luftmahlzeit gestorben wäre. Zum Unglück für die philosophischen Studien der Frau, deren sorgenden Händen Oliver Twist anvertraut war, erzielte ihr Verfahren gewöhnlich einen ähnlichen Erfolg; denn gerade wenn ein Kind so weit gekommen war, von der denkbar kleinsten Menge der denkbar kraftlosesten Nahrung zu leben, geschah es in acht oder neun von zehn Fällen, dass es aus Mangel an Kleidung erkrankte oder aus Nachlässigkeit ins Feuer fiel oder einen Erstickungsanfall erlitt; in jedem dieser Fälle wurde das bedauernswerte Wesen gewöhnlich in eine andere Welt abberufen und zu den Vätern versammelt, die es in dieser nicht gekannt hatte.

Wenn hin und wieder etwas dringlicher als gewöhnlich nach einem Gemeindekind nachgefragt wurde, das man beim Aufschlagen einer Bettstelle übersehen oder beim Waschen aus Unachtsamkeit verbrüht hatte, was freilich nicht oft vorkam, da so etwas wie Waschen in dem Kosthaus ein rarer Fall war, so setzten es sich die Geschworenen zwar in den Kopf, peinliche Fragen zu stellen, oder die Gemeindeangehörigen unterzeichneten aufsässige Beschwerden; aber solche Unverschämtheiten wurden schnell durch die Bescheinigung des Arztes und die Aussage des Büttels niedergeschlagen. Jener wollte immer den Leichnam geöffnet und in seinem Innern nichts gefunden haben, was höchstwahrscheinlich zutraf, dieser pflegte aufopferungsvoll das zu beschwören, was der Gemeinde frommte. Außerdem machten die Vorsteher regelmäßige Ausflüge nach dem Kosthaus, wobei sie stets tags zuvor ihre Ankunft durch den Büttel anmelden ließen. Wenn sie dann selbst erschienen, sahen die Kinder ordentlich und reinlich aus – und was konnte man mehr verlangen?

Es lässt sich kaum denken, dass diese Art von Aufzucht und Hege eine besonders reiche Ernte abwarf. Oliver Twist war an seinem neunten Geburtstag ein blasses, schmächtiges Kind, zurückgeblieben im Wuchs und kümmerlich im Umfang. Aber Natur oder Vererbung hatten Oliver ein starkes Herz in die Brust gesetzt. Dank der kargen Kost der Anstalt hatte es Raum genug, sich zu entfalten, und diesem Umstand kann man es vielleicht zuschreiben, dass er überhaupt seinen neunten Geburtstag erlebte. Doch sei dem, wie ihm wolle – es war nun einmal sein neunter Geburtstag, und er feierte ihn in der erlesenen Gesellschaft zweier anderer junger Herren im Kohlenkeller, in dem sie nach einer gesunden Tracht Prügel eingesperrt worden waren, weil sie sich trotzig unterfangen hatten, hungrig zu sein. Währenddessen wurde Mrs Mann, die würdige Frau des Hauses, unerwartet durch das Erscheinen Mr Bumbles, des Büttels, erschreckt, der sich bemühte, das Pförtchen im Gartentor zu öffnen.

„Ei du meine Güte! Sind Sie's, Mr Bumble?", fragte Mrs Mann, indem sie in gut gespielter freudiger Erregung den Kopf durchs Fenster streckte. – („Susanne, hole geschwind Oliver und die zwei andern Bälger aus dem Keller und wasche sie.") – „Ach, wie reizend, Mr Bumble! Ich bin entzückt, Sie zu sehen – wahrhaftig!"

Mr Bumble war ein dicker, leicht aufbrausender Mann; statt diese herzliche Begrüßung ebenso zu erwidern, rüttelte er beängstigend an dem Pförtchen und gab ihm dann einen Stoß, wie ihn nur der Fuß eines Büttels zu geben vermag.

„Du lieber Himmel!", rief Mrs Mann hinauseilend – denn die drei Jungen waren inzwischen herbeigeschafft worden –, „wie konnte ich nur vergessen, dass das Tor verriegelt ist, der lieben Kinder wegen! Nur herein, Sir, bitte, kommen Sie, Mr Bumble, bitte, Sir!"

Obgleich diese Einladung mit einer Höflichkeit vorgebracht wurde, die das Herz eines Kirchenältesten hätte erweichen können, besänftigte sie doch in keiner Weise den Büttel.

„Halten Sie das für ein geziemend respektvolles Betragen, Mrs Mann", fragte Mr Bumble, seinen Rohrstock fester fassend, „Gemeindebeamte am Gartengitter warten zu lassen, wenn sie in Gemeindeangelegenheiten hierherkommen, die auf Gemeindewaisen Bezug haben? Wissen Sie auch, Mrs Mann, dass Sie sozusagen eine Gemeindebeauftragte und -angestellte sind?"

„Freilich – freilich –, Mr Bumble! Ich habe ja auch nur einigen der lieben Kinder, die so an Ihnen hängen, gesagt, dass Sie kämen", versetzte Mrs Mann unterwürfig.

Mr Bumble hatte eine hohe Meinung von seiner Beredsamkeit und seiner Wichtigkeit. Er hatte die eine gezeigt, die andere betont; er wurde umgänglich.

„Gut, gut, Mrs Mann", erwiderte er in sanfterem Ton, „ich will glauben, was Sie sagen. Gehen Sie voran, Mrs Mann, denn ich komme in Geschäften und habe einen Auftrag für Sie."

Mrs Mann führte den Beamten in eine kleine, backsteingepflasterte Stube, stellte ihm einen Stuhl hin, nahm ihm beflissen den Dreispitz und den Rohrstock ab und legte beides auf den Tisch, der vor ihm stand. Mr Bumble wischte sich den Schweiß ab, den ihm der Weg auf die Stirn getrieben hatte, blickte wohlgefällig auf seinen Hut und lächelte. Ja, er lächelte. Büttel sind auch Menschen – und Mr Bumble lächelte.

„Sie müssen mir nicht übel nehmen, was ich Sie fragen will", bemerkte Mrs Mann mit gewinnender Freundlichkeit, „Sie haben einen weiten Weg hinter sich, wie Sie wissen, sonst würde ich nicht davon reden. Möchten Sie einen Tropfen trinken, Mr Bumble?"

„Keinen Tropfen, nein, keinen Tropfen!", entgegnete Mr Bumble, indem er mit seiner Rechten würdevoll, aber verbindlich abwehrte.

„Oh, doch, doch!", sagte Mrs Mann, der der Ton seiner Weigerung und die begleitende Gebärde nicht entgangen waren. „Nur ein winziges Tröpfchen, mit etwas kaltem Wasser und einem Stück Zucker?"

Mr Bumble hustete.

„Nur ein winziges Tröpfchen", fuhr Mrs Mann überredend fort.

„Was haben Sie denn?", fragte der Büttel.

„Ei, etwas, von dem ich immer einen kleinen Vorrat haben muss, um es den guten Kindern ins Getränk zu mischen, wenn ihnen nicht wohl ist", versetzte Mrs Mann, während sie einen Eckschrank öffnete und eine Flasche nebst Glas zum Vorschein brachte. „Es ist Wacholderbranntwein. Ich mache Ihnen nichts vor, Mr Bumble. Es ist Wacholder."

„Wie, Sie geben das den Kindern in die Nahrung, Mrs Mann?", fragte Bumble, indem er mit seinen Augen dem spannenden Vorgang des Mischens folgte.

„Ach Gott, freilich tu ich's, so teuer es kommt", erwiderte die Wärterin. „Sie wissen ja, Sir, ich könnte sie nicht vor meinen Augen leiden sehen."

„Nein", sagte Mr Bumble, „nein, das können Sie nicht. Sie sind ja die Menschlichkeit selbst, Mrs Mann" – hier setzte sie ihm das

Glas hin –, „ich will die nächste Gelegenheit nehmen, die Behörde davon in Kenntnis zu setzen, Mrs Mann“, – er zog das Glas näher an sich –, „Sie fühlen wie eine Mutter, Mrs Mann“, er rührte das Gebräu um –, „ich – mit Vergnügen trinke ich auf Ihre Gesundheit, Mrs Mann“, – und er schluckte die Hälfte hinunter.

„Und jetzt zum Geschäft“, fuhr der Büttel fort und zog eine lederne Brieftasche heraus. „Das notgetaufte Kind Oliver Twist ist heute neun Jahre alt.“

„Gott segne ihn!“, fiel Mrs Mann ein, indem sie ihr linkes Auge mit dem Schürzenzipfel rieb, bis es sich rötete.

„Trotz der angebotenen Belohnung von zehn Pfund, die nachher auf zwanzig erhöht wurde, trotz der äußersten Anstrengungen dieser Gemeinde – ich möchte fast sagen übernatürlichen Anstrengungen“, fügte Mr Bumble hinzu, „sind wir nicht imstande gewesen, seinen Vater oder Heimat, Namen und Gewerbe seiner Mutter ausfindig zu machen.“

Mrs Mann hob voll Staunen die Hände, bemerkte aber nach kurzem Nachdenken: „Wie kommt er dann überhaupt zu einem Namen?“

Der Büttel warf sich mit großem Stolz in die Brust und versetzte: „Ich habe ihn erfunden.“

„Sie, Mr Bumble?“

„Ja, Mrs Mann. Wir benennen unsere Findlinge in alphabetischer Reihenfolge, und da der letzte ein S war – ich nannte ihn Swubble –, so wurde dieser ein T, und ich nannte ihn Twist. Der nächste, der kommt, wird ein Unwin und der übernächste ein Vilkins. Ich habe bis zum letzten Buchstaben des Alphabets Namen zurechtgemacht und kann wieder von vorn anfangen, wenn wir beim Z angelangt sind.“

„Ei, Sie sind ja der reinste Gelehrte, Sir!“, rief Mrs Mann.

„Nun, nun!“, sagte der Büttel, über dieses Lob sichtlich erfreut, „kann sein – kann sein, Mrs Mann.“ Er leerte sein Glas und fügte hinzu: „Oliver ist nun zu alt, um noch hierzubleiben, und die Vorsteher haben daher beschlossen, ihn ins Haus zurückzunehmen. Ich bin persönlich herausgekommen, um ihn abzuholen. Führen Sie ihn mir also vor.“

„Ich will ihn gleich holen“, sagte Mrs Mann und verließ das Zimmer.

Oliver war inzwischen von der Schmutzschicht, die sein Gesicht und seine Hände überzog, befreit worden, so weit sie sich durch einmaliges Waschen abschrubben ließ, und trat an der Hand seiner wohlwollenden Beschützerin ins Zimmer.

„Mach dem Herrn einen Diener, Oliver!“, befahl Mrs Mann.

Oliver machte einen Bückling, der halb dem Büttel auf dem Stuhl, halb dem Dreispitz auf dem Tisch galt.

„Willst du mit mir gehen, Oliver?“, fragte Mr Bumble hoheitsvoll.

Oliver wollte gerade sagen, dass er mit jedem gern fortgehe, als sein Blick auf Mrs Mann fiel, die hinter den Stuhl des Büttels getreten war und ihm mit wütendem Gesicht die Faust zeigte. Er verstand den Wink sogleich, denn diese Faust hatte zu oft auf seinen Körper eingehämmert, als dass sie nicht auch seinem Gedächtnis eingehämmert gewesen wäre.

„Wird sie mitgehen?“, fragte der arme Oliver.

„Nein, das kann sie nicht“, erwiderte Mr Bumble, „aber sie wird dich hin und wieder besuchen.“

Das war kein sonderlicher Trost für das Kind. Trotz seiner Jugend war Oliver jedoch klug genug, großen Schmerz darüber zu heucheln, dass er fortgehen solle. Es fiel ihm auch nicht schwer, Tränen hervorzuzaubern. Hunger und eben überstandene Misshandlungen sind gute Helfer, wenn man weinen soll; und so weinte Oliver wirklich sehr natürlich. Mrs Mann umarmte ihn tausendmal und gab ihm, was ihm viel willkommener war, ein Stück Butterbrot, damit er nicht gar zu hungrig aussehe, wenn er im Armenhaus ankäme. Mit der Schnitte Brot in der Hand und der kleinen braunen Tuchmütze der Waisenhauszöglinge auf dem Kopf, wurde Oliver von Mr Bumble aus dem erbärmlichen Heim entführt, wo nie ein freundliches Wort oder ein gütiger Blick das Dunkel seiner Kinderjahre erhellt hatten. Und doch brach er in wilden kindlichen Jammer aus, als sich die Gittertür hinter ihm schloss. So armselig auch die kleinen Elendsgefährten waren, die er zurückließ, sie waren doch die einzigen Freunde, die er je gekannt hatte, und zum ersten Mal senkte sich auf das Herz des Kindes ein Gefühl, wie allein es in der großen Welt dastehe.

Mr Bumble holte mit weiten Schritten aus, und der kleine Oliver, der sich an seinem goldbordierten Ärmel festhielt, trabte neben ihm her und fragte nach jeder Viertelmeile, ob sie nicht „bald dort“ seien. Auf diese Frage gab Mr Bumble sehr kurze, barsche Antworten, denn die zeitweilige Milde, die der Wacholderbranntwein in manchen Herzen weckt, hatte sich längst verflüchtigt, und er war jetzt wieder ganz Büttel.

Oliver war noch keine Viertelstunde in den Mauern des Armenhauses und hatte kaum ein zweites Stück Brot gegessen, als Mr Bumble, der ihn der Aufsicht einer alten Frau übergeben hatte, zurückkam und ihm sagte, dass diesen Abend Sitzung der Armenhausbehörde sei und er unverzüglich vor ihr zu erscheinen habe.

Da er von Sitzung und Behörde keinen sehr klaren Begriff hatte, war Oliver von dieser Nachricht ziemlich überrascht und wusste nicht recht, ob er lachen oder weinen solle. Aber ihm blieb keine Zeit, darüber nachzudenken, denn Mr Bumble versetzte ihm mit seinem Rohrstock einen leichten Schlag auf den Kopf, um ihn zu wecken, und einen auf den Rücken, um ihn zu beleben; dann gebot er ihm zu folgen und führte ihn in ein weites, weiß getünchtes Zimmer, in dem acht bis zehn wohlbeleibte Herren um einen Tisch saßen. Am oberen Ende des Tisches machte sich in einem Lehnstuhl, der etwas höher war als die Übrigen, eine besonders üppige Gestalt mit rotem, rundem Gesicht breit.

„Verbeuge dich vor der Versammlung!“, sagte Mr Bumble.

Oliver wischte ein paar Tränen weg, die an seinen Wimpern hingen, und verneigte sich, da er vor lauter Tisch keine Versammlung sah, gegen den Tisch hin.

„Wie heißt du, Junge?“, fragte der Mann im hohen Lehnstuhl.

Der Anblick der vielen Herren erschreckte Oliver so, dass er zitterte. Der Büttel gab ihm einen weiteren Schlag mit dem Rohr, und er schrie auf. Beides veranlasste ihn, nur leise und schüchtern zu antworten. Ein Mann in weißer Weste nannte ihn deshalb einen Dummkopf – der geeignetste Weg, ihm Mut und Vertrauen einzuflößen.

„Junge!“, sagte der Herr auf dem hohen Sessel. „Hör zu! Du weißt doch, dass du eine Waise bist?“

„Was ist das, Sir?“, fragte der arme Oliver.

„Der Junge ist wirklich ein Tölpel – ich dachte mir’s gleich“, sagte der Mann mit der weißen Weste.

„Still!“, versetzte der Mann, der zuerst gesprochen hatte. „Du weißt, dass du weder Vater noch Mutter hast und von der Gemeinde ernährt wirst – oder nicht?"

„Ja, Sir!", erwiderte Oliver, bitterlich weinend.

„Warum heulst du?", fragte der in der weißen Weste, und der Grund war auch wirklich schwer einzusehen: Was konnte der Junge zu weinen haben?

„Ich hoffe, du sprichst alltäglich dein Abendgebet", sagte ein anderer mit rauer Stimme, „und betest für die Leute, die dich ernähren und betreuen – wie ein guter Christ?"

„Ja, Sir", stammelte der Knabe.

Der Herr, der zuletzt gesprochen hatte, hatte unbewusst recht: Oliver wäre ein rechter, ja ein wunderbar guter Christ gewesen, wenn er für die Leute, die ihn ernährten und betreuten, gebetet hätte. Er hatte es aber nicht getan, weil es ihn niemand gelehrt hatte.

„Nun, wir haben dich herkommen lassen, damit du erzogen wirst und ein nützliches Gewerbe lernst", sagte der rotgesichtige Herr auf dem hohen Sessel.

„Du wirst daher morgen früh um sechs Uhr anfangen, Werg zu zupfen", fügte der Mürrische in der weißen Weste bei.

Für die Verbindung dieser beiden Wohltaten in dem einen einfachen Geschäft des Wergzupfens machte Oliver auf Geheiß des Büttels eine tiefe Verbeugung und wurde dann eilig in einen großen Saal geführt, wo er sich auf einem rauen, harten Bett in Schlaf weinte. Welch ein herrliches Exempel für die Fürsorgegesetze Englands: Sie lassen die Armen schlafen gehen!

Armer Oliver! Als er in glücklichem Vergessen seiner Umwelt schlafend dalag, ahnte er kaum, dass die Vorsteher gerade an diesem Tag einen Beschluss gefasst hatten, der auf sein ganzes künftiges Schicksal entscheidenden Einfluss nehmen sollte. Und doch war dies so.

Die Mitglieder des Armenrats waren weise, einsichtsvolle, kluge Männer, und als sie das Armenhaus ins Auge fassten, erkannten sie alsbald, was Durchschnittsmenschen nie entdeckt hätten: dass es den Armen darin sehr gut gefiel. Es war ein regelrechter, allgemein zugänglicher Vergnügungsort für die Mittellosen, eine Schenke, in der nichts bezahlt wurde: jahraus, jahrein Frühstück, Mittagessen, Tee und Abendbrot auf öffentliche Kosten, ein Paradies aus Ziegeln und Mörtel, wo es nur Freude und keine Arbeit gab. „Oho!", sagte der Rat mit weiser Miene. „Wir sind die Männer, das zurechtzurücken und ungesäumt dem Unfug entgegenzusteuern." Sie setzten daher fest, dass alle Armen die Wahl haben sollten – denn zwingen wollten sie gewiss keinen –, nach und nach im Haus oder rasch weg außer Haus zu verhungern. Zu diesem Zweck vereinbarten sie mit den Wasserwerken, dass sie unbegrenzt Wasser abgäben, und mit einem Getreidehändler, dass er von Zeit zu Zeit kleine Mengen Hafermehl liefere, und verteilten täglich dreimal dünne Hafergrütze, zweimal wöchentlich mit einer Zwiebel und sonntags mit einem halben Wecken. Sie trafen noch viele andere weise und menschenfreundliche Maßregeln, vor allem für die Frauen, deren Wiedergabe hier unnötig ist; sie gaben sich freundlich damit ab, verheiratete Arme zu scheiden, weil dies bei den Gerichten zu teuer kommt, und statt einen Mann wie bisher zu zwingen, für die Seinen zu sorgen, nahmen sie ihm seine Familie ab und machten ihn wieder zum Junggesellen. Es lässt sich nicht sagen, wie viele Anwärter auf diese beiden letzten Begünstigungen sich in allen Gesellschaftsschichten gefunden hätten, wären sie nicht mit dem Armenhaus verknüpft gewesen; aber die Vorstandsmitglieder waren umsichtige Männer und hatten dieser Schwierigkeit Rechnung getragen. Die Begünstigung war untrennbar von Armenhaus und Hafergrütze, und das schreckte die Leute ab.

Schon in den ersten sechs Monaten nach Oliver Twists Rückkehr war dieses System in vollem Gang. Anfangs erwies es sich freilich als ziemlich teuer infolge der zunehmenden Rechnungen des Leichenbestatters und der Notwendigkeit, die Kleider all der Armen enger zu machen, die bereits nach einer oder zwei Hafergrützwochen lose um ihre abgemagerten, eingeschrumpften Gestalten schlotterten. Aber die Zahl der Armenhausbewohner schmolz dahin wie ihre Leibesfülle, und der Rat schwamm in Entzücken.

Der Raum, in dem die Knaben gespeist wurden, war eine große, mit Backsteinen gepflasterte Halle mit einem kupfernen Kessel am einen Ende, aus dem der Aufseher in vorgebundener Schürze und mithilfe einiger Frauen zur Essenszeit den Haferschleim schöpfte. Von diesem Festgericht erhielt jeder Knabe einen Napf voll und nicht mehr – öffentliche Feiertage ausgenommen, an denen ihnen außerdem noch einige Lot Brot zugewogen wurden. Das Geschirr brauchte nie gespült zu werden, da die Knaben es mit ihren Löffeln bearbeiteten, bis es spiegelblank glänzte; und wenn sie dieses Geschäft beendet hatten, was nie lange dauerte, da die Löffel fast so groß waren wie die Näpfe, so saßen sie da und schauten mit so gierigen Blicken nach dem Kupferkessel, als ob sie ihn samt den Steinen, auf denen er stand, verschlingen wollten, und sogen mittlerweile emsig an ihren Fingern, um die verirrten Tröpfchen Haferschleim zu erhaschen, die etwa noch daran klebten.

Jungen haben im Allgemeinen einen vortrefflichen Appetit. Oliver Twist und seine Kameraden litten die Qualen des langsamen Hungertodes drei Monate lang; endlich aber machte sie der Hunger so maßlos gierig, dass ein für sein Alter ziemlich aufgeschossener Knabe, der an solch schmale Kost nicht gewöhnt war, weil sein Vater eine kleine Garküche betrieben hatte, seinen Leidgenossen düster zu verstehen gab, er fürchte, einmal des Nachts seinen Schlafkameraden, der zufällig ein schwächliches Jüngelchen war, aufessen zu müssen, wenn er nicht täglich noch einen Napf Haferbrei erhielte. Er hatte wilde, hungrige Augen, sodass sie ihm unbedingt Glauben schenkten. Es wurde Kriegsrat gehalten und ausgelost, wer nach dem Abendessen zu dem Aufseher gehen und um mehr bitten sollte. Das Los fiel auf Oliver Twist.

Der Abend kam heran; die Jungen nahmen ihre Plätze ein; der Aufseher stellte sich in seiner Küchentracht an den Kessel; die Handlangerinnen des Armenhaushalts traten hinter ihn; die Brühe wurde ausgeteilt und ein langes Tischgebet über das kurze Mahl gesprochen. Der Haferschleim verschwand; die Knaben flüsterten miteinander und deuteten auf Oliver, während ihn seine nächsten Nachbarn mit Ellbogenstößen ermunterten. Obwohl er noch ein rechtes Kind war, machte ihn doch der Hunger verwegen und das Elend tollkühn. Er stand vom Tisch auf, trat mit Napf und Löffel in der Hand vor den Aufseher und sagte, freilich selbst von seiner Vermessenheit beunruhigt: „Ich hätte gern noch etwas mehr, Sir."

Der Aufseher war ein wohlgenährter, rotbackiger Mann; aber er wurde ganz blass, blickte einige Sekunden mit starrem Entsetzen auf den kleinen Aufrührer und klammerte sich dann Halt suchend an den Kessel. Die Mägde waren von Erstaunen, die Jungen von Furcht gelähmt.

„Was?", fragte der Hausmeister endlich mit schwacher Stimme.

„Noch etwas mehr, bitte", wiederholte Oliver.

Oliver bittet um mehr

Der Aufseher führte mit seinem Löffel einen Hieb nach Olivers Kopf, ergriff den Knaben mit den Händen und rief laut nach dem Büttel.

Der Verwaltungsrat hielt eben eine feierliche Sitzung ab, als Mr Bumble in großer Aufregung ins Zimmer stürzte und sich an den Herrn im hohen Lehnstuhl wandte: „Verzeihung, Mr Limbkins! – Oliver Twist hat mehr begehrt!"

Alles war starr, Entsetzen malte sich auf jedem Gesicht.

„Mehr begehrt?", sagte Mr Limbkins. „Nehmt Euch zusammen, Bumble, und antwortet mir deutlich. Muss ich das so verstehen, dass er noch mehr verlangte, nachdem er seinen vorschriftsmäßigen Anteil aufgezehrt hatte?"

„Ja, Sir", erwiderte Bumble.

„Der Bursche endet am Galgen", sagte der Herr in der weißen Weste. „Denkt an mich, der Bursche endet am Galgen."

Niemand widersprach dieser Prophezeiung. Eine lebhafte Aussprache folgte. Oliver ward augenblicklich eingesperrt. Am nächsten Morgen wurde ein Anschlag ans äußere Tor geklebt, der jedem, der Oliver Twist der Gemeinde abnähme, fünf Pfund Belohnung verhieß. Mit anderen Worten: Oliver Twist wurde nebst fünf Pfund jedem angeboten, ob Mann oder Frau, der gerade einen Lehrling für irgendein Geschäft, Unternehmen oder Gewerbe brauchte.

„Ich war in meinem ganzen Leben nie fester von etwas überzeugt", sagte der Herr mit der weißen Weste, als er am anderen Morgen an die Tür pochte und den Anschlag las, „ich war nie fester von etwas überzeugt, als dass dieser Bursche noch an den Galgen kommen wird."

Da ich im Folgenden zu zeigen beabsichtige, ob der weißbewestete Herr recht hatte oder nicht, würde ich vielleicht den Reiz dieser Geschichte, sofern sie überhaupt einen besitzt, schmälern, wenn ich schon jetzt andeuten wollte, ob Olivers Leben dieses gewaltsame Ende nahm oder nicht.

Drittes Kapitel

Berichtet, wie Oliver Twist beinahe eine Stelle bekam, die kein leichter Posten gewesen wäre

Eine Woche lang blieb Oliver, nachdem er das ehr- und gottlose Verbrechen begangen hatte, mehr zu verlangen, in der dunklen, einsamen Kammer eingeschlossen, wohin ihn Weisheit und Gnade des hohen Rates verwiesen hatten. Auf den ersten Blick könnte man ganz gut annehmen, dass er, hätte er nur gehörigen Respekt vor der Weissagung des Herrn in der weißen Weste gehabt, den Seherblick dieses Weisen ein für alle Mal gerechtfertigt hätte, indem er das eine Ende seines Taschentuches an einen Mauerhaken und sich selbst an das andre knüpfte. Einem solchen Heldenstück stand jedoch ein Hindernis im Weg: Taschentücher waren nämlich als ausgesprochene Luxusware für alle Zeit und Ewigkeit von den Nasen der Armen verbannt durch ausdrückliche Anordnung des in voller Besetzung tagenden Verwaltungsrats, feierlich beschlossen und verkündet mit Brief und Siegel. Ein noch größeres Hindernis lag in Olivers Jugend und seinem kindlichen Sinn. Er weinte nur bitterlich den ganzen Tag über; und wenn die lange, traurige Nacht kam, so legte er seine kleinen Hände über die Augen, um die Dunkelheit abzuwehren, kroch in einen Winkel und versuchte zu schlafen. Alle Augenblicke aber schrak er zitternd wieder auf und presste sich dichter und dichter an die Mauer, als ob es schon ein Schutz gegen die Finsternis und Einsamkeit ringsum wäre, wenn er die kalte, harte Wandfläche spürte.

Die Feinde der Armenhausordnung dürfen übrigens nicht glauben, dass Oliver während seiner einsamen Haft die Wohltat der Körperbewegung und das Vergnügen der Geselligkeit oder die Segnungen religiösen Trostes versagt gewesen wären. Was die Bewegung betrifft, so war es ziemlich kalt, und er durfte sich jeden Morgen am Brunnen im Hof unter Mr Bumbles Aufsicht waschen, der durch wiederholte Anwendung seines Rohres ein Prickeln durch und durch veranlasste und so einer Erkältung vorbeugte. Was die Geselligkeit betrifft, so wurde er jeden zweiten Tag in die Halle geführt, wo die Kinder aßen, und zum abschreckenden Beispiel vor ihren Augen geschlagen. Und auch religiösen Trost entbehrte er keineswegs, da er jeden Abend um die Gebetsstunde in denselben Raum getrieben wurde und dort dem gemeinschaftlichen Gebet der Knaben zuhören und sich daran aufrichten durfte; auf Befehl der Behörde war diesem Gebet ein besonderer Absatz eingefügt, worin sie Gott baten, er möchte sie gut, tugendhaft, zufrieden und gehorsam machen und sie vor den Sünden und Lastern des Oliver Twist bewahren, den das Gebet ausdrücklich als Muster aller Bosheit hinstellte und als Erzeugnis, das geradewegs aus des Teufels Werkstätte stamme.

Während sich Olivers Angelegenheiten noch in diesem hoffnungsvollen und tröstlichen Zustand befanden, geschah es, dass eines Morgens Meister Gamfield, der Schornsteinfeger, durch die Hauptstraße schlenderte und tiefsinnig Mittel und Wege überlegte, wie er gewisse Mietrückstände ausgleichen könnte, derentwegen ihn sein Hausherr arg bedrängte. Aber auch die optimistischste Berechnung konnte sein Barvermögen nicht um die fehlenden fünf Pfund erhöhen, und in einer Art arithmetischer Verzweiflung quälte er abwechselnd sein Gehirn und seinen Esel, als ihm plötzlich der Anschlag am Tor des Arbeitshauses ins Auge fiel.

„Oha!“, sagte Meister Gamfield zu dem Esel.

Der Esel war gerade in einem Zustand ernster Betrachtung; wahrscheinlich dachte er nach, ob er mit einem oder zwei Kohlstrünken verköstigt werde, wenn er die beiden Rucksäcke, die auf dem kleinen Karren verladen waren, abgesetzt habe. Er trabte daher weiter, ohne das Kommandowort zu beachten. Meister Gamfield brummte eine heftige Verwünschung über den Esel im Allgemeinen und seine Augen im Besonderen, lief ihm nach und versetzte ihm einen Schlag auf den Kopf, der jeden anderen Schädel als den eines Esels unvermeidlich zertrümmert hätte, dann griff er in den Zügel, riss heftig an seinen Kinnladen, um ihn sanft zu erinnern, dass er nicht sein eigener Herr sei, und wendete ihn auf diese Weise. Hierauf versetzte er ihm noch einen Schlag auf den Kopf, um ihn bis zu seiner Rückkehr zu betäuben. Als er diese Vorbereitungen beendet hatte, ging er zum Tor, um den Anschlag richtig zu lesen.

Der Herr in der weißen Weste hatte sich eben im Sitzungszimmer einiger tiefgründiger Ansichten entledigt und stand nun, die Hände auf dem Rücken, an der Pforte; er war Zeuge der kleinen Misshelligkeiten zwischen Mr Gamfield und dem Esel gewesen und lächelte vergnügt, als der Mann näher kam, um den Anschlag zu betrachten; denn er erkannte, dass Gamfield gerade die Art Meister war, wie Oliver Twist sie brauchte. Meister Gamfield lächelte gleichfalls, als er die Ankündigung durchgelesen hatte, denn fünf Pfund waren genau die Summe, die er sich gewünscht hatte; und was den Jungen betraf, mit dem sie belastet war, so wusste der Schornsteinfeger, der die Lebensweise des Arbeitshauses kannte, recht gut, dass er ein ziemlich schmächtiges Exemplar sein würde, ganz für die Aufsatzkamine geeignet. Er buchstabierte also den Anschlag nochmals von Anfang bis zu Ende durch und wandte sich dann mit einer demütigen Berührung seiner Pelzmütze an den Herrn in der weißen Weste.

„Die Gemeinde sucht also einen Lehrherrn für den Jungen da?", fragte Meister Gamfield.

„Ja, guter Mann", sagte der Weißbewestete mit herablassendem Lächeln. „Warum fragt Ihr?"

„Wenn die Gemeinde ihn ein leichtes, angenehmes Gewerbe erlernen lassen will, in einem wohlangesehenen Schornsteinfegergeschäft", entgegnete Meister Gamfield, „ich brauche einen Lehrling und bin bereit, ihn zu nehmen."

„Nur herein!", sagte der Herr in der weißen Weste.

Meister Gamfield hielt sich noch damit auf, den Esel vorsorglich ein zweites Mal auf den Kopf zu schlagen, damit er in seiner Abwesenheit nicht fortlaufe, und folgte dann dem Herrn in der weißen Weste in das Zimmer, wo Oliver diesen das erste Mal gesehen hatte.

„'s ist ein schmutziges Handwerk", sagte Mr Limbkins, als Gamfield abermals seinen Wunsch vorgetragen hatte.

„Knaben sind schon in Schornsteinen erstickt", fügte ein anderer hinzu.

„Das kommt daher, dass man das Stroh feucht machte, eh man's im Schornstein anzündete, um die Jungen wieder herunterzubringen", versetzte Gamfield. „Da gibt's nur Rauch und kein Feuer, und der Rauch taugt nicht dazu, einen Jungen herunterzuholen, er schläfert ihn nur ein – und das ist's grade, was er gern hat. Jungen sind bockbeinig und faul, meine Herren, und es geht nichts über ein gutes, heißes Feuer, dass sie eiligst wieder herunterrutschen. Es ist zugleich menschenfreundlich, meine Herren, denn selbst wenn sie im Schornstein stecken geblieben sind, zappeln sie so lange, bis sie sich losgerissen haben, sobald ihre Füße angeröstet werden."

Der Herr in der weißen Weste schien sehr erbaut von diesen Ausführungen, aber seine Heiterkeit wurde bald durch einen Blick des Mr Limbkins gezügelt. Der Verwaltungsrat besprach sich dann einige Minuten, aber so leise, dass nur die Worte „ersparte Ausgaben", „sieht in der Abrechnung gut aus" und „gedruckten Rechenschaftsbericht veröffentlicht" vernehmlich waren, und dies auch nur, weil sie häufig und mit großem Nachdruck wiederholt wurden.

Endlich hörte das Flüstern auf; die Ratsmitglieder nahmen mit feierlicher Würde ihre Sitze wieder ein, und Mr Limbkins begann: „Wir haben Ihren Vorschlag überlegt, können aber nicht darauf eingehen."

„Nein, ganz und gar nicht", bekräftigte der Herr mit der weißen Weste.

„Entschieden nicht", stimmten die übrigen Mitglieder bei.

Da Mr Gamfield zufällig in dem üblen Ruf stand, bereits drei oder vier Lehrburschen ums Leben gebracht zu haben, kam ihm der Gedanke, der Ausschuss könnte es sich aus irgendeiner unerklärlichen Grille in den Kopf gesetzt haben, durch diesen unwesentlichen Umstand seine Entscheidung beeinflussen zu lassen. Das passte allerdings schlecht zu seinem sonstigen Geschäftsgebaren, da aber Gamfield nicht scharf darauf war, die alte Nachrede wieder aufleben zu lassen, drehte er die Mütze in seinen Händen und entfernte sich langsam vom Sitzungstisch. An der Tür machte er jedoch noch einmal halt und fragte: „Ich soll ihn also nicht haben, meine Herren?"

„Nein!", versetzte Mr Limbkins. „Wenigstens müssten Sie sich, da es sich um ein so schmutziges Gewerbe handelt, mit etwas weniger als der angebotenen Prämie begnügen."

Meister Gamfield strahlte; er kehrte rasch zum Tisch zurück und sprach: „Was wollen Sie geben, meine Herren? Ach, gehen Sie nicht zu hart um mit einem armen Mann. Was wollen Sie geben?"

„Ich denke, drei Pfund und zehn Shilling wären genug", sagte Mr Limbkins.

„Zehn Shilling zu viel", ergänzte der Herr in der weißen Weste.

„Sagen Sie vier Pfund, meine Herren!“, versetzte Gamfield. „Sagen Sie vier Pfund, und Sie haben den Jungen ein für alle Mal vom Hals. Nun?“

„Drei Pfund und zehn Shilling“, wiederholte Mr Limbkins fest.

„Wir wollen die Differenz halbieren, meine Herren“, drängte Gamfield. „Drei Pfund fünfzehn Shilling.“

„Nicht einen Heller mehr!“, lautete Mr Limbkins’ entschiedene Antwort.

„Sie sind sehr hart gegen mich, meine Herren“, sagte Gamfield schwankend.

„Pah! Pah! Unsinn!“, sagte der Herr in der weißen Weste. „Er wäre sogar ohne allen Zuschuss noch preiswert. Nehmen Sie ihn doch, Sie Tropf! Er ist gerade der Bursche, der für Sie passt! Hin und wieder braucht er den Stock, das wird ihm guttun; und seine Verpflegung braucht nicht teuer zu sein; denn von Geburt an ist er nie überfüttert worden. Hahaha!“

Meister Gamfield warf einen schlauen Blick auf die Gesichter um den Tisch, und da er bei jedem einem Lächeln begegnete, begann er allmählich selbst zu lächeln. Der Handel wurde abgeschlossen und Bumble beauftragt, Oliver Twist noch am selben Nachmittag vor den Magistrat zu führen, um seinen Lehrbrief genehmigen und unterzeichnen zu lassen.

Der kleine Oliver wurde demgemäß zu seinem maßlosen Staunen aus der Haft entlassen und angewiesen, ein reines Hemd anzuziehen. Er hatte kaum diese ganz ungewohnte Turnübung zustande gebracht, als ihm Mr Bumble eigenhändig einen Napf Haferschleim und die Sonntagszuteilung von vier Lot Brot brachte. Bei diesem erschütternden Anblick begann Oliver kläglich zu weinen, denn er dachte – nicht ganz abwegig –, die Behörde müsse beschlossen haben, ihn für einen nützlichen Zweck schlachten zu lassen, sonst begänne man ihn wohl kaum in dieser Weise zu mästen.

„Weine dir die Augen nicht rot, Oliver, sondern iss, was man dir vorsetzt, und sei dankbar“, sagte Mr Bumble mit Würde und eindrucksvoll. „Du sollst ein Lehrling werden, Oliver.“

„Ein Lehrling, Sir?“, fragte das Kind mit Zittern.

„Ja, Oliver“, sagte Mr Bumble. „Die wohlwollenden Herren, die an dir Elternstelle vertreten, da du selbst keine hast, Oliver, wollen dich in eine Lehre tun – ja! Ja! Wollen dir im Leben voranhelfen und einen Mann aus dir machen, obgleich es die Gemeinde drei Pfund und zehn Shilling kostet! – Drei Pfund zehn Shilling, Oliver! – Siebzig Shilling! – Hundertvierzig Sixpence! Und alles das für einen nichtsnutzigen Waisenknaben, den niemand lieben kann."

Als sich Mr Bumble dieser Mitteilung mit Ehrfurcht erregender Stimme entledigt hatte und innehielt, um Atem zu schöpfen, rannen Tränen über das Gesicht des armen Kindes, und es schluchzte heftig.

„Komm!", sagte Mr Bumble etwas weniger hochtrabend, denn er beobachtete tief befriedigt die Wirkung, die seine Beredsamkeit hervorbrachte. „Komm, Oliver, wisch dir die Tränen mit dem Rockärmel ab, und lass sie nicht in deine Hafersuppe fallen; das wäre einfältig, Oliver." Das war es allerdings, denn die Speise war ohnehin schon wässrig genug.

Auf dem Weg zum Magistrat unterrichtete Mr Bumble Oliver, dass er dort weiter nichts zu tun habe, als recht glücklich auszusehen und, wenn ihn der Herr frage, ob er in eine Lehre gehen wolle, zu sagen, dass dies sein sehnlichster Wunsch sei. Beiden Weisungen versprach Oliver zu gehorchen, umso mehr, da Mr Bumble die zarte Andeutung fallenließ, man könne nicht sagen, was mit ihm geschehe, wenn er in einem dieser Punkte versage. Als sie auf dem Rathaus anlangten, wurde er in ein kleines Zimmer gebracht und von Mr Bumble ermahnt, da zu bleiben, bis er ihn hole.

Hier harrte der Junge eine halbe Stunde mit klopfendem Herzen aus, bis endlich Mr Bumble seinen Kopf, jetzt nicht mit dem Dreispitz geziert, durch die Tür streckte und laut hereinrief: „Nun, lieber Oliver, komm herein zu dem Herrn!" Bei diesen Worten schnitt Mr Bumble ein grimmig drohendes Gesicht und setzte leise hinzu: „Denk daran, was ich dir gesagt habe, du Früchtchen!"

Oliver starrte bei dieser etwas widerspruchsvollen Anrede unschuldig zu Mr Bumble auf; dieser aber kam jeder Bemerkung zuvor, indem er ihn sogleich in ein anstoßendes Gemach führte, dessen Tür offen stand. Es war ein geräumiges Zimmer mit einem großen Fenster. Hinter einem Pult saßen zwei ältliche Herren mit gepuderten Perücken auf den Köpfen, von denen der eine Zeitung las, während der andere mithilfe einer Hornbrille ein kleines, vor ihm liegendes Stück Pergament studierte. Mr Limbkins stand auf der einen Seite vor dem Pult, Meister Gamfield mit teilweise gewaschenem Gesicht auf der andern, während zwei oder drei barsch aussehende Männer in Stulpenstiefeln auf und ab gingen.

Der alte Herr mit der Brille nickte nach und nach über seinem Stück Pergament ein, und so ergab sich eine kurze Pause, als Mr Bumble Oliver vor das Pult geschoben hatte.

„Dies ist der Knabe, Euer Gnaden", sagte Mr Bumble.

Der alte Herr, der die Zeitung las, blickte einen Augenblick auf und zupfte den andern Herrn am Ärmel, worauf dieser erwachte.

„Oh, ist das der Junge?", fragte der zuletzt erwähnte Herr.

„Ja, Sir!", versetzte Mr Bumble. „Mach dem Magistrat eine Verbeugung, lieber Junge."

Oliver nahm sich zusammen und machte seinen schönsten Diener. Er hatte seine Augen auf die gepuderten Perücken der Ratsherren gerichtet und sich gerade verwundert gefragt, ob wohl alle Beamten mit dieser weißen Wolle auf dem Kopf auf die Welt kämen und ob sie vielleicht aus diesem Grund zu Beamten gemacht würden.

„Nun", sagte der alte Herr. „Ich setze voraus, dass er gern Kaminfeger wird!"

„Er ist ganz darauf versessen, Euer Gnaden", entgegnete Bumble. Dabei zwickte er Oliver heimlich, um ihm einzuschärfen, er solle besser nichts Gegenteiliges behaupten.

„Und er will also Schornsteinfeger werden?", fragte der alte Herr.

„Wenn wir ihn morgen in eine andre Lehre gäben, so liefe er alsbald davon, Euer Gnaden", antwortete Bumble.

„Und dieser Mann da soll sein Meister werden – Ihr, Sir, Ihr werdet ihn gut behandeln und ihn verköstigen und alle derartigen Dinge erledigen – wollt Ihr das?", fragte der alte Herr.

„Wenn ich sage, ich will, so heißt das, ich will", versetzte Meister Gamfield verdrießlich.

„Eure Worte klingen rau, mein Freund, aber Ihr seht wie ein aufrichtiger, ehrlicher Mann aus", sagte der alte Herr, indem er seine Brillengläser auf den Bewerber um Olivers Prämie richtete, dessen Spitzbubengesicht den deutlichen Stempel der Grausamkeit trug. Aber der Ratsherr war halb blind und halb kindisch, und so konnte man von ihm vernünftigerweise nicht erwarten, dass er so viel sah wie andere.

„Ich hoffe, das zu sein, Sir", entgegnete Meister Gamfield mit scheelem Blick.

„Ich zweifle nicht daran, mein Freund", fuhr der alte Herr fort, indem er seine Brille fester auf die Nase setzte und sich nach dem Tintenfass umsah.

Es war dieser Augenblick, der über Olivers Schicksal entschied. Hätte das Tintenfass dort gestanden, wo es der alte Herr vermutete, so hätte dieser seine Feder eingetaucht und den Lehrbrief unterzeichnet, und Oliver wäre sofort abgeschoben worden. Da es aber zufällig dicht vor seiner Nase stand, schaute er natürlich auf dem ganzen Pult herum, ohne es zu finden, und als er bei diesem Suchen einmal gerade vor sich hinsah, begegnete sein Blick dem blassen und verstörten Gesicht Olivers, der trotz aller mahnenden Winke und Püffe Bumbles die abstoßenden Züge seines künftigen Lehrherrn mit einem so unverkennbaren Ausdruck von Furcht und Abscheu betrachtete, dass es selbst einem halb blinden Ratsherrn nicht entgehen konnte.

Der alte Herr hielt inne, legte die Feder nieder und blickte von Oliver auf Mr Limbkins, der sich bemühte, ganz heiter und unbefangen eine Prise Schnupftabak zu nehmen.

„Kind!", sagte der alte Herr, indem er sich über das Pult lehnte. Oliver fuhr bei diesem Ton zusammen. Das war entschuldbar, denn die Worte klangen freundlich, und über ungewohnte Klänge erschrickt man leicht. Er zitterte heftig und brach in Tränen aus.

„Kind!", sagte der alte Herr. „Du siehst bleich und verängstigt aus. Was hast du?"

„Büttel, tretet ein wenig zur Seite!", sagte der andere Ratsherr, indem er das Zeitungsblatt weglegte und sich mit teilnehmendem Ausdruck vorbeugte. „Nun, Junge, sag uns, was dir fehlt; hab nur keine Angst."

Oliver fiel auf seine Knie nieder, faltete die Hände und bat, man solle ihn lieber wieder in die finstere Kammer sperren – ihn hungern lassen –, ihn schlagen –, ja, ihn umbringen, wenn man wolle –, nur solle man ihn nicht mit diesem schrecklichen Mann fortschicken.

„Nun", sagte Mr Bumble, indem er mit nachdrücklicher Feierlichkeit Hände und Augen erhob, „nun, von allen verschlagenen und verlogenen Waisenkindern, die ich gesehen habe, bist du doch das schamloseste!"

Oliver entgeht um Haaresbreite dem Schicksal,
der Lehrbursche eines Schornsteinfegers zu werden

„Maul halten, Büttel!“, sagte der zweite alte Herr, als Mr Bumble seiner inneren Bedrängnis in dieser Weise Luft gemacht hatte.

„Ich bitte Euer Gnaden um Verzeihung“, erwiderte Mr Bumble, der seinen Ohren kaum traute, „haben Euer Gnaden mich gemeint?“

„Ja, Ihr sollt Euer Maul halten!“

Mr Bumble war starr vor Staunen. Einen Büttel das Maul halten heißen! Eine moralische Revolution!

Der alte Herr mit der Hornbrille blickte auf seinen Kollegen und nickte bedeutsam.

„Wir müssen dem Lehrbrief die Genehmigung versagen“, sagte der alte Herr und stieß bei diesen Worten das Pergamentblatt beiseite.

„Ich hoffe“, stammelte Mr Limbkins, „ich hoffe, der Magistrat wird nicht glauben, dass die Behörde eines ungehörigen Verfahrens schuldig sei, auf das unbelegte Zeugnis eines Kindes hin.“

„Wir sind nicht berufen, hierüber eine Meinung auszusprechen“, sagte der zweite alte Herr spitz. „Nehmt den Knaben in die Anstalt zurück, und behandelt ihn freundlich. Er scheint's zu brauchen.“

Denselben Abend behauptete der Herr in der weißen Weste auf das Bestimmteste, dass Oliver nicht nur gehängt, sondern noch obendrein gerädert und gevierteilt werden würde. Mr Bumble schüttelte bedeutungsvoll den Kopf und sagte, er wünsche, dass Oliver noch auf den guten Weg gerate; Mr Gamfield erwiderte darauf, er wünsche, dass er zu ihm gerate, was dem Wunsch des Büttels, mit dem er doch sonst in den meisten Dingen übereinstimmte, gerade entgegengesetzt schien.

Am nächsten Morgen wurde die Öffentlichkeit aufs Neue unterrichtet, dass Oliver abzugeben sei und dass fünf Pfund an jeden gezahlt würden, der von ihm Besitz ergreifen wolle.

Viertes Kapitel

Oliver findet eine andere Stelle und tritt ins öffentliche Leben ein

In angesehenen Familien ist es allgemein üblich, einen Sohn zur See zu schicken, wenn für den heranwachsenden jungen Mann keine vorteilhafte Stellung als Eigentümer, Erbe, Nacherbe oder Anwärter erlangt werden kann. In Nachahmung eines so weisen und heilsamen Beispiels hielt der Gemeindeausschuss Rat, ob es nicht zuträglich sei, Oliver Twist auf irgendein kleines Handelsschiff zu verheuern, das nach einem recht ungesunden Hafen führe. Dies stellte sich als das weitaus Beste dar, was mit ihm geschehen könne, da ihn wahrscheinlich der Schiffer eines Tages in einer guten Nachtischlaune zu Tode prügeln oder ihm mit einer Eisenstange das Hirn einschlagen würde – ein Zeitvertreib, der bekanntermaßen zu den Lieblingsbelustigungen der Herren dieses Standes gehört. Je mehr der Rat den Fall unter diesem Gesichtspunkt erwog, desto mannigfaltiger schienen ihm die Vorteile dieses Schritts, und er entschied sich dahin, dass es der einzige Weg sei, Oliver ein für alle Mal zu versorgen, wenn man ihn unverzüglich zur See schicke.

Mr Bumble hatte den Auftrag erhalten, einige vorbereitende Nachfragen anzustellen, ob nicht irgendein Kapitän oder sonst wer einen elternlosen Kajütenjungen brauchen könne, und kehrte eben in die Anstalt zurück, um über das Ergebnis seiner Sendung zu berichten, als ihm an der Tür keine geringere Person begegnete als Mr Sowerberry, der Leichenbestatter der Gemeinde.

Sowerberry war ein großer, kräftiger, starkknochiger Mann in fadenscheinigem schwarzem Anzug, gleichfarbigen geflickten Baumwollstrümpfen und entsprechenden Schuhen. Seine Züge waren zwar von Natur aus keineswegs zum Lächeln bestimmt, aber im Allgemeinen neigte er zu einer gewissen berufsmäßigen Heiterkeit. Sein Schritt war elastisch, und sein Gesicht drückte innere

Fröhlichkeit aus, als er auf Mr Bumble zutrat und ihm herzlich die Hand schüttelte.

„Ich habe den zwei Frauen Maß genommen, die in der vorigen Nacht gestorben sind“, berichtete der Leichenbestatter.

„Sie werden noch ein reicher Mann, Mr Sowerberry“, sagte der Büttel und steckte Daumen und Zeigefinger in die angebotene Schnupftabaksdose des Leichenbestatters, die ein sinnreiches kleines Modell eines Patentsarges darstellte. „Ich sage, Sie werden noch ein reicher Mann, Mr Sowerberry“, wiederholte Bumble, wobei er dem andern mit seinem Rohr freundlich auf die Schulter klopfte.

„Glauben Sie?“, versetzte der Leichenbestatter in einem Ton, der die Wahrscheinlichkeit einer solchen Entwicklung halb zugab und halb bestritt. „Die von der Gemeinde bewilligten Preise sind sehr knapp, Mr Bumble.“

„Die Särge ja auch“, erwiderte der Büttel, und sein Gesicht verzog sich gerade so weit zum Lachen, wie es ein wichtiges Amt gestattet.

Mr Sowerberry fand diesen Spaß, wie es sich ziemte, sehr lustig und lachte geraume Zeit ohne Unterlass. „Nun, nun, Mr Bumble“, sagte er endlich, „man kann nicht leugnen, dass die Särge, seit die neue Fütterungsweise aufgekommen ist, etwas niedriger und schmäler sind als früher; aber wir müssen doch auch ein wenig verdienen, Mr Bumble. Gut ausgetrocknetes Holz ist eine kostspielige Ware, Sir, und die eisernen Handgriffe müssen wir auf dem Wasserweg von Birmingham beziehen.“

„Ja, ja“, sagte Mr Bumble, „jedes Handwerk hat seine Kehrseiten. Ein redlicher Gewinn ist natürlich erlaubt.“

„Versteht sich“, entgegnete der Leichenbestatter, „und wenn auch bei dem einen oder andern Gegenstand mal kein sonderlicher Gewinn abfällt, so kommt doch wenigstens auf die Dauer etwas zusammen, nicht wahr? – Hehehe!“

„Vollkommen richtig!“, versetzte Mr Bumble.

„Aber doch muss ich sagen“, fuhr der Leichenbestatter fort, indem er den Gang seiner vom Büttel unterbrochenen Betrachtungen wiederaufnahm, „doch muss ich sagen, Mr Bumble, dass ich gegen eine große Widerwärtigkeit zu kämpfen habe, nämlich dass die wohlbeleibten Leute am schnellsten abkratzen. Die Leute, die bessere Tage gesehen und jahrelang ihre Steuern bezahlt haben, sind die Ersten, die sterben, wenn sie in das Armenhaus kommen, und lassen Sie sich sagen, Mr Bumble, drei oder vier Zoll mehr als berechnet reißen ein großes Loch in den Gewinn, besonders wenn man für eine Familie zu sorgen hat, Sir."

Da Mr Sowerberry dies mit dem Unwillen eines schlecht behandelten Mannes sagte und da Mr Bumble fühlte, dass es leicht zu Erörterungen führen konnte, die an die Ehre der Gemeinde rührten, hielt er es für geraten, auf einen anderen Gegenstand überzugehen; und weil ihn Oliver Twist fortwährend beschäftigte, wählte er ihn dazu aus.

„Übrigens, Sie kennen wohl niemanden, der einen Jungen braucht?", fragte Mr Bumble. „Einen Lehrburschen, der der Gemeinde gegenwärtig als totes Gewicht, sozusagen wie ein Mühlstein am Halse hängt? Weitherzige Bedingungen, Mr Sowerberry, ganz weitherzige Bedingungen!" Während Mr Bumble sprach, deutete er mit seinem Rohrstock auf die Ankündigung am Tor und schlug dreimal bedeutsam auf die Worte FÜNF PFUND, die in lateinischen Buchstaben von gewaltiger Größe dort gedruckt standen.

„Ah – richtig!", sagte der Leichenbestatter und fasste Mr Bumble am goldbordierten Rockzipfel seiner Uniform, „darüber wollte ich ja gerade mit Ihnen sprechen. Sie wissen, mein Teuerster – doch was für schöne Knöpfe haben Sie da, Mr Bumble! Ich habe sie früher nie bemerkt."

„Ja, sie können sich sehen lassen", versetzte der Büttel, indem er stolz die Reihe großer Messingknöpfe entlangblickte, die seinen Rock verschönerten. „Sie sind nach dem Muster des Kirchensiegels geprägt: der barmherzige Samariter, wie er Öl auf die Wunden des Kranken gießt. Die Behörde verlieh sie mir am Neujahrsmorgen, Mr Sowerberry. Ich zog den Rock, glaube ich, zum ersten Mal an, als ich die Untersuchung über den verarmten Handelsmann führte, der um Mitternacht in einem Torweg starb."

„Ich erinnere mich", sagte der Leichenbestatter; „die Geschworenen fällten den Spruch: gestorben an Kälte und wegen Mangels am notwendigsten Lebensbedarf, nicht wahr?"

Mr Bumble nickte.

„Außerdem gaben sie noch ein besonderes Urteil ab, glaube ich", fuhr der Leichenbestatter fort, „durch einen Zusatz des Inhalts, wenn der Armenaufseher –"

„Still! – Torheit!", fiel der Büttel ein. „Wenn sich die Behörde an all den Unsinn kehren wollte, den unwissende Geschworene daher plappern, hätte sie viel zu tun."

„Das hätte sie allerdings", sprach der Leichenbestatter.

„Geschworene", sagte Mr Bumble und fasste seinen Stock kräftiger, wie er zu tun pflegte, wenn er in Eifer geriet, „Geschworene sind ungebildete, gemeine, elende Wichte."

„Das sind sie", bestätigte der Leichenbestatter.

„Sie haben nicht so viel Philosophie und Volkswirtschaft im Leib!", fuhr der Büttel fort, indem er verächtlich mit den Fingern schnippte.

„Nein, gewiss nicht", gab der Leichenbestatter zu.

„Ich verachte sie", sprach der Büttel, während sein Gesicht rot anlief.

„Ich auch", stimmte der Leichenbestatter bei.

„Und ich wünschte nur, wir hätten derartige Geschworene ein paar Wochen im Hause", meinte der Büttel. „Die Gesetze und Verordnungen der Behörde würden sie schon zahm machen."

„Darauf können Sie sich verlassen", entgegnete der Leichenbestatter. Dabei lächelte er zustimmend, um den aufsteigenden Grimm des aufgebrachten Gemeindedieners zu beschwichtigen.

Mr Bumble nahm seinen Dreispitz ab, holte aus dessen Futter ein Schnupftuch, wischte sich den Schweiß ab, den ihm der Zorn auf die Stirn getrieben hatte, und setzte seinen Dreispitz wieder auf. Dann wandte er sich an den Leichenbestatter und fuhr mit ruhigerer Stimme fort: „Nun, was ist mit dem Jungen?"

„Ach! – Sie wissen, Mr Bumble, dass ich viel Armensteuer bezahle", lautete die Antwort.

„Hm", machte Mr Bumble, „und?"

„Nun", versetzte der Leichenbestatter, „ich dachte, da ich so viel für sie zahle, so hätte ich ein Recht, so viel wie möglich wieder von ihnen herauszukriegen, Mr Bumble; und so – und so –, ich denke, ich will den Jungen selbst nehmen."

Mr Bumble fasste den Leichenbestatter am Arm und führte ihn in das Gebäude. Mr Sowerberry besprach sich fünf Minuten lang mit der Behörde, und es wurde beschlossen, dass ihm Oliver noch denselben Abend „probeweise" übergeben werden solle – ein Ausdruck, der bei einem Gemeindekind besagt: wenn der Meister in einer kurzen Versuchszeit feststellt, dass er aus einem Jungen genug

Arbeit herausholen kann, ohne zu viel Futter in ihn hineinzustecken, dann erhält er ihn auf eine Reihe von Jahren zugewiesen und kann mit ihm tun, was er mag.

Als der kleine Oliver den „Herren“ an diesem Abend vorgeführt wurde und man ihm sagte, dass er unverzüglich bei einem Sargmacher als Hausbursche einzutreten habe und dass man ihn, wenn er sich über seine Lage beschwere oder je der Gemeinde wieder lästig falle, aufs Meer schicken wolle, damit er dort ersaufe oder totgeprügelt werde, wie es gerade komme, da zeigte er sich so ungerührt, dass sie ihn übereinstimmend für einen hartgesottenen jungen Bösewicht erklärten und Mr Bumble befahlen, ihn alsbald abzuführen.

Obwohl es ganz begreiflich ist, dass gerade die Mitglieder eines Armenrats über die geringsten Anzeichen mangelnden Gefühls bei irgendwem in tugendhaftes Staunen und Entsetzen geraten, so waren sie doch in diesem besonderen Fall sehr im Irrtum. Es lag ganz einfach so, dass Oliver eher zu viel Gefühl besaß als zu wenig und dass er auf dem besten Wege war, durch die üble Behandlung, die ihm widerfahren war, für sein ganzes Leben in tierische Stumpfheit und Widerborstigkeit versetzt zu werden. Er hörte die Eröffnungen über seine künftige Bestimmung schweigend an, und als man ihm sein Gepäck in die Hand gab, das nicht schwer zu tragen war, da es nur aus einem kleinen Paket, eingewickelt in braunes Papier, bestand, sechs Zoll lang, sechs breit und drei hoch, drückte er seine Mütze über die Augen, hängte sich noch einmal an Mr Bumbles Rockärmel und wurde von diesem Würdenträger zu einem neuen Schauplatz seines Leidens geführt.

Eine Weile schleppte Mr Bumble den Kleinen hinter sich her, ohne ihn zu beachten, denn der Büttel trug, wie es ein Büttel stets tun sollte, seinen Kopf sehr hoch, und da es ein windiger Tag war, wurde Oliver durch Mr Bumbles aufgeblähte Rockschöße ganz eingehüllt, und dafür wurden dessen gezipfelte Weste und die Kniehosen aus gelbem Plüsch bloßgelegt und zur Geltung gebracht. Als sie sich jedoch ihrem Bestimmungsort näherten, hielt es Mr Bumble für zweckdienlich hinunterzusehen, um sich zu überzeugen, ob der Junge in der rechten Verfassung sei, sich vor seinem neuen Herrn blicken zu lassen; natürlich geschah das mit gehörig würdevoller Gönnermiene.

„Oliver!“, sagte Mr Bumble.

„Ja, Sir!“, erwiderte Oliver mit leiser, zitternder Stimme.

„Schieb dir die Mütze aus dem Gesicht, und nimm den Kopf hoch!“

Obgleich Oliver tat, was von ihm verlangt wurde, und zugleich mit dem Rücken der freien Hand schnell über die Augen fuhr, blinkte doch noch eine Träne darin, als er zu seinem Führer aufsah. Unter Mr Bumbles strengem Blick kollerte sie die Wange hinunter, und eine zweite und dritte folgten. Das Kind suchte sie zwar krampfhaft zurückzuhalten, aber vergebens; es ließ Mr Bumbles Ärmel fahren, bedeckte sein Gesicht mit beiden Händen und weinte, bis die Tränen zwischen seinen dünnen, mageren Fingern hervorquollen.

„Nun!“, rief Mr Bumble, indem er mit einem Ruck stehen blieb und einen feindseligen Blick auf seinen kleinen Pflegebefohlenen warf. „Nun, von all den undankbaren und nichtswürdigen Jungen, die ich je gesehen habe, bist du aller –“

„Nein, nein, Sir!“, schluchzte Oliver und hängte sich an die Hand, die den wohlbekannten Rohrstock hielt. „Nein, nein, Sir; ich will brav sein – gewiss; gewiss; ich will brav sein, Sir! Ich bin nur ein kleiner Junge, Sir, und bin so – so –“

„So – was?“, fragte Mr Bumble verwundert.

„So allein, Sir – so ganz allein!“, wimmerte das Kind. „Jeder hasst mich. O Sir, nein, bitte, nicht mir böse sein!“

Das Kind presste die Hand aufs Herz und blickte mit Tränen tiefen Schmerzes zu seinem Begleiter auf.

Mr Bumble betrachtete Olivers kläglichen, hilflosen Blick einige Sekunden voll Verwunderung, räusperte sich ein paarmal leise, murmelte etwas von lästigem Husten und redete Oliver zu, seine Augen zu trocknen und sich gut aufzuführen. Dann nahm er ihn wieder bei der Hand und ging schweigend weiter.

Der Leichenbestatter hatte eben die Fensterläden seiner Werkstatt geschlossen und machte beim Schein eines angemessen trüben Kerzenlichts einige Einträge in sein Buch, als Mr Bumble eintrat.

„Aha!“, sagte der Leichenbestatter, hielt mitten im Wort inne und sah vom Buch auf. „Sind Sie es, Mr Bumble?“

„Niemand anders, Mr Sowerberry“, versetzte der Büttel. „Ich habe Ihnen den Jungen mitgebracht.“ Oliver machte einen Bückling.

„Ah! Das ist also der Knabe?", fragte der Leichenbestatter, indem er die Kerze in Kopfhöhe hob, um Oliver besser zu sehen. „Mrs Sowerberry, würdest du so gütig sein, einen Augenblick herzukommen, meine Liebe?"

Mrs Sowerberry trat aus einem kleinen Zimmer hinter der Werkstatt ein; sie war eine kleine, dürre, bedrückte Frau mit zänkischem Gesichtsausdruck.

„Meine Liebe", sagte Mr Sowerberry unterwürfig, „das ist der Knabe aus dem Armenhaus, von dem ich dir erzählt habe." Oliver verbeugte sich wieder.

„Du lieber Gott!", entgegnete des Leichenbestatters Frau. „Ist der klein!"

„Ei freilich ist er klein", bemerkte Mr Bumble mit einem Blick auf Oliver, als ob der daran schuld wäre, dass er nicht größer war. „Er ist klein – das ist nicht zu leugnen; aber er wird wachsen, Mrs Sowerberry, er wird wachsen."

„Ja, das will ich wohl glauben", entgegnete die Dame verdrießlich, „aber von unserem Essen und Trinken. Ich sehe nicht, was man mit diesen Waisenkindern spart, denn ihr Unterhalt kostet immer mehr, als sie wert sind. Aber die Männer glauben immer, sie wüssten alles am besten. Da haben wir's! Geh hinunter, kleines Knochenbündel." Mit diesen Worten öffnete die Frau des Leichenbestatters eine Seitentür und stieß Oliver eine steile Treppe hinunter in eine feuchte, dunkle Zelle mit Steinpflaster, die den Vorraum zum Kohlenkeller bildete und „Küche" genannt wurde. In diesem Raum saß ein schlampiges Mädchen mit abgetretenen Schuhen und blauen Wollstrümpfen, die zu stopfen nicht mehr lohnte.

„Da, Charlotte", sagte Mrs Sowerberry, die Oliver gefolgt war, „gib diesem Jungen etwas von dem kalten Essen, das für Trip zurückgestellt worden ist; er hat sich seit heute früh nicht blicken lassen, also braucht er auch nichts. Bestimmt ist der Junge nicht so wählerisch – nicht wahr, Junge?"

Oliver, dessen Augen aufgeleuchtet hatten, als vom Essen die Rede war, und der vor Gier zitterte, es hinunterzuschlingen, antwortete mit „Nein", worauf ihm ein Teller mit den unansehnlichen Resten einer Mahlzeit vorgesetzt wurde.

Ich wünschte, irgendein wohlgenährter Philosoph, in dem sich Speis und Trank in Galle verwandeln, dessen Blut Eis, dessen Herz

Stahl ist, hätte mit ansehen können, wie sich Oliver Twist über die Leckerbissen hermachte, die der Hund verschmäht hatte. Ich wünschte, er wäre Zeuge des Heißhungers geworden, mit dem Oliver die Brocken auseinanderriss. Nur eins wäre mir noch lieber: diesen Philosophen zu sehen, wie er selbst mit gleichem Behagen ein ähnliches Mahl zu sich nähme.

„Nun“, sagte das Weib des Leichenbestatters, als Oliver sein Abendessen beendet hatte, „bist du fertig?“

Da Oliver nichts Essbares mehr in seinem Bereich fand, bejahte er.

„So komm mit mir“, fuhr Mrs Sowerberry fort, indem sie eine trübe, schmutzige Lampe zur Hand nahm und die Treppe hinauf voranging. „Dein Bett ist unter dem Ladentisch. Es macht dir doch nichts aus, zwischen Särgen zu schlafen? Aber es ist ja einerlei, ob du etwas dagegen hast oder nicht, denn du kannst nirgends sonst schlafen. Also vorwärts, halt mich hier nicht die ganze Nacht auf!“

Oliver zögerte nicht länger, sondern folgte demütig seiner neuen Gebieterin.

Fünftes Kapitel

Oliver lernt seine neue Umgebung kennen, nimmt zum ersten Mal an einem Leichenbegräbnis teil und fasst eine ungünstige Meinung vom Geschäft seines Lehrherrn

Sobald Oliver in der Werkstatt des Leichenbestatters sich selbst überlassen war, setzte er die Lampe auf eine Hobelbank und spähte ängstlich um sich mit einem Gefühl von Furcht und Grauen, das selbst Leute, die weit älter sind als er, sehr begreiflich finden werden. Ein Sarg, der noch nicht fertig war und mitten in der Werkstatt auf einem schwarzen Gestell stand, sah so düster und totenhaft aus, dass es ihn kalt überlief, sooft seine Augen in die Richtung dieses grausigen Gegenstandes wanderten; er wartete förmlich darauf, dass irgendeine schreckliche Gestalt den Kopf daraus erhebe, um ihn vor Schrecken verrückt zu machen. An der Wand stand in regelmäßiger Ordnung eine lange Reihe gleichförmig zugeschnittener Bretter, die ihm bei der düsteren Beleuchtung wie bucklige Gespenster vorkamen, die ihre Hände in den Hosentaschen stecken hatten. Sargdeckel, Hobelspäne, Nägel mit blanken Köpfen und Fetzen schwarzen Tuchs lagen auf dem Boden verstreut, und die Wand hinter dem Ladentisch war mit einem farbenprächtigen Bild geziert, das zwei Leichenbegleiter in steifen Halsbinden darstellte, die in dienstlicher Haltung an einer großen Haustür standen mit einem von vier Pferden gezogenen Leichenwagen im Hintergrund. Die Werkstatt war eng und schwül, und die Luft schien von Sarggeruch vergiftet. Der Winkel unter dem Ladentisch, in den Olivers Wollmatratze geschoben war, sah aus wie ein Grab.

Aber dies waren nicht die einzigen Gedanken, die Oliver bedrückten. Er war allein in einem fremden Haus; und wir alle wissen, wie elend und verlassen sich selbst die Mutigsten unter uns manchmal in solcher Lage fühlen. Der Knabe hatte keine Freunde, an denen ihm lag und die sich um ihn kümmerten. Kein Trennungsschmerz haftete frisch in seinem Gedächtnis, keine Erinnerung an ein teures, wohlvertrautes Gesicht bedrückte sein Herz. Aber bedrückt war sein Herz doch, und als er in sein enges Bett kroch, wünschte er, es wäre sein Sarg und er dürfte einen ruhigen, ewigen Schlaf auf dem Kirchhof schlafen, wo sich das hohe Gras sanft über seinem Haupt wiegen und der Klang der alten, tiefen Turmglocke seinen Schlummer begleiten würde.

Am Morgen wurde Oliver durch laute Fußtritte gegen die Tür der Werkstatt geweckt, die aufgebracht und ungestüm wohl zwanzigmal wiederholt wurden, ehe er in seine Kleider fahren konnte. Als er die Sicherheitskette abzunehmen begann, hielten die Füße inne, und eine Stimme ließ sich hören.

„Willst du wohl aufmachen?“, rief die Stimme, die zu den Füßen gehörte, welche an die Tür gepocht hatten.

„Gleich, gleich, Sir“, gab Oliver zurück, während er die Kette entfernte und den Schlüssel umdrehte.

„Du bist wohl der neue Junge – wie?“, fragte die Stimme durch das Schlüsselloch.

„Ja, Sir!“, erwiderte Oliver.

„Wie alt bist du?“, erkundigte sich die Stimme forschend.

„Zehn, Sir!“, antwortete Oliver.

„Dann bekommst du Schläge, wenn ich hineinkomme; darauf kannst du dich gefasst machen, du Armenhausbalg!“

Nach dieser liebenswürdigen Verheißung begann die Stimme zu pfeifen.

Oliver war dem Verfahren, auf das jenes knappe Wort hindeutete, zu oft unterworfen gewesen, um im Geringsten daran zu zweifeln, dass der Eigentümer der Stimme, wer es auch sein mochte, sein Versprechen redlich erfüllen werde. Er nahm daher mit zitternder Hand die Querbalken weg und öffnete die Tür.

Ein paar Augenblicke sah Oliver die Straße hinauf und hinab und darüber hinweg, überzeugt, der Unbekannte, der ihn durchs Schlüsselloch angeredet hatte, sei einige Schritte weitergegangen, um sich zu erwärmen, denn er gewahrte niemanden als einen dicken Jungen, der auf einem Pfosten vor dem Haus saß und ein Butterbrot aß, das er mit einem Schnappmesser in mundgerechte Stücke schnitt und dann mit großer Gewandtheit verzehrte.

„Verzeihung, Sir“, sagte Oliver endlich, als er sah, dass sonst kein Besucher sichtbar war, „haben Sie geklopft?“

„Ich habe getrampelt“, versetzte der Junge.

„Wünschen Sie einen Sarg?“, fragte Oliver harmlos.

Der Junge verzerrte daraufhin grimmig das Gesicht und sagte, Oliver werde wohl selbst bald einen brauchen, wenn er sich derartige Scherze mit seinen Vorgesetzten erlaube.

„Du weißt wohl nicht, wer ich bin, Armenhäusler?“, fuhr der Junge fort, indem er mit erbaulicher Würde von seinem Pfosten herunterkletterte.

„Nein, Sir!“, entgegnete Oliver.

„Ich bin Mr Noah Claypole“, sagte der Junge, „und du bist mein Untergebener. Nimm die Läden ab, du fauler junger Schuft!“

Mit diesen Worten versetzte Mr Claypole Oliver einen Tritt und ging mit hoheitsvoller Miene, die ihm viel Würde verlieh, in die Werkstatt. Es ist für einen großköpfigen, kleinäugigen Jungen von schlottriger Gestalt und einfältigen Zügen ohnehin schwer, hoheitsvoll auszusehen, besonders aber, wenn zu diesen persönlichen Reizen noch eine rote Nase und kurze gelbe Hosen hinzukommen.

Oliver hatte die Läden abgenommen und dabei, als er den ersten in einen kleinen Hof seitwärts des Hauses zu schleppen versuchte, wo sie tagsüber aufbewahrt wurden, eine Fensterscheibe zerbrochen. Noah unterstützte ihn, indem er ihm zum Trost versicherte, dass dies „etwas setzen“ werde, ehe er sich herabließ, ihm zu helfen. Wenig später kam Mr Sowerberry herunter, Mrs Sowerberry erschien kurze Zeit darauf, und nachdem es, Noahs Prophezeiung gemäß, für Oliver „etwas gesetzt hatte“, folgte er dem jungen Herrn treppabwärts zum Frühstück.

„Komm näher ans Feuer, Noah“, versetzte Charlotte. „Ich habe dir ein nettes Stückchen Schinken von des Herrn Frühstück aufgehoben. Oliver, schließ die Tür hinter Mr Noah, und nimm, was ich dir auf den Deckel des Brotkorbs gelegt habe. Da ist dein Tee, trink ihn auf der Kiste dort, und beeile dich, denn man wird dich in der Werkstatt brauchen. Hörst du?“

„Hörst du, Armenhäusler?“, wiederholte Noah Claypole.

„Lieber Gott, Noah!“, sagte Charlotte. „Was für ein verrückter Kerl du bist! Warum lässt du den Jungen nicht in Ruhe?“

„In Ruhe lassen?“, erwiderte Noah. „Ei, was das anbelangt, er wird schon genug in Ruhe gelassen. Weder Vater noch Mutter werden ihn je darin stören. All seine Verwandten lassen ihm hübsch seinen eignen Willen. Nicht wahr, Charlotte? Hehehe!"

„Ach, du Querkopf!", entgegnete Charlotte und brach in herzliches Lachen aus, in das Noah einstimmte. Dann blickten beide verächtlich auf den armen Oliver, wie er, vom Frost geschüttelt, auf der Kiste im kältesten Winkel der Küche saß und die harten Brocken verzehrte, die man eigens für ihn aufgehoben hatte.

Noah war Zögling einer Armenschule, aber doch keine Armenhauswaise. Er war auch kein Findling; denn er konnte seinen Stammbaum bis auf seine Eltern zurückverfolgen, die ganz in der Nähe wohnten. Seine Mutter war eine Wäscherin, sein Vater ein stets betrunkener Soldat, der mit einem Holzbein, einem täglichen Zehrgeld von zweieinhalb Pence und einer einmaligen Abfindung den Abschied erhalten hatte. Die Ladenburschen in der Nachbarschaft pflegten Noah auf offener Straße mit ehrenrührigen Beinamen wie „Lederhose", „Armenschüler" und ähnlichen zu beschimpfen, und Noah hatte sie unerwidert hingenommen. Aber nun, da ihm das Geschick eine namenlose Waise in den Weg geworfen hatte, auf die selbst der Niedrigste verächtlich mit dem Finger deuten konnte, nahm er mit Wucherzinsen Rache. Fürwahr ein dankbarer Stoff zu Betrachtungen! Es zeigt uns, was für eine köstliche Sache es um die Menschennatur ist und wie sich die gleichen liebenswürdigen Eigenschaften ohne Unterschied beim feinsten Lord wie beim schmutzigsten Armenjungen entwickeln können.

Oliver hatte im Haus des Leichenbestatters bereits drei oder vier Wochen zugebracht. Mr und Mrs Sowerberry nahmen nach Ablauf der Geschäftsstunden eben ihr Nachtmahl in dem kleinen Hinterzimmer ein, als Mr Sowerberry, nach einigen ergebenen Blicken auf seine Gattin, anfing: „Meine Liebe –" Er wollte mehr sagen, da aber Mrs Sowerberry mit besonders ungnädigem Ausdruck aufblickte, hielt er inne.

„Nun?", fragte Mrs Sowerberry scharf.

„Nichts, mein Schatz, nichts", sagte Mr Sowerberry.

„Ach, du Dummkopf!", schmähte Mrs Sowerberry.

„Nicht doch, meine Liebe", versetzte Mr Sowerberry demütig. „Es kam mir nur so vor, als wolltest du nicht zuhören, meine Liebe. Ich wollte sagen –"

„Oh! Ich will nicht wissen, was du mir sagen wolltest“, unterbrach ihn Mrs Sowerberry. „Ich gelte ja doch hier als Niemand; frag mich nur bitte nicht um Rat! Ich will mich nicht in deine Geheimnisse drängen.“ Als Mrs Sowerberry dies gesagt hatte, brach sie in ein hysterisches Lachen aus, das gefährliche Folgen befürchten ließ.

„Aber Liebling“, erwiderte Mr Sowerberry, „ich wollte dich gerade um deinen Rat bitten.“

„Nein! Nein! Um meinen nicht“, entgegnete Mrs Sowerberry geziert, „lass dir von sonst wem raten.“

Darauf folgte wieder ein hysterisches Auflachen, das Mr Sowerberry stark beunruhigte – ein weit verbreiteter und viel erprobter Kunstgriff in der Ehe, der oft zum Erfolg führte. Er zwang Mr Sowerberry plötzlich, sich als besondere Gunst die Erlaubnis zu erbitten, etwas mitzuteilen, auf das seine Frau vor Neugier brannte. Und nach einem kurzen Wortwechsel von nicht ganz drei viertel Stunden wurde die Erlaubnis allergnädigst erteilt.

„Es handelt sich um den jungen Twist, mein Schatz“, sagte Mr Sowerberry. „Ein sehr gut aussehender Junge, meine Liebe.“

„Kein Wunder, er isst auch genug“, bemerkte die Dame.

„Es liegt ein melancholischer Ausdruck in seinem Gesicht, meine Liebe“, fuhr Mr Sowerberry fort, „der ungemein anspricht. Er gäbe einen vortrefflichen Leichendiener ab.“

Mrs Sowerberry blickte ein wenig verwundert auf. Ihr Gatte bemerkte es und fügte, ohne ihr zu einem Einwurf Zeit zu lassen, hinzu: „Ich meine keinen regelrechten, der Erwachsene begleitet, mein Schatz, sondern einen für Kinderbegräbnisse. Es wäre etwas ganz Neues, einen Leichenbegleiter im entsprechenden Alter zu verwenden. Das brächte eine großartige Wirkung hervor, verlass dich darauf.“

Mrs Sowerberry, die im Bestattungswesen viel Geschmack besaß, war von der Neuigkeit dieses Gedankens hingerissen; da es aber unter den gegebenen Umständen ihre Würde beeinträchtigt hätte, das zuzugestehen, fragte sie bloß spitz, warum ein so naheliegender Gedanke ihrem Gatten nicht schon früher eingefallen sei. Mr Sowerberry hielt dies mit Recht für eine Zustimmung zu seinem Vorschlag, und so wurde denn eilig beschlossen, Oliver sei alsbald in die Geheimnisse des Geschäfts einzuführen und solle zu diesem Zweck seinen Herrn bei der nächsten Gelegenheit begleiten, bei der seine Dienste beansprucht würden.

Diese Gelegenheit ließ nicht lange auf sich warten. Am nächsten Morgen, eine halbe Stunde nach dem Frühstück, betrat Mr Bumble den Laden, lehnte seinen Stock an den Ladentisch, zog eine große lederne Brieftasche hervor und holte daraus einen kleinen Streifen Papier, den er Mr Sowerberry einhändigte.

„Aha!“, sagte der Leichenbestatter, indem er den Zettel mit heiterer Miene überflog, „eine Bestellung für einen Sarg, nicht wahr?“

„Zuerst für einen Sarg und dann für ein Begräbnis“, versetzte Mr Bumble, indem er den Riemen der Brieftasche wieder zuschnallte, die, wie er, ziemlich beleibt war.

„Bayton?“, bemerkte der Leichenbestatter und sah vom Papierstreifen zu Mr Bumble auf. „Ich habe diesen Namen noch nie gehört.“

Bumble schüttelte den Kopf und erwiderte: „Störrische Leute, Mr Sowerberry, sehr störrisch; und stolz dazu, wie ich fürchte, Sir.“

„Stolz?“, rief Mr Sowerberry spöttisch. „Nein, das ist doch zu arg.“

„Ach, es ist zum Krankwerden“, entgegnete der Büttel. „Zum Erbrechen, Mr Sowerberry!“

„Glaub's“, stimmte der Leichenbestatter bei.

„Wir hörten von der Familie erst in der vorletzten Nacht“, sagte der Büttel, „und wir hätten auch da nichts von ihnen erfahren, wenn nicht eine Frau, die im selben Haus wohnt, die Behörde darum angegangen hätte, den Armenarzt zu einer sehr kranken Weibsperson zu schicken. Der Arzt war eben zum Mittagessen ausgegangen, aber sein Gehilfe, ein aufgeweckter Bursche, sandte ihr sofort eine Medizin in einer Schuhwichsflasche.“

„Aha! Das nenne ich rasche Bedienung“, bemerkte der Leichenbestatter.

„Jawohl, rasche Bedienung!“, erwiderte der Büttel. „Aber was war die Folge? Wie weit geht der Undank dieser Aufrührer, Sir? Ihr Mann ließ zurücksagen, dass das Mittel für die Krankheit seines Weibes nicht passe und sie es nicht nehmen werde – er lässt sagen, Sir, dass sie's nicht nehme! Eine gute, kräftige, heilsame Arznei, wie man sie eine Woche zuvor mit bestem Erfolg zwei irischen

Tagelöhnern und einem Kohlenträger gegeben hatte – sie erhalten sie samt der Wichseflasche umsonst –, und er lässt zurücksagen, dass sie dieses Mittel nicht einnehmen wolle!“

Als dieser Trotz Mr Bumble wieder in seiner ganzen Ungeheuerlichkeit bewusst wurde, lief er vor Unwillen rot an und schlug mit seinem Stock auf den Ladentisch.

„Nun“, sagte der Leichenbestatter, „ich hätte niemals –“

„Nein, niemals, Sir!“, stieß der Büttel hervor, „nein, niemals hätte ein Mensch das gedacht. Aber jetzt ist sie tot, und wir müssen sie begraben. Das ist die Anweisung – je früher, desto besser!“

Bei diesen Worten stülpte Mr Bumble in gerechtem Amtszorn seinen Dreispitz verkehrt auf den Kopf und stürzte aus der Werkstatt.

„Er war so zornig, Oliver, dass er sogar nach dir zu fragen vergaß“, stellte Mr Sowerberry fest, während er dem Büttel die Straße hinunter nachsah.

„Ja, Sir!“, versetzte Oliver, der sich während des Gesprächs sorgfältig außer Sicht gehalten hatte und schon bei der Erinnerung an den Klang von Mr Bumbles Stimme vom Kopf bis zu den Füßen zitterte. Er hätte es jedoch nicht nötig gehabt, Bumbles Blicken auszuweichen, denn dieser Beamte, auf den die Prophezeiung des Herrn in der weißen Weste tiefen Eindruck gemacht hatte, hielt es nun, da der Leichenbestatter Oliver probeweise übernommen hatte, für besser, über ihn zu schweigen, bis er für eine siebenjährige Lehrzeit fest verpflichtet und damit tatsächlich und gesetzlich alle Gefahr gebannt war, er könne der Gemeinde wieder zur Last fallen.

„Nun“, sagte Mr Sowerberry und griff nach seinem Hut, „je eher dieses Geschäft abgewickelt wird, desto besser. Noah, pass auf den Laden auf, und du, Oliver, setz deine Mütze auf, und komm mit mir.“

Sie gingen eine Weile durch den belebtesten und menschenreichsten Teil der Stadt, bogen in ein Gässchen ein, das schmutziger und ärmlicher war als alle, durch die sie gekommen waren, und blieben dann stehen, um das Haus zu suchen, das ihr Ziel war. Die Häuser auf beiden Seiten waren hoch und breit, aber recht alt und von Leuten der ärmsten Schicht bewohnt. Das hätte schon ihre vernachlässigte Außenseite zur Genüge bewiesen, auch ohne die Bestätigung durch das ärmliche Aussehen der paar Männer und Weiber, die hin und wieder mit verschränkten Armen und in gebeugter Haltung vorbeischlichen. In vielen der Häuser befanden sich Läden, aber sie waren geschlossen und halb verfallen; nur die oberen Räume waren noch bewohnt. Einige Gebäude, durch Alter und Vernachlässigung baufällig geworden, waren von der Straße her durch starke, in die Erde gerammte und gegen die Wände gestemmte Balken vor dem Einsturz gesichert worden; aber selbst diese brüchigen Höhlen schienen von manchen armseligen Obdachlosen zum nächtlichen Aufenthalt erwählt zu sein, denn viele der rauen Bretter, mit denen man Türen und Fenster vernagelt hatte, waren weit genug ausgebrochen, um einem menschlichen Körper Durchgang zu gewähren. Die Gosse war ein Sumpf, und selbst die Ratten, die da und dort verwesend herumlagen, sahen grässlich verhungert aus.

Die offene Tür, an der Oliver mit seinem Begleiter haltmachte, hatte weder Klopfer noch Glockenzug. Der Leichenbestatter wand sich daher vorsichtig durch den dunklen Gang, forderte Oliver auf, sich dicht hinter ihm zu halten und sich nicht zu fürchten, und erreichte so den ersten Stock. Mr Sowerberry stolperte gegen eine Tür gleich neben der Treppe und klopfte an.

Ein junges Mädchen von vierzehn bis fünfzehn Jahren öffnete. Der Leichenbestatter sah genug vom Inneren des Gemachs, um zu wissen, dass er an seinem Bestimmungsort sei; daher trat er ein, und Oliver folgte.

Es war kein Feuer im Zimmer, aber ein Mann kauerte aus Gewohnheit vor dem leeren Kamin. Eine alte Frau hatte gleichfalls einen Schemel an den kalten Herd gezogen und saß ihm zur Seite. In einem anderen Winkel hielten sich einige zerlumpte Kinder auf, und in einer kleinen Nische der Tür gegenüber lag etwas auf dem Boden, das mit einem alten Leinen bedeckt war. Oliver schauderte, als er einen Blick auf diese Stelle warf, und schmiegte sich unwillkürlich dichter an seinen Herrn; denn der Knabe ahnte, dass sich unter dem Leinen eine Leiche befand.

Das Gesicht des Mannes war abgemagert und sehr bleich, Haar und Bart waren angegraut und die Augen blutunterlaufen. Das Gesicht der alten Frau war runzlig, ihre Augen waren glänzend und durchdringend, und die zwei noch vorhandenen Zähne ragten über ihre Unterlippe hervor. Oliver fürchtete sich, sie oder den Mann anzusehen – sie schienen den Ratten zu gleichen, die er auf der Gasse gesehen hatte.

„Niemand soll ihr nahe kommen!“, rief der Mann, der ungestüm aufsprang, als der Leichenbestatter auf die Nische zutrat. „Zurück, du Hund, zurück, wenn dir dein Leben lieb ist!“

„Seid vernünftig, guter Mann!“, sagte der Leichenbestatter, der an das Elend in allen Gestalten gewöhnt war, „seid vernünftig!“

„Ich sage dir“, entgegnete der Mann, während er die Fäuste ballte und wütend auf den Boden stampfte, „ich sage dir, ich lasse sie nicht in der Erde verscharren. Sie fände dort keine Ruhe. Die Würmer würden sie dort nur plagen, aber nicht aufzehren – sie ist ja so abgemagert.“

Der Leichenbestatter erwiderte nichts auf dieses Toben, sondern zog ein Maßband aus der Tasche und kniete einen Augenblick neben der Leiche nieder.

„Ach!“, sagte der Mann, der jetzt in Tränen ausbrach und zu Füßen der toten Frau auf die Knie sank; „kniet nieder, kniet alle um sie her, und hört auf meine Worte! Ich sage, sie ist verhungert! – Ich wusste nie, wie schlimm sie dran war, bis sie das Fieber befiel, und dann bohrten sich bereits die Knochen durch die Haut. Sie hatte weder Feuer noch Licht; sie starb im Finstern – im Finstern! Sie konnte nicht einmal die Gesichter ihrer Kinder sehen, obgleich wir hörten, dass sie ihre Namen hauchte. Ich bettelte für sie auf den Straßen, und man warf mich ins Gefängnis. Als ich zurückkam, lag sie im Sterben. Alles Blut gerann mir in den Adern, denn man hat sie verhungern lassen! Ich schwör es vor Gott, der's mit ansah, man hat sie verhungern lassen!“

Er fuhr sich mit den Händen durchs Haar und wälzte sich laut schreiend auf dem Boden; sein Blick wurde starr, und vor die Lippen trat Schaum.

Die erschrockenen Kinder weinten heftig, aber die alte Frau, die bisher so ruhig dagesessen hatte, als wäre sie taub für alles, was um sie vorging, brachte sie mit Drohungen zum Schweigen, lockerte dem Mann, der noch immer ausgestreckt auf dem Boden lag, das Halstuch und wankte auf den Leichenbestatter zu.

„Sie war meine Tochter“, sagte die Alte; sie deutete dabei mit dem Kopf nach der Leiche und begleitete ihre Worte mit einem irren Blick, der spukhafter wirkte als die Gegenwart des Todes an diesem Ort. „Gott! Gott! – es ist doch seltsam, dass ich, die ich sie gebar, als ich schon bei Jahren war, noch am Leben und munter bin, und sie liegt dort – so kalt und steif! Mein Gott! – das zu denken – es ist ein Trauerspiel – ja, ein wirkliches Trauerspiel!"

Während das unglückliche Geschöpf so vor sich hinmurmelte und in einer entsetzlichen Lustigkeit kicherte, wandte sich der Leichenbestatter zum Gehen.

„Halt! Halt!", flüsterte das alte Weib deutlich vernehmbar. „Wird sie morgen begraben – oder übermorgen – oder heute Nacht? – Ich habe sie angezogen und muss doch mitgehen – nicht wahr? Schickt mir einen Mantel – einen guten, warmen Mantel, denn es ist bitterkalt. Wir sollten auch Kuchen und Wein haben, ehe wir gehen! Aber lasst nur; schickt nur Brot – einen Laib Brot und ein Glas Wasser. Werden wir Brot bekommen, mein Lieber?", fragte sie ungestüm und fasste den Rock des Leichenbestatters, als er sich wieder zur Tür wandte.

„Ja! Ja!", versetzte der Leichenbestatter. „Natürlich. Alles, was Ihr wollt!" Er machte sich vom Griff der Alten los und eilte, Oliver hinter sich herziehend, rasch fort.

Am anderen Tag – die Familie war inzwischen durch einen halben Laib Brot und ein Stück Käse erquickt worden, das Mr Bumble eigenhändig hingebracht hatte – kehrten Oliver und sein Meister in die Elendsherberge zurück, wo bereits Mr Bumble mit vier Männern aus dem Armenhaus wartete, die als Träger dienen sollten. Über die Lumpen des Mannes und der alten Frau hatte man alte schwarze Mäntel gezogen; der rohe Sarg wurde zugeschraubt, auf die Schultern der Träger gehoben und auf die Straße gebracht.

„Ihr müsst Eure Beine ein wenig bemühen, alte Frau", flüsterte Sowerberry der Alten ins Ohr. „Wir sind etwas spät dran, und es wäre unschicklich, den Geistlichen warten zu lassen. Vorwärts, ihr Männer – so rasch ihr könnt!"

Auf diese Weisung hin trabten die Träger unter ihrer leichten Bürde weiter, und die beiden Leidtragenden hielten sich ihnen so nahe, wie sie konnten. Mr Bumble und Sowerberry gingen mit kräftigen Schritten voraus, und Oliver, dessen Beine nicht so lang waren wie die seines Meisters, keuchte nebenher.

Man hätte jedoch nicht nötig gehabt, so zu eilen, wie Mr Sowerberry annahm; denn als sie den dunklen, mit Nesseln bewachsenen Winkel des Kirchhofs erreichten, wo die Armen der Gemeinde beerdigt wurden, war der Geistliche noch nicht da, und der Küster, der in der Sakristei am Feuer saß, meinte, es sei keineswegs unwahrscheinlich, dass es noch eine Stunde dauere, bis er komme. Sie setzten daher die Bahre am Rand des Grabes nieder, und die zwei Leidtragenden warteten geduldig auf dem feuchten Lehmboden, auf den ein kalter Nebelregen niederrieselte, während die zerlumpten Jungen, die dieses Schauspiel auf den Kirchhof gelockt hatte, lärmend zwischen den Grabsteinen Verstecken spielten oder sich zur Abwechslung damit vergnügten, vor- und rückwärts über den Sarg zu hüpfen. Mr Sowerberry und Mr Bumble, die mit dem Küster befreundet waren, saßen mit ihm am Feuer und lasen die Zeitung. Endlich, nach mehr als einer Stunde, sah man Bumble, Sowerberry und den Küster zum Grab eilen. Gleich darauf erschien der Geistliche, der sich noch unterwegs das Chorhemd überwarf. Mr Bumble verprügelte einen oder zwei Jungen, um den Anstand zu wahren; der Geistliche las aus dem Einsegnungsgebet so viel, wie sich in vier Minuten unterbringen ließ, gab dann dem Küster sein Chorhemd und ging wieder fort.

„Nun, Bill“, sagte Sowerberry zu dem Totengräber, „schütt es zu!“

Dies war kein sehr schwieriges Geschäft; denn das Grab war bereits so voll, dass vom obersten Sarg bis zur Oberfläche nur wenige Fuß fehlten. Der Totengräber schaufelte die Erde hinein, stampfte sie leicht nieder, nahm den Spaten über die Schulter und entfernte sich, von den Jungen begleitet, die sich laut darüber beklagten, dass der Spaß schon vorüber sei.

„Komm, guter Freund“, sagte Bumble, indem er dem Mann auf den Rücken klopfte, „man schließt den Kirchhof.“

Der Mann, der sich nicht gerührt hatte, seit er ans Grab getreten war, fuhr zusammen, hob den Kopf, starrte den Menschen an, der zu ihm gesprochen hatte, tat ein paar Schritte vorwärts und fiel dann ohnmächtig zu Boden. Das wahnsinnige alte Weib war viel zu sehr damit beschäftigt, den Verlust ihres Mantels zu beklagen, den der Leichenbestatter wieder an sich genommen hatte, um auf ihn zu achten; man goss also einen Krug kalten Wassers über ihn, und als er zu sich kam, führten sie ihn aus dem Kirchhof, schlossen das Gitter und gingen ihrer Wege.

„Nun, Oliver", fragte Sowerberry auf dem Heimweg, „wie gefällt dir das?"

„Danke, Sir", erwiderte Oliver recht zögernd, „nicht sehr gut."

„Ach! Du wirst dich mit der Zeit schon dran gewöhnen", meinte Sowerberry. „Wenn man's einmal gewöhnt ist, macht's einem nichts mehr, Junge."

Oliver überlegte, ob Mr Sowerberry wohl lange gebraucht hatte, sich daran zu gewöhnen. Aber er hielt es für besser, die Frage nicht zu stellen, und ging zur Werkstatt zurück, voller Gedanken über alles, was er gesehen und gehört hatte.

Sechstes Kapitel

Oliver, durch die Hohnreden Noahs gereizt, erwacht zur Tat, dass jener sich wundern muss

Als der Probemonat vorbei war, wurde Oliver in aller Form als Lehrling angenommen. Es war gerade eine recht ungesunde Jahreszeit. Kaufmännisch ausgedrückt, die Nachfrage nach Särgen stieg, und in wenigen Wochen hatte Oliver ziemliche Erfahrung gesammelt. Der Erfolg der scharfsinnigen Überlegung Mr Sowerberrys übertraf sogar seine kühnsten Erwartungen. Die ältesten Einwohner erinnerten sich keiner Zeit, da die Masern so heftig gewütet und so viele Kinderleben zerstört hatten, und zahlreich waren daher die Leichenzüge, denen der kleine Oliver zur unbeschreiblichen Bewunderung und Rührung aller Mütter der Stadt mit einem bis an die Knie reichenden Hutflor vorangehen musste. Da Oliver seinen Meister auch bei den meisten Erwachsenenbegräbnissen begleitete, um sich das gleichmäßige Benehmen und jene Herrschaft über die Nerven zu erwerben, die zu einem vollendeten Leichenbestatter gehören, so hatte er oft Gelegenheit, die schöne Ergebung und Seelenstärke zu beobachten, mit der tapfere Leute ihre Heimsuchung und Verluste ertragen.

Wenn Sowerberry beispielsweise das Begräbnis eines reichen alten Herrn oder einer reichen alten Dame zu betreuen hatte, die zahlreiche Neffen und Nichten ihr eigen nannten, dann zeigte sich, dass dieselben Verwandten, die während der vorausgegangenen Krankheit so untröstlich gewesen waren und ihren Kummer nicht einmal in der Öffentlichkeit zu unterdrücken vermocht hatten, kaum waren sie glücklich unter sich, so heiter und zufrieden dreinschauten und so frisch und fröhlich miteinander plauderten, als könne sie nichts erschüttern, was auch geschehen sein mochte. Männer trugen den Verlust ihrer Frauen mit heldenmütigster Ruhe; Frauen andererseits legten Witwentracht an, als wollten sie nicht trauern, sondern sich nur so reizend und anziehend gestalten wie möglich. Man konnte auch beobachten, dass Damen und Herren, die während der Beerdigung vor Schmerz schier vergingen, sich schon auf dem Heimweg erholten und wieder ganz ruhig geworden waren, ehe der Tee zu Ende getrunken war. All dies war schön und erbaulich zu sehen, und Oliver betrachtete es mit großer Verwunderung.

Obgleich ich Olivers Lebensdarsteller bin, kann ich doch nicht mit Bestimmtheit behaupten, dass er durch das Beispiel dieser guten Leute zur inneren Gelassenheit bewogen wurde; wohl aber kann ich versichern, dass er viele Monate die Gewaltherrschaft Noah Claypoles geduldig ertrug, obschon ihn dieser weit schlechter behandelte als zuvor, jetzt, da seine Eifersucht erwacht war, weil es der neue Lehrling zum schwarzen Stock und Hutflor gebracht hatte, während er, der Ältere, bei Pelzmütze und Lederhose stecken geblieben war. Charlotte misshandelte ihn, weil es Noah tat, und Mrs Sowerberry war seine entschiedene Feindin, weil ihm Mr Sowerberry wohlgesinnt war. Zwischen diesen dreien auf der einen Seite und einer Menge von Leichenbegängnissen auf der anderen befand sich Oliver durchaus nicht so behaglich wie das hungrige Ferkel, das aus Versehen in die Getreidekammer einer Brauerei eingeschlossen wurde.

Ich komme nun zu einem höchst wichtigen Abschnitt in Olivers Geschichte; denn ich habe eines Vorganges zu gedenken, der vielleicht alltäglich und unbedeutend erscheint, mittelbar aber eine wesentliche Veränderung all seiner Zukunftsaussichten und Zukunftswege bewirkte.

Oliver und Noah waren eines Tages zur gewöhnlichen Essenszeit in die Küche hinabgestiegen mit der Aussicht auf ein Stückchen Hammel – anderthalb Pfund vom Halswirbel –, als Charlotte plötzlich weggerufen wurde. So ergab sich eine kurze Wartezeit, die der hungrige und boshafte Noah Claypole nicht würdiger anwenden zu können glaubte, als dass er den jungen Oliver verhöhnte und quälte.

Auf dieses unschuldige Vergnügen erpicht, setzte Noah seine Füße auf das Tischtuch, zupfte Oliver an den Haaren, zwickte ihn in die Ohren, gab seiner Meinung Ausdruck, dass er ein Kriecher sei, beteuerte seine Absicht dabei zu sein, wenn er gehängt werde, wann immer sich dies wünschenswerte Ereignis abspiele, und schnitt noch verschiedene andere verdrießliche Gesprächsstoffe an; mit einem Wort: Er zeigte sich ganz als der niederträchtige, missratene Zögling einer Armenschule. Da aber keine dieser Quälereien den ersehnten Zweck erreichte, Oliver zum Weinen zu bringen, versuchte Noah noch witziger zu werden. Und in dieser Absicht tat er etwas, das viele Hohlköpfe von weit größerem Ruf als Noah heute tun, wenn sie witzig sein wollen: Er wurde persönlich.

„Armenhäusler“, sagte Noah, „was macht deine Mutter?“

„Sie ist tot“, versetzte Oliver, „sprich du mir nicht von ihr!“

Olivers Gesicht rötete sich bei diesen Worten; er atmete rascher, und Mund und Nase bebten seltsam, was Mr Claypole als unmittelbare Vorläufer eines Tränenstroms deutete. In dieser Annahme nahm er seinen Angriff wieder auf.

„Woran starb sie denn, Armenhäusler?“, fragte Noah.

„An gebrochenem Herzen, hat mir eine unserer alten Wärterinnen erzählt“, erwiderte Oliver, mehr mit sich selbst sprechend denn als Antwort an Noah. „Ich glaube, ich weiß, was es heißt, daran zu sterben!“

„Tralalala, Armenhäusler!“, sagte Noah, als er eine Träne über Olivers Wangen laufen sah. „Was bringt dich denn jetzt zum Heulen?“

„Du nicht“, versetzte Oliver, indem er rasch die Träne wegwischte, „du wahrlich nicht.“

„Wie, nicht ich?“, höhnte Noah.

„Nein, du nicht“, fuhr Oliver schneidend fort. „Doch jetzt ist's genug. Sprich nicht weiter von ihr, oder du sollst es bereuen.“

„Bereuen?“, rief Noah. „Haha! Bereuen! Armenhäusler, du wirst unverschämt. Und gar deine Mutter! Die mag eine Feine gewesen sein – du lieber Himmel!“ Bei diesen Worten nickte Noah ausdrucksvoll und rümpfte dazu seine kurze rote Nase, so weit sie sich zusammenziehen ließ.

„Du weißt, Armenhäusler“, fuhr Noah, durch Olivers Schweigen ermutigt, in höhnischem Ton affektierten Mitleids, wohl dem kränkendsten von allen, fort, „du weißt, Armenhäusler, da ist nichts mehr zu machen, und natürlich konntest du damals auch nichts dagegen tun. Gewiss, du dauerst mich, und wir alle haben sicher Mitleid mit dir; aber du musst wissen, Armenhäusler, dass deine Mutter eine ganz Schlechte war!"

„Was sagst du?", fragte Oliver, rasch aufblickend.

„Ja, Armenhäusler – ein liederliches Ding war sie", fuhr Noah kaltblütig fort, „und es ist viel besser, dass sie damals gestorben ist, sonst hätte sie wohl Schwerarbeit in Bridewell leisten müssen, oder man hätte sie deportiert oder gar aufgeknüpft, was wohl das Wahrscheinlichste von allem ist, nicht wahr?"

Flammend vor Wut sprang Oliver auf, warf Stuhl und Tisch um, fasste Noah an der Kehle, schüttelte ihn mit der Macht der Wut, dass ihm die Zähne klapperten, und nahm dann alle seine Kräfte zu einem Streich zusammen, der den andern zu Boden warf.

Eine Minute vorher hatte sich der Knabe noch als das ruhige, sanfte, unterwürfige Wesen gezeigt, das harte Behandlung aus ihm gemacht hatte. Aber endlich waren seine Lebensgeister erwacht; der schimpfliche Vorwurf gegen seine tote Mutter hatte sein Blut zum Wallen gebracht. Seine Brust hob sich, er stand aufrecht, seine Augen leuchteten lebhaft, und sein ganzes Wesen war verändert, als er den feigen Peiniger anfunkelte, der nun zusammengekrümmt vor seinen Füßen lag; er trotzte ihm mit einer Kraft, die ihm selbst fremd gewesen war.

„Er bringt mich um!", heulte Noah. „Charlotte! Mrs Sowerberry! Der neue Junge bringt mich um! Hilfe! Hilfe! Oliver ist toll geworden! Char–lotte!"

Noahs Hilferufe wurden durch einen lauten Schrei Charlottes und einem noch lauteren von Mrs Sowerberry erwidert; erstere stürzte durch eine Seitentür in die Küche, während letztere auf der Treppe stehen blieb, bis sie sich überzeugt hatte, dass es sich mit der Fürsorge für ihr Leben vertrug, näher heranzugehen.

„O du kleiner Schuft!", kreischte Charlotte, indem sie Oliver mit äußerster Kraft packte, was ungefähr der eines mittelstarken, wohlgeübten Mannes gleichkam, „o du un–dank–ba–rer, mör–de–ri–scher, nichts–wür–di–ger kleiner Schurke!" Und zwischen jeder Silbe versetzte sie ihm mit voller Gewalt einen Schlag, dem sie einen Schrei mit auf den Weg gab.

Charlottes Hiebe waren keineswegs sanft; damit aber Olivers Wut ganz gewiss gedämpft werde, stürzte Mrs Sowerberry in die Küche und half, indem sie ihn mit der einen Hand hielt, während

Oliver setzt sich zur Wehr

sie mit der andern sein Gesicht zerkratzte. Bei diesem günstigen Stand der Dinge erhob sich Noah vom Boden und knuffte ihn von hinten.

Die Anstrengung war zu heftig, um lang zu währen. Als alle drei abgekämpft waren und nicht mehr zerren und schlagen konnten, schleppten sie den zappelnden und schreienden, aber keineswegs entmutigten Oliver in den Kohlenkeller und schoben den Riegel vor. Als dies geschafft war, sank Mrs Sowerberry in einen Sessel und brach in Tränen aus.

„Himmel, sie stirbt!“, rief Charlotte. „Ein Glas Wasser, lieber Noah! Geschwind!“

„Ach, Charlotte“, stöhnte Mrs Sowerberry, so deutlich, wie es ihr der Mangel an Atem und der Strom kalten Wassers erlaubten, das ihr Noah über Kopf und Schultern gegossen hatte. „Ach, Charlotte, wie dürfen wir Gott danken, dass wir nicht alle in unseren Betten ermordet worden sind!“

„Ach, freilich müssen wir dankbar sein“, war die Antwort. „Ich hoffe nur, dass dies den Herrn lehrt, keine mehr von diesen entsetzlichen Kreaturen zu halten, die von der Wiege an zu Mördern und Räubern bestimmt sind. Der arme Noah! Er war schon fast tot, als ich dazukam.“

„Armer Bursche!“, sagte Mrs Sowerberry mit einem mitleidigen Blick auf den Zögling der Armenschule.

Noah, dem Olivers Haarwirbel gerade bis zum obersten Westenknopf reichte, rieb sich, während ihm dies Mitleid zuteilwurde, die Augen mit den Handflächen und brachte so einige Tränen und ein Schluchzen zustande.

„Was lässt sich jetzt tun?“, rief Mrs Sowerberry. „Euer Herr ist nicht zu Hause, im ganzen Haus ist kein Mann – und in zehn Minuten hat er die Tür eingestoßen.“

Olivers kräftige Fußtritte gegen die kleine Holztür machten diesen Ausgang der Sache höchst wahrscheinlich.

„Oje, oje“, sagte Charlotte, „ich wüsste nichts andres, als dass wir die Polizei holen, Madam.“

„Oder das Militär“, riet Mr Claypole.

„Nein, nein“, entgegnete Mrs Sowerberry, die sich jetzt an Olivers alten Freund erinnerte, „lauf zu Mr Bumble, Noah, und sag ihm, er soll keinen Augenblick verlieren und sogleich hierherkommen.

Schnell – du brauchst keine Mütze. Du kannst unterwegs ein Messer auf das blaue Auge halten, damit es nicht anschwillt."

Noah nahm sich nicht die Zeit zu antworten, sondern eilte spornstreichs fort; und die Leute, die unterwegs waren, sahen tief erstaunt einen Freischüler weinend wie einen Irren durch die Straßen rennen, ohne Mütze und mit einem Schnappmesser vor dem Auge.

Siebtes Kapitel

Oliver bleibt störrisch

Noah Claypole rannte, so schnell er konnte, durch die Straßen und hielt nicht einmal an, um Atem zu schöpfen, bis er die Tür des Armenhauses erreicht hatte. Nachdem er hier ein paar Minuten ausgeruht hatte, um einen Ausbruch des Schluchzens und ein wirkungsvolles Bild von Angst und Tränen vorzubereiten, klopfte er laut an das Pförtchen und zeigte dem bejahrten Armenhäusler, der es öffnete, ein so klägliches Gesicht, dass selbst dieser erstaunt zurückfuhr, obwohl er die meiste Zeit nichts als klägliche Gesichter um sich sah.

„Ei, was fehlt dir denn, Junge?“, fragte der arme Alte.

„Mr Bumble! Mr Bumble!“, schrie Noah in gut gespieltem Entsetzen und in so lauten und angstvollen Tönen, dass sie nicht nur an das Ohr Mr Bumbles drangen, der zufällig in der Nähe war, sondern ihn auch in solche Bestürzung versetzten, dass er ohne seinen Dreispitz in den Hof eilte – ein höchst merkwürdiger und berichtenswerter Umstand, weil er zeigt, dass selbst ein Büttel, von plötzlichen gewaltigen Eindrücken übermannt, einen vorübergehenden Anfall von Fassungslosigkeit erleiden und seine Würde vergessen kann.

„Ach, Mr Bumble!“, rief Noah. „Oliver, Sir – Oliver hat –“

„Was? – Was?“, fiel Mr Bumble mit einem freudigen Aufblitzen in seinen stählernen Augen ein. „Doch nicht weggelaufen – er ist doch nicht weggelaufen, Noah?“

„Nein, Sir, nein; nicht weggelaufen, Sir, aber er ist zum Verbrecher geworden“, entgegnete Noah. „Er hat mich umbringen wollen, Sir, und dann wollte er Charlotte und endlich Mrs Sowerberry ermorden. Oh, wie weh das tut! Ein wahnsinniger Schmerz, Sir!“ Dabei wand und krümmte sich Noah in mannigfachen Formen wie ein Aal, um begreiflich zu machen, dass er durch den heftigen und blutgierigen Angriff Oliver Twists einen ernsten inneren Schaden erlitten habe, der ihm augenblicklich die heftigsten Schmerzen verursache.

Als Noah sah, dass seine Mitteilung Mr Bumble völlig gelähmt hatte, suchte er die Wirkung zu verstärken, indem er über seine schrecklichen Verletzungen noch zehnmal lauter klagte; und als er einen Herrn in weißer Weste über den Hof gehen sah, ward er noch tragischer in seinem Wehgeschrei, da er ganz richtig ahnte, dass es ratsam sei, die Aufmerksamkeit und Entrüstung des genannten Herrn zu wecken.

Die Aufmerksamkeit des Herrn war bald erregt; er war noch keine drei Schritte gegangen, als er sich unwillig umdrehte und fragte, warum dieser junge Schurke so plärre und warum ihn Mr Bumble nicht mit etwas bedenke, das seinen absichtlichen Klagenschwall in einen unwillkürlichen verwandle.

„Es ist ein Junge aus der Armenschule, Sir", versetzte Mr Bumble, „der beinahe ermordet worden ist – nahezu ermordet, Sir – von dem jungen Twist."

„Beim Jupiter!", rief der Herr in der weißen Weste und blieb stehen. „Ich hab's gewusst! Ich hatte von allem Anfang an eine seltsame Vorahnung, dass dieser freche junge Wilde noch an den Galgen kommt."

„Er hat auch versucht, Sir, die Köchin umzubringen", sagte Mr Bumble mit aschfahlem Gesicht.

„Und die Frau Meisterin!", fügte Mr Claypole bei.

„Und auch seinen Herrn, hast du das nicht gesagt, Noah?", ergänzte Mr Bumble.

„Nein, der ist ausgegangen, sonst hätte er ihn gleichfalls ermordet", versetzte Noah. „Er sagte, er wolle es tun."

„Ah! Er sagte, er wolle es – sagte er das wirklich, mein Junge?", fragte der Herr in der weißen Weste.

„Ja, Sir!", erwiderte Noah. „Und bitte, Sir, Mrs Sowerberry wünscht zu wissen, ob Mr Bumble Zeit hat, geschwind herüberzukommen und ihn durchzupeitschen, weil der Herr nicht zu Hause ist."

„Gewiss, mein Junge, gewiss!", sagte der Herr in der weißen Weste mit wohlwollendem Lächeln und tätschelte Noahs Kopf, obgleich dieser an die drei Zoll höher war als sein eigener. „Du bist ein guter Junge – ein sehr guter Junge. Da hast du einen Penny.

Bumble, geht geschwind zu Sowerberrys mit Eurem Rohr, und seht zu, was sich tun lässt. Schont ihn nicht, Bumble."

„Nein, gewiss nicht, Sir", entgegnete der Büttel, indem er die Lederriemen zurechtzog, die zum Zweck öffentlicher Auspeitschungen um das untere Ende seines Rohrs geschlungen waren.

„Sag auch Sowerberry, er solle ihn nicht schonen. Ohne Striemen und blaue Male werden sie bei ihm nichts ausrichten", fügte der Mann mit der weißen Weste hinzu.

„Wird besorgt, Sir!", versetzte der Büttel, und nachdem er Dreispitz und Stock an die ihnen gemäße Stelle verstaut hatte, begab er sich mit Noah Claypole in aller Eile zur Werkstatt des Leichenbestatters.

Hier hatte sich der Stand der Dinge durchaus nicht gebessert. Sowerberry war noch nicht zurückgekehrt, und Oliver fuhr mit unverminderter Kraft fort, gegen die Kellertür zu treten. Was Mrs Sowerberry und Charlotte von seiner Wildheit erzählten, war so beunruhigend, dass es Mr Bumble für klug hielt zu verhandeln, ehe er die Tür öffnete. In dieser Absicht stieß er zur Einleitung mit dem Fuß gegen die Tür, legte dann seinen Mund ans Schlüsselloch und begann mit tiefer, bedeutsamer Stimme: „Oliver!"

„Lassen Sie mich hinaus!", erwiderte Oliver von innen.

„Erkennst du meine Stimme, Oliver?", fragte Mr Bumble.

„Ja!", antwortete Oliver.

„Und du fürchtest dich nicht, Bursche? Du zitterst nicht, wenn ich rede?", fragte Mr Bumble.

„Nein!", versetzte Oliver kühn.

Eine Antwort, die von der einzig erwarteten und gewohnten so abstach, verblüffte Mr Bumble nicht wenig. Er trat vom Schlüsselloch zurück, richtete sich zu seiner vollen Größe auf und blickte stumm und starr von einem der drei Umstehenden zum andern.

„Sie sehen, Mr Bumble, er muss toll sein", sagte Mrs Sowerberry. „Kein Junge, der halbwegs bei Sinnen ist, könnte es wagen, so mit Ihnen zu sprechen."

„Das ist nicht Tollheit, Madam", versetzte Mr Bumble nach einigen Augenblicken tiefen Nachdenkens, „das ist das Fleisch."

„Wie?", rief Mrs Sowerberry.

„Das Fleisch, Madam – das Fleisch", entgegnete Bumble mit strengem Nachdruck; „Sie haben ihn überfüttert, Madam. Sie haben bei ihm Seele und Geist üppig werden lassen, Madam, wie es für einen Menschen seiner Sorte nicht passt, das werden Ihnen die Vorsteher des Armenhauses bestätigen, die praktische Philosophen sind. Was haben Arme mit Seele und Geist zu schaffen? Es genügt, dass wir ihre Körper leben lassen. Hätten Sie den Burschen auf Haferschleim gesetzt, Madam, so wäre dies nie vorgefallen."

„Lieber, guter Gott!", rief Mrs Sowerberry, andächtig die Augen zur Küchendecke erhebend. „Das sind die Früchte der Wohltätigkeit!"

Die Wohltätigkeit der Mrs Sowerberry gegen Oliver hatte darin bestanden, ihn freigebig mit all den ekelhaften Abfällen zu überhäufen, die sonst niemand essen wollte; daher lag viel Sanftmut und Demut darin, dass sie sich Bumbles schwere Anklage gefallen ließ, an der sie, um ihr Gerechtigkeit widerfahren zu lassen, in Gedanken, Worten und Werken völlig unschuldig war.

„Nun", sagte Mr Bumble, als die Dame ihre Augen wieder zur Erde senkte, „da lässt sich meiner Ansicht nach jetzt nichts andres tun, als ihn einen Tag oder zwei im Keller zu lassen, bis er ein wenig heruntergehungert ist, ihn dann herauszulassen und seine ganze Lehrzeit hindurch einzig mit Haferschleim zu füttern. Er stammt aus einer schlimmen Familie. Reizbare Naturen, Mrs Sowerberry! Wärterin und Doktor sagten, dass seine Mutter unter Mühsalen und Schmerzen, die jede ordentliche Weibsperson früher umgebracht hätten, den Weg hierher fand."

An diesem Punkt der Ausführungen Mr Bumbles begann Oliver, der gerade genug gehört hatte, um zu merken, dass eine neue Anspielung auf seine Mutter gemacht wurde, von Neuem mit solcher Wut gegen die Tür zu treten, dass es jeden anderen Laut übertönte. In diesem Augenblick kam Sowerberry nach Hause. Als ihm Olivers Gewalttat mit so viel Übertreibungen geschildert worden war, wie sie die Frauen für nötig hielten, um ihn in Zorn zu jagen, riss er die Kellertür auf und zerrte seinen rebellischen Lehrjungen am Kragen heraus.

Olivers Kleider waren von den Schlägen, die er empfangen hatte, ganz zerrissen, sein Gesicht war zerschunden und zerkratzt, sein Haar hing zerzaust in die Stirn. Der zornige Ausdruck war jedoch noch nicht verflogen, und als man ihn aus seinem Gefängnis zog, warf er einen wilden Blick auf Noah und sah keineswegs verzagt aus.

„Nun, du bist mir ja ein sauberer Bursche!“, sagte Mr Sowerberry, indem er Oliver schüttelte und ihm eine Ohrfeige gab.

„Er hat meine Mutter beschimpft“, erwiderte Oliver.

„Na und wenn, du undankbare kleine Kröte!“, rief Mrs Sowerberry. „Sie verdiente, was er sagte, und noch Schlimmeres.“

„Nein, sie verdiente es nicht“, versetzte Oliver.

„Ja, sie verdiente es“, eiferte Mrs Sowerberry.

„Das ist gelogen!“, schrie Oliver.

Mrs Sowerberry brach in einen Tränenstrom aus.

Dieser Tränenstrom ließ Sowerberry keine Wahl. Hätte er nur einen einzigen Augenblick gezögert, Oliver strengstens zu bestrafen, so wäre er, das sieht jeder erfahrene Leser klar, nach allen vorausgegangenen Ehedisputen, ein Rohling, ein entmenschter Gatte, eine niedere Kreatur, das Spottbild eines Mannes und noch viel anderes Schmeichelhaftes genannt worden, zu zahlreich, um es im Rahmen des Kapitels wiederzugeben. Um gerecht zu sein: Er war, so weit seine Macht reichte – sie war nicht sehr ausgedehnt –, dem Jungen wohlgesinnt, weil das ihm Nutzen brachte, vielleicht auch, weil ihn seine Frau hasste. Aber der Tränenstrom ließ ihm keinen Ausweg, und so verpasste er ihm eine Tracht Prügel, die selbst Mrs Sowerberry zufriedenstellte und Mr Bumbles anschließende Anwendung des Amtsstocks recht unnötig machte. Für den Rest des Tages wurde Oliver mit einem Krug Wasser und einem Stück Brot in die Hinterküche eingeschlossen, und am Abend schaute Mrs Sowerberry, nachdem sie vor der Tür verschiedene Bemerkungen gemacht hatte, die dem Andenken seiner Mutter nicht zuträglich waren, in den Raum und wies ihn unter Noahs und Charlottens Hohnreden und Sticheleien hinauf in sein ärmliches Bett.

Erst hier, da er in der lautlosen Stille der düsteren Werkstatt des Leichenbestatters allein war, ließ Oliver den Gefühlen freien Lauf, die die Behandlung an diesem Tag notwendig in einem echten Kind wecken musste. Er hatte die Schmähungen mit einem Blick der Verachtung angehört, die Misshandlung ohne Schmerzenslaut ertragen, denn er fühlte in seinem Innern einen Stolz keimen, der jede Klage unterdrückt hätte, selbst wenn man ihn lebendig begraben hätte. Jetzt aber, da ihn niemand sehen noch hören konnte, ließ er sich auf die Knie fallen, verbarg sein Gesicht in den Händen und weinte Tränen, wie sie – Gott gebe es zur Ehre der Menschheit – wohl nur wenige so junge Geschöpfe je vorher haben weinen müssen.

Geraume Zeit blieb Oliver regungslos in dieser Stellung. Als er wieder aufstand, war das Licht fast ausgebrannt. Er blickte vorsichtig um sich, horchte aufmerksam, schob leise den Riegel zurück und schaute hinaus.

Es war eine kalte, finstere Nacht. Die Sterne schienen den Augen des Knaben ferner, als er sie je gesehen hatte; kein Lüftchen wehte, und die düsteren Schatten, die die Bäume auf den Boden warfen, sahen in ihrer Regungslosigkeit ganz nach Tod und Begräbnis aus. Er schloss leise die Tür wieder, band bei dem ersterbenden Licht der Kerze die wenigen Kleidungsstücke, die er besaß, in ein Tuch und ließ sich auf eine Bank nieder, um den Morgen zu erwarten.

Mit dem ersten Strahl des Lichts, der durch die Ladenritzen brach, stand Oliver auf und entriegelte aufs Neue die Tür. Noch ein furchtsamer Rundblick – ein sekundenlanges Zögern –, dann drückte er sie hinter sich zu und befand sich auf offener Straße.

Er schaute nach rechts und nach links, unschlüssig, wohin er fliehen solle. Dann fiel ihm ein, dass die Wagen, die den Ort verließen, stets den Berg hinauffuhren. Er schlug dieselbe Richtung ein, und als er an einen Feldweg kam, von dem er wusste, dass er in einiger Entfernung wieder auf die Straße führte, bog er in ihn ein und schritt tüchtig aus.

Oliver erinnerte sich noch gut, dass er auf diesem Fußpfad neben Mr Bumble hergegangen war, als ihn dieser zuerst aus der Ziehanstalt ins Armenhaus gebracht hatte. Der Weg führte dicht an dem Haus vorüber; sein Herz klopfte heftig, sobald er daran dachte, und er war halb entschlossen umzukehren. Indes hatte er schon ein großes Stück Weg hinter sich und hätte dadurch viel Zeit verloren. Zudem war es noch so früh, dass er kaum fürchten musste, gesehen zu werden. So wanderte er weiter.

Er langte bei dem Haus an. Keiner seiner Bewohner schien zu dieser frühen Stunde wach zu sein. Oliver blieb stehen und schaute in den Garten. Ein Kind jätete eben auf einem der kleinen Beete; als Oliver stillstand, hob es sein bleiches Gesicht, und er erkannte die Züge eines seiner früheren Kameraden. Er freute sich, ihn noch einmal zu sehen, ehe er fortging; denn obgleich jener jünger war als er selbst, so war er doch sein kleiner Freund und Spielgefährte gewesen; so manches Mal hatten sie miteinander hungern müssen und waren zusammen geschlagen und eingesperrt worden.

„Pst, Dick!“, machte Oliver, als der Knabe ans Tor eilte, und streckte seinen dünnen Arm zum Gruß durch das Gitter. „Ist schon jemand auf?“

„Niemand als ich“, versetzte das Kind.

„Du darfst niemandem erzählen, dass du mich gesehen hast, Dick“, sprach Oliver. „Ich bin davongelaufen. Man hat mich geschlagen und misshandelt, Dick, und ich will jetzt mein Glück in der Fremde suchen. Ich weiß noch nicht, wo. Wie blass du aussiehst!“

„Ich hörte den Doktor sagen, ich werde sterben“, versetzte das Kind mit mattem Lächeln. „Ich bin so froh, dich zu sehen, lieber Oliver, aber halt dich nicht auf, halt dich nicht auf!“

„Nur, bis ich von dir Abschied genommen habe“, entgegnete Oliver. „Ich werde dich wiedersehen, Dick, ganz gewiss; du wirst noch gesund und glücklich werden!“

„Ich hoffe“, erwiderte das Kind; „wenn ich einmal tot bin, aber nicht früher. Ich fühle, dass der Doktor recht hat, Oliver; denn ich träume immer vom Himmel, von Engeln und von freundlichen Gesichtern, die ich nie sehe, wenn ich wach bin. Küss mich“, sagte der Kleine, kletterte an dem niedrigen Tor empor und schlang seine Ärmchen um Olivers Nacken. „Leb wohl, lieber Freund! Gott segne dich!“

Es war der Segenswunsch von den Lippen eines Kindes, aber es war der erste, den Oliver je auf sein Haupt herabrufen hörte, und in allen Kämpfen und Leiden, Mühen und Wechselfällen seines späteren Lebens vergaß er ihn nie.

Achtes Kapitel

Oliver geht nach London und trifft auf dem Weg einen sonderbaren jungen Herrn

Oliver erreichte den Durchlass, wo der Pfad endete, und gewann wieder die Landstraße. Es war acht Uhr, und obgleich er die Stadt fast fünf Meilen hinter sich hatte, hastete er noch immer dahin und hielt sich zwischendurch noch bis zum Mittag immer wieder hinter den Hecken verborgen, weil er fürchtete, verfolgt und eingeholt zu werden. Dann erst setzte er sich an einem Meilenstein nieder, um auszuruhen, und begann zum ersten Mal darüber nachzudenken, wohin er gehen und wovon er leben solle.

Der Meilenstein, bei dem er saß, zeigte in großen Lettern an, dass er genau siebzig Meilen von London entfernt sei. Dieser Name erweckte in der Seele des Knaben einen neuen Gedankengang. London! – diese große, weite Stadt! – Niemand, nicht einmal Mr Bumble, könnte ihn dort ausfindig machen! Auch hatte er oft die alten Männer im Armenhaus sagen hören, dass kein gescheiter Junge in London Not zu leiden brauche und dass es in dieser ungeheuren Stadt Mittel und Wege gebe, das Leben zu fristen, von denen sich die auf dem Land Aufgewachsenen keinen Begriff machten. Dies war der rechte Ort für einen heimatlosen Knaben, der auf der Straße sterben musste, wenn ihm niemand half. Als ihn diese Gedanken durchzuckten, sprang er auf und wanderte weiter.

Er hatte den Abstand zwischen sich und London noch um weitere vier Meilen verringert, ehe er daran dachte, wie viel er noch zu bestehen habe, bis er hoffen durfte, seinen Bestimmungsort zu erreichen. Als sich ihm diese Bedenken aufdrängten, verlangsamte er seinen Schritt und überlegte, wie er wohl hinkommen könne. Er hatte eine Brotrinde, ein grobes Hemd und zwei Paar Strümpfe in seinem Bündel; er hatte außerdem einen Penny in der Tasche, ein

Geschenk Sowerberrys nach einem Leichenbegräbnis, bei dem er sich besonders gut gehalten hatte. Ein reines Hemd, dachte Oliver, ist wohl sehr angenehm, und ebenso zwei Paar gestopfte Strümpfe und desgleichen ein Penny; aber sie sind geringe Hilfsmittel für einen Weg von fünfundsechzig Meilen im Winter. Aber obwohl Olivers Gedanken – wie die der meisten Leute – besonders geneigt und bereit waren, ihm alle Schwierigkeiten vorzuführen, so waren sie doch nicht imstande, ein Auskunftsmittel zu zeigen, um die Schwierigkeiten zu überwinden. Nachdem er sich eine gute Weile besonnen hatte, nahm er daher sein kleines Bündel auf die andre Schulter und schritt weiter.

Oliver legte an diesem Tag zwanzig Meilen zurück und genoss die ganze Zeit über nichts als seine trockene Brotrinde und einige Glas Wasser, die er längs der Straße an den Türen erbat. Bei Einbruch der Nacht ging er auf eine Wiese, kroch unter einen Heuschober und beschloss, hier den Morgen zu erwarten. Anfangs fürchtete er sich, denn der Wind pfiff schauerlich über die Stoppelfelder; er fror und hungerte und fühlte sich verlassener denn je. Da er jedoch müde von seiner Wanderung war, schlief er bald ein und vergaß seinen Kummer.

Als er am nächsten Morgen erwachte, fühlte er sich kalt, steif und so hungrig, dass er im nächsten Dorf seinen Penny gegen einen kleinen Laib Brot tauschen musste. Er war erst zwölf Meilen gewandert, als ihn die Dunkelheit wieder überraschte. Seine Füße waren wund und seine Beine so schwach, dass sie unter ihm zitterten. Die zweite Nacht in der feuchtkalten Luft setzte ihm noch mehr zu: Als er seine Wanderung am Morgen wiederaufnahm, konnte er sich kaum fortschleppen.

Er wartete am Fuß eines steilen Berges, bis eine Postkutsche kam, und bettelte ihre außen sitzenden Passagiere an; aber nur wenige beachteten ihn, und selbst diese hießen ihn warten, bis sie die Spitze des Berges erreicht hätten, dann wollten sie sehen, wie weit er für einen halben Penny laufen könne. Der arme Oliver versuchte eine kurze Strecke mit der Kutsche Schritt zu halten, aber Erschöpfung und wunde Füße machten es ihm unmöglich. Als die Reisenden dies sahen, steckten sie ihre halben Pence wieder in die Tasche und erklärten, er sei ein fauler junger Hund und verdiene nichts. Die Kutsche rasselte weiter und ließ nichts zurück als eine Staubwolke.

In einigen Dörfern waren große Warntafeln aufgerichtet, die jeden mit Gefängnis bedrohten, der in diesem Distrikt bettle. Sie flößten Oliver große Furcht ein und spornten ihn an, diese Ortschaften möglichst rasch wieder zu verlassen. In anderen stellte er sich ans Hoftor der Wirtshäuser und blickte traurig auf jeden Vorübergehenden, ein Unterfangen, das gewöhnlich damit endete, dass die Wirtin einem herumschlendernden Stallburschen befahl, den fremden Jungen fortzujagen, da er sicherlich etwas zu stehlen beabsichtige. Bettelte er in einem Bauernhaus, so konnte er zehn gegen eins wetten, dass man den Hund auf ihn zu hetzen drohte, und zeigte er nur seine Nasenspitze in einem Laden, so sprach man vom Büttel, worauf ihm der Angstschweiß ausbrach.

Hätten sich nicht ein gutherziger Schlagbaumwärter und eine wohlwollende alte Frau seiner erbarmt, Olivers Leiden wären wohl durch denselben Vorgang abgekürzt worden, der denen seiner Mutter ein Ende gesetzt hatte, das heißt, er wäre wahrscheinlich tot auf der Landstraße umgefallen. Aber der Schlagbaumwärter gab ihm ein Stück Brot und Käse, und die alte Frau, deren Enkel als Schiffbrüchiger barfuß in irgendeinem fernen Teil der Erde umherwanderte, fasste Mitleid mit dem armen Waisenknaben und gab ihm das wenige, was sie zu teilen hatte, noch dazu mit lieben, gütigen Worten und mit Tränen aufrichtiger Teilnahme, die tiefer in Olivers Seele drangen als alle Leiden, die er bis jetzt ertragen hatte.

Am siebten Tag nach der Flucht aus seinem Geburtsort hinkte Oliver frühmorgens langsam in die kleine Stadt Barnet. Die Fensterläden waren geschlossen, die Straße war leer und noch keine Seele zum Tagewerk erwacht. Die Sonne erhob sich eben in all ihrer strahlenden Schönheit, aber ihr Licht diente nur dazu, dem Knaben, der mit blutenden Füßen und staubbedeckt auf einer kalten Türtreppe saß, seine trostlose Verlassenheit zu zeigen.

Allmählich öffneten sich die Fensterläden, die Jalousien wurden hochgezogen, und hin und wieder gingen Menschen vorbei. Einige blieben stehen, um Oliver ein paar Sekunden anzusehen, oder warfen im Vorbeieilen einen Blick nach ihm zurück; aber niemand half ihm oder machte sich die Mühe, ihn zu fragen, wie er hierherkomme. Er hatte nicht den Mut, sie anzusprechen, und so blieb er denn sitzen.

Er hatte geraume Zeit auf dem Treppenstein gekauert; er wunderte sich über die große Anzahl von Gasthäusern – denn in Barnet ist jedes zweite Haus, ob groß oder klein, eine Schenke –, schaute gleichgültig den Kutschen nach, die vorüberfuhren, und dachte, wie seltsam es sei, dass sie gemächlich in wenigen Stunden das schaffen konnten, was ihn eine ganze Woche der Mühe und Ausdauer gekostet hatte, die über die Kraft seiner Jahre gingen. Da fiel ihm auf, dass ein Junge, der einige Minuten zuvor unbekümmert an ihm vorbeigeschlendert war, zurückkehrte und ihn nun von der anderen Straßenseite aus fest ins Auge fasste. Zuerst beachtete er das kaum; aber der Junge verharrte so lange unverändert in der Haltung des aufmerksamen Beobachters, dass Oliver endlich den Kopf hob und den forschenden Blick erwiderte. Daraufhin kam der Junge herüber, trat dicht an Oliver heran und sagte: „Holla, mein Sohn, was ist los?"

Der Bursche, der diese Frage an den jungen Reisenden stellte, war ungefähr in seinem Alter, sah aber sehr seltsam aus. Oliver war so etwas noch nicht vorgekommen. Er hatte eine stumpfe Nase, eine niedere Stirn und ein reichlich gemeines Gesicht und war so schmutzig, wie man sich einen Halbwüchsigen nur wünschen kann, trug aber ganz die Miene und das Gehaben eines Erwachsenen an sich. Der Hut saß so leicht auf seinem Hinterkopf, dass er jeden Augenblick herunterzufallen drohte und es auch sicher sehr oft getan hätte, wenn nicht sein Besitzer immer wieder dem Kopf kunstgerecht einen Ruck gegeben hätte, der den Hut an seine alte Stelle zurückbrachte. Er stak in einem Männerrock, der ihm fast bis zu den Fersen reichte; die Ärmel hatte er zur Hälfte zurückgeschlagen, um die Hände freizubekommen, offensichtlich mit dem Endziel, sie in die Taschen seiner Pumphosen zu stecken, denn da hatte er sie auch jetzt untergebracht. Kurz, er war ein so leichtfertig-großspuriger junger Herr, wie er nur je viereinhalb Fuß hoch oder etwas weniger auf zwei Beinen herumlief.

„Holla, mein Sohn, was ist los?", sagte dieser seltsame junge Herr zu Oliver.

„Ich bin sehr müde und hungrig", antwortete Oliver, und die Tränen standen ihm dabei in den Augen. „Ich hab einen weiten Weg hinter mir. Ich bin die ganzen letzten sieben Tage gegangen."

„Sieben Tage gegangen?", versetzte der junge Herr. „Ah! Ich verstehe. Auf Schnabels Befehl, wie? Aber ich glaube", fuhr er fort, als er Olivers überraschten Blick bemerkte, „du weißt nicht einmal, was ein Schnabel ist, du hergeschneiter Kollege?"

Oliver erwiderte sanft, er habe mit diesem Ausdruck immer nur den Mund der Vögel nennen hören.

„Du meine Güte, wie grün hinter den Ohren!“, rief der junge Herr. „Nu, nu – ein Schnabel ist ein Richter, und wer auf Schnabels Befehl geht, kommt nicht weiter, sondern geht immer aufwärts und nie wieder abwärts. Bist du nie in der Mühle gewesen?“

„In was für einer Mühle?“, fragte Oliver.

„In was für einer Mühle? – Na, in der Mühle, die so wenig Raum einnimmt, dass sie in einem steinernen Käfig arbeitet, und die sich besser dreht, wenn der Wind für die Leute abflaut, als wenn er ihnen günstig ist, dann bekommen sie keine Arbeiter.* Doch komm“, sagte das Herrchen, „du brauchst was zu beißen und sollst es auch kriegen. Zwar ist Kies bei mir selbst rar – nur ein Shilling und ein halber Penny –, aber so weit es reicht, will ich sie gleich auf den Kopf hauen. Nun mach, dass du auf deine Gehhölzer kommst. Also hopp! Vorwärts!“

Der junge Herr half Oliver aufstehen und nahm ihn in einen nahe gelegenen Laden mit, wo er ein hübsches Stück Schinken und einen Zweipfundlaib Brot oder, wie er sich ausdrückte, „für vier Pence Kleie“ kaufte. Um den Schinken rein zu halten und gegen Staub zu schützen, traf er die sinnreiche Vorkehrung, in den Laib eine Höhle zu machen, indem er ein Stück weiches Brot herausholte, um das Fleisch hineinzustopfen. Dann nahm er das Brot unter den Arm und kehrte in einer kleinen Schenke ein, wo er in ein Hinterzimmer voranging. Der rätselhafte junge Herr ließ einen Krug Bier bringen, und Oliver folgte gern der Einladung seines neuen Freundes und hielt eine lange, herzhafte Mahlzeit, wobei ihn der fremde Junge von Zeit zu Zeit mit großer Aufmerksamkeit betrachtete.

„Du willst nach London?“, fragte er, als Oliver fertig war.

„Ja“

„Hast du ein Quartier?“

„Nein.“

„Geld?“

„Nein.“

---

* Gemeint ist die Tretmühle, bei der ein mit Sprossen versehener Zylinder oder ein um Rollen laufendes sprossenbesetztes Band mit den Füßen in Gang gehalten werden musste.

Der fremde Junge pfiff und steckte die Hände so weit in seine Taschen, wie es die langen Ärmel erlaubten.

„Wohnst du in London?“, fragte Oliver.

„Ja, wenn ich zu Hause bin“, versetzte der andre. „Du möchtest vermutlich heute Nacht irgendwo unterkriechen, nicht wahr?“

„Freilich“, erwiderte Oliver. „Ich habe seit meinem Aufbruch unter keinem Dach geschlafen.“

„Mach dir deshalb keine Sorgen“, sagte der junge Herr. „Ich muss heute Nacht wieder in London sein und kenne dort einen hochachtbaren Herrn, der dich beherbergen wird, ohne etwas dafür zu verlangen – das heißt, wenn dich ein Bekannter bei ihm einführt. Und sollte er mich nicht kennen? Haha – nein –, nicht im Mindesten! Auf keine Weise! Gewiss nicht!“

Der junge Herr lächelte, als wollte er andeuten, dass die letzten Worte nur scherzhaft-ironisch gemeint seien, und leerte dabei den Krug.

Dieses unerwartete Angebot eines Obdachs war zu verführerisch, um es abzulehnen, zumal da ihm zugleich die Versicherung folgte, der erwähnte alte Herr werde zweifellos in kurzer Zeit eine angenehme Stellung für Oliver ausfindig machen. Dies führte zu einem vertraulichen Zwiegespräch, in dem Oliver erfuhr, dass sein Gönner Jack Dawkins heiße und ein besonderer Liebling und Schutzbefohlener jenes älteren Herrn sei.

Dawkins' Äußeres sprach allerdings nicht sehr für die Vorteile, die den Schützlingen aus dem Wohlwollen dieses Schirmherrn erwuchsen; da er aber ziemlich leichtfertige, aufgeblasene Reden führte und auch gestand, dass er unter seinen nahen Freunden nur unter dem Spitznamen „der Dodger*“ bekannt sei, so folgerte Oliver, dass bei seinem liederlichen, unsteten Lebenswandel die guten Lehren seines Wohltäters bisher an ihn verschwendet worden seien. Unter diesem Eindruck beschloss er insgeheim, sich sobald wie möglich die gute Meinung des alten Herrn zu erringen und auf die Ehre eines ferneren Umgangs mit dem Dodger zu verzichten, wenn sich dieser, wie er jetzt schon überwiegend vermutete, unverbesserlich zeige.

Da Jack Dawkins vor Einbruch der Nacht nicht in London eintreffen wollte, war es fast elf Uhr, als sie den Schlagbaum von

* So viel wie „der gerissene Hund“

Islington erreichten. Sie bogen vom Angel-Viertel in die Sankt-Johns-Gasse ein, gingen die enge Straße hinunter, die beim Sadler's Wells Theater endet, durch die Exmouth Street und Coppicerow, dann den kleinen Platz neben dem Arbeitshaus entlang, über den geschichtlichen Boden, der einst Hockley-in-the-Hole hieß, sodann durch die Little Saffron Hill und weiter durch die Great Saffron Hill, in der der Dodger seinen Schritt beschleunigte und Oliver anwies, ihm dicht auf den Fersen zu bleiben.

Obwohl Oliver seine ganze Aufmerksamkeit aufbieten musste, um seinen Führer nicht aus den Augen zu verlieren, konnte er es nicht lassen, ein paar flüchtige Blicke auf die Häuser rechts und links zu werfen, während er vorbeieilte. Eine armseligere, schmutzigere Gegend hatte er nie gesehen. Die Gasse war eng und matschig, die Luft mit ekelhaften Dünsten erfüllt. Es gab ziemlich viele kleine Läden, aber die einzigen Warenvorräte schienen Haufen von Kindern zu sein, die sogar zu dieser späten Stunde innen und außen an den Türen herumkrochen oder im Innern der Häuser kreischten. Lediglich die Wirtshäuser, in denen sich die niedrigste Klasse der Irländer nach Leibeskräften zankte, schienen in diesem Gifthauch zu gedeihen. Überdeckte Wege und Höfe, die da und dort von der Hauptstraße abzweigten, ließen kleine Häusergruppen sehen, in denen sich betrunkene Männer und Weiber buchstäblich im Schmutz wälzten, und aus manchen Torwegen schlüpften vorsichtig verdächtig aussehende Kerle, die allem Anschein nach nicht gerade den unschuldigsten und wohlmeinendsten Geschäften nachgingen.

Oliver überlegte eben, ob er nicht besser Reißaus nehmen sollte, als sie das Ende der steilen Straße erreichten. Sein Führer fasste ihn am Arm, stieß die Tür eines Hauses in der Nähe der Field Lane auf, zog ihn in den Flur und schloss das Tor hinter ihnen.

„Nun, was gibt's?“, schrie auf das Pfeifen des Dodgers eine Stimme von unten.

„Großer Schlemm!“, war die Antwort.

Das schien ein Losungswort zu sein, zum Zeichen, dass alles in Ordnung sei, denn am hinteren Ende des Ganges leuchtete der Widerschein eines schwachen Kerzenlichts auf, und das Gesicht eines Mannes erschien dort, wo von der alten Küchentreppe das Geländer abgebrochen war.

„Ihr seid zu zweit?“, fragte der Mann, indem er das Licht weiter vorhielt und die Augen mit der Hand beschattete. „Wer ist der andere?“

„Ein neuer Genosse“, versetzte Jack Dawkins und schob Oliver vorwärts.

„Woher kommt er?“

„Von weit her. Ist Fagin oben?“

„Ja, er sortiert die Schnäuztücher. Geht hinauf!“

Die Kerze wurde zurückgezogen, und das Gesicht verschwand.

Oliver, den sein Kamerad fest an der einen Hand hielt, tastete sich mit der andern vorwärts und erklomm mühsam die finstere, ausgetretene Treppe, die sein Führer mit sicherer Leichtigkeit hinanstieg, was bewies, dass er mit ihr wohlvertraut war. Er öffnete die Tür eines Hinterzimmers und zog Oliver hinter sich her.

Wände und Decke des Zimmers waren von Alter und Schmutz völlig geschwärzt. Vor dem Feuer stand ein Tisch aus Tannenholz, darauf befanden sich eine Kerze, in den Hals einer Bierflasche gesteckt, zwei oder drei zinnerne Becher, ein Brotlaib nebst Butter und ein Teller. In einer Bratpfanne am Feuer, die zur Sicherheit mit einer Leine am Kaminsims befestigt war, schmorten einige Würste, und über sie gebeugt stand mit einer Röstgabel in der Hand ein alter, verschrumpfter Jude, dessen spitzbübisches und abschreckendes Gesicht von einer Menge verfilzten roten Haars beschattet wurde. Er war in einen schmierigen Flanellrock gekleidet, der dessen Hals freiließ, und schien seine Aufmerksamkeit halb auf die Bratpfanne, halb auf ein Wäschegestell zu richten, auf dem eine beträchtliche Anzahl seidener Taschentücher hing. Mehrere raue, aus alten Säcken gemachte Betten lagen unordentlich nebeneinander am Boden. Rund um den Tisch saßen vier oder fünf Jungen, keiner älter als der Dodger, die aus langen Tonpfeifen rauchten und mit der Miene reifer Männer Branntwein tranken. Sie alle drängten sich um ihren Kameraden, als er dem Juden einige Worte zuflüsterte, wandten sich dann um und grinsten Oliver an. Der Jude, die Röstgabel in der Hand, tat dasselbe.

„Das ist er, Fagin“, sagte Jack Dawkins, „mein Freund Oliver Twist.“

Der Jude grinste, machte vor Oliver eine tiefe Verbeugung, nahm ihn bei der Hand und sprach die Hoffnung aus, dass er die Ehre

Oliver wird dem „hochachtbaren alten Herrn" vorgestellt

haben werde, recht vertraut mit ihm zu werden. Hierauf umringten ihn die rauchenden jungen Herren und schüttelten ihm kräftig beide Hände – besonders die, mit der er sein kleines Bündel hielt. Einer war sehr besorgt, seine Mütze aufzuhängen, ein anderer war so diensteifrig, ihm in die Taschen zu greifen, um ihm, da er so ermattet war, die Mühe zu ersparen, sie vor dem Schlafengehen auszuleeren. Diese Höflichkeiten hätten sich wahrscheinlich noch viel weiter erstreckt, hätte der Jude nicht die Bratgabel freigebigst auf die Köpfe und Schultern der liebenswürdigen Jünglinge herniedersausen lassen.

„Es freut uns sehr, dich zu sehen, Oliver – wirklich sehr“, sagte der Jude. „Dodger, nimm die Würste weg, und rücke für Oliver eine Tonne ans Feuer. Ah, du siehst auf die Taschentücher? – Ha, mein Lieber! Es ist ein ziemliches Häufchen, nicht wahr? Wir haben sie gerade für die Wäsche ausgesucht; das ist alles, Oliver, das ist alles. Hahaha!“

Der letzte Teil dieser Rede wurde von all den hoffnungsvollen Zöglingen des lustigen alten Herrn mit schallendem Gelächter begrüßt. Mitten darin setzten sie sich zum Nachtessen.

Als Oliver seinen Teil verzehrt hatte, mischte ihm der Jude ein Glas heißen Wacholderbranntwein mit Wasser und mahnte ihn, es sogleich auszutrinken, weil ein anderer auf den Becher warte. Oliver tat, wie es verlangt wurde. Fast unmittelbar darauf fühlte er, wie er sanft auf einen der Säcke gelegt wurde, und sank in tiefen Schlaf.

Neuntes Kapitel

Enthält weitere Mitteilungen
über den munteren alten Herrn und
seine hoffnungsvollen Zöglinge

Oliver erwachte am anderen Morgen erst spät aus einem gesunden langen Schlaf. Niemand befand sich im Zimmer als der alte Jude, der sich in einem Kochtopf Kaffee zum Frühstück bereitete und, während er ihn mit einem eisernen Löffel umrührte, leise vor sich hin pfiff. Hin und wieder hielt er inne, um aufzuhorchen, ob es nicht unten ein Geräusch gebe, und wenn er sich darüber beruhigt hatte, fuhr er fort zu pfeifen und umzurühren wie vorher.

Obwohl Oliver nicht mehr richtig schlief, war er doch auch nicht ganz wach. Es gibt einen schlaftrunkenen Zustand zwischen Schlaf und Wachsein, in dem man mit halb offenen Augen und halb empfänglich für alles, was um einen vorgeht, in fünf Minuten mehr träumt als in fünf Nächten, wenn die Augen fest geschlossen und alle Sinne in voller Bewusstlosigkeit gefangen sind. In solchen Augenblicken weiß der Mensch gerade genug von seiner geistigen Tätigkeit, um dunkel zu begreifen, wie machtvoll sein Geist ist, wie unabhängig von der Erde, wie losgelöst von Zeit und Raum, wenn er den Zwang der körperlichen Hülle abgeworfen hat.

Genau in dieser Verfassung war Oliver. Er sah mit seinen halb geschlossenen Augen den Juden, hörte sein leises Pfeifen und vernahm, wie der Löffel an den Seiten des Kochtopfs kratzte; und doch waren dieselben Sinne gleichzeitig im Unterbewusstsein eifrig mit fast jedem beschäftigt, den er einmal gekannt hatte.

Als der Kaffee fertig war, zog der Jude den Kochtopf vom Feuer und stand einige Minuten unschlüssig da, als wüsste er nicht recht, wohin mit sich; dann drehte er sich nach Oliver um und rief ihn beim Namen. Oliver antwortete nicht, sondern schien zu schlafen.

Als sich der Jude dessen vergewissert hatte, trat er leise zur Tür und schob den Riegel vor; dann zog er, wie es Oliver dünkte, unter einer Falltür im Boden ein Kästchen hervor, das er sorgsam auf den Tisch stellte. Seine Augen funkelten, als er den Deckel hob und hineinsah. Er rückte einen alten Stuhl an den Tisch, setzte sich und nahm eine herrliche, von Brillanten blitzende goldene Uhr heraus.

„Aha!“, sagte der Jude, die Schultern hochziehend und seine Züge zu einem gräulichen Grinsen verzerrend. „Wackere Jungs! Wackere Jungs! Halten dicht bis zum Letzten! Steckten's dem alten Pfaffen nie, wo sie waren; verpfiffen nie den alten Fagin. Nu, was hätt's genützt? Hätte nicht gelockert den Strick und nicht aufgehalten eine Minute länger das Fallbrett. Nein, nein, nein! Brave Bürschchen! Brave Bürschchen!“

Unter diesen und ähnlichen halblaut hervorgestoßenen Betrachtungen bettete der Jude die Uhr wieder an ihre Stelle; nach und nach brachte er aus demselben Kästchen mindestens ein halbes Dutzend zum Vorschein, die er alle mit gleichem Vergnügen betrachtete, außerdem Ringe, Busennadeln, Armbänder und andere Kleinodien aus so kostbarem Material und von so trefflicher Arbeit, dass sie Oliver nicht einmal dem Namen nach kannte.

Als auch diese Schmucksachen wieder verwahrt waren, nahm der Jude ein anderes Geschmeide heraus, so klein, dass es auf seiner Handfläche Platz fand. Es schien eine ganz winzige Inschrift zu tragen, denn der Jude legte es auf den Tisch, hielt die Hand davor und prüfte es lange und aufmerksam. Endlich schob er es fort, als ob er am Erfolg zweifle, lehnte sich in seinen Stuhl zurück und murmelte: „Feine Erfindung, die Todesstrafe! Tote bereuen nie; Tote schwatzen nie dumme Geschichten aus. Ist gut fürs Gewerbe! Fünf aufgehangen der Reihe nach, und keiner übrig zu fischen nach Beute oder zu zeigen sich feig.“

Als der Jude diese Worte hervorzischte, fielen seine funkelnden schwarzen Augen, die bisher ziellos vor sich hingestarrt hatten, auf Oliver, dessen Blicke in stummer Neugier auf ihn geheftet waren. Und obwohl die Begegnung nur einen Augenblick, die denkbar kürzeste Zeitspanne, währte, so reichte sie doch hin, dem Alten zu sagen, dass er beobachtet worden war. Er warf den Deckel des Kästchens mit lautem Krach zu, sprang wütend auf und griff zugleich nach einem Brotmesser auf dem Tisch. Er zitterte heftig, denn selbst mitten im Schrecken konnte Oliver sehen, dass das Messer in seiner Hand bebte.

„Was soll das heißen?“, rief Fagin. „Was hast du zu lauschen? Warum bist du wach? Was hast du gesehen? Sprich, Bube! Schnell, schnell, wenn dir dein Leben lieb ist!“

„Ich konnte nicht länger schlafen, Sir“, erwiderte Oliver demütig. „Es tut mir sehr leid, wenn ich Sie gestört habe, Sir.“

„Bist du nicht vielleicht schon seit einer Stunde wach?“, fragte der Jude mit einem wilden Blick auf den Knaben.

„Nein – nein, gewiss nicht, Sir!“, antwortete Oliver.

„Ist das wahr?“, schrie der Jude mit noch schrecklicherem Blick und drohender Haltung.

„Auf mein Wort, Sir“, entgegnete Oliver ernst. „Ich bin wirklich nicht wach gewesen, Sir.“

„Nun, sei nur ruhig, mein Guter!“, sagte der Jude, indem er unvermittelt in sein früheres Benehmen zurückfiel und nur noch ein wenig mit dem Messer spielte, ehe er es weglegte, um Oliver glauben zu machen, er habe es bloß zum Vergnügen ergriffen. „Ich wusste es ja und wollte dir nur ein wenig bange machen. Du bist ein braver Junge. Haha! Ein braver Junge, Oliver!“ Der Jude rieb sich kichernd die Hände, schielte aber gleichwohl unruhig nach dem Kästchen.

„Hast du etwas von diesen hübschen Sachen gesehen, mein Lieber?“, begann der Jude nach einer kleinen Pause, während er die Hand darauf legte.

„Ja, Sir“, versetzte Oliver.

„Ah!“, rief der Jude erblassend. „Sie – gehören mir, Oliver, mein kleines Vermögen. Meine ganze Habe, um in meinen alten Tagen mein Leben zu fristen. Die Leute nennen mich einen Geizhals, mein Lieber – nur einen Geizhals; das ist alles.“

Oliver dachte, der alte Herr müsse allerdings ein richtiger Geizhals sein, dass er mit so vielen Uhren in einem so schmutzigen Haus lebte; dann fiel ihm aber ein, dass ihn vielleicht die Vorliebe für Dawkins und die übrigen Jungen ein schönes Stück Geld koste, und so warf er nur einen demütigen Blick auf den Juden und fragte, ob er aufstehen dürfe.

„Gewiss, mein Lieber – gewiss“, entgegnete der alte Herr.

„Halt, dort ist ein Krug Wasser in der Ecke bei der Tür. Bring ihn her, ich will dir ein Waschbecken dazugeben.“

Oliver stand auf, ging durch das Zimmer und bückte sich einen Augenblick nach dem Krug. Als er den Kopf wandte, war das Kästchen verschwunden.

Er hatte sich kaum gewaschen, nach Anweisung des Juden das Waschwasser aus dem Fenster gegossen und alles wieder in Ordnung gebracht, als der Dodger heimkehrte, begleitet von einem munteren jungen Kameraden, der in der letzten Nacht unter den Rauchern gewesen war und jetzt Oliver förmlich als Charley Bates vorgestellt wurde. Alle vier setzten sich zum Kaffee mit warmen Semmeln und Schinkenscheiben, die Dawkins in seinem Hut mitgebracht hatte.

„Nun“, sagte der Jude mit einem hinterlistigen Blick auf Oliver zum Dodger, „ich hoffe, meine Lieben, ihr habt diesen Morgen fleißig gearbeitet?“

„Hart“, entgegnete jener.

„Wie die Bohrer“, fügte Charley Bates bei.

„Gute Jungen! Gute Jungen!“, sagte der Jude. „Was hast du erworben, Dodger?“

„Zwei Brieftaschen“, versetzte der junge Herr.

„Gespickt?“, fragte der Jude eifrig.

„So ziemlich“, entgegnete Dawkins und brachte zwei Brieftaschen zum Vorschein, eine grüne und eine rote.

„Nicht so schwer, wie sie sein könnten“, sagte der Jude, nachdem er sie sorgfältig durchsucht hatte, „aber hübsch und zierlich gearbeitet. Ein geschickter Handwerksmann, nicht wahr, Oliver?“

„Allerdings, Sir“, erwiderte Oliver.

Bei dieser Antwort brach Mr Charles Bates in lautes Lachen aus, zur großen Verwunderung Olivers, der keinen Anlass zum Lachen sah.

„Und was hast du mitgebracht, mein Lieber?“, sprach Fagin zu Charley Bates.

„Schnäuztücher“, versetzte Master Bates und zog dabei vier Schnupftücher aus der Tasche.

„Nun“, sagte der Jude, als er sie genau besichtigt hatte, „sie sind gut – sehr gut. Aber du hast sie nicht gut gezeichnet, Charley, man muss die Buchstaben mit der Nadel wieder auftrennen, und wir wollen Oliver lehren, wie das geht. Sollen wir, Oliver? Hahaha!“

„Wenn es Ihnen gefällt, Sir", erwiderte Oliver.

„Möchtest du nicht ebenso leicht Taschentücher machen können wie Charley Bates? Wäre das nicht fein, mein Lieber?", fragte der Jude.

„O sehr, wenn Sie mich's lehren wollten, Sir", antwortete Oliver.

Master Bates sah in dieser Antwort etwas so ungemein Belustigendes, dass er aufs Neue in ein Lachen ausbrach, das beinahe mit seinem frühzeitigen Erstickungstod geendet hätte. Es stieß nämlich auf den Kaffee, den er eben trank, und lenkte ihn in die falsche Kehle.

„Er ist so entzückend grün!", sagte Charley, als er sich wieder erholt hatte, gleichsam als Entschuldigung gegen die Gesellschaft wegen seines unhöflichen Benehmens.

Der Dodger blieb ruhig, strich aber Oliver das Haar über die Augen und meinte, er werde mit der Zeit schon verständiger werden. Der alte Herr sah, dass Oliver rot wurde, und wechselte den Gegenstand des Gesprächs, indem er fragte, ob bei der Hinrichtung am Morgen viele Leute gewesen seien. Dies setzte Oliver noch mehr in Erstaunen, denn aus den Antworten der Jungen ergab sich, dass beide dabei gewesen waren, und Oliver konnte nicht begreifen, wie sie trotzdem noch Zeit gefunden hatten, so viel zu arbeiten.

Als das Frühstück verzehrt war, spielten der lustige alte Herr und die beiden Knaben ein seltsames, ungewöhnliches Spiel, das folgendermaßen vor sich ging. Der alte Herr steckte eine Tabaksdose in die eine und eine Brieftasche in die andere Hosentasche, eine Uhr, die ihm an einer Kette um den Hals hing, in die Westentasche und eine falsche Brillantnadel in sein Hemd; dann knöpfte er seinen Rock fest zu, verstaute Brillenfutteral und Schnupftuch in den Rocktaschen und ging mit einem Stock in der Hand im Zimmer auf und ab, wie alte Herren zu jeder Stunde des Tages in den Straßen umherschlendern. Manchmal blieb er beim Herd, manchmal bei der Tür stehen und tat, als ob er aufmerksam in ein Ladenfenster schaue. Bei solchen Gelegenheiten sah er sich andauernd um, als ob er Diebe fürchte, und klopfte der Reihe nach an all seine Taschen, um sich zu überzeugen, dass er nichts verloren habe, und spielte alles so natürlich und komisch, dass Oliver lachte, bis ihm die Tränen über die Wangen liefen. Diese ganze Zeit über waren die Knaben dicht hinter dem Alten her, verschwanden aber, sobald er sich umdrehte, so flink aus seinem Blickfeld, dass das Auge ihren Bewegungen nicht zu folgen vermochte. Endlich trat ihm Dawkins auf die Zehen oder stolperte wie zufällig über seinen Stiefel, während Charley Bates ihn von rückwärts anrempelte; und in diesem einen Augenblick entwendeten sie ihm mit der außerordentlichsten Geschwindigkeit Schnupftabaksdose, Brieftasche, Busennadel, Uhr, Kette, Taschentuch und sogar das Brillenfutteral. Wenn der alte Herr eine Hand in einer seiner Taschen fühlte, so gab er durch einen Ausruf zu erkennen, wo es war, und dann fing das Spiel wieder von vorn an.

Als man dieses Spiel schon geraume Zeit getrieben hatte, erschienen zwei junge Damen zu Besuch bei den jungen Herren; die eine hieß Beth, die andre Nancy. Sie hatten üppiges Haar, das aber nicht sehr sorgsam aufgesteckt war, und trugen unordentliche Schuhe und Strümpfe. Man konnte sie nicht gerade hübsch nennen, aber sie hatten frische Farben und wirkten handfest und gutmütig. Da sie sich auffallend unbefangen und umgänglich benahmen, fand Oliver, dass sie sehr nette Mädchen seien. Und das waren sie zweifellos.

Dieser Besuch blieb ziemlich lang. Da sich eine der jungen Damen über innere Kälte beklagte, wurde Branntwein gebracht, und die Unterhaltung entwickelte sich sehr lebhaft und heiter. Endlich meinte Charley, es sei Zeit zu tippeln. Dies, dachte Oliver, müsse wohl ein französischer Ausdruck für „ausgehen“ sein, denn gleich darauf brachen Dawkins, Charley und die zwei Damen auf, nachdem sie der freundliche alte Jude bereitwillig mit Geld versehen hatte.

„Nicht wahr, mein Lieber“, meinte Fagin, „dies ist ein lustiges Leben? Der ganze Tag gehört nun ihnen.“

„Haben sie denn schon Feierabend, Sir?“, fragte Oliver.

„Ja“, versetzte der Jude, „das heißt, wenn ihnen nicht während des Ausgangs unerwartet eine Arbeit über den Weg läuft; die lassen sie sich nicht entgehen, mein Freund, darauf kannst du dich verlassen. Nimm sie dir nur zum Vorbild, mein Lieber; nimm sie zum Vorbild“, fuhr er fort und schlug mit der Kohlenschaufel auf den Herd, um seinen Worten mehr Nachdruck zu geben. „Tu alles, was sie dich heißen, und folg in allem ihrem Rat, besonders dem des Dodgers, mein Lieber. Er wird ein großer Mann werden und auch dich zu einem machen, wenn du ihn dir zum Vorbild nimmst. – Hängt mir das Schnupftuch aus der Tasche, mein Lieber?", unterbrach sich der Jude plötzlich.

„Ja, Sir", sagte Oliver.

„Versuch doch, ob du es herausziehen kannst, ohne dass ich es fühle, wie du's bei ihnen gesehen hast, als wir heute Morgen spielten."

Oliver hielt, wie er es bei Dawkins gesehen hatte, mit der einen Hand den unteren Teil der Tasche und zog mit der andern unmerklich das Taschentuch heraus.

„Hast du's?", fragte der Jude.

„Da ist es, Sir", versetzte Oliver und zeigte es in seiner Hand.

„Du bist ein geschickter Junge, mein Lieber", sagte der launige alte Herr und tätschelte Oliver anerkennend den Kopf. „Ich habe nie einen gelehrigeren Burschen gesehen. Da hast du einen Shilling. Wenn du so fortmachst, wirst du der größte Mann deiner Zeit werden. Und nun komm her, ich will dir zeigen, wie man die Namenszeichen aus den Schnupftüchern trennt."

Oliver konnte nicht begreifen, wie das Herausziehspiel an der Tasche des alten Herrn zusammenhing mit seinen Aussichten, ein großer Mann zu werden; aber er dachte, der Jude, der so viel älter war als er, müsse dies besser wissen, folgte ihm daher ruhig zu dem Tisch und war bald emsig in sein neues Geschäft vertieft.

Zehntes Kapitel

Oliver wird mit der Art seiner neuen Bekannten besser vertraut und muss die Erfahrung teuer bezahlen – ein kurzes, aber sehr wichtiges Kapitel dieser Geschichte

Viele Tage blieb Oliver im Zimmer des Juden, trennte die Zeichen aus den Taschentüchern, die in großer Anzahl heimgebracht wurden, und nahm hin und wieder an dem bereits beschriebenen Spiel teil, das Fagin regelmäßig jeden Morgen mit den beiden Knaben aufführte. Endlich fing er an, sich nach frischer Luft zu sehnen, und bat daher den alten Herrn bei jeder Gelegenheit flehentlich, dass er einmal mit den beiden andern auf Arbeit ausgehen dürfe.

Olivers Eifer, selbst einmal eingesetzt zu werden, wurde noch gesteigert durch das, was er von der strengen Pflichtauffassung des alten Herrn wahrnahm. Sooft Dawkins oder Charley Bates abends mit leeren Händen heimkamen, ließ er sich heftig über die Nichtswürdigkeit eines trägen und lässigen Lebenswandels aus und schärfte ihnen die Notwendigkeit eines tätigen Daseins ein, indem er sie ohne Nachtessen zu Bett schickte. Eines Abends ließ er sich sogar hinreißen, beide die Treppe hinunterzuwerfen, doch damit verdeutlichte er seine Ansichten über die Jugend in ungewöhnlich drastischem Maß.

Endlich erhielt Oliver eines Morgens die so heiß ersehnte Erlaubnis. Seit zwei oder drei Tagen gab es keine Taschentücher mehr zu bearbeiten, und die Mahlzeiten waren ziemlich mager geworden. Vielleicht gab der alte Herr nur aus diesem Grund seine Zustimmung. Aber wie dem auch sei, er sagte, Oliver dürfe gehen, und stellte ihn unter die gemeinsame Obhut von Charley Bates und seinem Freund Dawkins.

Die drei Knaben zogen los, der Dodger wie gewöhnlich mit aufgestülpten Rockärmeln und verwegen aufgesetztem Hut, Master Bates mit den Händen in den Taschen dahinschlendernd und

Oliver zwischen beiden, neugierig, wohin sie gingen und in welchem Gewerbezweig er zuerst unterrichtet werden solle.

Die Gangart, die sie anschlugen, war ein so lässiges, unschönes Bummeln, dass Oliver bald auf den Gedanken verfiel, seine Gefährten wollten den alten Herrn hinters Licht führen und überhaupt nicht zur Arbeit gehen. Der Dodger hatte auch noch die üble Gewohnheit, schmächtigen Knaben die Mütze vom Kopf zu reißen und sie in die Vorgärten zu werfen, während Charley Bates recht freie Ansichten hinsichtlich des Eigentumsrechts an den Tag legte, indem er verschiedentlich Äpfel oder Zwiebeln von den Ständen an den Straßenecken stibitzte und sie in seinen Taschen verschwinden ließ, die so unglaublich geräumig waren, dass sie den Anzug in jeder Richtung zu unterminieren schienen. Diese Gewohnheiten missfielen Oliver so sehr, dass er schon seine Absicht kundtun wollte, allein den Weg zurück zu suchen, als seine Gedanken durch eine unerklärliche Veränderung im Benehmen des Dodgers plötzlich in eine andere Richtung gelenkt wurden.

Sie waren eben aus einem engen Hof unweit des freien Platzes in Clerkenwell herausgetreten, der heute in seltsamer Begriffsverwechslung „Anger“ genannt wird, als Dawkins plötzlich stehen blieb, den Finger auf die Lippen legte und seine Gefährten höchst vor- und umsichtig wieder zurückzog.

„Was gibt's?“, fragte Oliver.

„Pst!“, entgegnete der Dodger. „Siehst du jenen alten Knaben bei der Bücherbude?“

„Den alten Herrn dort auf der anderen Seite?“, fragte Oliver. „Ja, ich sehe ihn.“

„Da gibt's zu tun“, entgegnete Dawkins.

„Prima Pflanze“, bemerkte Charley Bates.

Oliver blickte in größter Überraschung vom einen zum andern, konnte aber keine Fragen mehr stellen, denn die beiden Knaben stahlen sich über die Straße und drängten sich dicht an den alten Herrn heran, auf den sie ihn aufmerksam gemacht hatten. Oliver folgte ihnen einige Schritte, blieb aber, unschlüssig, ob er weitergehen oder sich zurückziehen solle, stehen und schaute in stummer Verwunderung zu.

Der alte Herr sah recht achtbar aus, trug gepudertes Haar, eine goldene Brille, einen flaschengrünen Rock mit schwarzem Samtkragen, weiße Beinkleider und unter dem Arm ein elegantes Bambusrohr. Er hatte von dem Stand ein Buch aufgenommen und las so eifrig darin, als ob er in seinem Studierzimmer im Lehnstuhl säße. Es ist sehr wohl möglich, dass er sich das einbildete, denn aus seiner völligen Geistesabwesenheit war zu entnehmen, dass er weder die Bücherbude noch die Straße, weder die Jungen noch sonst etwas außer seinem Buch sah: Er wollte es anscheinend auf der Stelle durchlesen; denn wenn er bei einer Seite unten angekommen war, schlug er das Blatt um, fing auf der nächsten Seite oben wieder an und überflog so mit größtem Eifer und Interesse Seite um Seite.

Wie groß waren Olivers Schrecken und Abscheu, als er aus einer Entfernung von wenigen Schritten mit eigenen Augen, die er so weit wie möglich aufriss, sah, wie Dawkins seine Hand in die Tasche des alten Herrn steckte, ein Schnupftuch herauszog, es Charley Bates übergab und wie gleich darauf beide Jungen eiligst um die Ecke rannten.

Schlagartig enthüllte sich ihm das Geheimnis der Taschentücher, der Uhren, der Kleinodien und des Juden. Einen Augenblick, als er so dastand, prickelte ihm vor Entsetzen das Blut in allen Adern, sodass er sich wie im Feuer fühlte; dann drehte er sich verwirrt und angstgepeitscht auf den Fersen um und lief, ohne zu wissen, was er tat, davon, so schnell ihn seine Füße trugen.

All dies war das Werk einer Minute; aber im selben Augenblick, als Oliver zu rennen anfing, griff der alte Herr in die Tasche, und als er sein Schnupftuch nicht finden konnte, wandte er sich rasch um; und da er den Knaben so Hals über Kopf davonstürzen sah, schloss er ganz natürlich, dass der ihn bestohlen habe, und lief, das Buch in der Hand, mit dem lauten Ruf „Haltet den Dieb!“ hinter ihm her.

Der alte Herr war jedoch nicht der Einzige, der dieses Zetergeschrei anstimmte. Dawkins und Bates hatten sich, da sie mit ihrem Galopp auf offener Straße kein Aufsehen erregen wollten, nur in den erstbesten Torweg hinter der Ecke zurückgezogen. Sobald sie das Geschrei hörten und Oliver laufen sahen, errieten sie leicht den Zusammenhang, kamen unverzüglich wieder zum Vorschein und schlossen sich wie ehrliche Bürger mit dem Ruf „Haltet den Dieb!“ der Verfolgung an.

Obgleich Oliver seine Erziehung bei philosophischen Leuten genossen hatte, so war ihm doch der schöne Grundsatz nicht vertraut,

Oliver staunt über die Arbeitsmethoden des Dodgers

dass Selbsterhaltung das erste Naturgesetz ist, sonst wäre er wohl besser auf diesen Fall vorbereitet gewesen. Unvorbereitet jedoch geriet er in Panik und schoss dahin wie der Wind, den alten Herrn und die zwei Jungen schreiend und tobend hinter sich.

„Haltet den Dieb! Haltet den Dieb!" – Es liegt etwas wie ein Zauber in diesem Ruf. Der Krämer verlässt seinen Ladentisch, der Kärrner seinen Karren, der Fleischer seine Fleischbank, der Bäcker seinen Korb, der Milchmann seinen Eimer, der Laufbursche seine Pakete, der Schuljunge seine Klicker, der Pflasterer seinen Spitzhammer und das Kind seinen Ballschläger. Alles hastet drunter und drüber, holterdiepolter, heult, schreit, kreischt, überrennt Spaziergänger, die um die Ecke biegen, macht die Hunde wild, scheucht Geflügel auf, und Straßen, Plätze, Höfe hallen von dem Ruf wider.

„Haltet den Dieb! Haltet den Dieb!" Hundert Stimmen nehmen den Schrei auf, und an jeder Ecke vermehrt sich der Schwarm. Fort geht's, planschend durch den Morast und klappernd über das Pflaster; Fenster werden aufgerissen, aus den Türen stürzen die Leute, immer weiter drängt die Menge; die ganze Zuschauerschaft verlässt das Kasperltheater auf dem Höhepunkt der Handlung, verlässt den Hanswurst in der schönsten Entwicklungsszene, schließt sich der drängenden Masse an, vermehrt den Lärm und gibt dem Ruf „Haltet den Dieb! Haltet den Dieb!" frische Kraft.

„Haltet den Dieb! Haltet den Dieb!" Eine Leidenschaft, irgendetwas zu jagen, sitzt tief in der menschlichen Brust. Ein armes, atemloses Kind, keuchend vor Erschöpfung, schreckverzerrt, Todesangst in den Augen und große Schweißtropfen im Gesicht, strengt alle Kräfte an, seinen Verfolgern einen Vorsprung abzugewinnen; aber man lässt nicht locker, rückt ihm jeden Augenblick näher und begrüßt das Schwinden seiner Kräfte mit noch lauterem Lärm, Geschrei und Freudengetön: „Haltet den Dieb!" – Ja, haltet ihn um Gottes willen, wär's auch nur aus Barmherzigkeit!

Endlich halten sie ihn. Ein geschickter Schlag! Da liegt er auf dem Pflaster, und die Menge drängt sich ungestüm um ihn her. Jeder neue Ankömmling drückt und stößt den andern, um einen flüchtigen Blick zu erhaschen. „Tretet zurück!" – „Lasst ihn ein wenig zu Atem kommen!" – „Pah, er verdient's nicht." – „Wo ist der Herr?" – „Da kommt er die Straße herunter." – „Platz für den Herrn!" – „Ist dies der Junge, Sir?" – „Ja."

Oliver lag schmutz- und staubbedeckt und aus dem Mund blutend da und blickte verstört auf die Menge Gesichter, die ihn umgaben, als der alte Herr von den vordersten der Verfolger dienstfertig in den Kreis gezerrt und gestoßen wurde.

„Ja“, sagte er, „ich fürchte, das ist der Junge.“

„Er fürchtet?“, murmelte die Menge. „Was für ein gutherziger Mann!“

„Der arme Kleine“, sagte der Herr, „er hat sich wehgetan.“

„Das war ich, Sir“, erwiderte vortretend ein großer, plumper Kerl, „ich traf ihn geradewegs mit der Faust aufs Maul. Ich hab ihn aufgehalten, Sir.“

Der Bursche tippte grinsend an seine Mütze und erwartete eine Belohnung für seine Mühe; aber der alte Herr warf einen Blick des Abscheus auf ihn und sah sich ängstlich um, wie wenn er selbst davonzulaufen gedächte; und vielleicht hätte er das versucht und hätte dadurch eine zweite Jagd veranlasst, hätte sich nicht in diesem Augenblick ein Polizeidiener, der ja bei solchen Anlässen gewöhnlich als Letzter erscheint, einen Weg durch die Menge gebahnt und Oliver am Kragen gepackt.

„Aufgestanden!“, herrschte ihn der Mann an.

„Ich war es wirklich nicht, Sir. Wirklich, wirklich, es waren zwei andre Knaben“, sagte Oliver, indem er flehend die Hände faltete und umherblickte. „Sie müssen noch in der Nähe sein.“

„Pah, die sind nicht da“, sagte der Polizeidiener.

Er meinte das wohl ironisch, hatte aber nebenbei wirklich recht, denn Dawkins und Charley Bates waren in den ersten passenden Hof verschwunden, an den sie gekommen waren.

„Marsch, auf die Beine!“

„Tut ihm nichts zuleide“, sagte der alte Herr mitleidig.

„O nein, ihm geschieht nichts“, sagte der Polizeidiener und riss Oliver zum Beweis die Jacke halb vom Leib. „Komm nur, ich kenn dich. Willst du dich wohl auf die Füße stellen, du kleiner Satan?“

Oliver, der kaum stehen konnte, erhob sich mühsam und wurde dann schnellen Schritts am Rockkragen durch die Straßen gezerrt. Der alte Herr ging neben dem Polizeidiener her, und alle aus dem Haufen, die dazu imstande waren, drängten sich nach vorn und warfen von Zeit zu Zeit einen Blick auf Oliver zurück. Die Straßenjungen jubelten, und so zog man dahin.

Elftes Kapitel

Handelt von Mr Fang, dem Polizeibeamten, und liefert eine bescheidene Probe von seiner Art der Rechtspflege

Das Verbrechen war im Bezirk, ja sogar in der nächsten Nachbarschaft eines sehr bekannten Polizeiamts der Hauptstadt begangen worden. Die Menge hatte daher nur das Vergnügen, Oliver durch zwei oder drei Straßen und den sogenannten Mutton Hill hinab zu begleiten; dann führte man ihn durch einen niedrigen Torweg auf einen schmutzigen Hof und durch eine Hintertür an den Ort, wo die sehr summarischen Urteile gefällt werden. Es war ein enger, gepflasterter Hofraum, in den sie einbogen, und hier stießen sie auf einen stämmigen Mann mit einem großen Bart im Gesicht und einem Bündel Schlüssel in der Hand.

„Was gibt's schon wieder?“, fragte der Mann nachlässig.

„Einen jungen Taschendieb“, versetzte der andere, der Oliver in Gewahrsam hatte.

„Sind Sie der Bestohlene, Sir?“, fragte der Mann mit den Schlüsseln.

„Ja“, versetzte der alte Herr, „aber ich weiß nicht gewiss, ob mir gerade dieser Junge das Taschentuch entwendet hat. Ich – ich möchte lieber die Sache auf sich beruhen lassen.“

„Müssen jetzt schon vors Amt, Sir“, entgegnete der Mann, „in einer halben Minute werden Seine Gnaden zu sprechen sein. Vorwärts, junger Galgenstrick!“

Dies war eine Aufforderung an Oliver, durch eine Tür zu treten, die der Wärter während des Sprechens aufgeschlossen hatte und die in eine kleine ausgemauerte Zelle führte. Hier wurde Oliver durchsucht und, obwohl man nichts bei ihm fand, eingesperrt.

Die Zelle glich in Form und Größe einem Lichtschacht, nur war sie nicht so hell. Sie war unerträglich schmutzig, denn es war

Montagmorgen, und sie hatte sechs Betrunkene beherbergt, die seit Sonnabendnacht sonst wo aufgegriffen worden waren. Aber das will nichts heißen; denn auf unseren Polizeistationen steckt man ja allabendlich Männer und Frauen wegen der unbedeutendsten *Anschuldigungen* – man achte auf dieses Wort – in Kerker, gegen die jene in Newgate, in denen überführte und zum Tod verurteilte Schwerverbrecher sitzen, wahre Prunkgemächer sind. Wer daran zweifelt, mag sie selbst miteinander vergleichen.

Der alte Herr sah fast so kläglich wie Oliver aus, als sich der Schlüssel im Schloss drehte, und blickte mit einem Seufzer auf das Buch, das die unschuldige Ursache all dieser Aufregungen gewesen war.

Es liegt etwas im Gesicht des Knaben, sagte der alte Herr zu sich selbst, als er sich langsam entfernte, und berührte nachdenklich das Kinn mit dem Bucheinband, etwas, das mich rührt und anspricht. Sollte er unschuldig sein? Er sah so aus … „Ja, übrigens“, rief der alte Herr, plötzlich innehaltend und zum Himmel aufsehend, „du lieber Gott! Wo habe ich schon einmal so etwas gesehen wie diesen Gesichtsausdruck?“

Der alte Herr sann einige Minuten nach und trat dann mit derselben nachdenklichen Miene in ein Vorzimmer, zu dem man vom Hof aus gelangte. Hier zog er sich in einen Winkel zurück und ließ an seinem geistigen Auge eine lange Reihe von Gesichtern vorübergleiten, über denen seit vielen Jahren eine dunkle Hülle gehangen hatte.

„Nein“, sagte der alte Herr kopfschüttelnd, „es muss Einbildung sein.“

Er ließ sie noch einmal an sich vorbeiziehen. Er hatte sie heraufbeschworen, und es war nicht leicht, den Schleier wieder über sie zu werfen, der sie so lange bedeckt hatte. Da waren Züge von Freunden und Feinden und von vielen, die ihm fast fremd gewesen waren, jetzt aber aufdringlich aus der Menge hervortraten; da waren Gesichter junger, blühender Mädchen, die jetzt alte Frauen sein mussten; da waren Gesichter, die das Grab umschlossen und verwandelt hatte, die aber die Erinnerung, stärker als der Tod, noch mit der alten Frische und Schönheit bekleidete, indem sie das Leuchten der Augen, das strahlende Lächeln – den Durchbruch der Seele durch das irdische Kleid – zurückrief und von Schönheit flüsterte, die über das Grab reicht, von Schönheit, die durch die Veränderung nur erhöht und von der Erde nur genommen wird, um als Stern aufzugehen, der einen sanften, freundlichen Schein auf den Pfad zum Himmel wirft.

Aber der alte Herr konnte sich kein einziges Antlitz vergegenwärtigen, mit dem Olivers Züge Ähnlichkeit hatten. So seufzte er bloß über die geweckten Erinnerungen, und da er zu seinem Glück ein zerstreuter alter Herr war, begrub er sie wieder in den Seiten des muffigen Buches.

Er wurde aufgestört durch eine Berührung an der Schulter und durch das Ersuchen des Mannes mit den Schlüsseln, ihm ins Amtszimmer zu folgen. Er schloss eilig das Buch und sah sich alsbald in die eindrucksvolle Gegenwart des berühmten Mr Fang versetzt.

Das Amtszimmer ging nach vorn hinaus und hatte getäfelte Wände. Mr Fang saß am oberen Ende hinter einer Schranke. Neben der Tür war eine Art Holzverschlag, in dem der arme Oliver bereits untergebracht war. Angesichts der feierlichen Aufmachung zitterte er am ganzen Leib.

Mr Fang war ein hagerer, steifnackiger, mittelgroßer Mann mit langem Oberkörper und spärlichem Haupthaar, das nur noch am Hinterkopf und an den Schläfen wuchs. Sein Gesicht war finster und stark gerötet. Wenn er wirklich nicht mehr zu trinken pflegte, als er gerade vertrug, so hätte er sein Antlitz wegen Verleumdung verklagen und hohen Schadenersatz erlangen können.

Der alte Herr machte eine achtungsvolle Verbeugung, trat an das Pult der Amtsperson und überreichte seine Karte mit den Worten: „Dies sind mein Name und meine Anschrift, Sir.“ Dann trat er mit einer zweiten höflichen Neigung des Kopfes einige Schritte zurück und wartete auf das Verhör.

Zufällig las Mr Fang eben in einer Morgenzeitung einen Leitartikel, der eine seiner letzten Entscheidungen besprach und ihn zum dreihundertfünfzigsten Mal der Aufmerksamkeit des Staatssekretärs für das Ministerium des Innern empfahl. Er war deshalb übel gelaunt und blickte mit verdrießlichem Stirnrunzeln auf.

„Wer sind Sie?“, fragte Mr Fang.

Der alte Herr deutete etwas überrascht auf seine Karte.

„Gerichtsdiener!“, sagte Mr Fang, indem er Karte und Zeitung verächtlich beiseitestieß, „wer ist dieser Mensch?“

„Mein Name, Sir“, versetzte der alte Herr im Ton eines wirklichen Herrn, „mein Name, Sir, ist Brownlow. Erlauben Sie mir aber auch, nach dem Namen des Beamten zu fragen, der unter dem Schutz seiner Stellung ohne Anlass einen achtbaren Mann so beleidigend behandelt.“ Bei diesen Worten blickte Mr Brownlow im Dienstzimmer umher, als suche er jemanden, der ihm die gewünschte Auskunft gebe.

„Gerichtsdiener!“, fuhr Mr Fang auf, indem er das Papier zur Seite schob. „Wessen ist dieser Mensch angeklagt?“

„Er ist nicht Angeklagter, Euer Gnaden“, antwortete der Gerichtsdiener, „er tritt als Kläger gegen den Knaben auf.“

Seine Gnaden wussten das recht wohl; aber es war eine gute, ungefährliche Handhabe, Leute zu plagen.

„Tritt als Kläger gegen den Knaben auf, wirklich?“, versetzte Mr Fang und betrachtete Brownlow verächtlich von Kopf bis Fuß. „Nehmen Sie ihm den Eid ab!“

„Ehe ich vereidigt werde, muss ich bitten, ein Wort sagen zu dürfen“, entgegnete Mr Brownlow; „nämlich, dass ich ohne die jetzige Erfahrung nie geglaubt hätte –“

„Halten Sie den Mund, Sir!“, sagte Mr Fang im Befehlston.

„Fällt mir nicht ein, Sir!“, versetzte der alte Herr.

„Halten Sie augenblicklich den Mund, oder ich lasse Sie aus dem Amtszimmer werfen!“, entgegnete Mr Fang. „Sie sind ein anmaßender, unverschämter Kerl. Wie können Sie sich unterstehen, eine Amtsperson überschreien zu wollen?“

„Wie?“, rief der alte Herr und wurde rot.

„Nehmen Sie diesem Menschen den Eid ab!“, sagte Fang zum Schreiber. „Ich will kein Wort mehr hören. Nehmen Sie ihm den Eid ab.“

Mr Brownlow war im höchsten Grade entrüstet; da er aber wohl fürchtete, nur dem Knaben zu schaden, wenn er seinen Gefühlen Luft machte, so unterdrückte er sie und ließ sich vereidigen.

„Nun“, fuhr Mr Fang fort, „wessen wird der Knabe beschuldigt? Was haben Sie zu sagen, Sir?“

„Ich stand an einer Bücherbude –“, begann Mr Brownlow.

„Halten Sie den Mund, Sir!“, unterbrach ihn Mr Fang. „Polizeidiener! Wo ist der Polizeidiener? Aha! Vereidigen Sie den Polizeidiener. Nun, Polizeidiener, was ist los?“

Der Polizeidiener berichtete mit gebührender Unterwürfigkeit, wie die Verhaftung vorgenommen, wie er Oliver durchsucht und nichts bei ihm gefunden habe und dass er weiter nichts anzugeben wisse.

„Sind Zeugen da?“, fragte Mr Fang.

„Nein, Euer Gnaden“, versetzte der Polizeidiener.

Mr Fang saß einige Minuten schweigend da, wandte sich dann dem Kläger zu und sprach mit immer zunehmender Heftigkeit: „Wollt Ihr wohl sagen, Mensch, wessen Ihr diesen Knaben beschuldigt, oder nicht? Ihr steht unter Eid. Wenn Ihr herumsteht und Euch weigert, Beweise vorzubringen, werde ich Euch wegen Nichtachtung des Gerichts bestrafen; ich will bei –“

Bei wem oder was, weiß keiner, denn der Schreiber und der Gefängniswärter brachen gerade zur rechten Zeit in lautes Husten aus, und der erstere ließ auch noch ein schweres Buch zu Boden fallen und verhinderte so, natürlich aus Zufall, dass das Wort gehört wurde.

Nach manchen Unterbrechungen und wiederholten Beleidigungen gelang es Mr Brownlow endlich, den Tatbestand auseinanderzusetzen; er bemerkte, dass er in der ersten Überraschung dem Knaben nachgelaufen sei, weil er ihn fortrennen sah, und sprach die Hoffnung aus, dass das Gericht so nachsichtig mit dem Jungen verfahre, wie es das Gesetz erlaube, wenn die Behörde zu der Auffassung komme, dass er zwar in diesem Fall nicht der Dieb sei, wohl aber mit Dieben in Verbindung stehe.

„Er hat bereits Schaden genommen“, sagte der alte Herr abschließend, „und ich fürchte“, fügte er nachdrücklich mit einem Blick auf die Anklagebank hinzu, „ich fürchte wirklich, dass er krank ist.“

„So? Höchstwahrscheinlich!“, sprach Mr Fang mit höhnischem Lächeln. „Komm her! Lass hier nur deine Kniffe, du junger Streuner; sie nützen nichts. Wie heißt du?“

Oliver versuchte zu antworten, aber die Stimme versagte ihm. Er war leichenblass, und alles schien sich um ihn zu drehen.

„Wie heißt du, verstockter Schlingel?“, donnerte Mr Fang. „Polizeidiener! Wie heißt er?“

Diese Worte galten einem stämmigen alten Mann in gestreifter Weste, der in der Nähe der Schranke stand. Er beugte sich über Oliver und wiederholte die Frage. Da er ihn aber wirklich unfähig fand, die Frage zu verstehen, und wusste, dass dieses Schweigen den Richter nur noch wütender machen und das Urteil verschärfen werde, wagte er, auf gut Glück zu antworten.

„Er sagt, er heiße Tom White, Euer Gnaden“, versetzte der gutherzige Diebshäscher.

„Also er will stumm bleiben, ja?“, fuhr Mr Fang fort. „Gut, sehr gut! Wo wohnt er?“

„Wo er kann, Euer Gnaden“, antwortete der Gerichtsdiener, indem er sich wieder anstellte, als nähme er Olivers Antwort entgegen.

„Hat er Eltern?“, fragte Mr Fang.

„Er sagt, sie seien in seiner Kindheit gestorben, Euer Gnaden“, entgegnete der Polizeidiener und gab aufs Geratewohl die gewöhnliche Antwort.

An diesem Punkt des Verhörs hob Oliver den Kopf, sah mit flehenden Augen um sich und murmelte eine schwache Bitte um einen Trunk Wasser.

„Unfug!“, sagte Mr Fang. „Willst du mich zum Narren halten, Bub?“

„Ich glaube, ihm ist wirklich schlecht, Euer Gnaden“, wandte der Polizeidiener ein.

„Ich weiß das besser“, schnaubte Mr Fang.

„Haltet ihn, Gerichtsdiener!“, rief der alte Herr, unwillkürlich seine Hände ausstreckend. „Er fällt um!“

„Weg da, Polizeidiener!“, tobte Fang. „Lasst ihn fallen, wenn er will.“

Oliver machte von dieser freundlichen Erlaubnis Gebrauch und sank ohnmächtig zu Boden. Die Herren im Amtszimmer blickten einander an, aber niemand wagte sich zu rühren.

„Ich wusste ja, dass er sich nur so anstellt“, sagte Fang, als ob dies der schlagendste Beweis dafür sei. „Lasst ihn liegen; er wird's bald müde werden.“

„Wie gedenken Sie in diesem Fall zu verfahren, Sir?“, fragte der Schreiber leise.

„Summarisch“, entgegnete Mr Fang, „er wird drei Monate eingesperrt – natürlich bei harter Arbeit. Schafft ihn fort.“

Die Tür wurde geöffnet, und ein paar Männer schickten sich an, den bewusstlosen Knaben in seine Zelle zu tragen, als ein ältlicher

Mann von anständigem, aber ärmlichem Äußern, in einen alten schwarzen Anzug gekleidet, eilig ins Zimmer stürzte und vor die Gerichtsbank trat.

„Halt, halt! Nehmt ihn nicht fort! Um Himmels willen, wartet einen Augenblick!“, rief der neue Ankömmling atemlos vor Hast.

Obgleich die präsidierenden Herren in einem Amtszimmer wie diesem eine umfassende und willkürliche Gewalt über Freiheit, guten Namen, Würde und beinahe auch über das Leben von Ihrer Majestät Untertanen, zumal der ärmeren Klasse, ausüben und obgleich in diesen Mauern täglich genug unvorstellbare Streiche gespielt werden, dass sich die Engel blind weinen könnten, so sind sie doch dem Publikum nur durch die Vermittlung der Tagespresse zugänglich. Mr Fang erboste sich daher nicht wenig, als er einen ungebetenen Gast in so unehrerbietiger Unordnung eintreten sah.

„Was ist das? Wer ist das? Hinaus mit diesem Menschen! Räumt das Zimmer!“, rief Fang.

„Ich will sprechen“, versetzte der Mann, „ich lasse mich nicht hinausweisen. Ich sah alles mit an. Ich bin der Besitzer der Bücherbude. Ich verlange vereidigt zu werden. Ich lasse mich nicht unterdrücken. Mr Fang, Sie müssen mich anhören. Sie dürfen das nicht verweigern, Sir!“

Der Mann war im Recht; sein Auftreten war entschieden, und die Sache wurde nun zu ernst, um sie niederzuschlagen.

„Lassen Sie den Burschen schwören“, grollte Fang höchst ungnädig. „Nun, Mann, was habt Ihr vorzubringen?“

„Ich sah drei Knaben, hier diesen Gefangenen und zwei andere, auf der anderen Straßenseite hinschlendern, während dieser Herr in ein Buch vertieft war. Der Diebstahl wurde von einem anderen Jungen begangen. Ich habe gesehen, wie es geschah und dass dieser Knabe ganz erstaunt und verblüfft darüber war.“

Der würdige Bücherbudenbesitzer war inzwischen wieder ein wenig zu Atem gekommen und fuhr fort, die genauen Umstände des Diebstahls zusammenhängender zu berichten.

„Warum kamen Sie nicht früher?“, fragte Fang nach einer Pause.

„Ich hatte keine Seele, um den Laden zu betreuen“, versetzte der Mann. „Jeder, der mir hätte helfen können, hatte sich der Verfolgung angeschlossen. Ich konnte erst vor fünf Minuten jemanden auftreiben und bin dann den Weg hierher gelaufen.“

„Der Ankläger hat gelesen, nicht wahr?“, fragte Fang nach einer weiteren Pause.

„Ja“, erwiderte der Mann, „im selben Buch, das er jetzt noch in der Hand hat.“

„So – in diesem Buch, sagt Ihr?“, versetzte Fang. „Ist es bezahlt?“

„Nein, noch nicht“, entgegnete der Mann schmunzelnd.

„Lieber Gott, ich vergaß alles über diesem Vorfall!“, rief der zerstreute alte Herr unbefangen.

„Ein feiner Bursche, um eine Klage gegen einen armen Jungen vorzubringen!“, versetzte Fang mit einer komischen Anstrengung, menschenfreundlich auszusehen. „Ich denke, Sir, Sie haben sich unter sehr verdächtigen und anrüchigen Umständen in den Besitz dieses Buches gesetzt und dürfen sich glücklich schätzen, wenn der Eigentümer auf eine Klage gegen Sie verzichtet. Lassen Sie sich dies zur Warnung dienen, Mann, sonst werden Sie das Gesetz einmal zu spüren bekommen. Der Knabe ist frei. Räumt das Amtszimmer.“

„Zum Teufel!“, schrie der alte Herr, und der so lange verhaltene Zorn brach aus, „zum Teufel! Ich will Genug–“

„Räumt das Amtszimmer!“, brüllte der Beamte. „Gerichtsdiener, hört ihr? Räumt das Zimmer!“

Dem Befehl wurde sofort Folge geleistet, und der entrüstete Mr Brownlow wurde hinausgeführt, in der einen Hand das Buch, in der andern das Bambusrohr: ein vollkommenes Bild von Empörung und Trotz.

Als er aber den Hof erreichte, war seine Heftigkeit im Nu wie weggeblasen.

Der kleine Oliver Twist lag auf dem Steinpflaster, man hatte ihm das Hemd aufgeknöpft und die Schläfen mit Wasser benetzt; sein Gesicht war leichenblass, und kalter Schauer erschütterte seinen ganzen Körper.

„Armer Junge! Armer Junge!“, sagte Mr Brownlow, als er sich über ihn beugte. „Eine Kutsche! Geschwind! Will jemand so freundlich sein?“

Eine Kutsche wurde herbeigeschafft und Oliver sorgfältig auf den einen Sitz gelegt; der alte Herr stieg ein und setzte sich auf den andern.

„Darf ich Sie begleiten?“, fragte der Budenbesitzer.

„Beim Himmel, ja, lieber Freund“, erwiderte Mr Brownlow rasch. „Ich habe Sie ganz vergessen, mein Bester! Da hab ich immer noch dieses unglückliche Buch. Kommen Sie herein. Der arme Junge! Da ist keine Zeit zu verlieren.“

Der Buchhändler stieg ein, und die Kutsche rollte fort.

Zwölftes Kapitel

In dem für Oliver besser als je zuvor gesorgt wird und die Erzählung auf den lustigen alten Herrn und dessen jugendliche Freunde zurückkommt

Die Kutsche rollte den Mount Pleasant hinab und die Exmouth Street hinan, fast denselben Weg, den Oliver gegangen war, als er mit Dawkins das erste Mal London betreten hatte, schlug dann beim Angel zu Islington eine andere Richtung ein und hielt endlich vor einem hübschen Haus in einer ruhigen, schattigen Straße bei Pentonville. Hier wurde Oliver unverzüglich ein Lager bereitet, auf das Mr Brownlow seinen Schützling sorgsam und behaglich betten ließ, und hier wurde er mit einer Güte und Fürsorge gepflegt, die keine Grenzen kannten.

Oliver blieb jedoch tagelang für all die liebevolle Pflege seiner neuen Freunde unempfindlich. Die Sonne ging ein ums andere Mal auf und unter, und noch immer lag der Knabe auf seinem Krankenlager und verzehrte sich in einem trockenen Fieber. Ein Wurm arbeitet nicht sicherer am toten als dieses langsam kriechende Feuer am lebenden Körper.

Schwach, abgemagert und bleich erwachte er endlich aus einem Zustand, der ein langer, angstvoller Traum gewesen zu sein schien. Er richtete sich mit Mühe im Bett auf, stützte den Kopf auf seine zitternden Arme und blickte ängstlich umher.

„Was für ein Zimmer ist das? Wohin hat man mich gebracht?“, fragte Oliver. „Das ist nicht das Haus, in dem ich sonst schlafen ging.“

Er flüsterte diese Worte in seiner Schwäche und Mattigkeit leise vor sich hin; sie wurden aber doch vernommen. Der Vorhang über dem Bett wurde hastig zurückgezogen, und eine mütterliche alte Frau, hübsch und sauber gekleidet, erhob sich gleichzeitig aus einem Armstuhl daneben, in dem sie mit einer Handarbeit gesessen hatte.

„Still, mein Kind", redete ihm die alte Dame sanft zu. „Du musst dich ganz stillhalten, sonst wirst du wieder krank; und es ist dir sehr schlecht gegangen – fast so schlecht, dass es nicht noch schlechter sein konnte. Leg dich nur wieder hin; sei ganz brav!"

Mit diesen Worten bettete sie Olivers Kopf sanft aufs Kissen zurück, strich ihm das Haar aus der Stirn und blickte ihm so gütig und liebevoll ins Gesicht, dass er unwillkürlich seine kleine abgemagerte Hand in die ihre schob und sie um seinen Hals legte.

„Guter Gott!", sagte die alte Frau mit Tränen in den Augen. „Was für ein dankbarer kleiner Kerl! Armes Geschöpf! Was empfände wohl seine Mutter, wenn sie wie ich an seinem Krankenlager gesessen hätte und ihn jetzt sehen könnte!"

„Vielleicht sieht sie mich", flüsterte Oliver und faltete die Hände, „vielleicht hat sie bei mir gesessen, Madam. Mir ist fast, als hätte sie's getan."

„Das war das Fieber, mein Sohn", sagte die alte Dame mild.

„Ja, wahrscheinlich", versetzte Oliver, „denn der Himmel ist weit weg, und sie sind dort alle viel zu glücklich, um ans Bett eines armen Knaben herunterzukommen. Aber wenn sie wusste, dass ich krank war, so musste sie sogar dort Mitleid mit mir haben, denn sie war selbst sehr krank, ehe sie starb. Aber sie kann doch wohl nichts von mir wissen", fügte Oliver nach kurzem Schweigen hinzu, „denn wenn sie gesehen hätte, wie man mir wehtat, hätte es sie traurig gemacht, und ihr Gesicht sah immer froh und glücklich aus, wenn ich von ihr träumte."

Die alte Frau erwiderte nichts, sondern wischte zuerst ihre Augen, dann die auf der Bettdecke liegende Brille ab, als ob sie ein Bestandteil ihres Gesichts wäre, brachte Oliver einen kühlenden Trunk, streichelte seine Wangen und redete ihm zu, dass er ganz ruhig liegen bleiben müsse, wenn er nicht wieder krank werden wolle.

Oliver verhielt sich daher still, teils weil er der alten Dame in allem gehorchen wollte, teils weil ihn schon das, was er bisher gesprochen, völlig erschöpft hatte. Er fiel bald in einen sanften Schlummer, aus dem ihn erst das Licht einer Kerze weckte. Als man sie über sein Bett hielt, erkannte er in ihrem Schein einen Herrn, der ihm, eine große, laut tickende Uhr in der Hand, den Puls fühlte und sagte, es gehe ihm viel besser.

„Du fühlst dich doch viel besser, nicht wahr, mein Lieber?“, sagte der Herr.

„Ja, danke, Sir“, versetzte Oliver.

„Ich weiß es“, fuhr der Herr fort. „Du wirst auch hungrig sein, nicht?“

„Nein, Sir!“, antwortete Oliver.

„Hm! Dachte mir's schon! Er ist nicht hungrig, Mrs Bedwin“, sagte der Herr mit weiser Miene.

Die alte Dame neigte ehrfurchtsvoll den Kopf, was anzudeuten schien, dass sie den Doktor für einen sehr verständigen Mann halte. Der Doktor schien weitgehend dieselbe Meinung zu haben.

„Du bist schläfrig, nicht wahr, mein Lieber?“, sprach der Doktor.

„Nein, Sir“, entgegnete Oliver.

„Nicht?“, versetzte der Doktor mit einem klugen und zufriedenen Blick. „Also nicht schläfrig. Auch nicht durstig, oder?“

„Doch, Sir, sehr durstig“, entgegnete Oliver.

„Genau, wie ich's erwartet habe, Mrs Bedwin“, sagte der Doktor, „'s liegt in der Natur der Sache, dass er Durst hat. Sie können ihm etwas Tee geben, Madam, und geröstetes Brot ohne Butter. Halten Sie ihn nicht zu warm, Madam, aber sehen Sie zu, dass er sich nicht erkältet – wollen Sie die Güte haben?“

Mrs Bedwin machte einen Knicks. Der Doktor ging fort, nachdem er das kühlende Getränk gekostet und sich damit völlig zufrieden erklärt hatte. Seine Stiefel knarrten ganz wie die eines bedeutenden und wohlhabenden Mannes, als er die Treppe hinunterstieg.

Oliver schlummerte bald wieder ein. Als er erwachte, war es beinahe zwölf Uhr. Mrs Bedwin wünschte ihm kurz darauf zärtlich Gute Nacht und überließ ihn der Obhut einer dicken alten Frau, die eben angekommen war und in ihrem Päckchen ein kleines Gebetbuch und eine große Nachtmütze mitgebracht hatte. Sie setzte diese auf ihren Kopf, legte jenes auf den Tisch, erzählte Oliver, dass sie diese Nacht bei ihm wachen werde, zog ihren Stuhl dicht ans Feuer und verfiel in eine Kette kurzer Schläfchen, häufig unterbrochen durch mannigfaches Gestöhn und Geschnarch und durch Einknicken des Oberkörpers, was jedoch keine andre Wirkung hatte, als dass sie sich heftig die Nase rieb und dann wieder entschlummerte.

So ging die Nacht langsam vorüber. Oliver lag einige Zeit wach und zählte die kleinen Lichtkreise, die der Schirm des Nachtlämpchens auf die Zimmerdecke warf, oder folgte mit mattem Blick der verwickelten Zeichnung auf der Wandtapete. Das Dunkel und die tiefe Stille des Zimmers wirkten sehr feierlich; und als sie den Knaben auf den Gedanken brachten, dass der Tod so manchen Tag und so manche Nacht über ihm geschwebt hatte und vielleicht mit seinem düsteren Schrecken immer noch den Raum erfüllte, da grub er sein Gesicht ins Kissen und schickte heiße Gebete zum Himmel.

Allmählich fiel er in jenen tiefen, ruhigen Schlaf, den nur das wiederkehrende Wohlbefinden nach schwerer Krankheit zu geben vermag, jenen sanften, friedlichen Schlummer, aus dem zu erwachen so schmerzlich ist. Wäre dieser Schlaf der Tod, wer wollte da wieder erwachen zu all den Kämpfen und Mühen des Lebens, den Sorgen um die Gegenwart, den Befürchtungen für die Zukunft und – mehr noch als alles – zu den trüben Erinnerungen an die Vergangenheit?

Es war bereits heller Tag, als Oliver die Augen öffnete. Er fühlte sich froh und leicht und glücklich. Die Krisis seiner Krankheit war glücklich überstanden, und er gehörte wieder der Erde.

Nach drei Tagen war er imstande, von Rückenkissen gestützt, in einem Armstuhl zu sitzen; und da er noch zu schwach zum Gehen war, ließ ihn Mrs Bedwin in ihr eigenes kleines Zimmer hinunterbringen, setzte ihn an den Kamin, nahm an seiner Seite Platz und begann aus lauter Entzücken, ihn so viel wohler zu sehen, heftig zu weinen.

„Kümmere dich nicht darum, mein Kind“, sagte sie, „ich muss mich nur manchmal richtig ausweinen. Schau, jetzt ist's schon vorbei, und ich bin ganz vergnügt.“

„Sie sind so, so gut zu mir, Madam“, sagte Oliver.

„Nun ja, schon recht, mein Lieber“, versetzte Mrs Bedwin, „das hat nichts mit deiner Fleischbrühe zu schaffen, und es ist höchste Zeit, dass du sie erhältst. Denn Mr Brownlow meint, der Doktor werde dich wahrscheinlich heute Vormittag besuchen, und da musst du möglichst gut aussehen; je besser du aussiehst, desto mehr freut er sich.“

Mrs Bedwin ging nun daran, einen Teller Fleischbrühe aufzuwärmen, die kräftig genug war, um, entsprechend verdünnt, ein reichliches Mahl für mindestens dreihundertfünfzig Arme abzugeben.

Oliver erholt sich von seinem Fieber

„Hast du Bilder gern, mein Kind?“, fragte die alte Frau, als sie bemerkte, dass Oliver sein Auge aufmerksam auf ein Porträt heftete, das seinem Stuhl gegenüber an der Wand hing.

„Ich weiß nicht recht, Madam“, sagte Oliver, ohne den Blick von der Leinwand zu wenden, „ich habe nur wenige gesehen. Aber wie schön und gütig ist das Gesicht dieser Dame!“

„Ach“, sagte die alte Frau, „die Maler machen die Damen immer schöner, als sie sind, sonst bekämen sie keine Kundschaft. Der Mann, der die Konterfeimaschine erfand, hätte voraussehen können, dass er kein Glück mit ihr machen werde, denn sie ist viel zu ehrlich.“ Sie lachte herzlich über ihren eigenen Witz.

„Stellt es wirklich jemanden vor, Madam?“, fragte Oliver.

„Ja“, sagte Mrs Bedwin, einen Augenblick von der Fleischbrühe aufsehend. „Es ist ein Porträt.“

„Von wem, Madam?“, fragte Oliver lebhaft.

„Das kann ich dir wirklich nicht sagen, mein Lieber“, entgegnete die alte Frau gutmütig. „Jedenfalls ist es das Porträt einer Person, die weder dir noch mir bekannt ist. Es scheint dir zu gefallen, Kind?“

„Es ist so hübsch“, entgegnete Oliver.

„Aber du fürchtest dich doch nicht vor ihm?“, fragte Mrs Bedwin, als sie zu ihrer großen Verwunderung den ängstlichen Blick bemerkte, mit dem das Kind das Gemälde betrachtete.

„O nein, nein“, erwiderte Oliver rasch, „aber die Augen blicken so sorgenvoll und sind immer auf mich gerichtet, wo ich auch sitze. Mein Herz klopft, wenn ich es ansehe“, fügte Oliver leise hinzu. „Es ist mir immer, als sei es lebendig und wolle mit mir sprechen, könne aber nicht.“

„Gott behüte!“, rief Mrs Bedwin aufspringend. „Sprich nicht so, mein Kind. Du bist noch schwach und angegriffen von deiner Krankheit. Ich will deinen Sessel nach der andern Seite drehen, dann kannst du es nicht sehen. So“, sagte sie, indem sie ihre Absicht ausführte, „jetzt ist es dir aus dem Gesicht.“

Das Antlitz hatte sich ihm aber so eingeprägt, dass Oliver es noch ebenso deutlich vor Augen sah, als hätte er seine Stellung nicht verändert. Da er aber die gütige alte Frau nicht kränken wollte, lächelte er ihr zu, als sie ihn anblickte; und Mrs Bedwin, zufrieden, ihn ruhiger zu sehen, salzte die Fleischbrühe und brach Röstbrot hinein mit der ganzen Hingabe, die zu einer so feierlichen

Zubereitung gehört. Oliver machte sich mit ungewöhnlicher Eile über die Suppe her. Er hatte kaum den letzten Löffel hinuntergeschluckt, als sich ein leichtes Pochen an der Tür vernehmen ließ. „Herein!“, sagte die alte Frau, und Mr Brownlow trat ein.

Er kam so lebhaft herein, wie es sich gerade schickte; aber kaum hatte er seine Brille auf die Stirn geschoben und die Hände hinter den Schößen seines Schlafrocks versteckt, um Oliver mit Muße betrachten zu können, als sich sein Gesicht in eine bunte Folge wunderlicher Grimassen zu verziehen begann. Oliver sah noch sehr blass und hinfällig aus und machte einen fruchtlosen Versuch, seinem Wohltäter zu Ehren aufzustehen, der jedoch damit endete, dass er wieder in den Sessel zurücksank. Die Wahrheit zu gestehen: Mr Brownlows Herz, das für sechs alte Herren von durchschnittlicher Menschenfreundlichkeit ausgereicht hätte, drängte durch einen hydraulischen Vorgang, den nur tiefere Philosophen als wir erklären könnten, eine erkleckliche Anzahl Tränen in seine Augen.

„Armer Knabe, armer Knabe!“, sagte Mr Brownlow unter allerhand Geräusper. „Ich bin heute Morgen recht heiser, Mrs Bedwin. Ich fürchte, ich habe mir eine Erkältung zugezogen.“

„Ich hoffe nicht, Sir“, versetzte Mrs Bedwin. „Alles, was Sie erhalten haben, war gut getrocknet und gelüftet, Sir.“

„Ich weiß nicht, Mrs Bedwin – ich weiß nicht“, erwiderte Mr Brownlow. „Ich glaube fast, ich hatte gestern beim Mittagessen eine feuchte Serviette; doch es macht nichts. Wie geht's dir, mein Lieber?“

„Sehr gut, Sir“, entgegnete Oliver, „und ich bin Ihnen wirklich sehr dankbar für Ihre große Güte zu mir.“

„Guter Junge“, sprach Mr Brownlow gefasst. „Haben Sie ihm zu essen gegeben, Mrs Bedwin? Ein Krankengebräu sicher?“

„Er hat eben einen Teller herrlicher, kräftiger Fleischbrühe zu sich genommen, Sir“, antwortete Mrs Bedwin, indem sie sich leicht emporrichtete und besonderen Nachdruck auf das Wort „Fleischbrühe“ legte, um anzudeuten, dass zwischen „Brühe“ und „Gebräu“ nicht die leiseste Verwandtschaft bestehe.

„Brr!“, sagte Mr Brownlow, leicht zusammenschaudernd.

„Ein paar Glas Portwein hätten ihm noch besser getan, nicht wahr, Tom White?“

„Ich heiße Oliver, Sir“, entgegnete der kleine Patient, sehr erstaunt aufblickend.

„Oliver?“, wiederholte Mr Brownlow. „Oliver? – Also Oliver White?“

„Nein, Sir, Twist – Oliver Twist.“

„Seltsamer Name“, bemerkte der alte Herr. „Warum hast du aber dem Richter gesagt, du heißest White?“

„Ich habe das nie gesagt“, versetzte Oliver verwundert.

Dies klang so sehr nach Lüge, dass ihn der alte Herr fest ins Auge fasste; es war aber unmöglich, seine Aussage zu bezweifeln, denn die Wahrheit sprach aus jedem seiner abgezehrten Züge.

„Ein Missverständnis also, vermute ich“, meinte Mr Brownlow.

Obwohl nun der Grund, Oliver prüfend anzusehen, nicht mehr bestand, überkam den alten Herrn der frühere Einfall, Oliver sehe einem ihm vertrauten Antlitz ähnlich, wieder so stark, dass er seinen Blick nicht von ihm abwenden konnte.

„Ich hoffe, Sie zürnen mir nicht, Sir“, sprach Oliver, die Augen flehentlich aufschlagend.

„Nein, nein“, erwiderte der alte Herr. „Aber – großer Gott, was ist dies? Mrs Bedwin, sehen Sie, sehen Sie – dort!“

Er deutete bei diesen Worten hastig auf das Gemälde über Oliver und dann auf dessen Gesicht. Es war das lebende Abbild. Die Augen, die Stirn, der Mund, jeder Zug war derselbe, und der ganze Ausdruck so genau gleich, dass auch die kleinste Linie mit zauberhafter Sicherheit nachgebildet schien.

Oliver entging die Ursache dieses plötzlichen Ausrufs; denn da er noch zu schwach war, um die jähe Erregung zu ertragen, fiel er in Ohnmacht. Sein Schwächeanfall gibt uns Gelegenheit, den Leser nicht länger über die beiden andern jungen Schüler des lustigen alten Mannes in Ungewissheit zu lassen und zu erzählen, dass der Dodger und sein würdiger Freund Bates, als sie an der wilden Jagd teilnahmen, die sich, wie berichtet, infolge ihres gesetzwidrigen Eingriffs in Mr Brownlows Eigentum an Olivers Fersen heftete, nur von einer löblichen und geziemenden Rücksicht auf sich selbst geleitet waren. Und da Freiheit und Unantastbarkeit der Person zu den stolzesten Paradestücken eines echten Engländers gehören, so brauche ich den Leser wohl kaum eigens darauf hinzuweisen, dass diese Handlungsweise jene beiden in der Meinung aller verantwortungsbewussten Patrioten im selben Maß heben muss, wie ihre unbestreitbare Sorge für Selbsterhaltung und Sicherheit die wenigen Grundsätze bekräftigen hilft, die gewisse klar und tief denkende Philosophen zur Haupttriebfeder des Tuns und Wirkens der ganzen Natur erklären: Denker, die alle Handlungen dieser guten Mutter Natur sehr klug auf bestimmte Lehren und Regeln zurückführen und mit einer artigen Verbeugung vor ihrer hohen Weisheit und Umsicht alle Herzensregungen oder edelmütigen Antriebe und Empfindungen einfach ausschalten; denn diese Dinge sind gänzlich unwürdig eines weiblichen Wesens, das nach allgemeiner Anerkenntnis hoch über den vielen kleinen Schwächen und Mängeln seines Geschlechts steht.

Wenn es eines weiteren Beweises bedürfte, dass sich diese jungen Herren in ihrer heiklen Lage streng philosophisch benahmen, so wäre er wohl in der bereits erwähnten Tatsache zu finden, dass sie, sobald die allgemeine Aufmerksamkeit auf Oliver gelenkt war, von der Verfolgung abließen und den kürzesten Weg nach Hause einschlugen. Obgleich ich nicht behaupten will, dass es die Gewohnheit berühmter und vollendeter Philosophen ist, den Weg zu einem großen Schluss abzukürzen – sie suchen ihn vielmehr durch verschiedene Umschreibungen und unsichere Abschweifungen zu verlängern, wie es Betrunkene unter einem allzu mächtigen Ideenstrom zu tun pflegen –, so wage ich doch zu versichern, dass jeder große Philosoph bei Durchführung seiner Theorien mit erstaunlicher Umsicht und Weisheit alles zu umgehen sucht, was ihnen möglicherweise nachteilig sein könnte. So kann man um eines großen Rechts willen ein kleines Unrecht tun und darf zu Hilfsmitteln greifen, wenn sie durch den Endzweck gerechtfertigt werden; das Gewicht des Rechts oder des Unrechts aber oder gar die Unterscheidung zwischen beiden bleibt dem klaren, umfassenden und unparteiischen Ermessen des betreffenden Philosophen vorbehalten.

Die beiden Knaben jagten, so eilig sie konnten, durch ein verworrenes Labyrinth enger Straßen und Höfe, bis sie unter einem niedrigen dunklen Bogengang haltzumachen wagten. Nachdem sie wieder so weit zu Atem gekommen waren, dass sie sprechen konnten, stieß Master Bates einen Jubelruf hervor, brach in hemmungsloses Gelächter aus, warf sich auf eine Treppe, die zu einem Flur führte, und wälzte sich da im Übermaß der Freude.

„Was hast du denn?“, fragte Dawkins.

„Hahaha!“, lachte Charley Bates.

„Mach doch nicht solchen Lärm“, mahnte Dawkins, indem er sich vorsichtig umsah. „Willst du geschnappt werden, Dummkopf?“

„Ach, ich kann nicht anders“, versetzte Charley, „ich kann mir nicht helfen! Wenn ich daran denke, wie er ausriss, um die Ecken schoss, gegen die Laternenpfähle prallte und doch immer weitersprang, als wäre er aus Eisen wie sie – und ich mit dem Schnäuztuch in der Tasche hinter ihm drein schreiend – hahaha!“

Master Bates’ lebhafte Einbildung malte ihm den Vorgang in überaus kräftigen Farben; als er damit zu Ende gekommen war, kugelte er sich wieder auf der Treppe und lachte lauter als vorher.

„Was wird Fagin sagen?“, fragte Dawkins, sobald ihm sein Freund aus Mangel an Atem Zeit ließ, diese Frage zu stellen.

„Nu, was?“, wiederholte Charley Bates.

„Ja, was?“, sagte der Dodger.

„Ei, was kann er sagen?“, erwiderte Charley, durch den Ernst des andern in seiner Heiterkeit plötzlich irregemacht. „Was kann er wohl sagen?“

Mr Dawkins pfiff ein paar Minuten vor sich hin, nahm dann seinen Hut ab, kratzte sich den Kopf und nickte dreimal.

„Was meinst du?“, fragte Charley.

„Na, er kann uns nicht fressen“, versetzte der Dodger mit einem höhnischen Zug in seinem schlauen Gesicht.

Dies war eine Erklärung, aber keine Beruhigung. Master Bates fühlte das und wiederholte die Frage: „Was meinst du?“

Der Dodger erwiderte nichts, sondern setzte den Hut wieder auf, nahm die Schöße seines langen Rocks unter die Arme, blies die Backen auf, tippte sich ein halbes Dutzend Mal ungezwungen, aber bedeutungsvoll auf die Nase, drehte sich auf der Ferse um und schlenderte weiter. Master Bates folgte mit gedankenvoller Miene.

Einige Minuten nach dieser Unterredung weckte das Geräusch von Fußtritten auf der knarrenden Treppe den lustigen alten Herrn aus seinen Betrachtungen, als er eben mit einer Wurst und einem Laibchen Brot in der Linken, einem Taschenmesser in der Rechten und einer zinnernen Kanne daneben auf dem Dreifuß beim Feuer saß. Ein spitzbübisches Lächeln überflog sein bleiches Gesicht, als er sich umwandte, und seine Augen schossen stechende Blicke unter den dichten roten Brauen hervor, als er das Ohr der Tür zukehrte und achtsam aufhorchte.

„Hm, was ist das?“, murmelte der Jude, noch blasser werdend. „Ich höre bloß zwei! Wo ist der Dritte? Hoffentlich sind sie nicht in Ungelegenheiten gekommen. Horch!“

Die Fußtritte kamen näher, erreichten den Treppenabsatz, die Tür wurde langsam geöffnet, und der Dodger und Charley Bates traten ein und schlossen die Tür hinter sich.

Dreizehntes Kapitel

Der Leser macht einige neue Bekanntschaften und erfährt in Verbindung mit ihnen verschiedene heitere Begebenheiten, die zu dieser Geschichte gehören

Wo ist Oliver?", rief der Jude wütend und stand mit drohenden Blicken auf. „Wo ist der Knabe?" – Die jungen Diebe sahen ihren Lehrer an, als wären sie von seiner Heftigkeit eingeschüchtert, und warfen einander unruhige Blicke zu, gaben aber keine Antwort.

„Was ist aus dem Knaben geworden?", rief der Jude, indem er Dawkins am Kragen packte und schreckliche Verwünschungen gegen ihn ausstieß. „Sprich, oder ich erwürge dich!"

Mr Fagin schaute so todernst drein, dass Charley Bates, der es in allen Fällen für geraten hielt sicherzugehen und der es gar nicht für unwahrscheinlich hielt, dass er als Zweiter an die Reihe komme, erwürgt zu werden, auf die Knie niederfiel und ein lautes, anhaltendes Geschrei erhob, das zwischen den Lauten eines wütenden Ochsen und denen eines Sprachrohrs die Mitte hielt.

„Willst du wohl sprechen?", donnerte der Jude und schüttelte den Dodger so kräftig, dass es verwunderlich schien, wie er in dem großen Rock stecken bleiben konnte.

„Die Fänger haben ihn geschnappt, das ist alles", versetzte Dawkins verdrießlich. „Nu – lassen Sie mich einmal los, ja!" Und indem er mit einem Ruck aus dem weiten Rock fuhr und ihn in der Hand des Juden ließ, griff er nach der Röstgabel und führte einen Stoß nach der Weste des lustigen alten Herrn, der diesem, hätte er Erfolg gehabt, mehr Lustigkeit abgezapft hätte, als sich vielleicht in ein oder zwei Monaten ersetzen ließ.

Der Jude fuhr bei dieser Gefahr behänder zurück, als sich von seiner scheinbaren Hinfälligkeit erwarten ließ, griff nach der Kanne und schickte sich an, sie dem Angreifer an den Kopf zu schleudern.

Aber da Charley Bates in diesem Augenblick durch ein mörderisches Geheul seine Aufmerksamkeit auf sich zog, änderte er plötzlich das Ziel und schleuderte sie samt Inhalt nach diesem jungen Herrn.

„Zum Teufel, was ist hier los?“, grollte eine tiefe Stimme. „Wer hat nach mir geworfen? Gut, dass mich nur das Bier, nicht die Kanne getroffen hat, sonst hätte ich mir jemanden vorgeknöpft. Ich hätte wissen können, dass es sich nur ein teuflischer, reicher, diebischer, polternder alter Jude leisten kann, etwas anderes zu verschütten als Wasser – und selbst das nicht, ohne dass er die Wassergesellschaft zugrunde gerichtet hat. Was ist los, Fagin? Hol mich der Teufel, wenn mein Halstuch nicht Bierflecken hat! – Komm herein, du kriechende Bestie; was bleibst du vor der Tür, als ob du dich deines Herrn schämtest? Komm herein!“

Der Sprecher war ein stämmiger Kerl von etwa fünfunddreißig Jahren, in schwarzem Samtrock, sehr beschmutzten gelben Beinkleidern, geschnürten Halbstiefeln und grauen Baumwollstrümpfen, die zwei kräftige Beine mit dicken Waden bekleideten – eine Art Beine, an denen in einem solchen Anzug immer etwas zu fehlen scheint, wenn sie nicht gefesselt sind. Er trug einen braunen Hut und um den Hals ein schmutziges Schnupftuch, mit dessen langen, zerrissenen Enden er im Reden das Bier von Stirn und Wangen wischte. Als er damit zurande gekommen war, zeigte sich ein breites, grobes Gesicht mit dreitägigem Bart und zwei schielenden Augen, von denen das eine noch die vielfarbigen Merkmale eines kürzlich empfangenen Schlages trug.

„Komm herein, Bestie!“, brummte dieser gewinnende Raufbold, und ein weißer, zottiger Hund, dessen Kopf wohl an zwanzig Stellen zerkratzt und wundgerissen war, schlich in die Stube. „Warum wolltest du vorhin nicht herein?“, fragte der Mann. „Bist du etwa zu stolz, mich vor den Leuten als deinen Herrn anzuerkennen? Leg dich!“

Dieser Befehl wurde von einem Fußtritt begleitet, der das Tier bis zum Ende des Zimmers schleuderte. Der Hund schien jedoch daran gewöhnt zu sein, denn er rollte sich lautlos in einem Winkel zusammen, wo er, wohl zwanzigmal in der Minute mit den übel aussehenden Augen blinzelnd, beschäftigt schien, das Zimmer zu besichtigen.

„Warum regst du dich so auf? Misshandelst wohl die Jungen, du spitzbübischer, geiziger, unersättlicher alter Hehler?", sprach der Mann und ließ sich bedächtig nieder. „Es wundert mich nur, dass sie dir nicht die Gurgel abschneiden. Ich tät's an ihrer Stelle. Wäre ich bei dir in der Lehre gewesen, ich hätte es schon längst getan und dann – doch nein, ich hätte dich nachher nicht verkaufen können, denn du bist zu nichts gut, es sei denn, dass man dich als Urbild der Hässlichkeit in einer Glasflasche aufbewahrte, und ich glaube nicht, dass man so große Glasflaschen bläst."

„Still, still doch, Mr Sikes", versetzte der Jude zitternd, „sprecht nicht so laut."

„Ich pfeife auf dein ‚Mister'", entgegnete der Grobian, „du führst immer was Schlimmes im Schilde, wenn du mir so kommst. Du weißt meinen Namen und damit Punktum! Ich werde ihm keine Schande machen, wenn mein Stündlein kommt."

„Nun, nun denn – Bill Sikes", sprach der Jude, kriechend und unterwürfig. „Ihr scheint nicht gut gelaunt, Bill?"

„Kann sein", erwiderte Sikes, „aber es kommt mir vor, als ob du gleichfalls reichlich verstimmt wärst, außer du hältst es für einen ebenso geringen Schaden, wenn du mit Zinnkannen um dich wirfst, wie du es tust, wenn du schwatzest und –"

„Seid Ihr toll?", rief der Jude, indem er den Mann am Ärmel erwischte und auf die Knaben deutete.

Sikes begnügte sich, pantomimisch unter seinem linken Ohr einen Knoten zu knüpfen, wobei er den Kopf auf die rechte Schulter sinken ließ – eine Zeichensprache, die der Jude vollkommen zu verstehen schien; dann verlangte er in Ausdrücken der Gaunersprache, mit denen seine ganze Redeweise stark durchsetzt war, die aber ganz unverständlich blieben, wenn wir sie hier wiedergeben wollten, ein Glas Branntwein.

„Dass du mir aber kein Gift reintust", fügte Sikes bei und legte seinen Hut auf den Tisch.

Er sagte das im Scherz; wenn er jedoch den teuflischen Seitenblick hätte sehen können, mit dem sich der Jude in die blassen Lippen biss und zum Wandschrank ging, so wäre er überzeugt gewesen, dass diese Warnung nicht ganz überflüssig sei und dass der Wunsch, der Kunst des Schnapsbrenners etwas nachzuhelfen, dem fröhlichen Herzen des alten Herrn nicht gar zu fernlag.

Bill Sikes

Nachdem Sikes einige Glas Branntwein hinuntergestürzt hatte, ließ er sich herab, auch den beiden jungen Herren seine Aufmerksamkeit zuzuwenden. Dieser Gnadenakt führte zu einem Gespräch, in dem Anlass und Verlauf von Olivers Verhaftung umständlich mit mancherlei wahrheitswidrigen Veränderungen und Verbesserungen auseinandergesetzt wurden, so wie es der Dodger für ratsam erachtete.

„Ich fürchte", meinte der Jude, „er wird nicht dichthalten und uns in Ungelegenheiten bringen."

„Sehr wahrscheinlich", erwiderte Sikes mit boshaftem Grinsen. „Du wirst verpfiffen."

„Und ich fürchte, seht Ihr –", fügte der Jude hinzu, als ob er diesen Einwurf nicht bemerkt hätte, indem er zugleich den andern scharf betrachtete, „ich fürchte, wenn man uns das Handwerk legt, so werden auch noch viele andre in den Schlamassel kommen, und das ginge für Euch noch viel schlimmer aus als für mich, mein Lieber."

Der Mann fuhr auf und wandte sich nach dem Juden um, aber der alte Herr zog die Schultern bis zu den Ohren hinauf und heftete seine Augen ausdruckslos auf die Wand gegenüber.

Eine lange Pause trat ein, und jedes Glied dieser ehrenwerten Gesellschaft schien in seine eigenen Betrachtungen versunken, selbst den Hund nicht ausgenommen, der durch ein gewisses boshaftes Lecken seiner Lefzen die Absicht anzudeuten schien, dem Nächstbesten, der ihm auf der Straße begegnen sollte, an die Beine zu fahren.

„Einer muss rauskriegen, wie's beim Gericht weitergegangen ist", begann Sikes leiser, als er seit seinem Eintreten gesprochen hatte.

Der Jude nickte beifällig.

„Hat er nicht geplappert, und ist er verurteilt, so ist nichts zu fürchten, bis er wieder frei wird", sagte Sikes. „Aber dann ist es nötig, ein Auge auf ihn zu haben. Er muss irgendwie wieder in deine Hände kommen."

Der Jude nickte wieder.

Die Zweckmäßigkeit dieses Plans lag auf der Hand; leider stellte sich aber der Ausführung ein großes Hindernis in den Weg: Dawkins, Charley Bates, Fagin und Mr William Sikes hegten zufällig samt und sonders einen lebhaften, tief eingewurzelten Widerwillen, sich einem Polizeigebäude zu nähern, gleichviel, mit welchem Grund oder Vorwand. Wie lange sie in diesem nicht sonderlich angenehmen Zustand der Ungewissheit dasaßen und einander ansahen, lässt sich schwer angeben; es ist aber auch nicht nötig, Vermutungen darüber anzustellen, denn das plötzliche Erscheinen der beiden jungen Damen, die Oliver bei einer früheren Gelegenheit kennengelernt hatte, brachte die Unterhaltung wieder in Gang.

„Wie gerufen!“, sagte der Jude. „Beth wird hingehen, nicht wahr, meine Liebe?“

„Wohin?“, fragte die junge Dame.

„Nur ein wenig auf die Polizei, mein Schätzchen“, erwiderte der Jude schmeichelnd.

Wir sind es der jungen Dame schuldig zu sagen, dass sie diese Aufforderung nicht gerade ablehnte, sondern bloß mit ernstem Nachdruck erklärte, der Henker solle sie holen, wenn sie es täte – eine höfliche und zarte Umgehung der Bitte, was beweist, dass das Mädchen jene natürliche Gutmütigkeit besaß, die es nicht ertragen kann, einen Mitmenschen durch eine runde, entschiedene Weigerung zu kränken.

Dem Juden sank der Mut. Er wandte sich von dieser jungen Dame, die bunt, um nicht zu sagen prächtig, nämlich in ein rotes Kleid, grüne Stiefelchen und gelbe Lockenwickel, gekleidet war, an ihre Freundin.

„Nancy, mein Schatz“, sprach der Jude beschwatzend, „was sagen Sie dazu?“

„Dass es nicht geht; also ist es vergebliche Mühe, Fagin“, versetzte Nancy.

„Was meinst du damit?“, brauste Sikes finster auf.

„Was ich gesagt habe“, versetzte die Dame ruhig.

„Du bist gerade die rechte Person dazu“, entgegnete Sikes. „Niemand kennt dich in dieser Gegend.“

„Und ich will sie auch nicht kennenlernen“, erwiderte Nancy in derselben entschiedenen Weise. „Da ist mir ein ‚Nein‘ weit lieber als ein ‚Ja‘, Bill.“

„Sie wird gehen, Fagin“, sagte Sikes.

„Nein, sie wird nicht gehen, Fagin“, gab Nancy zurück.

„Ja, sie wird, Fagin“, wiederholte Sikes.

Mr Sikes hatte recht. Das Mädchen ließ sich durch Drohungen, Versprechungen und Bestechungen endlich bewegen, den Auftrag zu übernehmen. Sie hatte tatsächlich nicht dieselben Rücksichten zu beobachten wie ihre liebenswürdige Freundin, denn da sie erst kürzlich aus der entlegenen und sehr achtbaren Vorstadt Ratcliffe in die Gegend von Field Lane übersiedelt war, brauchte sie nicht zu befürchten, von einem ihrer zahlreichen Freunde erkannt zu werden.

Nachdem sich Nancy eine reine weiße Schürze umgebunden und ihre Haarwickel unter einem Strohhut verborgen hatte – beide Kleidungsstücke wurden dem unerschöpflichen Vorrat des Juden entnommen –, schickte sie sich an, ihr Unternehmen auszuführen.

„Noch einen Augenblick, meine Teure", sagte der Jude, indem er ein Deckelkörbchen herbeibrachte. „Nehmen Sie dies in die Hand – es sieht anständiger aus, mein Schätzchen."

„Gib ihr einen Türschlüssel in die andre, Fagin", fügte Sikes bei, „sie wirkt dadurch noch echter und ehrbarer."

„Ja, ja, meine Gute – er hat recht", erwiderte der Jude, indem er an den Zeigefinger ihrer rechten Hand einen großen Hausschlüssel hängte. „Da – so macht sich's wirklich recht gut, meine Liebe", setzte er händereibend hinzu.

„Oh, mein Bruder! Mein armer, lieber, süßer, unschuldiger Bruder!", rief Nancy, in Tränen ausbrechend und in höchster Verzweiflung Körbchen und Türschlüssel aneinanderschlagend. „Was ist aus ihm geworden? Wohin haben sie ihn gebracht? Oh, habt Mitleid, ihr guten Leute, und sagt mir, was dem armen Kind geschehen ist; um Gottes willen, ihr Leute – gebt mir Auskunft!"

Als Miss Nancy zum maßlosen Entzücken ihrer Zuhörer diese Worte in ihrem kläglichsten, herzerweichendsten Ton hervorgeschluchzt hatte, blinzelte sie der Gesellschaft zu, verbeugte sich lächelnd in der Runde und verschwand.

„Ah, das ist ein blitzgescheites Mädel, ihr Burschen!", sagte der Jude mit ernstem Kopfschütteln zu seinen jungen Freunden, als wollte er ihnen die Weisung geben, dem Beispiel nachzueifern, das sie eben gesehen hatten.

„Sie macht ihrem Geschlecht Ehre", versetzte Mr Sikes, füllte sein Glas und schlug mit seiner gewaltigen Faust auf den Tisch. „Sie soll leben! Wären sie doch alle wie sie!"

Während diese und andere Vorzüge Nancys anerkennend besprochen wurden, schlug sie den nächsten Weg zum Polizeibüro ein und langte bald nachher, trotz einer kleinen, natürlichen Schüchternheit, die sich einstellte, weil sie so allein und unbeschützt durch die Straßen gehen musste, wohlbehalten dort an.

Sie trat durch die Hintertür ein, klopfte leise mit dem Schlüssel an eine der Zellentüren und horchte. Da sich nichts rührte, hustete sie und horchte wieder. Abermals keine Antwort, und nun fing sie an zu sprechen: „Lieber Nolly*!“, flüsterte sie zart, „Nolly!“

In der Zelle war niemand als ein armer, schuhloser Gefangener, der wegen Flöteblasens aufgegriffen und für dieses klar erwiesene Vergehen gegen die Gesellschaft von Mr Fang ganz zu Recht zu einem Monat Haft in der Besserungsanstalt verurteilt worden war mit der trefflichen und ergötzlichen Bemerkung, dass er, wenn er Atem übrig habe, ihn zweckmäßiger auf die Tretmühle als auf ein Musikinstrument verwenden könne. Der Gefangene gab keine Antwort, weil er im Herzen den Verlust seiner Flöte beklagte, die zum Besten der Gemeinde eingezogen worden war. So ging Nancy weiter und klopfte an die nächste Zelle.

„Was soll's?“, entgegnete eine leise, kraftlose Stimme.

„Ist da drinnen ein kleiner Knabe?“, fragte Nancy nach einem Seufzer.

„Nein!“, versetzte die Stimme. „Gott bewahre!“

Es war ein fünfundsechzigjähriger Streuner, den man eingesperrt hatte, weil er die Flöte *nicht* geblasen oder, mit anderen Worten, weil er in den Straßen gebettelt und für seinen Lebensunterhalt nichts gearbeitet hatte. In der nächsten Zelle saß ein anderer Mann, weil er ohne Erlaubnisschein mit Zinntöpfen hausiert, also weil er für seinen Lebensunterhalt gearbeitet hatte, ohne die Stempelgebühr zu entrichten.

Aber keiner dieser Verbrecher antwortete auf den Namen „Oliver“ oder konnte über ihn Auskunft geben. Nancy wandte sich daher unmittelbar an den plumpen Gerichtsdiener in der gestreiften Weste und fragte unter Weinen und Wehklagen, das sie durch geeigneten Gebrauch des Türschlüssels und des kleinen Korbs noch Mitleid erregender machte, nach ihrem lieben Bruder.

„*Ich* habe ihn nicht bekommen, meine Gute!“, sagte der alte Mann.

„Wo ist er nur?“, schrie Nancy trostlos auf.

* Oliver

„Ei, der Herr hat ihn mitgenommen“, versetzte der Gerichtsdiener.

„Was für ein Herr? O gütiger Himmel! Was für ein Herr?“, rief Nancy.

Als Erwiderung auf diese hingeworfenen Fragen erzählte der alte Mann der tief ergriffenen Schwester, Oliver sei im Amtszimmer in Ohnmacht gefallen und aufgrund einer Aussage, die bewies, dass der Diebstahl von einem andern, nicht verhafteten Knaben begangen war, freigesprochen worden; der Kläger habe dann den bewusstlosen Jungen in seine Wohnung mitgenommen, von der er aber nichts weiter anzugeben wisse, als dass sie in der Nähe von Pentonville liege, wie er der Weisung an den Kutscher entnommen habe.

Das tief bekümmerte Mädchen wankte in einem schrecklichen Zustand des Zweifelns und Bangens zum Tor, dann aber vertauschte sie ihren wankenden Schritt mit einer tüchtigen, schnellen und gleichmäßigen Gangart und kehrte auf den unbesuchtesten und verwickeltsten Wegen, die sie sich ausdenken konnte, zur Wohnung des Juden zurück.

Kaum hatte Mr Bill Sikes ihren Bericht gehört, als er seinen weißen Hund rief, den Hut aufsetzte und sich schleunigst entfernte, ohne sich Zeit zu nehmen, der Gesellschaft guten Morgen zu wünschen.

„Wir müssen wissen, wo er ist, meine Lieben; er muss aufgefunden werden“, sagte der Jude in großer Aufregung. „Charley, schlendre du draußen so lange umher, bis du Nachricht von ihm heimbringst. Nancy, mein Schatz, ich muss ihn wiederhaben. Auf Sie, meine Teure, baue ich – auf Sie und den immer listenreichen Dodger. Halt! Halt!“, fügte er hinzu, indem er mit zitternder Hand eine Schublade aufschloss. „Hier ist Geld, meine Lieben. Ich schließe heute Nacht diese Wohnung; ihr werdet schon wissen, wo ihr mich finden könnt! So – jetzt zögert keine Minute, keinen Augenblick mehr, meine Guten!“

Mit diesen Worten schob er beide aus dem Zimmer, und nachdem er hinter ihnen die Tür sorgsam versperrt und verriegelt hatte, holte er das Kästchen, das er unabsichtlich Oliver hatte sehen lassen, aus seinem Versteck und verbarg eiligst Uhren und Juwelen unter seinen Kleidern.

Ein Klopfen an der Tür schreckte ihn aus dieser Beschäftigung auf.

„Wer da?“, rief er schrill.

„Ich!“, erwiderte die Stimme des Dodgers durchs Schlüsselloch.

„Was gibt's?“, rief der Jude ungeduldig.

„Nancy fragt, ob man ihn an den bewussten Ort entführen soll?“, erkundigte sich Dawkins.

„Ja“, antwortete der Jude, „wo immer sie ihn aufgreift. Aber findet ihn nur erst, findet ihn – das ist das Wichtigste! Habt keine Sorge, das andere will ich schon in die Wege leiten.“

Der Junge gab zu erkennen, dass er ihn verstanden habe, und eilte die Stiege hinunter, seinen Gefährten nach.

„Bis jetzt hat er noch nichts ausgeplaudert“, sagte der Jude, indem er in seiner Beschäftigung fortfuhr. „Wenn er uns aber bei seinen neuen Freunden zu verraten gedenkt, werden wir ihm wohl noch das Maul stopfen können.“

Vierzehntes Kapitel

Bringt weitere Einzelheiten über Olivers Aufenthalt bei Mr Brownlow, nebst der merkwürdigen Prophezeiung, die ein gewisser Mr Grimwig über ihn machte, als er mit einem Auftrag ausging

Oliver erholte sich bald wieder von dem Ohnmachtsanfall, den er bei Brownlows unerwartetem Ausruf erlitten hatte, und in dem anschließenden Gespräch, das in gar keiner Beziehung zu Olivers Vergangenheit oder Zukunft stand, sondern sich auf Gegenstände beschränkte, die ihn unterhalten konnten, ohne ihn aufzuregen, vermieden es der alte Herr und Mrs Bedwin sorgfältig, auf das Gemälde zurückzukommen. Der Knabe war noch zu schwach, um zum Frühstück aufzustehen; aber als er anderntags in das Zimmer der Haushälterin hinuntergebracht wurde, war sein Erstes, einen gierigen Blick nach der Wand zu werfen, in der Hoffnung, das Porträt der schönen Dame wiederzusehen. Seine Erwartung wurde jedoch enttäuscht, denn das Gemälde war entfernt worden.

„Ach!“, sagte die Haushälterin, als sie die Richtung gewahrte, in die Oliver schaute. „Es ist fort, wie du siehst.“

„Gewiss, Madam“, versetzte Oliver. „Warum hat man es weggenommen?“

„Es ist entfernt worden, mein Kind, weil Mr Brownlow sagte, dass es dich zu quälen scheine und daher deiner Genesung hinderlich sein könnte“, entgegnete die alte Frau.

„O nein, Madam, es hat mich nicht gequält“, sprach Oliver. „Ich habe es so gern angesehen. Ich hatte es richtig lieb.“

„Nun – nun“, sagte die alte Frau gutmütig, „mach nur, dass du gesund wirst, liebes Kind, dann wird man es wieder aufhängen – ich verspreche es dir. Jetzt lass uns von etwas anderem reden.“

Dies war alles, was Oliver vorerst von dem Gemälde erfahren konnte. Da die alte Dame während seiner Krankheit so gütig gegen ihn gewesen war, gab er sich Mühe, nicht mehr an die Sache zu denken, und lauschte aufmerksam den vielen Geschichten, die sie ihm erzählte: von ihrer liebenswürdigen und schönen Tochter, die an einen liebenswürdigen und schönen Mann verheiratet sei und auf dem Lande lebe, dann von einem Sohn, der Buchhalter bei einem Kaufmann in Westindien und gleichfalls ein prächtiger junger Mann sei und der viermal im Jahr so anhängliche Briefe nach Hause schreibe, dass sie nicht ohne Tränen von ihnen reden konnte. Wenn sich Mrs Bedwin lange genug über die Vorzüge ihrer Kinder und über die trefflichen Eigenschaften ihres lieben guten Mannes verbreitet hatte, der – die arme teure Seele! – schon sechsundzwanzig Jahre tot war, so nahte die Teestunde, und nach dem Tee begann sie Oliver im Kartenspiel zu unterrichten, das er so schnell auffasste, wie sie es lehren konnte, und nun vertieften sie sich angelegentlich und ernsthaft in dieses Spiel, bis es für den Patienten Zeit war, etwas warmen Wein und Wasser mit einer gerösteten Brotschnitte zu genießen und dann zu Bett zu gehen.

Die Tage der Genesung waren für Oliver Tage des Glückes. Alles war so ruhig, hübsch und ordentlich, jedermann so freundlich und wohlwollend gegen ihn, dass er nach dem unruhigen, aufregenden Leben, das er bisher geführt hatte, im Himmel zu sein glaubte. Kaum war er wieder kräftig genug, um sich ankleiden zu können, als ihm Brownlow einen vollständigen neuen Anzug, eine neue Mütze und ein neues Paar Schuhe anfertigen ließ. Da man ihm sagte, er könne mit den alten Kleidern anfangen, was er wolle, so schenkte er sie einem Dienstmädchen, das zu ihm freundlich gewesen war, mit der Bitte, sie an einen Juden zu verkaufen und den Erlös für sich zu behalten. Dies tat sie auch gleich, und als Oliver vom Fenster aus sah, wie der Jude die Kleider zusammenrollte, in seinen Packen steckte und fortging, war er selig bei dem Gedanken, sie glücklich los und der Gefahr entronnen zu sein, sie je wieder anziehen zu müssen. Es waren, ehrlich gesagt, nur traurige Fetzen, und Oliver hatte nie vorher einen neuen Anzug besessen.

Eines Abends, etwa eine Woche nach dem Vorfall mit dem Gemälde, als Oliver plaudernd bei Mrs Bedwin saß, ließ Brownlow sagen, es wäre ihm lieb, Oliver Twist auf seinem Studierzimmer zu sehen und ein wenig mit ihm zu sprechen, sofern er sich wohl genug fühle.

„Ach, du mein Himmel! Wasch deine Hände, und lass mich dein Haar ordentlich scheiteln, Kind", sagte Mrs Bedwin. „Du liebes Herz! Wenn wir gewusst hätten, dass er nach dir schicken werde, hätten wir dir einen neuen Kragen umgelegt und dich so blank herausgeputzt wie einen neuen Sixpence."

Oliver tat, wie ihn die alte Frau geheißen hatte, und obgleich sie fortwährend jammerte, dass sie nicht einmal Zeit habe, die kleine Krause seines Hemdkragens zu fälteln, sah er doch auch ohne diese wichtige Körperzier so reizend und hübsch aus, dass Mrs Bedwin, als sie ihn mit großem Gefallen von Kopf bis Fuß betrachtete, sogar die Äußerung fallenließ, sie glaube tatsächlich nicht, dass es möglich gewesen wäre, ihn wesentlich besser herauszuputzen, wenn sie auch noch so viel Zeit gehabt hätte.

So ermutigt, pochte Oliver an die Tür des Studierzimmers, und als Mr Brownlow „Herein!" rief, trat er in ein kleines, ganz mit Büchern angefülltes Hintergemach, durch dessen Fenster man in einige schöne Gärtchen sah. Am Fenster stand ein Tisch, an dem Mr Brownlow saß und las. Als er Oliver erblickte, schob er das Buch von sich und hieß den Knaben näher treten und sich setzen. Oliver gehorchte, nicht wenig verwundert, woher man die Leute nehme, eine so große Anzahl von Büchern zu lesen, die geschrieben schienen, um die Welt weiser zu machen – eine Verwunderung, die viel erfahrenere Leute als Oliver Twist noch immer alle Tage ihres Lebens hegen.

„Das ist eine stattliche Menge Bücher, nicht wahr, mein Sohn?", sagte Mr Brownlow, als er die Neugierde bemerkte, mit der Oliver die vom Boden bis zur Decke reichenden Bücherschränke betrachtete.

„Ach ja, Sir. Ich habe noch nie so viele gesehen."

„Wenn du dich wacker hältst, sollst du sie lesen", fuhr der alte Herr freundlich fort, „und das wird dir besser gefallen als das bloße Ansehen des Einbandes – das heißt, in gewissen Fällen; denn es gibt freilich Bücher, an denen die Außenseite bei Weitem das Beste ist."

„Das sind gewiss diese schweren da, Sir", erwiderte Oliver, indem er auf einige dicke, reich vergoldete Quartbände deutete.

„Nicht immer", sagte der alte Herr, indem er Oliver lächelnd den Kopf tätschelte. „Auch gibt es andere, die ebenso schwer, wenn auch nicht so umfangreich sind. Möchtest du wohl gern ein Gelehrter werden und Bücher schreiben – he?"

„Ich glaube, ich möchte sie lieber lesen, Sir", antwortete Oliver.

„Wie? Du willst kein Bücherschreiber werden?", fragte der alte Herr.

Oliver besann sich ein Weilchen und sagte endlich, es dünke ihn weit besser, ein Bücherhändler zu sein, worüber der alte Herr herzlich lachte und bemerkte, er habe da einen sehr gescheiten Einfall gehabt. Oliver freute sich darüber, obgleich er nicht wusste, worin die Gescheitheit lag.

„Nun, nun", sagte der alte Herr wieder ernster, „fürchte dich nicht, wir wollen keinen Schriftsteller aus dir machen, solange man noch ein ehrliches Gewerbe erlernen kann oder es einen Bund der Ziegelbrenner* gibt."

„Ich danke Ihnen, Sir", versetzte Oliver, und der alte Herr lachte aufs Neue über den Ernst dieser Antwort und sprach etwas von „merkwürdigem Instinkt", was Oliver, da er es nicht verstand, nicht besonders beachtete.

„Nun, mein Sohn", fuhr Mr Brownlow womöglich noch freundlicher, aber zugleich viel ernster fort, als es Oliver je an ihm erlebt hatte, „du musst jetzt gut auf das hören, was ich dir zu sagen habe. Ich will ohne Rückhalt mit dir reden, denn ich glaube, du kannst mich so gut verstehen wie manche ältere Person."

„Ach, sagen Sie mir nur nicht, dass Sie mich fortschicken wollen – bitte, bitte!", rief Oliver, durch den Ernst, mit dem der alte Herr begonnen hatte, beunruhigt. „Weisen Sie mir nicht die Tür, dass ich wieder auf den Straßen herumwandern muss. Lassen Sie mich hierbleiben und Ihnen dienen. Schicken Sie mich nicht an den schrecklichen Ort zurück, woher ich gekommen bin. Haben Sie Mitleid mit einem armen Jungen, Sir."

„Mein liebes Kind", sagte der alte Herr, durch die Innigkeit in Olivers unerwarteter Bitte gerührt, „sei unbesorgt – ich werde dich nicht im Stich lassen, wenn du mir keinen Anlass dazu gibst."

„Nie – nie will ich das, Sir", fiel Oliver ein.

„Ich hoffe es", versetzte der alte Herr; „ich glaube nicht, dass du es je tun wirst. Ich habe mich zwar früher oft in denen getäuscht,

* Eine Vereinigung gegen überspannte Gelehrsamkeit

denen ich Wohltaten erweisen wollte; aber dennoch bin ich sehr geneigt, dir zu vertrauen, und nehme wärmeren Anteil an dir, als ich mir selbst erklären kann. Die Menschen, die ich am innigsten geliebt habe, schlummern tief in ihren Gräbern; aber obgleich Glück und Freude meines Lebens mit ihnen begraben sind, habe ich doch mein Herz zu keinem Sarg gemacht und es nicht gegen meine schönsten Gefühle auf immer versiegelt. Tiefer Kummer hat sie nur noch mehr gekräftigt und geläutert."

Der alte Herr sprach leise, mehr zu sich selbst als zu seinem Gegenüber, und da er dann noch eine Weile schwieg, saß auch Oliver ruhig da.

„Genug, genug", begann endlich der alte Herr in leichterem Ton. „Ich sage das nur, weil dein Herz jung ist und weil du dich vielleicht umso mehr hüten wirst, mich zu betrüben, wenn du weißt, dass ich bereits viel Kummer und Leid erduldet habe. Du sagst, du seist eine Waise ohne irgendeinen Verwandten in der Welt; und alle Nachforschungen, die ich anzustellen vermochte, bestätigen deine Aussage. Erzähle mir jetzt deine Geschichte – woher du kommst, wer dich erzogen hat und wie du in die Gesellschaft gekommen bist, in der ich dich gefunden habe. Sag die Wahrheit, und du sollst, solange ich lebe, nicht ohne Freund sein."

Olivers Schluchzen erstickte eine Weile seine Worte; als er aber eben anfangen wollte zu erzählen, wie er in dem Kosthaus auf dem Land erzogen und von Mr Bumble ins Armenhaus gebracht wurde, ließ sich ein eigentümlich ungeduldiger leichter Doppelschlag an der Haustür vernehmen; das Dienstmädchen eilte die Stiege herauf und kündigte Mr Grimwig an.

„Kommt er herauf?", fragte Mr Brownlow.

„Ja, Sir", versetzte das Mädchen. „Er fragte, ob Semmeln im Haus seien, und als ich dies bejahte, sagte er, dass er hier Tee trinken wolle."

Mr Brownlow lächelte und bemerkte gegen Oliver, dass Grimwig ein alter Freund von ihm sei, an dessen etwas rauer Außenseite er sich nicht stoßen dürfe, da er im Grund seines Herzens ein sehr wackerer Mann sei.

„Soll ich hinuntergehen, Sir?", fragte Oliver.

„Nein", erwiderte Mr Brownlow, „du kannst hierbleiben."

In diesem Augenblick trat, auf einen starken Stock gestützt, ein kräftig gebauter alter Herr ins Zimmer. Das eine Bein war etwas gelähmt, er trug einen blauen Rock, eine gestreifte Weste, Nankinghosen, Gamaschen von demselben Stoff und einen breitkrempigen, grün gefütterten weißen Hut. Eine sehr klein gefältelte Halskrause guckte aus seiner Weste, und darunter baumelte eine sehr lange stählerne Uhrkette mit nichts als einem Schlüssel daran. Die Enden seiner weißen Halsbinde waren in einen Knoten von der Größe einer Orange geschlungen, die Mannigfaltigkeit der Züge aber, in die sein Gesicht verschlungen war, lässt sich nicht beschreiben. Er hatte eine Art, beim Sprechen den Kopf auf eine Seite zu drehen und gleichzeitig aus den Augenwinkeln hervorzuschielen, die unwiderstehlich an einen Papagei erinnerte. Diese Stellung nahm er auch gleich bei seinem Eintreten ein und rief, indem er ein kleines Stück Orangenschale auf Armlänge vor sich hinhielt, mit polternder, unzufriedener Stimme: „Da! Sehen Sie dies! Ist es nicht eine tolle, unglaubliche Sache, dass ich in keines Menschen Haus vorsprechen kann, ohne ein Stück von diesem Nothelfer armer Chirurgen auf der Treppe zu finden? Durch eine Orangenschale bin ich lahm geworden, und eine Orangenschale wird einmal mein Tod sein. Sir, ich will meinen eigenen Kopf aufessen, wenn mich nicht eine Orangenschale noch unter die Erde bringt!"

Mr Grimwig unterbaute und bekräftigte fast jede seiner Behauptungen mit diesem großmütigen Anerbieten, das aus seinem Mund umso merkwürdiger klang, als Mr Grimwigs Kopf – sollten die Fortschritte der Wissenschaft je einen Menschen in den Stand setzen, seinen eigenen Kopf zu verspeisen, falls ihm der Sinn danach stünde – so ungewöhnlich groß war, dass auch der zuversichtlichste Mensch die Hoffnung aufgeben musste, in einer Sitzung damit zurande zu kommen, selbst wenn man die dicke Puderschicht dabei ganz außer Acht ließ.

„Ich will meinen Kopf aufessen, Sir", wiederholte Mr Grimwig, indem er mit seinem Stock auf den Boden stieß. „Hallo! Was ist das?", setzte er mit einem Blick auf Oliver hinzu und trat einen oder zwei Schritte zurück.

„Der junge Oliver Twist, von dem wir bereits gesprochen haben", versetzte Mr Brownlow.

Oliver verbeugte sich.

„Sie wollen damit doch nicht sagen, dass dies der Junge ist, der das Fieber hatte?“, erwiderte Mr Grimwig, noch etwas weiter zurückweichend. „Halt, noch eine Minute, sprechen Sie nicht! Halt!“, fuhr er in abgerissenen Sätzen fort und verlor im Triumph seiner Entdeckung alle Furcht vor dem Fieber. „Das ist der Junge, der die Orange gegessen hat! Wenn dies nicht der Junge ist, Sir, der die Orange gegessen und die Schale auf die Treppe geworfen hat, so will ich meinen Kopf aufessen und den seinigen dazu.“

„Nein, nein, er hat keine gegessen“, entgegnete Mr Brownlow lachend. „Kommen Sie, legen Sie Ihren Hut ab, und sprechen Sie mit meinem jungen Freund!“

„Ich bin in diesem Punkt unerbittlich“, sagte der reizbare alte Herr, indem er die Handschuhe auszog. „Immer liegen Orangenschalen auf dem Straßenpflaster, mal mehr, mal weniger, und ich weiß, der Junge des Chirurgen an der Ecke wirft sie hin. Erst gestern Nacht glitt eine junge Frau auf einem solchen Stück aus und fiel gegen mein Gartengeländer; sie richtete sich gleich wieder auf, und ich sah, wie sie ihren Blick nach seiner höllischen roten Lampe* mit dem Theaterlicht richtete. ‚Gehen Sie nicht zu ihm‘, rief ich aus dem Fenster, „‚er ist ein Meuchelmörder, ein Fallensteller für Menschen!‘ Ja, das ist er; wenn er es nicht ist, so …“

Der zornige alte Herr stieß mit seinem Stock gewaltig auf den Boden, was seine Freunde stets als Ergänzung seines gewöhnlichen Anerbietens nahmen, wenn er es nicht in Worten ausdrückte. Dann setzte er sich, den Stock noch in der Hand, klappte ein Lorgnon auseinander, das er an einem schwarzen Band trug, und fasste Oliver ins Auge, der unter dieser Besichtigung errötete und sich aufs Neue verbeugte.

„Dies ist der Knabe, nicht wahr?“, begann Mr Grimwig endlich.

„Ja, das ist er“, versetzte Mr Brownlow und nickte Oliver gutmütig zu.

„Wie geht es dir, Junge?“, fragte Mr Grimwig.

„Ich danke, Sir, viel besser“, antwortete Oliver.

Mr Brownlow schien zu befürchten, dass sein seltsamer Freund irgendetwas Unangenehmes auf der Zunge habe, und trug daher Oliver auf, hinunterzugehen und Mrs Bedwin zu sagen, dass sie

---

* In manchen größeren Städten hingen nachts vor den Wohnungen der Wundärzte Laternen mit roten Glasscheiben.

den Tee erwarteten. Oliver tat das sehr gern, da er die Umgangsformen des Gastes nicht schätzte.

„Ist er nicht ein hübscher Knabe?“, fragte Mr Brownlow.

„Weiß nicht“, erwiderte Grimwig verdrießlich.

„Wie, Sie wissen es nicht?“

„Nein, ich weiß es nicht. Ich habe nie einen Unterschied zwischen Jungen feststellen können. Ich kenne bloß zwei Arten: solche mit Mehlgesichtern und solche mit Rindfleischgesichtern.“

„Und zu welchen gehört Oliver?“

„Zu den Mehlgesichtern. Ein Bekannter von mir hat einen Knaben mit Rindfleischgesicht. Sie nennen ihn einen schönen Jungen, weil er einen runden Kopf, rote Wangen und glotzende Augen hat. Ich finde ihn schrecklich: Körper und Gliedmaßen, die aus den Nähten seiner blauen Anzüge hervorzuquellen scheinen; dazu die Stimme eines Bootsknechts und der Appetit eines Wolfes. Ja, ich kenn ihn, den Schlingel!“

„Nun, derartige Eigenschaften kennzeichnen den jungen Oliver Twist nicht, und so braucht er Ihren Unwillen nicht zu erregen“, entgegnete Mr Brownlow.

„Wenn nicht derartige, so vielleicht noch schlimmere“, versetzte Mr Grimwig.

Mr Brownlow räusperte sich ungeduldig, was Mr Grimwig ein außerordentliches Vergnügen zu bereiten schien.

„Ja, vielleicht noch schlimmere, sage ich“, wiederholte Mr Grimwig. „Woher kommt er? Wer ist er? Was ist er? Er hat Fieber gehabt. Was will das heißen? Fieber ist nicht auf die guten Menschen beschränkt, böse Menschen haben auch manchmal Fieber, nicht wahr? Ich habe einen Menschen gekannt, der in Jamaika gehängt wurde, weil er seinen Herrn umgebracht hatte; er hatte sechsmal das Fieber gehabt und wurde trotzdem nicht zur Begnadigung empfohlen. Pah! Dummheiten!“

Im Innersten seines Herzens war Mr Grimwig durchaus geneigt, das Gewinnende in Olivers Erscheinung und Benehmen anzuerkennen, aber er hatte einen entschiedenen Hang zum Widerspruch, der bei dieser Gelegenheit durch die gefundene Orangenschale noch verstärkt wurde; und da er sich vorgenommen hatte, sich von keinem andern ein Urteil aufdrängen zu lassen, ob ein Junge einen guten Eindruck mache oder nicht, so war er vom ersten

Augenblick an entschlossen, seinem Freund entgegenzutreten. Als daher Mr Brownlow zugestand, dass er keine dieser Fragen befriedigend beantworten könne und dass er alle Nachforschungen nach Olivers früherem Leben zurückgestellt habe, bis der Junge kräftig genug sei, sie zu bestehen, kicherte Mr Grimwig boshaft und fragte mit höhnischem Lächeln, ob die Haushälterin nachts auch das Silbergeschirr abzähle; denn wenn sie nicht einmal an irgendeinem lichten Morgen einen oder zwei Löffel vermisse, so wolle er … und so weiter.

Obwohl Mr Brownlow selbst ein aufbrausendes Temperament besaß, nahm er dies alles doch gutmütig hin, da er die Eigenart seines Freundes kannte; zudem zeigte sich Mr Grimwig beim Tee sehr gnädig und drückte seinen vollen Beifall über die Semmeln aus, sodass die Unterhaltung ganz friedlich verlief und selbst Oliver, der wieder ins Zimmer getreten war, in der Gegenwart des heftigen alten Herrn freier zu atmen begann.

„Und wann wollen Sie sich den ganzen wahren und ausführlichen Bericht von Oliver Twists Leben und Taten vortragen lassen?", fragte Grimwig am Schluss des Mahls mit einem Seitenblick auf Oliver, als er diesen Gegenstand wieder berührte.

„Morgen früh", versetzte Mr Brownlow. „Ich möchte ihn lieber ohne Zeugen vornehmen. Komm morgen um zehn Uhr zu mir herauf, mein Kind."

„Ja, Sir", entgegnete Oliver etwas zögernd, da ihn Mr Grimwigs feste Blicke in Verwirrung brachten.

„Ich will Ihnen etwas sagen", flüsterte Grimwig Mr Brownlow zu, „er wird morgen früh nicht heraufkommen. Bemerkten Sie nicht, wie er zögerte? Er betrügt Sie, lieber Freund."

„Ich möchte darauf schwören, das tut er nicht", versetzte Mr Brownlow mit Wärme.

„Wenn es nicht ist, wie ich sagte", entgegnete Mr Grimwig, „so will ich …", und der Stock pochte auf den Boden.

„Ich stehe mit meinem Leben für die Aufrichtigkeit des Jungen ein!", erwiderte Mr Brownlow und schlug auf den Tisch.

„Und ich mit meinem Kopf für seine Tücke!", versetzte Mr Grimwig und schlug gleichfalls auf den Tisch.

„Nun, wir werden sehen!", fuhr Mr Brownlow fort, der seinen aufsteigenden Zorn niederkämpfte.

„Ja, wir werden sehen!“, erwiderte Mr Grimwig mit herausforderndem Lächeln.

Das Schicksal schien es zu fügen, dass in diesem Augenblick Mrs Bedwin mit einigen Büchern hereinkam. Mr Brownlow hatte sie an diesem Morgen bei demselben Buchhändler gekauft, der schon einmal in unserer Geschichte eine Rolle spielte. Sie legte das Paket auf den Tisch und schickte sich an, das Zimmer zu verlassen.

„Halten Sie den Austräger noch zurück, Mrs Bedwin“, sagte Mr Brownlow; „er muss etwas mitnehmen.“

„Er ist bereits fort, Sir“, versetzte Mrs Bedwin.

„Rufen Sie ihm nach“, erwiderte er. „Die Sache leidet keinen Verzug; die Bücher sind noch nicht bezahlt, und der Mann ist arm. Auch will ich ihm einige Bücher wieder zurückgeben.“

Die Haustür wurde geöffnet; Oliver lief den einen Weg, das Dienstmädchen den andern, und Mrs Bedwin schrie nach dem Austräger von der Treppe aus. Dieser aber war nirgends mehr zu sehen, und Oliver kehrte ebenso wie das Mädchen atemlos zurück, um zu melden, dass der Laufbursche spurlos verschwunden sei.

„Das tut mir leid!“, rief Mr Brownlow. „Ich hätte diese Bücher gar zu gern heute noch zurückgegeben.“

„Schicken Sie Oliver damit hin“, schlug Mr Grimwig mit ironischem Lächeln vor. „Sie wissen, er wird sie sicher abliefern.“

„Ja, bitte, lassen Sie mich die Bücher hintragen, Sir“, sagte Oliver. „Ich will laufen, so schnell ich kann, Sir.“

Der alte Herr wollte eben erklären, dass Oliver keinesfalls ausgehen solle, als ihn ein boshaftes Hüsteln Mr Grimwigs bestimmte, ihm diesen Auftrag anzuvertrauen, damit er durch dessen richtige Ausführung jenem die Ungerechtigkeit seines Verdachts beweise, wenigstens einmal in diesem Punkt.

„Du sollst gehen, mein Kind“, sagte der alte Herr. „Die Bücher liegen auf einem Stuhl neben meinem Tisch. Bring sie herunter.“

Oliver, hoch erfreut, sich nützlich machen zu können, brachte eifrig die Bücher unterm Arm herunter und harrte, die Mütze in der Hand, der Botschaft, die er bestellen sollte.

„Sag ihm“, sprach Mr Brownlow mit einem festen Blick auf Grimwig, „sag ihm, du wolltest diese Bücher zurückbringen und die vier Pfund zehn Shilling bezahlen, die ich ihm schuldig bin. Hier ist eine Fünfpfundnote; du musst mir also zehn Shilling zurückbringen."

„Ich werde keine zehn Minuten dazu brauchen, Sir", versetzte Oliver lebhaft, knöpfte die Fünfpfundnote in seine Jackentasche, nahm die Bücher sorgfältig unter den Arm, verbeugte sich höflich und verließ das Zimmer. Mrs Bedwin folgte ihm zur Haustür, nannte ihm den Namen des Buchhändlers und die Straße, in der er wohnte, und erklärte ihm den kürzesten Weg. Oliver versicherte, dass er alles verstanden habe, und nachdem sie ihm noch obendrein eingeschärft hatte, vorsichtig zu sein und sich ja nicht zu erkälten, ließ ihn die alte Dame endlich gehen.

„Gott segne sein hübsches Gesicht", sagte sie, als sie ihm nachblickte. „Es fällt mir schwer, ihn aus den Augen zu lassen."

In diesem Augenblick sah sich Oliver fröhlich um und winkte ihr zu, ehe er um die Ecke bog. Mrs Bedwin erwiderte lächelnd seinen Gruß, schloss die Tür und ging in ihr Zimmer zurück.

„Nun, wir wollen sehen! Spätestens in zwanzig Minuten wird er zurück sein", begann Mr Brownlow, indem er die Uhr aus der Tasche zog und auf den Tisch legte. „Inzwischen wird es dunkel."

„Ah, Sie glauben also wirklich, dass er wiederkommt?", versetzte Mr Grimwig.

„Glauben Sie es nicht?", fragte Mr Brownlow lächelnd.

Der Geist des Widerspruchs war in Mr Grimwigs Brust schon ohnehin ziemlich rege und wurde durch das zuversichtliche Lächeln seines Freundes nur noch mehr aufgestachelt.

„Allerdings", sagte er, indem er mit der Faust auf den Tisch schlug, „ich glaube es nicht. Der Bursche hat einen neuen Anzug, eine Anzahl wertvoller Bücher unter dem Arm und eine Fünfpfundnote in der Tasche. Er wird sich mit seinen alten Freunden, dem Diebsgesindel, treffen und Sie auslachen. Wenn der Junge je in dieses Haus zurückkehrt, so will ich meinen Kopf aufessen."

Mit diesen Worten rückte er seinen Stuhl näher an den Tisch, und so saßen die zwei Freunde, die Uhr zwischen sich, in schweigender Erwartung da. Es ist bemerkenswert als Zeichen für die Wichtigkeit, die wir unserem eigenen Urteil beilegen, wie für den Stolz, mit dem wir auch auf unseren übereiltesten Schlüssen beharren, dass Grimwig, obgleich er keineswegs ein böswilliger Mensch war und obgleich es ihm ehrlich leidgetan hätte, seinen verehrten Freund betrogen und enttäuscht zu sehen, in diesem Augenblick allen Ernstes hoffte, Oliver werde nicht zurückkommen.

Es wurde so dunkel, dass sich die Ziffern der Uhr kaum noch unterscheiden ließen; aber die zwei alten Herren saßen noch immer, die Uhr zwischen sich, schweigend da.

Fünfzehntes Kapitel

Zeigt, wie lieb der lustige alte Jude und Miss Nancy Oliver Twist hatten

In der düsteren Gaststube einer armseligen Kneipe, die im schmutzigsten Teil von Little Saffron Hill lag, in einer finsteren Straße, wo den ganzen Winter über auch am Tag ein flimmerndes Gaslicht brennt und wo sich selbst im Sommer kein Strahl der Sonne blicken lässt, saß über einer kleinen zinnernen Kanne und einem Glas ein Mann, stark nach Schnaps riechend, in einem Samtrock, gelben, kurzen Beinkleidern, Halbstiefeln und Strümpfen. Kein erfahrener Polizeiagent hätte, trotz der elenden Beleuchtung, einen Augenblick gezögert, ihn für Mr William Sikes zu erklären. Zu seinen Füßen saß ein weißer, rotäugiger Hund, der bald mit beiden Augen seinem Herrn zublinzelte, bald eine große, frische Wunde an der einen Seite seiner Schnauze leckte; sie schien das Ergebnis eines noch nicht weit zurückliegenden Kampfes zu sein.

„Ruhig, Bestie, ruhig!“, rief Mr Sikes und unterbrach so plötzlich sein Stillschweigen.

Ob sein Nachsinnen so angespannt gewesen war, dass es durch das Blinzeln des Hundes gestört wurde, oder ob seine Gefühle durch sein Nachdenken so aufgewühlt waren, dass sie sich zu ihrer Beschwichtigung in Fußtritten auf ein unschuldiges Tier entladen mussten, bedarf der Überlegung und Erörterung. Was immer jedoch die Ursache sein mochte, die Wirkung war ein Tritt, begleitet von einem Fluch über den Hund.

Hunde sind in der Regel nicht geneigt, sich für Beleidigungen, die ihnen ihr Herr zufügt, zu rächen; Mr Sikes’ Hund jedoch mochte denselben Temperamentsfehler haben wie sein Herr und empfand vielleicht die Kränkung im Augenblick übermäßig stark – kurz, er schlug unverzüglich seine Zähne in einen der Halbstiefel, zerrte kräftig daran und zog sich dann knurrend unter eine Bank zurück, wobei er gerade noch der Zinnkanne entging, mit der Sikes nach seinem Kopf zielte.

„Was? Aufmucken?", schrie Sikes und ergriff mit der einen Hand ein Schüreisen, während er mit der andern bedächtig ein großes Klappmesser öffnete, das er aus der Tasche zog. „Her da, du Teufelsbrut! Komm her! Hörst du?"

Der Hund hörte ihn ohne Zweifel, denn Mr Sikes sprach im barschesten Ton seiner barschen Stimme; da er aber einen sonderbaren Widerwillen gegen das Abschneiden seiner Kehle zu haben schien, so blieb er, wo er war, und knurrte nur noch heftiger als vorher, indem er zugleich das Ende des Schüreisens zwischen die Zähne nahm und wie ein wildes Tier drauflosbiss.

Dieser Widerstand entflammte Mr Sikes' Zorn nur noch mehr; er kniete nieder und begann das Tier aufs Wütendste anzugreifen. Der Hund sprang schnappend, knurrend und bellend bald nach rechts, bald nach links; der Mann stieß, fluchte, schlug und lästerte, und der Kampf schien eben für den einen oder den andern eine bedenkliche Wendung nehmen zu wollen, als plötzlich die Tür aufging; der Hund schoss hinaus und ließ Bill Sikes mit Schüreisen und Klappmesser in den Händen zurück.

Zu einem Streit gehören immer zwei, sagt ein altes Sprichwort, und da der Hund nicht mehr mitmachte, übertrug Mr Sikes dessen Anteil am Streit auf den neuen Ankömmling.

„Was zum Teufel drängst du dich zwischen mich und meinen Hund?", fragte Sikes mit einer wilden Gebärde.

„Hab nichts gewusst davon, mein Lieber – hab nichts gewusst", versetzte Fagin demütig – denn er war der neue Gast.

„Was? Nichts davon gewusst, feiger Dieb?", brummte Sikes. „Konntest du nicht den Lärm hören?"

„Nicht einen Ton, so wahr ich lebe, Bill", entgegnete der Jude.

„Ja, ja, man weiß, du hörst nie etwas", erwiderte Sikes mit boshaftem Grinsen, „wie man auch dich nicht hört, wenn du aus- und einschleichst! Ich wollte, du wärst vor einer halben Stunde der Hund gewesen."

„Warum?", fragte der Jude mit gezwungenem Lächeln.

„Darum, weil das Gesetz keinen hindert, seinen Hund abzutun, wie er mag, während es sich um das Leben solcher Leute wie du kümmert, die nicht halb so viel wert sind“, antwortete Sikes, indem er mit einem ausdrucksvollen Blick das Messer wieder zuklappte.

Der Jude rieb sich die Hände und setzte sich mit einem geheuchelten Lächeln über den Scherz seines Freundes an den Tisch, obgleich ihm augenscheinlich nicht sehr wohl dabei war.

„Ja, grinse nur“, sagte Sikes, indem er das Schüreisen weglegte und ihn verächtlich musterte, „grinse nur, du wirst nie über mich lachen können, außer hinter einer Nachtmütze*. Ich habe dich in der Hand, Fagin, und hol mich der Teufel, ich will dich's fühlen lassen. Geht's mir an den Kragen, so sollst du auch hängen! Darum pass gut auf mich auf!“

„Schon gut, mein Lieber“, versetzte der Jude, „ich weiß das alles; wir – wir – sind aufeinander angewiesen, Bill – aufeinander angewiesen.“

„Pah!“, entgegnete Sikes, als ob er dächte, die Abhängigkeit liege doch mehr auf der Seite des Juden als auf der seinigen. „Nun, was hast du mir zu sagen?“

„'s ist alles glücklich durch den Schmelztiegel durch“, erwiderte der Jude, „und dies ist Euer Anteil. Es ist zwar etwas mehr, als es sein sollte, mein Lieber, aber da ich weiß, dass Ihr mir ein andermal wieder behilflich sein werdet, und –“

„Was soll das Gerede“, fiel der Gauner ungeduldig ein. „Wo ist's? Her damit!“

„Ja doch, Bill, lasst mir nur Zeit“, begütigte der Jude. „Da ist es auf Heller und Pfennig.“

Bei diesen Worten zog er ein altes baumwollenes Schnupftuch aus seiner Brusttasche, löste an einem Zipfel einen großen Knoten und brachte ein kleines, in braunes Papier eingeschlagenes Päckchen zum Vorschein; Sikes riss es ihm aus der Hand, öffnete es hastig und begann die Goldstücke zu zählen.

„Ist das alles?“, fragte Sikes.

„Alles“, antwortete der Jude.

„Hast du das Päckchen unterwegs nicht aufgemacht und ein paar Stücke davon abgezweigt?“, fuhr Sikes argwöhnisch fort. „Ja, stelle dich nur beleidigt, es wäre nicht das erste Mal, dass du's getan hättest. Schüttle die Schelle!“

* Nebensinn: im Augenblick des Gehängtwerdens

Diese Worte enthielten, in gewöhnlicher Sprache ausgedrückt, die Aufforderung, die Klingel zu ziehen. Bald darauf trat ein zweiter Jude ein, zwar jünger als Fagin, aber ebenso spitzbübisch und abstoßend in seinem Äußern.

Bill Sikes deutete bloß auf die leere Kanne, und der Jude, der den Wink verstand, entfernte sich, um sie wieder zu füllen. Doch wechselte er zuvor einen bedeutsamen Blick mit Fagin, der, als hätte er darauf gewartet, sekundenlang die Augen aufschlug und als Antwort den Kopf schüttelte, so leicht, dass ein Dritter kaum die Bewegung gewahren konnte. Auch Sikes entging sie, da er sich in diesem Augenblick bückte, um die Stiefelriemen zu knüpfen, die der Hund zerrissen hatte. Hätte er diese kurze, stumme Zwiesprache bemerkt, so hätte er wohl nichts Gutes für sich daraus gefolgert.

„Ist jemand hier, Barney?“, fragte Fagin, ohne die Augen vom Boden zu erheben, als Sikes wieder aufsah.

„Keine Seele“, versetzte Barney, dessen Worte, mochten sie aus dem Herzen kommen oder nicht, ihren Weg jedenfalls durch die Nase nahmen.

„Niemand?“, fragte Fagin im Ton der Überraschung, der vielleicht andeutete, Barney dürfe ruhig die Wahrheit sagen.

„Niemand als Miss Nancy“, erwiderte Barney.

„Nancy?“, rief Sikes. „Wo? Ich will erblinden, wenn ich das Mädchen um seiner angeborenen Talente willen nicht hochachte.“

„Sie hat sich im Schankzimmer einen Teller Rindfleisch geben lassen“, bemerkte Barney.

„Schick sie her“, sagte Sikes, indem er ein Glas Branntwein hinunterstürzte, „schick sie her.“

Barney schaute furchtsam auf Fagin, als bäte er um Erlaubnis; da aber der Jude schwieg und kein Auge von der Erde wandte, entfernte er sich und kehrte bald mit Nancy zurück, die noch immer mit dem Hut, der Schürze, dem Korb und dem Türschlüssel ausgestattet war.

„Du bist ihm auf der Spur, Nancy, nicht wahr?“, begann Sikes und bot ihr das Glas an.

„Ja, Bill“, versetzte die junge Dame und leerte das Glas auf einen Zug, „aber es hat mich Mühe genug gekostet. Das junge Balg ist krank gewesen und musste das Haus hüten; dann –“

„Ah, liebe Nancy!“, fiel Fagin ein, indem er aufblickte.

Ob nun ein eigenartiges Zusammenziehen der roten Augenbrauen des Juden oder ein halbes Verschließen seiner tiefliegenden Augen Nancy warnten, dass sie im Begriff sei, allzu mitteilsam zu werden, ist nicht von Belang. Wir haben es nur mit den Tatsachen selbst zu tun. Und Tatsache ist, dass Nancy plötzlich abbrach und mit einem gnädigen Lächeln auf Mr Sikes die Unterhaltung auf andere Gegenstände lenkte. Etwa zehn Minuten später bekam Fagin einen Hustenanfall, worauf Nancy das Halstuch über ihre Schultern warf und erklärte, es sei Zeit zu gehen. Mr Sikes stellte fest, dass er eine kleine Strecke denselben Weg wie sie habe, und drückte die Absicht aus, sie zu begleiten. So gingen sie miteinander fort, indes der Hund, sobald sein Herr ihm aus den Augen war, aus dem hinteren Hofraum hervorkroch und in kurzer Entfernung folgte.

Der Jude streckte, als Sikes die Stube verlassen hatte, den Kopf durch die Tür, blickte ihm über den finsteren Gang nach, schüttelte die geballte Faust hinter ihm, murmelte einen grässlichen Fluch und setzte sich dann mit abschreckendem Grinsen wieder an den Tisch, wo er sich bald in die anregenden Seiten des *Diebstahl-Anzeigers* vertiefte.

Inzwischen wanderte Oliver Twist, der sich nicht träumen ließ, dass er dem lustigen alten Herrn so nahe war, dem Bücherladen zu. Als er in die Nähe von Clerkenwell kam, bog er unversehens in ein Nebengässchen ein, das nicht genau auf seinem Weg lag. Er entdeckte den Irrtum aber erst, als er es zur Hälfte durchschritten hatte, und da er wusste, dass es in die rechte Richtung führte, hielt er es nicht der Mühe wert umzukehren, sondern ging, so schnell er konnte, mit den Büchern unterm Arm weiter.

Er schritt munter vorwärts, von dem Gedanken erfüllt, wie glücklich und zufrieden er sich nun fühlen könne und wie viel er darum gäbe, ein einziges Mal den armen kleinen Dick sehen zu können, der vielleicht in diesem Augenblick hungrig und verprügelt bitterlich weinte, als er plötzlich durch ein Mädchen aufgeschreckt wurde, das laut ausrief: „O mein Bruder!“ Und ehe er noch aufblicken konnte, um zu sehen, was es gebe, fühlte er seinen Hals von zwei weiblichen Armen dicht umschlungen.

„Nicht!“, schrie Oliver, sich wehrend. „Lassen Sie mich gehen! Wer sind Sie? Warum halten Sie mich auf?“

Die einzige Antwort waren zahllose laute Wehklagen des jungen

Frauenzimmers, das ihn umfasst hielt und ein Körbchen und einen Hausschlüssel in der Hand hatte.

„Ach, barmherziger Gott!“, rief das Mädchen. „Ich hab ihn gefunden! Oliver! Oliver! Böser Junge, wie viel Herzeleid hast du mir angetan! Komm nach Hause, Lieber, komm! Ach, ich hab ihn gefunden! Tausend Dank, gütiger Himmel, ich hab ihn gefunden!“

Unter diesen unzusammenhängenden Ausrufen brach das Mädchen in neues Schluchzen aus und steigerte sich so sehr darein, dass ein paar Frauen, die gerade in der Nähe waren, einen Fleischerjungen mit fettigem Haar, der gleichfalls zuschaute, fragten, ob er es nicht für besser halte, zum Arzt zu laufen, worauf der Fleischerjunge, träge, um nicht zu sagen stumpfsinnig veranlagt, erwiderte, er meine das nicht.

„Oh, nicht doch – nicht doch – es hat nichts zu bedeuten“, sagte das Mädchen, indem sie Oliver bei der Hand nahm. „Mir ist schon wieder besser. Aber nun komm schnell mit nach Hause, du böses Kind! Komm!“

„Was gibt es denn, Madam?“, fragte eine der Frauen.

„Ach, Madam“, versetzte das Mädchen, „er ist vor beinahe einem Monat seinen Eltern, die arbeitsame, achtbare Leute sind, weggelaufen, um sich einer Bande von Dieben und Taugenichtsen anzuschließen, sodass der armen Mutter fast das Herz brach.“

„Welch ein Bösewicht!“, rief eine von den Frauen.

„Geh nach Hause, du kleine Bestie“, sagte die andre.

„Es ist nicht wahr!“, widersprach Oliver in größter Angst. „Ich kenne sie nicht. Ich habe weder Schwester noch Vater, noch Mutter. Ich bin eine Waise und wohne in Pentonville.“

„Ach, hört nur, wie trotzig er geworden ist!“, rief das Mädchen.

„Ah! Nancy!“, schrie Oliver, entsetzt zurückfahrend, als er jetzt zum ersten Mal ihr Gesicht sah.

„Ihr seht, er kennt mich“, sagte Nancy zu den Umstehenden. „Er kann es nicht leugnen. Helft mir, ihn nach Hause zu bringen, ihr guten Leute, sonst bringt er noch Vater und Mutter unter die Erde und bricht mir das Herz!“

„Was zum Teufel ist dies!“, rief ein Mann, der, einen weißen Hund auf den Fersen, aus einer Bierkneipe hervorstürzte. „Der junge Oliver? Komm nach Hause zu deiner armen Mutter, du Satansbrut! Mach, dass du heimkommst!“

Oliver wird von seinen besorgten Freunden wiedergefunden

„Zu diesen Leuten gehör ich nicht! Ich kenne sie nicht! Hilfe! Hilfe!“, schrie Oliver, in dem kräftigen Griff des Mannes zappelnd.

„Hilfe?“, wiederholte der Mann. „Ja, ich will dir helfen, Freundchen! Was für Bücher sind das? Wahrscheinlich gestohlene! Her damit!“ Mit diesen Worten entwand er ihm die Bände und schlug ihn auf den Kopf.

„Recht so!“, rief ein Zuschauer von einem Mansardenfenster aus. „Das ist der einzige Weg, ihn zu Verstand zu bringen.“

„Ja, verlasst Euch drauf“, meinte ein verschlafen aussehender Zimmermann mit einem beifälligen Blick zum Mansardenfenster.

„Es wird ihm guttun!“, sagten die zwei Frauen.

„Er kann noch mehr haben“, erwiderte der Mann, indem er Oliver einen zweiten Schlag versetzte und ihn am Kragen packte. „Marsch, du junger Spitzbube. Siehst du den Hund da? Nimm dich in Acht.“

Noch schwach von der kaum überstandenen Krankheit, betäubt durch die Schläge und die Plötzlichkeit des Angriffs, erschrocken durch das grimmige Knurren des Hundes und die Rohheit des Mannes, entmutigt durch die Überzeugung der Umstehenden, dass er wirklich der verhärtete junge Bösewicht sei, als den man ihn verschrien hatte – was konnte da ein armes Kind machen? Es war dunkel geworden; die Straße selbst sah verdächtig aus; nirgends war Hilfe in Sicht; Widerstand war fruchtlos. Blitzschnell wurde er durch ein Gewirr enger, finsterer Höfe geschleppt und zu so schnellen Schritten gezwungen, dass die wenigen Hilferufe, die er auszustoßen wagte, unverständlich blieben. Das war aber einerlei, denn wären sie auch noch so deutlich gewesen, es hätte sich doch niemand um ihn gekümmert.

Die Gaslampen wurden angezündet. Mrs Bedwin harrte ängstlich an der offenen Tür, das Dienstmädchen war wohl zwanzigmal die Straße hinaufgelaufen, um nachzusehen, ob sich nicht eine Spur von Oliver entdecken lasse, und die zwei alten Herren saßen immer noch beharrlich im dunklen Zimmer, die Uhr zwischen sich.

Sechzehntes Kapitel

Erzählt, was aus Oliver Twist wurde, nachdem ihn Nancy gerufen hatte

Die engen Straßen und Höfe mündeten schließlich auf einen großen freien Platz, auf dem sich Tierpferche und andere Gegenstände eines Viehmarkts befanden. Sikes ging jetzt langsamer, da das Mädchen außerstande war, das bisherige Tempo noch länger durchzuhalten; zugleich herrschte er Oliver mit rauer Stimme an, er solle sich an Nancys Hand festhalten.

„Hörst du?", knurrte Sikes, als Oliver zögernd umherblickte.

Sie befanden sich in einem dunklen Winkel, abseits des Fußgängerverkehrs, und Oliver sah nur zu deutlich, dass aller Widerstand vergeblich sei. Er streckte daher die Hand aus, die Nancy sogleich fest mit der ihrigen umklammerte.

„Gib mir die andere", sprach Sikes, indem er ihn an der noch freien Hand packte und den Hund rief.

Dieser sah auf und knurrte.

„Schau her, Bestie!", sagte Sikes zu dem Köter, indem er die andere Hand an Olivers Kehle legte. „Wenn er das leiseste Wort spricht, so fass ihn; verstanden?"

Der Hund knurrte wieder, leckte seine Lefzen und betrachtete Oliver, als habe er Lust, ihm ohne Weiteres an die Gurgel zu fahren.

„Ich will erblinden, wenn das Tier nicht willig ist wie ein Christ!", bemerkte Sikes mit einem Blick grimmigen Beifalls auf den Köter. „Du weißt nun, was dir bevorsteht, junger Herr, also schrei nur, so viel du Lust hast; der Hund wird dir bald den Spaß verleiden. Vorwärts, Bursche!"

Der Hund wedelte zur Anerkennung dieser ungewöhnlich freundlichen Sprache mit dem Schwanz, warnte Oliver durch ein abermaliges Knurren und sprang voran.

Sie überquerten jetzt den Smithfield-Platz – für Oliver hätte es aber auch jeder andre Platz sein können, da er sich nirgends auskannte. Die Nacht war finster und undurchdringlich. Die Lichter der Läden konnten sich kaum durch den schweren Nebel kämpfen, der mit jedem Augenblick dichter wurde und Häuser und Straßen in trübes Dunkel hüllte, das den schauerlichen Ort für Olivers Augen noch schauerlicher und sein ungewisses Bangen nur noch drückender und peinvoller machte.

Sie waren kaum einige Schritte weitergeeilt, als ein tiefer Glockenton die Stunde anzeigte. Mit dem ersten Schlag blieben Olivers Führer stehen und wandten die Köpfe in die Richtung, aus der der Ton kam.

„Acht Uhr, Bill!", sagte Nancy, als die Glocke ausgeschlagen hatte.

„Wie gut, dass du mir das mitteilst! Meinst du, ich könne nicht selber zählen?", versetzte Sikes.

„Ich meine nur, ob die andern es auch hören können?", sprach Nancy.

„Ach, freilich", versetzte Sikes. „Es war um Bartholomä, als ich im Kittchen saß, und da war keine Pfennigtrompete auf dem Markt, die ich nicht hätte quieken hören können. Als man mich damals die Nacht über einsperrte, kam mir bei dem tosenden Lärm draußen das verwitterte alte Gefängnis so still vor, dass ich mir den Kopf an den eisernen Türplatten hätte einstoßen mögen."

„Die armen Burschen!", seufzte Nancy, das Gesicht noch immer jenem Stadtteil zugewandt, wo die Glocke geläutet hatte. „Ach, Bill, solch prächtige junge Burschen wie sie!"

„Ja, ja, so seid ihr Weiber; an was anderes denkt ihr nicht", antwortete Sikes. „Prächtige junge Burschen! Meinetwegen; sie sind so gut wie tot, und so kann's mir ja gleich sein."

Mit diesem Trost schien Mr Sikes eine aufsteigende Eifersucht niederzukämpfen; dann fasste er Olivers Handgelenk fester und befahl ihm aufs Neue auszuschreiten.

„Halt einen Augenblick!", unterbrach ihn das Mädchen. „Ich hätte keine solche Eile, wenn man beim nächsten Achtuhrschlagen dich herausbrächte, um dich aufzuknüpfen, Bill. Ich liefe rund um den Platz, bis ich umfiele, und läge auch alles eingeschneit, und ich hätte kein Halstuch, mich zu bedecken."

„Und wozu wäre das gut?", fragte der nüchterne Sikes. „Wenn du mir nicht eine Feile und einen zwanzig Ellen langen Strick durchs Fenster werfen könntest, so wäre es für mich ganz dasselbe, ob du fünfzig Meilen weit liefest oder gar nicht. Mach, dass du weiterkommst, und halt keine Predigten hier."

Das Mädchen brach in Gelächter aus, zog ihr Halstuch enger um sich, und sie gingen weiter. Oliver fühlte jedoch, dass ihre Hand in der seinen zitterte, und als er unter einer Gaslampe zu ihr aufblickte, sah er, dass ihr Gesicht leichenblass war.

Sie gingen eine volle halbe Stunde auf einsamen, schmutzigen Wegen, auf denen sie nur wenigen Leuten begegneten, und diese schienen ihrem Aussehen nach dieselbe gesellschaftliche Stufe einzunehmen wie Mr Sikes. Endlich bogen sie in ein sehr schmutziges, enges Gässchen ein, in dem ein Trödelladen neben dem andern stand. Der Hund eilte voraus, als wisse er, dass er nicht mehr Wache zu halten brauche, und blieb vor der Tür eines geschlossenen, anscheinend unbewohnten Ladens stehen. Das Haus war baufällig, und über dem Eingang war ein Brett angenagelt, das schon viele Jahre da zu hängen schien und verkündete, dass das Haus zu vermieten sei.

„Alles in Ordnung", sagte Sikes, indem er sich vorsichtig umsah.

Nancy bückte sich unter die Fensterläden, und Oliver hörte den Ton einer Klingel. Sie traten auf die andere Straßenseite und warteten einige Augenblicke unter einer Lampe. Ein Geräusch, als wenn ein Schiebefenster leise geöffnet würde, ließ sich vernehmen, und bald nachher öffnete sich ebenso leise die Tür. Mr Sikes packte den erschrockenen Knaben ohne Umstände am Rockkragen, und rasch befanden sich alle drei im Innern des Hauses.

Der Flur war stockdunkel. Sie warteten, bis die Person, die sie einließ, die Tür wieder verschlossen und verriegelt hatte.

„Ist jemand hier?", fragte Sikes.

„Nein", antwortete die Stimme, die Oliver schon früher gehört zu haben glaubte.

„Ist der Alte da?", fuhr der Gauner fort.

„Ja", versetzte die Stimme, „aber sehr niedergeschlagen. Ob der sich wohl freuen wird, wenn er Sie sieht? Bestimmt nicht!"

Die Stimme sowohl wie die Art der Antwort schienen Olivers Ohren vertraut, aber es war unmöglich, auch nur die Umrisse des Sprechers in der Finsternis zu erkennen.

„Bring uns Licht", sagte Sikes, „sonst brechen wir uns die Hälse oder treten auf den Hund. Wer das tut, mag seine Beine in Acht nehmen!"

„Bleiben Sie einen Augenblick stehen; ich will für Licht sorgen“, erwiderte die Stimme.

Man hörte, wie sich die Schritte des Sprechers entfernten, und nach einer Minute zeigte sich die Gestalt von Mr John Dawkins, sonst auch der Dodger genannt, der in der Rechten auf einem gespaltenen Stock eine brennende Talgkerze trug.

Der junge Herr gab Oliver kein anderes Zeichen des Wiedererkennens als ein höhnisches Grinsen, dann wandte er sich schnell wieder ab und winkte den Ankömmlingen, ihm die Stiege hinunter zu folgen. Sie kamen durch eine leere Küche, und als sich die Tür eines niedrigen Gemachs öffnete, das muffig roch und in einen Hinterhof hinausgebaut zu sein schien, wurden sie mit schallendem Gelächter empfangen.

„Oh, meine Perücke! Meine Perücke!“, schrie Mr Charley Bates, aus dessen Mund das Lachen kam. „Da ist er! O je, da ist er! Sehen Sie ihn an, sehen Sie ihn an, Fagin! Ich kann nicht mehr! Halte mich einer, dass ich mich auslache!“

In einem unwiderstehlichen Lachanfall warf sich Master Bates der Länge nach auf den Boden und zappelte in unbändiger Fröhlichkeit fünf Minuten lang krampfhaft mit den Beinen. Dann sprang er wieder auf, entriss dem Dodger den Kerzenhalter, trat auf Oliver zu und betrachtete ihn von allen Seiten, während der Jude, seine Nachtmütze abnehmend, eine Reihe tiefer Verbeugungen gegen den verwirrten Knaben machte; der Dodger, der etwas ernster veranlagt war und in Geschäften selten der Lustigkeit Raum gab, durchsuchte inzwischen emsig Olivers Taschen.

„Sehen Sie seine Klamotten an, Fagin!“, sagte Charley, indem er das Licht so nahe an Olivers neue Jacke brachte, dass er sie beinahe in Brand setzte. „Sehen Sie seine Klamotten an! Hochfeines Tuch und geschmackvollster Schnitt! O du meine Güte, was für ein Spaß! Und obendrein seine Bücher – ein vornehmer Herr durch und durch, Fagin!“

„Bin entzückt, Sie so wohl zu sehen, mein Bester“, begann der Jude, indem er sich mit gespielter Höflichkeit verbeugte. „Der Dodger wird Ihnen einen anderen Anzug geben, mein Lieber, damit Sie den sonntäglichen nicht verderben. Warum haben Sie uns nicht geschrieben, dass Sie kommen? Wir hätten Ihnen dann etwas Warmes zum Nachtessen aufgehoben.“

Fagin und seine Jungen empfangen Oliver

Darüber begann Master Bates wieder zu brüllen, so laut, dass auch Fagin sein Gesicht verzog und sogar der Dodger lächelte; da er aber in diesem Augenblick die Fünfpfundnote hervorzog, so ist es zweifelhaft, ob der Heiterkeitsausbruch seines Kameraden oder der Fund seine Heiterkeit veranlasste.

„Hallo, was soll das heißen?", fragte Sikes vortretend, als der Jude die Note ergriff. „Das ist mein Eigentum, Fagin!"

„Nein, nein, mein Bester", sagte der Jude, „das meine, Bill, das meine. Ihr könnt die Bücher haben."

„Wenn das nicht mir gehören soll", erklärte Sikes und setzte mit entschiedener Miene seinen Hut auf, „das heißt mir und Nancy, so bringe ich den Knaben wieder zurück."

Der Jude und Oliver fuhren gleichzeitig zusammen, aber aus verschiedener Ursache, denn Oliver hoffte, der Streit möchte damit enden, dass er wieder zurückgebracht werde.

„Geschwind, her damit! Willst du wohl?", rief Sikes.

„Das ist kaum gerecht, Sikes; ist das gerecht, Nancy?", fragte der Jude.

„Gerecht oder nicht", entgegnete Sikes. „Heraus damit, sag ich! Glaubst du, Nancy und ich wüssten mit unserer kostbaren Zeit nichts Besseres anzufangen, als jeden jungen Burschen aufzuspüren und zu kapern, der durch deine Schuld geschnappt worden ist? Her damit, du geizige alte Vogelscheuche; her damit!"

Mit dieser höflichen Gegenrede riss Mr Sikes dem Juden die Note aus den Fingern, faltete sie mit einem kalten Blick auf das Gesicht des alten Mannes klein zusammen und knüpfte sie in seine Halsbinde.

„Das ist für unsere Mühe", fuhr Sikes fort, „und obendrein nicht halb genug. Du kannst meinetwegen die Bücher behalten, wenn du lesen magst; wo nicht, verkauf sie."

„Sie sind sehr schön", meinte Charley Bates, der unter seltsamen Grimassen tat, als läse er in einem der Bände; „herrlich geschrieben, nicht wahr, Oliver?" Und als er den verzweifelten Blick wahrnahm, mit dem Oliver zu seinen Peinigern aufsah, brach er in ein neues, noch ungestümeres Lachen aus.

„Sie gehören dem alten Herrn", sagte Oliver, die Hände ringend, „dem guten, freundlichen alten Herrn, der mich in sein Haus aufnahm und mich pflegte, als ich Fieber hatte und todkrank war.

Ach bitte, schickt sie ihm zurück; schickt ihm die Bücher und das Geld zurück! Ihr könnt mich mein Leben lang hierbehalten, nur gebt ihm sein Eigentum wieder! Er wird glauben, ich habe ihn bestohlen; die alte Dame und alle, die so gütig zu mir waren, werden glauben, ich sei ein Dieb. O habt Mitleid mit mir, und schickt sie zurück!"

Bei diesen Worten, die er mit der Kraft leidenschaftlichen Schmerzes hervorstieß, fiel Oliver vor dem Juden auf die Knie nieder und rang verzweifelt die Hände.

„Der Junge hat recht", bemerkte Fagin umherschielend, während er seine Augenbrauen und die Stirn runzelte. „Du hast recht, Oliver, du hast recht, man *wird* dich für einen Dieb halten. Haha!", kicherte der Jude, die Hände reibend. „Wir hätten keinen besseren Zeitpunkt wählen können!"

„Natürlich nicht", versetzte Sikes. „Das erkannte ich sofort, als ich ihn mit den Büchern unterm Arm Clerkenwell herunterkommen sah. Es geht alles ganz prächtig. Die Leute sind weichherzige Betbrüder, sonst hätten sie ihn nicht ins Haus genommen; und sie werden ihm nicht nachforschen, aus Furcht, dass sie ihn anzeigen und ins Zuchthaus bringen müssen. Der ist uns sicher!"

Oliver hatte während dieser Reden wie irrsinnig von einem zum andern geblickt, ohne klar zu begreifen, was vorging. Sikes hatte aber kaum zu reden aufgehört, als er plötzlich aufsprang, aus dem Zimmer stürzte und so laut und kläglich um Hilfe rief, dass es durch das ganze baufällige Haus widerhallte.

„Halt den Hund zurück, Bill!", rief Nancy, indem sie zur Tür sprang und sie verschloss, sobald der Jude und seine zwei Zöglinge zur Verfolgung nachgestürmt waren. „Halt den Hund zurück, er wird den Knaben in Stücke reißen."

„Geschieht ihm ganz recht!", tobte Sikes, indem er sich dem Griff des Mädchens zu entwinden suchte. „Lass los, oder ich stoß dir den Schädel an der Wand ein!"

„Macht nichts, Bill, tu's nur!", kreischte das Mädchen in heftigem Ringen mit dem Mann. „Das Kind soll nicht vom Hund zerrissen werden, außer du bringst zuvor mich um."

„Das kann gleich geschehen, wenn du mich nicht loslässt", stieß Sikes zähneknirschend hervor.

Der Einbrecher schleuderte das Mädchen ans äußerste Ende des

Zimmers, als eben der Jude mit den zwei Knaben zurückkehrte und Oliver nachzerrte.

„Was ist hier los?", fragte der Jude umherblickend.

„Ich glaube, die Dirne ist verrückt geworden", erwiderte Sikes wild.

„Nein, sie ist's nicht", rief Nancy blass und atemlos vom Ringen, „nein, sie ist's nicht, Fagin; glauben Sie's nicht."

„Dann sei still, hörst du?", erwiderte der Jude mit einem drohenden Blick.

„Nein, auch das will ich nicht!", schrie Nancy. „Was meint Ihr nun?"

Mr Fagin war mit den Besonderheiten des Menschenschlags, dem Nancy zugehörte, genügend vertraut, um zu wissen, dass es im Augenblick nicht ratsam sei, den Wortwechsel mit ihr fortzusetzen. Um die Aufmerksamkeit der Gesellschaft abzulenken, wendete er sich daher Oliver zu.

„Du wolltest also fortlaufen, mein Schatz, nicht wahr?", begann der Jude, indem er einen knotigen Stock, der in einer Ecke des Herdes lag, zur Hand nahm.

Oliver schwieg, beobachtete aber die Bewegungen des Juden mit fliegendem Atem.

„Du wolltest um Hilfe rufen – wohl bei der Polizei, nicht wahr?", höhnte der Jude, indem er den Knaben am Arm fasste. „Wir wollen dich davon kurieren, junges Herrlein."

Der Jude führte einen kräftigen Schlag nach Olivers Schulter und wollte eben zu einem zweiten ausholen, als das Mädchen herbeieilte, den Stock seinen Händen entwand und ihn mit einer Gewalt ins Feuer schleuderte, dass die glühenden Kohlen in der Stube umherflogen.

„Ich werde nicht dabeistehen und das mit ansehen, Fagin!", schrie sie. „Ihr habt den Knaben; was wollt ihr mehr? Rührt ihn nicht an – rührt ihn nicht an, oder ich will einigen von euch einen Denkzettel geben, auch wenn er mich vorzeitig an den Galgen bringt!"

Bei dieser Drohung stampfte das Mädchen mit dem Fuß heftig auf den Boden und blickte mit zusammengekniffenen Lippen und geballten Fäusten bald auf den Juden, bald auf den andern Gauner; die Wut, in die sie sich hineingesteigert hatte, trieb alle Farbe aus ihrem Gesicht.

„Ei, Nancy!“, sagte der Jude beschwichtigend nach einer Pause, in der er und Sikes einander verblüfft angestarrt hatten, „Sie – Sie spielen diesen Abend Ihre Rolle besser als je. Haha, mein Schätzchen! Sie schauspielern wundervoll.“

„Wirklich?“, entgegnete das Mädchen. „Nehmt Euch in Acht, dass ich nicht allzu natürlich spiele; es könnte schlimm für Euch ausfallen, Fagin. Ich sage Euch daher beizeiten, kommt mir nicht in die Quere!“

Es liegt in einem aufgebrachten Weibe etwas, das die Männer nicht gern herausfordern, zumal wenn sich mit all ihren andern Leidenschaften noch die wilde Gewalt rücksichtsloser Verzweiflung verbindet. Der Jude sah ein, dass es vergeblich sei, länger so zu tun, als zweifle er an der Echtheit von Nancys Zornausbruch, und warf daher, unwillkürlich einige Schritte zurückweichend, einen halb bittenden, halb verzagten Blick auf Sikes, als wolle er andeuten, dass jener die geeignete Person sei, das Gespräch fortzuführen.

Mr Sikes, in dieser stummen Weise aufgefordert und vielleicht selbst der Meinung, sein persönlicher Stolz und Einfluss erforderten, dass er Miss Nancy unverzüglich zur Vernunft bringe, begann mit einigen Schock* Flüchen und Drohungen, deren rasches Abrollen das günstigste Licht auf seine unerschöpfliche Erfindungsgabe warf. Da sie jedoch keinen sichtbaren Eindruck auf die Person machten, gegen die sie gerichtet waren, nahm er zu handgreiflichen Überzeugungsmitteln seine Zuflucht.

„Was soll das bedeuten?“, tobte Sikes, indem er diese Frage mit einer recht gewöhnlichen Verwünschung des schönsten Teils des menschlichen Antlitzes begleitete, die, wenn sie unter fünfzigtausend Fällen nur einmal erhört würde, die Blindheit zu einem so alltäglichen Übel machen müsste wie die Masern. „Was soll das bedeuten? Der Teufel soll mich holen! Weißt du, wer du bist und was du bist?“

„O ja, ich weiß das alles“, versetzte das Mädchen mit hysterischem Lachen, indem sie den Kopf von einer Seite zur andern wiegte und einen kümmerlichen Versuch machte, gleichgültig auszusehen.

„Nun denn, so halt's Maul“, entgegnete Sikes in dem grollenden Ton, in dem er seinen Hund anzureden pflegte, „oder ich will dich auf lange Zeit hinaus stumm machen.“

* Altes Zählmaß: 1 Schock = 60 Stück

Das Mädchen lachte von Neuem, sogar noch heftiger als früher; dann warf sie einen raschen Blick auf Sikes, wandte ihr Gesicht ab und biss sich auf die Lippe, bis sie blutete.

„Du bist mir die Rechte“, fügte Sikes bei, indem er sie mit tiefster Verachtung von oben bis unten betrachtete, „du bist mir die Rechte, um die edle Menschenfreundin zu spielen! Die richtige Freundin für das Kind, wie du ihn nennst!“

„Der Allmächtige ist mein Zeuge, dass ich es bin!“, rief das Mädchen leidenschaftlich. „Und es wäre mir lieber, ich läge tot auf der Straße oder säße anstelle derer, an denen wir heute Nacht so nah vorbeigekommen sind, als dass ich mich dazu hergegeben habe, ihn euch zu bringen. Er ist ein Dieb, ein Lügner, ein Teufel, alles seit dieser Nacht. Ist das diesem alten Spitzbuben da nicht genug? Muss er ihn auch noch schlagen?“

„Kommt, kommt, Sikes“, sagte der Jude in verweisendem Ton, zugleich auf die Jungen deutend, die gespannt den Auftritt verfolgten, „wir müssen höfliche Worte gebrauchen – höfliche Worte, Bill.“

„Höfliche Worte?“, schrie das Mädchen, in ihrer Leidenschaft schrecklich anzusehen. „Höfliche Worte? Du Schuft! Ja, du verdienst sie von mir! Ich habe für dich gestohlen, als ich noch ein Kind war, nicht halb so alt wie der“ – sie deutete auf Oliver –, „und treibe nun seit zwölf Jahren im selben Dienst dasselbe Gewerbe. Weißt du das nicht? Sprich! – Weißt du das nicht?“

„Nun, nun!“, erwiderte der Jude begütigend. „Wenn du's getan hast, so war es dein Brot!“

„Ja, das ist wahr!“, erwiderte das Mädchen. Sie sprach nicht, sondern stieß die Worte in einem anhaltenden Schreien hervor. „Es ist mein Brot, und die kalten, nassen, schmutzigen Straßen sind mein Heim; und du bist der Elende, der mich vorzeiten hinaustrieb und der mich Tag für Tag und Nacht für Nacht in ihnen herumhetzt, bis ich sterbe.“

„Ich tu dir ein Leid an“, fiel, durch diese Vorwürfe gereizt, der Jude ein, „ein Leid, das schlimmer ist als all das, wenn du noch ein Wort sprichst!“

Das Mädchen sagte nichts mehr, aber sie zerraufte sich Haar und Kleid wie eine Irre und stürzte mit einer Wut auf den Juden los, dass sie ohne Zweifel Merkmale ihrer Rache an ihm zurückgelassen hätte, wäre sie nicht im rechten Augenblick von Sikes an der Hand gepackt worden. Sie kämpfte noch eine Weile vergeblich und sank dann in Ohnmacht.

„Endlich ist sie zur Ruh gebracht", meinte Sikes und legte sie in einem Winkel auf die Erde. „Sie hat Riesenkräfte in ihren Armen, wenn sie in Wut ist."

Der Jude wischte sich die Stirn und lächelte, als fühle er sich sehr erleichtert, dass der Zwist überstanden war; aber weder er noch Sikes, noch die Jungen, noch der Hund schienen darin etwas anderes zu sehen als einen gewöhnlichen geschäftlichen Zwischenfall.

„Mit Weibern ist am allerschwersten auszukommen", bemerkte der Jude, indem er den Knotenstock wieder in die Ecke stellte; „sie sind aber auch schlau, und ohne sie geht das Geschäft nicht recht vorwärts. Charley, bring Oliver zu Bett."

„Ich denke, er sollte lieber morgen nicht seinen besten Anzug tragen, was, Fagin?", fragte Charley Bates.

„Gewiss nicht", versetzte der Jude, indem er das Grinsen erwiderte, mit dem Charley diese Frage stellte.

Master Bates nahm nun, augenscheinlich sehr vergnügt über diesen Auftrag, den Stock mit der Kerze und führte Oliver in eine anliegende Küche, wo einige der von früher her bekannten Betten standen. Hier brachte er unter wiederholtem Gelächter denselben alten Anzug zum Vorschein, dessen sich Oliver mit so glücklichen Gefühlen in Mr Brownlows Haus entledigt hatte: von dem Juden, der ihn eingehandelt hatte, zum Verkauf ausgestellt, war er für Fagin der erste Anhaltspunkt von Olivers Aufenthalt geworden.

„Zieh den Flitter aus", sagte Charley, „ich will ihn Fagin zum Aufheben geben. Was für ein Spaß!"

Der arme Oliver gehorchte höchst ungern; Master Bates rollte die neuen Kleider zusammen, nahm sie unter den Arm, ließ Oliver im Finstern und schloss die Tür hinter sich ab.

Charleys Lachen und die Stimme Miss Betsys, die gerade recht kam, um ihre Freundin mit Wasser zu besprengen und sonstige weibliche Dienste zu ihrer Wiederbelebung zu leisten, hätten unter glücklicheren Umständen, als die Olivers waren, wohl viele Leute wach gehalten; er aber war krank und müde und fiel bald in tiefen Schlaf.

Siebzehntes Kapitel

Olivers Schicksal bleibt ungünstig:
es führt einen großen Mann nach London,
um seinem Ruf zu schaden

Auf der Bühne ist es bei allen guten Melodramen voll Mord und Totschlag üblich, die tragischen und komischen Szenen so regelmäßig abwechseln zu lassen wie das Rote und Weiße in einer wohldurchwachsenen Speckseite. Der Held sinkt unter dem Gewicht seiner Ketten und seines Unglücks auf sein Strohlager nieder, und im nächsten Auftritt erfreut sein treuer Knappe, der von allem nichts weiß, die Zuschauer mit einem komischen Gesang. Mit klopfendem Herzen sehen wir die Heldin in den Krallen eines stolzen und grausamen Barons; ihre Jugend und ihr Leben sind in Gefahr, und bereits hat sie den Dolch gezogen, um die eine auf Kosten des anderen zu retten; aber gerade wenn unsere Erwartungen aufs Höchste gespannt sind, erklingt Musik, und wir werden schnurstracks in die weite Halle eines Schlosses versetzt, wo ein grauköpfiger Kastellan einen lustigen Chor mit einer noch lustigeren Schar von Untergebenen singt, die, unbekümmert um den Ort, sei es eine Kirche oder ein Palast, ohne Unterlass gemeinschaftlich jubilieren.

Solche Wechsel mögen abgeschmackt scheinen, aber sie sind nicht so unnatürlich, wie man auf den ersten Blick glaubt. Der Übergang von einer reich besetzten Tafel zum Sterbebett und vom Trauergewand zum Festtagsschmuck, wie man ihn oft in der Wirklichkeit erleben kann, ist um kein Haar weniger auffallend, nur sind wir im zweiten Fall Schauspieler, im ersten Zuschauer. Das macht einen großen Unterschied aus: Der Mime auf der Bühne ist blind gegen die gewaltsamen Übergänge und die unvermittelten Ausbrüche der Leidenschaft oder des Gefühls, während sie der Zuschauer als unnatürlich und übertrieben verwirft.

Plötzlicher Szenenwechsel und rasche Veränderung von Zeit und

Ort werden in Büchern nicht nur gutgeheißen, weil sie seit Langem eingebürgert sind, sondern sie werden sogar von vielen für die größte Kunst des Autors gehalten; die Geschicklichkeit eines Schriftstellers wird von solchen Kritikern hauptsächlich nach dem Zwiespalt bemessen, in dem er seine Charaktere am Schluss jedes Kapitels zurücklässt. So mag vielleicht die kurze Einleitung zu diesem Abschnitt unnötig scheinen. Ist der Leser dieser Ansicht, so möge er die Abschweifung als höfliche Andeutung des Verfassers hinnehmen, dass sich dieser nach Olivers Geburtsort zurückbegeben will, und möge es als erwiesen ansehen, dass wesentliche Gründe für diese Reise vorliegen, sonst wäre er keinesfalls eingeladen worden, sich an einem solchen Ausflug zu beteiligen.

Mr Bumble trat eines Morgens früh aus dem Tor des Armenhauses und schritt mit wichtiger Miene und gebieterischen Schritten die Straße entlang. Er zeigte sich im vollen Glanz und Stolz seiner Büttelwürde; Dreispitz und Rock glänzten in der Morgensonne, und seine Faust umfasste den Stock mit einer Kraft, wie sie nur Gesundheit und Macht verleihen. Mr Bumble trug zwar seinen Kopf immer gebührend hoch, an diesem Morgen jedoch noch höher als gewöhnlich. Seine Augen blickten entrückt, und sein ganzes Wesen atmete Erhabenheit, sodass jeder aufmerksame Fremde hätte merken können, im Kopf des Büttels gingen Gedanken um, die zu bedeutend waren, um sie auszusprechen.

Mr Bumble hielt sich nicht in Gesprächen mit den kleinen Krämern und anderen Leuten auf, die ihn beim Vorbeigehen achtungsvoll ansprachen. Er erwiderte ihre Grüße nur mit einer leichten Handbewegung und vergab seinem würdevollen Gang nichts, bis er das Landhaus erreichte, wo Mrs Mann die Armenhauskinder nach Gemeindeart betreute.

„Der Henker hole diesen Büttel!“, sagte Mrs Mann, als sie sein wohlbekanntes, ungeduldiges Klopfen an der Gartentür vernahm. „Was mag er schon wieder am frühen Morgen wollen! – Ah, sieh da, Mr Bumble! Dachte ich mir's doch gleich, dass Sie's seien. Nun, das nenne ich ein Vergnügen! Bitte, Sir, kommen Sie ins Wohnzimmer!“

Der erste Teil dieser Rede war an Susan gerichtet, die Ausrufe des Entzückens galten Mr Bumble, während die gute Frau die Gartentür aufschloss und ihn mit ehrerbietiger Zuvorkommenheit ins Haus geleitete.

„Mrs Mann“, begann Mr Bumble, der sich nicht wie ein gewöhnlicher Lümmel einfach niedersetzte oder in den Stuhl warf, sondern sich allmählich und langsam niederließ. „Mrs Mann, ich wünsche Ihnen einen guten Morgen!“

„Gleichfalls, gleichfalls, Mr Bumble“, versetzte Mrs Mann mit ihrem liebenswürdigsten Lächeln. „Ich hoffe, Sie sind wohlauf, Sir!“

„So lala“, entgegnete der Büttel. „Wenn man das Brot der Gemeinde isst, ist man nicht auf Rosen gebettet, Mrs Mann.“

„Ach, das ist nur zu wahr, Mr Bumble“, antwortete die Dame. Und alle Gemeindekinder hätten mit Recht einstimmen können, wenn sie die Antwort gehört hätten.

„Das Leben eines Beamten, Mrs Mann“, fuhr Mr Bumble fort, indem er mit seinem Rohr auf den Tisch schlug, „ist ein Leben voll Mühe, Arbeit und Ärger; aber ich darf wohl sagen, dass alle Leute, die im Licht der Öffentlichkeit stehen, sich Anfeindungen gefallen lassen müssen.“

Mrs Mann sah zwar nicht recht ein, was der Büttel damit sagen wollte, erhob jedoch ihre Hände mit teilnahmsvoller Miene und seufzte.

„Ach, Sie dürfen wohl seufzen, Mrs Mann“, sprach der Büttel.

Als Mrs Mann merkte, dass sie richtig gehandelt hatte, seufzte sie abermals, augenscheinlich zur großen Zufriedenheit des Beamten. Sein beifälliges Lächeln wurde aber durch einen ernsten Blick auf den Amtshut gezügelt, und er sagte: „Mrs Mann, ich begebe mich nach London.“

„Du lieber Gott, Mr Bumble?!“, versetzte Mrs Mann verblüfft.

„Nach London, Madam“, nahm der unbeugsame Büttel den Faden wieder auf, „und zwar in einer Kutsche. Ich und zwei Arme, Mrs Mann. Es handelt sich um die gesetzliche Ermittlung ihrer Heimatrechte, und die Armenhausbehörde hat mich – mich, Mrs Mann – beauftragt, vor der Vierteljahressitzung von Clerkenwell über den Tatbestand auszusagen. Und ich könnte mir denken“, fügte Mr Bumble, sich aufrichtend, hinzu, „sie werden darauf kommen, dass sie auf dem Holzweg sind, noch ehe ich ihnen dazu verhelfe.“

„Ach, Sie müssen nicht allzu hart mit ihnen umgehen, Sir“, sagte Mrs Mann schmeichelnd.

„Sie haben alles sich selber zuzuschreiben, Madam“, versetzte

Mr Bumble, „und wenn sie finden, dass sie schlimmer wegkommen, als sie erwarteten, so können sie sich nur bei sich selbst bedanken."

Es lag so viel Festigkeit und Entschiedenheit in der drohenden Haltung, mit der sich Mr Bumble dieser Rede entledigte, dass Mrs Mann darüber ganz erschrocken schien. Endlich sagte sie: „Sie reisen also in einer Kutsche, Sir? Ich glaubte, man befördere die Armen immer auf Karren?"

„Nur wenn sie krank sind, Mrs Mann", erwiderte der Büttel. „Bei Regenwetter setzen wir die armen Knaben auf offene Karren, damit sie sich nicht erkälten."

„Ah so!", entgegnete Mrs Mann.

„Es ist eine Retourkutsche, die sie wohlfeil mitnimmt", fuhr Mr Bumble fort. „Sie sind alle beide in sehr schlechter Verfassung, und wir haben ausgerechnet, dass es um zwei Pfund billiger ist, wenn wir sie fortschicken, als wenn wir sie begraben müssten – das heißt, wenn wir sie einer andern Gemeinde aufbürden können. Und das, glaube ich, bringen wir bestimmt fertig, wenn sie uns nicht zum Trotz auf dem Weg sterben. Hahaha!"

Mr Bumble lachte eine kleine Weile, dann fielen seine Augen abermals auf den Dreispitz, und er wurde wieder ernst.

„Doch wir vergessen unser Geschäft, Madam", nahm der Büttel das Gespräch wieder auf. „Hier ist das Kostgeld für den Monat."

Mr Bumble wickelte einiges Silbergeld aus einem Papier, das er seiner Brieftasche entnahm, und erbat sich eine Quittung, die Mrs Mann sogleich ausschrieb.

„Sie ist zwar ganz verschmiert, Sir", sagte die Kinderpflegerin, „doch genügt sie immerhin der Form. Ich danke Ihnen, Mr Bumble, ich bin Ihnen sehr verbunden für Ihre Mühe."

Mr Bumble erwiderte die Höflichkeit von Mrs Mann mit einem leichten Kopfnicken und fragte nach den Kindern.

„Gott segne die lieben Herzchen", entgegnete Mrs Mann gerührt. „Sie sind alle so gesund wie möglich, meine Lieblinge! Natürlich die beiden ausgenommen, die in der vorigen Woche gestorben sind. Und dann noch den kleinen Dick."

„Geht's dem Jungen nicht besser?", fragte Mr Bumble.

Mrs Mann schüttelte den Kopf.

„Das ist ein recht böswilliger, grundschlechter, störrischer Fratz", sagte Mr Bumble verdrießlich. „Wo ist er?"

„Er wird in einer Minute hier sein, Sir", versetzte Mrs Mann. „Dick! Dick! Komm herauf!"

Nach einigem Rufen wurde Dick gefunden. Man brachte sein Gesicht unter die Pumpe, und nachdem ihn Mrs Mann mit ihrer Schürze wieder abgetrocknet hatte, wurde er Mr Bumble, dem gefürchteten Büttel, vorgestellt.

Das Kind war blass und mager, die Wangen waren eingefallen, die Augen groß und glänzend. Das armselige Waisenhausgewand, die Livree seines Elends, hing lose um seinen schmächtigen Körper, und die jungen Glieder waren abgezehrt wie die eines alten Mannes.

So sah das kleine Wesen aus, das unter Mr Bumbles Blicken erzitterte, die Augen nicht vom Boden zu erheben wagte und sich sogar vor der Stimme des Büttels fürchtete.

„Kannst du den Herrn nicht ansehen, du halsstarriger Junge?", fragte Mrs Mann.

Das Kind hob schüchtern die Augen und begegnete dem Blick Mr Bumbles.

„Was fehlt dir, Armenhaus-Dick?", fragte Mr Bumble in wohlangebrachtem Scherz.

„Nichts, Sir", versetzte das Kind mit schwacher Stimme.

„Das will ich meinen", sagte Mrs Mann, die natürlich über die heitere Laune Mr Bumbles sehr erfreut war. „Du hast dich gewiss über nichts zu beklagen."

„Ich möchte gern –", stotterte das Kind.

„Was?", fiel Mrs Mann ein. „Ich will nicht hoffen, dass du sagst, es fehle dir etwas? Du elender kleiner Wicht –"

„Still, Mrs Mann, still", unterbrach sie der Büttel mit einer würdigen Handbewegung. „Was möchtest du, mein Herr, he?"

„Es wäre mir lieb", stotterte das Kind, „wenn jemand, der schreiben kann, ein paar Worte für mich auf ein Stückchen Papier setzte, es faltete, siegelte und für mich aufbewahrte, wenn ich einmal begraben bin."

„Ei, was kann der Junge meinen?", rief Mr Bumble, auf den der Ernst und das blasse Aussehen des Kindes Eindruck gemacht hatten, sosehr er auch an derartige Dinge gewöhnt war. „Was willst du damit sagen?"

„Ich möchte gern", versetzte der Kleine, „dem armen Oliver

Twist ein Zeichen meiner Liebe hinterlassen und ihm sagen, wie oft ich allein gesessen und geweint habe, wenn ich daran dachte, dass er in den dunklen Nächten umherwandert und ihm niemand ein bisschen hilft. Ich möchte ihm auch sagen", fuhr das Kind mit großer Wärme fort und faltete seine schwachen Hände, „dass ich gern sterbe, solange ich noch jung bin; denn wenn ich lang genug lebte, um ein Mann und alt zu werden, so vergäße mich vielleicht meine kleine Schwester, die im Himmel ist, oder sie würde mir unähnlich, und wir wären doch viel glücklicher, wenn wir beide als Kinder wieder zusammen sind."

Mr Bumble betrachtete den kleinen Sprecher vom Kopf bis zu den Füßen mit unbeschreiblichem Staunen und richtete dann an seine Gefährtin die Worte: „'s ist einer wie der andere, Mrs Mann. Dieser nichtsnutzige Oliver hat sie alle verdorben."

„Hat man je so etwas gehört, Sir?", sprach Mrs Mann, indem sie die Hände hob und Dick feindselig ansah. „Ich habe noch nie einen so starrköpfigen kleinen Bösewicht gesehen!"

„Bringen Sie ihn fort, Madam", befahl Mr Bumble. „Dies muss der Behörde berichtet werden, Mrs Mann."

„Ich hoffe, die Herren werden so viel Einsicht haben, dass sie nicht mir die Schuld zuschreiben, Sir", jammerte Mrs Mann aufgeregt.

„Sie werden Einsicht haben, Madam; sie sollen den wahren Stand der Dinge erfahren", tröstete Mr Bumble mit wichtiger Miene. „Da, bringen Sie ihn fort, ich kann ihn nicht mehr sehen."

Dick wurde augenblicklich fortgebracht und in den Kohlenkeller gesperrt. Bald darauf brach Mr Bumble auf, um sich zu seiner Reise zu rüsten.

Um sechs Uhr am nächsten Morgen vertauschte Mr Bumble seinen Dreispitz mit einem runden Hut, hüllte sich in einen großen blauen Mantel mit Kapuze, setzte sich mit den beiden schwarzen Schafen, deren Heimat umstritten war, auf die Außenplätze der Kutsche und traf auch rechtzeitig in London ein. Er erlebte unterwegs keine anderen Ungelegenheiten als jene, die dem boshaften Betragen der zwei Armenhäusler zuzuschreiben waren. Sie zitterten nämlich beständig und klagten über die Kälte in einer Weise, dass, wie Mr Bumble erklärte, ihm selbst die Zähne klapperten und er sich trotz seines Kragenmantels ganz unbehaglich fühlte.

Nachdem diese übel gesinnten Personen von Mr Bumble für die Nacht untergebracht waren, schlug er in dem Haus, vor dem die Kutsche haltgemacht hatte, sein Quartier auf und ließ sich ein maßvolles Mittagessen aus Beefsteaks, Austernsauce und Porter vorsetzen. Dann stellte er ein heißes Glas Grog auf den Kaminsims, zog seinen Stuhl ans Feuer, und nach verschiedenen moralischen Betrachtungen über das Umsichgreifen sündhafter Unzufriedenheit und mutwilliger Beschwerden fand er Muße, die Zeitung zu lesen.

Der erste Absatz, der Mr Bumble ins Auge fiel, war folgende Ankündigung:

> Fünf Guineen Belohnung
> Letzten Donnerstagabend ist ein Knabe namens Oliver Twist von seinem Heim in Pentonville entwichen oder weggelockt worden und seither spurlos verschwunden. Oben genannte Belohnung wird demjenigen zuteil, der Mitteilungen zu machen imstande ist, die zur Entdeckung des besagten Oliver Twist führen oder Licht auf seine frühere Geschichte werfen, woran dem Einsender aus mancherlei Gründen sehr viel liegt.

Dieser Anzeige war eine vollständige Beschreibung von Olivers Gestalt und Kleidung beigefügt, ebenso der Ort seines Verschwindens und Mr Brownlows Adresse.

Mr Bumble machte große Augen, las die Anzeige langsam und bedächtig dreimal durch, und ehe fünf Minuten vergingen, war er auf dem Weg nach Pentonville, wobei er in der Aufregung sogar seinen heißen Grog unberührt stehen gelassen hatte.

„Ist Mr Brownlow zu Hause?“, forschte Mr Bumble bei dem Mädchen, das die Tür öffnete.

Das Mädchen gab auf diese Frage die nicht ungewöhnliche, aber etwas ausweichende Antwort: „Ich weiß es nicht – woher kommen Sie?“

Mr Bumble hatte zur Erklärung seines Zweckes kaum den Namen Oliver genannt, als Mrs Bedwin, die an der Zimmertür gehorcht hatte, atemlos in den Hausflur eilte.

„Kommen Sie herein – kommen Sie herein!“, sagte die alte Frau. „Ich wusste es ja, dass wir von ihm hören würden. Das arme Herz! Ich konnte keinen Augenblick etwas anderes glauben. Gott segne ihn! Ich sagte es ja immer.“

Nach diesen Worten eilte die würdige alte Frau auf ihr Zimmer zurück, setzte sich auf ihr Sofa und brach in Tränen aus. Das Mädchen, nicht ganz so erregbar, war inzwischen hinaufgegangen und kehrte nun mit der Bitte zurück, Mr Bumble möchte ihr sogleich folgen. Das tat er denn auch.

Er wurde in das kleine Studierzimmer gewiesen, in dem Mr Brownlow und sein Freund Grimwig saßen. Sie hatten Weinkaraffen und Gläser vor sich stehen. Grimwig brach sogleich in den Ruf aus: „Ein Armenvogt – ein Büttel, oder ich will meinen Kopf aufessen!“

„Bitte unterbrechen Sie ihn jetzt nicht“, sagte Mr Brownlow. „Wollen Sie Platz nehmen?“

Mr Bumble setzte sich, ganz verwirrt von Mr Grimwigs seltsamem Benehmen. Mr Brownlow rückte die Lampe so, dass er die Züge des Büttels unausgesetzt betrachten konnte, und fragte etwas ungeduldig: „Nun, Sir, Sie kommen auf meine kürzliche Anzeige hin?“

„Ja, Sir!“, antwortete der Büttel.

„Und sind ein Armenvogt, nicht wahr?“, fragte Mr Grimwig.

„Ich bin ein Gemeindebeamter, meine Herren“, versetzte Mr Bumble stolz.

„Natürlich“, bemerkte Mr Grimwig beiseite gegen seinen Freund, „ich wusste es ja. Ein Büttel, wie er im Buche steht!“

Mr Brownlow schüttelte leicht den Kopf, um seinem Freund Stillschweigen zu empfehlen, und fuhr fort: „Wissen Sie, wo der Knabe gegenwärtig ist?“

„So wenig wie sonst jemand“, versetzte Mr Bumble.

„Nun, was wissen Sie von ihm?“, fragte der alte Herr. „Sprechen Sie, mein Freund, wenn Sie etwas mitzuteilen haben. Welche Aufschlüsse können Sie über ihn geben?“

„Wahrscheinlich ist es nichts Gutes, was Sie von ihm zu sagen haben, nicht wahr?“, bemerkte Mr Grimwig schneidend, nachdem er Mr Bumbles Züge aufmerksam betrachtet hatte.

Mr Bumble fasste diese Frage schnell auf und schüttelte den Kopf mit vielsagender Feierlichkeit.

„Sehen Sie?“, sagte Mr Grimwig mit einem triumphierenden Blick auf Mr Brownlow.

Mr Brownlow sah besorgt auf Bumbles gedunsenes Gesicht und ersuchte ihn, so kurz wie möglich zu erzählen, was ihm von Oliver bekannt sei.

Mr Bumble legte seinen Hut ab, knöpfte seinen Rock auf, schlug die Arme zusammen, neigte sinnend den Kopf und begann nach einigen Minuten seine Geschichte.

Es wäre ermüdend, sie mit den Worten des Büttels wiederzugeben, da sie volle zwanzig Minuten dauerte. Der Hauptinhalt war: Oliver sei ein Findelkind, das Kind gemeiner und lasterhafter Eltern, habe von Geburt an keine bessere Eigenschaft als Tücke, Undankbarkeit und Bosheit entwickelt und habe seine kurze Laufbahn an seinem Geburtsort damit beendet, dass er einen blutdürstigen und hinterlistigen Angriff auf einen harmlosen Jungen gemacht habe und nächtlicherweile aus dem Haus seines Herrn entlaufen sei. Zum Beweis, dass er wirklich der Mann sei, als der er sich vorstellte, legte Mr Bumble die Papiere, die er in die Hauptstadt mitgebracht hatte, auf den Tisch, schlug die Arme wieder übereinander und erwartete Mr Brownlows Bemerkungen.

„Ich fürchte, es ist alles nur zu wahr", bemerkte der alte Herr, nachdem er die Papiere angeschaut hatte. „Nehmen Sie diese Kleinigkeit für Ihre Nachricht; ich gäbe gern das Dreifache, wenn sie für den Knaben günstig gelautet hätte."

Hätte Mr Bumble dies früher gewusst, so hätte er wahrscheinlich seiner kleinen Geschichte eine ganz andre Färbung gegeben. Die Sache ließ sich aber jetzt nicht mehr ändern, und so steckte er unter würdevollem Kopfschütteln die fünf Guineen in die Tasche und entfernte sich.

Mr Brownlow schritt einige Minuten im Zimmer auf und ab und war sichtlich von der Erzählung des Büttels so erregt, dass selbst Mr Grimwig seine Neckereien einstellte. Endlich hielt er inne und zog heftig an der Klingel.

„Mrs Bedwin", sagte Mr Brownlow, als die Haushälterin eintrat, „der Knabe Oliver ist ein Betrüger."

„Das ist unmöglich, Sir, rein unmöglich", versetzte die alte Frau mit Nachdruck.

„Ich sage Ihnen, es ist so", entgegnete der alte Herr scharf. „Was wollen Sie mit Ihrem ‚Das ist unmöglich' sagen? Wir haben eben Mitteilung über ihn von seiner Geburt an erhalten; er hat sich sein ganzes Leben lang als früh verdorbener Bösewicht erwiesen."

„Ich werde es nie glauben, Sir", erwiderte Mrs Bedwin fest. „Niemals!"

„Ihr alten Weiber glaubt an nichts als an Quacksalber und Lügengeschichten“, grollte Mr Grimwig. „Ich habe es gleich gewusst. Warum haben Sie nicht von Anfang an meinen Rat befolgt? Sie hätten es auch getan, denke ich, hätte er nicht das Fieber gehabt – ist's nicht so? Aber er sah so interessant aus, nicht wahr? Interessant! Pah!“ Mr Grimwig schürte heftig das Feuer.

„Er war ein liebes, sanftes und dankbares Kind, Sir“, entgegnete Mrs Bedwin unwillig. „Ich weiß, wie Kinder sind, und hab es schon vierzig Jahre gewusst, und Leute, die von sich nicht das Gleiche sagen können, sollten lieber ganz schweigen – das ist meine Meinung!“

Dieser bittere Hieb galt Mr Grimwig, der Junggeselle war; da er diesem Herrn jedoch nichts als ein Lächeln entlockte, schüttelte die alte Frau den Kopf und strich, als Vorbereitung zu einer neuen Rede, ihre Schürze glatt, als ihr Mr Brownlow ins Wort fiel.

„Still!“, sagte der alte Herr und steigerte sich in eine Entrüstung hinein, die seinen wahren Gefühlen fernlag. „Lassen Sie mich nie wieder den Namen des Jungen hören! Ich habe geklingelt, um Ihnen dies zu sagen. Nie! Nie wieder, unter keinem Vorwand! – Sie können jetzt gehen, Mrs Bedwin; aber merken Sie sich's, ich meine es ernst.“

In Mr Brownlows Haus gab es in dieser Nacht betrübte Herzen; aber auch das Olivers wurde schwer, wenn er an seine lieben, gütigen Freunde dachte; es war ein Glück für ihn, dass er nicht wissen konnte, was sie gehört hatten – das Herz hätte ihm brechen müssen.

Achtzehntes Kapitel

Wie Oliver in der veredelnden Gesellschaft seiner ehrenwerten Freunde die Zeit zubrachte

Gegen Mittag des nächsten Tages, als der Dodger und Master Bates zu ihren gewöhnlichen Geschäften ausgegangen waren, ergriff Mr Fagin die Gelegenheit, Oliver eine lange Vorlesung über die schreiende Sünde der Undankbarkeit zu halten und ihm auseinanderzusetzen, dass er sich ihrer in ungewöhnlich hohem Grad schuldig gemacht habe, weil er sich absichtlich von seinen besorgten Freunden entfernt und ihnen sogar noch zu entfliehen versucht habe, nachdem man so viel Mühe und Kosten darauf verwendet habe, ihn wiederaufzufinden. Mr Fagin legte großes Gewicht auf den Umstand, dass er Oliver ins Haus genommen und gepflegt habe, als er ohne sein Eingreifen sicherlich verhungert wäre, und erzählte dann die schreckliche und rührende Geschichte eines jungen Burschen, dem er unter ähnlichen Umständen menschenfreundlichen Beistand geleistet habe. Der habe sich aber seines Vertrauens als unwürdig erwiesen und den Wunsch an den Tag gelegt, mit der Polizei in Verkehr zu treten, und sei darum eines Morgens zu Old Bailey gehenkt worden. Mr Fagin suchte seinen Anteil an diesem unglücklichen Ausgang nicht zu verbergen, beklagte aber mit Tränen in den Augen, dass das schlechte und verräterische Treiben jenes Burschen es notwendig gemacht habe, ihn der Aussage eines Kronzeugen zu opfern, einer Aussage, die zwar nicht ganz einwandfrei war, aber unentbehrlich für die Sicherheit Mr Fagins und einiger seiner auserwählten Freunde. Mr Fagin schloss, indem er eine ziemlich unerfreuliche Schilderung von den Unbequemlichkeiten des Gehängtwerdens gab, und drückte mit großer Freundlichkeit und Höflichkeit den angelegentlichen Wunsch aus, er möchte nie genötigt sein, Oliver Twist dieser unangenehmen Operation zu unterwerfen.

Dem kleinen Oliver rann das Blut kalt durch die Adern, als er dem Juden zuhörte und einigermaßen die in seinen Worten enthaltenen Drohungen begriff. Dass die Justiz selbst den Unschuldigen mit dem Schuldigen verwechseln könne, wenn beide zufällig in Gesellschaft angetroffen wurden, wusste er aus eigener Erfahrung; und dass schlau angelegte Pläne zur Vernichtung unbequemer Mitwisser oder allzu schwatzhafter Personen von dem alten Juden bei mehr als einer Gelegenheit entworfen und ausgeführt worden waren, hielt er keineswegs für unwahrscheinlich, wenn er sich des Streites zwischen diesem Herrn und Mr Sikes erinnerte, der auf eine frühere derartige Machenschaft anzuspielen schien. Als er furchtsam aufsah und den spähenden Blicken des Juden begegnete, merkte er, dass sein bleiches Antlitz und seine zitternden Glieder von dem vorsichtigen Alten mit Befriedigung zur Kenntnis genommen wurden.

Der Jude lächelte gemein, tätschelte Oliver den Kopf und sagte ihm, wenn er sich ruhig verhalte und sich zum Geschäft ordentlich anlasse, würden sie noch die besten Freunde werden. Er nahm dann seinen Hut, zog einen alten, geflickten Überrock an, ging aus dem Raum und schloss die Tür hinter sich ab.

So blieb Oliver diesen ganzen Tag über und den größeren Teil vieler folgender Tage eingesperrt, ohne jemand zu sehen, vom frühen Morgen bis zur Mitternacht, sodass er viele Stunden lang seinen Gedanken nachhängen konnte. Und da diese unablässig zu seinen gutherzigen Freunden zurückwanderten und zu der Frage, was sie wohl von ihm dächten, waren sie recht traurig. Nach Ablauf einer Woche ließ der Jude die Zimmertür unverschlossen, und Oliver durfte nun frei im Haus herumgehen.

Es war sehr schmutzig. Die Zimmer im oberen Stockwerk hatten hohe hölzerne Kaminsimse, große Türen, getäfelte Wände und Deckengesimse, die, obgleich von Zeit und Rauch geschwärzt, in verschiedener Weise verziert waren. Aus all diesen Anzeichen schloss Oliver, dass dieses Haus vor langer Zeit, wahrscheinlich ehe noch der alte Jude geboren war, besseren Leuten gehört haben müsse und wohl einmal schön und heiter gewesen sei, so traurig und schrecklich es jetzt auch aussah.

In den Ecken der Wände und Decken hatten Spinnen ihre Gewebe gespannt, und wenn Oliver hin und wieder leise in ein Zimmer trat, konnte er die Mäuse über die Dielen laufen und erschreckt in ihre Löcher fliehen sehen. Außer den Mäusen ließ sich kein lebendiges Wesen sehen oder hören, und oft kroch er, wenn es dunkel wurde und er von seinen Wanderungen von Zimmer zu Zimmer müde war, in einen Winkel bei der Haustür, um den Menschen so nahe wie möglich zu sein, horchte auf die Glockenschläge der Uhren und zählte ängstlich die Stunden, bis der Jude oder die Knaben zurückkehrten.

In allen Zimmern waren die morschen Fensterläden fest verschlossen und die Riegel, die sie hielten, fest ins Holz eingeschraubt; das Licht konnte lediglich durch oben angebrachte runde Löcher einfallen und machte die Zimmer nur noch düsterer, indem es sie mit seltsamen Schatten füllte. Zum Hof hinaus ging ein Dachstubenfenster, das vergittert war, aber keinen Holzladen hatte, und aus diesem blickte Oliver fast stundenlang mit traurigem Gesicht; aber es gab nichts zu sehen als eine wirre und dicht gedrängte Masse von Hausdächern, geschwärzten Schornsteinen und Giebeln. Hin und wieder mochte sich wohl in der Dachluke irgendeines fernen Hauses ein verwittertes Gesicht zeigen, aber es verschwand gewöhnlich ebenso geschwind wieder, und da das Fenster an Olivers Beobachtungsort zugenagelt und durch vieljährigen Regen und Rauch trüb geworden war, musste er sich damit begnügen, die Umrisse der verschiedenen Gegenstände draußen zu unterscheiden; jeder Versuch, gesehen oder gehört zu werden, war ebenso aussichtslos, wie wenn er in der Turmkugel der Sankt-Pauls-Kathedrale gewohnt hätte.

Eines Nachmittags, als sich Dawkins und Charley Bates zu einer Abendunternehmung vorbereiteten, setzte sich der Dodger in den Kopf, mehr Sorgfalt auf sein Äußeres zu verwenden, eine Schwäche, die, um ihm Gerechtigkeit widerfahren zu lassen, ihn nur ausnahmsweise befiel, weshalb er Oliver herablassend befahl, ihm sogleich beim Anziehen an die Hand zu gehen.

Oliver war zu erfreut, sich nützlich machen zu können, überglücklich, Gesichter, wenn auch abstoßende, um sich zu sehen, und nur zu begierig, seine Umgebung versöhnlich zu stimmen, wenn er es mit gutem Gewissen tun konnte, als dass er dieser Aufforderung widersprochen hätte. Deshalb erklärte er sich sofort bereit, kniete vor dem Dodger, der auf dem Tisch saß, auf den Boden, damit er dessen Füße auf seinen Schoß nehmen konnte, und machte sich an die Arbeit, die Mr Dawkins „Ständerlackieren“ nannte, was gemeinverständlich Stiefelputzen bedeutet.

War es das Gefühl der Freiheit und Unabhängigkeit, das ein vernünftiges Wesen leicht empfinden mag, wenn es in behaglicher Stellung auf einem Tisch sitzt, eine Pfeife raucht und das eine Bein nachlässig hin und her schwingt, während man ihm die Stiefel putzt, ohne dass es durch die überstandene Mühe des Ausziehens oder die bevorstehende des Anziehens in seinen Betrachtungen gestört wird, oder war es die Güte des Tabaks, die seine Gefühle, oder die Süffigkeit des Biers, die seine Gedanken beruhigte – jedenfalls war der Dodger für den Augenblick von einer begeisterten romantischen Stimmung ergriffen, die sonst seinem Charakter fremd war. Er blickte eine Weile mit gedankenvoller Miene auf Oliver nieder, hob dann den Kopf, ließ einen leichten Seufzer vernehmen und sprach halb für sich, halb zu Mr Bates: „Wie schade, dass er kein Proscher ist.“

„Ach“, sagte Charley Bates, „er weiß nicht, was ihm guttut.“

Der Dodger seufzte abermals und nahm seine Pfeife wieder auf. Dasselbe tat Charley Bates, und beide rauchten einige Sekunden schweigend.

„Ich glaube, du weißt nicht einmal, was ein Proscher ist“, fuhr der Dodger traurig fort.

„Ich denke, ich weiß es“, versetzte Oliver aufsehend. „Es ist ein Dieb; du bist einer, nicht wahr?“, fragte er schüchtern.

„Ja“, erwiderte Dawkins, „und es täte mir leid, wenn ich etwas anderes wäre.“

Nachdem er seinen Gefühlen Luft gemacht hatte, gab er seinem Hut einen kräftigen Ruck und blickte auf Master Bates, als wolle er andeuten, dass er ihm für die Behauptung des Gegenteils sehr verbunden wäre.

„Ich bin ein Dieb“, wiederholte der Dodger, „wir alle sind Diebe, bis herunter zum Hund, und der ist nicht der schlechteste der ganzen Gesellschaft!“

„Jedenfalls verpfeift er niemanden“, fügte Charley Bates hinzu.

„Er würde auf einer Zeugenbank nicht einmal bellen, aus Furcht, sich verdächtig zu machen, selbst wenn man ihn anbände und ihm vierzehn Tage nichts zu fressen gäbe“, meinte Dodger.

„Nein, nicht im Mindesten“, bemerkte Charley.

„Ein einmaliger Hund! Blickt er nicht wild auf jeden Fremden, der in seiner Nähe lacht oder singt?“, fuhr Dawkins fort. „Knurrt er nicht, wenn er eine Fiedel hört? Und hasst er nicht alle Hunde, die nicht seinesgleichen sind? Unerhört!“

„Er ist durch und durch ein Christ“, sagte Charley.

Diese Worte sollten nur den Fähigkeiten des Tieres Gerechtigkeit widerfahren lassen, die Bemerkung traf aber auch in einem andern Sinn zu, an den Master Bates vielleicht nicht einmal dachte, denn es gibt unzählige Herren und Damen, die durch und durch für Christen gelten wollen, obschon sie Mr Sikes' Hund in vieler Hinsicht ausgesprochen ähnlich sind.

„Ja, ja“, sagte der Dodger und kehrte mit jener Bedachtsamkeit seines Berufs, die sein ganzes Tun beeinflusste, zu dem Punkt zurück, von dem er ausgegangen war, „das hat aber nichts mit dem jungen Grünschnabel da zu schaffen.“

„Freilich!“, erwiderte Charley. „Warum gehst du nicht bei Fagin in die Lehre, Oliver?“

„Könntest auf eigene Faust dein Glück machen“, setzte Dawkins mit einem Grinsen hinzu.

„Und dich dann auf dein Eigentum zurückziehen und den feinen Herrn spielen, wie ich's im viertnächsten Schaltjahr am zweiundvierzigsten Dienstag in der Trinitatiswoche zu tun gedenke“, sagte Charley Bates.

„Ich mag nicht“, versetzte Oliver schüchtern; „ich wollte, man ließe mich fort. Ich – ich – möchte lieber gehen.“

„Und Fagin möchte das lieber nicht“, entgegnete Charley. Oliver wusste das nur zu gut; da er es aber für gefährlich hielt, seine Gefühle noch mehr preiszugeben, seufzte er bloß und putzte die Stiefel weiter.

„Geh!“, rief der Dodger. „Hast du denn gar keine Courage, gar kein Ehrgefühl? Möchtest du wieder hingehen und von deinen Freunden abhängen, he?“

„O pfui, das ist zu erbärmlich!“, bekräftigte Master Bates, indem er einige seidene Schnupftücher aus seiner Tasche zog und in einen Schrank warf.

„Ich könnte nicht so handeln“, sprach der Dodger mit einer Miene stolzer Verachtung.

„Und doch könnt ihr eure Freunde im Stich lassen“, erwiderte

Oliver mit halbem Lächeln, „und sie einer Strafe preisgeben, die ihr verdient habt.“

„Das“, versetzte der Dodger mit einer Bewegung seiner Pfeife, „das geschah alles aus Rücksicht auf Fagin; denn da die Spürhunde wissen, dass wir gemeinschaftlich arbeiten, hätte er in Ungelegenheiten geraten können, wenn wir nicht getürmt wären. Das war der Grund – nicht wahr, Charley?“

Master Bates nickte zustimmend und hätte gesprochen, aber die Erinnerung an Olivers Flucht überkam ihn so plötzlich, dass ihm bei dem losbrechenden Lachen der Tabakrauch in Kopf und Kehle geriet und er sich wohl fünf Minuten lang in einem krampfhaften Husten abzappeln musste.

„Schau her!“, sagte der Dodger, indem er eine Handvoll Shillinge und Halbpence hervorzog. „Ist das nicht ein lustiges Leben? – Was schert's dich, woher es kommt? Da – fang auf! Wo ich diese geholt habe, gibt es noch welche in Hülle und Fülle. Willst du nicht? Wirklich nicht? O du köstlicher Dummkopf!“

„Nicht wahr, Oliver, es ist nicht recht?“, fragte Charley Bates. „Er wird getalgt werden, nicht wahr?“

„Ich weiß nicht, was das heißt“, versetzte Oliver.

„Nun, so etwas“, entgegnete Charley. Er nahm bei diesen Worten den einen Zipfel seines Halstuchs, zog ihn senkrecht in die Höhe, ließ den Kopf auf eine Schulter sinken und stieß einen seltsamen Laut durch die Zähne aus, um durch diese lebhafte Pantomime anzudeuten, dass „Talgen“ ungefähr dasselbe wie „Hängen“ sei.

„Das heißt es“, sagte Charley. „Sieh, wie er uns anglotzt, Jack. Ich habe in meinem Leben keinen so dummen Trottel gesehen; der wird noch einmal mein Tod sein, ganz sicher!“ Und nachdem Master Charley Bates abermals herzlich gelacht hatte, nahm er tränenden Auges seine Pfeife wieder auf.

„Du bist schlecht erzogen worden“, meinte der Dodger, indem er hochbefriedigt seine Stiefel betrachtete, die Oliver glänzend gerieben hatte. „Doch Fagin wird schon noch etwas aus dir machen; du wärst der Erste, bei dem sein Unterricht erfolglos bleibt. Du tätest aber besser, gleich anzufangen, denn ehe du dich's versiehst, kommst du doch zum Gewerbe, und dann hast du nur Zeit verloren!

Master Bates unterstützte diesen Rat mit einigen eigenen moralischen Ermahnungen, und als diese erschöpft waren, gingen er und

Master Bates und der Dodger
erklären Oliver die Ehrbarkeit ihres Gewerbes

sein Freund Mr Dawkins zu einer glühenden Schilderung der zahllosen Freuden über, zu denen ein Leben wie das ihrige führe, und deuteten dazwischen Oliver wiederholt an, dass er nichts Besseres tun könne, als sich ohne Verzug Fagins Gunst durch dieselben Mittel zu gewinnen, die sie selbst dazu angewandt hatten.

„Und merk dir nur stets das eine, Nolly“, sagte Dawkins, als er den Juden die Tür aufschließen hörte, „wenn du die Riechlappen und Klipper nicht nimmst –“

„Was hilft es, wenn du so mit ihm redest“, fiel Master Bates ein; „er weiß doch nicht, was du damit meinst.“

„– wenn du die Taschentücher und Uhren nicht nimmst“, fuhr der Dodger fort, indem er seine Ausdrücke Olivers Fassungsvermögen anpasste, „so tut es irgendein anderer. Ihre Besitzer kommen also auf jeden Fall schlecht weg, und du kommst auch schlecht weg, und niemand gewinnt dabei als die Bürschlein, die sich die Taschentücher erobern – und dazu hast du ein ebenso gutes Recht wie sie.“

„Er hat vollkommen recht – vollkommen“, sagte der Jude, der inzwischen, von Oliver unbemerkt, eingetreten war. „Es ist alles ganz einfach, mein Bester – ja, ganz einfach; auf des Dodgers Wort kannst du hören. Hahaha – er versteht den Katechismus seines Gewerbes!“

Der Alte rieb sich, während er die Lehre des Dodgers in dieser Weise bekräftigte, vergnügt die Hände und lachte entzückt über die Tüchtigkeit seines Zöglings.

Das Gespräch wurde für jetzt nicht weitergeführt, denn der Jude war mit Miss Betsy und einem Herrn nach Hause gekommen, den Oliver nie zuvor gesehen hatte. Dieser, der vom Dodger als Tom Chitling angeredet wurde, war auf der Treppe etwas zurückgeblieben, um der Dame einige Artigkeiten zu sagen, und trat jetzt ins Zimmer.

Mr Chitling war älter als Dawkins; er mochte ungefähr achtzehn Jahre zählen, benahm sich aber gegen den jungen Herrn mit einer Ehrerbietung, die anzuzeigen schien, dass er dessen Überlegenheit an Genie und Geschäftssinn fraglos anerkenne. Er hatte kleine, blinzelnde Augen und ein pockennarbiges Gesicht, trug eine Pelzmütze, ein dunkles Wams, schmierige Barchenthosen und eine Schürze. Seine Kleidungsstücke waren, die Wahrheit zu sagen, kaum noch ausbesserungsfähig, aber er entschuldigte sich gegen die Gesellschaft damit, dass seine „Zeit“ erst seit einer Stunde um sei und dass er, da er in den letzten sechs Wochen die Uniform getragen habe, noch nicht dazu gekommen sei, auf seine Zivilkleidung die gehörige Aufmerksamkeit zu verwenden. Mr Chitling fügte mit deutlichen Anzeichen von Ärger hinzu, dass die neue Art, wie man „drüben" die Kleider ausräuchere, ganz teufelsmäßig verfassungswidrig sei, da sie Löcher hineinbrennen und da es wider die Grafschaft kein Beschwerderecht gebe. Dieselbe Bemerkung machte er über die neumodische Art des Haarschneidens, die er für entschieden ungesetzlich hielt.

Mr Chitling schloss seine Betrachtungen mit dem Bekenntnis, dass er seit zweiundvierzig sterbenslangen harten Arbeitstagen keinen Tropfen angerührt habe und sich hängen lassen wolle, wenn er nicht so trocken sei wie ein Kalkkorb.

„Was meinst du wohl, woher dieser Herr jetzt kommt, Oliver?", fragte der Jude grinsend, als die anderen Knaben eine Branntweinflasche auf den Tisch stellten.

„Ich – ich – weiß es nicht, Sir", versetzte Oliver.

„Wer ist denn das?", fragte Tom Chitling mit einem verächtlichen Blick auf Oliver.

„Ein junger Freund von mir, mein Bester", antwortete Fagin.

„Dann ist er in guten Händen", versetzte der junge Mann, indem er Fagin bedeutungsvoll ansah. „kümmere dich nicht darum, woher ich komme, Junge; ich wette eine Krone, dass du bald genug den Weg dorthin finden wirst!"

Die Knaben lachten über diesen Einfall, und nach einigen weiteren Späßen über den gleichen Gegenstand flüsterten sie Fagin etwas zu und entfernten sich.

Nachdem der Neue und Fagin abseits einige Worte miteinander gewechselt hatten, rückten sie ihre Stühle ans Feuer. Der Jude hieß Oliver an seiner Seite Platz nehmen und lenkte die Unterhaltung auf Gegenstände, von denen er hoffte, dass sie seine Zuhörer besonders fesselten. Er sprach nämlich von den großen Vorteilen des Gewerbes, der Geschicklichkeit des Dodgers, der Liebenswürdigkeit Charley Bates' und von seiner eigenen Freigebigkeit. Als dieses Thema völlig erschöpft war und Mr Chitling desgleichen, denn der Aufenthalt im Zuchthaus ist nach einigen Wochen etwas angreifend, entfernte sich Miss Betsy und überließ die Gesellschaft der Ruhe.

Von diesem Tage an wurde Oliver nur noch selten allein gelassen. Er war fast ständig mit den zwei Knaben zusammen, die Tag für Tag mit dem Juden das alte Spiel spielten – ob zu ihrer eigenen oder zu Olivers Ausbildung, wusste Mr Fagin am besten. Ein andermal erzählte der alte Mann Geschichten von Diebstählen, die er in jüngeren Jahren begangen hatte, und mischte so viel Drolliges und Spaßhaftes darein, dass Oliver wider Willen herzlich lachen musste und dadurch verriet, dass er sich trotz seiner besseren Gefühle sehr gut unterhielt.

Kurz, der schlaue Jude hatte den Knaben in seinem Netz. Nachdem er Olivers Gemüt durch Einzelhaft im Finstern so weit gebracht hatte, dass dieser auch die schlechteste Gesellschaft dem Umgang mit seinen eigenen trüben Gedanken an einem so traurigen Ort vorzog, flößte er seiner Seele nun langsam das Gift ein, das sie, wie er hoffte, trüben und ihre Farbe für immer verändern werde.

Neunzehntes Kapitel

*In dem ein merkwürdiger Plan beraten
und beschlossen wird*

Es war eine kalte, feuchte, windige Nacht, als der Jude, den Oberrock fest um seinen eingeschrumpften Leib geknöpft und den Kragen so weit über die Ohren gezogen, dass der untere Teil seines Gesichtes ganz verhüllt war, aus seiner Höhle auftauchte. Er blieb auf der Schwelle stehen, während die Jungen die Tür von innen verschlossen und verriegelten, horchte, bis ihre sich entfernenden Tritte nicht mehr zu hören waren, und schlich dann, so schnell er konnte, die Straße hinab.

Das Haus, in das Oliver gebracht worden war, lag in der Nähe von Whitechapel; der Jude hielt an der nächsten Ecke einen Augenblick an, sah sich argwöhnisch um, glitt über die Straße und schlug die Richtung nach Spitalfields ein.

Der Schmutz lag dick auf dem Pflaster, und dunkler Nebel hing über den Straßen; es regnete, und alles fühlte sich kalt und feucht an. Die Nacht schien wie geschaffen für die Wege eines Wesens von der Art des Juden. Als er verstohlen unter dem Schutz der Mauern und Torwege dahinschlich, glich der scheußliche Alte ganz einem ekelhaften Gewürm, erzeugt in Matsch und Dunkelheit, in dem es sich fortbewegt, um nachts aus reichen Abfällen sein Mahl zu wühlen.

Er kam auf seinem Gang durch viele krumme und schmale Gässchen, bis er Bethnal Green erreichte; dann bog er plötzlich links ab und tauchte bald in dem Gewirr schlechter und schmutziger Straßen unter, von denen es in diesem engen, dicht bevölkerten Stadtteil wimmelt. Der Jude schien jedoch mit der Gegend, durch die er ging, zu vertraut, um sich durch das Dunkel der Nacht oder die verschlungenen Wege beirren zu lassen. Er eilte noch durch mehrere Straßen und Bogengänge und bog endlich in eine Gasse ein, die nur durch eine einzige Lampe am anderen Ende erleuchtet war. Er klopfte an der Tür eines Hauses, wechselte mit der Person, die ihm öffnete, flüsternd einige Worte und stieg die Treppe hinauf.

Als er die Klinke einer Tür berührte, hörte man einen Hund knurren, und die Stimme eines Mannes fragte, wer da sei.

„Nur ich, Bill; nur ich, mein Bester“, antwortete der Jude und sah ins Zimmer.

„So bring dein Gerippe herein!“, versetzte Sikes. „Leg dich, du dummes Vieh! Kennst du denn den Teufel nicht, wenn er einen Überrock anhat?“

Der Hund hatte sich anscheinend durch Mr Fagins Anzug täuschen lassen; denn sobald der Jude seinen Rock aufknöpfte und über eine Stuhllehne warf, zog sich das Tier wieder in den Winkel zurück, aus dem es hervorgekommen war, und wedelte dabei mit dem Schwanz, um anzuzeigen, dass es zufrieden sei, so weit das bei seiner Veranlagung möglich war.

„Nun?“, fragte Sikes.

„Ach ja, mein Bester“, versetzte der Jude. – „Ah, Nancy!“

Die letzten Worte wurden gerade mit so viel Verlegenheit geäußert, dass man den Zweifel heraushörte, wie sie ihn wohl empfangen werde, denn Fagin und seine junge Freundin waren nicht mehr zusammengekommen, seit sich das Mädchen so für Oliver eingesetzt hatte. Alle Zweifel, wenn er solche hegte, wurden aber bald durch das Benehmen der jungen Dame behoben. Sie nahm die Füße vom Kamingitter, schob ihren Stuhl zurück und winkte Fagin, näher zu rücken, ohne ihr Tun zu erläutern; es verstand sich von selbst, denn die Nacht war kalt.

„Ja, es ist kalt, liebe Nancy“, sagte der Jude, als er seine knochigen Hände über dem Feuer wärmte. „Es geht einem durch und durch“, fuhr er fort, während er sich an seine linke Seite griff.

„Es muss schon schneidend wie ein Messer sein, wenn es den Weg zu deinem Herzen findet“, versetzte Mr Sikes. „Gib ihm etwas zu trinken, Nancy. Nun, zum Teufel – wird's bald? Es wird einem ganz übel, wenn man sein dürres altes Gerippe so klappern sieht, als wäre ein hässliches Gespenst gerade aus dem Grab gestiegen.“

Nancy holte eiligst eine Flasche aus dem Wandschrank. Es

standen noch mehrere darin, die ihrem ungleichen Aussehen nach verschiedene Arten geistiger Getränke enthielten. Sikes füllte ein Glas mit Branntwein und forderte den Juden auf, es auszutrinken.

„Genug, genug – danke, Bill", sprach der Jude, das Glas niedersetzend, nachdem er es kaum mit den Lippen berührt hatte.

„Wie? Fürchtest du, wir wollen dir etwas antun – ja?", fragte Sikes und heftete seine Augen auf den Juden. „Pah!"

Sikes ergriff mit heiserem, verächtlichem Lachen das Glas und goss den Rest des Inhalts in die Asche, als Vorbereitungszeremonie, um es für sich aufs Neue zu füllen.

Der Jude sah sich, als sein Gefährte das zweite Glas austrank, im Zimmer um, nicht aus Neugier, denn er war schon oft da gewesen, sondern unruhig und argwöhnisch, wie es ihm zur Gewohnheit geworden war. Es war ein ärmlich möbliertes Gemach, und nur der Inhalt des Schrankes konnte zu dem Glauben verleiten, dass der Bewohner etwas anderes als ein Handwerker sei; bis auf zwei oder drei schwere, mit Blei ausgegossene Knüttel, die in einer Ecke standen, und einen Totschläger, der über dem Kaminsims hing, waren keine verdächtigen Gegenstände zu erblicken.

„So!", sagte Sikes und schnalzte mit den Lippen. „Jetzt bin ich bereit."

„Zum Geschäft, he?", fragte der Jude.

„Zum Geschäft!", erwiderte Sikes. „Erzähle, was du zu sagen hast."

„Wegen des Hauses in Chertsey, Bill?", meinte der Jude, indem er den Stuhl vorrückte, mit sehr leiser Stimme.

„Ja – also, was ist damit?", fragte Sikes.

„Ah, Ihr wisst schon, was ich meine, guter Freund", sagte der Jude. „Er weiß, was ich meine, Nancy – nicht wahr?"

„Nein, er weiß es nicht", höhnte Mr Sikes, „oder will es nicht wissen, und das ist so ziemlich das Gleiche. Sprich dich aus, und nenne die Dinge beim rechten Namen; du brauchst nicht zu winken, zu blinzeln und mit mir in Zeichensprache zu reden, als ob du das erste Mal an diesen Einbruch dächtest. Was willst du?"

„Pst, Bill, pst!", versetzte der Jude, der sich umsonst bemüht hatte, diesen Ausbruch des Unwillens zu dämpfen, „es wird uns jemand hören, mein Bester; es wird uns jemand hören."

„Sollen sie uns hören!", entgegnete Sikes. „Was kümmert's

mich?“ Mr Sikes kümmerte sich aber sehr wohl darum, denn er sprach diese Worte bereits leiser und wurde überhaupt ruhiger.

„Nun, nun, es war ja nur Vorsicht von mir“, fuhr der Jude einschmeichelnd fort, „nichts weiter als Vorsicht. Doch was das Haus in Chertsey anbelangt – wann soll's geschehen, Bill, he? Wann soll's geschehen? Herrliches Silbergeschirr, meine Lieben, herrliches Geschirr!“, fügte er händereibend hinzu, während er seine Augenbrauen in freudigem Vorgefühl in die Höhe zog.

„Gar nicht“, versetzte Sikes kalt.

„Wie? Gar nicht?“, wiederholte der Jude, indem er sich in seinem Stuhl zurücklehnte.

„Gar nicht“, entgegnete Sikes. „Wenigstens geht es nicht so leicht, wie wir erwartet haben.“

„Dann ist es nicht richtig angepackt worden!“, sagte der Jude, blass vor Ärger. „Mir könnt Ihr das nicht erzählen!“

„Und ich erzähle es dir doch“, entgegnete Sikes. „Wer bist denn du, dass man dir das nicht erzählen dürfte? Ich sage dir, Toby Crackit ist wohl vierzehn Tage um den Platz herumgeschlichen und hat keinen von der Dienerschaft gewinnen können.“

„Ihr meint, Bill“, sagte der Jude beruhigend, als der andere in Hitze geriet, „dass keiner von den zwei Bedienten im Haus auf unsere Seite gebracht werden könnte?“

„Ja, das will ich sagen“, versetzte Sikes. „Sie sind schon zwanzig Jahre im Haus der alten Frau und täten es nicht, auch wenn du ihnen fünfhundert Pfund bötest.“

„Wäre aber nicht bei den weiblichen Dienstboten anzukommen?“, wendete der Jude ein.

„Nicht im Mindesten“, entgegnete Sikes.

„Auch nicht durch den schmucken Toby Crackit?“, fragte Fagin ungläubig. „Bedenkt doch, wie Weiber sind, Bill.“

„Nein, nicht einmal durch den schmucken Toby Crackit“, erwiderte Sikes. „Er sagt, er habe die ganze liebe Zeit über, die er dort herumschlenderte, einen falschen Backenbart und eine gelbe Weste getragen; aber alles vergeblich.“

„Er hätte es mit einem Schnauzbart und mit Soldatenhosen probieren sollen, mein Guter“, meinte der Jude nach kurzem Besinnen.

„Tat er auch“, versetzte Sikes, „hat aber ebenso wenig gefruchtet wie der andere Zauber.“

Der Jude machte bei dieser Nachricht ein langes Gesicht, dachte, das Kinn auf die Brust gesenkt, einige Minuten tief nach, richtete dann den Kopf wieder auf und meinte seufzend, dass das Vorhaben wohl aufgegeben werden müsse, wenn der schmucke Toby Crackit recht berichtet habe.

„Und doch“, sagte der alte Mann, indem er seine Hände auf die Knie fallen ließ, „ist es traurig, mein Bester, so viel zu verlieren, wenn man sein Herz daran gehängt hat.“

„’s ist freilich Pech“, meinte Mr Sikes.

Es folgte ein langes Stillschweigen. Der Jude versank in tiefes Sinnen, während sein Gesicht den Ausdruck wahrhaft teuflischer Spitzbüberei annahm. Sikes warf ihm von Zeit zu Zeit einen verstohlenen Blick zu, und Nancy, offensichtlich in Furcht, den Einbrecher zu reizen, saß dem Feuer zugekehrt, als ob sie bei allem, was vorgegangen, taub gewesen wäre.

„Fagin“, sagte Sikes, indem er plötzlich das Schweigen brach, „ist es fünfzig Goldfüchse extra wert, wenn man’s geschickt von außen durchführt?“

„Ja“, versetzte der Jude, als käme er plötzlich wieder zu sich.

„Gilt’s?“, fragte Sikes.

„Ja, mein Lieber, ja, ja!“, antwortete Fagin; seine Augen glänzten, und jeder Muskel seines Gesichts war vor Erregung, die ihn bei dieser Frage ergriffen hatte, angespannt.

„Dann“, erwiderte Sikes, indem er die dargebotene Hand des Juden mit Widerwillen beiseite stieß, „dann kann man ans Werk gehen, sobald du willst. Toby und ich sind in der letzten Nacht über die Gartenmauer gestiegen und haben Türen und Fensterläden untersucht. Das Haus ist nachts wie ein Gefängnis verriegelt; aber es gibt eine Stelle, wo man ganz sicher und leise eindringen kann.“

„Und wo ist das, Bill?“, fragte der Jude lebhaft.

„Nun“, flüsterte Sikes, „man geht über den Hof …“

„Ja, ja“, sagte der Jude und beugte den Kopf vor, während seine Augen fast aus den Höhlen sprangen.

„Pah!“, rief Sikes und brach schnell ab, als ihm das Mädchen, fast ohne den Kopf zu bewegen, einen Blick zuwarf und eine Sekunde auf das Gesicht des Juden deutete. „Was kümmert’s dich, was für eine Stelle es ist! Ich weiß, du kannst’s ohne mich nicht ausführen; aber man ist besser vorsichtig, wenn man's mit dir zu tun hat."

„Nach Belieben, Freund, nach Belieben", versetzte der Jude, wobei er sich auf die Lippe biss. „Könnt Ihr und Toby allein damit zurande kommen?"

„Wohl", sagte Sikes. „Nur ein Brecheisen und einen Jungen brauchen wir. Das eine haben wir, das zweite musst du uns liefern."

„Einen Jungen?", rief der Jude. „Ach, dann geht's durch ein enges Fenster, oder?"

„Kümmert dich nicht", erwiderte Sikes. „Ich brauche einen Jungen, aber er darf nicht groß sein. Wenn ich nur", fuhr er nachdenklich fort, „den Jungen des Schornsteinfegers Ned dazu kriegen könnte. Der Alte hat ihn absichtlich kurz gehalten und von Fall zu Fall ausgeliehen. Aber dann haben sie den Vater eingesperrt, und nun kommt so eine Gesellschaft für verwahrloste Kinder daher, nimmt den Knaben von einem Gewerbe weg, wo er Geld verdienen konnte, und lehrt ihn lesen und schreiben und will ihn als Lehrling unterbringen. Ja, so geht's", fuhr Sikes fort, der bei der Erinnerung an solche Ungerechtigkeiten immer mehr in Wut geriet, „so geht's, und wenn sie Geld genug hätten, was aber, Gott sei Dank, nicht der Fall ist, so bliebe uns in einigen Jahren kaum ein halbes Dutzend Jungen fürs Geschäft übrig."

„Gewiss nicht mehr", stimmte der Jude bei, der während der ganzen Rede nachgedacht und nur die letzten Worte aufgefangen hatte. „Bill!"

„Was soll's?", fragte Sikes.

Der Jude deutete mit dem Kopf auf Nancy, die immer noch mit dem Gesicht gegen das Fenster stand, und gab durch ein Zeichen zu verstehen, es wäre ihm lieb, wenn er sie aus dem Zimmer schickte. Sikes zuckte ungeduldig die Achseln, als halte er diese Vorsicht für unnötig, entsprach ihm aber dennoch, indem er Miss Nancy bat, ihm einen Krug Bier zu holen.

„Du brauchst kein Bier", sagte Nancy, schlug die Arme zusammen und blieb eisern sitzen.

„Ich sage dir aber, dass ich welches haben will", versetzte Sikes.

„Pah!", erwiderte das Mädchen gelassen. „Nur zu, Fagin! Ich weiß, was er sagen will, Bill, er braucht vor mir keine Angst zu haben."

Der Jude zögerte noch, und Sikes blickte überrascht von einem zum andern.

„Nun, du wirst dich doch vor dem alten Mädchen nicht fürchten, Fagin?“, sagte er endlich. „Du kennst sie ja lang genug, um ihr zu trauen – oder es müsste mit dem Teufel zugehen! Sie ist keine, die schwatzt, nicht wahr, Nancy?“

„*Ich* meine, nein“, versetzte die junge Dame, indem sie den Stuhl an den Tisch rückte und ihre Ellbogen aufsetzte.

„Nein, nein, mein Schatz; ich weiß, Sie tun's nicht“, sagte der Jude, „aber …“ Er hielt wieder inne.

„Was ‚aber‘?“, fragte Sikes.

„Ich weiß nicht, ob sie nicht vielleicht wieder einen Rappel bekommt, Ihr wisst ja, wie letzthin, mein Bester“, antwortete der Jude.

Bei diesem Geständnis brach Miss Nancy in lautes Lachen aus, stürzte ein Glas Branntwein hinunter, schüttelte herausfordernd den Kopf und stieß verschiedene Ausrufe hervor wie: „Lasst euch nicht stören!“ – „Nur nicht bange sein!“, und andere mehr. Das schien auf einmal die beiden Herren zu beruhigen, denn der Jude nahm mit zufriedenem Kopfnicken seinen Sitz wieder ein, und Mr Sikes tat das Gleiche.

„Nun, Fagin“, sagte Nancy mit Lachen, „Ihr könnt unverhohlen zu Bill über Oliver sprechen.“

„Ah! Sie sind ein gescheites Mädchen, meine Gute – das gescheiteste, das mir je vorgekommen ist!“, versetzte der Jude, indem er ihr auf die Schulter klopfte. „Sie hat recht, ich wollte von Oliver reden, hahaha!“

„Was ist mit dem?“, fragte Sikes.

„Das ist der Junge für Euch, mein Lieber“, erwiderte der Jude, heiser flüsternd, indem er den Finger an die Spitze seiner Nase legte und furchterregend grinste.

„Der?“, rief Sikes.

„Nimm ihn, Bill“, sagte Nancy. „Wenigstens ich täte es an deiner Stelle. Er ist vielleicht nicht so gerieben wie andere, aber das ist ja auch nicht nötig, da er nur eine Tür für dich aufzumachen hat. Verlass dich auf ihn, Bill, er ist zuverlässig.“

„Ich weiß, ich weiß“, versetzte Fagin. „Er ist die letzten paar Wochen in einer guten Schule gewesen, und es ist Zeit, dass er anfängt, sein Brot zu verdienen. Zudem sind die andern alle zu groß."

„Nun, der Größe nach wäre er nicht übel", meinte Sikes nachsinnend.

„Und er wird alles tun, was Ihr braucht, Bill", fiel der Jude ein. „Er wird nicht anders können – das heißt, wenn Ihr ihm gehörig Furcht einjagt."

„Ihm Furcht einjagen?", wiederholte Sikes. „Verlass dich darauf, daran soll es nicht fehlen. Finde ich etwas Verdächtiges an ihm, wenn wir einmal an der Arbeit sind, so mach ich keine Umstände, Fagin. Merk dir das, und überlege es, eh du ihn schickst", fügte der Gauner hinzu und schwang ein schweres Brecheisen, das er unter dem Bettgestell hervorgezogen hatte.

„Ist alles überlegt", erwiderte der Jude mit Nachdruck. „Habe ein Auge auf ihn gehabt, meine Lieben, ein wachsames Auge. Lasst ihn nur einmal fühlen, dass er einer von uns ist. Setzt ihm den Gedanken in den Kopf, dass er ein Dieb gewesen ist, und er gehört uns – uns mit Haut und Haar. Haha, es hätte nicht besser kommen können!"

Er kreuzte seine Arme über der Brust, schlang Kopf und Schultern sozusagen zu einem Knäuel ineinander und umarmte buchstäblich sich selbst vor Freude.

„Uns?", versetzte Sikes. „Dir, willst du sagen."

„Vielleicht, Freundchen", entgegnete der Jude mit schrillem Kichern. „Mir also, wenn es Euch so besser gefällt, Bill."

„Und warum", fragte Sikes mit einem grollenden Blick auf seinen liebenswürdigen Freund, „warum gibst du dir so viel Mühe mit diesem Kreidegesicht, da doch, wie du weißt, jede Nacht an die fünfzig Jungen in Common Garden umherschnuppern, unter denen du die Wahl hast?"

„Weil sie mir nichts nützen, mein Bester", versetzte der Jude etwas verwirrt, „weil sie keines Versuchs wert sind. Ich hätte bald alle wieder verloren; denn wenn sie in den Schlamassel geraten, steht ihnen alles auf dem Gesicht geschrieben, was sie getan haben. Ist dieser Oliver nur recht zugerichtet, so lässt sich mit ihm mehr anfangen als mit zwanzig andern. Zudem", fuhr er gefasster fort, „hat er uns, wenn er wieder Reißaus nimmt, in der Hand, deshalb muss er mit uns im gleichen Boot sitzen. Es ist gleichgültig, wie er zu uns gekommen ist; es gibt mir genug Macht über ihn, wenn er bei einem Einbruch mitgetan hat – das ist alles, was ich brauche. Und wie viel besser ist das, als wenn wir den armen Jungen aus dem Weg schaffen müssten, was jedenfalls gefährlich wäre, abgesehen davon, dass wir auch außerdem dabei verlieren würden!"

„Wann soll es geschehen?", fragte Nancy und schnitt damit einen heftigen Ausbruch Mr Sikes' ab, der seinen Ekel über Fagins geheuchelte Menschenfreundlichkeit ausgedrückt hätte.

„Freilich, freilich", stimmte der Jude bei, „wann soll es geschehen, Bill?"

„Ich habe es mit Toby für übermorgen Nacht abgemacht", brummte Sikes, „wenn ich ihm nicht noch vorher absage."

„Gut", erwiderte der Jude. „'s ist doch kein Mondschein?"

„Nein", antwortete Sikes.

„Ist alles vorbereitet, die Beute fortzuschaffen?", fragte der Jude.

Sikes nickte.

„Und wegen –"

„Oh, es ist alles im Reinen", unterbrach ihn Sikes, „kümmere dich nicht um Einzelheiten. Bring den Jungen morgen Abend her, denn eine Stunde vor Tagesanbruch will ich mich auf den Weg machen. Du hast dann weiter nichts zu tun, als deinen Mund zu halten und den Schmelztiegel herzurichten."

Nach einigem Hin- und Herreden, an dem alle drei lebhaften Anteil nahmen, wurde beschlossen, dass Nancy anderntags bei Einbruch der Nacht zu dem Juden kommen und Oliver abholen solle; denn Fagin meinte, er werde, wenn er etwa dem Geschäft abgeneigt sei, dem Mädchen lieber als sonst wem folgen, da es sich doch kürzlich so für ihn eingesetzt habe. Man kam außerdem überein, dass der arme Oliver für die beabsichtigte Unternehmung ohne Vorbehalt der Obhut des Mr William Sikes überlassen sein solle und dass dieser nach Gutdünken mit dem Knaben verfahren dürfe, ohne dem Juden für einen möglichen Unfall oder für eine als notwendig erachtete Züchtigung verantwortlich zu sein. Es verstand sich von selbst, dass Angaben, die Mr Sikes etwa bei seiner Rückkehr machte, in allen wichtigen Punkten durch das Zeugnis des schmucken Toby Crackit bekräftigt werden sollten, um dem Vertrag in dieser Hinsicht bindende Kraft zu verleihen.

Nachdem diese einleitenden Gespräche beendet waren, fing Sikes an, ein Glas Branntwein nach dem andern hinunterzustürzen, wobei er beunruhigend mit dem Brecheisen herumfuchtelte und recht unmusikalische Zotenlieder brüllte, die er hin und wieder mit wilden Flüchen unterbrach. Schließlich bestand er in einem Anfall von Geschäftsbegeisterung darauf, seine Einbruchswerkzeuge vorzuweisen. Er hatte jedoch kaum den Kasten stolpernd hereingebracht und geöffnet, um die Natur und Eigentümlichkeiten der verschiedenen Werkzeuge auseinanderzusetzen und auf die besondere Schönheit ihrer Konstruktion aufmerksam zu machen, als er umfiel und auf der Stelle, wo er lag, zu schlafen begann.

„Gute Nacht, Nancy“, sagte der Jude, indem er sich wieder wie früher einmummte.

„Gute Nacht!“

Ihre Blicke begegneten sich, und der Jude fasste das Mädchen scharf ins Auge. Doch da war kein Anlass, Zweifel zu haben. Sie benahm sich in der Sache so gelassen und aufrichtig, wie es Toby Crackit selbst hätte tun können.

Der Jude wünschte ihr nochmals Gute Nacht, gab, während sie ihm den Rücken zuwandte, dem hingestreckten Mr Sikes einen leichten Tritt und tappte die Stiege hinunter.

„So geht es immer“, brummte er auf dem Heimweg vor sich hin. „Es ist das Schlimmste an diesen Weibern, dass die unbedeutendste Kleinigkeit irgendein lang vergessenes Gesicht wieder weckt, und das Beste, dass es nie lange dauert. Haha! Der Mann gegen das Kind für einen Beutel Gold!“

Indem er sich mit solch angenehmen Betrachtungen die Zeit verkürzte, suchte Mr Fagin seinen Weg durch dick und dünn nach seiner düsteren Höhle, wo der Dodger noch auf war und ungeduldig seine Rückkehr erwartete.

„Ist Oliver zu Bett? Ich muss ihn sprechen“, war das erste Wort des Juden, als sie die Treppe hinuntergingen.

„Schon seit einigen Stunden“, antwortete Dawkins und öffnete eine Tür. „Hier ist er.“

Oliver lag fest schlafend in einem ärmlichen Bett auf dem Boden. Angst, Kummer und die Enge seines Gefängnisses hatten ihn so blass gemacht, dass er wie der Tod aussah; aber nicht wie der Tod, der uns aus Leichenhemd und Sarg entgegenschaut, sondern so, wie er aussieht, wenn das Leben soeben geschieden ist, wenn eine junge, zarte Seele eben gegen den Himmel geflogen ist und die dicke, schwere Luft dieser Welt noch nicht Zeit gehabt hat, den Staub umzuwandeln, den die Seele heiligte.

„Jetzt nicht“, sagte der Jude leise und wandte sich ab. „Morgen, morgen!“

Zwanzigstes Kapitel

Oliver wird Mr William Sikes übergeben

Als Oliver am andern Morgen erwachte, war er nicht wenig überrascht, statt seiner alten ein Paar neue Schuhe mit starken, dicken Sohlen neben seinem Lager zu finden. Er freute sich anfangs über diese Entdeckung, weil er hoffte, das könne der Vorbote seiner Befreiung sein; aber derartige Gedanken wurden bald verscheucht, als er sich mit dem Juden zum Frühstück setzte und ihm dieser in einem Ton, der ihn sehr beunruhigte, mitteilte, dass er abends nach Bill Sikes' Wohnung gebracht werden solle.

„Muss – muss ich – dort bleiben, Sir?", fragte Oliver ängstlich.

„Nein, nein, mein Kind, du musst nicht dort bleiben", versetzte der Jude. „Wir möchten dich nicht gern verlieren. Sei unbesorgt, Oliver; du kommst wieder zu uns zurück. Hahaha! Wir werden nicht so grausam sein, dich wegzuschicken, mein Lieber, o nein, nein, nein!"

Der alte Mann, der sich über das Feuer gebückt hatte, um eine Brotschnitte zu rösten, schaute sich bei diesen höhnischen Worten um und kicherte, als wollte er zeigen, dass er wisse, wie gern Oliver fort möchte, wenn er nur könnte.

„Vermutlich", fuhr der Jude mit einem festen Blick auf Oliver fort, „möchtest du wissen, was du bei Bill sollst – nicht wahr, mein Guter?"

Oliver errötete unwillkürlich, als er merkte, dass der alte Dieb seine Gedanken erraten hatte, erwiderte jedoch herzhaft: „Ja, ich möchte es gern wissen."

„Nun, was meinst du wohl?", fragte Fagin ausweichend.

„Ich kann es mir wirklich nicht denken, Sir", versetzte Oliver.

„Pah!", entgegnete der Jude, indem er seine Augen missvergnügt vom Gesicht des Knaben abwandte, „so warte, bis es dir Bill sagt."

Es schien den Juden zu ärgern, dass Oliver keine größere Neugier verriet. Die war nun allerdings in hohem Grad vorhanden, aber Fagins verschmitzte Blicke und seine eigenen Gedanken hatten den Knaben zu sehr verwirrt, als dass er gerade jetzt hätte weiterfragen mögen, und später hatte er keine Gelegenheit mehr, denn der Jude blieb verdrießlich und schweigsam bis zur Abendstunde, wo er sich zum Ausgehen anschickte.

„Du kannst ein Licht anzünden“, sagte der Jude und legte eine Kerze auf den Tisch. „Und da ist ein Buch, in dem du lesen magst, bis man dich abholt. Gute Nacht!“

„Gute Nacht, Sir!“, erwiderte Oliver leise.

Der Jude ging zur Tür, sah sich nochmals nach dem Knaben um, hielt dann plötzlich inne und rief ihn beim Namen.

Oliver sah auf; der Jude zeigte auf die Kerze und bedeutete ihm, sie anzuzünden. Der Knabe gehorchte, und als er den Leuchter auf den Tisch stellte, bemerkte er, dass Fagin ihn von dem dunkeln Ende des Zimmers aus mit lauernden Blicken und zusammengezogenen Brauen scharf betrachtete.

„Nimm dich in Acht, Oliver! Nimm dich in Acht!“, sagte der alte Mann und hob warnend die rechte Hand. „Er ist ein wilder Mann und achtet kein Blut, wenn das seine in Wallung ist. Was sich auch zutragen mag, schweig und tu, was er dir befiehlt. Merk dir das!“

Er legte starken Nachdruck auf die letzten drei Worte; dann verzogen sich allmählich seine Züge zu einem gespenstigen Grinsen, und indem er Oliver zunickte, verließ er das Zimmer.

Oliver stützte, als der alte Mann verschwunden war, seinen Kopf in die Hand und überdachte pochenden Herzens die Worte, die er eben gehört hatte. Je mehr er über die Ermahnung des Juden nachsann, desto weniger vermochte er sich ihren Sinn und Zweck zu erklären. Er konnte sich nicht denken, dass man Böses gegen ihn im Schilde führte, indem man ihn zu Sikes sandte, da sich dies ja ebenso gut während seines Aufenthaltes bei Fagin bewerkstelligen ließ. Nach langem Nachsinnen kam er endlich zu dem Schluss, dass man ihn zur Verrichtung kleiner Dienste bei dem Einbrecher ausersehen habe, bis ein anderer Junge, der sich dazu mehr eignete, gefunden wäre. Er war zu sehr an Leiden gewöhnt und hatte zu viel in seinem jetzigen Heim erduldet, als dass er sich die Aussicht auf Veränderung sehr zu Herzen nahm. So blieb er einige Minuten in Gedanken verloren, putzte dann seufzend das Licht, nahm das Buch, das ihm der Jude zurückgelassen hatte, und begann zu lesen.

Anfangs durchblätterte er es flüchtig, aber bald wurde seine Aufmerksamkeit durch eine Stelle gefesselt, und seine Neugier auf den Inhalt wuchs. Es handelte sich um Schilderungen vom Leben und von den Taten großer Verbrecher; die Blätter waren beschmutzt und abgegriffen vom häufigen Gebrauch. Er las von furchtbaren Verbrechen, bei denen ihm das Blut in den Adern gerann, von geheimen Mordtaten, die auf einsamen Wegen begangen wurden, und von Leichen, die man in tiefen Abgründen und Brunnen vor den Augen der Menschen verborgen hatte, die aber nicht in ihren Gräbern bleiben konnten, so tief sie auch waren, sondern nach Jahren wieder zum Vorschein kamen und durch ihren Anblick die Mörder entsetzten, dass sie vor Grausen ihre Schuld bekannten und sogar flehten, man möchte sie hinrichten und so die Qual ihres Gewissens beenden. Er las auch von Menschen, die, während sie in der Totenstille der Nacht in ihren Betten lagen, durch ihre eigenen bösen Gedanken, wie sie vorgaben, zu so grässlichen Untaten verführt und verleitet wurden, dass man bei der bloßen Vorstellung eine Gänsehaut bekam und einem die Glieder zitterten. Die fürchterlichen Szenen waren so natürlich und lebendig geschildert, dass sich Oliver die beschmutzten Blätter vom Blut zu röten schienen und die Worte an seine Ohren klangen wie das hohle Flüstern der Geister Erschlagener.

Überwältigt von Entsetzen, schloss der Knabe das Buch und warf es von sich; dann fiel er auf seine Knie und betete zu Gott, er möge ihn vor solchen Taten bewahren und ihn lieber gleich sterben lassen, als ihn für solch entsetzliche Verbrechen aufzusparen. Allmählich wurde er ruhiger; er betete mit leiser, gebrochener Stimme, Gott möge ihn aus den gegenwärtigen Gefahren retten und ihm, der einsam und verlassen der Verruchtheit und dem Verbrechen preisgegeben sei, Hilfe angedeihen lassen, wenn für einen armen, verstoßenen Knaben, der nie die Liebe von Freunden und Verwandten gekannt habe, überhaupt Hilfe möglich sei.

Er war mit seinen Gebeten zu Ende; aber noch hielt er das Gesicht mit den Händen bedeckt, als ihn ein Rasseln weckte.

„Was ist?“, rief er auffahrend. An der Tür sah er eine Gestalt stehen. „Wer ist da?“

„Ich – nur ich!“, antwortete eine bebende Stimme.

Oliver hob das Licht in die Höhe und blickte zur Tür. Es war Nancy.

„Stell das Licht wieder hin“, sagte das Mädchen mit abgewandtem Gesicht. „Es blendet.“

Oliver sah, dass sie sehr blass war, und fragte sanft, ob sie krank sei. Das Mädchen warf sich, den Rücken gegen den Knaben gekehrt, auf einen Stuhl und rang die Hände, ohne zu antworten.

„Gott verzeih mir!“, rief sie endlich. „Daran habe ich nie gedacht!“

„Ist etwas vorgefallen?“, fragte Oliver. „Kann ich Ihnen helfen? Ich will es gern tun, wenn ich kann.“

Sie wand sich hin und her, griff sich an die Kehle und rang mit einem gurgelnden Laut nach Luft.

„Nancy?“, rief Oliver. „Was ist mit Ihnen?“

Das Mädchen schlug mit den Händen auf ihre Knie und stampfte mit den Füßen auf den Boden – dann, plötzlich innehaltend, zog sie ihr Tuch dichter um sich und zitterte vor Kälte.

Oliver schürte das Feuer; sie rückte ihren Stuhl zum Kamin und saß eine Weile stumm da; endlich richtete sie den Kopf auf und blickte umher.

„Ich weiß nicht, was ich manchmal habe“, sagte sie, indem sie mit gespieltem Eifer ihr Kleid zurechtzupfte. „Ich glaube, diese feuchte und schmutzige Stube ist daran schuld. Nun, lieber Nolly, bist du bereit?“

„Soll ich mit Ihnen gehen?“, fragte Oliver.

„Ja, ich komme von Bill“, versetzte das Mädchen. „Ich will dich zu ihm bringen.“

„Wozu?“, fragte Oliver zurückweichend.

„Wozu?“, wiederholte das Mädchen und schlug die Augen auf, sah aber schnell wieder weg, als sie dem Blick des Knaben begegneten. „Oh, zu nichts Bösem.“

„Das glaube ich nicht“, erwiderte Oliver, der sie aufmerksam beobachtet hatte.

„Wie du willst“, entgegnete das Mädchen mit gezwungenem Lachen, „zu nichts Gutem also.“

Oliver konnte wohl sehen, dass er einige Macht über die besseren Gefühle des Mädchens besaß, und dachte einen Augenblick daran, ihr Mitleid für seine hilflose Lage anzurufen. Dann aber schoss es ihm durch den Kopf, dass es kaum elf Uhr sei und dass sich wohl noch viele Leute auf den Straßen befänden, von denen sicher der eine oder andere bereit wäre, seiner Erzählung Glauben zu schenken. Mit diesem Gedanken trat er vor und erklärte etwas hastig, dass er bereit sei.

Weder Tatsache noch Inhalt dieser kurzen Erwägung waren seiner Gefährtin entgangen. Sie fasste ihn, während er sprach, fest ins Auge und warf ihm einen Blick des Verständnisses zu, der hinreichend zeigte, dass sie seine Gedanken erriet.

„Still!“, sagte sie, während sie sich über ihn beugte, vorsichtig umherschaute und auf die Tür zeigte. „Du kannst dich nicht retten. Ich habe alles Mögliche um deinetwillen versucht, aber vergebens. Du bist überall umstellt, und wenn du vielleicht auch einmal loskommst, so ist doch jetzt nicht der Augenblick dazu.“

Betroffen von der Bestimmtheit, mit der sie sprach, blickte ihr Oliver verwundert ins Gesicht. Sie schien es aufrichtig zu meinen, ihre Züge waren blass und aufgeregt, und sie zitterte heftig.

„Ich habe dich schon einmal vor Misshandlung geschützt und werde es immer tun; ich tue es auch jetzt“, fuhr das Mädchen lauter fort, „denn wenn andere als ich dich abgeholt hätten, wären sie weit roher mit dir umgegangen. Ich habe mich für dich verbürgt, dass du ruhig und still sein würdest; bist du es aber nicht, so wirst du nur dir und mir schaden, vielleicht sogar meinen Tod verschulden. Schau her! Dies alles habe ich schon für dich ertragen, so wahr Gott sieht, dass ich es dir zeige.“ Sie deutete auf einige blaue Flecken an Hals und Armen und fuhr dann hastig fort. „Vergiss das nicht, und zieh mir keine weiteren Misshandlungen zu, gerade jetzt! Wenn ich dir helfen könnte, tät ich's gern, aber es steht nicht in meiner Macht. Sie haben nicht im Sinn, dir ein Leid zuzufügen, und wozu sie dich auch zwingen, dich trifft keine Schuld. Pst! Jedes Wort von dir bedeutet einen Schlag für mich. Gib mir deine Hand! Geschwind! Deine Hand!“

Sie ergriff Olivers Hand, die er ihr unwillkürlich reichte, blies das Licht aus und zog ihn hinter sich die Treppe hinauf. Die Tür wurde rasch von jemandem geöffnet, den man in der Dunkelheit nicht erkennen konnte, und ebenso schnell wieder geschlossen, sobald sie auf der Straße waren. Vor dem Haus hielt eine Mietkutsche, und das Mädchen schob Oliver mit derselben Hast hinein, die sie bei ihren Worten an den Tag gelegt hatte; dann folgte sie ihm und zog die Vorhänge zu. Der Kutscher brauchte keine Anweisung, sondern trieb sein Pferd unverzüglich zu höchster Eile an.

Das Mädchen hielt Oliver noch immer fest bei der Hand und überschüttete ihn fortwährend mit denselben Warnungen und Versicherungen, die sie ihm schon gegeben hatte. Alles ging so rasch vor sich, dass er sich kaum besinnen konnte, wo er sei und wie er hierherkomme, als der Wagen bereits vor demselben Haus stillhielt, in das der Jude am Abend vorher gegangen war.

Oliver warf einen flüchtigen Blick in die leere Straße, und einen Augenblick lang wollte er um Hilfe rufen; aber die Stimme des Mädchens klang in seinem Ohr und bat ihn in so bewegtem Tone, sie zu schonen, dass er nicht den Mut hatte zu schreien; und während er zögerte, entschwand die günstige Gelegenheit, denn er befand sich bereits im Haus hinter verschlossener Tür.

„Wir sind zur Stelle", sagte das Mädchen und ließ zum ersten Mal seine Hand los. „Bill!"

„Holla!", versetzte Sikes, der mit einem Licht am oberen Ende der Stiege erschien. „Ihr kommt zur rechten Zeit. Nur herauf!"

Dies war ein sehr kräftiger Ausdruck des Beifalls und ein ungewöhnlich herzlicher Willkomm für einen Menschen von Mr Sikes' Gemütsart. Nancy war offenbar darüber sehr vergnügt und grüßte ihn freundlich.

„Tom hat den Hund mitgenommen", bemerkte Sikes, während er leuchtete. „Er wäre uns im Weg gewesen."

„Gut", versetzte Nancy.

„Du bringst also den Jungen", sagte Sikes. Er schloss die Tür, als sie alle im Zimmer waren.

„Ja, hier ist er", entgegnete Nancy.

„Ist er ruhig mitgegangen?", fragte Sikes.

„Wie ein Lamm", antwortete Nancy.

„Das freut mich", erwiderte Sikes mit einem grimmigen Blick auf Oliver, „um seines jungen Gerippes willen; er hätte mir sonst dafür büßen müssen. Komm her, Junge, ich muss dir eine Vorlesung halten, und dies kann ebenso gut jetzt wie ein andermal geschehen.“

Mit diesen Worten riss Mr Sikes seinem neuen Schützling die Mütze vom Kopf und warf sie in einen Winkel; dann fasste er ihn bei der Schulter, setzte sich an den Tisch und stellte Oliver vor sich hin.

„Zum Ersten: Weißt du, was das ist?“, fragte Sikes und ergriff eine Taschenpistole, die auf dem Tisch lag.

Oliver bejahte.

„Nun denn, sieh her!“, fuhr Sikes fort. „Das ist Pulver, das eine Kugel und das ein bisschen alter Hutfilz zu einem Pfropfen.“

Oliver flüsterte, dass er alles begreife, und Mr Sikes lud die Pistole mit peinlicher Sorgfalt und vielem Bedacht.

„So – jetzt ist sie geladen“, sagte Sikes, als er damit zu Ende war.

„Ja, ich sehe es“, versetzte Oliver.

„Nun“, fuhr der Gauner fort, indem er Olivers Handgelenk ergriff und den Pistolenlauf an dessen Schläfe setzte, sodass der Knabe einen Schreckensruf nicht unterdrücken konnte, „wenn du nur ein einziges Mal dein Maul auftust, solange wir auf der Straße sind, außer wenn ich mit dir spreche, so fliegt dir ohne Umstände diese Ladung in den Hirnkasten. *Wenn* du also Lust verspüren solltest, ohne Erlaubnis zu reden, so bete vorher dein letztes Vaterunser!“

Um die Wirkung seiner Warnung zu erhöhen, warf er dem, an den sie gerichtet war, einen wilden Blick zu und fuhr dann fort: „Soviel ich weiß, wird sich niemand weiter nach dir erkundigen, wenn du in dieser Weise versorgt bist; ich bräuchte mir daher nicht die Mühe zu nehmen, dir dies auseinanderzusetzen, wär’s nicht zu deinem eigenen Besten. Hörst du?“

„Kürzer ausgedrückt, möchtest du also sagen“, fiel Nancy nachdrücklich und mit leichtem Stirnrunzeln ein, als wolle sie Oliver zur ernsten Beachtung ihrer Worte auffordern, „wenn er dir bei deinem beabsichtigten Unternehmen in die Quere kommt, willst du ihm eine Kugel in den Kopf geben, um zu verhindern, dass er anschließend etwas ausplaudert, und dafür Gefahr laufen, gehenkt zu werden, wie du’s ja auch für viele andre Dinge, die zu deinem Geschäft gehören, jeden Tag deines Lebens tust.“

„Ja, so ist’s“, bemerkte Mr Sikes beifällig. „Weiber können

immer eine Sache in die kürzesten Worte fassen, außer wenn's ans Zanken geht, da finden sie kein Ende. Und nun, da er im Bilde ist, kannst du uns etwas zu essen geben. Wir wollen noch ein wenig schlafen, ehe wir uns auf den Weg machen."

Dieser Aufforderung entsprechend, deckte Nancy rasch den Tisch, verschwand einige Minuten und kehrte mit einem Krug Bier und einem geschmorten Schafskopf zurück. Der Ehrenmann war, vielleicht dank der Aussicht auf richtige Taten, sehr heiter und witzig; wir führen zum Beweis nur an, dass er scherzeshalber alles Bier auf einen Zug austrank und während der ganzen Mahlzeit, grob geschätzt, nicht mehr als etliche Dutzend Flüche vorbrachte.

Als das Nachtessen, dem Oliver begreiflicherweise nicht besonders zusprach, beendet war, nahm Mr Sikes noch ein paar Gläser Branntwein mit Wasser zu sich, befahl Nancy unter vielen Drohungen, ihn Punkt fünf Uhr zu wecken, und warf sich dann aufs Bett. Oliver streckte sich auf Befehl seines neuen Gebieters auf eine Matratze, die auf dem Boden lag, und das Mädchen setzte sich, nachdem es Holz nachgelegt hatte, vor das Feuer, um die beiden zur rechten Zeit wecken zu können.

Oliver lag lange wach, da er es nicht für unmöglich hielt, Nancy werde die Gelegenheit benutzen, ihm weitere Ratschläge zuzuflüstern; aber das Mädchen saß unbeweglich am Herd und putzte nur hin und wieder das Licht. Müde von Angst und Wachen, schlief er endlich ein.

Als er die Augen wieder öffnete, stand das Teegeschirr auf dem Tisch, und Sikes steckte verschiedene Gegenstände in die Taschen seines über einer Stuhllehne hängenden Überrocks, während Nancy das Frühstück bereitete. Der Tag war noch nicht angebrochen; das Licht brannte noch, und draußen war dunkle Nacht. Ein starker Regen schlug gegen die Fensterscheiben, und der Himmel sah schwarz und wolkig aus.

„Nun denn", brummte Sikes, als Oliver aufsprang, „halb sechs! Beeil dich, oder du kriegst kein Frühstück, denn es ist schon spät."

Oliver war bald mit Anziehen fertig, und nachdem er etwas zu sich genommen hatte, erklärte er auf eine mürrische Frage Sikes', dass er bereit sei.

Nancy warf dem Knaben, ohne sich recht nach ihm umzusehen, ein Taschentuch zu, das er sich um den Hals binden sollte, und Sikes gab ihm einen großen, groben Umhang, der sich oben zuknöpfen ließ. So ausgerüstet, gab er dem Einbrecher die Hand, der nur noch kurz innehielt, um ihm mit drohender Gebärde zu zeigen, dass die Pistole in einer Seitentasche seines Überrocks steckte; dann fasste er fest seine Hand, und nachdem er von Nancy Abschied genommen hatte, zog er ihn mit sich fort.

Oliver wandte sich an der Tür noch einen Augenblick um, in der Hoffnung, einen Blick des Mädchens aufzufangen. Aber sie hatte ihren alten Platz wieder eingenommen und saß völlig reglos vor dem Feuer.

Einundzwanzigstes Kapitel

Die Reise

Der Morgen war trostlos; es stürmte und regnete heftig, und die Wolken ballten sich schwer und düster zusammen.

Auf den Straßen hatten sich während der Nacht große Pfützen angesammelt, und die Gossen waren zum Überfließen voll. Am Himmel zeigte sich ein schwaches Morgengrauen, das jedoch das Schauerliche der Szene eher verstärkte als milderte. Es diente nur dazu, das Licht der Straßenlampen bleicher zu machen, ohne wärmere oder hellere Farben auf die nassen Hausgiebel und die trübseligen Straßen zu werfen. Alles schien in diesem Stadtteil noch in den Federn zu sein, denn die Fensterläden waren überall fest verschlossen, und die Straßen, durch die sie gingen, waren lautlos und leer.

Als sie in die Bethnal Green Road gelangten, begann der Tag wirklich anzubrechen. Viele Lampen waren bereits erloschen; einige Fuhrwerke rollten langsam auf London zu, und hin und wieder rasselte eine schmutzbedeckte Postkutsche vorüber, wobei der Postillion nicht versäumte, im Vorbeifahren dem Frachtfuhrmann einen ermahnenden Hieb mit der Peitsche zu versetzen, wenn der etwa auf die unrechte Seite ausgewichen war und dadurch vielleicht die Ankunft der Kutsche auf dem Postamt um eine Viertelstunde verzögerte. Die Wirtshäuser, in denen die Gaslampen noch brannten, waren bereits geöffnet. Allmählich taten sich auch die übrigen Läden auf, und manchmal trafen sie Menschen. Später kamen einzelne Gruppen von Arbeitern vorbei, die zur Arbeit gingen, Männer und Weiber mit Fischkörben auf den Köpfen, von Eseln gezogene Gemüsekarren, Wagen mit Geflügel und bereits zerlegtem Fleisch, Milchweiber mit ihren Eimern und eine ununterbrochene Reihe von Leuten, die verschiedene Marktwaren nach den östlichen Vorstädten Londons schafften. Je näher sie der City kamen, desto mehr nahmen der Lärm und das Geschäftsgewühl zu, bis sie endlich zwischen Shoreditch und Smithfield zu einem wilden, lauten Getümmel anschwollen. Es war nun so hell, wie es an einem trüben Tag sein konnte, und für die halbe Bevölkerung Londons hatte der rührige Morgen begonnen.

Mr Sikes eilte die Sun Street und die Crown Street hinab, überquerte den Finsbury Square und kam über die Chiswell Street in die Barbican, von da in die Long Lane und endlich zum Smithfield, von wo sich ein Lärm vernehmen ließ, der Oliver Twist mit Staunen und Verwunderung erfüllte.

Es war Markttag. Man watete bis an die Knöchel im Schlamm; das Vieh dampfte, und die weißen Schwaden mischten sich mit dem Nebel, der schwer über den Schornsteinen zu hängen schien. Alle Pferche in der Mitte des weiten Platzes und ebenso viele, die man für den Augenblicksbedarf an den freien Stellen aufgeschlagen hatte, waren voller Schafe, und an den Pfählen um sie herum standen in langen Reihen Ochsen und Kühe angebunden, drei bis vier hintereinander. Bauern, Fleischer, Fuhrleute, Hausierer, Jungen, Diebe, Müßiggänger und Vagabunden der übelsten Sorte drängten sich in dichten Massen. Das Pfeifen der Fuhrleute, das Bellen der Hunde, das Brüllen und Ausschlagen der Rinder, das Blöken der Schafe, das Grunzen und Quieken der Schweine, das Geplärr der Hausierer, das Schreien, Fluchen und Zanken auf allen Seiten, das Läuten von Glocken und der Tumult der Stimmen in den Wirtshäusern, das Drängen, Stoßen, Treiben, Schlagen, Rufen und Grölen, der abscheulich misstönende Lärm an jeder Ecke des Marktes und die ungewaschenen, unrasierten, schmutzigen und unflätigen Gestalten, die ohne Unterlass hin und her liefen, bald ins Gedränge hinein, bald wieder heraus – all das ergab ein betäubendes Schauspiel, das die Sinne gänzlich verwirrte.

Mr Sikes zog Oliver hinter sich her, bahnte sich einen Weg durch das Gewühl, wo es am dichtesten war, und schenkte den bunten Bildern und Klängen, die den Knaben so sehr in Erstaunen setzten, nur wenig Aufmerksamkeit. Hie und da nickte er einem vorübergehenden Freund zu, ohne seiner Einladung zu einem Morgenschnäpschen zu folgen, und drängte beharrlich vorwärts, bis sie das Gewühl hinter sich hatten und durch die Hosier Lane nach Holborn kamen.

„Nun, Junge“, begann Sikes verdrießlich und schaute auf die Uhr der Sankt-Andrew’s-Kirche, „es ist fast sieben! Du musst schneller laufen. Komm, du Faulpelz, du darfst nicht immer zurückbleiben!“

Mr Sikes begleitete diese Rede mit einem Ruck am Handgelenk seines kleinen Begleiters, und Oliver beschleunigte sein Tempo zu einer Art Trab, einem Mittelding zwischen raschem Gehen und Laufen, und passte sich den weit ausgreifenden Schritten des Einbrechers an, so gut er konnte.

Sie hielten in diesem Rennen nicht inne, ehe sie an der Hyde Park Corner vorüberkamen und auf dem Weg nach Kensington waren. Dort begann Sikes etwas langsamer zu gehen, bis sie ein leerer Karren, der hinter ihnen herkam, einholte. Als Sikes den Namen „Hounslow“ darauf las, fragte er den Kärrner mit so viel Höflichkeit, wie ihm zu Gebote stand, ob er sie bis nach Isleworth mitnehmen könne.

„Nur aufgesessen!“, sagte der Mann. „Ist das Euer Junge?“

„Ja, das ist mein Junge“, versetzte Sikes mit einem festen Blick auf Oliver, indem er wie von ungefähr seine Hand in die Tasche mit der Pistole steckte.

„Dein Vater geht etwas zu schnell für dich, nicht wahr, junger Mann?“, sagte der Fuhrmann, als er bemerkte, dass Oliver ganz außer Atem war.

„Ei bewahre“, schaltete sich Sikes ein, „er ist daran gewöhnt. Da, nimm meine Hand, Ned. Hinauf mit dir!“

Mit diesen Worten half er Oliver auf den Karren, und der Fuhrmann deutete auf einen Haufen Säcke und sagte, er könne sich drauflegen und ausruhen.

Während sie an einem Meilenstein nach dem anderen vorbeikamen, wurde Oliver immer neugieriger, wohin ihn sein Begleiter wohl zu führen gedenke. Kensington, Hammersmith, Chiswick, Kew Bridge, Brentford – alles hatten sie bereits hinter sich, und doch ging es noch immer weiter, als hätten sie die Reise eben erst begonnen. Endlich kamen sie an ein Wirtshaus, „Kutsche und Pferd“ genannt, hinter dem ein Feldweg abbog. Hier hielt der Karren an.

Sikes stieg eiligst aus, ohne Olivers Hand loszulassen, half ihm dann vom Wagen und warf ihm einen wütenden Blick zu, indem er vielsagend mit der Faust auf seine Seitentasche klopfte.

„Wiedersehen, Junge“, sagte der Fuhrmann.

„Er ist eigensinnig“, versetzte Sikes, indem er Oliver einen Stoß versetzte, „sehr eigensinnig – ein junger Schlingel; kümmern Sie sich nicht um ihn.“

„Ach wo“, entgegnete der andere, wieder in seinen Karren steigend. „Wir haben doch heute einen so schönen Tag!“

Er fuhr weiter. Sikes wartete, bis er verschwunden war, sagte dann zu Oliver, er könne sich hier ein wenig umsehen, wenn er wolle, und führte ihn dann rasch wieder weiter.

Nicht weit hinter dem Wirtshaus bogen sie links ab, schlugen dann einen Seitenweg zur Rechten ein, kamen an vielen großen Gärten und schönen Häusern auf beiden Seiten vorbei und hielten, außer einmal zu einem Glas Bier, nicht an, bis sie eine Stadt erreichten. Hier entdeckte Oliver an der Mauer eines Hauses eine Tafel, auf der mit großen Buchstaben HAMPTON geschrieben stand. Sie schlenderten einige Stunden im freien Feld herum, kamen dann in die Stadt zurück, kehrten endlich in einer baufälligen Schenke mit einem ganz verwitterten Wirtshausschild ein und ließen sich in der Küche etwas zu essen geben.

Die Küche war ein niedriger Raum, über dessen Decke sich ein starker Balken quer hinzog. Um das Feuer standen Bänke mit hohen Lehnen, auf denen mehrere raue Männer in Kitteln saßen, tranken und rauchten. Sie achteten nicht auf Oliver und fast nicht auf Sikes, und da dieser sie auch nicht beachtete, sondern sich mit seinem kleinen Gefährten in eine Ecke setzte, wurden sie durch ihre Gesellschaft nicht weiter gestört.

Sie aßen kaltes Fleisch und blieben dann noch, während Sikes einige Pfeifen rauchte, so lange sitzen, dass Oliver ziemlich überzeugt war, sie würden an diesem Tag nicht mehr weitergehen. Da er von dem Marsch und dem frühen Aufstehen sehr müde war, döste er anfangs ein wenig, bis er endlich, von Erschöpfung und Tabakrauch überwältigt, in Schlaf fiel.

Es war dunkel, als ihn Sikes wieder wachrüttelte. Nachdem er sich aufgerichtet hatte, sah er sich um und bemerkte, dass jener in traulichem Gespräch und guter Kameradschaft mit einem Arbeiter bei einem Krug Ale saß.

„Ihr wollt also nach Lower Halliford?“, fragte Sikes.

„Ja“, versetzte der Mann, der ziemlich angetrunken schien, „und zwar nicht langsam. Mein Pferd hat auf dem Heimweg keine Last zu ziehen wie heute früh; es wird nicht lang brauchen. Ein großartiges Tier! Auf sein Wohl!“

„Könntet Ihr wohl mich und meinen Jungen bis dorthin aufsitzen lassen?“, fragte Sikes, indem er seinem neuen Freund das Bier zuschob.

„Wenn Ihr gleich mitkommt, kann ich's wohl“, antwortete der Mann über den Krugrand hinweg. „Wollt Ihr nach Halliford?“

„Nein, nach Shepperton“, entgegnete Sikes.

„Nun, so weit ich fahre, könnt Ihr mit“, erwiderte der andere. „Ist alles bezahlt, Becky?“

„Ja, der andere Herr hat bezahlt“, versetzte das Mädchen.

„Nein, nein“, sagte der Mann mit der Großartigkeit des Betrunkenen, „das geht nicht.“

„Und warum nicht?“, entgegnete Sikes. „Ihr erweist uns einen Gefallen, und was liegt daran, wenn ich als Erwiderung eine Kanne oder zwei mit Euch leere?“

Der Fremde überlegte sich das mit tiefsinnigem Gesicht, ergriff dann Sikes' Hand und erklärte, er sei wirklich ein famoser Bursche. Mr Sikes meinte hierauf, er beliebe zu scherzen – wäre der Mann nüchtern gewesen, so hätte man das mit gutem Grund annehmen können.

Nachdem nun einige Komplimente gewechselt worden waren, wünschten sie der übrigen Gesellschaft eine gute Nacht und verließen die Küche. Das Mädchen räumte Krüge und Gläser ab und schlenderte mit dem Geschirr in den Händen zur Tür, um die Gesellschaft abfahren zu sehen.

Das Pferd, auf dessen Gesundheit sie getrunken hatten, stand bereits angeschirrt vor dem Karren. Oliver und Sikes saßen ohne weitere Umstände auf, und der Eigentümer tat desgleichen, nachdem er noch einige Minuten vor dem Hausknecht großgetan und ihn und die ganze Welt aufgefordert hatte, ihm ein Ross wie das seine zu zeigen.

Dann befahl er dem Hausknecht, dem Pferd die Zügel schießen zu lassen, aber als dies geschah, machte das Tier einen sehr unliebenswürdigen Gebrauch davon: Es warf den Kopf verächtlich in die Höhe und rannte dann auf der anderen Seite der Straße in eine Fensterscheibe. Nachdem es diese Heldentaten verrichtet und sich noch eine Weile auf die Hinterbeine gestellt hatte, jagte es in gestrecktem Galopp davon und rasselte prächtig zur Stadt hinaus.

Die Nacht war sehr finster. Vom Fluss und vom Moorgrund stieg feuchter Nebel auf und zog sich über die öden Felder. Man konnte kaum die nächsten Gegenstände unterscheiden, und zudem war es schneidend kalt. Kein Wort wurde gesprochen, denn der Kärrner war schläfrig, und Sikes hatte keine Lust, ihn zu einer Unterhaltung zu veranlassen. Oliver saß zusammengekauert in einer Ecke des Karrens, und seine von Angst und Grauen verwirrte Fantasie schuf sich seltsame Gestalten aus den riesigen Bäumen, deren Zweige knarrend hin und her wankten, wie in wilder Freude über das öde Landschaftsbild.

Als sie an der Kirche von Sunbury vorbeikamen, schlug die Glocke sieben. Aus dem Fenster des Fährhauses gegenüber schimmerte ein Licht, das seine Strahlen über den Weg warf und eine dunkle Eibe, unter der Gräber lagen, in noch tiefere Schatten tauchte. Man vernahm das dunkle Rauschen eines nahen Wasserfalls, und die Blätter des alten Baumes seufzten leise im Nachtwind. Es war eine Musik, die wie geschaffen war für die Ruhe der Toten.

Als sie Sunbury hinter sich hatten, ging es wieder etliche Meilen die einsame Landstraße entlang; dann machte der Karren halt. Sikes stieg aus, nahm Oliver bei der Hand, und sie gingen zu Fuß weiter.

In Shepperton wurde nicht gerastet, wie der müde Knabe erwartet hatte, sondern fort ging es durch Schmutz und Dunkel, durch düstere Hohlwege und über kalte, freie Einöden, bis sie die Lichter einer nahe gelegenen Stadt erblickten. Während Oliver verlangend vorwärts blickte, bemerkte er, dass unter ihnen Wasser rauschte und dass sie auf eine Brücke zugingen.

Sikes ging geradeaus weiter, bis sie dicht vor der Brücke standen; dann bog er plötzlich links ab, das Ufer entlang.

Ach, das Wasser!, dachte Oliver, ganz krank vor Furcht. Er hat mich an diesen einsamen Ort gebracht, um mich umzubringen!

Er war eben im Begriff, sich niederzuwerfen und verzweifelt um sein junges Leben zu kämpfen, als er sah, dass sie vor einem einsamen, ganz verfallenen Haus standen. Zu beiden Seiten des baufälligen Eingangs befand sich ein Fenster, darüber lag noch ein

Stockwerk, aber Licht war nirgends zu sehen. Das Gebäude war dunkel, teilweise abgebrochen und allem Anschein nach unbewohnt.

Sikes näherte sich leise, immer noch Olivers Hand in der seinen, der niedrigen Tür und drückte auf die Klinke. Die Tür gab dem Druck nach, und sie traten ein.

Zweiundzwanzigstes Kapitel

Der Einbruch

Hallo!“, rief eine laute, heisere Stimme, sobald sie den Fuß in den Hausflur gesetzt hatten. – „Mach keinen solchen Lärm“, versetzte Sikes und verriegelte die Tür. „Bring Licht, Toby.“

„Aha, Kamerad“, versetzte dieselbe Stimme. „Licht, Barney, Licht! Führe den Herrn hinein, Barney! Wach aber vorher auf, wenn's gefällig ist.“

Der Sprecher schien einen Stiefelknecht oder etwas Ähnliches nach der angeredeten Person zu werfen, um sie aus dem Schlaf zu wecken; denn man hörte einen hölzernen Gegenstand hart zu Boden fallen und dann einen Menschen undeutlich brummen, als ob er halb schliefe.

„Hörst du?“, rief die heisere Stimme. „Bill Sikes ist im Hausflur, und niemand ist da, der ihn gebührend in Empfang nimmt, während du hier schläfst, als hättest du Laudanum* gesoffen oder noch etwas Stärkeres. Na! Wird's bald? – oder muss ich den eisernen Leuchter benutzen, um dich vollends munter zu machen?“

Ein Paar Füße in Pantoffeln schlurften auf diese Frage hin hastig über den Boden, und aus einer Tür zur Rechten tauchte zuerst ein schwaches Licht auf und dann die Gestalt desselben Individuums, das wir bereits als den näselnden Aufwärter im Wirtshaus zu Saffron Hill beschrieben haben.

„Mr Sikes!“, rief Barney mit echter oder geheuchelter Freude. „Willkommen, Sir, willkommen!“

„Marsch, voran!“, sagte Sikes und schob Oliver vor sich her. „Schneller, oder ich trete dir auf die Fersen.“

Indem er einen Fluch über seine Langsamkeit murmelte, stieß

* (lat.) In Alkohol gelöstes Opium

Sikes Oliver in ein niedriges dunkles Gemach, in dem sich ein rauchendes Feuer, zwei oder drei zerbrochene Stühle, ein Tisch und ein altes Bett befanden. Auf dem Bett lag ein Mann der Länge nach ausgestreckt, die Beine viel höher als der Kopf, und rauchte aus einer langen Tonpfeife. Er trug einen schnupftabakfarbenen Rock mit großen Messingknöpfen, ein zitronengelbes Halstuch, eine grobe, buntscheckige Weste und gelbe Beinkleider. Mr Crackit – denn er war es – besaß nicht viele Haare, weder auf dem Kopf noch im Gesicht, die wenigen aber, die er hatte, waren von rötlicher Farbe und in lange Korkenzieherlocken gedreht. Ab und zu fuhr er mit seinen schmutzigen Fingern, an denen große, billige Ringe steckten, darüber. Er war etwas über mittelgroß und offenbar ziemlich schwach auf den Beinen; aber dieser Umstand hinderte ihn durchaus nicht an der Bewunderung seiner Stulpenstiefel, die er in ihrer erhöhten Lage mit großer Zufriedenheit betrachtete.

„Bill, mein Junge“, sagte die Gestalt und wandte den Kopf zur Tür, „ich freue mich, dich zu sehen. Ich fürchtete fast, du hättest die Sache aufgegeben; dann hätte ich sie auf eigene Faust unternommen. – Nanu?“

Diesen Ruf der Überraschung stieß er aus, als sein Blick auf Oliver fiel. Er setzte sich auf und fragte, wer das sei.

„Der Junge. Bloß der Junge!“, versetzte Sikes und zog einen Stuhl ans Feuer.

„Einer von Mr Fagins Jungen!“, rief Barney grinsend.

„Ach so – von Fagin“, versetzte Toby, wobei er Oliver musterte. „Welch unbezahlbaren Jungen wird das geben für die Taschen der alten Weiber in der Kirche. Sein Gesicht ist ein Vermögen wert.“

„Lass das“, fiel Sikes ungeduldig ein, beugte sich über seinen ausgestreckten Freund und flüsterte ihm einige Worte ins Ohr, worauf Mr Crackit in helles Lachen ausbrach und Oliver mit einem langen Blick der Verwunderung beehrte.

„Nun“, sagte Sikes, indem er sich setzte, „wenn ihr uns etwas zu essen und zu trinken geben wollt, während wir warten, wird uns das Courage machen, mir wenigstens auf jeden Fall. Setz dich ans Feuer, Junge, und ruh dich aus; denn du musst diese Nacht wieder mit uns ausgehen, wenn auch nicht sehr weit.“

Oliver blickte in schüchterner, stummer Verwunderung auf Sikes, rückte einen Schemel ans Feuer und stützte den schmerzenden Kopf in die Hände, kaum wissend, wo er war und was um ihn her vorging.

„Da", sagte Toby, als der junge Jude einige Essensreste und eine Flasche auf den Tisch stellte. „Auf den Erfolg der Sache!"

Er stand dem Toast zu Ehren auf, stellte die ausgerauchte Pfeife bedächtig in eine Ecke, trat an den Tisch, füllte ein Glas mit Branntwein und trank es aus. Mr Sikes tat dasselbe.

„Der Junge soll auch einen Tropfen haben", fuhr Toby fort, indem er ein Weinglas halb füllte. „Hinunter damit, du Unschuld!"

„Ich – wirklich –", versetzte Oliver und schaute kläglich in das Gesicht des Mannes, „wirklich, ich ..."

„Hinunter damit!", wiederholte Toby. „Glaubst du, ich weiß nicht, was dir guttut? Sprich ein Machtwort, Bill."

„Lass dir raten!", sagte Sikes, indem er mit der Hand auf seine Tasche klopfte. „Hol mich der Teufel, man hat mehr Mühe mit dem Burschen als mit einer ganzen Familie von Dodgern. Trink, du Satansbrut, trink!"

Eingeschüchtert durch die drohenden Gebärden der beiden Männer, schluckte Oliver den Inhalt hastig hinunter und musste sogleich heftig husten, was Toby und Barney ergötzte und selbst dem sauertöpfischen Sikes ein Lächeln entlockte.

Als Sikes seinen Hunger gestillt hatte – Oliver konnte nichts essen als eine kleine Brotkruste, die sie ihm in den Mund steckten –, legten sich die zwei Männer auf zusammengerückten Stühlen zu einem kurzen Schläfchen nieder. Oliver blieb auf seinem Schemel vorm Feuer sitzen, und Barney streckte sich, in eine Decke gehüllt, dicht vor dem Kamin auf dem Boden aus.

Sie schliefen eine Weile oder schienen zu schlafen; denn niemand rührte sich außer Barney, der einige Male aufstand, um Kohlen nachzulegen. Oliver fiel in einen schweren Schlummer; es war ihm, als wandere er durch düstere Hohlwege, gehe über den finsteren Kirchhof oder suche sonst Schauplätze des vergangenen Tages wieder auf, bis er durch Toby Crackit geweckt wurde, der aufsprang und erklärte, es sei halb zwei.

Augenblicklich waren die beiden andern auf den Beinen, und alle gingen eifrig an die Vorbereitung ihres Unternehmens. Sikes und sein Gehilfe hüllten Hals und Kinn in große schwarze Tücher und zogen ihre Überröcke an, während Barney aus einem Schrank verschiedene Gegenstände zum Vorschein brachte, die er ihnen eiligst in die Taschen packte.

„Meine Schießeisen, Barney", sagte Toby Crackit.

„Hier", erwiderte Barney. Er zog zwei Pistolen hervor. „Sie haben sie selbst geladen."

„Gut", versetzte Toby und steckte sie ein. „Die übrigen Waffen?"

„Hab ich", beruhigte ihn Sikes.

„Dietriche, Brecheisen, Blendlaterne – nichts vergessen?", fragte Toby, indem er einen Meißel an einer Schlinge befestigte, die an der Innenseite seines Rockes hing.

„Alles in Ordnung", antwortete sein Gefährte. „Bring die Hölzer, Barney; es ist an der Zeit."

Damit nahm er einen tüchtigen Knüttel aus Barneys Hand, während dieser Toby einen zweiten gab und dann Oliver den Umhang umlegte.

„Also los!", sagte Sikes. Er streckte die Hand aus.

Oliver, der durch die ungewohnte Anstrengung, die dumpfe Luft und den ihm aufgezwungenen Branntwein völlig betäubt war, reichte ihm mechanisch die seinige.

„Nimm ihn an der andern, Toby", fuhr Sikes fort. „Barney, schau nach, ob die Luft rein ist."

Der Aufwärter trat vor die Tür und kehrte mit der Nachricht zurück, dass alles ruhig sei. Die beiden Diebe verließen, Oliver in der Mitte, das Haus, und Barney schloss alles fest ab, wickelte sich wieder in seine Decke und lag bald in tiefem Schlaf.

Die Nacht war stockfinster. Der Nebel war viel dichter als am Abend und die Luft, obgleich kein Regen fiel, so feucht, dass Olivers Haare und Augenbrauen nach einigen Minuten von dem Reif, der sich darauf niederschlug, ganz steif gefroren waren. Sie gingen über die Brücke auf die Lichter zu, die er zuvor gesehen hatte. Die Entfernung war nicht groß, und da sie rasch ausschritten, kamen sie bald nach Chertsey.

„Gehen wir durch die Stadt", flüsterte Sikes. „In dieser Nacht wird niemand unterwegs sein, der uns bemerken könnte."

Toby stimmte zu, und sie liefen hastig durch die Hauptstraße der kleinen Stadt, die zu so später Stunde ganz ausgestorben dalag.

Hier und dort schimmerte ein mattes Licht durch ein Schlafzimmerfenster, und das heisere Bellen der Hunde unterbrach gelegentlich das Schweigen der Nacht. Auf der Straße ließ sich jedoch niemand blicken. Mit dem Glockenschlag zwei hatten sie das Städtchen im Rücken.

Sie gingen nun schneller und bogen linker Hand in einen Weg ein. Nach einer Viertelstunde machten sie bei einem einzeln stehenden Haus halt, das von einer Mauer umgeben war. Toby nahm sich kaum Zeit zu verschnaufen, sondern kletterte rasch hinauf.

„Jetzt der Knabe!“, sagte Toby. „Schieb ihn herauf, ich will ihn fassen.“

Ehe sich Oliver umsehen konnte, hatte Sikes ihn bereits unter den Armen gepackt, und drei oder vier Sekunden später lag er mit Toby auf der andern Seite im Gras. Sikes folgte, und sie schlichen vorsichtig auf das Haus zu.

Jetzt wurde es dem armen Oliver, der vor Kummer und Schrecken fast wahnsinnig war, zum ersten Mal klar, dass seine Begleiter auf Raub und Einbruch, wenn nicht gar auf Mord ausgingen. Er schlug seine Hände zusammen und ließ unwillkürlich einen unterdrückten Ausruf des Entsetzens laut werden. Es flimmerte vor seinen Augen, kalter Schweiß stand auf seinem leichenfahlen Gesicht, die Glieder versagten ihm den Dienst, und er sank in die Knie.

„Steh auf!“, knirschte Sikes wutbebend und zog zugleich die Pistole aus der Tasche, „steh auf, oder ich werde dir dein Gehirn ins Gras spritzen!“

„Ach, um Gottes willen, lassen Sie mich gehen!“, rief Oliver. „Lassen Sie mich fort und auf freiem Feld sterben! Ich will nie wieder in die Nähe von London kommen, nie – nie! Oh, haben Sie Erbarmen mit mir, und zwingen Sie mich nicht zum Stehlen. Um aller heiligen Engel im Himmel willen, haben Sie Erbarmen mit mir!“

Der Mann, dem dieses Flehen galt, stieß einen fürchterlichen Fluch aus und hatte bereits den Hahn der Pistole gespannt, als ihm Toby die Waffe aus der Hand schlug, seine Hand auf Olivers Mund legte und ihn zum Haus schleppte.

„Still!“, sagte der Mann. „Das geht hier nicht. Sag ein Wort, und ich führe deine Absicht mit einem Faustschlag auf seinen Schädel aus. Das macht keinen Lärm, ist ebenso sicher und eleganter. – Da,

Bill! Brich den Fensterladen auf. Ich wette, der Junge ist jetzt genug eingeschüchtert. Ich habe schon ältere Burschen als ihn in einer kalten Nacht eine Zeit lang denselben Tanz aufführen sehen."

Sikes rief schreckliche Verwünschungen auf Fagins Haupt herab, dass er ihm zu einem solchen Unternehmen ausgerechnet Oliver gesandt habe, und handhabte dabei kräftig, aber mit wenig Geräusch das Brecheisen. Nach einigen Anstrengungen, wobei ihm Toby Beistand leistete, war der Fensterladen, an den er sich herangemacht hatte, offen.

Es war ein kleines Gitterfenster an der hinteren Seite des Gebäudes, ungefähr fünf Fuß über der Erde, das zu einem kleinen Wasch- oder Braustübchen am Ende des Hausflurs führte. Die Öffnung war so klein, dass es die Besitzer wahrscheinlich nicht für der Mühe wertgehalten hatten, sie besser zu sichern; aber sie war doch groß genug, um einen Knaben von Olivers Größe durchzulassen. Eine kurze Anwendung der Kunst Mr Sikes' genügte, die Stäbe des Gitters auszubrechen, und bald war kein Hindernis mehr vorhanden.

„Hör jetzt gut zu, du junger Wicht!", flüsterte Sikes, indem er eine Blendlaterne aus der Tasche zog und ihr volles Licht auf Olivers Züge fallen ließ. „Ich werde dich hier durchstecken. Nimm diese Laterne, geh leise die paar Stufen da vor dir hinauf und dann über den Flur zur Haustür. Öffne sie und lass uns ein."

„Oben liegt ein Riegel vor, den du wahrscheinlich nicht erreichen kannst", fiel Toby ein. „Steig auf einen Stuhl. Es sind drei in der Halle, Bill, die das Wappen der alten Frau tragen: ein schönes blaues Einhorn und eine goldene Heugabel."

„Willst du wohl das Maul halten?", sprach Sikes mit einem drohenden Blick. „Die Tür des Waschraums ist offen, nicht wahr?"

„Sperrangelweit", versetzte Toby, als er durch das Fenster geschaut hatte. „Der Witz ist der – sie lassen sie immer offen, damit der Hund, der hier sein Nachtlager hat, im Hausflur hin und her laufen kann, wenn er nicht schlafen mag. Haha! Barney hat ihn diese Nacht hübsch beiseite gebracht!"

Obgleich Mr Crackit kaum hörbar flüsterte und lautlos lachte, befahl ihm Sikes doch gebieterisch, zu schweigen und ans Werk zu gehen. Toby zog hierauf seine Laterne hervor und stellte sie auf den Boden; dann stemmte er sich fest mit dem Kopf gegen die

Der Einbruch

Wand unter dem Fenster und legte die Hände aufs Knie, sodass man über seinen Rücken klettern konnte. Kaum hatte er das getan, als Sikes auf ihn stieg und Oliver, mit den Füßen voran, sachte durch das Fenster hob, und ohne seinen Rockkragen loszulassen, stellte er ihn wohlbehalten auf den Boden.

„Nimm diese Laterne“, sagte Sikes und blickte in das Stübchen. „Siehst du die Stufen vor dir?“

Oliver, der mehr tot als lebendig war, hauchte ein „Ja“, und Sikes deutete mit dem Pistolenlauf nach der Haustür und riet ihm, daran zu denken, dass er auf dem ganzen Weg in Schussweite sei und augenblicklich tot umfalle, wenn er zögere.

„In einer Minute ist's geschehen“, fuhr Sikes im selben Flüsterton fort. „Ich lasse dich jetzt gehen; fort, an die Arbeit! – Horch!“

„Was gibt's?“, fragte der andere.

Sie horchten aufmerksam.

„Nichts!“, sagte Sikes und ließ Oliver los. „Vorwärts!“

In der kurzen Zeit, die er gehabt hatte, seine Sinne zu sammeln, hatte der Junge den festen Entschluss gefasst, die Treppe hinaufzueilen und Lärm zu schlagen, ob ihn nun der Versuch das Leben kostete oder nicht. Von diesem Gedanken erfüllt, begann er leise vorwärtszugehen.

„Komm zurück!“, rief Sikes plötzlich laut. „Zurück! Zurück!“

Durch diese plötzliche Unterbrechung der Totenstille, die im Haus herrschte, und einen lauten, darauffolgenden Schrei erschreckt, ließ Oliver seine Laterne fallen und wusste nicht, ob er vorwärtsgehen oder fliehen sollte.

Der Schrei wiederholte sich – ein Licht erschien – der Eindruck zweier erschrockener, halb angekleideter Männer oben auf der Treppe verschwamm vor seinen Augen – ein Blitz – ein Knall – Rauch – ein Krachen, er wusste nicht, wo –, dann wankte er zurück.

Sikes war einen Augenblick lang verschwunden; aber schnell war er wieder da und fasste, noch ehe sich der Rauch verzogen hatte, Oliver am Kragen. Er schoss seine eigne Pistole auf die schon zurückweichenden Männer ab und zog Oliver herauf.

„Halt dich fester an mich“, sagte Sikes, als er ihn durch die Fensteröffnung zog. „Ein Halstuch her – geschwind! –, sie haben ihn getroffen. Verdammt, wie der Junge blutet!“

Plötzlich fing eine Glocke laut zu klingeln an, das Geknall

von Feuerwaffen und das Schreien von Menschen mischten sich hinein – dann fühlte sich Oliver in rasender Eile über unebenen Boden fortgetragen. Nach und nach verlor sich der Lärm in der Ferne, tödliche Kälte kroch am Körper des Jungen hoch, und er sah und hörte nichts mehr.

Dreiundzwanzigstes Kapitel

Enthält das Wesentliche einer anmutigen Unterhaltung zwischen Mr Bumble und einer Dame und zeigt, dass selbst ein Büttel in manchen Punkten empfindsam sein kann

Die Nacht war bitterkalt. Der Schnee lag in einer hart gefrorenen Decke über der Erde, sodass nur die in den Nebenwegen und an den Ecken zusammengekehrten Haufen von dem heulenden Wind erfasst werden konnten. An einer solchen Beute ließ er dann aber seine ganze Wut aus, trieb sie in Wolken wild durch die Luft und wirbelte sie in tausend kreisenden Nebelfetzen umher. Es war eine Nacht, rau und schneidend kalt, in der es jeden, der ein Heim hat, dicht ans flackernde Feuer zieht und mit Dank gegen Gott erfüllt, dass er zu Hause ist; eine Nacht, in der der obdachlose, hungernde Unglückliche sich nur hinlegen und sterben kann. Zu solchen Zeiten schließen viele Ausgestoßene und Verhungerte die Augen auf offener Straße, und was immer ihr Verschulden gewesen sein kann, sie können sie kaum in einer schlimmeren Welt wieder öffnen.

So sah es draußen aus, als sich Mrs Corney, die Mutter des Armenhauses, das der Leser bereits als Oliver Twists Geburtsort kennt, in ihrem kleinen Zimmer vor einem lustigen Feuer niedersetzte und wohlgefällig den kleinen runden Tisch überblickte, auf dem eine Platte von entsprechendem Umfang mit allem stand, was zur Lieblingsmahlzeit älterer Frauen gehört. Mrs Corney war nämlich im Begriff, sich bei einer Tasse Tee Trost zu holen. Und als sie vom Tisch wieder zum Feuer hinüberschaute, über dem der kleinste aller denkbaren Teekessel ein fröhliches Liedchen summte, steigerte sich ihre innere Zufriedenheit zusehends in solchem Grade, dass sie tatsächlich lächelte.

„Ja“, sprach die Matrone vor sich hin, indem sie die Ellbogen auf den Tisch stützte und sinnend ins Feuer sah, „gewiss haben wir alle Grund, Gott dankbar zu sein! Guten Grund, wenn wir's nur immer recht wüssten. Ach ja!"

Mrs Corney schüttelte trübsinnig den Kopf, als ob sie die geistige Verblendung der Armen beklagte, die das nicht erkannten, langte mit einem silbernen Löffel, der ihr Privateigentum war, in die äußersten Ecken einer zinnernen Zweiunzenteebüchse und fing an den Tee zu bereiten.

Welch geringfügige Anlässe nicht die Ruhe unseres schwachen Gemütes stören können! Der schwarze Teetopf, sehr klein und bis oben gefüllt, lief über, während Mrs Corney moralische Betrachtungen anstellte, und das Wasser verbrühte ihr ein wenig die Hand.

„Verwünschter Topf!", rief die würdige Matrone, indem sie ihn hastig auf den Herdrand niedersetzte. „So ein dummes, kleines Ding, das nur zwei Tassen fasst! Wem nützt er denn etwas? Außer", fügte Mrs Corney nach einer kleinen Pause hinzu, „außer einem so armen, verlassenen Geschöpf wie mir. Ach, du mein lieber Himmel!"

Mit diesen Worten sank die Frau in ihren Stuhl, und während sie abermals die Ellbogen auf den Tisch stützte, dachte sie über ihr einsames Los nach. Der kleine Teetopf und die einzelne Tasse hatten in ihrer Seele traurige Erinnerungen an Mr Corney geweckt, der erst fünfundzwanzig Jahre tot war, und Rührung überwältigte sie.

„Ich bekomme nie wieder einen!", sagte Mrs Corney missmutig. „Ich bekomme nie wieder einen wie ihn!"

Ob diese Bemerkung dem Gatten oder dem Teetopf galt, ist ungewiss. Wahrscheinlich dem Teetopf, denn sie sah ihn an, während sie sprach, und hielt ihn dann in die Höhe.

Sie hatte kaum die erste Tasse gekostet, als sie durch ein leises Klopfen an der Zimmertür gestört wurde.

„Nur herein!", rief Mrs Corney ärgerlich. „Wahrscheinlich will wieder eine von den alten Weibern sterben; sie sterben gewöhnlich, wenn ich beim Essen bin. Bleibt nicht in der Tür stehen, es zieht kalt herein. Was fehlt denn, he?"

„Nichts, Madam, nichts", versetzte eine Männerstimme.

„Ach du meine Güte!", rief die Matrone in einem viel süßeren Ton. „Sind Sie's, Mr Bumble?"

„Zu Diensten, Madam", erwiderte Mr Bumble, der draußen stehen geblieben war, um die Schuhe abzustreifen und den Schnee von seinem Rock zu schütteln, jetzt aber eintrat, den Dreispitz in der einen Hand und ein Bündel in der andern. „Soll ich die Tür schließen, Madam?“

Die Dame zögerte verschämt mit der Antwort, aus Furcht, es könnte unschicklich sein, mit Mr Bumble bei geschlossener Tür eine Zusammenkunft zu halten. Mr Bumble benutzte dieses Zaudern und drückte, da es ihn selbst ziemlich fror, ohne weitere Erlaubnis die Tür zu.

„Ein böses Wetter, Mr Bumble“, sagte die Matrone.

„Wirklich bös, Madam“, versetzte der Büttel. „Gemeindeschädliches Wetter, Madam! Wir haben diesen Nachmittag zwanzig Viertellaibe Brot und anderthalb Käse verteilt, Mrs Corney, und doch sind die Armen nicht zufrieden.“

„Natürlich nicht. Wann wäre das je der Fall, Mr Bumble?“, entgegnete die Matrone und schlürfte ihren Tee.

„Ja, bei Gott, wann, Madam?!“, wiederholte Mr Bumble. „Da ist ein Mann, der in Anbetracht seiner Frau und seiner großen Familie einen Viertellaib Brot und ein ganzes gutes Pfund Käse erhielt. Glauben Sie, dass er dankbar war? Dankbar? Nicht für einen Heller! Was tut er, Madam? Er bettelt um Kohlen – sei’s auch nur ein Taschentuch voll, sagt er. Kohlen? – Was will er mit Kohlen? Vielleicht seinen Käse damit rösten und dann wiederkommen und um noch mehr betteln? So machen’s diese Leute, Madam. Wenn man ihnen heute eine ganze Schürze voll Kohlen gibt, so stehen sie morgen früh schon wieder unverfroren wie aus Alabaster da und fordern eine zweite.“

Die Matrone gab ihre volle Zustimmung zu diesem scharfsinnigen Vergleich zu erkennen, und der Büttel fuhr fort: „Ich habe nie ein solches Übermaß an Frechheit gesehen. Vorgestern kommt ein Mann – Sie sind ja verheiratet gewesen, Madam, Ihnen kann ich es also erzählen –, ein Mann, der kaum einen Fetzen am Leib hatte (Mrs Corney blickte zu Boden), an die Tür unseres Oberaufsehers, als dieser gerade in Gesellschaft zu Mittag speist, und sagt, er brauche Unterstützung. Da er nicht weggehen wollte und die Gesellschaft mit seinem Anblick nicht sehr erfreute, schickte ihm der Oberaufseher ein Pfund Kartoffeln und ein halbes Maß Hafermehl. ‚Mein Gott‘, sagte der undankbare Wicht, ‚was soll ich damit? Sie könnten mir ebenso gut ein Paar eiserne Brillen geben.‘ – ‚Sehr gut‘, entgegnete unser Aufseher und nahm die Gabe wieder an sich, etwas anderes bekommt Ihr nicht.' – ,Dann werde ich auf der Straße sterben', versetzte der Landstreicher. – ,Oh, das werdet Ihr wohl bleiben lassen', sagte der Aufseher."

„Haha! Das war sehr gut! Ganz Mr Grannet, nicht wahr?", warf die Matrone dazwischen. „Und weiter, Mr Bumble?"

„Weiter?", wiederholte der Büttel. „Er ging weg und starb tatsächlich auf der Straße. Können Sie sich einen eigensinnigeren Kerl denken?"

„Das übersteigt alles, was ich für möglich hielt", bemerkte die Matrone entrüstet. „Aber halten Sie nicht eine Unterstützung außer Hause für höchst unzweckmäßig, Mr Bumble? Sie sind ein Mann von Erfahrung und müssen das wissen."

„Mrs Corney", sagte der Büttel lächelnd, wie Menschen lächeln, die sich einer höheren Einsicht bewusst sind, „Unterstützung außer Hause, in geeigneter Weise gehandhabt – wohlgemerkt, Madam, in geeigneter Weise gehandhabt –, ist für das Kirchspiel am allerzuträglichsten. Man befolgt dabei den Grundsatz, den Armen gerade das zu geben, was sie nicht brauchen, und dann werden sie es bald müde wiederzukommen."

„Ei, du mein Himmel", rief Mrs Corney, „dieser Grundsatz ist ausgezeichnet!"

„Allerdings. Unter uns gesagt, Madam", fuhr Mr Bumble fort, „dies ist der Hauptgrundsatz; und daher kommt es auch, dass, wenn derartige Fälle sich einmal in irgendeine unverschämte Zeitung verirren, man immer von Käse liest, den kranke Familien zur Unterstützung bekommen haben. So wird es jetzt überall im Lande gehalten, Mrs Corney. Doch das sind Amtsgeheimnisse, Madam", setzte der Büttel hinzu, indem er sich niederbeugte, um sein Bündel auszupacken. „Wir dürfen so etwas nur unter uns Kirchspielbeamten laut werden lassen. – Hier ist der Portwein, Madam, den die Vorstände für die Kranken bewilligt haben – frischer, echter, unverfälschter Portwein, erst diesen Vormittag abgefüllt, glockenklar, ohne den geringsten Bodensatz."

Mr Bumble hielt die erste Flasche gegen das Licht, schüttelte sie zum Beweis ihrer Vortrefflichkeit, stellte dann beide Flaschen auf eine Kommode, legte das Schnupftuch zusammen, in das sie verpackt gewesen waren, steckte es bedächtig in die Tasche und nahm seinen Hut, als ob er gehen wollte.

„Sie werden einen sehr kalten Spaziergang haben, Mr Bumble“, sagte die Matrone.

„Es stürmt, Madam“, versetzte Mr Bumble und schlug seinen Rockkragen hoch, „als ob es einem die Ohren wegreißen wollte.“

Die Matrone sah von dem kleinen Kessel zum Büttel, der eben zur Tür ging, und als sich der Büttel räusperte, um ihr Gute Nacht zu wünschen, fragte sie ihn verschämt, ob – ob sie ihm nicht eine Tasse Tee anbieten dürfe.

Mr Bumble schlug augenblicklich seinen Kragen wieder herunter, legte Hut und Stock auf einen Stuhl und rückte einen andern zum Tisch. Während er sich langsam niederließ, blickte er die Dame an. Sie hatte ihre Augen auf den kleinen Teetopf geheftet; Mr Bumble räusperte sich wieder und verzog sein Gesicht zu einem Lächeln.

Mrs Corney stand auf, um eine zweite Tasse aus dem Schrank zu holen. Als sie sich wieder setzte, begegneten ihre Augen aufs Neue denen des galanten Büttels; sie errötete und machte sich mit dem Tee zu schaffen. Mr Bumble räusperte sich, lauter als bisher, abermals.

„Süß?“, fragte die Matrone und nahm die Zuckerdose zur Hand.

„Sehr süß, Madam“, versetzte Mr Bumble.

Er richtete bei diesen Worten seine Augen auf Mrs Corney, und wenn je ein Büttel zärtlich aussah, so Mr Bumble in diesem Augenblick.

Der Tee war fertig und wurde schweigend dargeboten. Mr Bumble breitete sein Taschentuch über seine Knie, damit die Krumen nicht den Glanz seiner Beinkleider besudeln möchten, und begann zu essen und zu trinken. Manchmal unterbrach er dieses angenehme Geschäft durch einen tiefen Seufzer, was jedoch keineswegs seinen Appetit beeinträchtigte, sondern im Gegenteil sein Vorwärtskommen auf dem Tee- und Brotgebiet zu erleichtern schien.

„Sie haben eine Katze, Madam, wie ich sehe“, sagte Mr Bumble mit einem Blick auf das Tier, das sich im Kreise seiner Familie am Feuer wärmte, „und auch Kätzchen!“

„Sie können gar nicht glauben, Mr Bumble, wie gern ich diese Tierchen habe“, versetzte die Matrone. „Sie sind so glücklich, so heiter, so fröhlich, dass sie gerade die rechten Gesellschafter für mich abgeben.“

Mr Bumble und Mrs Corney beim Tee

„Niedliche Dinger, Madam“, stimmte Mr Bumble zu, „und so ans Haus gewöhnt.“

„O ja“, erwiderte die Matrone begeistert, „sie sind so gern zu Hause, dass es eine wahre Freude ist.“

„Mrs Corney – Madam!“, sagte Mr Bumble langsam, indem er mit dem Teelöffel den Takt dazu schlug. „Ich bin der Ansicht, Madam, dass eine Katze oder ein Kätzchen, die bei Ihnen leben und ihr Heim nicht liebten, rechte Esel sein müssten, Madam.“

„O Mr Bumble!“, wehrte Mrs Corney ab.

„Es hat keinen Sinn, mit Tatsachen hinter dem Berg zu halten, Madam!“, fuhr Mr Bumble fort, wobei er den Löffel mit einer Art verliebter Würde schwang, die ihn doppelt unwiderstehlich machte. „Eine solche Katze würde ich mit Vergnügen eigenhändig ersäufen!“

„Dann sind Sie ein grausamer Mann“, versetzte die Matrone lebhaft, indem sie die Hand nach der Tasse des Büttels ausstreckte, „und ein hartherziger obendrein.“

„Hartherzig, Madam?“, entgegnete Mr Bumble, „hartherzig?“

Der Büttel reichte ihr seine Tasse, ohne ein Wort hinzuzufügen, drückte aber dabei Mrs Corneys kleinen Finger, klopfte ein paarmal mit der flachen Hand auf seine bortenbesetzte Weste, seufzte tief und rückte seinen Stuhl ein wenig vom Feuer weg.

Es war ein runder Tisch; und da sich Mrs Corney und Mr Bumble gerade vor dem Feuer in nächster Nähe gegenübersaßen, so leuchtete es ein, dass Mr Bumble, wenn er vom Herd abrückte und dabei doch am Tisch blieb, die Entfernung zwischen sich und Mrs Corney vergrößerte. Manch schlauer Leser wird ohne Zweifel geneigt sein, dieses Verfahren zu bewundern und es als heldenmütige Handlung Mr Bumbles zu betrachten, da dieser doch durch Zeit, Ort und Gelegenheit einigermaßen versucht wurde, gewisse zärtliche Nichtigkeiten von sich zu geben, die zwar den Lippen des Leichtfertigen und Gedankenlosen wohl angemessen sind, aber unendlich tief unter der Würde der Landesrichter, der Parlamentsmitglieder, der Staatsminister, der Lord Mayors und anderer hoher Würdenträger stehen, am tiefsten aber unter dem Anstand und der Gewichtigkeit eines Büttels, der bekanntermaßen der ernsteste und unbeugsamste von allen sein soll.

Was aber auch Mr Bumbles Absichten sein mochten – und ohne

Zweifel waren sie die besten –, unglücklicherweise war, wie wir bereits zweimal bemerkten, der Tisch rund; indem Mr Bumble seinen Stuhl immer wieder ein wenig weiterrückte, begann er daher bald, die Entfernung zwischen sich und der Matrone zu verringern, und das fortgesetzte Weiterwandern am Rand der Tischplatte brachte seinen Stuhl endlich dicht neben den seiner Wirtin zu stehen. Die zwei Stühle berührten sich, und als sie's taten, hielt Mr Bumble inne.

Hätte nun die Matrone ihren Stuhl nach rechts gerückt, so wäre sie vom Feuer versengt worden, hätte sie sich nach links gewandt, so hätte sie in Mr Bumbles Arme fallen müssen; da sie aber eine kluge Frau war, die diese Folgen auf einen Blick übersah, so blieb sie, wo sie war, und schenkte Mr Bumble noch eine Tasse ein.

„Hartherzig, Mrs Corney?", fragte Mr Bumble. Er rührte seinen Tee um und blickte der Matrone ins Gesicht. „Sind *Sie* hartherzig, Mrs Corney?"

„Ach du meine Güte!", rief die Matrone. „Was für eine merkwürdige Frage von einem ledigen Mann! Wozu müssen Sie das wissen, Mr Bumble?"

Der Büttel trank seinen Tee bis auf den letzten Tropfen, vertilgte noch eine Brotschnitte, schüttelte die Krumen von seinen Knien, wischte sich die Lippen ab und gab der Dame bedächtig einen Kuss.

„Mr Bumble!", rief die rücksichtsvolle Frau leise, denn sie hatte vor Schreck fast die Sprache verloren. „Mr Bumble, ich werde schreien!"

Mr Bumble gab keine Antwort, sondern legte langsam und würdevoll seinen Arm um den Leib der Matrone.

Da Mrs Corney erklärt hatte, sie werde schreien, so hätte sie es bei dieser neuen Verwegenheit gewiss getan, wäre eine solche Anstrengung nicht durch ein rasches Klopfen an der Tür unnötig geworden. Mr Bumble hatte es kaum gehört, als er mit großer Behändigkeit aufsprang und zu den Weinflaschen eilte, von denen er geschäftig den Staub abzuwischen begann, während die Matrone verdrießlich „Herein!" rief. Als merkwürdiges Beispiel dafür, dass Überraschung die Folgen eines großen Schreckens aufzuheben vermag, verdient es erwähnt zu werden, dass ihre Stimme die volle Kraft wiedererlangt hatte.

„Ich bitte um Verzeihung, Madam", sagte eine welke, abschreckend hässliche alte Arme, die den Kopf zur Tür hereinstreckte. „Die alte Sally liegt im Sterben."

„Was kümmert das mich?", entgegnete Mrs Corney ärgerlich. „Ich kann sie nicht davon abhalten – oder?"

„Nein – nein, Madam", versetzte die alte Frau, „niemand kann das. Bei der kann nichts mehr helfen. Ich habe viele Leute sterben sehen, kleine Kinder und große, kräftige Männer, und ich weiß recht wohl, wann einem der Tod auf den Lippen sitzt. Aber sie hat etwas auf dem Herzen, und wenn ein lichter Augenblick eintritt – was nicht oft vorkommt, denn sie hat einen harten Todeskampf –, so sagt sie, sie habe Ihnen noch etwas mitzuteilen und könne nicht ruhig sterben, bis Sie kommen, Madam."

Auf diese Mitteilung hin äußerte die würdige Mrs Corney sich recht abfällig über die alten Weiber, die nicht einmal sterben könnten, ohne ihre Vorgesetzten absichtlich zu belästigen, wickelte sich hastig in ein dickes Tuch, bat Mr Bumble, auf ihre Rückkehr zu warten für den Fall, dass sich etwas Besonderes zutrüge, befahl der Botin, rasch voranzugehen und nicht die ganze Nacht auf der Treppe herumzuhumpeln, und folgte ihr in sehr ungnädiger Laune, die sie den ganzen Weg über durch Scheltworte bekundete.

Mr Bumbles Benehmen, als er sich selbst überlassen war, ist ziemlich schwer zu erklären. Er öffnete den Schrank, zählte die Teelöffel, wog die Zuckerzange und besichtigte genau eine silberne Milchkanne, um sich zu überzeugen, ob sie echt sei, und nachdem er seine Neugier in diesen Punkten befriedigt hatte, setzte er seinen Dreispitz schief auf und tanzte würdevoll viermal um den Tisch herum. Nach diesen seltsamen Bewegungen nahm er den Hut wieder ab, machte sich, mit dem Rücken gegen das Feuer, vor dem Herd breit und schien im Geist damit beschäftigt, ein genaues Verzeichnis der Möbel aufzustellen.

Vierundzwanzigstes Kapitel

Handelt von einem sehr armen Geschöpf; ist zwar nur kurz, kann aber doch als wichtig für unsere Geschichte gelten

Das arme Weib, das Mrs Corney in ihrer Gemütlichkeit gestört hatte, war zur Todesbotin nicht ungeeignet. Ihr Körper war gebeugt unter der Last der Jahre, ihre Glieder zitterten infolge eines Schlaganfalls, und ihr schief gezogenes Gesicht glich mehr der grotesken Schöpfung eines fantastischen Pinsels als einem Werk aus den Händen der Natur.

Ach, wie wenigen Gesichtern bleibt die Fähigkeit erhalten, uns durch ihre Schönheit zu erfreuen! Sorgen, Kummer und Leiden der Welt ändern sie, wie sie die Herzen ändern, und erst wenn diese Gefühle schlummern und für immer vorüber sind, weichen die stürmischen Wolken und zeigen einen heiteren Himmel. Man bemerkt nicht selten in den Gesichtern Toter, auch wenn sie schon starr und steif sind, wieder den lang vergessenen Ausdruck der schlafenden Kindheit und das Aussehen früherer Jahre – so ruhig, so friedlich werden sie wieder, dass jene, die sie in ihrer glücklichen Kindheit gekannt haben, in scheuer Ehrfurcht an ihren Särgen niederknien und schon auf Erden ihre Verklärung zu sehen glauben.

Die alte Frau humpelte durch die Gänge und über die Stiegen, murmelte dabei einige unbestimmte Antworten auf das Keifen ihrer Begleiterin, und als sie endlich innehalten musste, um Atem zu schöpfen, gab sie Mrs Corney das Licht in die Hand und blieb hinter ihr zurück, um zu folgen, sobald sie es vermochte; die behändere Vorgesetzte ging rasch dem Gemach zu, in dem die sterbende Frau lag.

Es war eine kahle Bodenkammer, an deren äußerstem Ende ein düsteres Licht brannte. Eine andere alte Frau saß am Krankenbett, und ein Lehrling des Armenhausapothekers stand am Feuer und schnitt sich aus einem Federkiel einen Zahnstocher.

„Eine kalte Nacht, Mrs Corney“, sagte dieser junge Herr, als die würdige Dame eintrat.

„Sehr kalt, Sir“, versetzte Mrs Corney in ihrem höflichsten Ton und begleitete ihre Worte mit einem Knicks.

„Sie sollten sich von Ihren Lieferanten bessere Kohlen geben lassen“, sprach der Vertreter des Apothekers, indem er einen Kohlenklumpen mit dem rostigen Schüreisen zerklopfte. „Die da taugen durchaus nicht für eine kalte Nacht.“

„Das ist Sache der Vorsteher, Sir“, erwiderte die Matrone. „In der Tat wäre das Mindeste, was sie tun könnten, uns warmzuhalten, denn unsere Pflichten sind schwer genug.“

Die Unterhaltung wurde durch ein Stöhnen der kranken Frau unterbrochen.

„Ah!“, sagte der junge Mann und wandte das Gesicht dem Bett zu, als ob er die Kranke ganz vergessen hätte. „Da ist auch Matthäi am Letzten, Mrs Corney.“

„Ist's schon so weit?“, fragte die Matrone.

„Es sollte mich wundern, wenn sie's noch ein paar Stunden aushält!“, erwiderte der Apothekerlehrling, angelegentlich mit seinem Zahnstocher beschäftigt. „Das Ganze ist im Zusammenbrechen. Schläft sie, Alte?“

Die Wärterin beugte sich über das Bett, um sich zu vergewissern, und nickte dann bejahend.

„Dann geht sie vielleicht in diesem Zustand hinüber, wenn man keinen Lärm macht“, versetzte der junge Mann. „Stellt das Licht auf den Boden, so wird sie's nicht sehen.“

Die Wärterin tat, wie ihr geheißen ward, schüttelte aber den Kopf, um anzudeuten, dass die Frau nicht so leicht sterben werde, und nahm dann ihren Sitz neben der anderen Krankenpflegerin wieder ein, die mittlerweile zurückgekehrt war. Mrs Corney wickelte sich mit dem Ausdruck der Ungeduld in ihren Schal und ließ sich am Fußende des Bettes nieder.

Als der Apothekerlehrling mit der Herstellung des Zahnstochers fertig war, stellte er sich vor das Feuer, ließ sich von ihm etwa zehn Minuten lang kräftig durchwärmen, schien dann schläfrig zu werden, wünschte Mrs Corney gute Verrichtung und schlich auf Zehenspitzen fort.

Als sie eine Zeit lang schweigend dagesessen hatten, erhoben sich die zwei alten Weiber, kauerten sich vor das Feuer und hielten ihre welken Hände darüber, um sie zu wärmen. Die Flamme warf ein gespenstisches Licht auf ihre verschrumpften Gesichter, deren Hässlichkeit vollends grauenhaft wirkte, als sie in dieser Stellung leise miteinander zu sprechen begannen.

„Hat sie noch etwas gesagt, während ich fort war, Anny?“, fragte die Frau, die Mrs Corney geholt hatte.

„Nicht eine Silbe“, versetzte die andere. „Sie zupfte und zerrte eine Weile an ihren Armen; ich hielt ihr aber die Hände fest, und so ließ sie es bald bleiben. Sie hat nur noch wenig Kraft, daher brachte ich sie leicht zur Ruhe. Ich bin nicht so schwach, obgleich ich eine alte Frau und auf Gemeindekost angewiesen bin; nein, nein!“

„Hat sie den warmen Wein getrunken, den ihr der Doktor verordnet hat?“, fragte die erste.

„Ich hab’s versucht, ihn ihr einzuflößen“, antwortete die andere, „aber sie biss die Zähne aufeinander und presste den Mund so fest zusammen, dass ich den Wein wieder wegnehmen musste. So hab ich ihn getrunken, und er hat mir gutgetan.“

Die beiden hässlichen Weiber sahen sich vorsichtig um, ob sie auch nicht gehört würden, rückten näher an das Feuer und kicherten vergnügt.

„Ich erinnere mich noch genau an die Zeit“, sagte die erste Frau, „da sie es ebenso gemacht und hinterdrein als Spaß ausposaunt hätte.“

„Natürlich hätte sie das getan“, erwiderte die andere, „sie war eine lustige Person. Wie viele Leichen hat sie aufgebahrt, so hübsch und nett wie Wachsbilder! Ich hab’s mit meinen eignen alten Augen gesehen – ja, und mit diesen alten Händen gefühlt, denn ich hab ihr dutzendmal dabei geholfen.“

Während sie das sagte, streckte sie ihre zitternden Finger aus, schüttelte sie frohlockend vor ihrem Gesicht, fasste dann in ihre Tasche und brachte eine altersschwache zinnerne Schnupftabaksdose zum Vorschein, aus der sie eine kleine Prise auf die flache Hand ihrer Gefährtin und etwas mehr auf ihre eigene schüttete.

Während sie so beschäftigt waren, trat Mrs Corney, die bisher ungeduldig das Erwachen der Sterbenden aus ihrer Betäubung erwartet hatte, zu ihnen ans Feuer und fragte verdrießlich, wie lange sie noch warten solle.

„Nicht lange“, entgegnete das zweite Weib und sah zu ihr auf. „Wir brauchen alle nicht lang auf den Tod zu warten. Nur Geduld, nur Geduld! Er wird bald genug da sein für uns alle.“

„Haltet Euer Maul, alberne Närrin!“, verwies die Matrone sie streng. „Martha, sagt mir, hat sie schon früher solche Anfälle gehabt?“

„Oh, schon oft“, antwortete das erste Weib.

„Es wird aber nicht wieder vorkommen“, fügte die zweite hinzu. „Das heißt, sie wird nur noch ein einziges Mal erwachen – und denken Sie an mich, Madam, gewiss nicht für lange.“

„Lang oder kurz“, entgegnete Mrs Corney schnippisch, „sie wird mich nicht vorfinden, wenn sie erwacht, und ihr beide seht zu, dass ihr mich nicht noch einmal für nichts und wieder nichts belästigt. Es gehört nicht zu meinen Aufgaben, alle alten Weiber im Haus sterben zu sehen, und, was noch mehr ist, ich habe auch keine Lust dazu. Merkt euch das, ihr unverschämten alten Hexen. Wenn ihr mich noch einmal zum Narren haltet, so will ich euch kurieren, verlasst euch drauf!“

Sie wollte eben davonrauschen, als ein Schrei der beiden Weiber, die sich dem Bett zugekehrt hatten, sie veranlasste zurückzublicken. Die Kranke hatte sich aufgerichtet und streckte die Arme nach ihren Wärterinnen aus.

„Wer ist das?“, rief sie mit hohler Stimme.

„Pst, pst!“, sagte eines der Weiber und beugte sich über sie. „Leg dich nieder, leg dich nieder!“

„Ich werde mich lebend nicht wieder niederlegen“, wehrte die Kranke ab. „Ich will es ihr sagen! Kommen Sie her! Näher! Ich will es Ihnen ins Ohr flüstern.“

Sie fasste Mrs Corney am Arm, nötigte sie auf einen Stuhl an ihrem Bett und war eben im Begriff zu sprechen, als sie die beiden alten Weiber erblickte, die sich in lauschender Stellung vorgebeugt hatten.

„Schicken Sie die fort“, sagte die Kranke matt, „geschwind – geschwind!“

Die beiden alten Weiber begannen gemeinsam jämmerlich zu lamentieren, dass das arme Geschöpf schon zu weit weg sei, um ihre besten Freundinnen noch zu erkennen, und beteuerten, sie nimmermehr verlassen zu wollen, aber Mrs Corney trieb sie aus dem Zimmer, schloss die Tür und kehrte dann zum Bett zurück. Als sich die beiden Alten ausgeschlossen sahen, änderten sie ihren Ton und riefen durch das Schlüsselloch, dass die alte Sally betrunken sei, was wirklich nicht ganz unmöglich war; denn abgesehen von einer mäßigen Menge Opium, die ihr der Apotheker verordnet hatte, unterlag sie noch den Wirkungen eines Restchens Wacholderbranntwein, das ihr die würdigen Wärterinnen in der Gutmütigkeit ihres Herzens heimlich zugesteckt hatten.

„Jetzt hören Sie mich an“, sagte die Sterbende so laut, wie es ihre schwindenden Kräfte gestatteten. „In diesem Zimmer, ja sogar in diesem Bett lag einst ein hübsches, junges Geschöpf, das mit wunden Füßen und blut- und staubbedeckt ins Haus gebracht worden war. Sie gab unter meiner Pflege einem Knaben das Leben und starb. Lassen Sie mich nachsinnen – in welchem Jahr war das wohl?“

„Das kümmert uns nicht“, versetzte die ungeduldige Zuhörerin; „was war mit ihr los?“

„Ach“, flüsterte die Kranke, die in ihren früheren dösigen Zustand zurückfiel, „was mit ihr – was mit ihr los war … Ich weiß es wohl!“, schrie sie plötzlich und fuhr ungestüm auf. Ihr Gesicht glühte, und die Augen schienen aus ihren Höhlen zu springen. „Ich hab sie bestohlen, ja, ich hab sie beraubt! Ich sage Ihnen, sie war noch nicht kalt – sie war noch nicht kalt, als ich sie bestahl.“

„Um Gottes willen – was habt Ihr gestohlen?“, rief Mrs Corney mit einer Gebärde, als ob sie um Hilfe rufen wollte.

„Pst!“, erwiderte das Weib und legte ihre Hände auf den Mund der andern. „Das Einzige, was sie hatte. Sie brauchte Kleider, um sich zu wärmen, Speise, um nicht zu verhungern, aber das hatte sie unversehrt aufbewahrt und trug es an ihrem Herzen. Es war Gold, sag ich Ihnen – echtes Gold, das ihr Leben hätte retten können.“

„Gold?“, wiederholte die Matrone. Sie beugte sich rasch über das Weib, das aufs Bett zurücksank. „Nur weiter – weiter! Was ist damit? Wer war die Mutter? Wann geschah das?“

„Sie bat mich, es aufzubewahren“, entgegnete das Weib stöhnend. „Ich war die einzige Person, die bei ihr war, und mir vertraute sie's an. Mein Herz begehrte es schon, als ich es das erste Mal an ihrem Hals hängen sah – und vielleicht bin ich auch am Tod des Kindes schuld! Man hätte ihn wohl besser behandelt, wenn man alles gewusst hätte.“

„Was gewusst?“, fragte die andre. „So redet doch!“

„Der Junge wurde seiner Mutter so ähnlich“, sprach das Weib fantasierend, ohne die Frage zu beachten, „dass ich immer an sie erinnert wurde, sooft ich sein Gesicht sah. Armes Mädchen! Armes Mädchen! – Sie war noch so jung – so ein süßes Lämmchen! – Warten Sie, ich hab noch mehr zu sagen. Ich hab Ihnen noch nicht alles gesagt, nicht wahr?“

„Nein, nein!“, entgegnete Mrs Corney. Sie beugte ihren Kopf vor, um die immer schwächer werdenden Laute der Sterbenden aufzufangen. „Geschwind, eh es zu spät ist!“

„Die Mutter“, sagte das Weib mit noch größerer Anstrengung als zuvor, „wie sie die ersten Todesschauer fühlte, flüsterte sie mir ins Ohr, wenn ihr Kind am Leben bleibe, so werde einst der Tag kommen, da es sich des Namens seiner armen jungen Mutter nicht zu schämen brauche. Und: ‚O mein Gott!‘, sagte sie, wobei sie ihre abgemagerten Hände faltete, ‚ob es nun ein Knabe oder ein Mädchen ist, erwecke ihm Freude in dieser leidvollen Welt, und hab Erbarmen mit einem einsamen, verlassenen Kind, das bloß deiner Gnade anheimgegeben ist!‘“

„Wie hieß der Knabe?“, fragte Mrs Corney.

„Sie nannten ihn Oliver!“, antwortete das Weib schwach. „Das Gold, das ich stahl, war …“

„Ja, ja, was war es?“, rief die andre.

Sie beugte sich eifrig über das Weib, um die Antwort zu vernehmen, aber sie bebte unwillkürlich zurück. Die Sterbende richtete sich noch einmal langsam und steif zu einer sitzenden Haltung auf, fasste die Decke mit beiden Händen, gurgelte noch einige unverständliche Töne und sank leblos aufs Kissen zurück.

„Mausetot!“, sagte eines der alten Weiber, die wieder in die Kammer eilten, sobald die Tür aufging.

„Und hatte nichts von Belang mitzuteilen“, bemerkte Mrs Corney gleichgültig im Fortgehen.

Die beiden Alten, offenbar zu emsig damit beschäftigt, der Leiche den letzten Dienst zu erweisen, um etwas zu erwidern, blieben allein bei der Toten zurück.

Fünfundzwanzigstes Kapitel

Unsere Geschichte kehrt zu Mr Fagin und seinen Genossen zurück

Während sich dies in dem ländlichen Armenhaus zutrug, saß Mr Fagin, über einem trüben und rauchigen Feuer brütend, in seinem alten Nest, demselben, aus dem Oliver von dem Mädchen abgeholt worden war. Er hielt auf seinen Knien einen Blasebalg, mit dem er anscheinend versucht hatte, die Flamme zu lebhafterer Tätigkeit anzufachen. Jetzt aber war er in tiefe Gedanken versunken, denn er hatte die Arme über dem Blasebalg gekreuzt, das Kinn auf die Daumen gestützt und heftete seine Augen geistesabwesend auf die rostigen Kaminstangen.

An einem Tisch hinter ihm saßen der Dodger, Master Charley Bates und Mr Chitling in eine Partie Whist vertieft, wobei der Dodger mit dem Strohmann gegen Bates und Chitling spielte. Das Gesicht des erstgenannten Herrn, das zu allen Zeiten ausnehmend klug aussah, gewann noch an Scharfsinn durch die gespannte Aufmerksamkeit, die er auf das Spiel verwendete, und durch die Eindringlichkeit, mit der er die Hand Chitlings beobachtete. Von Zeit zu Zeit, wenn sich die Gelegenheit dazu bot, warf er spähende Blicke auf sie, um dann nach dem Ergebnis seiner Beobachtungen weislich sein eigenes Spiel zu ordnen. Es war eine kalte Nacht; Dawkins hatte daher seinen Hut auf dem Kopf, was er übrigens zu Hause oft zu tun pflegte. Auch hielt er eine Tonpfeife zwischen den Zähnen. Er nahm sie nur dann aus dem Mund, wenn es ihm nötig schien, zur Erfrischung einem Krug zuzusprechen, der, mit Wacholderbranntwein und Wasser gefüllt, zur gemeinsamen Benutzung auf dem Tisch stand.

Master Bates gab gleichfalls sehr auf das Spiel acht; da er aber leichter erregbar war als sein vortrefflicher Freund, konnte man bemerken, dass er häufiger dem Branntweinkrug zusprach und sich gern in Scherzreden und nicht zur Sache gehörigen Einfällen erging, die für einen planvollen Whistspieler durchaus unpassend waren. So erlaubte sich denn auch der Dodger, gestützt auf ihre enge Freundschaft, mehr als einmal, seinem Gefährten diese Ungehörigkeiten ernsthaft zu verweisen. Master Bates nahm jedoch solche Vorhaltungen außerordentlich wohl gelaunt hin und forderte nur zuweilen seinen Freund auf, zu „zerspringen“ oder „den Kopf in den Sand zu stecken“, oder er rief ihm andre witzige und schlagfertige Bemerkungen ähnlicher Art zu, deren Treffsicherheit die größte Bewunderung Mr Chitlings erregte. Es war merkwürdig, dass dieser Herr und sein Spielpartner unablässig verloren und dass dieser Umstand, weit entfernt, Master Bates aufzubringen, ihm vielmehr zur höchsten Belustigung zu dienen schien; denn er lachte am Ende eines jeden Spiels hell auf und beteuerte, dass er sein Lebtag noch keine so lustige Unterhaltung gesehen habe.

„Quint und Quintmajor!“, sagte Mr Chitling mit langem Gesicht, indem er eine halbe Krone aus seiner Westentasche zog. „Ich habe nie einen Spieler wie dich gesehen, Jack; du gewinnst immer. Selbst wenn wir gute Karten haben, können wir – Charley und ich – nichts gegen dich ausrichten.“

Diese Bemerkung oder die klägliche Miene, mit der sie vorgebracht wurde, ergötzte Charley so sehr, dass sein schallendes Gelächter den Juden aus seinen Träumereien riss und ihn zu der Frage veranlasste, was es gebe.

„Was es gibt, Fagin?“, antwortete Bates. „Ich wollte, Sie hätten dem Spiel zugesehen! Tommy Chitling hat nicht einen Punkt gemacht; er und ich waren Partner gegen den Dodger und den Strohmann.“

„Ja, ja“, sagte der Jude mit einem Grinsen, das hinlänglich bewies, dass er den Grund hierfür recht wohl einsehe. „Versuch es noch einmal, Tom, versuch's noch einmal!“

„Danke, Fagin. Das ist nichts für mich“, versetzte Mr Chitling. „Ich habe meinen Teil. Der Dodger ist ein solcher Glückspilz, dass gegen ihn nicht aufzukommen ist.“

„Haha, mein Guter“, entgegnete der Jude, „du musst früh aufstehen, wenn du gegen den gewinnen willst.“

„Früh?“, erwiderte Charley Bates. „Nein, du musst die ganze Nacht in den Stiefeln bleiben, an jedem Auge ein Fernrohr und ein

Opernglas zwischen den Schultern haben, wenn du ihn meistern willst."

Mr Dawkins nahm diese schönen Komplimente mit philosophischer Ruhe hin und bot die Wette an, für einen Shilling jedes Mal ein Bild im Kartenspiel aufzuheben. Da jedoch niemand darauf eingehen wollte und seine Pfeife eben ausgeraucht war, schickte er sich an, mit der Kreide, die zum Aufschreiben gedient hatte, zu seinem Vergnügen einen Grundriss des Newgategefängnisses auf den Tisch zu zeichnen, welches Geschäft er mit einem ausgesucht schrillen Pfeifen begleitete.

„Wie reizend langweilig du bist, Tommy", sagte nach langem Schweigen der Dodger zu Chitling, indem er plötzlich in seiner Beschäftigung innehielt. „Woran mag er wohl denken, Fagin?"

„Wie soll ich das wissen, mein Bester?", versetzte der Jude und sah sich um, während er den Blasebalg in Bewegung setzte. „Wahrscheinlich an seinen Verlust oder an die kleine Lustpartie aufs Land, von der er kürzlich zurückgekommen ist – haha, ist's nicht so, mein Guter?"

„Keine Spur", schnitt der Dodger Mr Chitling das Wort ab, als jener etwas entgegnen wollte. „Was meinst du, Charley?"

„Nun – ich möchte sagen", erwiderte Master Bates grinsend, „dass er ungemein zärtlich zu Betsy war. Seht, wie er rot wird! Herrgott, ist das ein Spaß! Tommy Chitling verliebt! O Fagin, Fagin, das ist zum Totlachen!"

Völlig überwältigt von dem Gedanken, Mr Chitling sei das Opfer einer zarten Leidenschaft, warf sich Master Bates mit solcher Gewalt in seinen Stuhl zurück, dass er das Gleichgewicht verlor und rücklings auf den Boden schlug. Dort blieb er, da der Unfall seine Heiterkeit nicht beeinträchtigte, lang gestreckt liegen, bis er sich ausgelacht hatte; dann nahm er seine frühere Stellung wieder ein und begann von Neuem zu lachen.

„Mach dir nichts draus, mein Guter", sagte der Jude, indem er Mr Dawkins einen Wink und Master Bates einen missbilligenden Stoß mit der Blasebalgspitze gab. „Betsy ist ein feines Mädchen. Halt dich an sie, Tom. Halt dich nur an sie."

„Ein für alle Mal, Fagin", entgegnete Mr Chitling mit rotem Kopf, „diese Sache geht keinen Menschen hier etwas an."

„Du hast recht", versetzte der Jude, „aber Charley muss eben schwatzen. Kümmere dich nicht um ihn, mein Bester, denk nicht daran! Betsy ist ein feines Mädchen. Tu, was sie dir sagt, Tom, und du wirst dein Glück machen."

„Ich tu bestimmt, was sie mir sagt", erwiderte Mr Chitling. „Ich wäre nicht in die Tretmühle geschickt worden, wenn ich nicht ihren Rat befolgt hätte. Aber Sie haben bei der Sache einen guten Schnitt gemacht, nicht wahr, Fagin? Und was wollen sechs Wochen heißen? Einmal muss es doch so kommen, und warum dann nicht im Winter, wenn einem nicht besonders viel am Spazierengehen liegt, nicht wahr, Fagin?"

„Ah, gewiss, mein Bester", antwortete der Jude.

„Du würdest dir wohl auch ein zweites Mal nichts daraus machen, Tom", fragte der Dodger und blinzelte Bates und dem Juden zu, „wenn's nur mit Beth glattgeht?"

„Gewiss nicht", versetzte Tom ärgerlich. „Und ich möchte den sehen, der ein Gleiches von sich sagen kann; ist's nicht so, Fagin?"

„Keiner kann das", entgegnete der Jude, „keine Seele, Tom. Ich weiß, niemand außer dir ist zu so etwas fähig – von denen da gewiss keiner, mein Guter."

„Ich wäre ganz frei ausgegangen, wenn ich Betsy hätte verraten wollen, nicht wahr, Fagin?", fuhr der arme, verhöhnte Einfaltspinsel zornig fort. „Ein einziges Wort von mir hätte genügt."

„Gewiss, mein Bester", erwiderte der Jude.

„Aber ich schwatze nichts aus – oder, Fagin?", sprach Tom, der mit großer Zungenfertigkeit Frage an Frage reihte.

„Ei – nein – nein", versetzte der Jude, „du warst zu standhaft dazu. Viel zu standhaft, mein Lieber!"

„Das mein ich wohl auch", erwiderte Tom und sah sich um. „Wenn es aber so ist, was gibt's denn da zu lachen, Fagin?"

Da Mr Chitling immer aufgebrachter wurde, beeilte sich der Jude, ihm zu versichern, dass niemand lache, und um den Ernst der Gesellschaft zu beweisen, berief er sich auf Master Bates, den Hauptangreifer. Aber zum Unglück war Charley, als er eben den Mund zu der Beteuerung öffnen wollte, dass er nie im Leben ernsthafter gewesen sei, außerstande, einen neuen heftigen Lachanfall zu unterdrücken, sodass der verhöhnte Mr Chitling ohne weitere Umstände durch das Zimmer schoss und nach dem Beleidiger einen Schlag führte. Charley jedoch, gewandt im Ausweichen, bückte sich und wählte den

Augenblick so gut, dass der Hieb die Brust des alten Herrn traf und ihn gegen die Wand taumeln ließ, wo er, nach Luft schnappend, stehen blieb, während Mr Chitling höchst unbehaglich um sich blickte.

„Horch!", rief Dawkins in diesem Augenblick. „Ich habe die Klingel gehört." Er ergriff das Licht und schlich leise die Treppe hinauf.

Während die Übrigen im Dunkeln standen, wurde nochmals ungeduldig die Glocke gezogen. Nach kurzer Pause erschien der Dodger wieder und flüsterte Fagin geheimnisvoll etwas zu.

„Was!", schrie der Jude. „Allein?"

Dawkins nickte und gab, indem er die Kerzenflamme mit der Hand abdunkelte, Charley Bates einen vertraulichen Wink, der andeutete, er solle lieber seine Heiterkeit einstellen. Nachdem er ihm diesen Freundschaftsdienst geleistet hatte, richtete er seine Augen auf den Juden und erwartete dessen Weisung.

Der alte Mann biss sich in die gelben Finger und überlegte ein paar Sekunden; sein Gesicht arbeitete dabei angestrengt, als fürchtete er, das Schlimmste zu erfahren. Endlich hob er den Kopf und fragte: „Wo ist er?"

Der Dodger deutete nach dem Flur hinauf und machte eine Bewegung, als ob er das Zimmer verlassen wollte.

„Ja", sagte der Jude als Antwort auf diese stumme Frage, „bring ihn herunter. Pst! Still, Charley! Leise, Tom! Sachte, sachte!"

Diese kurze Anweisung, sich zurückzuziehen, wurde von Charley Bates und seinem neuesten Gegner sogleich und ohne Aufhebens befolgt. Alles war mäuschenstill, als Dawkins mit dem Licht in der Hand die Treppe herunterkam und einen Mann in grobem Kittel mit sich brachte, der, nachdem er rasch im Zimmer umhergeschaut hatte, ein großes Umschlagtuch abwarf, das den unteren Teil seines Gesichts verhüllt hatte und nun das hagere, ungewaschene und unrasierte Gesicht des schmucken Toby Crackit freigab.

„Wie geht's, Fagin?", fragte er, indem er dem Juden zunickte. „Steck das Tuch nur in meinen Hut, Dawkins, damit ich es finden kann, wenn ich wieder gehe – ja, so ist's recht! Du wirst mal ein wackerer Geschäftsmann, Jack, noch ehe der Alte abkratzt."

Mit diesen Worten schlug er seinen Kittel zurück, rollte ihn an den Seiten ein, zog einen Stuhl zum Feuer und stellte seine Füße auf den Rand des Rostes.

„Sieh da, Fagin“, fuhr er fort, indem er betrübt auf seine Stulpenstiefel deutete, „nicht einen Tropfen Wichse seit – hm, du weißt wohl, seit wann? Kein bisschen Schwärze wegen … Aber sieh mich nicht so an, Mensch! Alles zu seiner Zeit; ich kann nicht von Geschäften reden, ehe ich nicht gegessen und getrunken habe. Schaff also etwas Handfestes herbei, dass ich – zum ersten Mal seit drei Tagen – wieder etwas in den Magen kriege.“

Der Jude winkte dem Dodger, er solle auftischen, was sich an Essbarem fand, setzte sich dem Gauner gegenüber und wartete, bis dieser Lust zu reden hatte.

Toby schien es nicht eilig zu haben, das Gespräch zu eröffnen. Anfangs begnügte sich der Jude damit, geduldig sein Gesicht zu beobachten, als suche er in dessen Ausdruck den Schlüssel zu dem, was der Mann mitzuteilen habe, jedoch vergebens. Toby sah müde und übernächtigt aus, aber seine Züge zeigten die gleiche selbstgefällige Ruhe wie gewöhnlich, und durch Schmutz und Bartwildnis leuchtete unverwüstlich das selbstzufriedene Schmunzeln des schmucken Crackit. Dann beobachtete der Jude in heftigster Ungeduld jeden Bissen, den jener in den Mund steckte, und ging in ängstlicher Spannung im Zimmer auf und nieder. Aber alles war vergeblich. Toby aß mit größtem Gleichmut weiter, bis er nicht mehr konnte; dann gebot er dem Dodger hinauszugehen, schloss die Tür, mischte ein Glas Branntwein mit Wasser und schickte sich an zu sprechen.

„Zuerst und vor allem, Fagin –“, sagte Toby.

„Ja – ja“, fiel der Jude ein, indem er seinen Stuhl näher rückte.

Mr Crackit hielt inne, um einen Schluck von seinem Getränk zu nehmen und zu erklären, dass der Wacholderbranntwein vorzüglich sei. Dann legte er seine Füße auf den niedrigen Kaminsims, sodass seine Stiefel ungefähr in gleiche Höhe mit seinen Augen kamen, und fuhr ruhig fort: „Zuerst und vor allem, Fagin – was macht Bill?“

„Was?“, schrie der Jude, von seinem Sitz auffahrend.

„Ei, du willst damit doch nicht behaupten …“, entgegnete Toby und wurde blass.

„Behaupten!“, schrie der Jude, indem er wütend auf den Boden stampfte. „Wo sind sie? Sikes und der Knabe? Wo sind sie? Wo sind sie gewesen? Wo haben sie sich versteckt? Warum sind sie nicht hierhergekommen?“

„Der Einbruch ist missglückt“, versetzte Toby leise.

„Ich weiß“, entgegnete der Jude. Er zog ein Zeitungsblatt aus der Tasche und deutete darauf. „Was noch?“

„Sie schossen, und der Junge wurde getroffen. Wir eilten querfeldein, ihn immer zwischen uns, immer gradaus – über Hecken und Gräben. Man machte auf uns Jagd. Hol mich der Teufel, die ganze Gegend war auf den Beinen, und die Hunde waren hinter uns her.“

„Aber der Knabe?“, keuchte der Jude.

„Bill hatte ihn auf dem Rücken und lief wie der Wind. Dann hielten wir an, um ihn wieder in unsere Mitte zu nehmen; aber er ließ den Kopf hängen und war kalt. Sie waren uns dicht auf den Fersen; und da nun jeder auf sich selbst bedacht ist und keiner auf den Galgen, so lösten wir die Gesellschaft auf und ließen den Jungen in einem Graben liegen. Ob er noch lebt oder tot ist, weiß ich nicht.“

Der Jude wollte nicht mehr hören. Er stieß einen lauten Schrei aus, raufte sich das Haar, eilte aus dem Zimmer und verließ das Haus.

Sechsundzwanzigstes Kapitel

In dem eine geheimnisvolle Gestalt auftaucht und viele Dinge vollbracht werden, die sich von dieser Geschichte nicht trennen lassen

Der alte Mann war bereits an der Straßenecke angelangt, ehe er sich von dem Schrecken, den Toby Crackits Nachricht ihm eingejagt hatte, zu erholen begann. Er verminderte seine ungewöhnliche Eile nicht, sondern stürmte in der gleichen wilden und zügellosen Weise weiter, bis ihn das plötzliche Heransausen eines Wagens und ein lauter Schrei der Fußgänger, die ihn in Gefahr sahen, auf den Gehsteig zurücktrieben. Er vermied möglichst die Hauptstraßen und schlich auf Nebenwegen und durch Gässchen weiter, bis er endlich Snow Hill erreichte. Hier beschleunigte er seine Schritte noch mehr und hielt nicht inne, bis er wieder in einen Hof eingebogen war. Dort nahm er endlich, als fühle er sich jetzt wieder in seinem Element, seinen gewohnten schleppenden Gang an und schien freier zu atmen.

Dort in der Nähe, wo Snow Hill und Holborn Hill zusammenstoßen, öffnet sich rechter Hand, wenn man von der City kommt, ein enges, hässliches Gässchen nach Saffron Hill. In seinen schmutzigen Läden sind bergeweise gebrauchte seidene Taschentücher von allen Größen und Mustern zum Verkauf ausgestellt; denn hier wohnen die Geschäftsleute, die sie den Dieben abkaufen. Hunderte solcher Taschentücher flattern, mit hölzernen Klammern befestigt, an der Außenseite der Fenster oder an den Türpfosten, während im Innern ganze Stöße auf den Regalen liegen. So beschränkt aber auch der Raum dieses Gässchens ist, das Field Lane heißt, es hat doch seinen Barbier, sein Kaffeehaus, seine Bierschenke und seine Garküche. Es bildet eine eigene Handelskolonie, den Stapelplatz gestohlener Kleinigkeiten, und wird frühmorgens und im Abenddämmern von stillen Kaufleuten besucht, die in düsteren Hinterstuben ihre Geschäfte abmachen und auf ebenso seltsame Weise wieder verschwinden, wie sie gekommen sind. Hier legen der Trödler, der Schuhflicker und der Lumpenhändler ihre Ware als Aushängeschild für den kleinen Dieb aus; und Vorräte an altem Eisen und Knochen und Haufen verdorbener Reste von Woll- und Leinenzeug rosten und modern in den schmutzigen Kellern.

In dieses Gässchen bog der Jude ein. Er war den Bewohnern des Gässchens mit ihren blassen Gesichtern wohlbekannt, denn viele von ihnen, die, um einen Kauf oder Verkauf abzuschließen, vor ihren Häusern Ausschau hielten, nickten ihm vertraulich zu, als er vorüberging. Er erwiderte ihre Begrüßungen auf dieselbe Weise, gab jedoch kein Zeichen näherer Bekanntschaft, bis er das äußerste Ende des Gässchens erreichte; dort blieb er stehen, um einen kleinen Handelsmann anzureden, der so viel von seiner Person in ein Kindersesselchen gezwängt hatte, wie es aufnehmen wollte, und vor seiner Ladentür eine Pfeife rauchte.

„Ei, Mr Fagin, Ihr Anblick könnte kranke Augen heilen!“, erwiderte der achtbare Handelsmann auf die Frage des Juden nach seiner Gesundheit.

„Zu Hause war's mir ein wenig zu heiß, Lively“, versetzte Fagin. Er zog die Augenbrauen hoch und kreuzte die Hände vor den Schultern.

„Nun, diese Klage habe ich schon ein- oder zweimal gehört“, entgegnete der Handelsmann, „aber es kühlt sich bald wieder ab; finden Sie nicht auch?“

Fagin nickte und fragte dann, indem er nach der Richtung von Saffron Hill deutete, ob diese Nacht wohl jemand dort sei.

„Bei den ‚Krüppeln‘?“, meinte der Mann.

Der Jude nickte.

„Lasst sehen“, fuhr der Krämer sich besinnend fort. „Ja; es sind ihrer ein halbes Dutzend hingegangen, soviel ich weiß. Ich glaube aber nicht, dass Ihr Freund dort ist.“

„Sikes also vermutlich nicht?“, fragte der Jude ganz enttäuscht.

„Non ist wentus, wie die Advokaten sagen“, entgegnete der kleine Mann und schüttelte mit einem ungemein schlauen Gesicht den Kopf. „Haben Sie heut nichts, was ich brauchen könnte?“

„Heut nicht“, antwortete der Jude und ging weiter.

„Gehen Sie zu den Krüppeln, Fagin?“, rief ihm der kleine Mann nach. „Warten Sie! Ich mach mir nichts draus, dort ein Tröpflein mit Ihnen zu trinken!"

Der Jude aber gab ihm, indem er zurückblickte, mit einer Handbewegung zu verstehen, dass er es vorziehe, allein zu sein; und da sich obendrein der kleine Mann nicht so leicht aus dem Kindersesselchen losmachen konnte, so musste für diesmal das Wirtshaus „Zu den Krüppeln" auf die Ehre verzichten, Mr Lively zu seinen Gästen zu zählen. Ehe er sich auf die Beine gebracht hatte, war der Jude verschwunden; und so zwängte sich Mr Lively, der sich in der Hoffnung, ihn noch zu sehen, vergeblich auf die Zehen gestellt hatte, abermals in den kleinen Stuhl und nahm mit wichtiger Miene seine Pfeife wieder auf, nachdem er mit einer Frau im gegenüberliegenden Laden ein Kopfschütteln ausgetauscht hatte, in dem sich Zweifel mit Misstrauen mischte.

Die Drei Krüppel war ein bei seinen Gästen unter dem Namen „Die Krüppel" wohlbekanntes Wirtshaus, in dem wir schon einmal Mr Sikes und seinen Hund haben auftreten sehen. Fagin gab dem Mann am Schanktisch nur ein Zeichen, ging geradewegs die Stiege hinauf, öffnete die Tür eines Zimmers, trat leise ein und sah sich, indem er die Augen mit der Hand beschattete, sorgfältig um, als ob er jemanden suche.

Das Zimmer wurde von zwei Gaslampen erleuchtet, deren Licht jedoch wegen der Holzläden und der dicht zugezogenen roten Vorhänge von der Straße her nicht gesehen werden konnte. Die Zimmerdecke war schwarz angestrichen, damit die blakenden Lampen ihre Farbe nicht verdürben, und der Raum war so von dichtem Tabaksqualm angefüllt, dass man anfangs kaum etwas wahrnehmen konnte. Nach und nach jedoch, als sich der Rauch teilweise durch die offene Tür verzogen hatte, tauchte eine Anzahl Köpfe auf, ungefähr ebenso wirr wie die Töne, die ans Ohr schlugen; und als sich das Auge mehr an das Bild gewöhnt hatte, konnte der Betrachter allmählich eine zahlreiche Gesellschaft aus Männern und Frauen unterscheiden, die sich um einen langen Tisch drängten. Am oberen Ende saß ein Vorsitzender mit dem Amtshammer in der Hand, während ein Musiker mit bläulicher Nase und einem wegen Zahnwehs verbundenen Gesicht in einer entfernten Ecke vor einem scheppernden Klavier hockte.

Als Fagin vorsichtig eintrat, hatte der Pianist gerade durch einen präludierenden Lauf über alle Tasten ein allgemeines Verlangen nach einem Lied geweckt; als man sich etwas beruhigt hatte, unternahm es eine junge Dame, die Gesellschaft mit einer Ballade zu unterhalten, zwischen deren vier Strophen der Begleiter immer wieder so laut wie möglich die Melodie spielte.

Als dies zu Ende war, gab der Vorsitzende ein Zeichen, und nun begannen ein paar Künstler zu seiner Rechten und Linken ein Duett, das großen Beifall erntete.

Es war reizvoll, einige Gesichter zu beobachten, die merklich aus der Gruppe hervorstachen. Da war einmal der Präsident selbst, der Wirt des Hauses, ein rauer, schwerfälliger, ungehobelter Kerl, der während des Gesangs die Augen überall umherwandern ließ und, obgleich er sich ganz der Heiterkeit zu überlassen schien, auf alles, was geschah und gesprochen wurde, achtete, und zwar sehr genau. Dann die Sänger in seiner Nachbarschaft: Sie nahmen mit Künstlergleichmut die Komplimente der Gesellschaft hin und leerten zum Dank ein Dutzend Groggläser, die ihnen von ihren lärmendsten Bewunderern geboten wurden. Deren Gesichter spiegelten fast alle Arten und Stufen des Lasters wider und zogen gerade durch ihr abstoßendes Aussehen die Aufmerksamkeit unwiderstehlich auf sich. Hier gab es Verschmitztheit, Brutalität und Trunkenheit in allen Graden und deutlichster Ausprägung. Den trübsten und traurigsten Teil dieses düsteren Gemäldes bildeten jedoch die Frauen: Mädchen oder ganz junge Frauen, die alle den Frühling des Lebens noch nicht hinter sich hatten, einige mit den letzten, fast sichtbar hinschwindenden Spuren früherer Frische, andere, von denen jeder weibliche Zug gewichen war und die bereits die ekelhafte Blässe der Verworfenheit und des Lasters zeigten.

Auf Fagin machte dies jedoch keinen Eindruck; er blickte, während sich das alles abspielte, lauernd von einem Gesicht zum andern, konnte aber offensichtlich das nicht finden, wonach er suchte. Endlich gelang es ihm, den Blick des Vorsitzenden auf sich zu ziehen; er machte ihm ein unmerkliches Zeichen und verließ das Zimmer so ruhig, wie er eingetreten war.

„Was kann ich für Sie tun, Mr Fagin?“, fragte der Mann, der ihm auf den Treppenabsatz gefolgt war. „Wollen Sie nicht bei uns Platz nehmen? Alle wären entzückt über die Ehre.“

Der Jude schüttelte ungeduldig den Kopf und flüsterte: „Ist *er* da?"

„Nein", antwortete der Mann.

„Und keine Nachrichten von Barney?", fragte Fagin.

„Keine", erwiderte der Wirt. „Er wird nichts von sich hören lassen, bis alles sicher ist. Verlassen Sie sich drauf, man ist ihnen auf der Spur, und wenn er sich nur rührt, kommt man bald hinter die ganze Geschichte. Barney muss an einem sicheren Ort stecken, sonst hätte ich etwas von ihm erfahren. Ich wette, er hält sich wacker; ich kenne ihn."

„Kommt *er* heute Nacht her?", fragte der Jude, wobei er das „er" ebenso betonte wie zuvor.

„Sie meinen Monks?", versetzte der Wirt zögernd.

„Pst!", sagte der Jude. „Ja."

„Gewiss!", entgegnete der Mann und zog eine goldene Uhr aus der Tasche. „Er sollte eigentlich schon hier sein. Wenn Sie zehn Minuten warten wollen, wird er –"

„Nein, nein", erwiderte der Jude hastig, als erleichtere ihn die Abwesenheit der fraglichen Person, so gern er sie auch gesehen hätte. „Sagen Sie ihm, ich hätte ihn besuchen wollen, und er solle heute Nacht noch – nein, morgen zu mir kommen. Da er nicht hier ist, hat's auch bis morgen noch Zeit."

„Gut!", versetzte der Mann. „Noch etwas?"

„Keine Silbe mehr", entgegnete der Jude und stieg die Treppe hinunter.

„Hören Sie!", flüsterte ihm der andere heiser über das Geländer nach. „'s könnte eine gute Gelegenheit sein! Phil Barker ist hier: Er ist so besoffen, dass ihn ein Kind hereinlegen könnte."

„Aha! Aber Phil Barkers Zeit ist noch nicht gekommen", bemerkte der Jude aufblickend. „Phil Barker hat noch eine Menge zu tun, ehe wir mit ihm brechen können. Gehen Sie zu Ihrer Gesellschaft zurück, mein Guter, und sagen Sie den Leuten, sie sollen nur ein lustiges Leben führen – *solange es währt*. Hahaha!"

Der Wirt stimmte in das Lachen des alten Mannes ein und kehrte zu seinen Gästen zurück.

Sobald der Jude allein war, nahmen seine Züge wieder den früheren bekümmerten und nachdenklichen Ausdruck an. Nach kurzem Besinnen winkte er einen Mietkutscher heran und hieß ihn nach Bethnal Green fahren. Einige Tausend Schritt von Mr Sikes'

Wohnung stieg er wieder aus und legte den Rest seines Weges zu Fuß zurück.

„Nun“, brummte der Jude, als er an die Tür klopfte, „wenn hier falsch gespielt wird, will ich's schon aus dir herauskriegen, Mädchen, so verschlagen du bist.“

Sie sei in ihrem Zimmer, sagte das Weib an der Tür. Fagin schlich leise die Stiege hinauf und trat, ohne anzupochen, ins Zimmer. Das Mädchen war allein und lag mit dem Kopf auf dem Tisch, während ihre Haare wirr herabhingen.

Sie ist betrunken, dachte der Jude gleichmütig, oder vielleicht ist ihr nur elend zumute.

In dieser Annahme wandte sich der alte Mann zur Tür, um sie zu schließen, und das dadurch verursachte Geräusch weckte das Mädchen. Sie blickte fest in sein verschmitztes Gesicht, fragte, ob es etwas Neues gebe, und lauschte seiner Erzählung von Toby Crackits Geschichte. Als er zu Ende war, sank sie wortlos wieder in ihre frühere Stellung. Sie stieß das Licht ungeduldig zurück, wechselte einige Mal in fiebernder Unruhe ihre Lage und scharrte mit den Füßen auf der Erde; das war jedoch alles.

Während dieses Schweigens blickte der Jude unruhig im Zimmer umher, ob es Anzeichen dafür gebe, dass Sikes heimlich zurückgekehrt sei. Augenscheinlich durch seine Untersuchung zufriedengestellt, räusperte er sich einige Male und machte ebenso viele Versuche, ein Gespräch einzuleiten; aber das Mädchen kümmerte sich nicht mehr um ihn, als wenn er aus Stein gewesen wäre. Endlich versuchte er es zum letzten Mal, indem er händereibend in seinem freundlichsten Ton die Frage stellte: „Und wo, meinen Sie, ist Bill jetzt, meine Gute?“

Das Mädchen antwortete in kaum verständlichen Lauten, sie könne es nicht sagen; den halb erstickten Tönen nach, die sie hervorbrachte, schien sie zu weinen.

„Und dann der Knabe“, fuhr der Jude fort, indem er seine Augen anstrengte, um einen Blick auf ihr Gesicht zu werfen, „das arme kleine Kind! Denken Sie nur, Nancy, verlassen in einem Graben!“

„Wo er auch sein mag“, entgegnete das Mädchen und sah plötzlich auf, „er ist besser versorgt als bei uns, und wenn es Bill keinen Schaden brächte, so möchte ich wünschen, er läge tot in dem Graben und seine jungen Gebeine verwesten dort.“

„Wie?“, rief der Jude erstaunt.

„Ja, das wünschte ich“, versetzte das Mädchen, das seinen Blick erwiderte. „Ich bin froh, wenn ich ihn nicht mehr sehen muss und wenn ich weiß, dass er das Schlimmste überstanden hat. Ich kann's nicht ertragen, ihn in meiner Nähe zu haben. Wenn ich ihn sehe, muss ich mich selbst und euch alle verabscheuen.“

„Pah!“, entgegnete der Jude wegwerfend. „Du bist betrunken.“

„Meinst du?“, rief Nancy bitter. „Deine Schuld ist's nicht, wenn ich's nicht bin! Wenn's nach dir ginge, so wäre ich's immer, nur jetzt nicht. Meine Stimmung sagt dir nicht zu – nicht wahr?“

„Nein, gewiss nicht“, erwiderte der Jude aufgebracht.

„So ändre sie“, entgegnete das Mädchen auflachend.

„Ändern?“, rief der Jude, aufs Höchste gereizt durch den unerwarteten Trotz seiner Schülerin und den vergeblichen Weg. „Ja, ich *will* sie ändern! Hör mich an, du Schlampe, hör auf mich, der ich mit sechs Worten Sikes so sicher baumeln lassen kann, als hätte ich seinen Stiernacken hier zwischen meinen Fingern. Wenn er zurückkehrt und den Knaben nicht mitbringt – wenn er davongekommen ist und den Jungen nicht tot oder lebendig in meine Hände liefert, dann bring ihn um, wenn du willst, dass er dem Henker entgeht. Und tu's im selben Augenblick, da er das Zimmer betritt; denke an mich, es könnte sonst zu spät sein!“

„Was soll das heißen?“, schrie das Mädchen unwillkürlich.

„Was es heißen soll?“, fuhr Fagin fort, rasend vor Wut. „Der Junge ist mir Hunderte von Pfund wert. Soll ich, was mir der Zufall ohne alle Gefahr in den Weg warf, durch die Dummheit einer betrunkenen Bande verlieren, deren Mitgliedern ich auf einen Schlag die Lebenslichter ausblasen könnte? Und soll ich mich noch obendrein an einen eingefleischten Teufel binden, der nur hinter dem Testament her ist und die Macht hat, zu …“

Der keuchende Alte haschte vergeblich nach einem Wort; aber plötzlich zügelte er seinen Zorn und änderte sein ganzes Benehmen. Einen Augenblick zuvor hatte er noch, stieren Auges und fahl vor Wut, mit gekrümmten Händen in die Luft gegriffen; aber nun sank er auf einen Stuhl, kauerte sich zusammen und zitterte vor Furcht, eine geheime Schurkerei selbst ans Licht gefördert zu haben. Nach kurzer Pause wagte er es, sich nach seiner Gefährtin umzusehen, und schien etwas beruhigt, als er sie in derselben gleichgültigen Stellung sah, aus der er sie zuerst aufgeschreckt hatte.

„Nancy, Schätzchen!“, krächzte der Jude mit seiner gewöhnlichen Stimme. „Haben Sie mir zugehört, meine Gute?“

„Quält mich jetzt nicht, Fagin“, versetzte das Mädchen. Sie richtete matt den Kopf auf. „Hat's Bill diesmal nicht geschafft, so wird er's ein andermal schaffen. Er hat schon manches gute Geschäft für Euch besorgt und wird noch manches besorgen, wenn er kann; und kann er nicht, so lässt er's eben bleiben. Also kein Wort mehr davon.“

„Aber der Knabe, meine Gute?“, sagte der Jude, indem er sich heftig die Hände rieb.

„Der Knabe muss sich durchbeißen wie die Übrigen“, fiel Nancy hastig ein, „und ich sag noch einmal, ich hoffe, er ist tot und aller Gefahr entronnen, besonders Euren Händen – das heißt, wenn Bill dabei nicht zu Schaden kommt. Aber wenn sich Toby in Sicherheit bringen konnte, so ist Bill gewiss außer Gefahr. Denn Bill ist noch immer zweimal so viel wert wie Toby.“

„Und was meine vorigen Worte betrifft, meine Beste?“, bemerkte der Jude und schaute sie mit funkelnden Augen unverwandt an.

„Da müsst Ihr mir wohl alles noch einmal sagen, wenn ich etwas für Euch habe tun sollen“, erwiderte Nancy. „Es wäre aber besser, damit bis morgen zu warten. Ihr habt mich für einen Augenblick aufgeweckt, aber jetzt bin ich wieder ganz benommen.“

Fagin stellte noch mehrere andere Fragen, um sich zu überzeugen, ob das Mädchen von seinen unvorsichtigen Andeutungen etwas verstanden habe; aber sie antwortete so unumwunden und ließ sich durch seine prüfenden Blicke so wenig in Verlegenheit bringen, dass er in seiner ursprünglichen Meinung, sie hätte zu tief ins Glas gesehen, bestärkt wurde. Nancy war allerdings nicht frei von dieser Schwäche, die unter den weiblichen Zöglingen des Juden ziemlich verbreitet und bei ihr schon in ihrer frühen Jugend eher ermutigt als gezügelt worden war. Ihr unordentliches Aussehen und der starke Genevergeruch, der das Zimmer erfüllte, lieferten einen starken Beweis für Fagins Annahme. Und wenn sie nach dem vorhin beschriebenen vorübergehenden Ausbruch von Heftigkeit zunächst in Dumpfheit verfiel und dann von einer solchen Verwirrung ihrer Gedanken und Empfindungen ergriffen wurde, dass sie in der einen

Minute Tränen vergoss und in der nächsten davon sprach, dass man „nur nicht vom Tode reden“ solle, und ferner verschiedene Erwägungen anstellte, was eigentlich zum Glück einer Frau oder eines Mannes gehöre, so konnte Mr Fagin vermöge seiner jahrelangen Erfahrung mit großer Befriedigung der Auffassung sein, dass Nancy ziemlich betrunken sei.

Da ihn diese Entdeckung sehr erleichterte und er nun seinen doppelten Zweck, dem Mädchen die erhaltenen Nachrichten mitzuteilen und sich mit eigenen Augen davon zu überzeugen, dass Sikes nicht zurückgekehrt sei, erreicht hatte, schickte er sich zur Heimkehr an und ließ seine junge Freundin schlafend zurück, den Kopf auf den Tisch gelegt.

Es war um die Mitternachtsstunde. Das Wetter war so schneidend kalt, dass er sich nicht versucht fühlte, sich aufzuhalten. Der scharfe, pfeifende Wind schien die Straßen von Menschen wie von Staub und Schmutz reingefegt zu haben, denn nur wenige Leute waren noch unterwegs, und auch diese schienen schnellstmöglich nach Hause zu streben. Für den Juden hatte der Wind keine ungünstige Richtung, denn er konnte vor ihm herlaufen, wenn er auch bei jedem neuen Stoß zitterte und zusammenschauerte.

Mr Fagin hatte die Ecke seiner eigenen Straße erreicht und suchte eben in seiner Tasche den Türschlüssel, als eine dunkle Gestalt aus dem tiefen Schatten eines vorspringenden Eingangs auftauchte, über den Weg glitt und unbemerkt an seine Seite trat.

„Fagin!“, flüsterte eine Stimme dicht an seinem Ohr.

„Aha!“, sagte der Angeredete und drehte sich rasch um. „Ist das –“

„Ja“, fiel der Fremde ein. „Ich warte hier schon seit zwei Stunden. Wo zum Teufel seid Ihr gewesen?“

„War in Ihren Angelegenheiten beschäftigt, mein Bester“, antwortete der Jude mit einem unruhigen Blick auf seinen Begleiter. „Die ganze Nacht in Ihren Angelegenheiten.“

„Tatsächlich!“, versetzte der Fremde höhnisch. „Nun – und was ist dabei herausgekommen?“

„Nichts Gutes“, entgegnete der Jude.

„Doch auch nichts Schlimmes, hoffe ich?“, erwiderte der Fremde, indem er stehen blieb und einen bestürzten Blick auf seinen Gefährten warf.

Der Jude schüttelte den Kopf und wollte antworten; der Fremde unterbrach ihn jedoch, zeigte auf das Haus, vor dem sie mittlerweile angelangt waren, und meinte, er solle das, was er zu sagen habe, lieber im Innern vorbringen, denn das Blut sei ihm von dem langen Stehen erstarrt, und der Wind habe ihn durchgeblasen.

Fagin schnitt ein Gesicht, als hätte er sich gern entschuldigt, er könne zu so ungewohnter Stunde keinen Gast mehr ins Haus mitnehmen, und murmelte etwas von einer ungeheizten Stube; aber der Fremde wiederholte seinen Wunsch in einem so bestimmten Ton, dass der Jude die Tür öffnete und ihn ersuchte, sie leise wieder zu schließen, während er ein Licht hole.

„Hier ist's dunkel wie im Grab", sagte der Mann und tappte ein paar Schritte vorwärts. „Beeilt Euch!"

„Schließen Sie die Tür", flüsterte Fagin vom Ende des Hausflurs her. Er hatte noch nicht ausgesprochen, als die Tür mit lautem Krachen zuflog.

„Das habe ich nicht getan", sprach der andere weitertappend. „Der Wind hat sie zugeschlagen, oder sie schloss sich von selber – eins oder das andere. Macht, dass Ihr ein Licht bringt, oder ich stoße mir in diesem verwünschten Loch den Schädel ein."

Fagin schlich die Küchentreppe hinab und kehrte bald mit einer brennenden Kerze und mit der Kunde zurück, dass Toby Crackit unten im Hintergemach, die Jungen aber im vorderen schliefen. Er winkte dem Fremden, ihm zu folgen, und führte ihn die Stiege hinauf.

„Wir können die paar Worte, die wir uns zu sagen haben, hier abtun, mein Bester", begann der Jude, indem er eine Tür im ersten Stockwerk öffnete; „und da in den Läden Löcher sind und wir unsern Nachbarn nie Licht zeigen, will ich den Leuchter auf die Stiege stellen. – So."

Bei diesen Worten bückte sich der Jude, setzte das Licht auf die oberste Treppenstufe, gerade der Zimmertür gegenüber, und trat in das Gemach, das außer einem zerbrochenen Lehnstuhl und einem Sofa ohne Überzug – es stand hinter der Tür – keine Möbel aufwies. Der Fremde setzte sich auf das Sofa wie jemand, der sehr müde ist, indes der Jude den Lehnstuhl näher rückte; so saßen sie Auge in Auge. Es war nicht ganz finster, denn die Tür stand halb offen, und das Licht warf von draußen einen schwachen Schein an die Wand gegenüber.

Sie flüsterten eine Weile miteinander, und obgleich von ihrer Unterhaltung nur hin und wieder einige unzusammenhängende Worte zu hören waren, hätte ein Horcher doch leicht feststellen können, dass der Fremde heftig erregt war und dass sich Fagin gegen einige seiner Bemerkungen zu verteidigen schien. Sie mochten in dieser Weise wohl eine Viertelstunde gesprochen haben, als Monks – mit diesem Namen hatte der Jude den Fremden im Laufe des Gesprächs mehrmals angeredet – mit etwas lauterer Stimme fortfuhr: „Ich sage Euch nochmals, es war schlecht geplant. Warum habt Ihr ihn nicht bei den Übrigen behalten und einfach einen schuftigen kleinen Taschendieb aus ihm gemacht?"

„Hör sich das einer an!", rief der Jude und zuckte die Achseln.

„Wie? Wollt Ihr damit sagen, Ihr hättet's nicht gekonnt, wenn Ihr gewollt hättet?", fragte Monks streng. „Habt Ihr's nicht schon dutzendmal mit andern praktiziert? Wenn Ihr nur ein Jahr, höchstens, mit ihm Geduld gehabt hättet, wäre es da nicht möglich gewesen, ihn verurteilen und, vielleicht auf Lebenszeit, aus dem Königreich schaffen zu lassen?"

„Wem hätte das genützt, mein Bester?", fragte der Jude demütig.

„Mir!", versetzte Monks.

„Aber nicht mir", entgegnete der Jude unterwürfig. „Er hätte mir vielleicht noch nützlich werden können. Wenn zwei Parteien an einem Handel beteiligt sind, so ist es nur billig, dass der Vorteil beider erwogen wird; oder nicht, mein Freund?"

„Und was weiter?", fragte Monks.

„Ich konnte bald bemerken, dass es nicht leicht war, ihn fürs Geschäft zu erziehen", erwiderte der Jude. „Er war nicht wie andere Jungen unter ähnlichen Umständen."

„Hol ihn der Teufel, nein", brummte der Mann. „Er wäre sonst schon lang zum Dieb geworden."

„Ich fand bei ihm keine Möglichkeit, ihn zum schlechten Kerl zu machen", fuhr der Jude mit einem ängstlichen Blick auf das Gesicht seines Gefährten fort. „Er ließ sich auf nichts ein; auch konnte ich ihn mit nichts schrecken, was im Anfang immer nötig ist, wenn unsere Mühe nicht vergeblich sein soll. Was konnte ich tun? Ihn wieder mit Dawkins und Charley losschicken? Wir hatten vom ersten Mal genug, mein Bester; ich zitterte für uns alle."

„Das geschah nicht auf meine Veranlassung", bemerkte Monks.

„Nein, nein, mein Bester", versetzte der Jude, „und ich beklage es auch nicht, denn ohne diesen Vorfall wärt Ihr nie auf den Knaben aufmerksam geworden und zu der Entdeckung gekommen, dass er es ist, den Ihr im Auge hattet. Nun, ich brachte ihn mithilfe des Mädchens für Euch zurück, und seitdem fängt sie an, ihm die Stange zu halten."

„Bringt die Metze* um!", rief Monks ungeduldig.

„Ei, jetzt gerade geht das nicht gut, mein Freund", erwiderte der Jude lächelnd. „Und außerdem liegt so etwas nicht in unserer Art, sonst hätte ich's in den letzten Tagen schon gern einmal getan. Ich kenne diese Sorte von Mädchen, Monks. Sobald der Knabe anfängt, härter zu werden, kümmert sie sich um ihn nicht mehr als um einen Holzblock. Ihr wollt ihn zum Dieb erziehen? Wenn er noch am Leben ist, kann ich von diesem Augenblick an einen aus ihm machen; und wenn – wenn –", fügte der Jude hinzu, wobei er näher an den andern heranrückte, „es ist ja nicht anzunehmen – aber wenn das Unglück es will, dass er tot ist –"

„Dann ist es nicht meine Schuld!", fiel der Fremde mit erschrockener Miene ein und umfasste den Arm des Juden mit zitternden Händen. „Erinnert Euch, Fagin! Ich hatte meine Hand nicht im Spiel. Alles, nur nicht seinen Tod, sagte ich gleich anfangs. Ich will kein Blut vergießen; es kommt stets ans Licht und lässt einem außerdem keine Ruhe. Wenn sie ihn totgeschossen haben, so trifft mich keine Schuld, hörst du? – Hol der Teufel dies Loch! Was war das?"

„Was?", rief der Jude, indem er den erschrocken Aufspringenden mit beiden Armen umfasste. „Wo?"

„Dort!", rief der Mann und stierte auf die gegenüberliegende Wand. „Der Schatten! Ich sah den Schatten eines Weibes in Hut und Mantel wie einen Hauch über das Getäfel hinschweben."

Der Jude ließ seinen Gefährten los, und beide stürzten rasch aus dem Zimmer. Die im Zugwind flackernde Kerze stand an ihrer alten Stelle und zeigte ihnen nichts als das leere Treppenhaus und ihre eigenen erblassten Gesichter. Sie horchten aufmerksam, aber eine tiefe Stille herrschte im ganzen Haus.

„Es war Einbildung!", sagte der Jude zu seinem Gefährten, indem er das Licht aufnahm.

---

* Veraltet für Prostituierte

„Ich könnte schwören, dass ich es sah“, versetzte Monks zitternd. „Der Schatten beugte sich vor, als ich ihn zuerst bemerkte, und glitt hinweg, sobald ich sprach.“

Der Jude warf einen Blick der Verachtung auf das blasse Gesicht seines Verbündeten, forderte ihn auf, ihm zu folgen, wenn es ihm beliebe, und stieg die Treppe hinauf. Sie schauten in allen Zimmern, aber sie waren kalt, kahl und leer. Dann stiegen sie wieder zum Hausflur und von da in den Keller hinunter. Grüner Schimmel hing an den niedrigen Wänden, und Schneckenspuren glänzten im Lichtschein; aber alles war still wie der Tod.

„Was meinen Sie nun?“, fragte der Jude, als sie wieder im Hausflur anlangten. „Außer uns selbst befindet sich keine Seele im Haus als Toby und die Jungen; und die sind gut genug aufgehoben. Schauen Sie her!“

Zum Beweis zog der Jude zwei Schlüssel aus der Tasche und erklärte, dass er sie, als er das erste Mal die Treppe hinuntergegangen war, eingeschlossen habe, um jeder Unterbrechung ihrer Unterhaltung vorzubeugen.

Diese vielfältigen Zeugnisse machten Mr Monks wankend. Seine Behauptungen wurden immer weniger heftig, je weiter sie ihre Nachforschungen trieben, ohne etwas zu finden; schließlich machte er sich wiederholt durch hässliches Lachen Luft und gab zu, dass ihm seine erregte Fantasie einen Streich gespielt haben könne. Er lehnte jedoch eine Wiederaufnahme des Gesprächs für diese Nacht ab, indem er sich plötzlich erinnerte, dass es ein Uhr vorüber sei; und so trennte sich das liebenswürdige Paar.

Siebenundzwanzigstes Kapitel

Sucht die Unhöflichkeit eines früheren wiedergutzumachen, das ohne alle Förmlichkeiten eine Dame im Stich ließ

Da es sich für einen bescheidenen Schriftsteller keineswegs ziemt, eine so maßgebende Persönlichkeit wie einen Büttel mit dem Rücken gegen das Feuer und mit den Rockschößen unterm Arm stehen zu lassen, bis es ihm beliebt, ihn zu erlösen, und da es sich mit seiner Stellung oder seiner Galanterie noch weit weniger verträgt, in ebendiese Vernachlässigung eine Dame mit zu verwickeln, der der genannte Beamte zärtliche und verliebte Blicke zugeworfen und in deren Ohr er süße Worte geflüstert hat, die aus dem Mund eines solchen Mannes das Herz eines jeden Mädchens oder einer jeder Frau erbeben machen mussten, so beeilt sich der Erzähler, der diese Worte niederschreibt, ihnen die ihrem Rang zustehende Hochachtung zu zollen und sie mit aller schuldigen Förmlichkeit zu behandeln, auf die ihre hohen Posten und demzufolge auch ihre großen Tugenden Anspruch erheben können; denn er weiß, was ihm zukommt, und hegt vor allen auf Erden, denen eine hohe und wichtige Würde zugeteilt ist, die gebührende Ehrfurcht. In dieser Absicht hatte er sich vorgenommen, hier eine Abhandlung über das göttliche Recht der Büttel einzuschalten, die klar den Satz bewiesen hätte, dass ein Büttel nicht unrecht tun kann. So erbaulich und belehrend das aber auch für den wohlgesinnten Leser gewesen wäre, so muss es der Verfasser doch aus Mangel an Zeit und Raum auf eine geeignetere Gelegenheit verschieben; wenn sie kommt, wird er dann wohlvorbereitet sein für den Beweis, dass ein echter und rechter Büttel – das heißt, ein bei einem Kirchspielarmenhaus angestellter Kirchspielbüttel, der in dieser Eigenschaft auch die Kirchspielkirche zu bedienen hat – kraft seines Amtes alle schönsten und besten Eigenschaften des menschlichen Herzens besitzt und dass auf keinen dieser Vorzüge die bloßen Vereins-, Gerichts- oder auch Kapellendiener – diese letzten allenfalls in einem sehr geringen und untergeordneten Maß – auch nur den entferntesten, leisesten Anspruch haben.

Mr Bumble hatte die Teelöffel abermals gezählt, die Zuckerzange aufs Neue gewogen, den Milchtopf noch genauer untersucht und sich über den Zustand der Möbel bis zu den Rosshaarpolstern der Stühle herunter jede geeignete Kenntnis verschafft, ja, er hatte all das wohl ein halbdutzendmal wiederholt, ehe ihm der Gedanke kam, es wäre nun Zeit, dass Mrs Corney zurückkehrte. Da aber ein Gedanke den andern weckt und da von Mrs Corneys Nahen nichts zu hören war, so fiel es Mr Bumble ein, dass es ein unschuldiger und löblicher Zeitvertreib sei, seine Neugier durch einen flüchtigen Blick ins Innere der Kommode zu befriedigen.

Mr Bumble horchte daher am Schlüsselloch, ob auch niemand komme, und untersuchte dann, von unten beginnend, den Inhalt der drei langen Schubladen. Sie waren mit verschiedenen Kleidern von gutem Schnitt und Stoff gefüllt, die sorgfältig zwischen zwei Lagen alter Zeitungen aufbewahrt und mit getrocknetem Lavendel bestreut waren. Sie schienen ihm ausnehmend gut zu gefallen. Im weiteren Verlauf seiner Nachforschungen kam er dann zu der Schublade, die auf der rechten Seite war und an der der Schlüssel stak, und erblickte darin ein mit einem Vorlegeschloss versehenes Kästchen. Als er es schüttelte, gab es den lieblichen Ton klingender Münze von sich. Da kehrte Mr Bumble mit gemessenem Schritt zum Kamin zurück, nahm seine frühere Haltung wieder an und sagte mit ernster und entschlossener Miene: „Ich will's tun!“ Dieser bemerkenswerten Erklärung ließ er ein schlaues, wohl zehn Minuten dauerndes Kopfschütteln folgen, als wolle er sich selbst einreden, er sei noch ein ganz wackerer Bursche; und dann betrachtete er mit sichtlichem Vergnügen und Anteil seine Beine von der Seite.

Er war noch dabei, seine Waden zu bewundern, als Mrs Corney ins Zimmer stürzte, sich atemlos auf einen Stuhl am Kamin warf, mit der einen Hand ihre Augen, mit der andern die Stelle des Herzens bedeckte und nach Luft schnappte.

„Mrs Corney“, fragte Mr Bumble und beugte sich dabei über die Matrone, „was gibt es, Madam? Ist etwas geschehen, Madam? Ich bitte, reden Sie doch; ich sitze hier wie auf – auf –“, Mr Bumble konnte sich in seiner Bestürzung nicht sogleich auf das Wort „Kohlen“ besinnen und sagte daher „auf zerbrochenen Flaschen.“

„O Mr Bumble!“, rief die Dame. „Wie mich das erschreckt hat!“

„Erschreckt, Madam?“, entgegnete Mr Bumble. „Wer hat sich erdreistet –? Ah, ich weiß schon“, unterbrach sich der Büttel mit angeborener Würde. „Dieses heillose Armenpack!“

„Es ist schrecklich, nur daran zu denken!“, sagte die Dame schaudernd.

„Dann denken Sie nicht daran“, versetzte Mr Bumble.

„Ach, ich muss aber“, wimmerte die Dame.

„Dann nehmen Sie etwas zu sich, Madam“, redete ihr Mr Bumble besänftigend zu. „Ein Tröpfchen Wein?“

„Nicht um alles in der Welt“, erwiderte Mrs Corney. „Ich könnte nicht – oh! Das oberste Brett rechts in der Ecke – oh!“

Mit diesen Worten deutete die gute Frau, die an inneren Krämpfen zu leiden schien, verwirrt nach dem Wandschrank. Mr Bumble eilte hin, nahm eine grüne Flasche von dem vage bezeichneten Brett, füllte eine Teetasse mit ihrem Inhalt und hielt sie an die Lippen der Dame.

„Es wird schon besser“, sagte Mrs Corney und lehnte sich zurück, nachdem sie die Tasse halb ausgetrunken hatte.

Mr Bumble hob seine Augen voll frohen Dankes zur Zimmerdecke, ließ sie dann wieder zum Rand der Tasse gleiten und brachte diese an seine Nase.

„Pfefferminz“, erklärte Mrs Corney mit schwacher Stimme und lächelte den Büttel freundlich an. „Versuchen Sie's, es ist ein bisschen – ein klein bisschen was andres mit darunter.“

Mr Bumble kostete die Arznei mit zweifelndem Blick, leckte sich die Lippen, kostete erneut und stellte die Tasse leer nieder.

„Es ist sehr stärkend“, sagte Mrs Corney.

„Wirklich sehr stärkend, Madam“, erwiderte der Büttel. Dabei rückte er seinen Stuhl zu der Matrone und fragte sie zärtlich, was ihr passiert sei.

„Nichts“, versetzte Mrs Corney. „Ich bin ein törichtes, reizbares, schwaches Geschöpf.“

„Nicht schwach, Madam“, erwiderte Mr Bumble und zog seinen Stuhl noch näher. „Wie, oder wären Sie wirklich ein schwaches Geschöpf, Mrs Corney?“

„Wir alle sind schwache Geschöpfe", entgegnete Mrs Corney, indem sie einen allgemeinen Satz aufstellte.

„Freilich, freilich, wir alle", sagte Mr Bumble.

Beide schwiegen nun einige Minuten; nach Ablauf dieser Zeit hatte jedoch Mr Bumble den Satz dadurch erhärtet, dass er seinen linken Arm von Mrs Corneys Stuhllehne, wo er geruht hatte, auf Mrs Corneys Schürzenband heruntergleiten ließ, dessen Richtung er dann nach und nach verfolgte.

„Wir sind alle schwache Geschöpfe", wiederholte Mr Bumble.

Mrs Corney seufzte.

„Seufzen Sie nicht, Mrs Corney", sagte Mr Bumble.

„Ich kann mir nicht helfen", versetzte Mrs Corney und seufzte abermals.

„Dies ist ein sehr behagliches Zimmer, Madam", meinte Mr Bumble umherblickend. „Noch eines dazu, Madam, und es bliebe nichts zu wünschen."

„Das wäre zu viel für eine einzelne Person", flüsterte die Dame.

„Aber nicht für zwei, Madam", erwiderte Mr Bumble schmelzend. „Was meinen Sie, Mrs Corney?"

Bei diesen Worten des Büttels senkte Mrs Corney den Kopf, und Mr Bumble ließ den seinigen gleichfalls sinken, um ihr ins Gesicht sehen zu können. Mrs Corney wendete ihr Antlitz züchtig zur Seite und machte ihre Hand los, um nach ihrem Taschentuch zu greifen, legte sie aber unwillkürlich wieder in die Mr Bumbles.

„Die Behörde gewährt Ihnen freie Heizung, nicht wahr, Mrs Corney?", fragte der Büttel und drückte zärtlich ihre Hand.

„Und Kerzen", antwortete Mrs Corney, die den Druck leicht erwiderte.

„Heizung, Licht und Wohnung frei", sagte Mr Bumble. „O Mrs Corney, was für ein Engel Sie sind!"

Einem solchen Gefühlsausbruch konnte die Dame nicht widerstehen. Sie sank in Mr Bumbles Arme, und dieser drückte in seiner Begeisterung einen leidenschaftlichen Kuss auf ihre keusche Nase.

„Sie sind das Juwel des Kirchspiels!", rief Mr Bumble entzückt. „Sie wissen doch, mein Engel, dass es mit Mr Slout heute Nacht schlimmer steht?"

„Ja", versetzte Mrs Corney verschämt.

„Der Doktor sagt, er habe keine Woche mehr zu leben", fuhr

Mr Bumble fort. „Er ist Armenhausvater; die Stelle wird durch seinen Tod frei und muss wieder besetzt werden. O Mrs Corney, welch herrliche Aussichten! Welch schöne Gelegenheit, die Herzen und Haushaltungen zu vereinen!"

Mrs Corney schluchzte.

„Das kleine Wörtchen", sagte Mr Bumble, indem er sich über die verschämte Schönheit beugte, „das einzige kleine – kleine Wörtchen, meine himmlische Corney?"

„J – j – a", hauchte die Matrone.

„Und noch eins", fuhr der Büttel fort. „Fassen Sie Ihre zärtlichen Gefühle nur noch einmal zusammen. Wann soll es geschehen?"

Mrs Corney hub zweimal zu sprechen an, aber jedes Mal versagte ihr die Stimme. Endlich nahm sie ihren ganzen Mut zusammen, schlang ihre Arme um Mr Bumbles Hals und sagte, es solle sein, sobald es ihm beliebe, da er doch ein so unwiderstehlicher Mann sei.

Als die Angelegenheit auf eine so freundliche und zufriedenstellende Weise geregelt war, wurde das Abkommen durch eine zweite Teetasse voll Pfefferminzarznei feierlich bekräftigt, was außerdem für die heftig erregten Gefühle der Dame besonders notwendig war. Und während das geschah, erzählte Mrs Corney dem Büttel von dem Verscheiden des alten Weibes.

„Sehr gut", sagte er, seinen Pfefferminz schlürfend. „Ich will auf dem Heimweg bei Sowerberry vorsprechen und ihn morgen früh herschicken. Was hat Sie aber so in Schrecken versetzt, meine Liebe?"

„Es war nichts Besonderes, mein Schatz", versetzte die Dame ausweichend.

„Es muss aber doch etwas gewesen sein, meine Liebe", drängte Mr Bumble. „Sie werden es doch Ihrem Bumble anvertrauen?"

„Nicht jetzt", versetzte die Dame. „An einem der nächsten Tage – wenn wir verheiratet sind, mein Bester."

„Wenn wir verheiratet sind?", rief Mr Bumble. „Wie, hat sich etwa einer der männlichen Armenhäusler eine Unverschämtheit –"

„Nein – nein, mein Teurer", fiel die Dame hastig ein.

„Wenn ich mir so etwas dächte", fuhr Mr Bumble fort, „wenn ich mir vorstellte, dass einer von ihnen es wagte, seine gemeinen Augen zu diesem himmlischen Antlitz zu erheben …"

„Nie hätten sie das gewagt, mein Schatz", antwortete die Dame.

„Das ist ihr Glück“, sagte Mr Bumble und ballte die Faust. „Ich möchte den Mann sehen, innerhalb oder außerhalb des Armenhauses, der sich das herausnähme: Ich kann ihm nur sagen, dass er es nicht ein zweites Mal täte.“

Wären diese Worte nicht von so heftigen Gesten ausgeschmückt worden, sie hätten als kein besonderes Kompliment für die Reize der Dame erscheinen mögen; da aber Mr Bumble seine Drohung mit vielen herausfordernden Gebärden begleitete, war sie von diesem Beweis seiner aufopfernden Liebe sehr gerührt und beteuerte mit vieler Bewunderung, dass er wirklich „ein liebes Täubchen“ sei.

Das Täubchen schlug nun seinen Rockkragen in die Höhe, setzte seinen Dreispitz auf, tauschte mit seiner Zukünftigen eine lange, zärtliche Umarmung aus und bot noch einmal dem kalten Nachtwind Trotz; nur einige Minuten hielt er sich noch im Zimmer der männlichen Armenhäusler auf, um sie ein bisschen zu schikanieren und dadurch sich selbst zu überzeugen, dass er das Amt eines Armenhausvaters mit der nötigen Strenge auszufüllen verstehe. Seiner Befähigung gewiss, verließ Mr Bumble das Haus leichten Herzens, und voll freudiger Zuversicht malte er sich seine künftige Beförderung aus. Sie beschäftigte ihn, bis er den Laden des Leichenbestatters erreicht hatte.

Mr und Mrs Sowerberry waren zum Tee und Nachtessen ausgegangen, und da Noah Claypole zu keiner Zeit geneigt war, sich größeren physischen Anstrengungen zu unterziehen, als sie zum rechten Vollzug des Essens und Trinkens erforderlich waren, so stand der Laden offen, obschon die Stunde, zu der er gewöhnlich geschlossen wurde, vorüber war. Mr Bumble klopfte mit seinem Rohr wiederholt auf den Ladentisch, ohne irgendwelche Aufmerksamkeit zu erregen, und da er durch das Glasfenster des kleinen Zimmers hinter dem Laden Licht bemerkte, nahm er sich die Freiheit, näher zu treten und zu sehen, was vorgehe; und als er sah, *was* vorging, war er nicht wenig überrascht.

Der Tisch war zum Abendessen gedeckt und mit Brot und Butter, Tellern und Gläsern, einem Porterkrug und einer Weinflasche besetzt. Am oberen Ende fläzte sich Mr Noah Claypole nachlässig in einem Armstuhl, hatte die Beine über eine der Seitenlehnen gezogen und hielt ein offenes Schnappmesser in der einen, ein tüchtiges Stück Butterbrot in der andern Hand; dicht neben ihm stand

Wie Mr Claypole sich aufführte, als sein Herr außer Hauses war

Charlotte und öffnete Austern, die sie aus einem Fässchen holte und die Mr Claypole mit beachtlicher Gier zu verschlingen geruhte. Eine ungewöhnliche Röte in der Nasengegend und ein gewisses Stieren seines rechten Auges bekundeten, dass der junge Herr etwas angetrunken sei; bestätigt wurden diese Anzeichen durch das große Wohlbehagen, mit dem er die Austern zu sich nahm. Ihre kühlenden Eigenschaften in Fällen innerlicher Glut konnte er nicht genug rühmen.

„Hier ist eine köstlich fette, lieber Noah!“, sagte Charlotte. „Versuche sie, nur noch diese einzige.“

„Austern sind doch etwas Vorzügliches!“, bemerkte Mr Claypole, nachdem er sie hinuntergeschluckt hatte. „Nur schade, dass sie einem immer Unbehagen machen, wenn man eine gewisse Menge vertilgt hat; ist's nicht so, Charlotte?“

„'s ist wirklich grausam“, versetzte Charlotte.

„Ja, du hast recht“, stimmte Mr Claypole bei. „Magst du Austern nicht?“

„Nicht besonders“, entgegnete Charlotte. „Es macht mir mehr Spaß, wenn du sie isst, Noah, als wenn ich sie selbst esse.“

„Mein Gott, wie seltsam!“, meinte Noah nachdenklich.

„Willst du noch eine?“, fragte Charlotte. „Hier ist eine mit einem wunderschönen Bart.“

„Krieg keine mehr runter“, antwortete Noah. „Tut mir wirklich schrecklich leid. Komm her, Charlotte, lass dir einen Kuss geben.“

„Was?“, schrie der Büttel und stürzte ins Zimmer. „Willst du das noch mal sagen, Bürschchen?“

Charlotte stieß einen Schrei aus und verbarg ihr Gesicht hinter ihrer Schürze, während Mr Claypole, ohne seine Stellung zu verändern, außer dass er seine Beine zur Erde sinken ließ, in trunkenem Schrecken den Büttel anstarrte.

„Sag das noch einmal, du verdorbener, unverschämter Kerl!“, tobte Mr Bumble. „Wie kannst du es nur wagen, so etwas zu äußern, Bürschchen? Und wie kann Sie sich unterstehen, ihn zu ermutigen, Sie schamlose Dirne? Sie küssen!“, rief der Büttel in äußerster Entrüstung. „Pfui!“

„Ich wollte es ja gar nicht tun“, entgegnete Noah weinerlich. „Sie küsst mich immer, ob ich mag oder nicht.“

„O Noah!“, rief Charlotte vorwurfsvoll.

„Ist's etwa nicht wahr? Kannst du's leugnen?", entgegnete Noah. „Sie tut es immer, Mr Bumble; sie kneift mich ins Kinn und lässt alle Arten von Liebkosungen an mir aus."

„Still!", schrie Mr Bumble streng. „Pack Sie sich sogleich die Stiege hinunter, Mamsell. Und du, Noah, schließ den Laden, und rede kein Wort mehr, bis dein Meister nach Hause kommt, sonst setzt's was; und wenn er kommt, so sag ihm, Mr Bumble habe hinterlassen, er solle morgen früh einen Sarg für ein altes Weib ins Haus schicken. Hörst du, Bürschchen? – Küssen!", fuhr Mr Bumble fort und schlug die Hände überm Kopf zusammen. „Die Sündhaftigkeit und Verdorbenheit der unteren Klassen in diesem Kirchspiel schreit zum Himmel! Wenn das Parlament gegen solche verabscheuungswürdigen Sitten nichts unternimmt, dann ist dieses Land ruiniert und die Ehre seiner Bewohner für immer zugrunde gerichtet!"

Mit diesen Worten verließ der Büttel in stolzer und finsterer Haltung das Haus des Leichenbestatters.

Und nun, da wir ihn so weit auf seinem Heimweg begleitet und alle nötigen Vorkehrungen für das Leichenbegängnis des alten Weibes getroffen haben, wollen wir uns ein wenig nach dem jungen Oliver Twist erkundigen und zusehen, ob er noch in dem Graben liegt, wo ihn Toby Crackit verlassen hat.

Achtundzwanzigstes Kapitel

Kümmert sich um Oliver und teilt dessen weitere Abenteuer mit

Dass euch die Wölfe an die Gurgel fahren!", knirschte Sikes. „Ich wollte, ich wäre unter euch; ihr solltet mir noch heiserer heulen."

Mit dem unbändigen Zorn, dessen seine maßlose Natur fähig war, grollte Sikes diese Verwünschungen vor sich hin. Er legte den verwundeten Knaben über sein gebeugtes Knie und wandte seinen Kopf einen Augenblick zurück, um nach seinen Verfolgern zu sehen.

Nebel und Dunkelheit ließen ihn nur wenig erkennen; aber das laute Rufen von Menschen erfüllte die Luft, und das Bellen der Hunde in der Nachbarschaft, die der Ton der Alarmglocke geweckt hatte, schallte aus allen Richtungen.

„Halt, du feiger Hund!", rief der Räuber Toby Crackit nach, der von seinen langen Beinen den besten Gebrauch machte und einigen Vorsprung gewonnen hatte. „Halt!"

Die Wiederholung dieses Wortes brachte Toby zum Stehen. Denn er war nicht ganz sicher, ob er bereits außer Pistolenschussweite sei, und Sikes war nicht in der Laune, mit sich spaßen zu lassen.

„Hilf mir mit dem Jungen!", brüllte Sikes und winkte seinem Verbündeten wütend zu. „Komm zurück!"

Toby tat zunächst, als ob er bereitwillig umkehre, wagte es jedoch, während er langsam näher kam, mit schwacher und atemloser Stimme seine große Abneigung dagegen zu äußern.

„Schneller!", rief Sikes, indem er Oliver in einen trockenen Graben zu seinen Füßen legte und seine Pistole aus der Tasche zog. „Halte mich ja nicht zum Narren!"

In diesem Augenblick wurde der Lärm lauter, und als sich Sikes wieder umsah, konnte er bemerken, dass seine Verfolger bereits über die Umzäunung des Feldes kletterten, auf dem er stand, und dass ihnen ein paar Hunde einige Schritte voraus waren.

„Es ist zu spät, Bill!“, rief Toby. „Lass den Jungen liegen, und gib Fersengeld!“

Mit diesem Rat machte Mr Crackit, der sich lieber der Gefahr aussetzte, von seinem Freund erschossen als von seinen Feinden aufgegriffen zu werden, kehrt und jagte in gestrecktem Lauf davon. Sikes knirschte mit den Zähnen, sah sich noch einmal um, hüllte Olivers hingestreckte Gestalt in den Umhang, den er hastig übergeworfen hatte, lief längs der Hecke hin, als ob er die Aufmerksamkeit der Verfolger von der Stelle, wo der Knabe lag, abziehen wolle, blieb einen Augenblick an einer anderen Hecke stehen, die im rechten Winkel mit der ersten zusammenstieß, schwang seine Pistole hoch in der Luft, setzte über die Einzäunung hinweg und war verschwunden.

„Hoho, hierher!“, rief eine keuchende Stimme von hinten. „Pinscher! Neptun! – Hierher, hierher!“

Die Hunde – sie schienen, wie ihre Herren, keinen besonderen Geschmack an der Jagd zu finden, in die sie verwickelt waren – gehorchten bereitwillig diesem Befehl, und drei Männer, die inzwischen eine Strecke weit ins Feld vorgelaufen waren, machten nun halt, um sich zu beraten.

„Mein Rat, um nicht zu sagen mein Befehl, ist, dass wir sofort wieder nach Hause gehen“, sagte der Dickste von ihnen.

„Mir ist alles recht, was Mr Giles für gut hält“, versetzte ein kleinerer Mann, den man gleichfalls nicht schlank nennen konnte und der sehr bleich und sehr höflich war, wie es ängstliche Leute oft sind.

„Ich möchte nicht unhöflich scheinen, meine Herren“, sagte der Dritte, der die Hunde zurückgerufen hatte. „Mr Giles muss am besten wissen …“

„Gewiss!“, erwiderte der Kleinere, „und was immer Mr Giles sagen mag, wir sind nicht berufen, ihm zu widersprechen. Nein, nein, ich kenne meine Sitiwation! Gott sei Dank, ich kenne meine Sitiwation.“

Die Wahrheit zu sagen, der Kleine schien seine Situation wirklich zu kennen und genau zu wissen, dass sie keineswegs beneidenswert war, denn die Zähne klapperten ihm im Mund, als er sprach.

„Du hast Angst, Brittles?“, sagte Mr Giles.

„Gewiss nicht“, versetzte Brittles.

„Ei, freilich“, meinte Giles.

„Sie irren sich, Mr Giles“, entgegnete Brittles.

„Das ist gelogen, Brittles!“, erwiderte Mr Giles.

Dieser Disput entstand aus Mr Giles’ Stichelei und diese wiederum aus dem Unwillen darüber, dass man ihm unter dem Deckmantel eines Kompliments die Verantwortung für die Heimkehr zuschieben wollte. Der dritte Mann brachte indes den Streit auf höchst philosophische Weise zum Abschluss.

„Ich will Ihnen sagen, wie die Sache steht, meine Herren“, sagte er. „Wir fürchten uns alle.“

„Sie sprechen wohl für sich selbst, Herr“, versetzte Mr Giles, der von allen am blassesten war.

„Ich leugne es nicht“, erwiderte der Mann. „Es ist ganz natürlich, dass man sich unter solchen Umständen fürchtet. Ich wenigstens tu’s.“

„Nun, ich auch“, sagte Brittles. „Nur ist es ja nicht gerade nötig, dass man es einem so unverhohlen ins Gesicht sagt.“

Diese freimütigen Geständnisse besänftigten Mr Giles, der auf einmal einräumte, dass er sich gleichfalls fürchte; alle drei kehrten daher um und eilten in vollster Eintracht wieder zurück, bis Mr Giles, der den kürzesten Atem hatte und durch seine Heugabel behindert wurde, sehr entschieden auf einem kurzen Ausruhen bestand, um sich wegen seiner übereilten Worte entschuldigen zu können.

„Aber es ist doch erstaunlich“, fuhr Mr Giles fort, als er seine Erklärung abgegeben hatte, „was ein Mensch tun kann, wenn ihm das Blut in Wallung gerät. Ich hätte einen Mord begehen können – ja gewiss, das hätte ich können, wenn wir einen von den Spitzbuben geschnappt hätten.“

Da die beiden andern von sich dieselbe Ansicht hegten und da ihr Blut, wie das seinige, wieder hübsch ruhig geworden war, stellten sie nun Untersuchungen an, woher dieser plötzliche Wandel ihrer Gemütsverfassung komme.

„Ich weiß, was schuld war“, sagte Mr Giles. „Nichts als die Hecke.“

„Es sollte mich nicht wundern, wenn’s das war!“, rief Brittles, der den Gedanken aufgriff.

„Ihr könnt euch darauf verlassen“, fügte Giles hinzu, „dass die

Hecke den Strom unserer Erregung hemmte. Die meine wenigstens fühlte ich plötzlich schwinden, als ich hinüberkletterte."

Durch ein merkwürdiges Zusammentreffen waren die beiden andern genau im selben Augenblick von demselben unangenehmen Gefühl heimgesucht worden. Es war daher offenbar, dass es nur an der Hecke gelegen hatte, umso mehr, da kein Zweifel über die Zeit bestand, zu der die Veränderung eintrat; denn alle drei erinnerten sich, dass sie gerade im selben Augenblick auch die Diebe erblickt hatten.

Dieses Gespräch fand zwischen den beiden Männern, die die Einbrecher überrascht hatten, und einem wandernden Kesselflicker statt, der in einem Nebengebäude übernachtet hatte und gebeten worden war, sich mit seinen beiden Hunden der Jagd anzuschließen. Mr Giles versah den doppelten Dienst eines Haus- und Kellermeisters in der Wohnung der alten Dame, und Brittles war Mädchen für alles und wurde, da er schon als Kind in ihren Dienst getreten war, noch immer als hoffnungsvoller Jüngling behandelt, obgleich er bereits in den Dreißigern stand.

Obwohl sie sich mit derartigen Gesprächen Mut machten, hielten sich die drei trotzdem dicht beieinander, blickten sich ängstlich um, wenn ein frischer Windstoß durch die Büsche pfiff, und eilten auf einen Baum zu, bei dem sie ihre Laterne hatten stehen lassen, damit ihr Schein den Kugeln der Diebe kein Ziel zeige. Nachdem sie das Licht aufgenommen hatten, eilten sie in tüchtigem Trab schleunigst nach Hause; und noch lange, als man ihre dunklen Gestalten schon nicht mehr unterscheiden konnte, sah man ihre Laterne in der Ferne auf und nieder tanzen, wie ein Irrlicht in der feuchten, finstern Luft, durch die sie getragen wurde.

Als langsam der Tag anbrach, wurde die Luft kälter, und der Nebel glitt über den Boden hin wie eine dichte Rauchwolke; das Gras war feucht, die Fußpfade und Bodensenkungen waren voll Schlamm und Wasser, und der nasse Hauch eines schlaffen, ungesunden Windes wehte hohl pfeifend über die Felder. Oliver lag noch immer besinnungs- und regungslos an der Stelle, wo ihn Sikes verlassen hatte.

Der Morgen rückte immer näher; die Luft wurde schärfer und schneidender, als sein erstes mattes Grauen schwach am Horizont aufglomm, eher dem Tod der Nacht als der Geburt des Tages ähnlich. Die Gegenstände, die im Dunkel der Nacht düster und schauerlich ausgesehen hatten, wurden nach und nach bestimmter und nahmen ihre gewohnten Formen wieder an. Der Regen fiel in Strömen und rauschte in dem entblätterten Gebüsch; aber Oliver fühlte ihn nicht, denn er lag noch immer ausgestreckt, hilflos und ohne Besinnung auf seinem Bett, dem Erdboden.

Endlich unterbrach ein leiser Schmerzenslaut die herrschende Stille; und indem er ihn ausstieß, erwachte der Knabe. Sein linker, roh mit einem Halstuch umwickelter Arm hing schwer und unbeweglich an seiner Seite nieder; der Verband war mit Blut getränkt. Der Knabe war so schwach, dass er sich kaum zum Sitzen aufrichten konnte, und als es ihm endlich gelungen war, sah er sich, vor Schmerz stöhnend und kraftlos, nach Hilfe um. Vor Kälte und Erschöpfung zitterte er an allen Gliedern. Er machte den Versuch aufzustehen; aber ein Schauer überflog ihn vom Kopf bis zu den Füßen, und er fiel wieder der Länge nach zu Boden.

Nachdem sich Oliver von diesem neuen kürzeren Ohnmachtsanfall erholt hatte, warnte ihn eine innere Stimme, dass er sicherlich sterben müsse, wenn er hier liegen bliebe; er versuchte aufs Neue, aufzustehen und zu gehen. Ihn schwindelte, und er wankte wie ein Betrunkener hin und her. Dessen ungeachtet hielt er sich auf den Beinen, und mit schlaff auf die Brust gesenktem Kopf taumelte er vorwärts, ohne zu wissen, wohin.

Und nun bedrängten wirre und verwirrende Bilder seinen Geist. Es kam ihm vor, als wären Sikes und Crackit ihm noch immer zur Seite und stritten heftig miteinander, denn ihre Worte klangen ihm in den Ohren; und als er, um nicht hinzufallen, sich gewaltsam anstrengen musste und dadurch auf sich selbst aufmerksam gemacht wurde, fand er, dass er mit ihnen sprach. Dann dünkte es ihn, er ginge wieder, wie am Tag zuvor, allein neben Sikes her und fühlte die Faust des Diebes an seinem Handgelenk, wenn Leute an ihnen vorbeizukommen schienen. Plötzlich schreckte er beim Knall von Feuerwaffen zurück, und lautes Rufen und Schreien klang durch die Luft; Lichter schimmerten vor seinen Augen, und in Lärm und Tumult fühlte er sich durch eine unsichtbare Hand eilig entführt. Durch alle diese flüchtigen Fantasiebilder zog sich ein unbestimmtes Gefühl von Schmerz, das ihn unaufhörlich schwächte und peinigte.

So taumelte er weiter, kroch fast mechanisch zwischen den Latten der Zäune hindurch und durch die Löcher der Hecken, die ihm in den Weg kamen, bis er eine Straße erreichte. Jetzt begann der Regen so schwer hernieder zu prasseln, dass er ganz wach wurde.

Er blickte umher und sah nicht weit entfernt ein Haus, das er vielleicht erreichen konnte. Er hoffte, sein Zustand werde Mitleid wecken; und wenn nicht, so dünkte es ihn doch besser, in der Nähe menschlicher Wesen zu sterben als einsam auf freiem Feld. Er nahm seine ganze Kraft in einer letzten Anstrengung zusammen und wankte dem Haus zu.

Als er näher herankam, hatte er das Gefühl, es schon einmal gesehen zu haben. Er konnte sich zwar nicht auf Einzelheiten besinnen, aber Anlage und Aussehen des Gebäudes schienen ihm bekannt.

Diese Gartenmauer! Auf dem Gras hinter ihr hatte er in der letzten Nacht auf den Knien gelegen und die beiden Männer um Erbarmen angefleht. Es war dasselbe Haus, das sie auszurauben versucht hatten.

Als Oliver den Ort erkannte, packte ihn solche Furcht, dass er für den Augenblick seine schmerzende Wunde vergaß und nur an Flucht dachte. Flucht? Er konnte kaum stehen, und wenn er auch im vollen Besitz seiner jugendlichen Kräfte gewesen wäre, wohin hätte er fliehen können? Er drückte gegen das Gartentor; es war unverschlossen und schwang frei in seinen Angeln. Er taumelte über den Grasplatz, klomm die Steintreppe hinan und klopfte leise an die Tür; aber seine Kräfte schwanden, und er sank an einer Säule der kleinen Vorhalle nieder.

Zur selben Zeit erholten sich Mr Giles, Brittles und der Kesselflicker in der Küche bei Tee und verschiedenen Kleinigkeiten von den Mühen und Schrecken der Nacht. Nicht, dass es Mr Giles' Gewohnheit gewesen wäre, sich auf allzu große Vertraulichkeiten mit untergeordneten Dienern einzulassen; gegen diese benahm er sich eher mit würdevoller Leutseligkeit, die bei allem Wohlwollen doch nicht verfehlte, seine höhere Stellung in der Gesellschaft zu betonen. Aber Tod, Feuersnot und Einbruch machen alle Menschen gleich. So saß denn Mr Giles mit ausgestreckten Beinen vor dem Küchenfenster und lehnte seinen linken Arm auf den Tisch, während er durch Bewegungen des rechten seinen genauen und umständlichen Bericht über den Einbruch unterstützte, dem seine Zuhörer, besonders die Köchin und das Hausmädchen, mit atemloser Spannung lauschten.

„Es war ungefähr halb drei Uhr“, sagte Mr Giles. „Ich will aber nicht darauf schwören, dass es nicht etwas näher an drei gewesen sein kann, als ich aufwachte, mich im Bett umdrehte – etwa so“, hier drehte sich Mr Giles in seinem Stuhl und zog den Zipfel des Tischtuches über sich, um die Bettdecke zu veranschaulichen, „und ein Geräusch zu hören glaubte.“

An dieser Stelle der Erzählung erblasste die Köchin und forderte das Hausmädchen auf, die Tür zu schließen; diese sagte es Brittles, Brittles beauftragte damit den Kesselflicker, und dieser tat, als ob er es nicht hörte.

„… ein Geräusch zu hören glaubte“, fuhr Mr Giles fort. „Anfangs sagte ich mir, es ist eine Täuschung, und schickte mich eben an, wieder einzuschlafen, als ich das Geräusch aufs Neue und deutlicher vernahm.“

„Was für ein Geräusch war es denn?“, fragte die Köchin.

„Eine Art Krachen“, antwortete Mr Giles und sah sich um.

„Etwa, wie wenn man einen Eisenstab auf einer Muskatnussreibe hin und her zieht“, half Brittles nach.

„So war es, als *du* es hörtest“, versetzte Mr Giles; „aber als ich es hörte, war es ein Krachen. Ich streifte die Decke ab“, fuhr Mr Giles fort, indem er das Tischtuch zurückschob, „setzte mich im Bett auf und horchte.“

Köchin und Hausmädchen riefen zu gleicher Zeit „Ach du lieber Himmel!“ und rückten ihre Stühle dichter zusammen.

„Ich hörte es jetzt ganz deutlich“, nahm Mr Giles den Faden wieder auf. „Ich sagte zu mir selber: Da will jemand eine Tür oder ein Fenster aufbrechen; was ist zu tun? Ich will den armen Jungen, den Brittles, wecken, damit er nicht im Bett umgebracht oder seine Kehle – sagte ich mir – vom rechten bis zum linken Ohr durchschnitten wird, ohne dass er's weiß.“

Hier richteten sich aller Augen auf Brittles, der die seinigen auf den Sprecher heftete und ihn mit weit offenem Mund und einem Ausdruck höchsten Entsetzens anstarrte.

„Ich warf die Decke zur Seite“, fuhr Mr Giles fort, indem er das Tischtuch wegschleuderte und Köchin und Hausmädchen fest ansah, „stand leise auf, zog meine …“

„Es sind Damen zugegen, Mr Giles“, flüsterte ihm der Kesselflicker zu.

„… Schuhe an, Sir“, sagte Mr Giles, indem er sich ihm zuwandte und die „Schuhe“ nachdrücklich betonte, „langte nach der geladenen Pistole, die man immer mit dem Silberkorb heraufbringt, und schlich auf den Zehenspitzen zu seiner Kammer. ‚Brittles‘, sagte ich, als ich ihn geweckt hatte, ‚erschrick nicht!‘“

„Ja, so sagten Sie“, bemerkte Brittles mit leiser Stimme.

„‚Brittles‘, sagte ich, ‚ich glaube, wir sind tote Menschen‘“, fuhr Giles fort, „‚aber sei ohne Furcht!‘“

„War er erschrocken?“, fragte die Köchin.

„Nicht im Mindesten“, versetzte Mr Giles. „Er war so mutig – ah! fast so mutig wie ich selbst.“

„Ach, wenn mir das passiert wäre, ich wäre auf der Stelle gestorben“, meinte das Hausmädchen.

„Dafür sind Sie ja auch ein Frauenzimmer“, erwiderte Brittles, der sich wieder etwas erholt hatte.

„Brittles hat recht“, sagte Giles mit beifälligem Kopfnicken, „von Weibern lässt sich nichts anderes erwarten. Wir aber, als Männer, nahmen eine Blendlaterne, die auf Brittles' Stuhl stand, und tappten in der pechfinsteren Nacht die Stiegen hinunter – ungefähr so.“

Mr Giles war von seinem Stuhl aufgestanden und hatte, um seine Beschreibung entsprechend zu unterstreichen, mit geschlossenen Augen einige Schritte vorwärts gemacht, als er samt der übrigen Gesellschaft heftig zusammenfuhr und zu seinem Stuhl zurückeilte. Köchin und Hausmädchen kreischten laut auf.

„Es hat geklopft!“, sagte Mr Giles und heuchelte vollkommene Ruhe. „Öffne jemand die Tür!“

Niemand rührte sich.

„Seltsam, dass so früh am Morgen geklopft wird“, fuhr Mr Giles fort, indem er, selbst leichenblass, die bleichen Gesichter seiner Umgebung musterte. „Aber die Tür muss geöffnet werden. Gehe jemand hinauf!“

Mr Giles sah bei diesen Worten Brittles an; aber der Jüngling war von Natur aus bescheiden und hielt sich wahrscheinlich für niemand, weshalb er diese Aufforderung nicht auf sich bezog; jedenfalls gab er keine Antwort. Mr Giles richtete daher einen ermunternden Blick auf den Kesselflicker; aber der war plötzlich eingeschlafen; und das weibliche Personal fiel von vornherein aus.

„Wenn Brittles die Tür lieber in Gegenwart von Zeugen öffnen will“, meinte Mr Giles nach kurzem Schweigen, „so bin ich bereit, mich dazu herzugeben.“

„Ich auch“, fügte der Kesselflicker bei, der ebenso plötzlich wieder erwachte, wie er eingeschlafen war.

Brittles gab unter diesen Bedingungen nach. Beim Öffnen der Fensterläden machten sie die Entdeckung, dass es heller Tag war, und nachdem die Gesellschaft so etwas an Sicherheit gewonnen hatte, gingen sie, die Hunde voraus, die Treppe hinauf. Die beiden Frauen, die sich fürchteten, unten zu bleiben, bildeten die Nachhut. Mr Giles' Rat zufolge sprachen sie alle sehr laut, um einem Übelgesinnten anzudeuten, wie zahlreich sie seien; auch gebar das Gehirn dieses scharfsinnigen Herrn den meisterlich klugen Gedanken, auf dem Hausflur die Hunde in den Schwanz zu zwicken, damit sie recht wütend bellten.

Als diese Vorsichtsmaßregeln getroffen waren, fasste Mr Giles den Kesselflicker fest am Arm, damit er nicht davonlaufe, wie er sich scherzhaft ausdrückte, und gab das Kommando, die Tür zu öffnen. Brittles gehorchte, und einer blickte dem andern ängstlich über die Schulter. Aber die Gruppe nahm nichts Schrecklicheres wahr als den armen kleinen Oliver Twist, der sprachlos und erschöpft die schweren Augenlider hob und stumm um ihr Mitleid flehte.

„Ein Junge!“, rief Mr Giles, indem er den Kesselflicker mutig zurückdrängte. „Was ist's mit dem – he? – Ei, Brittles, sieh her – erkennst du ihn?“

Brittles, der sich beim Öffnen der Tür hinter sie verkrochen hatte, stieß einen lauten Schrei aus, sobald er Oliver sah. Mr Giles ergriff den Knaben an einem Bein und einem Arm – zum Glück nicht an dem verwundeten –, schleppte ihn in den Hausflur und legte ihn dort der Länge nach auf den Boden.

„Das ist er!“, schrie Giles in großer Aufregung das Stiegenhaus hinauf. „Das ist einer der Diebe, Madam! Hier ist ein Dieb, Miss, ein verwundeter, Miss! Ich hab ihn getroffen, Miss, und Brittles hielt das Licht.“

„Es war eine Laterne, Miss!“, rief Brittles, indem er die Hand vor den Mund hielt, damit seine Worte lauter schallten.

Die beiden weiblichen Dienstboten eilten die Treppe hinauf, um zu melden, dass Mr Giles einen Einbrecher gefangen habe, und der Kesselflicker gab sich alle Mühe, Oliver wieder zu sich zu bringen,

Oliver vor Mrs Maylies Tür

damit er nicht stürbe, ehe er gehängt würde. In diesem Tumult ließ sich eine sanfte weibliche Stimme vernehmen, die den Lärm augenblicklich zum Schweigen brachte.

„Giles!“, rief die Stimme vom oberen Treppenabsatz herab.

„Hier!“, erwiderte Mr Giles. „Erschrecken Sie nicht, Miss; ich bin nicht sehr verletzt. Er hat keinen besonders verzweifelten Widerstand geleistet, Miss! Wir waren bald zu viele für ihn.“

„Pst!“, entgegnete die junge Dame. „Ihr erschreckt meine Tante ebenso wie die Diebe. Ist der arme Mensch schwer verwundet?“

„Sehr schwer verwundet, Miss“, erwiderte Giles mit unbeschreiblicher Selbstgefälligkeit.

„Er sieht aus, als ob es mit ihm zu Ende ginge, Miss!“, schrie Brittles in derselben Art wie vorhin. „Wollen Sie nicht herunterkommen und ihn ansehen, Miss, für den Fall, dass er …?“

„Still, bitte“, versetzte die junge Dame, „seid nur einen Augenblick ruhig, ich will mit meiner Tante sprechen.“

Mit Schritten, so leicht und sanft wie ihre Stimme, eilte die Dame fort und kehrte bald mit dem Befehl zurück, den verwundeten Menschen sorgfältig in Mr Giles’ Zimmer hinaufzutragen; Brittles solle ein Pferd satteln und sogleich nach Chertsey reiten, um in aller Eile einen Polizisten und einen Arzt herbeizuholen.

„Wollen Sie aber nicht vorher einen Blick auf ihn werfen, Miss?“, fragte Mr Giles stolz, als ob Oliver irgendein seltener Vogel wäre, der durch seine Geschicklichkeit erlegt worden war. „Nicht einen einzigen Blick, Miss?“

„Nicht jetzt, um alles in der Welt nicht“, entgegnete die junge Dame. „Der arme Bursche! Behandelt ihn freundlich, Giles, mir zuliebe.“

Der alte Diener sah zu der Sprecherin, als sie sich entfernte, so stolz und bewundernd auf, als wäre sie sein eigenes Kind. Dann beugte er sich über Oliver und half, ihn mit fast weiblicher Sorgfalt die Stiege hinaufzutragen.

Neunundzwanzigstes Kapitel

Gibt einen einleitenden Bericht über die Bewohner des Hauses, zu dem Oliver Twist seine Zuflucht nahm

In einem schönen Zimmer, dessen Ausstattung freilich mehr das Gepräge altmodischer Bequemlichkeit als moderner Eleganz aufwies, saßen zwei Damen an einem reichlich gedeckten Frühstückstisch. Mr Giles, mit peinlicher Sorgfalt in einen schwarzen Anzug gekleidet, bediente sie. Er hatte zwischen dem Servier- und dem Frühstückstisch Aufstellung genommen, stand kerzengerade da, den Kopf hoch aufgerichtet und etwas zur Seite geneigt, den linken Fuß vorgerückt, die rechte Hand in die Weste gesteckt, während er in der herunterhängenden Linken einen Präsentierteller hielt. Er sah aus wie jemand, der von dem angenehmen Gefühl seiner Verdienste und seiner Wichtigkeit durchdrungen ist.

Die eine der beiden Damen stand in vorgerücktem Alter, aber ihre Haltung war noch ebenso aufrecht wie der hochlehnige Eichenstuhl, auf dem sie saß. Sie war sehr hübsch und sorgfältig angezogen; ihr Kleid zeigte eine wunderliche Mischung aus einer entschwundenen Mode und kleinen Zugeständnissen an die herrschende, die aber eher dazu dienten, den alten Stil gefällig zu machen, als seine Wirkung zu schmälern. So saß sie würdevoll da, die Hände vor sich auf dem Tisch gefaltet und die Augen, deren Glanz das Alter nur wenig getrübt hatte, aufmerksam auf ihre jüngere Gefährtin gerichtet.

Die Jüngere stand in der lieblichen Blüte des weiblichen Frühlings, in einem Lebensalter, bei dem wir ohne Vermessenheit annehmen dürfen, dass, wenn es den Zwecken Gottes entspräche, Engel in sterbliche Hüllen zu kleiden, sie in solchen wohnen würden wie der ihren.

Sie zählte erst siebzehn Jahre. Ihre Gestalt war so schlicht und edel, ihr Wesen so sanft und mild, so schön und rein, dass es den

Anschein hatte, als wäre die Erde nicht ihr Element und als wären deren plumpe Geschöpfe nicht ihre passende Umgebung. Der Geist, der aus ihren tiefblauen Augen leuchtete und auf ihrer edlen Stirn ruhte, schien kaum ihrem Alter oder der Welt anzugehören, und doch waren der wechselnde Ausdruck von Sanftmut und Munterkeit, die tausend Lichter, die auf ihrem Antlitz spielten und keinen Schatten auf ihm duldeten, vor allem aber das Lächeln, das frohe, glückliche Lächeln, geschaffen für Heim, Herd, Frieden und Glück.

Sie war emsig mit den kleinen Dienstreichungen bei Tisch beschäftigt; wenn sie dann, während die ältere Dame sie betrachtete, zufällig die Augen aufschlug, strich sie wie spielend die einfach über der Stirn gescheitelten Locken zurück und legte in ihren strahlenden Blick so viel Zärtlichkeit und ungekünstelte Liebenswürdigkeit, dass selbst selige Geister bei diesem Anblick gelächelt hätten.

„Brittles ist also bereits eine gute Stunde fort, nicht wahr?“, fragte die alte Dame nach einer Pause.

„Eine Stunde und zwölf Minuten, Madam“, versetzte Mr Giles, indem er eine silberne Uhr zurate zog, die er an einem schwarzen Band trug.

„Er ist immer langsam“, bemerkte die alte Dame.

„Brittles war stets ein langsamer Junge, Madam“, entgegnete der Diener. Nebenbei sei bemerkt: Wenn Brittles seit mehr als dreißig Jahren ein langsamer Junge gewesen war, so war es nicht wahrscheinlich, dass er je schneller werden könnte.

„Ich glaube, mit ihm wird es eher schlechter als besser“, sagte die ältere Dame.

„Es wäre unverantwortlich von ihm, wenn er sich unterwegs aufhielte, um mit anderen Knaben zu spielen“, schaltete die jüngere Dame lächelnd ein.

Mr Giles überlegte offensichtlich, ob er sich ein respektvolles Lächeln gestatten dürfe, als an der Gartentür ein Kabriolett hielt; ein dicker Herr sprang heraus, lief gerade auf die Haustür zu, stürzte mit unbegreiflicher Geschwindigkeit durch das Haus und hätte beinahe Mr Giles und den Frühstückstisch umgerannt.

„Hat man je so etwas gehört!“, rief der dicke Herr. „Meine beste Mrs Maylie – Gott sei mir gnädig – und noch obendrein in der Stille der Nacht –, ich habe *noch nie* so etwas erlebt!“

Unter diesen Beileidskundgebungen schüttelte der dicke Herr

beiden Damen die Hände, zog einen Stuhl heran und fragte, wie es ihnen gehe.

„Sie könnten tot sein, einfach gestorben vor Schreck“, sagte der dicke Herr. „Warum haben Sie nicht nach mir geschickt? Du mein Gott! Mein Bursche wäre in einer Minute bereit gewesen – und auch ich und mein Gehilfe, wir hätten uns ein Vergnügen daraus gemacht, wie sicherlich jedermann unter solchen Umständen. Großer Gott! – So unverhofft! Und obendrein in der Stille der Nacht!“

Den Doktor schien besonders der Umstand aufzuregen, dass der Einbruch so unerwartet und zur Nachtzeit versucht worden war, als ob es bei den Herren vom Brecheisen feste Gewohnheit gewesen wäre, um die Mittagszeit an ihr Geschäft zu gehen und ihre Absicht ein paar Tage vorher durch die Post anzukündigen.

„Und Sie, Miss Rose?“, fragte der Doktor, indem er sich der jungen Dame zuwandte. „Ich –“

„Oh, ich befinde mich ganz wohl“, fiel ihm Rose ins Wort, „aber oben liegt ein armer Mensch, und die Tante wünscht, Sie möchten ihn besuchen.“

„Ah, richtig!“, erwiderte der Doktor. „Das war Ihr Werk, Giles, wie ich höre?“

Mr Giles, der in fieberhafter Hast die Teetassen geordnet hatte, errötete tief und entgegnete, er habe die Ehre gehabt.

„Ehre, he?“, versetzte der Doktor. „Nun, ich weiß nicht; vielleicht ist es ebenso ehrenvoll, einen Dieb in einer Waschküche wie einen Gegner auf zwölf Schritt zu treffen. Bilden Sie sich ein, Giles, dass er in die Luft feuerte, und Sie haben ein Duell ausgefochten.“

Mr Giles, der diese leichtfertige Behandlung der Sache als ungerechten Versuch betrachtete, seinen Ruhm zu schmälern, antwortete ehrerbietig, dass es seinesgleichen nicht zustehe, darüber zu urteilen, dass er aber glaube, die Sache sei für die Gegenpartei kein Scherz gewesen.

„Ohne Zweifel, ohne Zweifel“, sagte der Doktor. „Wo ist er? Führen Sie mich zu ihm. Ich will, wenn ich herunterkomme, wieder bei Ihnen vorsprechen, Mrs Maylie. Das ist das kleine Fenster, durch das er hereinschlüpfte, he? Nun, das hätte ich kaum geglaubt!“

Während er so den ganzen Weg über plauderte, folgte er Mr Giles die Treppe hinauf. Inzwischen mag der Leser erfahren, dass Dr. Losberne, ein im Umkreis von zehn Meilen unter dem Titel „der

Doktor“ bekannter Arzt aus der Nachbarschaft, seine Beleibtheit mehr seiner guten Laune als seinem guten Leben verdankte und ein so gemütlicher und gutherziger, dabei aber auch so wunderlicher alter Junggeselle war, wie man, selbst bei eifrigstem Nachforschen in einem fünfmal so großen Umkreis, keinen zweiten hätte finden können.

Der Doktor war viel länger abwesend, als er oder die Damen vorausgesehen hatten. Man holte einen großen, flachen Kasten aus dem Kabriolett, ziemlich oft wurde geklingelt, und die Dienstboten eilten ohne Unterlass treppauf und treppab – lauter Zeichen, denen man mit Recht entnehmen konnte, dass oben etwas Wichtiges vorging. Endlich kehrte er zurück, setzte als Erwiderung auf die besorgte Frage nach dem Kranken eine geheimnisvolle Miene auf und schloss behutsam die Tür.

„Das ist ein ganz außergewöhnlicher Fall, Mrs Maylie“, begann der Doktor, der sich mit dem Rücken gegen die Tür stellte, als müsse er sie geschlossen halten.

„Er ist doch hoffentlich nicht in Gefahr?“, fragte die alte Dame.

„Ei, das wäre unter diesen Umständen nichts Außergewöhnliches“, versetzte der Doktor, „obgleich ich nicht glaube, dass es der Fall ist. Haben Sie den Dieb gesehen?“

„Nein“, erwiderte die alte Dame.

„Auch nichts über ihn gehört?“

„Nein.“

„Verzeihung, Madam“, fiel Mr Giles ein, „ich wollte Ihnen gerade von ihm erzählen, als Dr. Losberne ankam.“

Die Sache verhielt sich so: Mr Giles hatte es noch nicht über sich gewinnen können zuzugestehen, dass er bloß ein Kind angeschossen habe. Seiner Tapferkeit war solches Lob gezollt worden, dass er es sich ums Leben nicht versagen konnte, die Aufklärung um einige kostbare Minuten hinauszuschieben, während deren er noch den Höhepunkt eines kurzen Ruhms für seine Unerschrockenheit genoss.

„Rose wünschte, den Menschen zu sehen“, sagte Mrs Maylie, „aber ich wollte es nicht zulassen.“

„Hm“, versetzte der Doktor, „sein Äußeres ist nicht besonders abschreckend. Haben Sie etwas gegen einen Besuch bei ihm in meiner Gegenwart einzuwenden?“

„Wenn es nötig ist, gewiss nicht“, entgegnete die alte Dame.

„Dann halte ich es für nötig“, erwiderte der Doktor. „Jedenfalls bin ich überzeugt, Sie würden es später sehr bereuen, wenn Sie es unterlassen hätten. Er ist augenblicklich ganz ruhig und ohne Schmerzen. Darf ich bitten, Miss Rose? Sie brauchen sich nicht im Mindesten zu fürchten – mein Ehrenwort darauf.“

Dreißigstes Kapitel

Berichtet, was Olivers neue Besucher von ihm glaubten

Unter vielen geschwätzigen Versicherungen, dass sie vom Anblick des Verbrechers angenehm überrascht sein würden, bot der Doktor der jüngeren Dame den Arm, reichte Mrs Maylie die andere Hand und führte sie unter viel feierlicher Förmlichkeit die Treppe hinauf.

„Nun", flüsterte der Doktor, als er sacht auf die Klinke der Kammertür drückte, „ich bin neugierig, was Sie von ihm halten. Er ist allerdings lange nicht rasiert worden, sieht aber trotzdem nicht besonders wild aus. Doch halt – lassen Sie mich nachsehen, ob er Besuch empfangen kann."

Er trat zuerst in das Gemach, sah sich darin um, winkte dann seine Begleiterinnen hereinzukommen, schloss die Tür und schob langsam die Gardinen des Bettes zurück. Hier lag statt eines wilden, grimmig dreinschauenden Bösewichts, den anzutreffen sie erwartet hatten, ein Kind, das vor Schmerz und Erschöpfung in tiefen Schlaf gesunken war. Der verwundete Arm lag geschient und verbunden über seiner Brust, während der Kopf auf dem andern ruhte, der unter dem langen, über das Kissen hinfließenden Haar halb verborgen war.

Der wackere Wundarzt hielt die Gardine mit der Hand zurück und sah den Kleinen einige Minuten schweigend an. Die jüngere Dame trat inzwischen leise vor, setzte sich auf einen Stuhl an der Seite des Bettes, strich Oliver das Haar aus dem Gesicht, und als sie sich über ihn beugte, fielen einige Tränen auf seine Stirn.

Der Knabe regte sich und lächelte im Schlaf, als ob diese Zeichen des Mitleids ihm einen süßen Traum von nie gekannter Liebe und Teilnahme eingegeben hätten. So weckt der Klang einer sanften Musik, das Plätschern des Wassers an einem einsamen Ort, der Duft einer Blume oder sogar nur die Erwähnung eines trauten Wortes bisweilen plötzlich dunkle Erinnerungen an Szenen, die in diesem Leben nie gespielt haben und einem Hauch gleich wieder verschwinden, Szenen, die aus einem längst vergangenen, glücklicheren Dasein aufzutauchen scheinen und die keine Anstrengung des Geistes willentlich heraufbeschwören kann.

„Was bedeutet das?", rief die ältere Dame. „Dieser arme Knabe kann doch nimmermehr ein Schüler von Dieben gewesen sein!"

„Das Verbrechen", seufzte der Arzt, indem er die Gardine wieder zuzog, „schlägt seinen Wohnsitz in vielen Tempeln auf, und wer kann sagen, ob es sich nicht auch unter einem schönen Äußeren verbirgt?"

„Aber doch nicht in so früher Jugend!", versetzte Rose.

„Mein teures Fräulein", entgegnete der Arzt, traurig den Kopf schüttelnd, „das Laster ist, wie der Tod, nicht auf die Alten und Welken beschränkt. Oft wählt es sich gerade die Jüngsten und Schönsten zu Opfern."

„Aber können Sie – ach, Sir! –, können Sie wirklich glauben, dass dieser zarte Knabe freiwillig der Verbündete des übelsten Abschaums der Gesellschaft gewesen ist?", fragte Rose.

Der Arzt schüttelte den Kopf in einer Weise, die andeutete, er fürchte, dies sei wohl möglich; dann führte er die Damen mit der Bemerkung, der Kranke könnte sonst gestört werden, in ein anstoßendes Gemach.

„Aber selbst wenn er verdorben wäre", fuhr Rose fort, „bedenken Sie, wie jung er ist. Vielleicht hat er nie die Liebe einer Mutter oder die Freude eines Zuhauses gekannt und wurde so durch schlechte Behandlung, Schläge oder Hunger zu einer Verbindung mit Menschen getrieben, die ihn zu Verbrechen zwangen. Tante, teure Tante! Bedenken Sie das um Gottes Barmherzigkeit willen, ehe Sie das kranke Kind ins Gefängnis schleppen lassen, das jedenfalls zum Grab aller Besserungsmöglichkeiten werden muss. Ach, Sie lieben mich und wissen, dass ich unter Ihrer gütigen, liebreichen Pflege nie den Verlust der Eltern gefühlt habe, dass ich ihn aber ohne Sie empfunden hätte und genauso schutz- und hilflos gewesen wäre wie dieses arme Kind. Darum haben Sie Mitleid mit ihm, ehe es zu spät ist!"

„Mein Liebling", sagte die alte Dame, indem sie das weinende

Mädchen an ihre Brust drückte, „glaubst du, ich könnte ihm ein Haar krümmen lassen?"

„O nein", versetzte Rose hastig.

„Bestimmt nicht", fuhr die alte Frau fort, „meine Tage neigen sich dem Ende zu, und vielleicht wird Gott an mir Barmherzigkeit üben, wie ich sie an andern übe. Was kann ich tun, um ihn zu retten, Sir?"

„Lassen Sie mich nachdenken, Madam", entgegnete der Arzt, „lassen Sie mich nachdenken." Dr. Losberne steckte die Hände in die Taschen, ging einige Male im Zimmer auf und ab, hielt zuweilen inne, richtete sich auf den Zehenspitzen auf und zog die Stirn in ernste Falten. Nach verschiedenen Ausrufen wie „Ich hab's!" und „Nein, so geht's nicht!" und nach manch neuerlichem Spazierengehen und Stirnrunzeln blieb er endlich wie angewurzelt stehen und begann: „Ich denke, es wird gehen, wenn Sie mir unbeschränkte Vollmacht geben, Giles und den kleinen Brittles ins Bockshorn zu jagen. Ich weiß, Giles ist ein treuer Bursche und ein alter Diener; aber Sie können's ja auf tausend Wegen wiedergutmachen und ihn außerdem für seine Geschicklichkeit als Schütze belohnen. Sie haben doch nichts dagegen?"

„Nein, wenn es kein anderes Mittel gibt, das Kind zu retten", versetzte Mrs Maylie.

„Mein Wort darauf, es gibt keins", entgegnete der Doktor.

„Dann überträgt Ihnen meine Tante die Vollmacht", erwiderte Rose und lächelte unter Tränen. „Aber bitte, gehen Sie nicht härter mit den armen Burschen um, als unumgänglich nötig ist."

„Sie scheinen zu glauben", sagte der Doktor, „dass heute alle Welt zur Hartherzigkeit neigt, außer Ihnen selbst. Ich hoffe nur um des heranwachsenden Männergeschlechts willen, dass der erste annehmbare junge Herr, der Ihr Mitgefühl in Anspruch nimmt, Sie in ebenso verwundbarer und weichherziger Stimmung treffen möge; und ich wollte gern selbst ein junger Bursche sein, um auf der Stelle aus einer so günstigen Gelegenheit, wie sie sich jetzt bietet, Nutzen ziehen zu können."

„Sie sind ein ebenso großer Junge wie der arme Brittles", erwiderte Rose errötend.

„Nun", meinte der Doktor mit herzlichem Lachen, „das ist ja nicht so schlimm. Aber um auf unseren Kleinen zurückzukommen:

Wir sind noch nicht beim Hauptpunkt unseres Abkommens angelangt. Er wird, davon gehe ich aus, etwa in einer Stunde aufwachen; und obgleich ich dem dickköpfigen Polizisten unten erzählt habe, dass man ihn, ohne sein Leben zu gefährden, nicht anrühren oder sprechen dürfe, so können wir doch, denke ich, ohne Gefahr mit ihm reden. Ich stelle nun die Bedingung, dass ich ihn in Ihrer Gegenwart ausfragen darf. Finden wir nach seinen Aussagen, und kann ich's Ihrem besonnenen Verstand genügend klarmachen, dass er, was ich für ziemlich wahrscheinlich halte, ein wirklich schlechter Kerl ist, so soll er ohne weitere Einmischung meinerseits seinem Schicksal überlassen werden."

„O nein, Tante!", bat Rose.

„O ja, Tante!", sagte der Doktor. „Gilt das als Abmachung?"

„Er kann kein verstockter Verbrecher sein", versetzte Rose, „das ist unmöglich."

„Gut", erwiderte der Doktor, „umso weniger Grund ist vorhanden, auf meinen Vorschlag nicht einzugehen."

Endlich einigte man sich, und die Verbündeten setzten sich, um einigermaßen ungeduldig auf Olivers Aufwachen zu warten.

Die Geduld der beiden Damen wurde einer längeren Prüfung unterzogen, als Dr. Losberne in Aussicht gestellt hatte, denn Stunde um Stunde verging, und immer noch lag Oliver in tiefem Schlaf. Es war bereits Abend, als ihnen der gutherzige Doktor die Kunde brachte, der Kranke sei endlich hinreichend wach, um Rede und Antwort stehen zu können. Der Junge sei, fügte er hinzu, zwar sehr krank und durch den Blutverlust geschwächt, aber er verlange mit so ängstlichem Eifer, etwas zu enthüllen, dass er es für ratsamer halte, ihn reden zu lassen, als ihm bis zum kommenden Morgen Ruhe aufzuerlegen, was der Doktor sonst wohl getan hätte.

Das Verhör währte lange. Oliver erzählte ihnen seine ganze Geschichte und wurde dabei oft von Schmerzen und Schwäche unterbrochen. Es wirkte sehr feierlich, in dem dunklen Zimmer die schwache Stimme des kranken Kindes ein trauriges Verzeichnis all des Jammers und Elends aufzählen zu hören, das grausame Menschen über es gebracht hatten. Ach, dächten wir doch, wenn wir unsere Mitmenschen kränken und unterdrücken, nur einmal an die dunklen Anklagen gegen menschliche Verirrungen, die wie dichte, schwere Wolken zwar langsam, aber dennoch sicher zum Himmel steigen und Vergeltung auf unsere Häupter herabrufen; hörten wir nur eine Sekunde lang in unserem Gewissen die gewichtigen Zeugnisse der Hingeschiedenen, die keine Macht erdrücken, kein Stolz zurückweisen kann, wo blieben dann die Beleidigungen und Ungerechtigkeiten, wo blieben Leid, Elend, Grausamkeit und Unrecht, die jeder Tag mit sich bringt!

Olivers Kissen wurde in jener Nacht durch zarte Hände glatt gestrichen, und holde Tugend wachte über seinem Schlaf. Er fühlte sich so ruhig und glücklich, dass er ohne Klage hätte sterben können.

Sobald die inhaltsreiche Besprechung zu Ende und Oliver wieder zur Ruhe gebracht war, stieg der Doktor, nachdem er sich die Augen gewischt und sie wegen ihrer Schwäche verwünscht hatte, die Treppe hinunter, um Mr Giles aufs Korn zu nehmen. Da er die Zimmer leer fand, fiel es ihm ein, dass er seinen Angriff mit besserer Wirkung in der Küche beginnen könne, weshalb er sich dorthin begab.

In diesem Unterhaus des Dienstbotenparlaments hatten sich die weibliche Dienerschaft, Mr Brittles, Mr Giles, der Kesselflicker, der in Anbetracht seiner Dienste eingeladen worden war, sich für den Rest des Tages gütlich zu tun, und der Polizist versammelt. Der letztgenannte Herr hatte einen großen Stab, einen großen Kopf, eine große Gestalt und große Halbstiefel und sah aus, als ob er eine dementsprechende Menge Ale zu sich genommen hätte, was auch der Fall war.

Man besprach noch immer die Erlebnisse der letzten Nacht. Mr Giles war eben dabei, seine Geistesgegenwart ins rechte Licht zu rücken, wobei Brittles, einen Alekrug in der Hand, jede Einzelheit bekräftigte, noch ehe sie sein Vorgesetzter ausgesprochen hatte, als der Doktor eintrat.

„Sitzen geblieben“, sagte der Doktor und winkte ab.

„Danke, Sir“, entgegnete Mr Giles. „Miss Rose wünschte, dass Ale ausgeteilt werde, Sir, und da ich kein Verlangen nach meinem eigenen kleinen Zimmer, desto mehr aber nach Gesellschaft fühlte, habe ich hier Platz genommen.“

Brittles gab den Anstoß zu einem leisen Gemurmel, mit dem die Damen und Herren insgesamt einmütig ihre Befriedigung über Mr Giles' Herablassung ausdrückten, worauf sich dieser mit Gönnermiene umsah, als wollte er versichern, dass er sie, solange sie sich gut aufführten, nie verlassen werde.

„Wie geht es diesen Abend mit dem Kranken, Sir?“, fragte Giles.

„So lala“, antwortete der Doktor. „Ich fürchte, Sie haben sich dabei selbst in eine arge Klemme gebracht, Mr Giles.“

„Ich hoffe, Sie wollen damit doch nicht andeuten“, versetzte Mr Giles erschrocken, „dass er sterben wird? Wenn ich das glauben müsste, würde ich nie wieder froh. Ich könnte keinen Jungen töten, nein – nicht einmal den Brittles da, nicht für alles Silbergeschirr im Land.“

„Davon ist nicht die Rede“, entgegnete der Doktor geheimnisvoll. „Mr Giles, Sie sind ein Protestant?“

„Ja, Sir, ich hoffe doch“, stotterte Mr Giles, der leichenblass geworden war.

„Und was bist du, Junge?“, fuhr der Doktor fort, indem er sich rasch gegen Brittles wandte.

„Gott behüte mich, Sir!“, erwiderte Brittles und fuhr heftig zusammen. „Ich bin – das Nämliche wie Mr Giles, Sir.“

„Dann sagt mir, ihr beiden“, herrschte sie der Doktor an, „könnt ihr einen Eid darauf leisten, dass der Junge ebenderselbe ist, der in der letzten Nacht durch das kleine Fenster gesteckt wurde? Heraus mit der Sprache! Los! Wir wollen etwas hören.“

Der Doktor, den man allgemein für das gutmütigste Geschöpf von der Welt hielt, stellte diese Frage in so drohendem, zornigem Ton, dass Giles und Brittles, die von dem Ale und dem Schreck reichlich verwirrt waren, einander wie betäubt ansahen.

„Geben Sie acht auf die Antwort, Polizist, wenn's beliebt“, sagte der Doktor, indem er feierlich seinen Zeigefinger erhob und damit seinen Nasenrücken berührte, als wollte er den Mann auffordern, seinen ganzen Scharfsinn zusammenzunehmen. „Sie werden sich über kurz oder lang dazu äußern müssen.“

Der Polizist schaute so schlau drein, wie er konnte, und nahm seinen Amtsstab zur Hand, der bisher unbeachtet in einem Winkel am Kamin gelehnt hatte.

„Es geht, wie Sie bemerken, einfach um die Frage der Identität“, fuhr der Doktor fort.

„Das ist's eben, Sir“, versetzte der Polizist unter heftigem Husten, denn er hatte sein Ale so eilig ausgetrunken, dass ihm etwas davon in die Luftröhre gekommen war.

„Es wird in ein Haus eingebrochen“, sprach der Doktor, „und

ein paar Menschen bemerken für einen Augenblick mitten im Pulverdampf und im Durcheinander des Tumults und der Finsternis die Gestalt eines Knaben. Den anderen Morgen kommt ein Knabe zu demselben Haus, und weil er zufälligerweise einen verbundenen Arm hat, legen diese Menschen gewaltsam Hand an ihn, bringen durch ihr rohes Zugreifen sein Leben in Gefahr – und schwören darauf, dass er der Dieb sei. Nun fragt sich's, ob diese Menschen durch die Tatsachen gerechtfertigt sind, und wenn dies nicht der Fall ist, in welche Lage sie sich gebracht haben?"

Der Polizist nickte tiefsinnig und meinte, wenn sich der Herr Doktor nicht auf das Recht verstehe, so wisse er nicht, wer sonst.

„Ich frage euch daher noch einmal", donnerte der Doktor, „seid ihr imstande, einen heiligen Eid darauf abzulegen, dass es derselbe Knabe ist?"

Brittles blickte zweifelnd auf Mr Giles, Mr Giles blickte zweifelnd auf Brittles, der Polizist hielt die Hand hinters Ohr, damit ihm die Antwort nicht entgehe, die beiden Weiber und der Kesselflicker beugten sich horchend vor, und der Doktor sah scharf umher – als man einen Wagen vorfahren und gleich darauf an der Tür läuten hörte.

„Das sind die Polizeibeamten!", rief Brittles, anscheinend sehr erleichtert.

„Wer?", entgegnete der Doktor, nun seinerseits erschrocken.

„Die Polizei aus Bowstreet, Sir", versetzte Brittles, der ein Licht anzündete. „Ich und Mr Giles haben diesen Morgen nach ihr geschickt."

„Was?", rief der Doktor.

„Ja", erwiderte Brittles, „ich habe es durch den Postkutscher bestellen lassen und wundere mich nur, dass sie nicht schon lange da sind."

„Das hast du wirklich getan? Dann hole der Teufel deine langsame Postkutsche; jawohl!", rief der Doktor aus und entfernte sich.

Einunddreißigstes Kapitel

Behandelt eine kritische Lage

Wer da?", fragte Brittles, und indem er das Licht mit der Hand gegen den Luftzug schützte, öffnete er die Tür ein wenig und sah hinaus.

„Aufgemacht!", rief es von draußen. „Wir sind die Polizeibeamten von Bowstreet, nach denen heute geschickt wurde."

Durch diese Versicherung sehr getröstet, öffnete Brittles die Tür so weit wie möglich und sah sich einem stattlichen Mann im Überrock gegenüber, der ohne ein weiteres Wort hereintrat und seine Schuhe so ruhig auf der Strohmatte abstreifte, als ob er hier zu Hause wäre.

„Schicken Sie doch jemanden hinaus, junger Mann, um meinen Kameraden abzulösen, der noch im Kabriolett sitzt und das Pferd hält", begann der Polizeibeamte. „Haben Sie einen Schuppen, dass wir den Wagen auf fünf oder zehn Minuten einstellen können?"

Brittles bejahte die Frage und wies auf das Gebäude. Der stattliche Herr kehrte zum Gartentor zurück und half seinem Gefährten, das Kabriolett unterzubringen, während ihnen Brittles in tiefer Ehrfurcht leuchtete. Sobald dies geschehen war, kehrten sie zum Haus zurück, wurden in ein Zimmer geführt, legten ihre Überröcke und Hüte ab und zeigten sich nun in ihrer wahren Gestalt. Der Mann, der an der Tür geklopft hatte, war von kräftigem Bau und mittlerer Größe, etwa fünfzig Jahre alt, trug glänzend-schwarze, kurz geschnittene Haare und einen halben Backenbart und hatte ein rundes Gesicht und durchbohrende Augen. Der andere war ein rothaariger, knochiger Mann in Stulpenstiefeln, mit nicht sehr einnehmendem Gesicht und einer aufgestülpten hässlichen Nase.

„Sagen Sie Ihrem Herrn, dass Blathers und Duff hier sind", begann der stärkere Mann, indem er sein Haar glatt strich und ein Paar Handschellen auf den Tisch legte. „Ah, guten Abend, Herr. Könnte ich ein paar Worte mit Ihnen allein sprechen?"

Diese Anrede galt Dr. Losberne, der eben mit den beiden Damen eintrat; er winkte Brittles, sich zu entfernen, und schloss die Tür.

„Dies ist die Dame des Hauses", sagte Dr. Losberne mit einer Handbewegung gegen Mrs Maylie.

Mr Blathers verbeugte sich, legte, als man ihn aufforderte, Platz zu nehmen, seinen Hut auf den Boden, nahm einen Stuhl und winkte Duff, das Gleiche zu tun. Dieser Herr, der an gute Gesellschaft nicht sehr gewöhnt zu sein schien oder nicht an ihre Umgangsformen, ließ sich erst nach ziemlich vielen Gliederverrenkungen nieder und zwängte dann den Knauf seines Stockes mit einiger Verlegenheit in seinen Mund.

„Nun, um auf den Raubversuch zu kommen, Herr", sagte Blathers, „wie ist der Hergang?"

Dr. Losberne, der anscheinend Zeit gewinnen wollte, teilte alles ausführlich und umständlich mit. Die Herren Blathers und Duff schauten dabei sehr weise drein und tauschten hin und wieder ein Kopfnicken aus.

„Ich kann natürlich nichts Bestimmtes sagen, ehe ich nicht die Stelle gesehen habe", meinte Blathers, „aber meine vorläufige Ansicht ist, ohne mich darauf festlegen zu wollen, dass der Versuch nicht von einem Kaffer gemacht wurde; was meinst du, Duff?"

„Ganz dasselbe", versetzte Duff.

„Um den Damen das Wort ‚Kaffer' zu übersetzen – ich darf wohl annehmen, Sie glauben, dass keiner von den Leuten hier auf dem Lande den Einbruch versucht hat, nicht wahr?", fragte Dr. Losberne lächelnd.

„Ganz richtig, Herr", antwortete Blathers. „Ist das alles, was Sie über den Vorfall berichten können?"

„Alles", versetzte der Doktor.

„Was für eine Bewandtnis hat es denn mit dem Knaben, von dem uns die Dienerschaft berichtet hat?", fragte Blathers.

„Nichts, was hierhergehörte", erwiderte der Doktor. „Einer von den verstörten Dienern hat sich's in den Kopf gesetzt, er sei an dem Einbruchsversuch beteiligt gewesen; aber das ist Unsinn, reine Verrücktheit."

„Wenn das wahr ist, sind wir rasch fertig", bemerkte Duff.

„Ganz richtig", stimmte Blathers mit einem Kopfnicken zu, indes er unbekümmert mit den Handschellen spielte, als wären sie ein Paar Kastagnetten. „Wer ist der Knabe? Welche Auskunft gibt er über sich? Woher kommt er? Er ist doch nicht aus den Wolken gefallen, Herr – oder?“

„Natürlich nicht“, versetzte der Doktor mit einem unruhigen Blick auf die beiden Damen. „Ich kenne seine ganze Geschichte; wir können jedoch nachher davon reden. Ich glaube, Sie wollten zuerst die Stelle in Augenschein nehmen, wo die Einbrecher ihr Unternehmen ins Werk setzten?“

„Freilich“, erwiderte Mr Blathers. „Wir besichtigen besser zuerst die Örtlichkeiten und verhören dann die Dienerschaft; das ist der gewöhnliche Geschäftsgang.“

Man brachte nun Lichter herbei, und Mr Blathers und Mr Duff, begleitet von dem Ortspolizisten, Brittles und Giles und allen andern, begaben sich in das kleine Gemach am Ende des Hausflurs und sahen durch das Fenster hinaus; dann ging man über den Rasenplatz und sah durch das Fenster hinein. Hierauf wurde ein Licht herausgereicht, um den Laden zu untersuchen, dann eine Laterne, um die Fußspuren zu verfolgen, und endlich eine Heugabel, um in den Büschen herumzustochern. Die Zuschauer folgten diesem Verfahren mit atemloser Teilnahme; dann ging man wieder ins Haus, und Mr Giles und Brittles wurden zu einer hochdramatischen Schilderung ihres Anteils an den Abenteuern der letzten Nacht veranlasst, die sie wohl sechsmal wiederholten, wobei sie einander bei der ersten Erzählung nur in einem wichtigen Punkt, bei der letzten in nicht mehr als einem Dutzend widersprachen.

Bei diesem Ergebnis angelangt, verließen Blathers und Duff das Zimmer und hielten eine lange Beratung ab, gegen die, was Feierlichkeit und Geheimnistuerei anlangt, eine Konsultation großer Ärzte über den schwierigsten Krankheitsfall das reine Kinderspiel wäre.

Inzwischen ging der Doktor äußerst beunruhigt im nächsten Zimmer auf und ab, während ihm Mrs Maylie und Rose mit ängstlichen Mienen zuschauten.

„Auf mein Wort“, sagte er und blieb stehen, nachdem er zahllose Male hin und her gerannt war, „ich weiß kaum, was man hier tun soll.“

„Gewiss wird die Geschichte des armen Knaben, vor diesen

Männern wahrheitsgetreu wiedergegeben, genügen, um ihn reinzuwaschen", meinte Rose.

„Ich bezweifle es, mein wertes Fräulein", entgegnete der Doktor kopfschüttelnd. „Ich glaube nicht, dass sie ihn bei diesen oder auch bei höheren Polizeibeamten wird entlasten können. Sie würden zuletzt doch sagen: ‚Ja, was ist er denn eigentlich? Ein Ausreißer.' Rein sachlich, auf ihre Wahrscheinlichkeit hin beurteilt, klingt seine Geschichte ja doch zweifelhaft."

„Sie schenken ihr aber doch Glauben?", fiel Rose heftig ein.

„Ich glaube sie, so seltsam sie auch ist; vielleicht wird man mich deshalb einen alten Narren nennen", versetzte der Doktor. „Aber ich glaube nicht, dass sie dazu angetan ist, einen erfahrenen Polizeibeamten zu überzeugen."

„Und warum nicht?", fragte Rose.

„Aus einem einfachen Grund, meine schöne Untersuchungsrichterin", entgegnete der Doktor, „weil, mit den Augen solcher Leute gesehen, manch dunkler Punkt darin ist; Oliver kann nur beweisen, was gegen, aber nichts von dem, was für ihn spricht. Der Henker hole diese Burschen – sie wollen stets das Warum und Weshalb wissen und lassen sich nie auf Dinge ein, die nicht klar zutage liegen. Seiner eigenen Aussage zufolge ist er einige Zeit in Gesellschaft von Dieben gewesen, ist wegen Taschendiebstahls vor einem Polizeiamt angeklagt und gewaltsam aus dem Haus des Herrn, der ihn aufgenommen, an einen Ort entführt worden, den er nicht beschreiben noch bezeichnen kann und von dessen Lage er nicht die leiseste Vorstellung hat. Er wird von Leuten, die gewaltig auf ihn versessen zu sein scheinen, ob er will oder nicht, nach Chertsey heruntergebracht und durch ein Fenster gesteckt, um ein Haus auszurauben, und gerade da er Lärm schlagen und eine Tat begehen will, die ihn reinwaschen könnte, verrennt ihm ein tölpelhafter, ungehobelter Hausmeister den Weg und schießt auf ihn! Als wenn er ihn hindern wollte, sich selbst zu nützen. Sehen Sie das alles nicht?"

„Freilich sehe ich es", versetzte Rose, die über des Doktors Ungestüm lächelte. „Aber noch ist mir nicht klar, wie man das arme Kind eines Verbrechens überführen kann."

„Nein", antwortete der Doktor, „natürlich nicht. Gott segne den klaren Blick der Damen! Sie sehen sowohl im Guten als auch im Bösen stets nur eine Seite einer Frage, und zwar stets diejenige, die ihnen zuerst ins Auge fällt."

Nachdem der Doktor diese seine Erfahrung kundgetan hatte, steckte er die Hände in die Taschen und ging noch schneller als vorher im Zimmer auf und nieder.

„Je mehr ich darüber nachdenke", fuhr er nach einer Weile fort, „desto mehr sehe ich, dass es endlose Verwicklungen und Unannehmlichkeiten geben wird, wenn wir diesen Menschen die wahre Geschichte des Knaben mitteilen. Ich bin überzeugt, dass sie nicht daran glauben werden; und selbst wenn man ihm am Ende nichts anhaben kann, so muss doch das Herumzerren und Lautwerden all der Zweifel, die sich notwendig ergeben, Ihren wohlwollenden Plan, den Knaben dem Elend zu entreißen, empfindlich stören."

„Ach, was sollen wir denn tun?", rief Rose. „Guter Gott! Warum hat man nach diesen Leuten geschickt!"

„Ja, warum!", stimmte Mrs Maylie ein. „Ich wüsste nicht, was ich darum gäbe, wenn sie nicht hier wären."

„Ich weiß keinen andern Rat", sagte endlich Dr. Losberne, indem er sich mit einer Art verzweifelter Ruhe auf einen Stuhl setzte, „als dass wir die Angelegenheit mit dreister Miene durchzustehen versuchen. Der Zweck ist gut und muss uns entschuldigen. Der Knabe zeigt starke Fiebersymptome und ist auf keinen Fall in der Lage, noch jemandem Rede und Antwort zu stehen; das gewährt einigen Trost. Wir müssen diesen Umstand ausnutzen, so gut es geht, und wenn Schlimmes daraus erwächst, so ist es nicht unsere Schuld. – Herein!"

„Nun, Herr", sagte Blathers, der mit seinem Kollegen das Haus betrat und die Tür fest zudrückte, ehe er weitersprach, „von einer Verschwörung ist hier nicht die Rede."

„Und was zum Teufel nennen Sie so?", fragte der Doktor ungeduldig.

„Wir nennen es eine Verschwörung", sagte Blathers zu den Damen, als ob er ihre Unwissenheit bemitleide, die des Doktors aber verachte, „wenn die Dienerschaft beteiligt ist."

„Niemand hat sie in diesem Fall verdächtigt", versetzte Mrs Maylie.

„Wohl möglich, Madam", erwiderte Blathers. „Sie hätte aber trotzdem die Hand mit im Spiel gehabt haben können."

„Gerade deshalb umso wahrscheinlicher“, meinte Duff.

„Wir sind zu dem Schluss gekommen, dass Londoner am Werk waren“, fuhr Blathers in seinem Bericht fort, „denn es ist eine meisterhafte Arbeit.“

„Prächtige Arbeit, in der Tat“, fügte Duff leise bei.

„Es waren zwei“, sprach Blathers, „die einen Knaben bei sich hatten, was aus dem Umfang des Fensters hervorgeht. Mehr lässt sich im Augenblick nicht sagen. Jetzt möchten wir den Jungen sehen, den Sie nach oben geschafft haben, wenn es Ihnen recht ist.“

„Vielleicht lassen sich die Herren vorerst einen Trunk gefallen“, sagte der Doktor, und sein Gesicht glänzte, als sei ihm ein neuer Gedanke gekommen.

„O gewiss!“, rief Rose hastig. „Sie sollen sogleich bedient werden.“

„Ah, das nehmen wir mit Dank an, Miss“, versetzte Blathers und wischte sich mit dem Rockärmel den Mund. „Solche Pflichten sind eine trockene Beschäftigung. Was gerade zur Hand ist, Miss, Sie brauchen sich unsertwegen keine Umstände zu machen.“

„Was soll's denn sein?“, fragte der Doktor, indem er der jungen Dame zum Wandschrank folgte.

„Ein Tröpflein Branntwein, Herr, wenn es Ihnen gleich ist“, entgegnete Blathers. „'s ist eine kalte Fahrt von London her, Madam, und ich finde immer, dass Branntwein das Herz am besten aufwärmt.“

Diese interessante Mitteilung war an Mrs Maylie gerichtet, die sie sehr freundlich aufnahm. Der Doktor schlüpfte inzwischen aus dem Zimmer.

„Ach!“, sagte Blathers, der das Glas nicht am Stiel fasste, sondern den Kelch zwischen Daumen und Zeigefinger klemmte und es vor seine Brust hielt. „Ich habe, solange ich im Amt bin, schon eine ganze Menge derartiger Arbeit zu Gesicht bekommen, meine Damen.“

„Der Einbruch unten in der Hintergasse zu Edmonton, Blathers“, half Mr Duff dem Gedächtnis seines Kollegen nach.

„Ja, das war ein ganz ähnlicher Fall, nicht wahr?“, erwiderte Mr Blathers. „Conkey Chickweed war der Täter.“

„Du hast immer diesem Burschen die Schuld gegeben“, erwiderte Duff, „aber ich behaupte, es war die Familie Pet, und Conkey hatte nicht mehr damit zu tun als ich selber."

„Pah!", entgegnete Mr Blathers. „Ich weiß das besser. Erinnerst du dich, wie gerade damals auch Conkey sein Geld gestohlen wurde? Was das für Aufsehen erregte! Besser als jeder Roman, der mir je zu Gesicht gekommen ist!"

„Wie geschah es?", fragte Rose, ängstlich besorgt, bei ihren unwillkommenen Gästen jeden Anflug guter Laune zu pflegen.

„Es war ein Spitzbubenstreich, Miss, auf den kaum ein anderer verfallen wäre", antwortete Blathers. „Der Conkey Chickweed …"

„Conkey heißt so viel wie Spitzel, Madam", warf Duff ein.

„Ach, das weiß die Dame selber – nicht wahr?", sagte Mr Blathers. „Du unterbrichst einen nur immer. Der Conkey Chickweed also, Miss, besaß ein Wirtshaus über Battlebridge und ein Gewölbe, wohin viele junge Herren kamen, um Hahnenkämpfe, Dachshatzen und dergleichen mit anzusehen; die Spiele wurden nämlich dort auf recht sinnreiche Weise aufgeführt, wie ich selber gesehen habe. Er gehörte damals noch nicht zur Diebsgilde, und eines Nachts wurden ihm dreihundertsiebenundzwanzig Guineen in einem Leinwandbeutel geraubt, will sagen, im nächtlichen Dunkel von einem großen Mann mit einer schwarzen Klappe über dem Auge aus seiner Schlafstube gestohlen. Der Dieb hatte sich unter dem Bett versteckt und sprang nach vollbrachter Tat durch das Fenster hinaus, das nur einen Stock hoch lag. Er war sehr flink dabei, aber Conkey war auch flink, und da ihn der Lärm geweckt hatte, fuhr er rasch aus dem Bett, schoss eine Büchse hinter dem Täter her und brachte die Nachbarschaft auf die Beine. Sie machten sich auf die Jagd, und als sie nachsuchten, sahen sie, dass Conkey den Dieb getroffen hatte, denn man konnte eine ziemliche Strecke weit Blutspuren auf dem Weg verfolgen, bis sie sich bei einem Pfahlzaun verloren. Aber das Geld war fort, und einige Tage nachher las man den Namen des allbekannten Spaßvogels Mr Chickweed unter den übrigen Bankrottierern in der Zeitung. Man ließ Bettelbriefe, Subskriptionen und ich weiß nicht was alles für den armen Mann herumgehen, der über seinen Verlust sehr betrübt war und einige Tage mit zerrauftem Haar so verzweifelt durch die Straßen lief, dass man fürchtete, er möchte sich ein Leid antun. Eines Tages kam er in größter Aufregung auf das Polizeiamt und hatte eine geheime Unterredung mit dem Friedensrichter. Nach einer langen Besprechung klingelte dieser und beauftragte Jem Spyers, einen sehr tüchtigen Polizeidiener, Mr Chickweed bei der Verhaftung des Mannes, der in sein Haus eingebrochen war, behilflich zu sein. ‚Ich sah ihn gestern Morgen an meinem Haus vorbeigehen, Spyers', sagte Chickweed. ‚Warum haben Sie ihn nicht gleich am Kragen gepackt?', fragte Spyers. ‚Ich war so erschrocken, dass man mir den Schädel mit einem Zahnstocher hätte einschlagen können', erwiderte der arme Mann. ‚Wir werden ihn aber bestimmt erwischen, denn zwischen zehn und elf Uhr nachts kam er wieder vorbei.' Kaum hatte Spyers das gehört, als er etwas reine Wäsche und einen Kamm in die Tasche steckte, falls er ein paar Tage ausbleiben müsse; dann ging er und setzte sich in dem Wirtshaus an eines der Fenster hinter den roten Vorhang, den Hut auf dem Kopf, um jeden Augenblick hinausstürmen zu können. Er rauchte dort in später Nacht seine Pfeife, als Chickweed plötzlich zu schreien anfing: ‚Da ist er! Haltet den Dieb, den Spitzbuben!' Jem Spyers stürzt hinaus und sieht Chickweed schreiend die Straße hinabrennen. Spyers fliegt hinterdrein, Chickweed voraus, von allen Seiten stoßen Leute dazu, überall erschallt der Ruf ‚Dieb!', und Chickweed schreit am lautesten, wie toll. Spyers verliert ihn eine Minute an einer Ecke aus dem Gesicht – biegt um ein Haus – sieht eine kleine Gruppe Menschen – stürzt sich unter sie. ‚Wer ist der Dieb?' – ‚Verdammt', sagt Chickweed, ‚ich hab ihn wieder verloren!'

Es war merkwürdig, aber da kein Dieb zu sehen war, gingen sie wieder zum Wirtshaus zurück. Am nächsten Morgen saß Spyers auf seinem alten Posten und hielt hinter dem Vorhang hervor Ausschau nach einem großen Mann mit einer schwarzen Klappe über dem Auge, bis ihm die eigenen Augen weh taten und er sie ein wenig schließen musste, um ihnen Ruhe zu gönnen; und im selben Augenblick hörte er Chickweed brüllen: ‚Da ist er!' Er stürzte abermals hinunter, Chickweed die halbe Straßenlänge voraus, und nach einem zweimal so langen Rennen wie den vorigen Tag ist der Dieb wieder verschwunden. Das wiederholte sich noch einige Male, bis die eine Hälfte der Nachbarn meinte, Mr Chickweed sei vom Teufel bestohlen worden, der noch hinterdrein sein Spiel mit ihm treibe, während die andere Hälfte annahm, der arme Mr Chickweed sei vor Kummer ein Narr geworden."

„Und was sagte Jem Spyers dazu?“, fragte der Doktor, der kurz nach Beginn der Geschichte wieder ins Zimmer gekommen war.

„Jem Spyers“, ergriff der Polizeidiener wieder das Wort, „sagte geraume Zeit gar nichts und horchte auf alles, ohne dass man’s merkte – ein Beweis, dass er sein Geschäft verstand. Aber eines Morgens trat er an den Schanktisch, zog seine Schnupftabaksdose heraus und sagte: ‚Chickweed, ich habe herausgebracht, wer diesen Diebstahl begangen hat.‘ – ‚Wirklich?‘, versetzte Chickweed. ‚O teuerster Spyers, ich will zufrieden sterben, wenn ich an ihm gerächt bin! Wo, mein teuerster Spyers, wo ist der Lump?‘ – ‚Pah!‘, sagte Spyers, indem er ihm eine Prise anbot. ‚Wozu das Versteckspiel? Ihr habt es selbst getan.‘ Und so war’s auch; der Kerl hatte obendrein ein gutes Geschäft dabei gemacht. Wäre er nicht so ängstlich bemüht gewesen, den Schein zu wahren, es wäre nie ans Licht gekommen“, schloss Mr Blathers, indem er sein Glas niedersetzte und mit den Handschellen klirrte.

„In der Tat, höchst merkwürdig“, meinte der Doktor. „Nun, wenn es gefällig ist, können Sie hinaufgehen.“

„Ganz nach Ihrem Belieben“, versetzte Mr Blathers. Dicht hinter Dr. Losberne stiegen die zwei Beamten zu Olivers Schlafgemach hinauf; Mr Giles leuchtete der Gesellschaft mit einer Kerze voran.

Oliver hatte geschlummert, sah aber kränker und fieberhafter aus als vorher. Vom Arzt gestützt, richtete er sich im Bett auf, blickte auf die Fremden, ohne etwas von den Vorgängen zu begreifen, und schien sich tatsächlich nicht zu erinnern, wo er sei und was sich abgespielt habe.

„Dies“, sagte Dr. Losberne leise, aber mit großer Entschiedenheit, „ist der Knabe, der zufällig bei einem Jungenstreich auf dem Grundstück des Mr Sowieso hier hinter dem unsrigen durch einen Selbstschuss verwundet wurde und heute Morgen zum Haus kam, um Hilfe zu erbitten. Er wurde sogleich von diesem geistreichen Herrn da, der die Kerze hält, beim Kragen gepackt und in einer Weise misshandelt, dass sein Leben in Gefahr schwebt, wie ich als Sachverständiger bezeugen kann.“

Mr Blathers und Mr Duff sahen auf Mr Giles, der so ihrer Beachtung empfohlen wurde, und der verwirrte Haushofmeister blickte mit einer höchst lächerlichen Mischung aus Furcht und Staunen von ihnen auf Oliver und von Oliver auf Dr. Losberne.

„Ich will nicht hoffen, dass Sie das leugnen wollen?“, sagte der Doktor, indem er Oliver sanft wieder zurücklegte.

„Es geschah alles in bester Absicht, Sir“, antwortete Giles. „Ich glaubte bestimmt, es sei der Knabe, sonst hätte ich mich nicht mit ihm befasst. Ich bin ja kein Unmensch, Sir.“

„Was für einen Knaben meinten Sie denn?“, fragte der ältere Beamte.

„Den Einbrecherjungen, Sir“, versetzte Giles. „Sie – sie hatten gewiss einen Knaben dabei.“

„Nun, sind Sie jetzt noch dieser Meinung?“, fragte Blathers.

„Welcher Meinung?“, erwiderte Giles mit leerem Blick auf den Frager.

„Meinen Sie immer noch, dass es derselbe Knabe ist, Dummkopf?“, entgegnete Mr Blathers ungeduldig.

„Ich weiß es nicht; ich weiß es wahrlich nicht“, sagte Giles mit Jammermiene. „Ich könnte nicht darauf schwören.“

„Nun, was glauben Sie denn?“, fragte Mr Blathers.

„Ich weiß nicht, was ich glauben soll“, antwortete der arme Giles; „ich glaube nicht, dass es der Knabe ist; genaugenommen bin ich fast sicher, dass er es nicht ist. Sie wissen doch, dass es nicht möglich ist.“

„Hat dieser Mensch getrunken, Sir?“, fragte Blathers den Doktor.

„Ihr seid ein köstlicher Wirrkopf!“, sagte Duff mit höchster Verachtung zu Mr Giles.

Dr. Losberne hatte während dieses kurzen Verhörs stets den Puls des Kranken gefühlt; aber nun erhob er sich vom Stuhl neben dem Bett und bemerkte, wenn die Herren noch Zweifel in der Sache hätten, so möchten sie vielleicht ins nächste Zimmer treten und dort Brittles vernehmen.

Dieser Aufforderung gemäß verfügten sich die Beamten in ein anstoßendes Gemach, wo Brittles, den man herbeigeholt hatte, sich und seinen hochgeachteten Vorgesetzten in ein so wunderbares Gewirr von Widersprüchen und Unmöglichkeiten verwickelte, dass es auf nichts ein klares Licht warf als auf seine eigene Geistestrübung; klar war lediglich die Erklärung, dass er den richtigen Knaben, wenn man ihm diesen vorführte, nicht wiedererkennen würde; dass er Oliver nur deshalb für den Spitzbuben gehalten habe, weil Mr Giles sagte, er sei es, und dass Mr Giles vor einigen

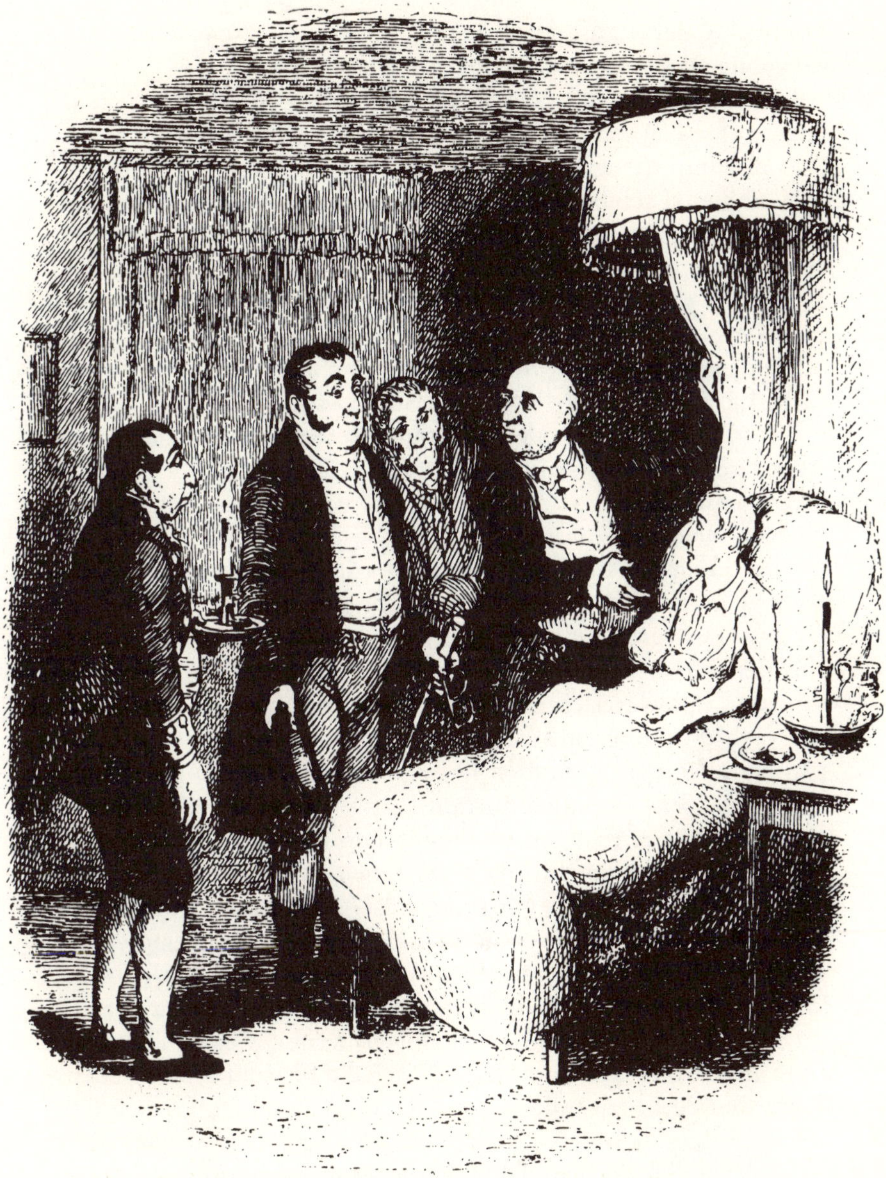

Oliver wird von zwei Polizeibeamten verhört

Minuten in der Küche zugegeben habe, er fürchte sehr, in der Sache ein wenig voreilig gewesen zu sein.

Unter anderen scharfsinnigen Erörterungen wurde auch die Frage aufgeworfen, ob Mr Giles wirklich jemanden getroffen habe. Und als man die zweite Pistole untersuchte, stellte sich heraus, dass sie keine schärfere Ladung als Pulver und Papier enthielt – eine Entdeckung, die auf alle tiefen Eindruck machte außer auf den Doktor, der zehn Minuten vorher die Kugel herausgezogen hatte. Auf niemanden jedoch wirkte dieser Umstand stärker als auf Mr Giles selbst, der, nachdem er stundenlang unter der Angst gelitten hatte, einen Mitmenschen tödlich verwundet zu haben, eifrig die sich daraus ergebende Schlussfolgerung aufgriff und befürwortete. Endlich überließen die Beamten, ohne sich weiter um Oliver zu kümmern, das Haus dem Polizisten von Chertsey, suchten ein Nachtlager in der Stadt und versprachen, am nächsten Morgen wiederzukommen.

Anderntags verbreitete sich das Gerücht, dass sich zwei Männer und ein Knabe im Gefängnis zu Kingston befänden, die in der Nacht unter verdächtigen Umständen aufgegriffen worden seien; und demgemäß verfügten sich Mr Blathers und Mr Duff nach Kingston. Die verdächtigen Umstände liefen jedoch bei genauerer Nachforschung darauf hinaus, dass man sie unter einem Heuschober schlafend gefunden hatte. Obgleich das ein großes Verbrechen ist, kann es doch nur mit Haft bestraft werden. Es gilt in den nachsichtigen Augen des englischen Gesetzes und bei seiner weitgespannten Liebe für alle Untertanen des Königs in Ermangelung aller sonstigen Zeugnisse nicht als genügender Beweis, dass der oder die Schläfer einen gewaltsamen Einbruch begangen hätten und somit der Todesstrafe verfallen wären. Mr Blathers und Mr Duff kamen daher so klug zurück, wie sie gegangen waren.

Um uns kurz zu fassen: Nach einigen weiteren Untersuchungen und vielem Hin- und Herreden ließ sich ein benachbarter Friedensrichter bewegen, zusammen mit Mrs Maylie und Dr. Losberne für Olivers Erscheinen vor Gericht, falls er vorgeladen werden sollte, Bürgschaft zu leisten, und Mr Blathers und Mr Duff kehrten, mit einigen Guineen belohnt, nach London zurück. Freilich waren sie geteilter Ansicht über den Gegenstand ihrer Unternehmung: Duff neigte nach reiflicher Erwägung aller Umstände zu der Auffassung, dass der versuchte Einbruch von der Familie Pet unternommen worden sei, während Blathers ebenso entschlossen war, das volle Verdienst daran dem großen Mr Conkey Chickweed zuzuerkennen.

Inzwischen erholte sich Oliver allmählich unter der vereinten Pflege von Mrs Maylie, Rose und dem wohlwollenden Dr. Losberne. Wenn inbrünstige Gebete aus überquellend dankbarem Herzen im Himmel erhört werden – und wenn nicht, welche sollten dann erhört werden? –, so mussten die Segenswünsche, die das verwaiste Kind auf sie herabflehte, ihre Seelen mit Glück und Frieden erfüllen.

Zweiunddreißigstes Kapitel

Welch glückliches Leben Oliver bei seinen gütigen Beschützerinnen zu führen begann

Oliver hatte schwer und vielerlei zu leiden. Zu den langwierigen Schmerzen des Armbruchs gesellte sich infolge der Nässe und Kälte, der er ausgesetzt gewesen war, ein heftiges Fieber, das einige Wochen anhielt und ihn sehr mitnahm. Endlich aber fing er doch an, sich täglich ein wenig kräftiger zu fühlen, und konnte hin und wieder mit ein paar tränenerstickten Worten sagen, wie tief er die Güte der zwei liebevollen Damen empfinde und wie sehr er hoffe, nach seiner Genesung etwas tun zu können, um seine Dankbarkeit zu bezeigen: etwas, das ihnen die Liebe und Treue verrate, die seine Seele erfüllten, etwas, sei es auch noch so gering, das ihnen bewiese, dass ihre liebevolle Zärtlichkeit nicht verschwendet sei, sondern dass der arme Knabe, den ihre Barmherzigkeit dem Elend und Tod entrissen hatte, darauf brannte, ihnen mit Herz und Seele zu dienen.

„Armes Kind!“, sagte Rose, als Oliver eines Tages mühsam versucht hatte, die dankbaren Worte auszusprechen, die sich ihm auf die blassen Lippen drängten. „Du wirst manche Gelegenheit haben, uns zu dienen, wenn du willst. Wir gehen aufs Land, und meine Tante wünscht, dass du uns begleitest. Die ruhige Lage, die reine Luft und die Schönheiten und Freuden des Frühlings werden dich in kurzer Zeit vollends herstellen; und dann wollen wir dich auf hunderterlei Weise beschäftigen, wenn du wieder Mühen aushältst.“

„Mühen?“, rief Oliver. „O liebe Dame, wenn ich nur für Sie arbeiten könnte; wenn ich Ihnen nur Freude machen könnte, indem ich Ihre Blumen begieße, Ihre Vögel pflege oder den ganzen Tag für Sie hin und her laufe – was gäb ich darum!“

„Du sollst gar nichts darum geben“, versetzte Miss Maylie lächelnd, „denn wie ich vorhin sagte, werden wir dich auf hunderterlei Weise verwenden können, und wenn du den Eifer, uns zu dienen, den du jetzt versprichst, nur zur Hälfte hältst, so wirst du mich wirklich sehr glücklich machen."

„Glücklich, Madam?", rief Oliver. „Oh, wie lieb, dass Sie das sagen!"

„Du wirst mich glücklicher machen, als ich dir sagen kann", entgegnete die junge Dame. „Schon allein der Gedanke, dass meine liebe, gute Tante das Mittel gewesen ist, jemanden aus solcher Not zu retten, wie du uns beschrieben hast, würde mir unsagbares Vergnügen gewähren; aber die Überzeugung, dass ihr der Gegenstand ihrer Güte und ihres Mitleids in aufrichtigem Dank zugetan ist, bereitet mir mehr Freude, als du dir vorstellen kannst. Verstehst du mich?", fragte sie und musterte prüfend Olivers gedankenvolle Züge.

„O ja, Madam, ja!", antwortete Oliver eifrig. „Aber ich denke eben daran, dass ich jetzt schon undankbar bin."

„Gegen wen?", fragte Rose.

„Gegen den gütigen Herrn und die liebe alte Dame, die sich früher so viel Mühe mit mir gegeben haben. Sie würden sich sicherlich freuen, wenn sie wüssten, wie glücklich ich bin."

„Das glaube ich auch", entgegnete Olivers Wohltäterin, „und Dr. Losberne hat bereits versprochen, dich zu einem Besuch bei ihnen mitzunehmen, wenn du für die Reise gesund genug bist."

„Wirklich, Madam?", rief Oliver, und sein Gesicht strahlte beglückt. „Ich weiß nicht, was ich vor Freude tun werde, wenn ich ihre lieben Gesichter wiedersehe!"

Oliver war bald so weit genesen, dass er die Reise bestehen konnte, und eines Morgens fuhren also er und Dr. Losberne in einem kleinen Wagen aus, der Mrs Maylie gehörte. Als sie zur Chertseybrücke kamen, erblasste Oliver und stieß einen lauten Schrei aus.

„Was hat der Junge?", rief der Doktor mit gewohnter Lebhaftigkeit. „Siehst du – hörst du – fühlst du etwas –, wie?"

„Dort, Sir!", entgegnete Oliver und deutete durch das Wagenfenster. „Jenes Haus!"

„Ja – was ist damit? Halt, Kutscher!", rief der Doktor. „Was ist mit dem Haus, Junge, he?"

„Die Diebe – in dieses Haus haben sie mich mitgenommen", flüsterte Oliver.

„Zum Teufel!“, rief der Doktor. „Halte da, ich will aussteigen!“

Aber ehe der Kutscher von seinem Sitz steigen konnte, war er bereits aus dem Wagen gesprungen, lief auf das trostlose Haus zu und begann wie toll an die Tür zu klopfen.

„Was gibt's?“, fragte ein kleiner, hässlicher, buckliger Mann, der so plötzlich öffnete, dass der Doktor infolge der Heftigkeit, mit der er zuletzt gegen die Tür geschlagen hatte, fast in den Hausflur gefallen wäre. „Was soll der Lärm?“

„Was er soll?“, schrie der andre, indem er den Mann ohne Bedenken am Kragen packte. „Viel soll er. Es dreht sich um Raub und Einbruch!“

„Und bald auch um Mord“, versetzte der Bucklige kaltblütig, „wenn Sie nicht von mir ablassen, verstanden?“

„Ich verstehe recht gut“, entgegnete der Doktor, indem er seinen Gefangenen tüchtig durchbeutelte. „Wo ist – nun, wie heißt doch der verwünschte Spitzbube – Sikes; ja, so ist's. Wo ist Sikes, du Gauner?“

Der Bucklige starrte ihn maßlos erstaunt und entrüstet an, entwand sich dann geschickt den Händen des Doktors, stieß eine Flut schrecklicher Flüche aus und zog sich ins Haus zurück. Ehe er jedoch die Tür schließen konnte, war der Doktor, ohne ein Wort zu sprechen, bereits in das Zimmer gedrungen. Er sah sich sorgfältig um; aber kein Gerät, keine Spur eines lebenden oder leblosen Dinges, nicht einmal die Lage der Wandschränke entsprach Olivers Beschreibung.

„Nun?“, sagte der Bucklige, der ihn scharf beobachtet hatte. „Was soll das heißen, dass Sie auf so gewaltsame Weise in mein Haus eindringen? Wollen Sie mich berauben oder ermorden? Was soll das?“

„Hast du je gehört, dass einer zu diesem Zweck im Wagen und mit Zeugen angefahren kam, du lächerliche alte Nachteule?“, entgegnete der reizbare Doktor.

„Nun – worauf hast du es denn sonst abgesehen?“, fragte der Bucklige. „Willst du dich augenblicklich packen, oder, hol dich der Teufel, es gibt ein Unglück!“

„Ich werde gehen, sobald es mir beliebt“, versetzte Dr. Losberne und blickte in das andre Zimmer, das ebenso wenig wie das erste irgendeine Ähnlichkeit mit Olivers Beschreibung aufwies. „Ich werde Euch eines Tages schon auf die Schliche kommen, Freund.“

„So – werdet Ihr das?“, höhnte der verwahrloste Krüppel. „Ich bin hier, sooft man mich braucht. Ich habe in diesem Haus nicht fünfundzwanzig Jahre allein, als toll von allen gemieden, gelebt, um mir von Euch einen Schreck einjagen zu lassen. Ihr sollt mir's büßen! Ihr sollt mir's büßen!"

Nach diesen Worten fing der missgestaltete kleine Dämon fürchterlich zu kreischen an und tanzte wie wild vor Wut den Hausflur auf und ab.

„Eine dumme Geschichte", murmelte der Doktor vor sich hin. „Der Junge muss sich getäuscht haben. Da – steckt das in Eure Tasche, und schließt Euch wieder ein."

Damit warf er dem Buckligen ein Geldstück zu und kehrte zum Wagen zurück.

Der Mann folgte ihm mit den wildesten Verwünschungen und Flüchen bis an den Kutschenschlag, sah, während Dr. Losberne dem Kutscher einige Worte zurief, in den Wagen und betrachtete Oliver einen Augenblick mit so grimmigem, durchbohrendem und zugleich rachsüchtigem Blick, dass ihn der Knabe monatelang weder im Wachen noch im Schlafen vergessen konnte. Er fuhr fort zu toben, bis der Kutscher seinen Sitz wieder eingenommen hatte, und als sie schon weiterfuhren, konnten sie ihn in einiger Entfernung hinter sich mit den Füßen auf die Erde stampfen und sich die Haare raufen sehen, in wirklicher oder gespielter Raserei.

„Ich bin ein Esel", sagte der Doktor nach langem Schweigen. „Wusstest du das schon, Oliver?"

„Nein, Sir."

„Dann merk dir's für ein andermal. – Ein Esel", wiederholte der Doktor, nachdem er wieder einige Minuten geschwiegen hatte. „Selbst wenn es das richtige Haus gewesen wäre und die richtige Bande hätte sich darin aufgehalten, was hätte ich als Einzelner unternehmen können? Sogar wenn ich Beistand gehabt hätte, wäre nichts dabei herausgekommen, als dass ich mich selbst gefährdet und ans Licht gebracht hätte, wie ich diese Angelegenheit vertuscht habe. Wäre mir übrigens ganz recht geschehen, denn ich bringe mich mit meinen impulsiven Handlungen stets aus einer Klemme in die andere. Es hätte mich vielleicht kuriert."

Der treffliche Doktor aber hatte sein ganzes Leben über nie anders als nach den Eingebungen des Augenblicks gehandelt, und es gereichte der Natur dieser Eingebungen, von denen er sich leiten ließ, gewiss nicht zur Unehre, dass er, statt durch sie in

Misshelligkeiten und Unheil verwickelt zu werden, ihnen die Achtung und Liebe aller, die ihn kannten, verdankte. Die Wahrheit zu gestehen, war er allerdings ein Weilchen schlecht gelaunt, dass es ihm misslungen war, bei der ersten Gelegenheit, die sich ihm bot, einen schlagenden Beweis für die Wahrheit von Olivers Geschichte zu erbringen. Aber er fand sein inneres Gleichgewicht bald wieder, und da Oliver auf seine Fragen offenherzig und ohne inneren Widerspruch und mit demselben Anschein von Aufrichtigkeit und Wahrheit antwortete wie stets zuvor, so entschloss er sich, ihm fortan vollen Glauben zu schenken.

Oliver wusste den Namen der Straße, in der Mr Brownlow wohnte, und so konnten sie geradewegs hinfahren. Als die Kutsche dort einbog, schlug Olivers Herz so lebhaft, dass er kaum atmen konnte.

„Nun, welches Haus ist's?“, fragte Dr. Losberne.

„Das dort!“, antwortete Oliver und deutete geschwind aus dem Fenster. „Das weiße Haus. O schnell! Bitte schneller fahren! Mir ist, als sollte ich sterben; ich zittere am ganzen Leib.“

„Nun, nun!“, sagte der gute Doktor und klopfte ihm auf die Schulter. „Du bist gleich bei ihnen, und sie werden hoch erfreut sein, dich gesund und wohl wiederzusehen.“

„Ach, das hoffe ich!“, versetzte Oliver. „Sie waren so gut zu mir, so über alles gut, Sir.“

Die Kutsche rollte weiter. Sie hielt an. Nein; das war nicht das rechte Haus – die nächste Tür. Man fuhr noch einige Schritte und machte abermals halt. Oliver sah zu den Fenstern empor, und Tränen freudiger Erwartung liefen ihm über die Wangen.

Aber ach, das weiße Haus war leer, und im Fenster hing ein Zettel: ZU VERMIETEN.

„Wir klopfen an die nächste Tür!“, rief Dr. Losberne. Er nahm Olivers Arm. „Können Sie uns nicht sagen, was aus Mr Brownlow geworden ist, der im anstoßenden Haus gewohnt hat?“

Das Dienstmädchen wusste es nicht, wollte aber hinaufgehen und fragen. Sie kam bald wieder und berichtete, dass Mr Brownlow alle seine Besitzungen verkauft habe und vor sechs Wochen nach Westindien abgereist sei. Oliver faltete die Hände, und seine Knie wollten ihn schier nicht mehr tragen.

„Hat er seine Haushälterin mitgenommen?“, fragte Dr. Losberne nach einer kurzen Pause.

„Ja, Sir“, antwortete das Dienstmädchen. „Der alte Herr, die Haushälterin und ein Freund Mr Brownlows – alle gingen miteinander.“

„Dann wieder heimwärts!“, rief Dr. Losberne dem Kutscher zu. „Und halt nicht an, um die Pferde zu füttern, eh wir nicht dieses verwünschte London im Rücken haben.“

„Aber der Buchhändler, Sir?“, erinnerte Oliver. „Ich kenne den Weg zu ihm. Besuchen Sie ihn, bitte! Bitte!“

„Mein guter Junge, es ist Enttäuschung genug für einen Tag“, erwiderte der Doktor, „hinreichend für uns beide. Wenn wir zum Haus des Buchhändlers kämen, fänden wir sicherlich, dass er tot oder davongelaufen ist oder sein Haus angezündet hat. Nein, schnurstracks wieder nach Hause.“

Und des Doktors erster Eingebung folgend, ging es heimwärts.

Diese herbe Enttäuschung machte Oliver selbst mitten in seinem Glück viel Kummer; denn während seiner Krankheit hatte er sich oft mit Freuden ausgemalt, was wohl Mr Brownlow und Mrs Bedwin sagen würden und wie schön es wäre, ihnen zu erzählen, wie viele lange Tage und Nächte er ihrer Wohltaten gedacht und die grausame Trennung von ihnen beklagt habe. Auch hatte die Hoffnung, sich vor ihnen rechtfertigen und ihnen auseinandersetzen zu können, wie er entführt worden sei, ihm in vielen seiner neuerlichen Prüfungen Kraft gegeben und ihn aufrechterhalten, und nun war ihm der Gedanke fast unerträglich, dass sie so weit fortgezogen seien im Glauben, er wäre ein Betrüger und Dieb – ein Glaube, der vielleicht bis zu seinem Tod unwiderlegt blieb.

Dieser Vorfall änderte jedoch nichts am Benehmen seiner Wohltäter. Als nach vierzehn Tagen schönes, warmes Wetter einsetzte und die Bäume sich in junges Grün und reiche Blüten kleideten, traf man Anstalten, das Haus in Chertsey auf einige Monate zu verlassen. Das Silberzeug, das die Habsucht des Juden gereizt hatte, wurde zum Bankier geschickt und die Bewachung des Hauses Giles und einem anderen Diener überlassen; dann reisten die Damen nach einem etwas entfernten Landhaus ab und nahmen Oliver mit.

Wer kann die Lust und Freude, den Frieden und die sanfte Ruhe beschreiben, die der genesende Knabe in der würzigen Luft, auf den grünen Hügeln und in den schattigen Wäldern eines binnenländischen Dörfchens empfand! Wer kann schildern, wie sich stille, friedvolle Bilder in das kranke Gemüt der Bewohner lauter, überfüllter Städte senken und ihre eigene Frische in die müden Herzen hineintragen! Menschen, die ihr ganzes mühevolles Leben in dumpfen, engen Straßen verbracht und sich nie nach einem Wechsel gesehnt haben; Menschen, denen die Gewohnheit wirklich zur zweiten Natur geworden ist und die fast so weit gekommen sind, jeden Pflasterstein zu lieben, der den kleinen Bereich ihrer täglichen Wege mitformt – selbst solche Menschen haben sich, wenn sie dem Tod nahe waren, endlich nach einem kurzen Blick ins Antlitz der Natur gesehnt. Fern den Schauplätzen ihrer gewohnten Freuden und Leiden, schienen sie mit einem Mal neu aufzuleben. Wenn sie dann Tag für Tag zu einem grünen, sonnigen Plätzchen krochen, tauchten angesichts des Himmels, der Hügel, der Ebenen und des glitzernden Wassers solche Erinnerungen in ihnen auf, dass ein Vorgefühl himmlischer Seligkeit ihren Lebensabend erhellte und sie so ruhig in ihr Grab sanken wie die Sonne, deren langsamer Untergang sie einige Stunden zuvor noch aus dem Fenster ihrer einsamen Kammer mit trüben, schwachen Augen beobachtet hatten. Die Erinnerungen, die friedliche Landschaftsbilder wecken, gehören nicht dieser Welt und ihrem Denken und Hoffen an. Ihre besänftigende Einwirkung lehrt uns frische Kränze für die Gräber unserer Lieben winden, läutert unsere Gedanken und überwindet selbst alten Hass und Hader. Und hinter diesen Gedanken taucht sogar in den dumpfesten Seelen eine unbestimmte, halb bewusste Empfindung auf, ähnliche Regungen in ferner, längst entschwundener Zeit schon erlebt zu haben; diese Empfindung aber weckt feierliche Ahnungen der Zukunft und bändigt Stolz und irdische Gesinnung.

Unsere Freunde hielten sich an einem lieblichen Ort auf. Oliver, der seine Tage unter schmutzigem Volk und inmitten von Zank und Lärm verbracht hatte, meinte in ein neues Leben zu treten. Rosen und Geißblatt umrankten die Wände des Landhauses, Efeu kroch um die Stämme der Bäume, und Gartenblumen erfüllten die Luft mit köstlichen Düften. In der Nähe lag ein kleiner Friedhof, nicht mit hohen, plumpen Grabsteinen vollgestopft, sondern mit niedrigen Moos- und Rasenhügeln bedeckt, unter denen die alten Leute des Dorfes ihren letzten Schlaf schliefen. Oliver pilgerte oft hierher, setzte sich manchmal, wenn er an das ärmliche Grab seiner Mutter dachte, nieder und weinte vor sich hin. Wenn er aber dann zu dem tiefblauen Himmel über sich aufschaute, stellte er sie sich nicht mehr unter der Erde liegend vor und weinte zwar traurig, aber nicht trostlos um sie.

Es war eine glückliche Zeit. Die Tage verliefen friedlich und heiter, die Nächte brachten weder Furcht noch Sorge: keine Bilder vom Schmachten in düsteren Gefängnissen oder vom Umgang mit verworfenen Menschen, sondern nur frohe und fröhliche Gedanken. Jeden Morgen besuchte Oliver einen weißhaarigen alten Herrn, der in der Nähe der kleinen Kirche wohnte und ihn besser lesen und schreiben lehrte. Er sprach so freundlich und gab sich so viel Mühe mit ihm, dass Oliver alles tat, ihn zufriedenzustellen. Dann ging er mit Mrs Maylie und Rose spazieren und hörte sie über Bücher reden oder saß neben ihnen im Schatten und lauschte, während die junge Dame vorlas, und das hätte er tun können, bis es zu dunkel geworden wäre, um die Buchstaben zu unterscheiden. Danach hatte er für den nächsten Tag seine Aufgaben zu lernen. Er arbeitete fleißig in einem kleinen Zimmer, das auf den Garten hinaussah, bis allmählich der Abend herankam und ihn die Damen abermals auf ihre Spaziergänge mitnahmen. Er hörte mit Vergnügen allem zu, was sie sagten, und wenn sie eine Blume wünschten, nach der er ein wenig klettern musste, oder wenn sie etwas vergessen hatten, das er rasch holen konnte, dann war er so froh, dass er gar nicht schnell genug eilen konnte. Wenn es ganz dunkel wurde und sie heimkehrten, setzte sich die junge Dame gewöhnlich ans Klavier und spielte irgendeine gefällige Weise oder sang mit ihrer feinen, zarten Stimme ein altes Lied, das die Tante zu hören wünschte. Zu solchen Zeiten wurden keine Lichter angezündet, und Oliver setzte sich an eines der Fenster und lauschte ganz verzückt den süßen Melodien.

Kam dann der Sonntag – wie ganz anders wurde er zugebracht, als er ihn bisher zu begehen gewohnt war! Und wie glücklich obendrein – ganz wie die übrigen Tage dieser so glücklichen Zeit! Morgens ging er in die kleine Kirche, an deren Fenster die grünen Blätter schlugen, und während sich die köstliche Luft durch die niedrige Tür stahl und das trauliche Gotteshaus mit ihren Düften füllte, sangen draußen die Vögel. Die armen Landleute waren so hübsch und reinlich gekleidet und knieten so andächtig im Gebet, dass ihre Versammlung ein Vergnügen, keine lästige Pflichterfüllung zu sein schien, und wenn auch ihr Gesang rau war, so war er doch echt und klang – in Olivers Ohren wenigstens – frömmer als alle Kirchenmusik, die er vorher gehört hatte. Dem Gottesdienst folgten die gewöhnlichen Spaziergänge, auf denen man nicht selten in den reinlichen Häusern der Bauern vorsprach; und abends las Oliver ein Kapitel oder zwei aus der Bibel vor, die er die ganze Woche über eingeübt hatte, und bei Erfüllung dieser Aufgabe fühlte er freudigeren Stolz, als wenn er der Geistliche selbst gewesen wäre.

Morgens um sechs Uhr war Oliver auf den Beinen, streifte durch die Felder und plünderte weit und breit die Hecken für Sträuße wilder Blumen, mit denen er sich belud, um sie nach der Heimkehr voll Sorgfalt und Umsicht gefällig zu ordnen und den Frühstückstisch damit zu schmücken. Darunter war auch frisches Kreuzkraut für Miss Maylies Vögel, mit dem Oliver, vom Dorfschreiber angeleitet, die Käfige zierte. Wenn die Vögel für den Tag versorgt waren, musste er meist einen kleinen Wohltätigkeitsauftrag im Dorf ausführen, oder man spielte Kricket im Grünen, oder es war etwas im Garten zu tun oder bei den Pflanzen, denen sich Oliver, in dieser Kenntnis ebenfalls vom Dorfschreiber, einem Gärtner von Beruf, unterwiesen, mit größter Hingabe widmete, bis Rose erschien, wobei dann allem, was er getan hatte, vielfältiges Lob erteilt wurde.

So verstrichen drei Monate – drei Monate, die sogar im Leben eines vom Schicksal besonders Begünstigten für ungetrübt glücklich gelten konnten, für Oliver aber reine Seligkeit bedeuteten. Bei der reinsten und wohlwollendsten Großmut auf der einen und der wärmsten und innigsten Dankbarkeit auf der andern Seite darf man sich nicht wundern, dass am Ende dieser kurzen Zeit Oliver Twist von der alten Dame und ihrer Nichte ganz als Familienmitglied betrachtet wurde und dass die glühende Anhänglichkeit seines jungen empfindsamen Herzens mit Stolz auf ihn und mit Liebe belohnt wurde.

Dreiunddreißigstes Kapitel

In dem das Glück Olivers und seiner Freundinnen einen plötzlichen Dämpfer erleidet

Der Frühling entschwand rasch, und der Sommer nahte. War das Dorfgebiet vorher schön gewesen, so prangte es jetzt in der üppigsten Fülle seines Reichtums. Die großen Bäume, die in den früheren Monaten noch nackt und kahl ausgesehen hatten, strotzten nun von Leben und Gesundheit, breiteten ihre grünen Arme über die dürstenden Felder und verwandelten freie, offene Plätze in trauliche Winkel, aus deren tiefem, wohltuendem Schatten man die im Strahl der Sonne erglühende Landschaft weithin überschauen konnte. Die Erde hatte ihr Gewand aus hellstem Grün übergeworfen und duftete allenthalben. Das Jahr stand in seiner vollen Höhe und Kraft, alles leuchtete und blühte.

Das ruhige Leben in dem kleinen Landhaus ging unverändert fort, und dieselbe frohe Heiterkeit beseelte seine Bewohner. Oliver war schon lange gesund und wieder kräftig geworden; aber Gesundheit oder Krankheit machten in seiner warmen Anhänglichkeit an seine Wohltäter keinen Unterschied, wie es bei vielen Menschen der Fall ist: Er blieb stets das sanfte, stille, liebevolle Kind, das er gewesen war, als Schmerzen an seiner Kraft gezehrt hatten und als er für jede kleine Handreichung und Erleichterung auf die angewiesen gewesen war, die ihn gepflegt hatten.

An einem schönen Abend hatten die Damen einen ungewöhnlich ausgedehnten Spaziergang unternommen; denn der Tag war besonders warm gewesen, und der leichte Wind, der sich nun erhoben hatte, machte die mondhelle Nacht recht erfrischend. Auch Rose war sehr munter gewesen, und man hatte in lustigem Plaudern die Grenzen der üblichen Ausflüge weit überschritten. Mrs Maylie fühlte sich ermüdet, und sie kehrten langsam nach Hause zurück. Die junge Dame legte nur ihren Strohhut beiseite und setzte sich dann wie stets ans Klavier. Nach einem kurzen Präludium ging sie in eine verhaltene, höchst feierliche Melodie über, und plötzlich vernahmen die Zuhörer einen Laut, als wenn sie schluchzte.

„Was ist, liebe Rose?“, fragte die ältere Dame.

Rose erwiderte nichts, sondern spielte etwas schneller, als hätte die Anrede sie aus schmerzlichen Gedanken geweckt.

„Rose! Liebling!“, rief Mrs Maylie und stand hastig auf und beugte sich über sie. „Was hast du? Du weinst ja! Liebes Kind, was betrübt dich?“

„Nichts, Tante, nichts“, versetzte Rose. „Ich weiß nicht, was es ist; ich kann's nicht beschreiben; aber es ist mir –“

„Du bist doch nicht krank, meine Liebe?“, unterbrach sie Mrs Maylie.

„Nein – nein, nicht krank“, entgegnete Rose und schauderte, als überliefe sie während ihrer Worte tödliche Kälte. „Mir wird sofort wieder besser werden. Schließ doch das Fenster – bitte!“

Oliver beeilte sich, dem Wunsch nachzukommen, und die junge Dame suchte ihre Heiterkeit wiederzugewinnen, indem sie eine lebhaftere Weise spielte. Aber ihre Finger fielen kraftlos auf die Tasten; sie bedeckte ihr Gesicht mit den Händen, sank auf das Sofa und ließ den Tränen, die sie nicht mehr zurückhalten konnte, freien Lauf.

„Kind“, sagte die ältere Dame, indem sie sie in die Arme schloss, „ich habe dich noch nie so gesehen.“

„Ich wollte Sie nicht beunruhigen, solange ich es vermeiden konnte“, versetzte Rose. „Ich hab mir alle Mühe gegeben, aber jetzt kann ich nicht mehr. Ich fürchte, ich bin wirklich krank, Tante.“

Sie war es tatsächlich; denn als Licht gebracht wurde, entdeckte man, dass ihre Gesichtsfarbe in der kurzen Zeit seit ihrer Heimkehr marmorblass geworden war. Ihr Ausdruck hatte zwar nichts an Schönheit verloren, aber doch waren die Züge verändert; sie sah ängstlich und verstört aus, was man früher nie an ihr bemerkt hatte. Einen Augenblick später war das Gesicht mit tiefstem Rot übergossen, und die sanften blauen Augen blickten wirr und ratlos. Aber auch die dunkle Glut verschwand wieder, gleich dem Schatten einer vorüberziehenden Wolke, und sie wurde wieder totenblass.

Oliver, der die alte Dame ängstlich anschaute, stellte fest, dass diese Anzeichen sie bedenklich stimmten, und auch er war beklommen; da er aber sah, dass die Tante ihre Sorgen zu verbergen suchte, bemühte er sich, das Gleiche zu tun, und beiden gelang es auch so weit, dass Rose, als sie sich von der Tante überreden ließ, zu Bett zu gehen, etwas heiterer war und gesünder schien und sich mit der Versicherung entfernte, sie fühle, dass sie am nächsten Morgen wieder ganz gesund erwachen werde.

„Ich hoffe, Madam“, sagte Oliver, als Mrs Maylie ins Zimmer zurückkehrte, „dass sie nicht wirklich krank ist. Sie sieht zwar heute Abend nicht gut aus, aber ...“

Die alte Dame winkte ihm zu schweigen, setzte sich in eine dunkle Ecke des Zimmers und blieb selbst eine Weile stumm. Endlich begann sie mit zitternder Stimme: „Ich hoffe das auch, Oliver. Ich bin einige Jahre sehr glücklich mit ihr gewesen – zu glücklich vielleicht, und es könnte sein, dass mir ein Unheil bevorsteht; aber ich hoffe, dass es nicht so ist.“

„Was für ein Unheil, Madam?“, fragte Oliver.

„Der schwere Schlag“, versetzte die alte Dame, „das liebe Kind zu verlieren, das so lange mein Trost und mein Glück war.“

„Oh! Gott verhüte!“, rief Oliver hastig.

„Ich sage Amen dazu“, versetzte Mrs Maylie und faltete die Hände.

„Oh! Gewiss haben wir nichts so Schreckliches zu befürchten“, meinte Oliver. „Vor zwei Stunden war sie ja noch so ganz gesund.“

„Aber jetzt ist sie sehr krank“, erwiderte Mrs Maylie, „und ich glaube, es wird noch schlimmer kommen. Meine teure, teure Rose! Ach, was sollte ich nur anfangen ohne sie!“

Sie gab sich so sehr ihrem Schmerz hin, dass Oliver, seine eigene Herzensangst unterdrückend, zu protestieren wagte und sie ernstlich bat, um der lieben jungen Dame willen ruhiger zu sein.

„Bedenken Sie doch, Madam“, sagte Oliver, während ihm die Tränen, trotz seiner Anstrengung, sie niederzukämpfen, in die Augen stiegen, „ach, bedenken Sie, wie jung und gut sie ist und wie viel Glück und Frohsinn sie überall um sich verbreitet. Ich bin überzeugt – ja, ganz, ganz fest überzeugt –, dass sie nicht sterben wird, um Ihretwillen, da Sie so gut sind, um ihrer selbst willen und um aller Menschen willen, die sie glücklich macht. Der liebe Gott wird sie sicher nicht so jung sterben lassen.“

„Still!“, sagte Mrs Maylie, indem sie ihre Hand auf Olivers Kopf legte. „Du denkst wie ein Kind, mein armer Junge. Aber du erinnerst mich trotzdem an meine Pflicht. Ich hatte sie für einen Augenblick vergessen, aber ich hoffe, Gott wird mir verzeihen; denn ich bin alt und habe genug Krankheit und Tod erlebt, um zu wissen, wie groß der Schmerz ist, wenn man sich von einem lieben Menschen trennen muss. Ich habe genug erfahren, um zu wissen, dass es nicht immer die Jüngsten und Besten sind, die der Liebe der Ihrigen erhalten bleiben. Aber dies sollte uns Trost in unserem Kummer gewähren, denn der Himmel ist gerecht, und solche Ereignisse lehren uns nachdrücklich, dass es eine schönere Welt gibt als diese und dass der Übergang dorthin schnell geschehen kann. Der Wille des Herrn geschehe! Aber Er weiß, wie sehr ich sie liebe!"

Oliver staunte, wie Mrs Maylie bei diesen Worten ihre Klagen gleichsam mit Gewalt zurückdrängte, sich dann aufrichtete und gefasst und ruhig wurde. Noch mehr aber erstaunte er, als er bemerkte, dass diese Gefasstheit anhielt und dass Mrs Maylie bei all der sorgsamen Pflege, die sie der Kranken angedeihen ließ, stets tatkräftig und gesammelt blieb: Alle Pflichten, die auf sie einstürmten, erfüllte sie unerschütterlich und, dem äußeren Anschein nach, sogar heiter. Aber er war jung und ahnte nicht, wessen ein starker Geist in Stunden der Heimsuchung fähig ist. Wie hätte er das auch wissen können, da sich doch die Starken selbst dessen selten bewusst sind?

Es folgte eine bange Nacht, und als der Morgen kam, hatten sich Mrs Maylies Befürchtungen nur allzu sehr bewahrheitet. Rose lag im ersten Stadium eines heftigen und gefährlichen Fiebers.

„Wir müssen handeln, Oliver, und dürfen keinem nutzlosen Kummer Raum geben", sagte Mrs Maylie, indem sie ihm fest ins Gesicht sah und den Finger auf die Lippen legte. „Dieser Brief muss möglichst schnell Dr. Losberne zugestellt werden. Man muss ihn zum Marktort bringen, der auf dem Fußpfad über die Felder nur vier Meilen entfernt ist, und von dort aus durch einen reitenden Boten nach Chertsey. Die Leute im Wirtshaus werden dies tun, und ich weiß, du sorgst dafür, dass alles pünktlich geschieht."

Oliver konnte nicht antworten, aber sein Gesicht drückte die Begierde aus, sogleich aufzubrechen.

„Hier ist ein zweites Schreiben", fuhr Mrs Maylie nach kurzem Besinnen fort, „aber ich weiß nicht, ob ich es jetzt schon absenden oder warten soll, bis man sieht, wie es um Rose steht. Ich möchte es nicht weggeben, solange nicht das Schlimmste zu befürchten ist."

„Soll es auch nach Chertsey, Madam?“, fragte Oliver und streckte im Eifer, den Auftrag auszuführen, seine zitternde Hand nach dem Brief aus.

„Nein“, antwortete die alte Dame, indem sie ihn mechanisch hinreichte. Oliver blickte auf den Umschlag und sah, dass er an Harry Maylie, im Hause eines Lords auf dem Land, gerichtet war; den Namen des Ortes konnte er nicht lesen.

„Soll er abgeschickt werden, Madam?“, fragte Oliver ungeduldig.

„Ich glaube nicht“, erwiderte Mrs Maylie und nahm ihn zurück. „Ich will bis morgen warten.“

Mit diesen Worten gab sie Oliver ihre Börse, und dieser eilte ohne Verzug fort, so schnell er konnte.

Er jagte über die Felder und durch die kleinen Hohlwege, die sie bisweilen durchschnitten; bald war er auf beiden Seiten von hohem Getreide verborgen, bald kam er wieder in die freie Ebene, wo die Mäher und Schnitter emsig am Werk waren. Er hielt hin und wieder inne, um einen Augenblick Atem zu schöpfen, bis er staub- und schweißbedeckt auf dem kleinen Marktplatz des Dorfes anlangte. Hier machte er halt und sah sich nach dem Wirtshaus um. Da stand ein weißes Bankgebäude, eine rote Brauerei, eine gelbe Ratshalle und in einer Ecke ein großes Haus mit grün gestrichenen Sparren und dem Wirtschaftsschild ZUM GEORG. Darauf eilte Oliver zu, sobald er es erblickt hatte.

Er redete einen Postillion an, der auf der Bank vor dem Haus eingenickt war. Als dieser hörte, worum es ging, schickte er den Knaben zum Hausknecht. Der Hausknecht hörte sich sein erneut vorgebrachtes Anliegen an und wies ihn dann an den Wirt, einen großen Mann mit einem blauen Halstuch, einem weißen Hut, gelben Beinkleidern und Stulpenstiefeln, der an einem Brunnen bei der Stalltür lehnte und mit einem silbernen Zahnstocher in seinen Zähnen bohrte.

Dieser Herr schritt bedächtig zum Schanktisch, um die Gebühr zu berechnen, wozu er ziemlich lange brauchte. Als sie festgestellt und bezahlt war, musste sich der Reitknecht anziehen und das Pferd satteln, was wieder gut zehn Minuten in Anspruch nahm. Inzwischen wartete Oliver in so verzweifelter Ungeduld, dass ihm war, als müsse er selbst aufs Pferd springen und in vollem Galopp nach Chertsey jagen. Endlich war alles bereit, und als der Bote das

Schreiben mit vielen Mahnungen und Bitten, es schleunigst abzuliefern, ausgehändigt erhalten hatte, gab er dem Pferd die Sporen, klapperte über das unebene Pflaster des Marktplatzes und war in einigen Minuten jenseits des Schlagbaums der Ortschaft.

Da das Bewusstsein, um Hilfe geschickt und dabei keine Zeit verloren zu haben, etwas Beruhigendes hatte, lief Oliver mit etwas leichterem Herzen über den Hof und wollte eben durch den Torweg gehen, als er zufällig gegen einen großen Mann prallte, der, in einen Mantel gehüllt, gerade aus der Tür des Wirtshauses trat.

„Ha!", rief der Mann, indem er seine Augen auf Oliver richtete und zurückfuhr. „Teufel, was ist das?"

„Verzeihung, Sir", sagte Oliver; „ich wollte schnell nach Hause und habe Sie nicht bemerkt."

„Tod und Teufel", brummte der Mann vor sich hin und stierte den Knaben mit finsteren, großen Augen an. „Wer hätte das gedacht! Zermahl ihn zu Asche, und er stiege doch wieder aus dem Sarg, auch einem von Stein, um mir in den Weg zu treten!"

„Es tut mir leid, Sir", stammelte Oliver, durch den wilden Blick des Fremden verwirrt. „Ich hoffe, ich habe Ihnen nicht wehgetan!"

„Verfaulen sollst du!", murmelte der Mann in schrecklicher Erregung durch die zusammengebissenen Zähne. „Hätte ich nur den Mut gehabt, das eine Wort auszusprechen, so wäre ich dich in einer Nacht losgeworden. Fluch dir und die Pest an den Leib, du junger Teufel! Was hast du hier zu schaffen?"

Der Mann ballte die Faust, als er diese unzusammenhängenden Worte hervorstieß. Er ging auf Oliver zu, wie in der Absicht, einen Schlag nach ihm zu führen, stürzte aber plötzlich zu Boden, zuckend und Schaum vor dem Mund.

Oliver starrte einen Augenblick auf die Krämpfe des Wahnsinnigen – denn für einen solchen hielt er ihn – und eilte dann ins Haus, um Hilfe zu holen. Als er ihn dann im Gasthaus wohl versorgt sah, wandte er sich heimwärts und lief aus Leibeskräften, um die verlorene Zeit einzuholen; ziemlich verwundert und etwas bang dachte er dabei an das ungewöhnliche Gebaren des Mannes, den er eben verlassen hatte.

Dieser Vorfall haftete aber nicht lange in seiner Erinnerung, denn als er im Landhaus wieder anlangte, gab es Dinge genug, die seine Gedanken beschäftigten und jede Selbstbetrachtung ausschlossen.

Der Zustand Rose Maylies hatte sich rasch verschlimmert; und noch vor Mitternacht lag sie im Fieberdelirium. Ein im Dorf wohnender Arzt, der nicht von ihrem Bett wich, hatte nach der ersten Untersuchung Mrs Maylie beiseite genommen und ihr erklärt, der Fall sei höchst besorgniserregend. Es grenze wirklich an ein Wunder, sagte er, wenn sie sich wieder erholen würde.

Wie oft sprang Oliver in dieser Nacht aus seinem Bett und stahl sich mit lautlosen Schritten nach der Treppe, um auf die leisesten Töne aus dem Krankenzimmer zu horchen! Wie oft überflog ein Zittern seinen Körper, während ihm kalter Angstschweiß auf der Stirn stand, wenn ihn plötzliche Fußtritte fürchten ließen, dass eben jetzt etwas geschehen sei, zu schrecklich, um es auszudenken. Und was war die Inbrunst aller Gebete, die er je zum Himmel geschickt hatte, verglichen mit denen, die er jetzt fort und fort stammelte in angstvollem, leidenschaftlichem Flehen für Leben und Gesundheit des edlen Mädchens, das am Rande des Grabes stand!

Die Ungewissheit, die schreckliche, quälende Ungewissheit, wenn man müßig zusehen muss, wie ein zärtlich geliebtes Wesen zwischen Leben und Tod schwankt; die peinigenden Gedanken, die die Seele bestürmen, das Herz rascher schlagen lassen und durch die Gewalt der Bilder, die sie heraufbeschwören, den Atem stocken machen; der verzweifelte Wunsch, etwas zu tun, um die Schmerzen zu lindern oder die Gefahr zu mildern, die wir nicht beheben können; die Trostlosigkeit, die dem traurigen Bewusstsein unserer Ohnmacht entspringt – welche Qualen kommen all dem gleich, welche Betrachtungen oder Anstrengungen können im Drang und Fieber der Stunde all das verscheuchen?

Der Morgen kam, und das kleine Landhaus war öde und still. Die Leute sprachen nur flüsternd; am Tor zeigten sich manchmal bekümmerte Gesichter, Weiber und Kinder zogen mit Tränen wieder ab. Den ganzen endlosen Tag und noch manche Stunde, nachdem es dunkel geworden war, schlich Oliver im Garten auf und ab. Er schaute alle Augenblicke zum Krankenzimmer hinauf und schauderte beim Anblick des verhängten Fensters, das aussah, als ob der Tod dahinter lauere. Dr. Losberne kam spät in der Nacht an.

„Es ist grausam“, sagte der gute Doktor mit abgewandtem Gesicht. „So jung – von allen so geliebt –, aber es besteht sehr wenig Hoffnung."

Am nächsten Morgen herrschte strahlender Sonnenschein, so herrlich, als ob es keinen Kummer, keinen Schmerz zu beleuchten gäbe; ringsum jedes Blatt, jede Blume in vollster Entfaltung, ringsum Leben und Gesundheit, Laute und Bilder des Frohsinns – aber das schöne junge Wesen lag im Todeskampf. Oliver schlich auf den einsamen Kirchhof, setzte sich auf einen grünen Hügel und weinte und betete still vor sich hin.

Alles war so schön und friedlich, die sonnige Landschaft in ihrem Glanz lag so heiter da, die Sommervögel sangen so lieblich, die Lerche wirbelte so frei durch die Lüfte, und überall zeigte sich so viel Leben und Freude, dass der Knabe, wenn er die schmerzenden Augen erhob und umhersah, unwillkürlich dachte, dies sei keine Zeit für den Tod. Rose müsse sicherlich nicht sterben, wenn alle niedrigeren Geschöpfe so froh und ausgelassen waren; denn Gräber gehören zum kalten, freudlosen Winter, nicht zu Sonnenlicht und Blütenduft. Er glaubte beinahe, dass Leichentücher nur für Altersschwache und Lebensmüde bestimmt seien, nie aber Jugend und Anmut mit ihren gespenstigen Falten umhüllten.

Das Läuten der Kirchenglocke unterbrach rau diese kindlichen Gedanken. Die Glocke rief zu einem Leichenbegängnis. Eine Gruppe Trauernder trat durch das Friedhofstor, mit weißen Bändern geschmückt, denn es sollte ein junger Mensch begraben werden. Sie standen mit entblößten Häuptern um das Grab, eine Mutter – ehedem eine Mutter – mitten in dem weinenden Zug. Aber die Sonne schien herrlich, und die Vögel sangen weiter.

Oliver kehrte heim, vom Gedanken an die vielen Freundlichkeiten erfüllt, die er von der jungen Dame empfangen hatte, und von dem Wunsch durchdrungen, die Zeit möchte wiederkommen, da er ihr unaufhörlich seine Dankbarkeit und Liebe bezeigen könnte. Er hatte sich keine Nachlässigkeit oder Unachtsamkeit vorzuwerfen, aber doch tauchten hundert kleine Anlässe vor ihm auf, bei denen er nicht eifrig und ernst genug gewesen zu sein glaubte, was er jetzt bedauerte. Wir sollten weit mehr Sorgfalt auf unser Benehmen gegen unsere Umgebung verwenden, denn jeder Todesfall erinnert den kleinen Kreis der Überlebenden daran, wie viel versäumt, wie wenig getan, wie viel vergessen wurde und wie viel gar erst noch gutzumachen gewesen wäre! Keine Reue ist so tief wie die nutzlose; wenn wir uns ihre Foltern ersparen wollen, so lasst uns dies beizeiten bedenken.

Als Oliver heimkam, saß Mrs Maylie in dem kleinen Wohnzimmer. Olivers Mut sank, als er ihrer ansichtig wurde, denn sie hatte das Krankenlager ihrer Nichte nie verlassen, und er zitterte bei der Vorstellung, welche Veränderung sie von dort vertrieben haben könnte. Er erfuhr, dass sie in einen tiefen Schlaf gefallen sei, aus dem sie entweder zu Genesung und Leben oder zum letzten Abschied wieder erwachen werde.

Sie saßen stundenlang und lauschten und wagten nicht zu sprechen. Speisen wurden unangerührt wieder abgetragen, und mit Blicken, die zeigten, dass ihre Gedanken anderswo waren, beobachteten sie die Sonne, die tiefer und tiefer sank und endlich über Himmel und Erde die leuchtenden Farben ausgoss, die ihren Abschied verkünden. Angespannt horchend, vernahmen sie, wie sich Schritte näherten, und beide stürzten unwillkürlich auf die Tür zu, als Dr. Losberne eintrat.

„Wie geht es Rose?“, rief Mrs Maylie. „Sagen Sie es mir! Ich kann alles ertragen, nur nicht die Ungewissheit. O sprechen Sie – sprechen Sie, um Gottes willen!“

„Fassen Sie sich“, sagte der Doktor und stützte sie. „Beruhigen Sie sich, bitte, liebe Madam.“

„Lassen Sie mich, um Himmels willen! Mein teures Kind! Sie ist tot! Sie stirbt!“

„Nein!“, rief der Doktor bewegt. „Da Gott gütig und gnädig ist, so wird sie leben, um uns alle noch viele Jahre zu beglücken.“

Mrs Maylie fiel auf die Knie nieder und versuchte die Hände zu falten; aber die Kraft, die sie so lange aufrechterhalten hatte, verließ sie mit dem ersten Dankgebet, das sie zum Himmel sandte, und sie sank zurück in die Freundesarme, die sich ausbreiteten, um sie aufzunehmen.

Vierunddreißigstes Kapitel

Enthält einige einleitende Bemerkungen über einen jungen Herrn, der jetzt den Schauplatz betritt, und ein neues Abenteuer, das Oliver zustößt

Es war fast zu viel Glück, um es zu ertragen. Oliver fühlte sich durch die unerwartete Kunde ganz betäubt; er konnte weder weinen noch sprechen, noch ruhen. Er vermochte kaum zu fassen, was vorgegangen war, bis er sich nach einem langen Gang in der stillen Abendluft durch einen Tränenausbruch Erleichterung verschafft hatte. Jetzt erst schien ihm der freudige Umschwung und die fast unerträgliche Last der Angst, die von seiner Brust genommen war, zum Bewusstsein zu kommen.

Die Nacht war schon angebrochen, als er mit Blumen beladen heimkehrte, die er mit besonderer Sorgfalt gesammelt hatte, um sie in das Krankenzimmer zu bringen. Als er rasch die Straße entlangging, hörte er hinter sich einen Wagen rasseln, der in wilder Hast näher kam. Er wandte sich um und sah eine Postkutsche heranjagen, und da die Pferde im Galopp liefen und die Straße eng war, drückte sich Oliver gegen ein Gitter, um den Wagen vorbeizulassen.

Als er vorüberbrauste, konnte Oliver einen Blick auf einen Mann mit weißer Nachtmütze erhaschen. Das Gesicht kam ihm bekannt vor, aber der Eindruck war so flüchtig, dass er die Person nicht zu erkennen vermochte. Im nächsten Augenblick fuhr die Nachtmütze zum Kutschenfenster heraus, und eine wuchtige Stimme befahl dem Postillion haltzumachen; dies geschah, sobald sich die Pferde zum Stehen bringen ließen. Dann kam die Mütze abermals zum Vorschein, und dieselbe Stimme rief Oliver beim Namen.

„Hallo! Oliver, wie geht's? Was macht Miss Rose? O–li–ver!"

„Ah! Sind Sie es, Giles?", rief Oliver und rannte an den Kutschenschlag.

Giles ließ seine Mütze noch einmal auftauchen und schickte sich eben zu einer Erwiderung an, als er plötzlich von einem jungen Herrn zurückgezogen wurde, der in der andern Ecke des Wagens saß und ungestüm Auskunft verlangte.

„Mit einem Wort!“, rief der Herr. „Besser oder schlimmer?“

„Besser – viel besser“, antwortete Oliver freudig.

„Gott sei Dank!“, rief der Herr aus. „Weißt du es auch gewiss?“

„Ganz gewiss, Sir“, entgegnete Oliver. „Die günstige Wendung trat erst vor einigen Stunden ein, und Dr. Losberne sagt, dass alle Gefahr vorüber sei.“

Der Herr sprach nicht weiter, sondern öffnete den Schlag, sprang heraus, nahm Oliver schnell beim Arm und zog ihn zur Seite.

„Bist du ganz sicher? Ist bestimmt kein Irrtum möglich, mein Junge?“, fragte der Herr mit zitternder Stimme. „Täusche mich nicht durch Hoffnungen, die sich nicht erfüllen!“

„Nicht um alles in der Welt täte ich das, Sir!“, antwortete Oliver. „Sie dürfen mir glauben. Es sind Dr. Losbernes eigene Worte, dass sie leben werde, um uns alle noch viele Jahre zu beglücken. So hörte ich ihn sagen.“

Tränen standen in Olivers Augen, als er sich den Vorgang wieder vergegenwärtigte, der so viel Glück bedeutete, und der Herr wandte sein Gesicht ab und schwieg. Oliver glaubte ihn mehr als einmal schluchzen zu hören, aber er scheute sich, ihn durch eine weitere Bemerkung zu unterbrechen, denn er konnte seine Gefühle wohl erraten, und blieb daher, scheinbar mit seinem Strauß beschäftigt, schweigend stehen.

Diese ganze Zeit über hatte Mr Giles, die weiße Nachtmütze auf dem Kopf und die Ellbogen auf die Knie gestützt, auf dem Kutschentritt gesessen und sich die Augen mit einem blauen, weiß getupften baumwollenen Taschentuch gewischt. Dass der ehrliche Bursche seine Ergriffenheit nicht bloß vortäuschte, ließ sich deutlich an den geröteten Augen erkennen, mit denen er den jungen Herrn betrachtete, als sich dieser umwandte und ihn anredete.

„Es ist wohl besser, wenn Sie im Wagen zu meiner Mutter weiterfahren, Giles“, sagte er. „Ich will langsam zu Fuß nachkommen, um etwas Zeit zu gewinnen, ehe ich sie sehe. Sie können ihr sagen, dass ich bald eintreffe.“

„Verzeihung, Mr Harry“, erwiderte Giles, indem er mit dem

Taschentuch ein letztes Mal sein aufgewühltes Gesicht wischte, „aber ich wäre Ihnen sehr dankbar, wenn Sie sich durch den Postillion anmelden ließen. Ich kann mich vor den Dienstboten wohl nicht in diesem Zustand sehen lassen, Sir; ich würde allen Respekt einbüßen."

„Nun", versetzte Harry Maylie lächelnd, „wie Sie meinen; er mag mit dem Gepäck vorausfahren, wenn Sie wollen, während Sie uns folgen. Wechseln Sie aber diese Nachtmütze gegen eine passendere Kopfbedeckung, sonst hält man uns für Tollhäusler."

Mr Giles, so an das Unschickliche seines Aufzugs erinnert, riss die Nachtmütze vom Kopf, steckte sie in die Tasche und ersetzte sie durch einen Hut von ernster und nüchterner Form, den er aus der Kutsche nahm. Sobald dies geschehen war, fuhr der Postillion weiter, und Giles, Mr Maylie und Oliver folgten langsam.

Als sie so dahingingen, blickte Oliver von Zeit zu Zeit sehr gespannt und neugierig auf den neuen Ankömmling. Er schien ungefähr fünfundzwanzig Jahre alt und war von mittlerer Größe; sein Gesicht hatte einen offenen, gewinnenden Ausdruck, und sein Benehmen war ungezwungen und anziehend. Trotz des Altersunterschiedes war die Ähnlichkeit mit der alten Dame so unverkennbar, dass Oliver ohne große Mühe die Verwandtschaft erraten hätte, auch wenn der junge Herr Mrs Maylie nicht als seine Mutter bezeichnet hätte.

Diese harrte bereits sehnsüchtig auf ihren Sohn, als er beim Landhaus ankam, und das Wiedersehen war auf beiden Seiten sehr bewegt.

„Mutter", sagte der junge Mann, „warum hast du mir nicht früher geschrieben?"

„Ich habe geschrieben", versetzte Mrs Maylie, „aber nach reiflicher Erwägung entschloss ich mich, den Brief zurückzuhalten, bis ich Dr. Losbernes Meinung gehört hatte."

„Aber warum", entgegnete der junge Mann, „es auf eine Möglichkeit ankommen lassen, die dann auch beinahe eingetreten wäre? Wenn Rose – ach, ich kann das Wort nicht aussprechen –, wenn diese Krankheit anders ausgegangen wäre, wie hättest du dir das je verziehen?! Wie hätte ich je wieder glücklich sein können?!"

„*Hätte* sich das zugetragen, Harry", sagte Mrs Maylie, „so, fürchte ich, wäre dein Glück wirklich zerstört gewesen, und deine Ankunft um einen Tag früher oder später hätte dann sehr, sehr wenig bedeutet."

„Und wer kann sich darüber wundern, wenn es so wäre, Mutter?", erwiderte der junge Mann. „Aber was rede ich vom *Wenn!* – Es ist – es ist so – du weißt es ja, Mutter – musst es wissen!"

„Ich weiß, dass sie die innigste und reinste Liebe verdient, die das Herz eines Mannes ihr bieten kann", sprach Mrs Maylie, „und ich weiß auch, dass die zärtliche Hingabe ihres Wesens nicht eine gewöhnliche, sondern eine tiefe und dauernde Erwiderung fordert. Wäre ich nicht fest davon überzeugt, und wüsste ich nicht außerdem, dass eine Veränderung im Wesen dessen, den sie liebt, ihr Herz brechen müsste, so käme mir meine Aufgabe nicht so schwierig vor, und ich hätte nicht so viele Kämpfe mit meinem eigenen Herzen zu bestehen, um den Weg zu wählen, den mir die Pflicht vorschreibt."

„Das ist nicht lieb von dir, Mutter", versetzte Harry, „Hältst du mich denn noch immer für einen Knaben, der sich selbst nicht kennt und die Regungen seines Herzens missdeutet?"

„Ich glaube, lieber Sohn", entgegnete Mrs Maylie und legte ihre Hand auf seine Schulter, „dass Jugend manche hochherzigen Regungen empfindet, die keinen Bestand haben, und dass darunter viele sind, die nur umso flüchtiger werden, wenn man sie befriedigt hat. Vor allem aber glaube ich", fuhr sie mit einem festen Blick in das Antlitz ihres Sohnes fort, „wenn ein begeisterter, glühender, ehrgeiziger junger Mann ein Mädchen heiratet, an dessen Namen, sei es auch ohne ihr Verschulden, ein Makel haftet, der durch ehrgeizige und böse Menschen ihr und seinen Kindern und, ganz entsprechend seinen Erfolgen in der großen Welt, auch ihm selbst vorgeworfen werden kann und ihn zum Gegenstand des Hohnes zu machen vermag – dass ein solcher Mann eines Tages trotz seines edelmütigen Charakters die Verbindung bereuen könnte, die er in seiner Jugend schloss. Und sie hätte die bittersten Qualen zu erdulden, wenn sie es erführe."

„Mutter", erwiderte der junge Mann ungeduldig, „nur ein selbstsüchtiger Rohling könnte so handeln, der unwürdig ist, ein Mann zu heißen, und der noch unwürdiger der Frau wäre, von der du sprichst."

„So fühlst du jetzt, Harry", wandte die Mutter ein.

„Und werde immer so fühlen!", sagte der Jüngling. „Die Seelenpein, die ich während der letzten zwei Tage erduldet habe, entreißt mir das offene Geständnis einer Liebe, die, wie du wohl weißt, nicht von gestern stammt und keine leichtsinnige Anwandlung ist. An Rose, dem süßen, holden Mädchen, hängt mein Herz so innig, wie nur je eines Mannes Herz an ein Weib gefesselt war. Ich habe keinen Gedanken, keine Zukunft, keine Lebenshoffnung, die sich nicht auf sie richteten, und wenn du mir in diesem großen Vorsatz entgegentrittst, dann streust du achtlos meinen Frieden und mein Glück in die Winde. Mutter, trau meinem Gefühl und mir, und verkenne nicht das Glück, das du so gering anzuschlagen scheinst."

„Harry", versetzte Mrs Maylie, „gerade weil ich warme und gefühlvolle Herzen so hochschätze, möchte ich ihnen Wunden ersparen. Doch wir haben für jetzt genug, wohl mehr als genug von der Sache gesprochen."

„So lass Rose entscheiden", entgegnete Harry. „Du wirst doch nicht diese überspitzten Ansichten so weit treiben, dass du mir Hindernisse in den Weg legst?"

„Gewiss nicht", erwiderte Mrs Maylie, „aber ich möchte deiner Überlegung –"

„Ich habe es überlegt", war die ungeduldige Antwort, „Jahre und Jahre. Ich habe es überlegt, seit ich einer ersten Überlegung fähig bin. Meine Gefühle sind unverändert geblieben und werden es auch bleiben; und warum sollte ich mich damit quälen, eine Enthüllung zu verzögern, ohne dass daraus etwas Gutes entspringt? Nein! Ehe ich wieder abreise, soll Rose mich anhören."

„Sie soll es", sagte Mrs Maylie.

„Du sprichst, als wolltest du andeuten, dass sie mich kalt anhören wird, Mutter?", sagte der junge Mann.

„Gewiss nicht kalt", versetzte die alte Dame, „im Gegenteil."

„Nun also", drängte der junge Mann. „Sie liebt doch keinen andern?"

„Nein", entgegnete die Mutter. „Du kannst, wenn ich mich nicht sehr täusche, ihrer Neigung sicher sein. – Was ich sagen wollte", fiel die alte Dame ihrem Sohn ins Wort, als er etwas erwidern wollte, „ist Folgendes: Bevor du alles auf diese eine Karte setzt, bevor du dich zum Gipfel der Hoffnung versteigst, liebes Kind, denke einige Augenblicke über Roses Geschichte nach, und erwäge, welchen Einfluss das Bewusstsein ihrer zweifelhaften Herkunft auf ihre Entscheidung üben muss, da sie uns mit der ganzen Kraft ihres edlen Herzens und der ganzen Opferbereitschaft zugetan ist, die sie bei allen Gelegenheiten, bedeutenden wie unbedeutenden, an den Tag gelegt hat."

„Was willst du damit sagen?"

„Das magst du selbst ergründen", erwiderte Mrs Maylie. „Ich muss zu Rose zurück. Gott sei mit dir."

„Ich werde dich doch heute Abend noch wiedersehen?", fragte der junge Mann hastig.

„Sobald ich von Rose fort kann", versetzte die Dame.

„Du wirst ihr sagen, dass ich hier bin?", entgegnete Harry.

„Natürlich", erwiderte Mrs Maylie.

„Und ihr sagen, wie besorgt ich war, wie viel ich um sie gelitten habe und wie ich mich sehne, sie zu sehen? Das wirst du mir doch nicht abschlagen, Mutter?"

„Nein", sprach die alte Dame, „ich will ihr alles erzählen." Sie drückte ihrem Sohn zärtlich die Hand und eilte aus dem Zimmer.

Während dieser eiligen Unterredung hatten sich Dr. Losberne und Oliver in einer andern Ecke des Gemachs aufgehalten. Der Doktor streckte jetzt Harry die Hand entgegen, und beide begrüßten sich aufs Herzlichste. Dann gab der Doktor, um den vielerlei Fragen seines jungen Freundes zu genügen, einen genauen Bericht über die Lage der Kranken, der ganz so tröstlich und verheißungsvoll ausfiel, wie ihn Olivers Mitteilung hatte hoffen lassen, und Mr Giles, der sich am Gepäck zu schaffen machte, hörte gespannt zu.

„Haben Sie in der letzten Zeit nichts Besonderes geschossen, Giles?", fragte der Doktor, als er geendet hatte.

„Nichts Besonderes, Sir", antwortete Giles und wurde rot bis über die Ohren.

„Auch keine Diebe gefangen oder Einbrecher ermittelt?", fuhr der Doktor fort.

„Keines von beiden, Sir", versetzte Mr Giles würdevoll.

„Nun", sagte der Doktor, „das bedauere ich wirklich, weil Sie in solchen Dingen so geschickt sind. Was macht Brittles?"

„Der Junge ist ganz wohlauf, Sir", entgegnete Mr Giles, der

seinen gewöhnlichen gönnerhaften Ton wiederfand, „und entbietet Ihnen seine gehorsamen Grüße, Sir."

„Das ist recht", erwiderte der Doktor. „Ihre Anwesenheit, Mr Giles, erinnert mich übrigens daran, dass ich am Tag, bevor ich so eilig hierherberufen wurde, auf Wunsch Ihrer gütigen Herrin eine kleine Besorgung für Sie gemacht habe. Gehen wir einen Augenblick in die Ecke, ja?"

Mr Giles begab sich, im Gefühl seiner Wichtigkeit und doch etwas erstaunt, in die Fensterecke und wurde vom Doktor mit einer heimlichen Unterredung beehrt, nach deren Abschluss er unzählige Kratzfüße machte und sich mit ungewöhnlich gravitätischen Schritten entfernte. Der Inhalt dieses Gesprächs blieb dem Wohnzimmer ein Geheimnis, aber die Küche wurde unverzüglich darüber aufgeklärt. Mr Giles eilte spornstreichs hinunter, ließ sich einen Krug Bier geben und verkündete mit wahrhaft hoheitsvollem Gesichtsausdruck, dass es seiner Gebieterin in Anbetracht seines mutigen Benehmens anlässlich des versuchten Einbruchs gefallen habe, zu seinem ausschließlichen Besten und Gebrauch die Summe von fünfundzwanzig Pfund bei der städtischen Sparkasse zu hinterlegen. Auf diese Mitteilung hin erhob das weibliche Dienstpersonal Augen und Hände und meinte, Mr Giles werde nun anfangen, recht stolz zu werden. Mr Giles zupfte aber seine Brustkrause heraus, erwiderte: „O nein, gewiss nicht!" und bat sie sogar, ihn darauf aufmerksam zu machen, wenn er wirklich einmal gegen seine Untergebenen hochmütig sein sollte. Dann erging er sich, um seine Bescheidenheit ins rechte Licht zu rücken, noch in vielen anderen Bemerkungen, die ebenso originell und sachgemäß waren und ebenso dankbar und beifällig aufgenommen wurden, wie es mit Bemerkungen großer Männer gewöhnlich der Fall ist.

Oben wurde der Rest des Abends vergnügt zugebracht; denn Dr. Losberne war sehr gut gelaunt, und wie ermüdet und nachdenklich Harry Maylie zunächst auch sein mochte, so konnte er doch dem Humor des braven Mannes auf die Dauer nicht widerstehen. Der Doktor gab eine bunte Fülle von witzigen Einfällen, beruflichen Erinnerungen und spaßigen Geschichten zum Besten, sodass Oliver nie etwas Drolligeres gehört zu haben glaubte und auch dementsprechend lachte, zur großen Freude des Arztes, der selbst unmäßig mitlachte und durch die Macht der Sympathie

Harry fast ebenso herzlich zum Lachen brachte. Kurz, die Gesellschaft war so vergnügt, wie sie den Umständen nach sein konnte, und es war bereits spät, als man sich mit leichtem und dankerfülltem Herzen trennte, um sich der Ruhe hinzugeben, deren alle nach der Angst und dem Bangen der letzten Tage so sehr bedurften.

Oliver stand am nächsten Morgen viel froher auf und ging mit weit mehr Hoffnung und Freude an seine gewohnten kleinen Arbeiten als seit Tagen. Die Stubenvögel wurden wieder an ihren alten Platz vors Fenster gehängt, um dort zu singen, und er sammelte die schönsten Blumen des Feldes, die sich finden ließen, um Rose durch ihre Pracht zu erfreuen. Die Trauer, die in den Augen des bekümmerten Knaben in den letzten Tagen alle Dinge, selbst die herrlichsten, zu verdunkeln schien, war wie durch Zauber verschwunden. Der Tau funkelte blendender im grünen Laub, die Luft säuselte in süßeren Tönen durch die Blätter, und auch der Himmel leuchtete in herrlicherem Blau. Solchen Einfluss übt unsere Stimmung selbst auf das Aussehen ganz unbeteiligter Dinge. Die Menschen, die an der Natur und an ihren Mitgeschöpfen alles trübe und düster sehen, haben recht; aber diese dunklen Farben sind der Widerschein ihres eigenen galligen Gemüts. Die wahren Farben sind zart und fordern ein klares Auge.

Es ist bemerkenswert, und auch Oliver bemerkte es bald, dass er seine Morgenausflüge nicht mehr allein zu machen brauchte. Als Harry Maylie ihn am ersten Morgen schwer beladen hatte heimkehren sehen, fasste der junge Mann eine solche Vorliebe für Blumen und entwickelte einen so feinen Geschmack in ihrer Anordnung, dass er seinen jungen Freund weit hinter sich ließ. Mochte aber auch Oliver in dieser Hinsicht im Nachteil sein, so wusste er doch, wo die schönsten zu finden waren, und Morgen für Morgen durchstreiften sie miteinander die Gegend und brachten stets das Schönste mit nach Hause, was erblüht war. Das Fenster des Krankenzimmers stand jetzt immer offen, denn das junge Mädchen liebte es, wenn die kräftige Sommerluft einströmte und sie mit ihrer Frische belebte; aber auf dem Fensterbrett stand stets ein besonderer kleiner Strauß, der jeden Morgen mit großer Sorgfalt erneuert wurde. Es entging Oliver nicht, dass die welken Blumen nie weggeworfen wurden, obgleich die Vase immer frisch gefüllt war, und er bemerkte auch, dass der Doktor, sooft er in den

Garten kam, seine Augen gerade auf jenes Fenster richtete und mit bedeutsamem Kopfnicken seinen Morgenspaziergang fortsetzte. Unter solchen Beobachtungen entschwanden die Tage im Flug, und Rose erholte sich schnell.

Auch Oliver wurde die Zeit nicht lang, obgleich die junge Dame ihr Gemach noch immer nicht verlassen hatte und es keine Abendspaziergänge mehr gab, außer ab und zu einen kurzen mit Mrs Maylie. Er widmete sich daher mit doppeltem Eifer dem Unterricht des weißlockigen alten Herrn und lernte so fleißig, dass er selbst über seine schnellen Fortschritte staunte. Während dieser Bemühungen wurde er eines Tages durch einen höchst unerwarteten Vorfall aufs Schwerste erschreckt und geängstigt.

Das kleine Zimmer, in dem er über seinen Büchern zu sitzen pflegte, lag auf der Rückseite des Hauses zu ebener Erde. Es war ein richtiges Landhausstübchen mit einem Gitterfenster, von Jasmin und Geißblatt umrankt, die das Gemach mit ihrem köstlichen Duft erfüllten. Man sah von da in den Garten, aus dem ein Pförtchen auf einen eingehegten Grasplatz führte, dahinter lag schöner Wiesengrund und Wald. Es stand kein weiteres Gebäude in dieser Richtung, und man hatte einen ziemlich weiten Ausblick.

An einem schönen Abend, als eben die ersten Schatten der Dämmerung hereinbrachen, saß Oliver, emsig mit seinen Büchern beschäftigt, an diesem Fenster. Er hatte eine Weile über ihnen gebrütet, und da der Tag ungewöhnlich schwül gewesen war und er sich ziemlich angestrengt hatte, so bedeutet es keine Geringschätzung ihrer Verfasser, wer sie auch sein mochten, wenn wir erzählen, dass Oliver allmählich einschlief.

Bisweilen beschleicht uns eine Art Schlummer, der der Seele, während er den Körper gefangen hält, die Empfindung für die Außenwelt nicht nimmt und sie frei umherschweifen lässt. Sofern eine unüberwindliche Schwere, ein Erschlaffen der Kräfte und eine gänzliche Unfähigkeit, unsere Gedanken oder Bewegungen zu beherrschen, Schlaf genannt werden kann, ist dieser Zustand Schlaf; und doch nehmen wir alles auf, was um uns vorgeht. Selbst wenn wir zu dieser Zeit träumen, schmiegen sich Worte, die wirklich gesprochen werden, oder Töne, die im Augenblick tatsächlich erklingen, überraschend fügsam unseren Geschichten ein, bis Wirklichkeit und Traumleben so seltsam verschmelzen,

Monks und Fagin vor Olivers Fenster

dass es nachher fast unmöglich wird, beides wieder zu trennen. Das ist aber nicht die auffallendste Erscheinung bei einem derartigen Zustand. Erwiesenermaßen übt, wenn auch der Tast- und Gesichtssinn für den Augenblick tot sind, die bloße stumme Anwesenheit eines Gegenstands, der bei unserem Einschlummern noch nicht nahe gewesen zu sein braucht und von dessen Nähe wir kein bestimmtes Bewusstsein gehabt haben, einen Einfluss auf uns aus, und zwar einen wesentlichen Einfluss auf die Gedanken und Traumbilder, die im Schlaf an uns vorüberziehen.

Oliver wusste recht gut, dass er sich in seinem eigenen kleinen Zimmer befand, dass seine Bücher vor ihm auf dem Tisch lagen und dass die sanfte Abendluft durch die Schlingpflanzen strich, und doch schlief er. Da änderte sich plötzlich die Szene: Die Luft wurde schwül und drückend, und er glaubte mit Schrecken, wieder in dem Haus des Juden zu sein. Dort hockte der abscheuliche Alte wie üblich in seiner Ecke, deutete auf ihn und sprach leise auf einen andern Mann ein, der mit abgewandtem Gesicht neben ihm saß.

„Pst, Freundchen“, glaubte er den Juden sagen zu hören, „er ist es gewiss und wahrhaftig! Gehen wir weiter.“

„Glaubt Ihr, ich könnte mich in ihm täuschen?“, schien der andere zu antworten. „Wenn eine Legion Teufel seine Gestalt annähmen, und er stünde mitten unter ihnen, so würde ihn mein inneres Gefühl schnell herausfinden. Verscharrt ihn fünfzig Fuß tief, und führt mich über sein Grab, ich glaub, ich wüsste, dass er darunter liegt, wenn auch die Stelle kein Merkzeichen trüge.“

Der Mann schien die Worte mit so fürchterlichem Hass auszustoßen, dass Oliver vor Entsetzen aufwachte und in die Höhe fuhr.

Guter Gott! Was trieb ihm da auf einmal das Blut prickelnd zum Herzen, dass ihm die Stimme versagte und er sich nicht mehr rühren konnte? Dort – dort – am Fenster – dicht davor – so dicht, dass er ihn fast hätte berühren können, ehe er zurückfuhr – dort stand der Jude, starrte ins Zimmer und schaute ihn durchbohrend an. Und neben ihm, blass vor Wut oder Furcht, oder aus beiden Gründen, zeigten sich die hassverzerrten Züge desselben Mannes, den er im Wirtshaushof getroffen hatte.

Es war nur ein Augenblick, ein Aufblitzen vor seinen Augen – und sie waren verschwunden. Aber er hatte sie und sie hatten ihn erkannt, und ihr Aussehen blieb seinem Gedächtnis so fest eingeprägt, als ob sie in Stein gehauen von Kindheit an stets vor ihm aufgestellt gewesen wären. Er stand einen Augenblick wie vom Blitz getroffen da, dann sprang er durch das Fenster in den Garten und rief laut um Hilfe.

Fünfunddreißigstes Kapitel

Enthält das unbefriedigende Ergebnis von Olivers Abenteuer und ein nicht unwichtiges Gespräch zwischen Harry Maylie und Rose

Als Bewohner des Hauses auf Olivers Rufen herbeieilten, fanden sie ihn, wie er bleich und entsetzt nach dem Wiesengrund hinter dem Haus deutete. Er war kaum fähig, die Worte hervorzubringen: „Der Jude! Der Jude!"

Mr Giles konnte sich nicht erklären, was dieser Ausruf heißen sollte; Harry Maylie aber, der eine rasche Auffassungsgabe besaß und Olivers Geschichte von seiner Mutter gehört hatte, verstand ihn sogleich.

„Welche Richtung hat er eingeschlagen?", fragte er und ergriff einen tüchtigen Knüttel, der zufällig dalag.

„Dorthin", antwortete Oliver, indem er auf den Weg zeigte, den die Männer genommen hatten. „Ich habe sie gerade erst aus den Augen verloren."

„Dann sind sie im Graben!", erwiderte Harry. „Folgt mir, und haltet euch möglichst nah!"

Mit diesen Worten sprang er über die Hecke und schoss mit solcher Eile dahin, dass es den andern recht schwer wurde, nicht hinter ihm zurückzubleiben.

Giles und Oliver folgten ihm, so schnell sie konnten, und nach einigen Minuten ließ sich Dr. Losberne, der eben von einem Spaziergang zurückkehrte, ebenfalls über die Hecke fallen, raffte sich aber schneller wieder auf, als man von ihm erwartet hätte, stürmte mit nicht zu verachtender Geschwindigkeit in gleicher Richtung davon und wünschte lauthals schreiend zu erfahren, was denn los sei.

So ging's fort; sie hielten nicht an, um Atem zu holen, bis ihr Anführer um eine von Oliver bezeichnete Feldecke bog und den Graben und die angrenzende Hecke genau zu untersuchen begann, wodurch die Übrigen Zeit fanden nachzukommen und Oliver Gelegenheit gewann, Dr. Losberne den Anlass dieser hitzigen Jagd mitzuteilen.

Aber alles Suchen war vergeblich. Nicht einmal frische Fußspuren ließen sich entdecken. Sie standen nun auf einem kleinen Hügel, von dem aus sie das offene Feld ringsum drei oder vier Meilen weit übersehen konnten. Links im Tal lag das Dorf; aber die Männer hätten, um es auf dem von Oliver bezeichneten Weg zu erreichen, einen weiten Umweg über freies Feld machen müssen, den sie nicht in so kurzer Zeit bewältigt haben konnten. In einer andern Richtung säumte dichter Wald die Wiesen; aber in dessen Deckung konnten sie sich aus dem gleichen Grunde nicht zurückgezogen haben.

„Du musst geträumt haben, Oliver“, sagte Harry Maylie.

„O nein, Sir“, versetzte Oliver, den es schon bei der bloßen Erinnerung an die Züge des alten Bösewichts kalt überlief. „Ich habe ihn zu genau gesehen. Beide standen so deutlich vor mir wie jetzt Sie.“

„Wer war der andere?“, fragten Harry und Dr. Losberne zu gleicher Zeit.

„Derselbe Mann, der mich, wie ich Ihnen erzählte, im Wirtshaus so wild anfuhr“, antwortete Oliver. „Wir sahen einander fest an, und ich könnte schwören, dass er es war.“

„Und weißt du auch ganz gewiss, dass sie diesen Weg eingeschlagen haben?“, fragte Harry.

„So gewiss, wie ich weiß, dass sie am Fenster standen“, erwiderte Oliver. Er deutete nach der Hecke hinunter, die den Garten des Landhauses vom Wiesengrund trennte. „Der große Mann sprang dort hinüber, und der Jude lief einige Schritte nach rechts und kroch durch das Loch.“

Die beiden Herren beobachteten bei diesen Worten Olivers ernstes Gesicht, sahen einander dann an und schienen von der Zuverlässigkeit seiner Aussagen überzeugt. Aber nirgends ließen sich Spuren rasch geflüchteter Menschen finden. Das Gras stand hoch, war aber nur da niedergetreten, wo die Verfolger gegangen waren. Die Ränder der Gräben bestanden aus feuchtem Lehm, aber an keiner Stelle konnten sie den Abdruck eines Männerschuhs oder das leiseste Anzeichen entdecken, dass in den letzten Stunden ein Fuß den Grund betreten hätte.

„Das ist höchst sonderbar“, sprach Harry.

„Sonderbar?“, eiferte der Doktor. „Selbst Blathers und Duff würden daraus nicht klug werden.“

Obwohl ihre Nachforschungen offenbar zur Erfolglosigkeit verurteilt waren, ließen sie doch nicht davon ab, bis der Einbruch der Nacht jede weitere Verfolgung völlig aussichtslos machte; und selbst dann hörten sie nur ungern damit auf. Giles wurde, nachdem ihm Oliver, so genau er es vermochte, das Aussehen und die Kleidung der Fremden beschrieben hatte, ins Dorf geschickt, um in allen Bierhäusern nach ihnen zu fahnden. Von den beiden Männern war zumindest der Jude auffallend genug, um sich an ihn zu erinnern, wenn man ihn irgendwo hätte trinken oder herumlungern sehen. Aber Giles brachte keinerlei Nachrichten, die das Geheimnis zu lichten vermochten.

Am nächsten Morgen suchten sie weiter und wiederholten auch ihre Nachforschungen, aber mit keinem besseren Erfolg. Tags darauf begaben sich Mr Maylie und Oliver nach dem Marktort, in der Hoffnung, dort etwas von den Männern zu sehen oder zu hören; aber auch diese Bemühung verlief fruchtlos. Nach einigen Tagen begann man die Geschichte zu vergessen, wie es zu gehen pflegt, wenn der Reiz des Außergewöhnlichen aus Mangel an neuer Nahrung abstirbt.

Inzwischen machte Roses Genesung rasche Fortschritte. Sie durfte ihr Zimmer verlassen, konnte ausgehen und brachte, sobald sie dem Familienkreis wieder angehörte, Freude in alle Herzen.

Aber obgleich diese neue Wendung sichtbaren Einfluss auf ihre Umgebung ausübte und obgleich sich im Landhaus wieder heitere Stimmen und frohes Lachen vernehmen ließen, entging es Oliver doch nicht, dass einige der Bewohner, auch Rose selbst, zeitweilig ungewöhnlich bedrückt wirkten. Mrs Maylie und ihr Sohn schlossen sich oft lange Zeit miteinander ein, und mehr als einmal erschien Rose mit Tränenspuren im Gesicht. Als Dr. Losberne den Tag seiner Abreise nach Chertsey festgesetzt hatte, nahmen diese Anzeichen zu, und es wurde allen deutlich, dass etwas vorging, das den Frieden der jungen Dame und noch einer zweiten Person beeinträchtigte.

Als endlich eines Morgens Rose allein im Frühstückszimmer saß, trat Harry Maylie ein und bat zögernd um die Erlaubnis, sie einige Augenblicke zu sprechen.

„Wenige – sehr wenige – werden genügen, Rose“, sagte der junge Mann, indem er seinen Stuhl an ihre Seite rückte. „Was ich dir zu sagen habe, weißt du bereits; die teuersten Hoffnungen meines Herzens sind dir nicht unbekannt, obgleich ich sie noch nie dir gegenüber ausgesprochen habe.“

Rose war gleich bei seinem Eintreten sehr blass geworden; doch mochte dies eine Nachwirkung der jüngst überstandenen Krankheit sein. Sie nickte nur zustimmend, beugte sich über ein paar Pflanzen, die in der Nähe standen, und harrte schweigend seiner weiteren Worte.

„Ich – ich – hätte früher von hier wegfahren sollen“, sagte Harry.

„Gewiss, Harry“, versetzte Rose. „Verzeih mir, dass ich so spreche; aber ich wünschte, du hättest es getan.“

„Die quälendste, fürchterlichste aller Ängste hat mich hierhergeführt“, fuhr der junge Mann fort, „die Furcht, das einzige teure Wesen zu verlieren, an das all mein Hoffen und Sehnen geknüpft ist. Du standest dem Tod nahe, schwanktest zwischen Erde und Himmel. Es ist bekannt, dass sich, wenn Jugend, Schönheit und Herzensgüte von Krankheit heimgesucht werden, ihr reiner Sinn gern unmerklich ihrer schönen Heimat von ewiger Ruhe zuwendet und dass deshalb leider die Edelsten und Schönsten des menschlichen Geschlechts nur allzu oft in der Blüte dahinscheiden.“

Bei diesen Worten traten dem holden Mädchen Tränen in die Augen, und als eine auf die Blume fiel, über die sie sich beugte, in ihrem Kelch funkelte und sie noch schöner machte, schien es, als wiesen die Ergüsse ihres unberührten jungen Herzens auf Verwandtschaft mit den lieblichsten Gebilden der Natur hin.

„Ein Wesen“, fuhr der junge Mann leidenschaftlich fort, „ein Wesen, so schön und unschuldig wie einer von Gottes Engeln selbst, schwebte zwischen Leben und Tod. Ach, wer durfte hoffen, dass sie zurückkehren würde zu unserer Sorge und unserem Elend, da sich eine ferne, ihr verwandte Welt ihren Blicken bereits aufgetan hatte? Rose! Rose! Zu wissen, dass du wie ein leichter Schatten, der in himmlischem Licht über der Erde schwebt, entschwinden würdest, keine Hoffnung zu haben, dass du den auf Erden Weilenden erhalten bliebest, kaum einen Grund zu wissen, warum du ihnen erhalten bleiben solltest; zu fühlen, dass du jenen herrlichen Sphären angehörst, wohin so viele der Schönsten und Besten früh geflohen sind, und doch unter all diesen Tröstungen zu beten, dass du denen, die dich lieben, zurückgegeben werden möchtest – das war eine Erregung, die sich kaum ertragen ließ. Sie lastete Tag und Nacht auf mir, und mit ihr brach eine wahre Flut von Befürchtungen über mich herein, die fast Sinne und Vernunft mit sich fortriss: selbstsüchtige Qualen, du möchtest hinscheiden, ohne zu erfahren, wie innig ich dich liebte. Du erholtest dich wieder: Tag für Tag, ja fast Stunde für Stunde kehrte ein Tropfen Kraft zurück, mischte sich mit dem kargen, schwachen Lebensstrom, der matt in dir kreiste, und ließ ihn wieder hoch und rauschend anschwellen. Ich habe deinen Übergang vom Tod zum Leben mit Augen bewacht, die blind wurden von eifervoller, heißer Liebe. Sag nicht, du wünschtest, ich hätte dies alles nicht erlebt, denn es hat mein Herz gegen die ganze Menschheit weich gestimmt."

„Das wollte ich nicht sagen", erwiderte Rose unter Tränen. „Ich wünschte nur, du wärest früher abgereist, um dich wieder den hohen und edlen Zielen zu widmen, die deiner würdig sind."

„Kein Streben ist meiner würdiger – der edelsten Natur würdiger als das Ringen um ein Herz wie das deine", sagte der junge Mann, indem er ihre Hand ergriff. „Rose, meine teure Rose, seit Jahren habe ich dich geliebt; ich hoffte Ruhm zu gewinnen, damit ich dann stolz heimkehren und dir sagen konnte: Ich jagte ihm nur nach, um ihn mit dir zu teilen. In meinen wachen Träumen malte ich mir aus, wie ich dich in jenem seligen Augenblick an die vielen stummen Liebesbeweise erinnern wollte, die ich dir schon als Knabe gegeben, und wie ich deine Hand als Einlösung eines stillen Vertrags beanspruchen würde, der zwischen uns geschlossen worden war! Diese Zeit ist noch nicht gekommen; noch ist kein Ruhm gewonnen, keiner meiner Jugendträume verwirklicht; trotzdem aber biete ich dir das Herz, das so lang schon dein ist, und setze alles auf die Worte, mit denen du dieser Gabe begegnest."

„Du hast stets gütig und edel gehandelt", versetzte Rose und rang den Sturm der Gefühle nieder, der sie erschütterte. „Damit du aber nicht glaubst, ich sei gefühllos und undankbar, höre meine Antwort."

„Heißt sie, dass ich versuchen darf, dich zu verdienen? Heißt sie so, teuerste Rose?"

„Sie heißt", entgegnete Rose, „dass du versuchen musst, mich zu vergessen; nicht mich als deine treue Jugendfreundin, denn das würde mich tief verwunden, sondern mich als den Gegenstand deiner Liebe. Blicke in die Welt, und bedenke, wie viele Herzen es zu gewinnen gibt, auf die du stolz sein kannst. Mach mich zu deiner Vertrauten, wenn du eine andere liebst, und ich will dir die treueste, zuverlässigste und wärmste Freundin sein."

Es folgte eine Pause, in der Rose ihr Antlitz mit der einen Hand bedeckte und ihren Tränen freien Lauf ließ. Harry hielt noch immer die andere Hand fest.

„Und deine Gründe, Rose", fragte er endlich leise, „deine Gründe für diese Entscheidung?"

„Du hast ein Recht, sie zu kennen", erwiderte Rose. „Du kannst mir nichts entgegenhalten, was meinen Entschluss ändern könnte. Es ist eine Pflicht, die ich erfüllen muss, eine Schuld, die ich gegen andere und gegen mich selbst abzutragen habe."

„Gegen dich selbst?"

„Ja, Harry, ich bin es mir selbst schuldig. Ein Mädchen ohne Verwandte und Vermögen, dessen Name nicht rein und unbefleckt ist, darf deinen Verwandten keinen Anlass zu dem Argwohn geben, sie habe in niedriger Absicht deiner ersten Neigung nachgegeben und sich als Hemmschuh an all deine Hoffnungen und Pläne gehängt. Ich schulde es dir und den Deinen, zu verhindern, dass du dich im Feuer deines edlen Herzens über dieses Hindernis deines Aufstiegs hinwegzusetzen suchst."

„Wenn deine Neigungen mit diesem Pflichtgefühl in Einklang stehen –", begann Harry.

„Das tun sie nicht", versetzte Rose und wurde über und über rot.

„So erwiderst du also meine Liebe?", entgegnete Harry. „Sag mir nur dies eine, Rose, sag mir nur dies, und lindere dadurch die Bitterkeit dieser herben Enttäuschung!"

„Hätte ich es tun können, ohne gegen ihn, den ich liebe, ein großes Unrecht zu begehen", erwiderte Rose, „ich hätte –"

„– diese Erklärung ganz anders aufgenommen?", fiel Harry ein. „Verhehle mir das nicht, Rose!"

„Ja", sagte Rose. „Doch", fügte sie hinzu, indem sie ihre Hand zurückzog, „warum wollen wir dieses schmerzliche Gespräch verlängern? – so schmerzlich für mich und doch eine Quelle dauernden Glücks! Denn es wird mich glücklich machen zu wissen, dass ich einmal diese hohe Stelle in deiner Achtung einnahm, und jeder Triumph, den du im Leben erringst, wird mir neue Kraft und Festigkeit geben. Leb wohl, Harry! Wie wir uns heute gegenüberstanden, werden wir uns nie mehr gegenüberstehen; aber in einer anderen Beziehung als der, in die uns unsere Unterredung hätte bringen können, wollen wir noch lange und glücklich vereint bleiben. Möge dich jeder Segen begleiten, den das Gebet eines treuen Herzens von der Quelle aller Wahrheit und Treue auf dich herabflehen kann!"

„Noch ein Wort, Rose", entgegnete Harry. „Deinen Grund – ich möchte deinen Grund von deinen eigenen Lippen hören."

„Die schönsten Aussichten stehen dir offen", erwiderte Rose, „alle Auszeichnungen, die durch Talent und einflussreiche Verwandtschaft im öffentlichen Leben errungen werden können, sind dir erreichbar. Aber diese Verwandtschaft ist stolz, und ich will mich weder unter Leute mengen, die meine Mutter verachten, noch Unehre oder Misserfolg über den Sohn der Frau bringen, die die Stelle dieser Mutter so vortrefflich ersetzte. Mit einem Wort", die junge Dame wandte sich ab, da für einen Augenblick ihre Festigkeit sie verließ, „es haftet ein Makel an meinem Namen, den die Welt an Unschuldigen straft; ich will ihn nicht auf fremdes Blut übertragen, und der Vorwurf soll keinen treffen als mich selbst."

„Ach, nur noch ein – ein einziges Wort, Rose –, teuerste Rose!", rief Harry und warf sich vor ihr nieder. „Wäre ich minder weniger das, was die Welt vom Schicksal begünstigt nennt, wäre ein stilles, unbeachtetes Leben meine Bestimmung, wäre ich krank, arm, hilflos – würdest du dich auch dann von mir abwenden? Oder hat nur die Aussicht auf Reichtum und Ehre, die ich vielleicht einmal erringe, zu diesen Bedenken Anlass gegeben?"

„Dränge mich zu keiner Antwort", entgegnete Rose. „So liegt die Frage nicht, und so wird sie nie liegen. Es ist unrecht, fast lieblos, sie so zu stellen."

„Wenn deine Antwort so ist, wie ich sie fast zu erhoffen wage", erwiderte Harry, „so wird sie einen Strahl von Glück auf meinen einsamen Pfad werfen und die Bahn vor mir erhellen. Es ist nichts Geringes, durch ein paar kurze Worte so viel für einen zu tun, der dich über alles liebt. Ach, Rose, ich beschwöre dich bei meiner heißen, ewigen Liebe, bei allem, was ich für dich gelitten habe und was du mir auferlegst, beantworte mir nur diese einzige Frage!"

„Nun, denn“, versetzte Rose, „wenn die Würfel des Glücks anders für dich gefallen wären, wenn du nur ein wenig, aber nicht gar so hoch über mir ständest, wenn ich dir in einer bescheidenen, genügsamen und weltabgeschiedenen Stellung Helferin und Trösterin sein könnte und nicht Hemmschuh und Hindernis in ehrgeizigen und ehrenreichen Kreisen, so wäre mir wohl diese harte Prüfung erspart geblieben. Ich habe alle Ursache, Harry, glücklich, sogar sehr glücklich zu sein; dann aber, gestehe ich, wäre ich noch glücklicher gewesen.“

Die Erinnerung an Hoffnungen, die sie vor Langem, als halbes Kind, gehegt hatte, stürmte auf Rose ein, während sie dieses Geständnis machte, aber sie brachten, wie alle Hoffnungen, wenn sie verblüht wieder auftauchen, Tränen mit sich, die sie erleichterten.

„Ich kann nichts für diese Schwäche, aber sie macht meinen Entschluss nur noch fester“, sagte Rose und streckte die Hand aus. „Und jetzt muss ich dich verlassen.“

„Versprich mir nur eins“, versetzte Harry. „Einmal, nur noch ein einziges Mal – sagen wir in einem Jahr oder lieber noch früher – möchte ich mit dir über diesen Gegenstand sprechen, zum letzten Mal.“

„Aber nicht, um mich zu drängen, meinen richtigen Entschluss zu ändern“, entgegnete Rose mit schwermütigem Lächeln. „Es wäre zwecklos.“

„Nein“, erwiderte Harry, „ich will ihn bloß noch einmal von dir hören, wenn du es so willst – endgültig hören! Ich will dir, was immer ich an Rang und Gut erreicht habe, zu Füßen legen, und wenn du dann auf deinem jetzigen Entschluss beharrst, will ich ihn weder durch Wort noch Tat zu ändern suchen.“

„Gut“, versetzte Rose. „Es ist nur ein einziger Schmerz mehr, und ich bin vielleicht dann imstande, ihn leichter zu tragen.“

Sie reichte ihm noch einmal die Hand; Harry aber schloss sie in seine Arme, drückte einen Kuss auf ihre schöne Stirn und eilte aus dem Zimmer.

Sechsunddreißigstes Kapitel

Ist zwar sehr kurz und scheint hier vielleicht nicht besonders wichtig, sollte aber dennoch gelesen werden, weil es eine Folgerung aus dem vorhergehenden und den Schlüssel zu einem späteren Kapitel enthält

Sie sind also entschlossen, heute Morgen mein Reisegefährte zu sein, wie?", fragte der Doktor, als er mit Harry Maylie und Oliver beim Frühstück saß. „Ei, es scheint, Ihre Entschlüsse wechseln mit jeder halben Stunde!"

„Sie werden in naher Zukunft anders von mir denken", versetzte Harry, indem er ohne erkennbaren Anlass rot wurde.

„Ich hätte gern Grund dazu", entgegnete Dr. Losberne, „obgleich ich gestehe, dass ich fürchte, keinen zu haben. Erst gestern Morgen setzten Sie sich geschwind in den Kopf, hierzubleiben und wie ein gehorsamer Sohn Ihre Mutter an die See zu begleiten; es war noch nicht Mittag, als Sie mir ankündigten, Sie wollten mir die Ehre Ihrer Gesellschaft schenken, so weit Sie auf Ihrer Fahrt nach London den gleichen Weg hätten wie ich; abends drangen Sie ganz geheimnisvoll in mich, ich solle abreisen, ehe die Damen aufstünden, und die Folge davon ist, dass der kleine Oliver jetzt am Frühstückstisch sitzen muss, während er nach botanischen Seltenheiten aller Art die Wiese absuchen sollte. Das ist doch zu arg, nicht wahr, Oliver?"

„Es hätte mir sehr leidgetan, wenn ich bei Ihrer und Mr Maylies Abfahrt nicht zu Hause gewesen wäre, Sir", erwiderte Oliver.

„Nun, du bist ein höflicher Bursche", sagte der Doktor. „Du sollst mich nach deiner Rückkehr besuchen. Doch ernstlich gesprochen, Harry: Hat irgendeine Mitteilung der hohen Herrschaften Sie zu dieser beschleunigten Abreise veranlasst?"

„Die hohen Herrschaften", versetzte Harry, „unter die Sie vermutlich auch meinen ehrenwerten Onkel zählen, haben mir, seit ich hier bin, nichts mitgeteilt, und es ist nicht wahrscheinlich, dass sich in dieser Zeit des Jahres etwas zuträgt, das meine Anwesenheit nötig machte."

„Nun", erwiderte der Doktor, „Sie sind ein wunderlicher Kauz. Doch man wird Sie ja wohl bei der Wahl vor Weihnachten ins Parlament bringen wollen, und diese plötzlichen Wechsel und Umstellungen sind keine schlechte Vorbereitung für das politische Leben. Das hat auch etwas für sich. Gute Schulung ist immer wünschenswert, gleichgültig, ob es beim Rennen um Platz, Pokal oder Wettprämien geht."

Harry Maylie sah aus, als könne er dieses kurze Gespräch mit einer oder zwei Bemerkungen fortsetzen, die dem Doktor nicht wenig zu schaffen gemacht hätten; er begnügte sich jedoch mit den Worten „Wir werden sehen" und verfolgte den Gegenstand nicht weiter. Die Postkutsche fuhr danach vorm Haus vor, und als Giles eintrat, um nach dem Gepäck zu sehen, eilte der gute Doktor geschäftig hinaus, um es richtig unterbringen zu lassen.

„Oliver", sagte Harry Maylie leise, „ich muss noch ein Wort mit dir sprechen."

Oliver folgte ihm in eine Fensternische, verwundert über die Mischung von Trauer und Unruhe, die sein Benehmen verriet.

„Du kannst jetzt gut schreiben?", fragte ihn Harry, indem er die Hand auf seinen Arm legte.

„Ich hoffe, Sir", versetzte Oliver.

„Ich komme vielleicht einige Zeit nicht wieder nach Hause und möchte daher gern, dass du mir schreibst – ich denke, so alle vierzehn Tage, jeden zweiten Montag vielleicht, an das Hauptpostamt London. Willst du das tun?"

„O gewiss, Sir; ich bin stolz darauf, es tun zu dürfen!", rief Oliver, ganz entzückt über diesen Auftrag.

„Es wäre mir lieb, immer zu wissen, wie – wie es meiner Mutter und Miss Maylie geht", fuhr der junge Mann fort. „Du kannst einen ganzen Bogen vollschreiben und mir erzählen, welche Spaziergänge ihr macht, wovon ihr sprecht und ob sie glücklich und gesund ist – sind, wollte ich sagen. Verstehst du?"

„Oh, vollkommen, Sir, vollkommen", entgegnete Oliver.

„Du brauchst ihnen übrigens nichts davon zu sagen", fügte Harry, wie nebensächlich, hinzu. „Es könnte meine Mutter veranlassen, mir öfter zu schreiben, und das ist für sie eine Plage und Aufregung.

Es soll daher ein Geheimnis zwischen dir und mir bleiben, aber vergiss ja nicht, mir alles mitzuteilen; ich verlass mich auf dich!"

Oliver, durch das Gefühl seiner Wichtigkeit gehoben und geehrt, versprach, verschwiegen und ausführlich zu sein, worauf ihm Mr Maylie unter vielen Versicherungen seiner Freundschaft und seines Schutzes Lebewohl sagte.

Der Doktor saß bereits im Wagen; Giles, der die Reise nicht mitmachen sollte, hielt den Kutschenschlag, und die weiblichen Dienstboten sahen vom Garten aus zu. Harry warf noch einen flüchtigen Blick auf Roses Fenster und sprang in den Wagen.

„Fort!", rief er. „Schnell, in vollem Galopp! Nur was ans Fliegen erinnert, wird heute Schritt mit mir halten."

„Holla!", rief der Doktor dem Postillion zu, indem er rasch das Vorderfenster herunterließ. „Nur was nicht ans Fliegen erinnert, passt zu meiner Gangart, hörst du?"

Rasselnd, bis die Entfernung das Geräusch verschluckte und man sein rasches Davonfahren nur noch mit dem Auge verfolgen konnte, rollte der Wagen, in Staubwolken gehüllt, die Straße entlang, indem er bald ganz verschwand, bald wieder sichtbar wurde, je nachdem, ob Gegenstände dazwischentraten und ob der Weg höher oder tiefer lag. Erst als die Staubwolke nicht mehr zu sehen war, zerstreuten sich die Zuschauer.

Aber als der Wagen schon viele Meilen fort war, hafteten die Augen einer Zuschauerin noch immer an der Stelle, wo er verschwunden war; hinter den weißen Vorhängen, die sie vor Harrys Blick verborgen hatten, als er zum Fenster heraufschaute, saß Rose.

„Er scheint heiter und glücklich", sagte sie endlich. „Ich fürchtete eine Weile, es möchte anders sein; aber ich habe mich getäuscht. Ich bin sehr, sehr froh."

Tränen sind ebenso Zeichen der Freude wie des Schmerzes; aber die, die über Roses Wangen rollten, als sie gedankenverloren am Fenster saß und immer noch in dieselbe Richtung blickte, schienen mehr von Schmerz zu erzählen als von Freude.

Siebenunddreißigstes Kapitel

In dem der Leser einen im ehelichen Leben nicht ungewöhnlichen Gegensatz bemerken kann

Mr Bumble saß in seinem Wohnzimmer im Armenhaus und betrachtete schwermütig den trostlosen Kamin, von dem, da es Sommer war, kein hellerer Glanz ausging als der Widerschein einiger matter Sonnenstrahlen, die sich auf seiner kalten und glänzenden Oberfläche spiegelten. Ein Streifen Leimpapier hing von der Decke herunter, zu dem er hin und wieder in trüben Gedanken die Augen hob; und als er sah, wie die nichtsahnenden Fliegen die verführerische Vorkehrung umgaukelten, entrang sich seiner Brust ein schwerer Seufzer, während ein düsterer Schatten seine Züge überflog. Mr Bumble war in Nachdenken versunken, und vielleicht riefen ihm die Insekten irgendein schmerzliches Ereignis seines eigenen vergangenen Lebens ins Gedächtnis.

Mr Bumbles düstere Stimmung war aber nicht das Einzige, was dazu angetan war, im Herzen eines Zuschauers mitleidsvolle Wehmut zu erregen; es fehlte auch nicht an anderen, eng mit seiner Person zusammenhängenden Erscheinungen, die bekundeten, dass eine große Veränderung in der Lage der Dinge stattgefunden hatte. Bortenrock und Dreispitz – wo waren sie hingekommen? Er trug zwar noch immer kurze Hosen und schwarze baumwollene Strümpfe; aber es waren nicht die berühmten Hosen. Der Rock hatte weite Schöße und insofern Ähnlichkeit mit dem eigentlichen Rock, aber doch – wie sehr war er von ihm verschieden! Das gebieterische Dreieck hatte einem bescheidenen runden Hut Platz gemacht. Mr Bumble war nicht mehr Büttel.

Es gibt Beförderungen im Leben, die, unabhängig von den damit verbundenen mehr materiellen Vorteilen, besondere Bedeutung und Würde durch die dazugehörigen Röcke und Westen erhalten. Ein Feldmarschall hat seine Uniform, ein Bischof seine Stola, ein Anwalt seinen Seidentalar und ein Büttel seinen Dreispitz. Nimm dem Bischof seinen Ornat oder dem Büttel Hut und Borten – was sind sie? Menschen, nichts als Menschen! Würde und bisweilen sogar Heiligkeit hängen weit mehr an Rock und Weste, als sich manche Leute vorstellen.

Mr Bumble hatte Mrs Corney geheiratet und war Armenhausvater geworden. Ein anderer Büttel war zur Macht gekommen. Auf ihn waren Dreispitz, Bortenrock und Stab übergegangen.

„Morgen werden's zwei Monate!“, seufzte Bumble vor sich hin. „Es scheint ein Menschenalter zu sein.“

Mr Bumble hätte damit meinen können, dass sich das Glück eines ganzen Lebens in den kurzen Zeitraum von acht Wochen zusammengedrängt habe; aber der Seufzer – es lag tiefe Bedeutung in diesem Seufzer.

„Ich habe mich verkauft“, fuhr er fort, indem er denselben Gedankengang weiterverfolgte, „für sechs Teelöffel, eine Zuckerzange, einen Milchtopf, etliche alte Möbel und zwanzig Pfund in barem Geld. Ach, ich habe mich billig – spottbillig hergegeben.“

„Billig?“, schrie eine schrille Stimme in Mr Bumbles Ohr. „Du bist geschenkt zu teuer; und Gott im Himmel weiß, dass ich dich hoch genug bezahlt habe!“

Mr Bumble wandte sich um und begegnete dem Antlitz seiner liebenswürdigen Lebensgefährtin, die die paar Worte, die sie von seiner Klage aufgefangen hatte, nur unvollständig verstanden und daher diese Bemerkung aufs Geratewohl hingeworfen hatte.

„Mrs Bumble! Madam!“, sagte der Gemahl mit gefühlvollem Ernst.

„Nun?“, rief die Dame.

„Sei so gut, und sieh mich an“, erwiderte Mr Bumble und richtete seine Augen auf sie. Wenn sie einen solchen Blick aushalten kann, sagte Mr Bumble zu sich selbst, so ist sie zu allem fähig. Soviel ich weiß, verfehlt mein Auge bei den Armen nie seine Wirkung; wenn es mich hier im Stich lässt, so ist meine Macht dahin.

Ob nun besonders schmale Schlitzaugen genügen, um Gemeindearme, die infolge der spärlichen Nahrung keine kräftigen Nerven haben, zu Paaren zu treiben, oder ob die vormalige Mrs Corney sogar gegen Adlerblicke gestählt war, das ist Ansichtssache. Tatsache aber ist, dass sich die Dame keineswegs durch Mr Bumbles gebieterische Miene einschüchtern ließ, sondern sie im Gegenteil mit großer Geringschätzung aufnahm und mit einem Lachen erwiderte, das echt klang.

Als Mr Bumble dieser unerwartete Laut ans Ohr drang, drückte sein Gesicht anfangs Unglauben und danach Bestürzung aus. Dann versank er wieder in seine frühere Stimmung und verharrte darin, bis seine Aufmerksamkeit aufs Neue durch die Stimme seiner Ehehälfte geweckt wurde.

„Willst du den ganzen Tag dasitzen und schnarchen?“, fragte Mrs Bumble.

„Ich werde hier sitzen, solange es mir passt, Madam“, entgegnete Mr Bumble. „Und obgleich ich nicht schnarchte, so werde ich doch schnarchen, gähnen, niesen, lachen oder weinen, wie es mir einfällt, denn ich habe das Recht dazu.“

„Das Recht?“, höhnte Mrs Bumble mit unsagbarer Verachtung.

„So sagte ich, Madam“, bemerkte Mr Bumble. „Der Mann hat das Recht zu befehlen.“

„Und was wäre, um Himmels willen, das Recht des Weibes?“, rief die Hinterbliebene des seligen Mr Corney.

„Zu gehorchen, Madam!“, donnerte Mr Bumble. „Das hätte dich schon dein unseliger Seliger lehren sollen, dann lebte er vielleicht noch. Wie sehr wünschte ich das dem Armen!“

Mrs Bumble sah auf den ersten Blick, dass nun der entscheidende Augenblick gekommen war und dass jetzt ein Handstreich endgültig über die Herrschaft des einen oder andern Teils entscheiden musste. Sie hatte daher kaum die Anspielung auf den Toten vernommen, als sie auf einen Stuhl sank und unter einem Strom von Tränen Mr Bumble laut für einen hartherzigen Unmenschen erklärte.

Aber Tränen fanden keinen Weg in Mr Bumbles Herz: Es war wasserdicht. Wie die waschbaren Biberhüte, die durch den Regen immer fester werden, wurden seine Nerven stärker und widerstandsfähiger durch Tränengüsse, die ihn als Zeichen von Schwäche und somit als schweigendes Zugeständnis seiner Macht freuten und erhoben. Er blickte daher recht zufrieden auf sein holdes Ehegespons und ermunterte sie, aus Leibeskräften zu heulen, da diese Übung nach ärztlichem Ausspruch der Gesundheit sehr zuträglich sei.

„Es reinigt die Lungen, wäscht das Gesicht, stärkt die Augen und kühlt das Blut", meinte Mr Bumble. „Deshalb weine nur immer zu."

Nachdem er diesen Witz angebracht hatte, holte er seinen Hut vom Haken, setzte ihn etwas übermütig aufs Ohr, wie es wohl ein Mann tut, der überzeugt ist, seine Herrschaft auf geeignete Weise behauptet zu haben, steckte die Hände in die Taschen und schlenderte keck und sorglos der Tür zu.

Die verwitwete Mrs Corney hatte es mit Tränen versucht, weil sie weniger Mühe kosten als ein tätlicher Angriff, aber sie fühlte sich auch dem letzteren Verfahren gewachsen, wie Mr Bumble bald entdecken sollte.

Die erste Probe, die ihm davon geliefert wurde, bestand in einem dumpfen Laut. Seine unmittelbare Folge war, dass sein Hut ans entgegengesetzte Ende des Zimmers flog. Dieses einleitende Vorgehen gab sein Haupt jedem Angriff preis, und die erfahrene Dame landete dort viele sehr geschickt und kräftig geführte Faustschläge, während sie mit der andern Hand seine Kehle gepackt hielt. Dann brachte sie Abwechslung in die Sache, indem sie ihm das Gesicht zerkratzte und die Haare ausriss. Als sie dann glaubte, ihn für sein Vergehen diesmal genug bestraft zu haben, stieß sie ihn auf einen Stuhl, der glücklicherweise parat stand, und forderte ihn auf, wieder von seinen Rechten zu sprechen, wenn er den Mut dazu habe.

„Jetzt steh auf", fuhr Mrs Bumble im Befehlston fort, „und scher dich fort, wenn du nicht willst, dass ich etwas Verzweifeltes tue!"

Mr Bumble erhob sich mit einer Jammermiene, überlegte, was wohl das Verzweifelte sein könnte, nahm seinen Hut und blickte zur Tür.

„Gehst du wohl bald?", fragte Mrs Bumble.

„Gewiss, mein Schatz, gewiss", versetzte Mr Bumble und machte eine raschere Bewegung zur Tür hin. „Es war nicht meine Absicht, dich – ich gehe schon, liebe Frau! Du bist auch gar zu heftig, dass ich wirklich –"

In diesem Augenblick stürzte Mrs Bumble vor, um den Teppich, der sich während des Handgemenges verschoben hatte, wieder zurechtzulegen. Da floh Mr Bumble unverzüglich aus dem Zimmer, ohne seinen begonnenen Satz mit einem Schluss zu versehen, und überließ der verwitweten Mrs Corney den ungeschmälerten Besitz des Schlachtfeldes.

Mr Bumble war überrumpelt worden und hatte eine vollständige Niederlage erlitten. Er besaß einen entschiedenen Hang zur Großtuerei, schöpfte großes Vergnügen aus kleinen Grausamkeiten und war dementsprechend, wie nicht eigens gesagt zu werden braucht, ein Feigling. Dies gereicht jedoch seinem Charakter keineswegs zur Schande, da viele öffentliche Größen, die hoch in Achtung und Ansehen stehen, an ähnlichen Schwächen leiden. Unsere Bemerkung spricht daher tatsächlich zu seinen Gunsten, denn sie tut dem Leser recht überzeugend dar, wie gut er sich für sein Amt eignete.

Aber das Maß seiner Erniedrigung war noch nicht voll. Nachdem er einen Gang durch das Haus gemacht und dabei zum ersten Mal darüber nachgedacht hatte, dass die Armengesetze doch wirklich zu drückend seien und dass Männer, die ihren Weibern fortliefen und deren Unterhalt dem Kirchspiel überließen, von Rechts wegen nicht bestraft, sondern eher als verdienstvolle Märtyrer belohnt werden sollten, kam er zu einem Raum, in dem einige Frauen aus dem Armenhaus das Leinenzeug der Anstalt zu waschen pflegten. Von dort schallten ihm plappernde Stimmen entgegen.

„Hm“, sagte Bumble, indem er seine ganze angeborene Würde zusammennahm, „wenigstens diese Weiber sollen auch weiterhin meine Rechte anerkennen. Holla! Heda! Was soll dieser Lärm, ihr Hexen?“

Mit diesen Worten öffnete Mr Bumble die Tür und trat in stolzer und empörter Haltung ein; sie verwandelte sich aber rasch in eine höchst demütige und unterwürfige, als sein Blick unvermutet der Gestalt seiner holden Ehegenossin begegnete.

„Mein Schatz“, sagte Mr Bumble, „ich wusste nicht, dass du hier bist.“

„Wusstest nicht, dass ich hier bin?“, wiederholte Mrs Bumble. „Und was hast *du* hier zu schaffen?“

„Es kam mir so vor, als plauderten sie zu viel, um ordentlich arbeiten zu können, mein Schatz“, versetzte Mr Bumble und blickte verwirrt auf ein paar alte Weiber an einem Waschzuber, die sich offensichtlich über das demütige Benehmen des Armenhausvaters wunderten.

„*Dir* kam es vor, als plauderten sie zu viel?“, entgegnete Mrs Bumble. „Was geht denn das dich an?“

„Ei, mein Schatz ...“, stotterte Mr Bumble kleinlaut.

„Ich will wissen, was es dich angeht?“, fragte Mrs Bumble abermals.

„Es ist allerdings richtig, dass du hier die Aufsicht führst, liebe Frau“, antwortete Mr Bumble schüchtern, „aber ich dachte, du seist vielleicht nicht hier.“

„Ich will dir etwas sagen, Mr Bumble“, erwiderte die Dame, „wir verzichten gern auf deine Einmischung. Du bist immer darauf aus, deine Nase in Dinge zu stecken, die dich nichts angehen, und läufst den ganzen Tag wie ein Hans Narr herum, sodass dich jeder im Haus auslacht, sobald du den Rücken kehrst. Mach, dass du rauskommst! Vorwärts!“

Mr Bumble, der unter Höllenqualen das Entzücken der zwei alten Waschweiber bemerkte, die vergnügt miteinander kicherten, zögerte einen Augenblick. Aber Mrs Bumble, deren Geduld keinen Verzug ertragen konnte, nahm einen Schöpflöffel voll Seifenlauge, deutete damit nach der Tür und befahl ihm, sich augenblicklich zu entfernen, wenn er nicht den Inhalt an den Kopf bekommen wolle.

Was sollte Mr Bumble tun? Er blickte betrübt umher und schlich von dannen; aber als er die Tür erreichte, schwoll das Kichern der alten Weiber zu einem schrillen, unwiderstehlichen Gelächter an. Das fehlte noch! Er war in ihren Augen entwürdigt; er hatte Ansehen und Rang sogar bei den Armen verloren und war von der Pracht und Höhe seines Bütteltums in die tiefste Tiefe eines erbärmlichen Pantoffelhelden abgesunken.

Und dies alles in zwei Monaten!, klagte Mr Bumble voll düsterer Gedanken. Vor zwei Monaten – vor nicht mehr als zwei Monaten war ich nicht nur mein eigener Herr, sondern auch der Herr aller im Kirchspielarmenhaus – und nun?

Es war zu viel. Mr Bumble gab dem Knaben, der ihm das Gitter öffnete – denn er hatte unter diesen Träumereien das Tor des Armenhauses erreicht –, eine Ohrfeige und trat zerstreut auf die Straße.

Er lief straßauf, straßab, bis diese Übung die erste Heftigkeit seines Kummers gemildert hatte; dann aber machte ihn dieser Stimmungsumschwung durstig. Er ging an etlichen Wirtshäusern vorbei; endlich jedoch hielt er in einem Nebengässchen vor einem an, dessen Gastzimmer, wie er sich mit einem raschen Blick durch die Vorhänge überzeugt hatte, bis auf einen einzigen Kunden leer war. Es fing gerade an, tüchtig zu regnen, und das gab den Ausschlag. Er

Der ehrwürdige Mr Bumble wird von den Frauen im Armenhaus erniedrigt

trat ein, bestellte im Vorbeigehen am Schanktisch etwas zu trinken und ging in den Raum, in den er von der Straße aus einen Blick geworfen hatte.

Der Mann, der dort saß, war groß und von dunkler Gesichtsfarbe und trug einen weiten Mantel. Er schien fremd zu sein und, seinem müden Aussehen und den staubigen Kleidern nach zu schließen, eine weite Reise hinter sich zu haben. Er betrachtete den eintretenden Bumble von der Seite, ließ sich jedoch kaum herab, dessen Begrüßung mit einem Nicken zu erwidern.

Mr Bumble besaß Würde genug für zwei, selbst wenn der Fremde vertraulicher gewesen wäre; so trank er schweigend seinen Wacholder mit Wasser und las dabei mit viel Gehabe und Aufwand die Zeitung.

Es kam jedoch, wie es sich oft fügt, wenn Menschen unter ähnlichen Umständen zusammentreffen: Mr Bumble fühlte sich hin und wieder gewaltig, ja unwiderstehlich versucht, einen verstohlenen Blick auf den Fremden zu werfen, musste aber, sooft er es tat, seine Augen wieder abwenden, weil er etwas verwirrt bemerkte, dass der Fremde im selben Augenblick auch ihn beobachtete. Mr Bumbles Verlegenheit wurde durch den merkwürdigen Ausdruck im Auge des Fremden gesteigert, das scharf und stechend blickte, aber zugleich von Misstrauen und Argwohn überschattet schien, wie es Bumble noch nie begegnet war; es war abstoßend anzusehen.

Als sie in dieser Weise mehrmals die Blicke gekreuzt hatten, brach der Fremde mit rauer, tiefer Stimme das Schweigen: „Haben Sie nach mir gesehen, als Sie durchs Fenster schauten?"

„Nicht, dass ich wüsste, wenn Sie nicht Mr –"

Hier hielt Mr Bumble inne, denn er war neugierig, den Namen des Fremden zu erfahren, und hoffte, dieser werde die Lücke ausfüllen.

„Ah, ich merke schon", versetzte der Fremde, und ein Ausdruck ruhigen Spottes spielte um seine Lippen, „Sie haben nicht mich gesucht, sonst müssten Sie meinen Namen wissen. Sie kennen ihn nicht, und ich möchte Ihnen raten, auch nicht danach zu fragen."

„Ich wollte Sie nicht beleidigen, junger Mann", bemerkte Mr Bumble majestätisch.

„Und haben es auch nicht getan", entgegnete der Fremde.

Auf diese kurze Zwiesprache folgte wieder tiefes Schweigen, und abermals wurde es durch den Fremden unterbrochen.

„Ich habe Sie, glaube ich, früher schon gesehen“, begann er. „Sie waren damals anders gekleidet, und ich begegnete Ihnen nur auf der Straße, aber ich meine doch, Sie wiederzuerkennen. Sie sind früher hier Büttel gewesen, nicht wahr?“

„Ja, das war ich“, sagte Mr Bumble etwas überrascht. „Kirchspielbüttel.“

„Ganz richtig“, versetzte der andere mit einem Kopfnicken. „Sie bekleideten dieses Amt, als ich Sie sah. Was sind Sie jetzt?“

„Vorsteher des Armenhauses“, entgegnete Mr Bumble langsam und nachdrücklich, um jede mögliche unziemliche Vertraulichkeit des Fremden zurückzuweisen. „Vorsteher des Armenhauses, junger Mann!“

„Sie sind ohne Zweifel noch ebenso wie einst auf Ihren eigenen Vorteil bedacht?“, hob der Fremde wieder an, indem er Mr Bumble, der bei der unerwarteten Frage verwundert aufblickte, scharf in die Augen sah. „Scheuen Sie sich nicht, mir offen zu antworten; denn Sie sehen, dass ich Sie genau kenne.“

„Ich denke“, erwiderte Mr Bumble, indem er seine Augen mit der Hand beschattete und den Fremden in sichtlicher Verwirrung von Kopf bis Fuß maß, „ein verheirateter Mann verdient, wo er kann, ebenso gern einen ehrlichen Pfennig wie ein lediger. Kirchspielbeamte werden nicht so gut bezahlt, dass sie sich's leisten könnten, einen kleinen Nebenerwerb auszuschlagen, wenn er ihnen auf rechtmäßige und schickliche Art geboten wird.“

Der Fremde lächelte und nickte abermals, als wollte er ausdrücken, dass er sich in seinem Mann nicht getäuscht habe; dann zog er die Klingel.

„Füllen Sie dieses Glas noch einmal“, sagte er, indem er dem Wirt Mr Bumbles leeres Glas reichte. „Machen Sie's aber stark und heiß. Ich denke, es ist Ihnen recht?“

„Nicht zu stark“, versetzte Mr Bumble mit höflichem Husten.

„Sie wissen, was das sagen will, Herr Wirt“, fügte der Fremde trocken bei.

Der Wirt lächelte, verschwand und kam bald mit einem dampfenden Glas zurück, von dem der erste Schluck Mr Bumble das Wasser in die Augen trieb.

„Nun hören Sie zu“, sagte der Fremde, nachdem er Tür und Fenster geschlossen hatte. „Ich bin heute bloß hierhergekommen, um Sie aufzusuchen, und durch einen Zufall, wie sie der Teufel hin und wieder seinen Freunden in den Weg wirft, betraten Sie gerade das Zimmer, in dem ich saß und eifrigst an Sie dachte. Ich brauche eine Auskunft von Ihnen. Ich verlange aber nicht, dass Sie mir die umsonst geben, so unbedeutend sie auch ist. Stecken Sie dies im Voraus ein.“

Mit diesen Worten schob er seinem Gegenüber vorsichtig ein paar Goldstücke über den Tisch zu, als wünsche er nicht, dass man draußen das Geld klimpern höre. Mr Bumble besichtigte sie von allen Seiten, ob sie auch echt seien, und steckte sie dann vergnügt in die Westentasche; darauf fuhr der Fremde fort: „Lassen Sie Ihr Gedächtnis zurückwandern – sagen wir – bis zum Winter vor zwölf Jahren.“

„Das ist eine lange Zeit“, meinte Mr Bumble. „Nun gut – ich habe es getan.“

„Schauplatz: das Armenhaus.“

„Gut!“

„Zeit: nachts.“

„Ja!“

„Und der Ort: die armselige Höhle, wo liederliche Straßenweiber Leben und Gesundheit hervorbringen, die ihnen selbst so oft versagt sind – wo sie winselnde Kinder in die Welt setzen, die dem Kirchspiel zur Last fallen, während sie ihre Schande im Grabe bergen.“

„Das Wöchnerinnenzimmer, nicht wahr?“, sagte Mr Bumble, der des Fremden aufgeregte Beschreibung nicht ganz begriff.

„Ja“, versetzte der Fremde. „Dort wurde ein Knabe geboren.“

„Oh, viele“, bemerkte Mr Bumble mit zaghaftem Kopfschütteln.

„Der Henker hole die jungen Teufel!“, rief der Fremde. „Ich spreche von einem – einem schmächtigen, blassen Jungen, der hier zu einem Sargmacher in die Lehre gegeben wurde – ich wünschte, er hätte da seinen eigenen Sarg gemacht, und sein Körper verfaulte darin – und der nachher, wie man vermutet, nach London entlief.“

„Ah, Sie meinen den Oliver – den jungen Twist?“, entgegnete Mr Bumble; „an den kann ich mich natürlich erinnern. Es gab keinen störrischeren jungen Spitzbuben –“

„Von ihm brauche ich nichts zu hören, es kam mir schon genug zu Ohren", fiel der Fremde Mr Bumble ins Wort, als der eben eine Tirade auf die Laster des armen Oliver vom Stapel lassen wollte. „Es handelt sich um ein Frauenzimmer, um die alte Hexe, die seine Mutter pflegte. Wo ist sie?"

„Wo sie ist?", fragte Mr Bumble, den sein Wacholdertrunk witzig machte. „Das ist schwer zu sagen. Hebammen gibt es dort keine, wohin sie auch verzogen sein mag, und so wird sie, glaube ich, in jedem Fall außer Dienst sein."

„Was heißt das?", fragte der Fremde streng.

„Dass sie im vergangenen Winter gestorben ist", antwortete Mr Bumble.

Der Unbekannte sah ihn bei dieser Nachricht fest an; und obgleich er seine Augen geraume Zeit auf ihm ruhen ließ, wurde doch sein Blick allmählich leer und zerstreut, als verlöre er sich in Grübeleien. Eine Weile schien er unsicher, ob ihn diese Kunde erleichtern oder enttäuschen solle, aber schließlich atmete er befreit auf, und indem er seinen Blick abwandte, erklärte er, dass nicht viel daran liege. Mit diesen Worten erhob er sich, als ob er gehen wollte.

Aber Mr Bumble war schlau genug, umso gleich einzusehen, dass sich hier die Gelegenheit bot, aus dem Geheimnis seiner besseren Hälfte Gewinn zu ziehen. Er erinnerte sich noch gut der Nacht, als die alte Sally gestorben war, denn der nämliche Tag war ihm durch seinen Heiratsantrag an Mrs Corney unvergesslich geworden; und obwohl ihm diese Dame nie das Geheimnis preisgegeben hatte, dessen einzige Zeugin sie war, so hatte er doch genug gehört, um zu wissen, dass es sich auf ein Ereignis bezog, welches in Zusammenhang mit der Hilfeleistung der alten Hebamme für Oliver Twists junge Mutter stand. Er rief sich schnell diesen Umstand ins Gedächtnis und eröffnete dem Fremden mit geheimnisvoller Miene, die alte Hexe habe sich kurz vor ihrem Tode mit einer Frau eingeschlossen, die ihm, wie er anzunehmen Grund habe, Aufklärung über den Gegenstand seiner Nachforschung geben könne.

„Wie kann ich sie finden?", fragte der Fremde, wobei er seine bisherige Zurückhaltung aufgab und damit zeigte, dass alle seine Befürchtungen, welcher Art sie auch sein mochten, durch diese Nachricht aufs Neue rege wurden.

„Nur durch mich“, antwortete Mr Bumble.

„Wann?“, rief der Fremde hastig.

„Morgen“, versetzte Bumble.

„Abends neun Uhr!“, erwiderte der Fremde. Er zog einen Streifen Papier heraus und zeichnete in Schriftzügen, die seine Erregung verrieten, eine undeutliche Adresse am Ufer des Flusses auf. „Bringen Sie die Frau abends neun Uhr dorthin zu mir. Ich brauche Sie nicht aufzufordern, über diese Angelegenheit strengstes Stillschweigen zu bewahren. Es ist zu Ihrem Vorteil.“

Er ging voraus zur Tür, nachdem er noch haltgemacht hatte, um den Branntwein, den sie getrunken hatten, zu bezahlen. Mit der Bemerkung, dass sie verschiedene Wege hätten, ging er hinaus, ohne weitere Förmlichkeit, als dass er die Stunde ihrer Verabredung für den nächsten Abend nachdrücklich wiederholte.

Ein Blick auf die Adresse belehrte den Kirchspielbeamten, dass sie keinen Namen enthielt. Da der Fremde noch nicht weit entfernt war, lief er hinter ihm her, um ihn zu fragen.

„Was ist das?“, rief der Mann, indem er sich schnell umwandte, als Bumble seinen Arm berührte. „Warum folgen Sie mir?“

„Wollte mir nur eine Frage erlauben“, sagte der andere und deutete auf den Papierstreifen. „Nach welchem Namen soll ich fragen?“

„Monks“, versetzte der Mann und schritt hastig weiter.

Achtunddreißigstes Kapitel

Berichtet, was sich zwischen Mr und Mrs Bumble und Mr Monks bei ihrer nächtlichen Zusammenkunft zutrug

Es war ein dumpfer, drückend schwüler Sommerabend. Die Wolken, die den ganzen Tag über gedroht hatten, breiteten sich als dichte, träge Dunstmasse aus, ließen bereits große Regentropfen niederfallen und schienen ein heftiges Gewitter anzukündigen, als Mr und Mrs Bumble von der Hauptstraße der Stadt zu einer kleinen Gruppe zerstreuter, halb verfallener Häuser abbogen, die ungefähr anderthalb Meilen abseits auf einem ungesunden, sumpfigen Grund hart am Ufer des Flusses lagen.

Beide waren in alte, armselige Mäntel gehüllt, die wohl dem doppelten Zweck dienten, sie zum einen vor dem Regen und zum andern auch vor Beobachtung zu schützen. Mr Bumble trug eine Laterne, deren Licht jedoch noch nicht angezündet war, und ging einige Schritte voraus, als wolle er, da der Weg sehr schmutzig war, seine Ehehälfte in seine schweren Fußstapfen treten lassen. Sie gingen in tiefem Schweigen dahin; Mr Bumble hielt bisweilen an, wandte den Kopf, als wollte er sich überzeugen, dass ihm seine Gefährtin folge, und wenn er bemerkte, dass sie ihm dicht auf den Fersen war, beschleunigte er seine Schritte wieder und eilte mit beträchtlich vermehrter Geschwindigkeit ihrem Ziel zu.

Der Charakter dieses Ortes war keineswegs zweifelhaft; man kannte ihn seit Langem als den Aufenthalt niedrigen Gesindels, das unter dem Vorwand, irgendeiner ehrlichen Beschäftigung nachzugehen, hauptsächlich von Raub und Diebstahl lebte. Es war ein Haufen elender Baracken, die zum Teil aus schlechten Backsteinen, zum Teil aus wurmstichigem Schiffsbauholz ohne Ordnung oder Zusammenhang einige Fuß vom Ufer entfernt flüchtig errichtet worden waren. Ein paar auf den Schlamm gezogene lecke Boote, die an der niedrigen Randmauer befestigt waren, und hier und dort ein Ruder oder ein aufgerolltes Tau schienen anzuzeigen, dass die Bewohner dieser armseligen Hütten ihren Unterhalt von dem Fluss gewönnen; aber ein Blick auf den Zustand dieser Gegenstände, die zerstreut und zwecklos umherlagen, musste einen Vorübergehenden mit Leichtigkeit zu dem Schluss führen, dass sie hier eher zur Wahrung des Scheins als zu wirklicher Verwendung lagen.

Mitten in dieser Gruppe von Hütten stand direkt am Fluss, sodass die oberen Stockwerke über das Wasser hingen, ein großes Gebäude, das früher als Fabrik gedient hatte. Wahrscheinlich hatte sie ehedem den Bewohnern der umliegenden Baracken Brot und Arbeit gegeben. Aber sie war schon seit Langem verfallen. Ratten, Würmer und Nässe hatten die Pfähle, auf denen sie ruhte, zermürbt und zerfressen, sodass bereits ein ansehnlicher Teil des Bauwerks ins Wasser gesunken war, während der schwankende, sich gegen den Strom hin neigende Rest nur auf eine günstige Gelegenheit zu warten schien, seinem früheren Gesellen zu folgen und dessen Schicksal zu teilen.

Vor diesem zerfallenen Haus machte das würdige Paar halt, als zum ersten Mal das Rollen eines fernen Donners die Luft erschütterte und der Regen niederzuströmen anfing.

„Wir werden hierherum suchen müssen", sagte Mr Bumble, wobei er den Papierstreifen, den er in der Hand hielt, zurate zog.

„Hallo, wer da?", rief eine Stimme von oben.

Bumble blickte dem Laut nach in die Höhe und wurde einen Mann gewahr, der sich mit dem Oberleib aus einer Balkontür im zweiten Stock beugte.

„Einen Augenblick Geduld!", rief die Stimme. „Ich werde sofort bei euch sein." Mit diesen Worten verschwand der Kopf, und die Tür schloss sich.

„Ist das der Mann?", fragte Mrs Bumble.

Mr Bumble nickte.

„Nun, dann vergiss nicht, was ich dir gesagt habe", fuhr die Matrone fort, „und sprich so wenig wie möglich, sonst wirst du alles auf einmal verraten."

Mr Bumble, der das Gebäude mit kläglichen Blicken betrachtet hatte, war offensichtlich im Begriff, einen Zweifel darüber auszudrücken, ob ihr Unternehmen zu einer solchen Stunde ratsam sei, als ihm Monks zuvorkam, indem er dicht vor ihnen eine kleine Tür öffnete und die beiden hereinwinkte.

„Geschwind!“, rief er, indem er ungeduldig mit dem Fuß aufstampfte. „Halten Sie mich hier nicht auf!“

Mrs Bumble, die anfangs gezögert hatte, trat jetzt kühn ein, ohne eine weitere Einladung abzuwarten, und Mr Bumble, der sich schämte oder fürchtete zurückzubleiben, folgte ihr, allerdings mit Unbehagen und fast ganz ohne die eigentümliche Würde, die sonst sein Hauptcharakterzug war.

„Was zum Teufel bleiben Sie denn im Regen stehen?“, sagte Monks zu Mr Bumble, als er die Tür von innen verschlossen hatte.

„Wir – wir wollten uns nur ein bisschen abkühlen“, stotterte Bumble und blickte furchtsam umher.

„Abkühlen?“, versetzte Monks. „Aller Regen, der je fiel oder noch fallen wird, vermag das Höllenfeuer nicht zu löschen, das ein Mensch mit sich herumtragen kann. Sie dürfen nicht hoffen, sich so leicht abzukühlen!“

Diese liebenswürdige Anrede richtete Monks mit so wildem Blick an die Matrone, dass sogar diese, die doch nicht leicht einzuschüchtern war, die Augen abwandte und auf den Boden schaute.

„Ist das das Weib?“, fragte Monks.

„Hm! Das ist das Weib“, antwortete Mr Bumble, der Warnung seiner Ehehälfte eingedenk.

„Sie glauben vielleicht, Frauen können keine Geheimnisse bewahren?“, nahm Mrs Bumble das Wort, indem sie Monks’ lauernden Blick erwiderte.

„Jedenfalls bewahren sie *eines* immer so lange, bis es ans Licht kommt“, versetzte Monks.

„Und welches wäre das?“, fragte die Dame.

„Den Verlust ihres guten Namens“, entgegnete Monks, „und dieser Regel entsprechend, fürchte ich auch nicht, dass ein Weib ein Geheimnis ausschwatzt, das ihr den Strick oder die Deportation eintragen kann. Verstehen Sie mich?“

„Nein“, erwiderte Mrs Bumble, leicht errötend.

„Begreiflich“, versetzte Monks ironisch. „Wie sollten Sie auch?“

Er warf dem Paar einen halb drohenden, halb lächelnden Blick zu und winkte ihnen abermals, ihm zu folgen; dann eilte er durch das geräumige, aber niedrige Gemach und schickte sich eben an, eine steile Treppe oder vielmehr Leiter hinanzusteigen, die nach einem andern Flur, wohl einem früheren Warenlager, führte, als das grelle Leuchten eines Blitzes durch die Öffnung herabzuckte und fast gleichzeitig das Krachen des Donners erscholl, das das gebrechliche Gebäude bis in den Grund erschütterte.

„Hört!“, rief er zurückschreckend. „Hört, wie es rollt und kracht, als tönte das Echo aus tausend Höhlen, wo sich die Teufel vor der Donnerstimme verbergen. Ich hasse diesen Klang!“

Er schwieg einige Augenblicke; dann nahm er plötzlich die Hände vom Gesicht, das, wie Mr Bumble mit Entsetzen bemerkte, ganz verzerrt und aschfahl war.

„Ich bin manchmal solchen Anfällen ausgesetzt“, bemerkte Monks, als er Bumbles Unruhe entdeckte, „besonders bei Gewittern. Kümmern Sie sich nicht darum, es ist jetzt alles vorüber.“

Mit diesen Worten stieg er als Erster die Leiter hinauf, schloss hastig die Läden des Raumes, zu dem sie führte, und ließ eine Laterne herunter, die an einem der schweren Deckenbalken mit einer Rolle und einem Strick befestigt war. Sie warf ihr trübes Licht auf einen alten Tisch und drei Stühle, die um ihn herumstanden.

„Nun“, begann Monks, als sie Platz genommen hatten, „je schneller wir unser Geschäft abmachen, desto besser für alle. Das Weib weiß, worum sich's handelt, nicht wahr?“

Die Frage war an Mr Bumble gerichtet, aber seine Frau kam ihm mit der Antwort zuvor und erklärte, dass sie vollkommen davon unterrichtet sei.

„Ist es so, wie er sagt, dass Ihnen die Hexe in der Nacht, als sie starb, etwas anvertraute –“

„Hinsichtlich der Mutter des von Ihnen genannten Knaben?“, unterbrach ihn Mrs Bumble. „Ja.“

„Die erste Frage ist also, worin ihre Mitteilung bestand“, sagte Monks.

„Nein, das ist die zweite“, bemerkte Mrs Bumble mit viel Umsicht. „Die erste ist, was die Mitteilung wert ist.“

„Wer zum Teufel kann das sagen, ohne zu wissen, was sie enthält?“, fragte Monks.

„Niemand besser als Sie, sollte ich meinen“, antwortete Mrs Bumble, der es nicht an Mut gebrach, wie ihr Lebensgefährte zur Genüge bezeugen konnte.

„Hm“, entgegnete Monks bedeutsam und mit dem Blick ängstlicher Neugier. „Ist wohl Geld aus ihr zu machen, he?“

„Vielleicht“, war die besonnene Antwort.

„Man hat ihr etwas abgenommen, nicht wahr?“, erwiderte Monks. „Etwas, das sie trug – etwas –“

„Nun, bieten Sie einmal“, unterbrach ihn Mrs Bumble. „Ich habe bereits genug gehört, um überzeugt zu sein, dass Sie der Mann sind, dem ich etwas zu erzählen habe.“

Mr Bumble, den seine bessere Hälfte nicht tiefer in das Geheimnis eingeweiht hatte, als er es von Anfang an gewesen war, horchte auf diese Unterhaltung mit vorgestrecktem Hals und weit offenen Augen, die er in unverhülltem Staunen bald auf sein Weib, bald auf Monks richtete; und dieses Staunen steigerte sich womöglich noch, als Monks ernstlich nach der Summe fragte, die Mrs Bumble für ihre Mitteilung fordere.

„Was ist sie Ihnen wert?“, fragte das Weib so gelassen wie früher.

„Vielleicht nichts, vielleicht zwanzig Pfund“, versetzte Monks. „Lassen Sie erst hören, was Sie zu sagen haben.“

„Fügen Sie dieser Summe noch fünf Pfund hinzu“, entgegnete das Weib. „Geben Sie mir fünfundzwanzig Pfund in Gold, und Sie sollen alles erfahren, was ich weiß, aber nicht eher.“

„Fünfundzwanzig Pfund?“, rief Monks und wich zurück.

„Ich habe so deutlich wie möglich gesprochen“, erwiderte Mrs Bumble. „Es ist nicht einmal viel.“

„Nicht viel für ein armseliges Geheimnis, das vielleicht keinen Heller wert und schon seit über zwölf Jahren begraben ist?“, rief Monks ungeduldig.

„Solche Dinge halten sich gut und steigen im Wert wie guter Wein, mit der Zeit oft aufs Doppelte“, antwortete die Matrone, die noch immer an ihrer entschlossenen Gleichgültigkeit festhielt. „Und was das Begrabensein anbelangt, so können Leute zwölftausend oder zwölf Millionen Jahre tot sein und endlich doch seltsame Geschichten erzählen von einer Sache, wie Sie oder ich sie kennen.“

„Wie aber, wenn ich das Geld für nichts ausgebe?“, fragte Monks zögernd.

„So können Sie mir's leicht wieder abnehmen“, versetzte Mrs Bumble, „denn ich bin nur ein Weib und an diesem Ort allein und unbeschützt.“

„Weder allein, mein Schatz, noch unbeschützt“, warf Mr Bumble mit vor Furcht zitternder Stimme ein. „Ich bin hier, meine Liebe;

außerdem", fuhr er zähneklappernd fort, „ist Mr Monks zu sehr Ehrenmann, um gewalttätig gegen Kirchspielbeamte vorzugehen. Mr Monks weiß zwar, dass ich kein junger Mensch mehr bin, mein Schatz, und sozusagen nicht mehr in der Blüte meiner Kräfte stehe; aber er hat gehört – das heißt, ich zweifle nicht, Mr Monks hat gehört, meine Liebe –, dass ich ein sehr entschlossener Beamter bin mit nicht alltäglicher Stärke, sobald ich gereizt werde. Man braucht mich bloß ein wenig zu reizen, das ist alles."

Bei diesen Worten machte Mr Bumble einen unglücklichen Versuch, seine Laterne mit wilder Entschlossenheit zu packen, bewies aber durch den ängstlichen Ausdruck in jedem seiner Züge, dass er allerdings, und nicht nur ein wenig, gereizt werden müsse, um eine feindliche Demonstration auszuführen, außer gegen Gemeindebeamte oder andere Leute, die dazu abgerichtet waren.

„Du bist ein Narr und tätest besser, dein Maul zu halten", gab Mrs Bumble zur Antwort.

„Er hätte sich die Zunge abschneiden sollen, ehe er hierherkam, wenn er nicht leiser sprechen kann!", sagte Monks grimmig. „Er ist also Ihr Mann?"

„Er mein Mann!", kicherte die Frau, indem sie der Frage auswich.

„Ich dachte es mir gleich, als Sie eintraten", sprach Monks, als er den zornigen Blick bemerkte, den die Dame bei diesen Worten ihrem Gemahl zuwarf. „Umso besser; ich habe weniger Bedenken, mich mit zwei Leuten einzulassen, sobald ich finde, dass sie nur einen Willen haben. Ich meine es ernst. Sehen Sie her."

Er steckte seine Hand in eine Seitentasche, brachte einen Leinwandbeutel zum Vorschein, zählte fünfundzwanzig Goldstücke auf den Tisch und schob sie dem Weib zu.

„Nun", fuhr er fort, „nehmen Sie das Geld, und wenn der verfluchte Donnerschlag vorüber ist, der, wie ich fühle, gerade über dem Haus losbricht, lassen Sie uns Ihre Geschichte hören."

Sobald der Donner, der in der Tat fast über ihren Häuptern rollte und grollte, nachgelassen hatte, richtete Monks sein Gesicht vom Tisch auf und beugte sich vor, um auf die Worte des Weibes zu lauschen. Die Köpfe der drei Personen berührten einander beinahe, da sich die beiden Männer in ihrer Neugier über den kleinen Tisch lehnten und die Frau das Gleiche tat, um ihr Flüstern vernehmlicher zu machen. Der matte Schein der aufgehängten Laterne fiel gerade auf sie nieder und erhöhte die Blässe und den gespannten Ausdruck ihrer Gesichter, die, von schwärzester Finsternis umrahmt, gespensterhaft aussahen.

„Als dieses Weib, die man die alte Sally nannte, starb“, begann Mrs Bumble, „war ich mit ihr allein.“

„Sonst niemand dabei?“, fragte Monks in demselben hohlen Flüstern. „Keine elende Kranke oder Verrückte in einem andern Bett? Niemand, der etwas hören und möglicherweise verstehen konnte?“

„Keine Seele“, versetzte das Weib. „Wir waren allein. Niemand als ich stand an ihrer Seite, als der Tod eintrat.“

„Gut!“, entgegnete Monks, indem er sie aufmerksam betrachtete. „Weiter!“

„Sie sprach von einem jungen Geschöpf“, nahm Mrs Bumble ihren Bericht wieder auf, „das vor Jahren ein Kind zur Welt brachte, nicht nur in demselben Zimmer, sondern sogar in demselben Bett, auf dem die Alte im Todeskampf lag.“

„Wirklich?“, erwiderte Monks mit zitternden Lippen und blickte schnell hinter sich. „Tod und Teufel! Wie sich die Dinge doch fügen!“

„Das Kind war dasselbe, das Sie gestern Abend dem da nannten“, sagte die Frau und nickte lässig mit dem Kopf zu ihrem Mann hin. „Die Wärterin bestahl seine Mutter.“

„Als sie noch lebte?“, fragte Monks.

„Nein, erst als sie tot war“, antwortete das Weib, und es überflog sie wie ein Schauder. „Sie stahl der Verschiedenen, ehe sie noch kalt war, das, was sie für das Kind aufbewahren sollte, wie die Mutter mit versagendem Atem gebeten hatte.“

„Sie verkaufte es?“, rief Monks mit gespanntester Neugier. „Nicht wahr, sie verkaufte es? Wo? Wann? An wen? Wie lang ist es her?“

„Als sie mir mit äußerster Anstrengung mitgeteilt hatte, dass sie das begangen habe“, versetzte Mrs Bumble, „fiel sie zurück und starb.“

„Ohne mehr dazu zu sagen?“, rief Monks mit einer Stimme, die nur umso wütender schien, als er sie zu dämpfen versuchte. „Es ist eine Lüge! Ich lasse nicht mit mir spielen. Sie sagte mehr! Ich will euch beiden das Herz aus dem Leibe reißen, wenn ich nicht alles erfahre!“

„Sie sprach kein Wort weiter", entgegnete das Weib, im Gegensatz zu ihrem Mann durch die Heftigkeit des Fremden anscheinend nicht im Mindesten aus der Fassung gebracht. „Aber sie hatte mein Gewand wie im Krampf erfasst, und als ich sah, dass sie tot war, und deshalb gewaltsam ihre Hand losmachte, fand ich einen Streifen schmutziges Papier darin."

„Was enthielt es?", fiel Monks ein und beugte sich vor.

„Nichts", erwiderte das Weib, „als eine Quittung aus dem Leihhaus."

„Worüber?", fragte Monks.

„Darauf komme ich noch", antwortete das Weib. „Ich vermute, sie hatte den Zierrat eine Zeit lang aufbewahrt, in der Hoffnung, ihn besser loszuschlagen, und ihn endlich zum Pfandleiher getragen. Sie sparte oder raffte dann stets so viel Geld zusammen, dass sie Jahr für Jahr die Zinsen zu bezahlen vermochte, damit er nicht verfalle und sie ihn wieder einlösen könne, wenn etwas dabei herausschaue. Es bot sich ihr aber keine Gelegenheit, und sie starb, wie gesagt, mit dem zerknitterten und abgegriffenen Papierstreifen in der Hand. Das Pfand wäre nach ein paar Tagen verfallen gewesen, und da ich glaubte, es lasse sich eines Tages daraus Nutzen ziehen, so löste ich es ein."

„Wo ist es jetzt?", fragte Monks rasch.

„Hier", versetzte die Frau und warf, als ob sie froh wäre, es loszuwerden, hastig ein kleines ledernes Beutelchen, kaum groß genug für eine französische Uhr, auf den Tisch, das Monks gierig aufgriff und mit zitternden Händen öffnete. Es enthielt einen einfachen goldenen Trauring und ein kleines goldenes Geschmeide, in dem sich zwei Haarlocken befanden.

„Innen ist der Name Agnes eingraviert", fügte Mrs Bumble hinzu. „Für den Zunamen hat man die Stelle leer gelassen, und dann folgt das Datum, das ungefähr ein Jahr vor der Geburt des Kindes liegt; so viel habe ich herausgefunden."

„Und das ist alles?", sagte Monks, nachdem er den Inhalt des Säckchens genau und sorgfältig untersucht hatte.

„Alles", erwiderte das Weib.

Mr Bumble holte tief Atem, als freue er sich, dass die Geschichte zu Ende sei, ohne dass vom Zurückgeben der fünfundzwanzig Pfund die Rede war. Und nun fasste er auch Mut, den Schweiß abzutrocknen, der während der ganzen Unterhaltung ungehindert über seine Nase gerieselt war.

„Ich weiß von der Geschichte nicht mehr, als ich erraten kann“, sagte Mrs Bumble nach kurzem Schweigen zu Monks, „und verlange auch nicht, mehr davon zu wissen; es ist sicherer. Aber ich möchte noch zwei Fragen an Sie stellen; darf ich?“

„Ja, das dürfen Sie“, antwortete Monks etwas überrascht. „Aber ob ich antworte, ist eine andere Frage.“

„Macht zusammen drei“, versuchte Mr Bumble zu witzeln.

„Wollten Sie dieses Ding da von mir erhalten?“, fragte die Matrone.

„Ja!“, erwiderte Monks. „Die andere Frage?“

„Was beabsichtigen Sie damit? Kann es mich in Ungelegenheiten bringen?“

„Nie!“, erwiderte Monks. „Auch mich nicht. Sehen Sie her, aber tun Sie keinen Schritt vorwärts, sonst ist Ihr Leben keinen Pfifferling wert.“

Mit diesen Worten schob er plötzlich den Tisch beiseite, fasste einen eisernen Ring in den Dielen und öffnete dicht vor Mr Bumbles Füßen eine große Falltür, sodass dieser eilig einige Schritte zurückwich.

„Schauen Sie hinunter“, sprach Monks, indem er die Laterne in die Öffnung hielt. „Fürchten Sie nichts. Ich hätte Sie ganz ruhig hinabstürzen lassen können, als Sie darüber saßen, wenn es meine Absicht gewesen wäre.“

So ermutigt, näherte sich Mrs Bumble dem Rand, und sogar ihr Gatte wagte es, von Neugier getrieben, das Gleiche zu tun. Das trübe, vom Regen angeschwollene Wasser schoss unten so ungestüm dahin, dass jedes andere Geräusch im Tosen der brausenden, gegen die schlammgrünen Pfeiler anschlagenden Wogen unterging. Unten hatte sich einmal eine Mühle befunden, und die Flut, die um die wenigen noch vorhandenen morschen Pfähle und Überreste des Werkes schäumte und sprudelte, schien mit erneuter Kraft vorwärts zu schießen, wenn sie die Hindernisse, die ihren ungestümen Lauf vergeblich anzuhalten suchten, überwunden hatte.

„Wo wäre wohl morgen früh die Leiche, die man hier hinunterwürfe?“, fragte Monks, indem er die Laterne in dem dunklen Schlund hin und her schwingen ließ.

„Zwölf Meilen weiter unten im Fluss und obendrein in Stücke zerrissen“, meinte Bumble, den schon bei dem bloßen Gedanken schauderte. Monks zog das kleine Päckchen, das er rasch zu sich gesteckt hatte, wieder hervor, band es an ein in der Nähe liegendes Stück Blei, das einst zu einem Flaschenzug gehört hatte, und ließ es über der Öffnung aus den Händen. Es fiel senkrecht hinab, teilte das Wasser mit kaum vernehmbarem Klatschen und war verschwunden.

Alle drei blickten einander an und schienen freier zu atmen.

„So!“, sagte Monks, indem er die Falltür schloss, die schwer in ihre frühere Lage zurückfiel. „Wenn das Wasser auch seine Toten wieder herausgibt, wie die Bücher behaupten, so wird es doch sein Gold und Silber und darunter auch diesen Plunder für sich behalten. Wir haben einander nichts mehr zu sagen und können diese angenehme Unterhaltung abbrechen.“

„Freilich, freilich!“, bemerkte Mr Bumble sehr lebhaft.

„Aber dass Sie mir den Mund halten!“, fuhr Monks mit einem drohenden Blick fort. „Wegen Ihres Weibes habe ich keine Sorge.“

„Sie können sich auf mich verlassen, junger Mann“, antwortete Mr Bumble, der sich langsam unter höflichsten Verbeugungen der Leiter näherte. „Sie wissen ja, Mr Monks, es könnte mir so gut wie einem andern schaden.“

„Das ist mir Ihretwegen lieb“, erwiderte Monks. „Zünden Sie Ihre Laterne an, und machen Sie, dass Sie möglichst schnell von hier fortkommen.“

Es war ein Glück, dass die Unterhaltung hier endete, sonst wäre Mr Bumble, der sich bereits bis auf sechs Zoll an die Leiter herankomplimentiert hatte, kopfüber in den Raum darunter gestürzt. Er zündete daher seine Laterne an jener an, die Monks vom Seil genommen hatte und nun in der Hand hielt, und stieg, ohne dass er das Gespräch fortzusetzen versuchte, schweigend hinunter, gefolgt von Mrs Bumble. Monks kam hinterdrein, nachdem er sich vergewissert hatte, dass nichts anderes zu hören war als das Fallen des Regens und das Rauschen des Wassers. Sie gingen langsam und vorsichtig über den Hausflur, denn Monks fuhr vor jedem Schatten behänd zurück, und Mr Bumble, der seine Laterne nur einen Fuß über dem Boden hielt, schritt nicht nur mit merkwürdiger Bedachtsamkeit, sondern auch mit einer Leichtigkeit dahin, die bei einem

Die Beweisstücke werden vernichtet

Mann seines Umfangs etwas Erstaunliches an sich hatte, während er sich fahrig nach verborgenen Falltüren umsah. Monks entriegelte und öffnete sacht die Tür, durch die sie eingetreten waren, und nachdem sich die Eheleute mit einem einfachen Nicken von ihrem rätselhaften Bekannten verabschiedet hatten, traten sie in Nacht und Regen hinaus.

Sie hatten sich kaum entfernt, als Monks, der einen unüberwindlichen Widerwillen gegen das Alleinsein zu hegen schien, einen Knaben rief, der sich unten irgendwo versteckt hatte. Er hieß ihn mit dem Licht vorangehen und kehrte in das Gemach zurück, das er eben verlassen hatte.

Neununddreißigstes Kapitel

Führt einige achtbare Personen ein, mit denen der Leser bereits bekannt ist, und zeigt, wie Monks und der Jude ihre würdigen Köpfe zusammenstecken

Am Abend nach jenem Tag, an dem das im vorigen Kapitel erwähnte, würdige Kleeblatt über das berichtete Geschäft einig wurde, erwachte Mr William Sikes von einem Schläfchen und fragte schlaftrunken und brummend, welche Zeit es sei.

Die Stube, in der Sikes lag, war keine von denen, die er vor dem Chertseyer Unternehmen bewohnt hatte, obgleich sie sich im selben Stadtviertel, nicht fern von seinen alten Unterkünften, befand. Sie war nicht so stattlich wie seine früheren Quartiere, sondern ein armseliges, schlecht möbliertes Gemach, dazu sehr klein, und erhielt nur durch ein einziges winziges, auf ein enges, schmutziges Gässchen hinausgehendes Dachfenster Licht. Auch sonst fehlte es nicht an Anzeichen dafür, dass der Ehrenmann in der letzten Zeit ziemlich heruntergekommen war; denn die spärlichen Möbel, völliger Mangel an Bequemlichkeit und das Fehlen anderen Besitzes wie kleiner Kleider- und Wäschevorräte deuteten auf äußerste Armut, und Mr Sikes' abgemagertes Aussehen hätte diese Anzeichen bestätigt, wenn es dessen bedurft hätte.

Der Dieb lag, in seinen weißen Überzieher gehüllt, den er als Schlafrock benutzte, auf dem Bett und machte ein Gesicht, das durch seine krankhafte Leichenfarbe, durch eine schmutzige Nachtmütze und den eine Woche alten schwarzen Stoppelbart nicht verschönt wurde. Der Hund lag neben dem Bett und blickte bald achtsam auf seinen Herrn, bald spitzte er die Ohren und knurrte leise, wenn ein Geräusch auf der Straße oder in den unteren Stockwerken des Hauses seine Aufmerksamkeit auf sich zog. Am Fenster saß, mit dem Ausbessern einer alten Weste beschäftigt, die zum gewöhnlichen Anzug des Gauners gehörte, eine blasse weibliche Gestalt. Durch Entbehrungen und Nachtwachen war sie so heruntergekommen, dass man in ihr nicht leicht dieselbe Nancy wiedererkannt hätte, die in dieser Erzählung schon eine Rolle gespielt hat, es sei denn an der Stimme, mit der sie Sikes' Frage beantwortete.

„Es hat erst vor Kurzem sieben geschlagen“, sagte sie. „Wie fühlst du dich heute Abend, Bill?“

„So schwach wie Wasser“, antwortete Mr Sikes, indem er seine Augen und Glieder verwünschte. „Komm, gib mir die Hand, damit ich aus diesem verfluchten Bett komme.“

Die Krankheit hatte Sikes' Gemüt nicht gebessert; als ihm das Mädchen aufhalf und ihn zu einem Stuhl führte, stieß er einige Flüche über ihre Ungeschicklichkeit aus und schlug sie.

„Flennst du schon wieder?“, fragte Sikes. „Lass das Geplärr! Wenn du nichts Besseres zu tun weißt, so hau ab. Hörst du?“

„Ich höre“, versetzte das Mädchen, indem es das Gesicht abwandte und zu lachen versuchte. „Was für Grillen hast du denn wieder im Kopf?“

„Ah, du hast dich anders besonnen“, grollte Sikes, als er die Tränen bemerkte, die in ihrem Auge zitterten. „Umso besser für dich.“

„Nun, du willst doch nicht sagen, dass du mich heute unfreundlich behandeln möchtest, Bill?“, versetzte das Mädchen und legte die Hand auf seine Schulter.

„Nun – warum sollte ich nicht?“, rief Mr Sikes.

„So viele Nächte“, entgegnete das Mädchen mit einem Anflug weiblicher Zärtlichkeit, die selbst ihrer Stimme eine gewisse Weichheit verlieh, „so viele Nächte habe ich Geduld mit dir gehabt, hab dich wie ein Kind gehegt und gepflegt, und jetzt sehe ich dich zum ersten Mal wieder bei Besinnung. Du hättest mich nicht so behandelt wie jetzt, wenn du daran gedacht hättest, nicht wahr? Ach, sag doch, du hättest es nicht getan!“

„Nun ja“, erwiderte Sikes, „ich hätt's wahrscheinlich nicht getan. Aber, verdammt, da fängt sie schon wieder zu flennen an!“

„Es ist nichts“, sagte das Mädchen und warf sich auf einen Stuhl. „Kümmere dich nicht um mich, es geht bald vorüber.“

„Was geht vorüber?“, fragte Sikes wild. „Was für einfältiges Zeug ist das wieder? Steh auf, tu was und komm mir nicht wieder mit deinem Weiberunsinn.“

Zu jeder andern Zeit hätten diese Ermahnungen und der Ton, in dem sie ausgesprochen wurden, die gewünschte Wirkung gehabt; aber das Mädchen war wirklich erschöpft, ließ den Kopf über die Stuhllehne sinken und wurde ohnmächtig, ehe Mr Sikes einige geeignete Flüche ausstoßen konnte, mit denen er bei ähnlichen Gelegenheiten seine Drohungen auszuschmücken pflegte. Da er nicht recht wusste, was in diesem Fall zu tun sei, denn Miss Nancys Anfälle waren meistens von jener heftigen Art, die der Patient ohne sonderlichen Beistand selbst durchkämpft, versuchte er es zuerst mit ein bisschen Gotteslästerung, und als sich diese Behandlung als ganz unwirksam erwies, rief er um Hilfe.

„Was ist denn hier los, mein Lieber?“, fragte der Jude, indem er in die Stube blickte.

„Da, hilf dem Mädchen, wenn du kannst“, versetzte Sikes ungeduldig, „und steh nicht hier herum, um zu plappern und mich anzugrinsen.“

Mit einem Ausruf der Überraschung beeilte sich Fagin, dem Mädchen Beistand zu leisten, während Mr John Dawkins, sonst auch der Dodger genannt – er war hinter seinem ehrenwerten Freund eingetreten –, schnell ein Bündel, das er trug, zu Boden warf, Master Charley Bates, der ihm auf den Fersen folgte, eine Flasche aus der Hand riss, sie in Windeseile mit den Zähnen entkorkte und der Kranken einen Teil ihres Inhalts in den Mund goss, nachdem er ihn, um jeden Irrtum zu vermeiden, gekostet hatte.

„Bring ihr mit dem Blasebalg etwas frische Luft unter die Nase, Charley“, sagte Mr Dawkins, „und Sie, Fagin, kitzeln Sie ihr die Handflächen, während ihr Bill die Kleider aufmacht.“

Ihre vereinten und mit großer Energie unternommenen Wiederbelebungsversuche, besonders aber der Anteil, der Master Bates zugedacht war und ihm namenloses Vergnügen zu bereiten schien, hatten bald die gewünschte Wirkung. Das Mädchen kam allmählich wieder zu sich, wankte nach einem Stuhl beim Bett, verbarg das Gesicht in den Kissen und überließ es Sikes, die unerwarteten neuen Ankömmlinge mit einigem Erstaunen zu begrüßen.

„Na, welcher böse Wind hat dich hergeblasen?“, fragte er Fagin.

„Kein böser Wind, mein Bester“, versetzte der Jude, „denn böse Winde blasen keinem etwas Gutes zu, und ich habe Euch etwas Gutes mitgebracht; es wird Euch freuen. Dawkins, mein Guter,

Mr Fagin und seine jungen Freunde helfen Nancy

mach das Bündel auf, und gib Bill die Kleinigkeiten, für die wir heute Morgen all unser Geld ausgegeben haben."

Mr Fagins Aufforderung folgend, öffnete der Dodger das große Bündel, das aus einem zusammengeschlagenen alten Tischtuch bestand, und übergab den Inhalt Stück für Stück Charley Bates, der die Gegenstände auf den Tisch legte, wobei er ihre Seltenheit und Vortrefflichkeit mit vielen Lobsprüchen bedachte.

„Eine Kaninchenpastete, Bill!", rief der junge Herr und zeigte eine ungeheure Pastete vor. „Köstliche Tierchen, mit so zarten Gliedmaßen, Bill, dass einem sogar die Knochen im Munde zergehen und man sie nicht abzunagen braucht; ein halbes Pfund Tee zu achteinhalb Shilling, so köstlich stark, dass er, wenn Sie ihn mit kochendem Wasser mischen, beinahe den Deckel der Kanne in die Höhe hebt; anderthalb Pfund brauner Zucker, wie ihn die Nigger früher nie so vortrefflich lieferten; hier zwei Maß Hirsegrütze, ganz frisch gemahlen; ein Stück herrlicher Glosterkäse; und endlich – das Beste von allem, etwas von der feinsten Sorte, die du je gekostet hast."

Bei dieser letzten Lobeshymne zog Master Bates aus seiner umfangreichen Tasche eine große, sorgfältig verstöpselte Weinflasche, während gleichzeitig Mr Dawkins aus der Flasche, die er in der Hand hatte, ein Glas mit starkem Branntwein füllte, den der Kranke unverzüglich in seine Kehle goss.

„Ah!", sagte der Jude und rieb sich zufrieden die Hände. „Das wird Euch guttun, Bill, gut werdet Ihr dabei fahren."

„Gut dabei fahren?", rief Mr Sikes. „Ich hätte zwanzigmal abfahren können, ehe du Miene machtest, mir zu helfen. Was soll das heißen, dass du einen drei Wochen und noch länger in einem solchen Zustand liegen lässt, du falscher Hund?"

„Da, hört das bloß an, Jungs!", erwiderte der Jude achselzuckend. „Und wir kommen her, um ihm alle diese herrlichen Sachen zu bringen."

„Gegen die hab ich nichts einzuwenden", bemerkte Sikes ein wenig besänftigt, als er den Tisch überblickte. „Aber wie willst du's entschuldigen, dass du mich krank, ohne Nahrung, ohne Geld und ohne alles hast liegen lassen und dich diese ganze lange Zeit nicht weiter um mich gekümmert hast, als wäre ich der Hund da. Jag ihn hinunter, Charley!"

„Ich habe nie einen so komischen Hund gesehen!", rief Master

Bates, indem er Sikes' Verlangen erfüllte. „Er riecht gleich den Braten, wie eine alte Frau, die auf den Markt geht! Das Tier könnte sein Glück auf dem Theater machen und das Schauspiel neu beleben."

„Still, Bestie!", rief Sikes, als sich der Hund mit zornigem Knurren unter das Bett zurückzog. „Nun, was kannst du vorbringen, du morscher, alter Zaunpfahl, he?"

„Ich war über eine Woche von London fort, mein Bester, in Geschäften", antwortete der Jude.

„Und die andern vierzehn Tage?", fragte Sikes. „Warum hast du mich die andern vierzehn Tage hier liegen lassen wie eine kranke Ratte im Loch?"

„Ich konnte es nicht ändern, Bill", entgegnete der Jude. „Ich kann mich in Gesellschaft auf keine lange Erörterung einlassen; aber es war nicht möglich, bei meiner Ehre."

„Bei deiner – was?", grollte Sikes mit höchster Verachtung. „Da, ihr Jungen, schneide mir einer ein Stück Pastete ab, damit ich den Geschmack seiner Ehre aus dem Mund bringe, sonst würgt's mich zu Tode."

„Nicht so hitzig, Freundchen", erwiderte der Jude unterwürfig. „Ich habe Euch nie vergessen, Bill, keinen Augenblick."

„Nein, darauf will ich wetten", versetzte Sikes mit bitterem Hohn. „Die ganze Zeit über, die ich heiß und kalt im Fieber dalag, hast du Pläne ausgeheckt; und Bill sollte dies und Bill sollte das tun, um einen Sünderlohn, sobald er wieder gesund und arm genug wäre, für dich zu arbeiten. Hätte ich das Mädchen nicht gehabt, ich hätte umkommen können."

„Das ist's eben, Bill", griff der Jude hastig diese Bemerkung auf, „wenn Ihr das Mädchen nicht gehabt hättet! Wer hat Euch denn so ein Mädchen verschafft, wenn nicht der arme alte Fagin?"

„Da hat er recht!", sagte Nancy und trat rasch vor. „Lass ihn in Frieden, lass ihn in Frieden."

Nancys Einmischung gab der Unterhaltung eine neue Wendung, denn die Jungen begannen, auf einen Wink des verschmitzten alten Juden hin, ihr mit Branntwein zuzusetzen. Sie genoss jedoch nur wenig davon, während Fagin, der eine ungewöhnliche Heiterkeit zur Schau trug, allmählich Mr Sikes in bessere Laune brachte, indem er tat, als betrachte er dessen Drohungen nur als kleine, lustige

Scherze; außerdem lachte er herzlich über ein paar derbe Witze, zu denen sich der Einbrecher gnädig herabließ, nachdem er wiederholt der Branntweinflasche zugesprochen hatte.

„Das wäre alles recht schön“, sagte Sikes, „aber ich muss noch heute Moos von dir haben.“

„Ich habe keinen Heller bei mir“, versetzte der Jude.

„Dann hast du ganze Scheffel voll zu Hause“, entgegnete Sikes, „und musst mir welche von dort besorgen.“

„Scheffel?“, rief der Jude mit erhobenen Händen. „Ich habe nicht so viel wie –“

„Ich weiß nicht, wie viel du hast, und ich wette, du weißt es selbst kaum, da du ziemlich lang brauchen würdest, es zu zählen“, erwiderte Sikes, „aber ich muss noch heute Abend Geld haben – ohne Widerrede.“

„Nun gut“, sagte der Jude mit einem Seufzer, „ich will gleich den Dodger damit herschicken.“

„Nichts da!“, versetzte Mr Sikes. „Der Dodger ist mir viel zu gerissen, er würde das Wiederkommen vergessen oder den Weg verfehlen, oder er würde geschnappt und dadurch abgehalten oder fände sonst eine Ausflucht, wenn du’s ihm auftrügst. Nancy soll mit in deine Höhle gehen, das ist sicherer, und während sie fort ist, will ich mich hinlegen und ein bisschen schlafen.“

Nach vielem Feilschen und Hadern drückte der Jude den Betrag des verlangten Vorschusses von fünf auf drei Pfund vier Shilling und sechs Pence herunter, wobei er wiederholt feierlich beteuerte, dass ihm dann nur noch achtzehn Pence blieben. Mr Sikes bemerkte mürrisch, dass er sich damit begnügen müsse, wenn er nicht mehr bekommen könne, und Nancy schickte sich an, den Juden heimzubegleiten, während Dawkins und Bates die Esswaren in den Wandschrank stellten. Dann nahm Fagin Abschied von seinem liebenswürdigen Freund und trat, von Nancy und den beiden Jungen begleitet, den Rückweg an, indes sich Mr Sikes aufs Bett warf, um die Zeit zu verschlafen, bis das Mädchen zurückkäme.

In der Wohnung des Juden fanden sich Toby Crackit und Mr Chitling in ihr fünfzehntes Spiel Cribbage vertieft, das, wie kaum gesagt zu werden braucht, der Letztgenannte verlor samt seinem fünfzehnten und letzten Sixpencestück, zum großen Vergnügen seiner jungen Freunde. Mr Crackit, der sich anscheinend schämte, in einer solchen Unterhaltung mit einem Menschen betroffen zu werden, der an Rang und Geistesgaben so weit unter ihm stand, fragte gähnend nach Sikes und nahm seinen Hut, um zu gehen.

„Ist niemand hier gewesen, Toby?“, fragte der Jude.

„Keine Menschenseele“, antwortete Mr Crackit, wobei er seinen Hemdkragen in die Höhe zupfte. „’s war so traurig wie in der Kirche. Ihr dürftet wohl mit etwas Schönem herausrücken, Fagin, zum Lohn, dass ich Euch das Haus so lang gehütet habe. Verdammt, mir ist so flau wie einem Geschworenen, und ich wäre so fest eingeschlafen wie in Newgate, wenn ich nicht so gutmütig gewesen wäre, diesen jungen Menschen da zu unterhalten. Schrecklich langweilig, hol mich der Teufel, wenn’s nicht wahr ist!“

Unter diesen und ähnlichen Ausrufen strich Mr Toby Crackit seinen Gewinn ein, steckte ihn mit so hochmütiger Miene in die Westentasche, als wären solche kleinen Silberstücke der Beachtung eines Mannes von seinem Format gar nicht wert, und verließ das Zimmer in so feiner und vornehmer Haltung, dass Mr Chitling noch viele bewundernde Blicke auf seine Beine und Stiefel warf, bis er sie aus dem Gesicht verlor. Dabei versicherte er, dass ihm diese Bekanntschaft um fünfzehn Sixpence wohlfeil erkauft scheine und dass er deshalb seinen Verlust für nichts erachte.

„Du bist ein wunderlicher Kerl, Tom“, meinte Master Bates, den diese Erklärung höchlich ergötzte.

„Nicht im Mindesten“, versetzte Mr Chitling. „Oder, Fagin?“

„Nein, nein, mein Lieber, du bist ein ganz gescheiter Bursche“, sagte der Jude, indem er ihm auf die Achsel klopfte und seinen anderen Zöglingen zublinzelte.

„Und Mr Crackit ist wirklich ein eleganter Kerl, nicht wahr, Fagin?“, fragte Tom.

„Ohne Zweifel, mein Lieber“, entgegnete der Jude.

„Und es ist wirklich eine Ehre, mit ihm bekannt zu sein, nicht wahr, Fagin?“, fuhr Tom fort.

„Eine sehr große sogar, mein Bester“, erwiderte der Jude. „Sie sind nur eifersüchtig, Tom, weil er sich nicht mit ihnen abgibt.“

„Ach, so ist das!“, rief Tom triumphierend. „Er hat mich zwar ausgeplündert, aber ich kann ja hingehen und mir wieder etwas erwerben, wenn ich mag, nicht, Fagin?“

„Freilich kannst du’s“, versetzte der Jude, „und je eher du es tust,

Tom, desto besser. Mach deinen Verlust schnell wieder wett, und vertrödle keine Zeit. Dawkins, Charley, auch ihr solltet losgehen; es ist bald zehn Uhr, und noch nichts ist geschehen."

Diesem Wink gehorchend, nickten die Jungen Nancy zu, nahmen ihre Hüte und verließen das Zimmer. Der Dodger und sein lebhafter Freund machten sich unterwegs über Mr Chitling lustig, obgleich dessen Benehmen, wenn man gerecht sein will, nichts besonders Auffallendes oder Eigentümliches an sich hatte, zumal es ja allerorten viele geistreiche junge Herren gibt, die weit höhere Summen aufwenden als Mr Chitling, um sich in guter Gesellschaft sehen zu lassen, und viele feine Herren, die zu ebendieser guten Gesellschaft gehören und ihren Ruf auf nichts anderes gründen als der schmucke Toby Crackit.

„Nun", sagte der Jude, als die Jungen das Zimmer geräumt hatten, „ich will Ihnen jetzt das Geld holen, Nancy. Dieser Schlüssel da gehört zu einem kleinen Schrank, in dem ich den Kram aufbewahre, den die Jungen heimbringen, meine Liebe. Ich schließe mein Geld nicht ein, weil ich keins einzuschließen habe; hahaha! – Keins zum Einschließen; 's ist ein armseliges Gewerbe, Nancy, und lohnt sich nicht; aber ich habe die jungen Leute gern um mich, und so behilft man sich eben, behilft man sich. – Pst", sagte er, indem er hastig den Schlüssel in seiner Brusttasche verbarg, „wer ist das? Horch!"

Das Mädchen, das mit gekreuzten Armen am Tisch saß, schien sich keineswegs um den Besuch zu kümmern oder danach zu fragen, ob die Person, wer immer sie sein mochte, kam oder ging, bis das Geflüster einer Männerstimme an ihr Ohr drang. Sobald sie jedoch diesen Ton vernahm, riss sie blitzschnell Hut und Halstuch ab und warf beides unter den Tisch. Als sich der Jude gleich darauf umwandte, klagte sie mit matter Stimme, die zu ihrer hastigen, schroffen Bewegung in deutlichem Gegensatz stand, dass ihr heiß wäre. Ihre rasche Handlung aber war Fagin entgangen, da er ihr gerade zu dieser Zeit den Rücken gekehrt hatte.

„Ah", flüsterte der Jude, als ärgere ihn die Unterbrechung, „es ist der Mann, den ich vorhin erwartete; er kommt die Treppe herunter. Kein Wort von dem Geld, solang er da ist, Nancy. Er wird nicht lang bleiben – keine zehn Minuten."

Indem er den dürren Zeigefinger an die Lippen legte, trug der Jude, da sich draußen auf der Stiege der Tritt eines Mannes vernehmen ließ, ein Licht zur Tür. Er erreichte sie gleichzeitig mit dem Besucher, der rasch ins Zimmer trat und dicht vor dem Mädchen stand, ehe er sie gewahr wurde.

Es war Monks.

„Sie gehört zu meinen Leuten“, erklärte der Jude, als er bemerkte, dass Monks beim Anblick eines fremden Gesichts zurückfuhr. „Bleiben Sie ruhig sitzen, Nancy.“

Das Mädchen rückte dichter an den Tisch, blickte gleichgültig auf Monks und wandte dann ihre Augen ab; als sich jedoch dieser zu dem Juden umdrehte, schielte sie so aufmerksam und lauernd nach ihm, dass einer, der die Veränderung beobachtet hätte, im Zweifel gewesen wäre, ob beide Blicke von ein und derselben Person ausgegangen seien.

„Neuigkeiten?“, fragte der Jude.

„Wichtige.“

„Und – und – gute?“, fragte der Jude zögernd, als fürchte er, den andern durch allzu lebhafte Neugier zu reizen.

„Jedenfalls keine schlechten“, versetzte Monks mit einem Lächeln. „Ich bin diesmal rasch genug bei der Hand gewesen. Doch ich möchte ein Wort mit Euch allein sprechen.“

Das Mädchen rückte noch näher an den Tisch heran und machte keine Anstalten, das Zimmer zu verlassen, obgleich sie sehen konnte, dass Monks auf sie deutete. Der Jude, der vielleicht fürchtete, sie möchte etwas von dem Geld verlauten lassen, wenn er sie gehen hieß, deutete nach oben und verließ mit Monks das Zimmer.

„Nur nicht wieder in das höllische Loch, in dem wir letzthin waren“, hörte Nancy den Mann sagen, als sie die Treppe hinaufgingen. Der Jude lachte, erwiderte etwas, das sie nicht mehr verstand, und schien, nach dem Knarren der Dielen zu schließen, seinen Freund ins zweite Stockwerk hinaufzuführen.

Noch ehe ihre Schritte im Haus verhallt waren, streifte das Mädchen die Schuhe ab, zog ihr Kleid leicht über den Kopf, verbarg ihre Arme in seinen Falten und horchte mit atemloser Spannung an der Tür. Sobald sie nichts mehr hörte, glitt sie aus dem Zimmer, flog unglaublich leicht und geräuschlos die Treppe hinauf und verlor sich oben in der Dunkelheit.

Das Zimmer blieb über eine Viertelstunde verlassen; dann huschte das Mädchen in derselben gespenstischen Weise zurück, und gleich darauf hörte man auch die beiden Männer heruntersteigen. Monks verließ sogleich das Haus, und der Jude bemühte sich abermals die Treppe hinauf, um das Geld zu holen. Als er zurückkam, rückte sich das Mädchen eben Halstuch und Hut zurecht, als ob sie sich zum Gehen anschickte.

„Ei, Nancy!“, rief der Jude erschrocken, als er das Licht auf den Tisch setzte. „Wie blass Sie sind!“

„Blass?“, wiederholte das Mädchen, indem es die Augen mit den Händen beschattete, als wolle es ihn fest ansehen.

„Ganz entsetzlich“, sagte der Jude. „Was haben Sie denn getrieben?“

„Nichts, das ich wüsste, außer dass ich, weiß Gott wie lange in dieser dumpfen Stube gesessen habe“, entgegnete das Mädchen unbekümmert. „Nun, lassen Sie mich gehen, das ist mir lieber.“

Fagin zählte ihr das Geld in die Hand, wobei er jedes Stück mit einem Seufzer begleitete, und darauf trennten sie sich mit einem einfachen Gutenachtwunsch.

Auf der Straße setzte sich das Mädchen zuerst einmal auf eine Türschwelle nieder und schien einige Minuten ganz verwirrt und unfähig, seinen Weg fortzusetzen. Dann erhob sie sich plötzlich, eilte in einer Richtung fort, die nicht zu Sikes’ Wohnung führte, und beschleunigte ihre Schritte immer mehr, bis sie wild zu laufen anfing. Endlich hielt sie erschöpft inne, um Atem zu holen, und als ob ihr nun plötzlich ihre Unfähigkeit, ihre Absicht auszuführen, jammervoll zum Bewusstsein käme, rang sie verzweifelt die Hände und brach in Tränen aus.

Möglich, dass ihr die Tränen Erleichterung verschafften oder dass sie die Hoffnungslosigkeit ihrer Lage einsah, jedenfalls kehrte sie um, rannte, teils um die verlorene Zeit einzubringen, teils um mit dem ungestümen Strom ihrer Gedanken Schritt zu halten, fast mit derselben Geschwindigkeit in die entgegengesetzte Richtung und erreichte bald die Wohnung, wo sie den Einbrecher allein gelassen hatte.

Wenn ihr noch irgendwelche Aufregung anzumerken war, als sie ins Zimmer trat, so fiel sie Mr Sikes jedenfalls nicht auf, denn er fragte bloß, ob sie das Geld bringe, brummte auf die bejahende Antwort zufrieden vor sich hin, legte den Kopf wieder aufs Kissen und setzte den durch ihre Ankunft unterbrochenen Schlaf fort.

Es war ein Glück für das Mädchen, dass der Besitz des Geldes

Mr Sikes am nächsten Tag so viel mit Essen und Trinken zu tun gab und überhaupt eine so wohltuende Wirkung auf sein barsches Wesen ausübte, dass er weder Zeit noch Lust hatte, auf Nancys Benehmen besonders zu achten. Der luchsäugige Jude hätte sicher bemerkt, dass sie in der zerstreuten und aufgeregten Stimmung eines Menschen war, der vor einem kühnen und gefährlichen Schritt steht, zu dem er sich nur nach einem harten Kampf hat entschließen können, und wäre wahrscheinlich darüber in Angst geraten; aber Mr Sikes besaß nicht diesen Scharfblick und ließ sich durch keine feineren Anzeichen beunruhigen als durch die, die sich in mürrischem, barschem Wesen gegen jedermann äußern; und da er, wie gesagt, in ungewöhnlich guter Laune war, sah er nichts Besonderes in ihrem Wesen und kümmerte sich überhaupt so wenig um sie, dass selbst eine weit auffallendere Unruhe in ihm wahrscheinlich keinen Verdacht geweckt hätte.

Je näher der Abend heranrückte, desto mehr steigerte sich die Erregung des Mädchens; und als sie bei zunehmender Dunkelheit neben dem Gauner saß und darauf wartete, dass er sich in Schlaf trinken werde, lag eine so ungewohnte Blässe auf ihren Wangen und brannte ein solches Feuer in ihren Augen, dass selbst Sikes sich darüber wunderte.

Der Dieb, durch das Fieber geschwächt, lag im Bett, trank seinen Branntwein, damit er ihn weniger aufrege, mit heißem Wasser vermischt und hatte Nancy eben sein Glas hingereicht, um es zum dritten oder vierten Mal wieder füllen zu lassen, als ihm diese Anzeichen zum ersten Mal auffielen.

„Zum Henker!“, rief der Mann, indem er sich im Bett aufrichtete und dem Mädchen ins Gesicht stierte. „Du siehst aus wie eine wandelnde Leiche. Was fehlt dir denn?“

„Was mir fehlt?“, versetzte das Mädchen. „Nichts! Warum starrst du mich so an?“

„Was für eine Dummheit ist denn das wieder?“, brach Sikes los, indem er sie am Arm fasste und tüchtig schüttelte. „Was gibt’s? Was soll das bedeuten? Wo hast du deine Gedanken, he?“

„Bei so manchem, Bill“, entgegnete das Mädchen schaudernd und hielt seine Hände über die Augen. „Aber du lieber Gott, wundert dich das?“

Die gezwungene Heiterkeit, mit der sie die letzten Worte sprach, schien auf Sikes tieferen Eindruck zu machen als der wirre und starre Blick vorher.

„Ich will dir sagen, was los ist“, fuhr Sikes fort. „Wenn du nicht das Fieber erwischt hast und nun selbst krank wirst, dann liegt etwas Unheimliches in der Luft und obendrein etwas Gefährliches. Du wirst doch nicht hingehen zu – nein, verdammt, so was kannst du nicht tun!“

„Was tun?“, fragte das Mädchen.

„Es gibt“, murmelte Sikes vor sich hin, indem er sie unverwandt ansah, „es gibt auf der ganzen Welt keine treuere und zuverlässigere Dirne, sonst hätte ich ihr schon vor drei Monaten die Kehle durchgeschnitten. Sie hat sich das Fieber geholt, das ist alles.“

Mit dieser Versicherung beruhigte sich Sikes. Er leerte sein Glas bis auf den Grund und verlangte dann unter vielen gemurmelten Flüchen seine Arznei. Das Mädchen sprang rasch auf, goss, indem es ihm den Rücken zuwandte, das Verlangte in eine Tasse und hielt sie ihm an die Lippen, während er den Inhalt schlürfte.

„Nun“, sagte der Gauner, „komm und setz dich an meine Seite; zeig mir aber dein gewöhnliches Gesicht, oder ich will's dir so verändern, dass du's nicht wiedererkennst, wenn du auch möchtest.“

Das Mädchen gehorchte, Sikes umschloss ihre Hand mit der seinen und legte sich aufs Kissen zurück, wobei er sie wiederum anschaute. Die Augen fielen ihm bald zu, taten sich wieder auf, schlossen sich abermals und öffneten sich wieder. Er wälzte sich rastlos umher, schlief wiederholt einige Minuten, schrak ebenso oft mit entsetztem Blick auf, stierte ausdruckslos um sich und fiel dann plötzlich, als er sich eben aufrichten wollte, in tiefen, schweren Schlaf. Seine Hand öffnete sich, der erhobene Arm fiel schlaff an seiner Seite nieder, und der Einbrecher lag wie in tiefer Betäubung da.

„Das Schlafmittel hat endlich seine Wirkung getan“, murmelte das Mädchen, als sie von seinem Bett aufstand. „Aber vielleicht ist's jetzt schon zu spät.“

Sie nahm rasch Hut und Halstuch und sah sich immer wieder ängstlich um, als ob sie trotz des Schlaftrunks jeden Augenblick den Druck von Sikes' schwerer Hand auf der Schulter zu fühlen fürchtete; dann beugte sie sich langsam über das Bett, küsste die Lippen des Diebes, öffnete und schloss leise die Zimmertür und huschte aus dem Haus.

Ein Nachtwächter rief in einem dunklen Gässchen, durch das sie gehen musste, um in die Hauptstraße zu gelangen, halb zehn aus.

„Ist's schon lange halb zehn vorbei?“, fragte das Mädchen.

„In einer Viertelstunde wird es die volle Stunde schlagen“, versetzte der Mann und leuchtete ihr mit der Laterne ins Gesicht.

„In weniger als einer guten Stunde kann ich nicht dort sein“, flüsterte Nancy, schlüpfte rasch an dem Mann vorbei und hastete die Straße hinunter.

In den Haupt- und Nebenstraßen, durch die sie ihren Weg von Spitalfields nach dem Londoner Westend nahm, waren viele Läden bereits geschlossen. Als die Glocke zehn schlug, nahm ihre Ungeduld noch zu. Sie jagte auf dem schmalen Pflaster dahin, stieß da und dort an Vorübergehende, glitt fast unter den Köpfen der Pferde hinweg und überquerte belebte Straßen, während die andern Leute in Gruppen dastanden und warteten, bis sich ihnen eine günstige Gelegenheit dazu bot.

„Das Weibsbild ist toll!“, hieß es, und alles blickte ihr nach, wie sie davonstürzte.

Als sie den wohlhabenderen Teil der Stadt erreichte, wurden die Straßen vergleichsweise einsamer, und ihr ungestümes Eilen erregte hier bei den Menschen, die sie traf, noch mehr Neugierde. Einige beschleunigten ihre Schritte und liefen hinter ihr her, um zu sehen, wohin sie in so ungewöhnlicher Hast wolle; andere überholten sie sogar und blickten sich um, erstaunt über ihre unverminderte Geschwindigkeit, aber bald blieb einer nach dem andern zurück, und als sie sich ihrem Ziel näherte, war sie allein.

Es war eine Familienpension in einer ruhigen, aber schönen Straße in der Nähe des Hydepark. Als sie an der Tür, vor der ein helles Gaslicht brannte, anlangte, schlug die Uhr elf. Sie zögerte einige Augenblicke, als müsse sie sich erst zu einem Entschluss aufraffen; aber der Stundenruf gab den Ausschlag, und sie trat in den Hausflur. Die Pförtnerstube war leer. Sie blickte unsicher umher und ging auf die Treppe zu.

„Nun, junge Frau“, rief eine hübsch gekleidete Frauensperson, die ihr aus einer Tür nachblickte, „zu wem wollen Sie?“

„Zu einer Dame, die in diesem Haus wohnt“, antwortete das Mädchen.

„Zu einer Dame?“, war die von einem verächtlichen Blick begleitete Antwort. „Zu was für einer Dame?“

„Zu Miss Maylie“, versetzte Nancy.

Das Frauenzimmer, das inzwischen Nancys Äußeres gemustert hatte, antwortete nur mit einem Blick tugendhafter Geringschätzung und forderte einen Diener auf, ihr Auskunft zu geben; diesem trug Nancy ihr Anliegen aufs Neue vor.

„Wen soll ich melden?“, fragte der Bediente.

„Der Name tut nichts zur Sache“, versetzte Nancy.

„Und was wollen Sie?“, fuhr er fort.

„Auch das spielt keine Rolle“, entgegnete das Mädchen. „Ich muss die Dame sehen.“

„Daraus wird nichts“, erwiderte der Mann, indem er sie zur Tür schob. „Marsch hinaus!“

„Man bringt mich nur mit Gewalt hinaus“, rief das Mädchen heftig, „und damit dürften wohl nicht einmal zwei Leute wie Sie fertig werden! Ist denn niemand hier“, fuhr sie umherblickend fort, „der für eine arme Unglückliche wie mich eine einfache Botschaft ausrichten möchte?“

Dieser Ausruf machte Eindruck auf einen gutmütig aussehenden Koch, der mit einigen andern Dienern zugesehen hatte und nun eingriff, um zu vermitteln. „Nun, Joe, tu ihr den Gefallen“, sagte er.

„Und was hilft es?“, versetzte dieser. „Sie werden doch nicht glauben, dass die junge Dame eine solche Person vorlässt.“

Diese Anspielung auf Nancys zweideutige Erscheinung weckte ein gewaltiges Maß keuscher Entrüstung in den Herzen der vier Hausmägde, die mit großem Eifer erklärten, dass dieses Geschöpf eine Schande ihres Geschlechts sei, und beantragten, sie ohne Weiteres in die Gosse zu werfen.

„Macht mit mir, was ihr wollt“, sagte das Mädchen und wandte sich wieder den Männern zu, „aber tut zuerst, worum ich euch ersucht habe; ich bitte euch, bestellt um Gottes willen meine Botschaft!“

Der gutherzige Koch legte Fürbitte ein, und die Folge war, dass der zuerst erschienene Diener die Erledigung übernahm.

„Nun, was soll ich sagen?“, fragte er, schon einen Fuß auf der Treppe.

„Dass ein junges Frauenzimmer dringend bittet, Miss Maylie

unter vier Augen sprechen zu dürfen“, erwiderte Nancy, „und dass die Dame meinen ersten Worten bereits entnehmen kann, ob sie meinem Anliegen Gehör schenken oder mich als Betrügerin aus der Tür werfen lassen will.“

„Nun, Sie treten aber mächtig selbstbewusst auf“, meinte der Mann.

„Übermitteln Sie dies“, entgegnete das Mädchen fest, „und lassen Sie mich die Antwort wissen.“

Der Bediente eilte die Treppe hinauf, während Nancy blass und fast atemlos zurückblieb und mit zuckenden Lippen die unverblümten Ausdrücke der Verachtung anhörte, in denen die züchtigen Hausmägde unerschöpflich waren und die sich noch mehrten, als der Diener zurückkehrte und sagte, das junge Frauenzimmer solle hinaufkommen.

„Was hat man in dieser Welt davon, wenn man sich anständig aufführt?“, meinte die eine der Hausmägde.

„Messing gilt mehr als das im Feuer erprobte Gold“, sagte die zweite.

Die dritte begnügte sich, ihre Verwunderung darüber auszudrücken, was für Grillen vornehme Damen doch hätten; und die vierte übernahm die Oberstimme in dem Quartett „Oh weh, wie schändlich!“, mit dem die Dianen schlossen.

Ohne auf all das Rücksicht zu nehmen, denn sie hatte wichtigere Dinge auf dem Herzen, folgte Nancy, am ganzen Leib zitternd, dem Bedienten in ein kleines, durch eine Deckenlampe beleuchtetes Vorzimmer, wo sie der Mann allein ließ.

Vierzigstes Kapitel

Eine seltsame Unterredung,
die eine Folge des vorigen Kapitels ist

Das Leben des Mädchens hatte sich auf den Straßen und in den widerlichsten Lasterhöhlen und Diebswinkeln Londons abgespielt, aber doch war der ursprüngliche Charakter des Weibes in ihr nicht ganz erloschen, und als sie hinter der Tür, die dem Eingang gegenüberlag, einen leichten Schritt nahen hörte und des großen Gegensatzes gedachte, den das kleine Gemach im nächsten Augenblick fassen sollte, da fühlte sie sich von dem Bewusstsein ihrer eigenen tiefen Erniedrigung zu Boden gedrückt und schrak zusammen, als könne sie die Gegenwart derer, die sie so lebhaft zu sprechen verlangt hatte, kaum ertragen.

Aber gegen diese besseren Gefühle kämpfte der Stolz – jenes Laster, das die niedrigsten und verworfensten Geschöpfe mit den hochstehenden und selbstsicheren gemein haben. Die elende Genossin von Dieben und Bösewichtern, das tief gesunkene Geschöpf, das sich in anrüchigen Spelunken herumtrieb, mit dem Auswurf der Zuchthäuser und Galeeren verkehrte und stets mit dem Strick um den Hals lebte – selbst dieses entwürdigte Wesen fühlte sich zu stolz, um auch nur den geringsten Funken weiblichen Gefühls zu verraten, das ihr als Schwäche galt, obgleich sie nur noch durch dieses einzige Band mit der edleren Menschheit verknüpft war, deren äußere Spuren ihr wüstes Leben schon in der Kindheit verwischt hatte.

Sie hob die Augen weit genug, um sehen zu können, dass die Gestalt, die jetzt ins Zimmer trat, die eines zarten, schönen Mädchens war; dann senkte sie sie wieder, warf den Kopf mit erheuchelter Nachlässigkeit zurück und sagte: „Es ist ein hartes Stück Arbeit, Sie zu Gesicht zu bekommen, Miss. Wäre ich empfindlich gewesen und wieder weggegangen, was wohl viele an meiner Stelle getan hätten, so würden Sie wohl eines Tages Grund gehabt haben, es zu bereuen."

„Es tut mir leid, wenn man Sie unhöflich behandelt hat", versetzte Rose. „Doch lassen Sie sich's nicht zu Herzen gehen, und sagen Sie mir, warum Sie mich zu sprechen wünschen. Ich bin die, nach der Sie fragten."

Der freundliche Ton dieser Antwort, die liebliche Stimme und das sanfte Wesen ohne eine Spur von Hochmut oder Missvergnügen überraschten das Mädchen dermaßen, dass es in Tränen ausbrach. „Ach Miss, Miss!", sagte sie, indem sie die Hände leidenschaftlich vor ihrem Gesicht zusammenschlug. „Gäbe es mehr Menschen wie Sie, so wären weniger wie ich – viel weniger – ganz bestimmt!"

„Setzen Sie sich", erwiderte Rose ernst. „Sie machen mich verlegen. Wenn Sie arm oder unglücklich sind, wird es mir Freude machen, Ihnen zu helfen, sofern es in meinen Kräften steht; seien Sie davon überzeugt. Setzen Sie sich!"

„Lassen Sie mich stehen, Miss", entgegnete das Mädchen, noch immer weinend, „und sprechen Sie nicht so gütig mit mir, bis Sie mich besser kennen. Doch es ist spät. Ist – ist – die Tür verschlossen?"

„Ja", versetzte Rose und trat einige Schritte zurück, als wolle sie sich für den Notfall eines Beistands versichern. „Warum?"

„Weil ich im Begriff bin", sprach Nancy, „mein Leben und das Leben anderer in Ihre Hände zu legen. Ich bin das Mädchen, das den kleinen Oliver an dem Abend, als er das Haus in Pentonville verließ, zu dem alten Fagin, dem Juden, zurückschleppte."

„Sie?", rief Rose erstaunt.

„Ja, ich, Miss", versetzte das Mädchen. „Ich bin das elende Geschöpf, von dem Sie gehört haben, dass es mit Dieben zusammenlebt und, so weit seine Erinnerung zurückreicht, keine bessere Heimat gekannt hat als die Straßen Londons und keine freundlicheren Worte, als sie dort im Gebrauch sind, so wahr mir Gott helfe. Sie dürfen wirklich vor mir zurückschrecken. Ich bin zwar jünger, als Sie dem Äußern nach wohl glauben möchten, aber doch daran gewöhnt; die ärmsten Weiber weichen mir aus, wenn ich mich unter den Leuten zeige."

„Das ist ja schrecklich!", rief Rose und wich unwillkürlich noch weiter von ihrem seltsamen Besuch zurück.

„Danken Sie dem Himmel auf Ihren Knien, Miss“, entgegnete das Mädchen, „dass Sie Freunde hatten, die für Sie in der Kindheit sorgten und über Sie wachten, und dass Sie nie in Kälte und Hunger, Ausschweifungen und Trinkgelage – und noch Schlimmeres als all das geraten sind, wie ich es bin von früher Jugend an; ich darf wohl so sagen, denn Straße und Gosse waren meine Wiege, und sie werden auch mein Totenbett sein.“

„Ich beklage Sie“, sagte Rose mit gebrochener Stimme. „Ihre Worte schneiden mir ins Herz.“

„Gott vergelt Ihnen Ihre Güte“, erwiderte das Mädchen. „Wie würden Sie mich erst beklagen, wenn Sie wüssten, was ich bisweilen bin. Aber ich habe mich von denen weggestohlen, die mich gewiss ermorden würden, wenn sie erführen, dass ich hier gewesen bin, um Ihnen mitzuteilen, was ich erlauscht habe. Kennen Sie einen Mann namens Monks?“

„Nein“, versetzte Rose.

„Aber er kennt Sie“, entgegnete das Mädchen, „und weiß, dass Sie hier sind; denn nur weil ich ihn diesen Ort nennen hörte, konnte ich Sie auffinden.“

„Der Name ist mir ganz fremd“, sprach Rose.

„Dann ist es ein angenommener“, erwiderte Nancy, „wie ich früher schon vermutete. Vor einiger Zeit, bald nachdem Oliver am Abend des Einbruchs in Ihr Haus gesteckt worden war, belauschte ich, da ich diesen Menschen beargwöhnte, eine geheime Unterredung zwischen ihm und Fagin. Ich entnahm diesem Gespräch, dass Monks, der Mann, nach dem ich Sie vorhin fragte …“

„Ja“, versetzte Rose; „ich verstehe.“

„… dass Monks“, fuhr das Mädchen fort, „Oliver an dem Tag, da wir ihn das erste Mal verloren hatten, zufällig mit zwei von unseren Knaben zusammen sah und ihn augenblicklich als dasselbe Kind erkannte, auf das er es abgesehen hat, obgleich ich nicht herausfinden konnte, warum. Er kam mit Fagin überein, dass dieser eine gewisse Summe erhalten sollte, wenn Oliver zurückgebracht würde; und der Jude sollte noch mehr bekommen, wenn er ihn zu einem Dieb machte, was Monks aus irgendeinem Grund zu wünschen schien.“

„Aus welchem Grund?“

„Monks bemerkte meinen Schatten an der Wand, als ich näher

trat, um es zu hören“, antwortete das Mädchen, „und nur wenige außer mir hätten den beiden noch rasch genug ausweichen können, um nicht entdeckt zu werden. Es gelang mir jedoch, und bis gestern Abend sah ich nichts mehr von ihm.“

„Und was trug sich da zu?“

„Ich will es Ihnen sagen, Miss. Gestern Abend kam er wieder. Sie gingen abermals hinauf, und ich horchte wieder an der Tür, wobei ich mich so vermummte, dass mich mein Schatten nicht verraten konnte. Die ersten Worte, die ich Monks sagen hörte, lauteten: ‚So liegen denn jetzt die einzigen Beweise, durch die der Junge beglaubigt werden kann, auf dem Grund des Flusses, und die alte Hexe, die sie von der Mutter in Empfang nahm, modert in ihrem Sarg.‘ Sie lachten und freuten sich über seinen Erfolg in dieser Sache. Monks, der immer ungestümer wurde, sprach noch mehr von dem Knaben und sagte, dass ihm zwar das Geld des jungen Teufels jetzt sicher genug sei, dass er aber doch lieber den andern Weg eingeschlagen hätte; denn es wäre ein Hauptspaß gewesen, das prahlerische Testament des Vaters dadurch hinfällig zu machen, dass man den Jungen durch alle Gefängnisse der Stadt hetzte und dann wegen irgendeines Kapitalverbrechens aufknüpfte, was für Fagin leicht durchzuführen gewesen wäre, nachdem er nebenher noch guten Nutzen aus ihm gezogen hätte.“

„Was bedeutet das alles?“, fragte Rose.

„Die reine Wahrheit, Miss, obgleich es von meinen Lippen kommt“, versetzte das Mädchen. „Dann sagte er, unter Verwünschungen, die meinen Ohren vertraut genug, aber den Ihrigen fremd sind, wenn er seinen Hass dadurch stillen könnte, dass er den Knaben tötete, ohne seinen eigenen Hals in die Schlinge zu bringen, er täte es sicherlich. Da dies aber doch zu gefährlich sei, wolle er ihm sein ganzes Leben über auflauern; und sollte er aus seiner Herkunft und seiner Geschichte irgendeinen Vorteil ziehen, könne er ihm immer noch Schaden zufügen. ‚Kurz, Fagin‘, sagte er, ‚so sehr du auch Jude bist, so hast du doch nie solche Fallstricke gelegt, wie ich sie für meinen jungen Bruder Oliver auslegen werde.‘“

„Seinen Bruder?“, rief Rose aus.

„Das waren seine Worte“, erwiderte Nancy, indem sie ängstlich umher sah, wie sie es fast die ganze Zeit über getan hatte, denn der Gedanke an Sikes beunruhigte sie ständig. „Und noch mehr.

Als er von Ihnen und der andern Dame sprach, sagte er, Gott oder der Teufel schienen gegen ihn im Spiel zu sein, dass Oliver gerade in Ihre Hände kommen musste. Dann lachte er und fuhr fort, es läge auch einiger Trost darin, denn Sie gäben sicher Tausende und Hunderttausende her, wenn Sie sie hätten, um zu erfahren, wer Ihr zweibeiniger Schoßhund sei."

„Sie wollen mich doch nicht glauben machen", versetzte Rose erblassend, „dass er das im Ernst sagte?"

„Er sprach so böse und bitter wie nur je ein Mensch", entgegnete das Mädchen und schüttelte den Kopf. „Mit ihm ist nicht zu spaßen, wenn der Hass ihn beherrscht. Ich kenne viele, die noch schlimmere Dinge ausführen; aber ich wollte lieber sie alle ein dutzendmal davon sprechen hören als diesen Monks nur ein einziges Mal. Doch es ist schon spät, und ich muss rechtzeitig zu Hause eintreffen, damit man nicht ahnt, dass ich eine derartige Botschaft überbracht habe; ich muss eilig zurückkehren."

„Aber was kann ich tun?", fragte Rose. „Wie kann ich von dieser Mitteilung ohne Sie Gebrauch machen? Zurück? Warum wünschen Sie zu Gefährten zurückzukehren, die Sie in so schrecklichen Farben geschildert haben? Wenn Sie Ihre Angaben einem Herrn wiederholen wollen, den ich sogleich aus dem nächsten Zimmer rufen kann, so wäre es möglich, Sie, ehe eine halbe Stunde um ist, an irgendeinem sicheren Ort unterzubringen."

„Ich möchte zurückkehren", entgegnete das Mädchen. „Ja, ich muss heimkehren, weil – doch wie kann ich solche Dinge einer unschuldigen Dame wie Ihnen sagen? –, weil unter den Menschen, von denen ich Ihnen erzählt habe, einer ist, der verzweifeltste von allen, den ich nicht verlassen kann; nein, nicht einmal, um aus meinem gegenwärtigen Dasein errettet zu werden."

„Sie haben sich schon früher des armen Jungen angenommen", entgegnete Rose. „Sie sind hierhergekommen, um mir unter großer Gefahr mitzuteilen, was Sie gehört haben; Ihr ganzes Benehmen, das mir für die Wahrheit Ihrer Worte bürgt, Ihre offensichtliche Zerknirschung, das Gefühl Ihrer Schmach – all das gibt mir die Überzeugung, dass Sie noch gerettet werden können. Ach!", fuhr das junge Mädchen tiefernst fort, indem es die Hände faltete und Tränen über seine Wangen rollten, „verschließen Sie Ihr Ohr nicht den Bitten einer Ihrer Mitschwestern – der ersten, wie ich glaube, die sich je mit einer Stimme des Mitleids und des Verstehens an Sie wandte. Hören Sie auf meine Worte, und lassen Sie sich durch mich retten für ein besseres Leben."

„Miss!", rief Nancy und sank auf ihre Knie. „Teure, süße, engelgleiche Miss! Sie sind wirklich die Erste, die mich mit solchen Worten beglückt, und hätte ich sie vor Jahren gehört, so hätten sie mich wohl einem Leben voll Sünde und Elend entreißen können. Aber es ist zu spät – zu spät!"

„Reue und Buße kommen nie zu spät", sagte Rose.

„Doch! Doch!", rief das Mädchen, das sich in furchtbaren Seelenqualen wand. „Ich kann ihn jetzt nicht verlassen! Ich kann nicht schuld an seinem Tode sein."

„Und warum sollten Sie das?", fragte Rose.

„Nichts könnte ihm helfen", versetzte das Mädchen. „Wenn ich andern erzählte, was ich Ihnen erzählt habe, und dadurch die Verhaftung der Beteiligten veranlasste, so wäre sein Tod gewiss. Er ist der Kühnste von allen und hat schreckliche Dinge begangen!"

„Ist's möglich", rief Rose, „dass Sie um eines solchen Mannes willen auf jede Zukunftshoffnung und auf die Gewissheit sofortiger Rettung verzichten? Das ist Wahnsinn!"

„Ich weiß nicht, was es ist", antwortete das Mädchen. „Ich weiß nur, dass es so ist, und nicht nur bei mir, sondern bei hundert andern, die ebenso schlecht und elend sind wie ich. Ich muss zurück! Vielleicht ist es Gottes Strafe für das Böse, was ich getan habe; aber es zieht mich zu ihm zurück trotz aller Leiden und Misshandlungen, und ich könnte, glaube ich, nicht von ihm lassen, wenn ich auch wüsste, dass ich am Ende von seiner Hand sterben müsste."

„Was soll ich tun?", fragte Rose. „Ich kann Sie so nicht fortlassen."

„Sie können es, Miss, und ich weiß, Sie werden es", versetzte das Mädchen und stand auf. „Sie werden mich nicht zurückhalten, weil ich Ihrer Güte vertraut und Ihnen nicht, wie ich hätte tun sollen, ein Versprechen abgefordert habe."

„Was kann mir aber dann Ihre Mitteilung nützen?", fragte Rose. „Man muss diesem Geheimnis auf den Grund gehen, denn wie sollte es sonst für Oliver, dem Sie doch einen Dienst erweisen wollten, von Nutzen sein?"

„Sie kennen vielleicht irgendeinen hilfsbereiten Herrn, der die Sache bei sich behält und Ihnen einen Rat erteilt", entgegnete das Mädchen.

„Aber wo kann ich Sie wiederfinden, wenn es nötig werden sollte?", fragte Rose. „Ich will nicht wissen, wo diese schrecklichen Menschen leben, aber wo könnten Sie zu bestimmten Zeiten, von heute an gerechnet, sich einfinden oder vorbeikommen?"

„Wollen Sie mir versprechen, dass mein Geheimnis bei Ihnen sicher bewahrt ist, dass Sie allein oder nur mit der einen Person, der Sie sich anvertraut haben, kommen wollen und dass ich in keiner Weise beobachtet oder verfolgt werde?", fragte das Mädchen.

„Das verspreche ich Ihnen feierlich", antwortete Rose.

„Dann will ich jeden Sonntag, nachts zwischen elf und zwölf Uhr", sagte das Mädchen ohne Zögern, „wenn ich noch am Leben bin, auf der London Bridge hin und her gehen."

„Bleiben Sie noch einen Augenblick", bat Rose, als das Mädchen rasch auf die Tür zuging. „Machen Sie sich noch einmal Ihre Lage klar, und überlegen Sie, welch günstige Gelegenheit sich bietet, ihr zu entkommen. Sie können meine Hilfe in Anspruch nehmen, nicht nur als die freiwillige Überbringerin dieser Nachricht, sondern als ein Weib, das fast hoffnungslos verloren ist. Wollen Sie zu dieser Horde von Räubern und zu diesem Mann zurückkehren, wenn ein einziges Wort Sie zu retten vermag? Was für ein Zauber zieht Sie zurück und fesselt Sie an Verruchtheit und Elend? Ach, ist denn keine Saite in Ihrem Herzen, an die ich rühren kann? Ist denn gar nichts mehr vorhanden, was ich zum Kampf gegen diese schreckliche Verblendung aufrufen könnte?"

„Wenn so junge, gute und schöne Damen wie Sie", entgegnete Nancy mit Festigkeit, „Damen, die Heimat, Verwandte, Verehrer, kurz, alles besitzen, was sie wünschen, ihr Herz verschenken, so macht die Liebe selbst sie zu allem fähig, wenn aber solche Mädchen wie ich, die kein sicheres Dach haben außer dem Deckel ihres Sarges und keinen Freund in Krankheit oder Tod als die Spitalwärterin – wenn wir unser verderbtes Herz an einen Mann hängen und ihn den Platz ausfüllen lassen, der unser ganzes armseliges Leben lang leer stand, wer kann da hoffen, uns zu kurieren? Bemitleiden Sie uns, Miss – bemitleiden Sie uns, dass uns nur dieses einzige weibliche Gefühl geblieben ist und dass es sich nach

Gottes gestrengem Entschluss, statt unser Trost und Stolz zu sein, in eine neue Quelle des Fluches und der Leiden verwandelt."

„Sie werden aber doch etwas Geld von mir annehmen", sagte Rose nach einer Pause, „damit Sie imstande sind, ohne Schande zu leben, wenigstens bis wir uns wiedersehen?"

„Nicht einen Penny!", erwiderte das Mädchen mit einer abwehrenden Handbewegung.

„Verschließen Sie Ihr Herz nicht gegen alle meine Bemühungen, Ihnen zu helfen", entgegnete Rose und trat einen Schritt vor. „Ich möchte Ihnen so gern nützlich sein."

„Sie würden mir den besten Dienst leisten, Miss", versetzte das Mädchen händeringend, „wenn Sie mir gleich das Leben nehmen könnten; denn der Gedanke an das, was ich bin, hat mir in dieser Nacht mehr Schmerz bereitet als je zuvor, und es läge doch einiger Trost darin, nicht in derselben Hölle zu sterben, in der ich gelebt habe. Gott segne Sie, teure Miss, und lasse so viel Glück auf Ihr Haupt herabfließen, wie ich Schmach auf das meinige gehäuft habe."

Mit diesen Worten entfernte sich das unglückliche Geschöpf laut schluchzend, während Rose Maylie, überwältigt von der merkwürdigen Zusammenkunft, die mehr ein flüchtiger Traum als ein wirkliches Begebnis zu sein schien, auf einen Stuhl sank und ihre wirren Gedanken zu sammeln suchte.

Einundvierzigstes Kapitel

Enthält neue Entdeckungen und zeigt, dass Überraschungen gleich Unglücksfällen selten allein kommen

Roses Lage war in der Tat sehr heikel und schwierig. Während sie glühend wünschte, das Geheimnis zu erforschen, das Olivers Geschichte umschloss, durfte sie, das junge, arglose Mädchen, doch das Vertrauen nicht missbrauchen, das ihr das unglückliche Geschöpf, mit dem sie eben gesprochen, geschenkt hatte. Nancys Worte und Haltung hatten Roses Herz ergriffen, und mit der Liebe für ihren jungen Pflegebefohlenen verband sich kaum weniger echt und heiß der Wunsch, die Gefallene der Reue und Hoffnung wiederzugewinnen.

Sie hatten die Absicht, nur drei Tage in London zu bleiben und dann auf einige Wochen eine entfernte Gegend an der Küste aufzusuchen. Es war jetzt Mitternacht des ersten Tages. Welcher Entschluss ließ sich wohl in achtundvierzig Stunden fassen und ausführen? Oder wie konnte sie die Reise aufschieben, ohne Verdacht zu erregen?

Dr. Losberne hatte sie begleitet und wollte auch die nächsten zwei Tage noch bei ihnen bleiben. Aber Rose kannte die hitzige Art dieses trefflichen Mannes zu gut und sah den Zorn zu deutlich voraus, mit dem er im ersten Unwillen das Werkzeug von Olivers Entführung betrachten würde, um ihm das Geheimnis anzuvertrauen, solange nicht ein erfahrener Beistand ihre Vorstellungen zugunsten des Mädchens unterstützte. Aus denselben Gründen wahrte sie auch gegen Mrs Maylie die größte Vorsicht und Zurückhaltung, da deren erster Schritt jedenfalls eine Rücksprache mit dem würdigen Doktor gewesen wäre. Ebenso war kaum daran zu denken, einen Rechtsanwalt hinzuzuziehen, selbst wenn sie gewusst hätte, wie sie es anfangen sollte. Einmal verfiel sie darauf, Harry um Hilfe zu bitten; aber dieser Gedanke weckte die Erinnerung an ihren letzten Abschied, und es schien ihr unwürdig, ihn zurückzurufen, wenn er es – die Tränen traten ihr in die Augen, als sie diesem Gedankengang folgte – inzwischen geschafft haben sollte, sie zu vergessen und sich in der Ferne glücklich zu fühlen.

Durch diese verschiedenen Überlegungen beunruhigt, bald zum einen, bald zum andern Verfahren geneigt, und dann, wenn sie reiflicher darüber nachgedacht hatte, wieder allem abhold, brachte Rose eine ängstliche, schlaflose Nacht zu; und nachdem sie am andern Morgen aufs Neue mit sich zurate gegangen war, kam sie endlich doch zu dem verzweifelten Entschluss, Harry in das Geheimnis einzuweihen.

Es ist vielleicht schmerzlich für ihn zurückzukommen, dachte sie, aber wie schmerzlich wird es erst für mich sein! Vielleicht kommt er aber auch gar nicht und schreibt nur; oder er kommt und vermeidet ein Zusammentreffen mit mir, wie er es tat, als er abreiste. Ich hatte das damals freilich nicht erwartet, aber es war besser für uns beide. Rose ließ die Feder fallen und wandte sich ab, als sollte nicht einmal das Papier, dem sie ihre Botschaft anzuvertrauen gedachte, ihre Tränen sehen.

Sie hatte die Feder wohl fünfzigmal ergriffen und wieder hingelegt und hatte die erste Zeile ihres Briefes von allen Seiten erwogen, ohne auch nur die erste Silbe zu schreiben, als Oliver, der mit Mr Giles als Leibwächter durch die Straßen gegangen war, in so atemloser Hast und heftiger Aufregung ins Zimmer stürzte, dass man wohl neuen Grund zur Beunruhigung daraus schöpfen konnte.

„Warum siehst du so aufgeregt aus?“, fragte Rose und ging ihm entgegen.

„Ach, ich kann – die Kehle ist mir wie zugeschnürt“, versetzte der Knabe. „Großer Gott! Zu denken, dass ich ihn noch einmal sehen soll und dass Sie nachprüfen können, wie ich in allem nur die Wahrheit gesagt habe!“

„Ich habe nie angenommen, dass du uns etwas anderes gesagt hast als die Wahrheit“, beruhigte ihn Rose. „Aber was soll das? Von wem sprichst du?“

„Ich habe den Herrn gesehen“, erwiderte Oliver, kaum fähig zu sprechen, „den Herrn, der so gütig zu mir war – Mr Brownlow, von dem wir so oft gesprochen haben."

„Wo?", fragte Rose.

„Er stieg aus einer Kutsche und ging in ein Haus", antwortete Oliver unter Freudentränen. „Ich habe nicht mit ihm gesprochen – ich konnte nicht mit ihm sprechen, denn er sah mich nicht, und ich zitterte so, dass ich nicht imstande war, auf ihn zuzugehen. Aber Giles erkundigte sich, ob er dort wohne, und man bejahte es. Sehen Sie hier", fuhr Oliver fort, indem er einen Papierstreifen entfaltete, „da wohnt er – ich will sofort hingehen. Ach, guter Gott, was soll ich nur tun, wenn ich ihn sehe und seine Stimme wieder höre!"

Durch diese und noch viele unzusammenhängende andere Äußerungen seiner Freude abgelenkt, las Rose die Adresse, die „Craven Street in the Strand" lautete, und war bald entschlossen, aus dieser Entdeckung Nutzen zu ziehen.

„Schnell!", sagte sie. „Lass eine Mietkutsche kommen, und mach dich bereit, mit mir zu gehen. Ich will dich gleich selbst hinführen und nur noch vorher der Tante sagen, dass wir auf eine Stunde ausgehen wollen. Ich werde ebenso rasch fertig sein wie du."

Oliver bedurfte keiner zweiten Aufforderung, sich zu beeilen, und fünf Minuten später waren sie auf dem Weg nach der Craven Street. Als sie dort anlangten, ließ Rose Oliver in der Kutsche, unter dem Vorwand, sie müsse den alten Herrn erst auf seinen Empfang vorbereiten, und schickte durch den Diener ihre Karte hinauf mit der Bitte, Mr Brownlow in einer dringenden Angelegenheit sprechen zu dürfen. Der Mann kehrte bald zurück mit der Aufforderung, sie möchte sich hinaufbemühen, und führte Miss Maylie in eins der oberen Zimmer, wo sie sich einem ältlichen Mann mit wohlwollenden Zügen, in einen flaschengrünen Rock gekleidet, gegenübersah. Nicht fern von ihm saß ein anderer alter Herr in Nankingbeinkleidern und Gamaschen, der nicht besonders freundlich aussah, die Hände über dem Kopf eines dicken Stockes gefaltet hielt und sein Kinn darauf stützte.

„Ach du meine Güte", sagte der Herr im grünen Rock, indem er schnell mit großer Höflichkeit aufstand. „Ich bitte um Verzeihung, junge Dame – ich glaubte, es wäre irgendeine zudringliche Person, die – bitte, entschuldigen Sie. Nehmen Sie doch Platz, bitte."

„Mr Brownlow, wie ich vermute, Sir?“, fragte Rose und blickte von dem andern Herrn auf den Sprecher.

„So ist mein Name“, antwortete der alte Herr. „Das ist mein Freund, Mr Grimwig. Grimwig, wollen Sie uns für ein paar Minuten allein lassen?“

„Ich glaube nicht“, fiel Miss Maylie ein, „dass es für den Augenblick nötig ist, den Herrn zu bemühen wegzugehen. Wenn ich recht unterrichtet bin, so ist ihm das Anliegen, das mich zu Ihnen führt, nicht unbekannt.“

Mr Brownlow nickte, und Mr Grimwig, der einen sehr steifen Bückling gemacht und sich vom Stuhl erhoben hatte, machte eine zweite sehr steife Verbeugung und ließ sich wieder nieder.

„Ich zweifle nicht, dass ich Sie sehr überraschen werde“, sagte Rose, naturgemäß etwas verlegen. „Sie haben einmal einem mir sehr lieben Freund viel Güte und Wohlwollen erwiesen, und ich bin überzeugt, dass es Ihnen Vergnügen machen wird, wieder von ihm zu hören.“

„Gewiss“, entgegnete Mr Brownlow.

„Sie kennen ihn als Oliver Twist“, versetzte Rose.

Kaum waren die Worte über ihre Lippen gekommen, als Grimwig, der bisher zu lesen vorgegeben hatte, das große, auf dem Tisch liegende Buch mit lautem Knall zuschlug, sich in den Stuhl zurücklehnte, von seinem Gesicht jeden andern Ausdruck als den eines maßlosen Staunens verbannte und nur noch leer in die Luft starrte. Dann nahm er, als ob er sich schäme, so viel innere Bewegung verraten zu haben, mit einem Ruck – was ihn eine einigermaßen krampfhafte Anstrengung kostete – seine vorige Stellung wieder ein, sah gerade vor sich hin und ließ ein langes, tiefes Pfeifen vernehmen, das jedoch nicht in der leeren Luft, sondern in den innersten Winkeln seines Magens zu ersterben schien.

Mr Brownlow war nicht weniger überrascht, obgleich sich sein Staunen nicht in derselben wunderlichen Weise kundgab. Er rückte mit seinem Stuhl näher zu Miss Maylie und sagte: „Erweisen Sie mir den Gefallen, mein wertes Fräulein, das Wohlwollen und die Güte, von denen Sie sprechen und von denen sonst niemand etwas weiß, ganz aus dem Spiel zu lassen; und wenn es in Ihrer Macht steht, die ungünstige Meinung, die ich einmal von diesem armen Kind zu fassen veranlasst wurde, mit sicheren

Beweisen zu widerlegen, so bitte ich Sie um Gottes willen, sie mir mitzuteilen."

„Ein böser Bube! Ich will meinen Kopf aufessen, wenn er nicht ein böser Bube ist!", grollte Mr Grimwig in bauchrednerischer Weise, ohne einen Muskel seines Gesichts zu verziehen.

„Er ist ein Kind von edlem Wesen und mit einem warmen Herzen", versetzte Rose errötend, „und jene Macht, die es für gut hielt, ihm Prüfungen weit über seine Jahre aufzuerlegen, hat in seine Brust Regungen und Gefühle gepflanzt, die vielen Leuten Ehre machen würden, die sechsmal so lange gelebt haben wie er."

„Ich bin erst einundsechzig", meinte Mr Grimwig mit demselben unbeweglichen Gesicht, „und da der Teufel mit im Spiel sein müsste, wenn dieser Oliver nicht wenigstens zwölf Jahre alt ist, so sehe ich nicht, wo die Nutzanwendung dieser Bemerkung liegt."

„Kümmern Sie sich nicht um meinen Freund, Miss Maylie", entgegnete Mr Brownlow, „er meint's nicht so schlimm."

„Freilich meint er's", brummte Mr Grimwig.

„Nein, er meint's nicht", erwiderte Mr Brownlow in aufsteigendem Unmut.

„Er will seinen Kopf aufessen, wenn er's nicht meint", versicherte Mr Grimwig.

„Er verdiente, dass man ihn ihm abschlüge, wenn er's täte", sagte Mr Brownlow.

„Und es würde ihn außerordentlich freuen, den Mann zu sehen, der ihm das anbietet", versetzte Mr Grimwig und stieß mit seinem Stock auf den Boden.

Nachdem es so weit gekommen war, nahmen die beiden alten Herren einträchtig eine Prise und schüttelten einander die Hände, wie sie es nach unwandelbarer Gepflogenheit stets zu tun pflegten.

„Nun, Miss Maylie", sagte Mr Brownlow, „kehren wir zu dem Gegenstand zurück, an dem Ihre Menschenfreundlichkeit so lebhaft Anteil nimmt. Darf ich fragen, welche Kunde Sie von dem armen Kind haben? Erlauben Sie mir vorauszuschicken, dass ich alle mir zu Gebote stehenden Mittel, ihn ausfindig zu machen, erschöpft habe und dass mein erster Eindruck, von ihm betrogen und auf Anraten seiner früheren Gefährten bestohlen worden zu sein, beträchtlich erschüttert worden ist, seit ich nicht mehr in diesem Land gewesen bin."

Rose, die inzwischen Zeit gehabt hatte, ihre Gedanken zu sammeln, berichtete nun in kurzen, ungezwungenen Worten alles, was sich mit Oliver zugetragen, seit er Mr Brownlows Haus verlassen hatte; nur das, was Nancy ihr mitgeteilt hatte, behielt sie sich für eine Unterredung unter vier Augen vor. Sie schloss mit der Versicherung, des Knaben einziger Kummer seit mehreren Monaten sei gewesen, dass er seinen ehemaligen Wohltäter und Freund nicht habe wiederfinden können.

„Gottlob!", rief der alte Herr. „Diese Nachricht macht mich über alle Maßen glücklich. Aber Sie haben mir noch nicht gesagt, wo er sich gegenwärtig aufhält, Miss Maylie. Verzeihen Sie, wenn ich Sie tadle – aber warum haben Sie ihn nicht gleich mit hergebracht?"

„Er wartet in einer Kutsche vor der Tür", versetzte Rose.

„Vor meiner Tür?", rief der alte Herr.

Damit eilte er aus dem Zimmer, die Treppe hinunter an den Kutschenschlag und in die Kutsche.

Als sich die Zimmertür hinter ihm geschlossen hatte, hob Mr Grimwig den Kopf und ließ mithilfe seines Stockes und des Tisches seinen Stuhl auf einem Hinterbein dreimal herumwirbeln, ohne dabei seinen Sitz zu verlassen. Nachdem er dieses Manöver ausgeführt hatte, stand er auf und hinkte wohl ein dutzendmal, so schnell er konnte, im Zimmer auf und ab, blieb dann plötzlich vor Rose stehen und gab ihr ohne die leiseste Vorwarnung einen Kuss.

„Ruhig!", sagte er, als die junge Dame, bestürzt über dieses ungewöhnliche Vorgehen, aufsprang. „Seien Sie unbesorgt. Ich bin alt genug, um Ihr Großvater zu sein. Sie sind ein süßes Ding. Sie gefallen mir. – Doch da kommen sie schon!"

Er warf sich rasch durch eine geschickte Wendung wieder auf seinen früheren Sitz, und fast gleichzeitig traten Mr Brownlow und Oliver ein, den Mr Grimwig sehr gnädig aufnahm. Wäre die Freude dieses Augenblicks der einzige Lohn für all ihre Aufregungen und Sorgen um Oliver gewesen, Rose hätte sich reich entschädigt gefühlt.

„Es ist noch jemand anderes da, den wir nicht vergessen dürfen", sprach Mr Brownlow und zog die Klingel. „Schicken Sie bitte Mrs Bedwin herauf."

Die alte Haushälterin kam der Aufforderung in aller Eile nach, machte an der Tür einen Knicks und harrte der Befehle.

„Ei, Sie werden doch mit jedem Tag blinder, Bedwin", sagte Mr Brownlow etwas verdrießlich.

„Das ist wahr, Sir", versetzte die alte Dame. „Aber bei Leuten in meinem Alter werden die Augen gewöhnlich nicht besser mit der Zeit."

„Das hätte ich Ihnen auch sagen können", entgegnete Mr Brownlow. „Aber setzen Sie Ihre Gläser auf, und sehen Sie zu, ob Sie nicht selbst herausfinden können, weswegen ich Sie rufen ließ."

Die alte Frau begann in ihrer Tasche nach der Brille zu suchen, aber Olivers Geduld war dieser neuen Prüfung nicht gewachsen; dem Drang seines Herzens folgend, warf er sich ihr in die Arme.

„Gott sei mir gnädig!", rief die alte Frau und umarmte ihn. „Mein unschuldiges Kind!"

„Meine liebe alte Pflegemutter!", rief Oliver.

„Ich sagte es ja immer, er kommt wieder", frohlockte die alte Frau, indem sie ihn in den Armen hielt. „Aber wie gut er aussieht! Und wieder ganz wie ein Herrensohn gekleidet! Wo bist du denn die ganze lange Zeit über gewesen? Ach, es ist noch dasselbe sanfte Gesicht, nur nicht so bleich; dieselben sanften Augen, nur nicht so traurig. Ich habe sie nicht vergessen, auch nicht ihr stilles Lächeln, sondern sah sie jeden Tag neben denen meiner eigenen lieben Kinder, die tot und dahingegangen sind, als ich noch ein junges, frohes Geschöpf war."

So fortschwatzend, lachte und weinte die gute alte Frau abwechselnd, indem sie Oliver bald von sich weghielt, um zu sehen, wie groß er geworden sei, bald ihn wieder an sich zog und ihm zärtlich mit den Fingern durchs Haar fuhr.

Mr Brownlow ließ Oliver mit seiner Pflegerin allein, damit sie nach Herzenslust Erinnerungen austauschen konnten, und führte Rose in ein anderes Zimmer, wo sie ihm zu seiner nicht geringen Verwunderung und Verwirrung ihre ganze Unterredung mit Nancy eröffnete. Rose setzte ihm auch auseinander, warum sie sich nicht gleich ihrem Freund, Dr. Losberne, anvertraut habe; der alte Herr fand, dass sie klug gehandelt hätte, und erklärte sich sogleich bereit, mit dem würdigen Doktor selbst eine ernste Rücksprache zu nehmen. Um ihm dazu baldige Gelegenheit zu geben, kamen sie überein, Mr Brownlow solle abends um acht Uhr bei ihnen im Hotel vorsprechen, und in der Zwischenzeit solle Mrs Maylie vorsichtig über alle Vorgänge unterrichtet werden. Nachdem sie diese einleitenden Maßnahmen getroffen hatten, kehrten Rose und Oliver nach Hause zurück.

Rose hatte den Zorn des guten Doktors keineswegs überschätzt. Kaum war ihm Nancys Geschichte mitgeteilt worden, als er eine Flut von Drohungen und Verwünschungen ausstieß. Er beteuerte, er wolle sie zum ersten Opfer des vereinten Scharfsinns der Herren Blathers und Duff machen, und setzte auch gleich den Hut auf, um sich augenblicklich ihres Beistandes zu versichern. Er hätte auch höchstwahrscheinlich, ohne im Geringsten an die Folgen zu denken, in der ersten Erregung diesen Entschluss ausgeführt, wäre er nicht zurückgehalten worden, zum Teil durch die entsprechende Heftigkeit Mr Brownlows, der gleichfalls von ziemlich reizbarem Temperament war, zum Teil durch Argumente und Vorstellungen, die geeignet waren, ihn von seinem hitzköpfigen Vorsatz abzubringen.

„Aber was zum Teufel können wir sonst tun?“, tobte der ungestüme Doktor, als sie zu den beiden Damen zurückgekehrt waren. „Wir sollen wohl diesem Spitzbubenpack, Männlein und Weiblein, noch eine Dankadresse zuleiten und sie bitten, hundert Pfund pro Kopf anzunehmen als geringen Beweis unserer Achtung und als kleine Erkenntlichkeit für ihre Liebe gegen Oliver?“

„Nicht gerade das“, versetzte Mr Brownlow lachend, „aber wir müssen sacht und behutsam zu Werke gehen.“

„Behutsam und sacht!“, rief der Doktor. „Ich möchte sie alle samt und sonders zum –“

„Einerlei, wohin Sie sie schicken möchten“, fiel Mr Brownlow ein, „nur bedenken Sie, ob wir dadurch zum Ziel kommen, dass wir sie irgendwohin schicken.“

„Zu welchem Ziel?“, fragte der Doktor.

„Ganz einfach: herauszufinden, wer Olivers Eltern sind, und ihm wieder zu dem Erbe zu verhelfen, um das er, wenn diese Geschichte wahr ist, betrogen wurde.“

„Ah!“, sagte Dr. Losberne, der sich mit dem Taschentuch Kühlung zufächelte. „Das hatte ich fast vergessen.“

„Angenommen“, fuhr Mr Brownlow fort, „wir könnten das arme Mädchen ganz aus dem Spiel lassen, und es gelänge uns, diese Halunken, ohne Nancys Sicherheit zu gefährden, den Gerichten zu überliefern, was käme wohl Gutes dabei heraus?“

„Dass höchstwahrscheinlich wenigstens ein paar von ihnen gehenkt und die Übrigen deportiert würden!“, entgegnete der Doktor.

„Sehr gut“, erwiderte Mr Brownlow lächelnd, „aber ohne Zweifel werden sie das mit der Zeit selbst fertigbringen; und greifen wir ihnen vor, so begehen wir meines Erachtens einen rechten Narrenstreich, der in geradem Widerspruch zu unserem eigenen Nutzen steht – oder wenigstens zu dem Olivers, was dasselbe ist.“

„Wieso?“, fragte der Doktor.

„Es ist doch klar, dass wir Schwierigkeiten genug finden werden, das Geheimnis zu ergründen, wenn wir diesen Monks nicht auf die Knie zwingen können. Das ist nur durch eine Kriegslist möglich, indem wir ihn abfangen, wenn er nicht von jenen Leuten umgeben ist. Denn angenommen, wir ließen ihn festnehmen, was für Beweise haben wir gegen ihn? Soviel wir wissen oder soweit wir aus den Tatsachen schließen können, ist er nicht einmal an den Diebereien dieses Gesindels beteiligt. Wenn er vielleicht auch nicht freigesprochen würde, so könnte man ihn höchstwahrscheinlich nur als Landstreicher und Tunichtgut eine Zeit lang einsperren; und nachher ließe sich für unsere Zwecke so wenig aus ihm herausbringen, als ob er taub, stumm, blind oder blödsinnig wäre.“

„Dann frage ich Sie also noch einmal“, fiel der Doktor stürmisch ein, „ob Sie es für vernünftig halten, das dem Mädchen gegebene Versprechen als bindend zu betrachten? Es ist zwar in der besten und wohlwollendsten Absicht gegeben, aber in Wirklichkeit –“

„Ich bitte Sie, lassen Sie sich auf diesen Punkt nicht ein, mein liebes Fräulein“, fiel Mr Brownlow Rose ins Wort, die etwas erwidern wollte. „Das Versprechen soll gehalten werden. Ich glaube nicht, dass es unseren Vorkehrungen im Mindesten hinderlich sein wird. Aber ehe wir uns zu einem bestimmten Weg entschließen können, werden wir mit dem Mädchen Rücksprache nehmen und uns Gewissheit verschaffen müssen, ob sie uns diesen Monks zeigen will, sobald sie weiß, dass er es nur mit uns, nicht mit dem Gesetz zu tun haben soll. Will oder kann sie das nicht, dann müssen wir von ihr Auskunft über seinen Aufenthalt und eine Beschreibung seiner Person zu bekommen versuchen, damit wir den Burschen aufzufinden vermögen. Wir können sie erst Sonntagnacht wiedersehen, und heute haben wir Dienstag. Daher ist mein Rat, vorderhand ganz ruhig zu bleiben und die Sache selbst vor Oliver geheim zu halten."

Obgleich Dr. Losberne zu einem Vorschlag, der einen Aufschub von vollen fünf Tagen bedeutete, ein scheeles Gesicht machte, war er doch gezwungen zuzugeben, dass er selbst keinen besseren Rat wisse; und da Rose und Mrs Maylie ganz aufseiten Mr Brownlows standen, wurde dessen Vorschlag einmütig gutgeheißen.

„Ich möchte gern", sagte Brownlow, „meinen Freund Grimwig mit ins Vertrauen ziehen. Er ist zwar ein seltsamer Kauz, besitzt aber einen durchdringenden Verstand und könnte uns von wesentlichem Nutzen sein. Ich könnte sagen, dass er die Rechte studiert hat und seine Laufbahn aus Unmut verließ, weil ihm im Laufe von zwanzig Jahren nur zwei Rechtsfälle übertragen wurden; ob dies jedoch eine Empfehlung ist oder nicht, müssen Sie selbst entscheiden."

„Ich habe nichts dagegen einzuwenden, dass Sie Ihren Freund hinzuziehen, wenn ich auch den meinen in die Geschichte einweihen darf", versetzte der Doktor.

„Darüber muss abgestimmt werden", entgegnete Mr Brownlow. „Um wen handelt es sich?"

„Um den Sohn dieser Dame und Miss Roses langjährigen Freund", erwiderte der Doktor, indem er auf Mrs Maylie zeigte und dann einen bedeutsamen Blick auf deren Nichte warf.

Rose wurde über und über rot, aber sie wendete nichts gegen diesen Vorschlag ein, wahrscheinlich weil sie sich in hoffnungsloser Minderheit fühlte, und so wurden Harry Maylie und Mr Grimwig in den Kreis aufgenommen.

„Wir bleiben natürlich in der Stadt", sagte Mrs Maylie, „solange noch die geringste Aussicht besteht, die Nachforschungen erfolgreich zu betreiben. Ich werde bei einer Sache, an der wir alle so tiefen Anteil nehmen, weder Mühe noch Kosten sparen und gern hierbleiben, solange Sie mir sagen, dass noch Hoffnung ist, sollte es auch ein Jahr währen."

„Gut", erwiderte Mr Brownlow, „und da ich in Ihren Gesichtern lese, dass Sie gern wissen möchten, wie es kam, dass ich nicht zur Hand war, um Olivers Erzählung zu bekräftigen, und warum ich das Land so plötzlich verlassen hatte, so möchte ich Sie bitten, mich nicht mit Fragen zu behelligen, bis ich selbst es für angebracht halte, Ihnen zuvorzukommen, indem ich meine eigene Geschichte erzähle. Sie dürfen überzeugt sein, dass ich für diese Bitte gute Gründe habe; denn ich könnte sonst Hoffnungen wecken, die vielleicht nie in Erfüllung gehen sollen, und könnte die Schwierigkeiten und Enttäuschungen noch vermehren, die schon zahlreich genug sind. Doch man hat zum Nachtessen gerufen, und der junge Oliver, der allein im nächsten Zimmer sitzt, muss inzwischen wohl denken, wir seien seiner müde geworden und hätten ein Komplott geschmiedet, um ihn wieder in die Welt hinauszustoßen."

Mit diesen Worten bot der alte Herr Mrs Maylie den Arm und führte sie in das Speisezimmer; Dr. Losberne geleitete Rose, und somit hatte vorderhand die Beratung ein Ende.

Zweiundvierzigstes Kapitel

Ein alter Bekannter Olivers,
der entschiedene Anzeichen von Genie verrät,
tritt in der Hauptstadt öffentlich hervor

In derselben Nacht, in der Nancy Mr Sikes in Schlaf gelullt hatte und ihren selbstgewählten Auftrag bei Rose Maylie eiligst erledigte, wanderten auf der großen, nach Norden führenden Straße zwei Personen nach London, denen unsere Erzählung einige Aufmerksamkeit zuwenden muss.

Es waren ein Mann und eine Frau, oder vielleicht beschriebe man sie besser als ein männliches und ein weibliches Wesen; denn das eine war eine jener klapprigen knöchernen Figuren mit langen Gliedern und schlotternden Knien, deren Alter sich nur schwer erraten lässt, da sie als Knaben wie zurückgebliebene Männer und, wenn sie fast Männer sind, wie rasch aufgeschossene Knaben aussehen. Das Frauenzimmer war jung, aber von starkem, kräftigem Wuchs, was sie allerdings auch nötig hatte, um die Last des mächtigen Bündels zu schleppen, das ihr über den Rücken hing. Ihr Begleiter war nicht mit viel Gepäck beschwert, denn da baumelte nur an einem Stock, den er über der Schulter trug, ein kleiner Packen, in ein gewöhnliches Schnupftuch eingeschlagen und sichtlich nicht schwer. Dieser Umstand nebst den ungewöhnlich langen Beinen machte es ihm ganz leicht, seiner Gefährtin stets ein halb Dutzend Schritte vorauszutraben. Ab und zu sah er sich nach ihr mit einem ungeduldigen Kopfschütteln um, als ob er ihre Trägheit tadeln und sie zu kräftigerem Ausschreiten drängen wollte.

So zogen sie den staubigen Weg dahin, ohne viel auf das zu achten, was ihnen in den Weg kam, außer wenn sie einer der von der Stadt heranrasselnden Postkutschen auswichen, bis sie den Bogengang von Highgate hinter sich hatten; dort hielt der schnellere

Wanderer an und rief seiner Gefährtin ungeduldig zu: „So komm doch! Was für eine Schnecke du bist, Charlotte!"

„Das ist eine schwere Last, kann ich dir sagen", versetzte das Frauenzimmer, das fast atemlos vor Erschöpfung nachkeuchte.

„Schwer? Was redest du denn daher! Wozu bist du denn da?", entgegnete der männliche Wanderer, indem er sein kleines Bündel auf die andere Schulter warf. „Oh, da ruht sie schon wieder aus! Nein, wenn man bei dir nicht die Geduld verliert, so weiß ich nicht, wo sonst!"

„Ist es noch weit?", fragte das Frauenzimmer, indem es sich auf eine Bank niedersetzte und das schweißüberströmte Gesicht hob.

„Weit? Wir sind so gut wie dort!", erwiderte der langbeinige Bursche und deutete nach vorn. „Siehst du jene Lichter? Das ist London."

„Die sind noch wenigstens zwei Meilen entfernt", entgegnete die Weibsperson zaghaft.

„Was macht's, ob es zwei oder zwanzig sind", versetzte Noah Claypole, denn der war es. „Steh auf und komm, oder ich will dir Beine machen, das lass dir gesagt sein!"

Da Noahs rote Nase vor Ärger noch röter wurde und da er bei diesen Worten über die Straße auf sie zukam, als beabsichtige er, seine Drohung wahr zu machen, erhob sich das Frauenzimmer wortlos und trottete an seiner Seite weiter.

„Wo gedenkst du über Nacht zu bleiben, Noah?", fragte sie, nachdem sie wieder einige Hundert Schritte gegangen waren.

„Wie kann ich das wissen?", antwortete Noah, dessen Stimmung durch die Wanderung ziemlich gelitten hatte.

„Ich hoffe, in der Nähe?", sagte Charlotte.

„Nein, nicht in der Nähe", versetzte Mr Claypole. „Daran ist gar nicht zu denken."

„Warum nicht?"

„Wenn ich dir einmal sage, dass ich etwas nicht tun will, dann genügt das, auch ohne Weshalb und Warum", entgegnete Mr Claypole mit Würde.

„Du brauchst nicht so grob zu sein", meinte seine Gefährtin.

„Das wäre mir das Rechte, im erstbesten Wirtshaus vor der Stadt einzukehren, damit Sowerberry, wenn er uns nachsetzt, gleich seine alte Nase hineinstecken und uns mit Handschellen auf einem

Karren wieder mit heimnehmen könnte“, höhnte Mr Claypole. „Nein, ich will mich in die engste Straße verkriechen, die ich ausfindig machen kann, und nicht haltmachen, bis wir das abgelegenste Wirtshaus erreicht haben, das sich denken lässt. Du kannst deinem Herrgott danken, dass ich ein kluger Kopf bin, denn wenn wir anfangs nicht absichtlich einen falschen Weg gegangen und über die Felder wieder zurückgekommen wären, so säßest du schon seit einer Woche hinter Schloss und Riegel. Und das wäre dir nur recht geschehen, du Dummkopf!“

„Ich weiß wohl, dass ich nicht so schlau bin wie du“, versetzte Charlotte, „aber du brauchst nicht alle Schuld auf mich abzuwälzen und zu sagen, ich säße eingesperrt; denn das hätte dir ebenso gut geblüht wie mir.“

„Du hast das Geld aus der Ladenkasse genommen, das weißt du recht gut“, entgegnete Mr Claypole.

„Ich nahm es für dich, lieber Noah“, erwiderte Charlotte.

„Hab ich's etwa behalten?“, fragte Mr Claypole.

„Nein, du hast es mir anvertraut und hast es mich tragen lassen, gut, wie du bist“, entgegnete Charlotte, indem sie ihm das Kinn streichelte und ihren Arm in den seinen legte.

So verhielt sich's auch wirklich. Da es aber nicht in Mr Claypoles Gewohnheit lag, törichtes, blindes Vertrauen auf irgendjemanden zu setzen, so müssen wir, um ihm Gerechtigkeit widerfahren zu lassen, bemerken, dass er Charlotte nur deshalb so völlig vertraute, damit das Geld, wenn man sie verfolgte, bei ihr gefunden werde; denn das hätte es ihm ermöglicht, seine Unschuld an dem Diebstahl zu beteuern, und hätte ihm ein Entkommen wesentlich erleichtert. Natürlich ließ er sich in diesem Punkt auf keine Erörterung seiner Beweggründe ein, und so wanderten sie einträchtig weiter.

Seinem umsichtigen Plan zufolge ging Mr Claypole ununterbrochen fort, bis er beim „Engel“ von Islington anlangte, wo er aus dem Menschengedränge und den vielen Fuhrwerken den weisen Schluss zog, dass London jetzt allen Ernstes beginne. Er nahm sich Zeit zu beobachten, welche Straßen wohl die belebtesten und daher auch die unsichersten seien, bog dann in Saint John's Road ein und befand sich bald tief in dem undurchdringlichen Gewirr schmutziger Gassen, die zwischen der Grays Inn Lane und Smithfield liegen und diesen Stadtteil zu einem der armseligsten und übelsten machen, die der Stadtausbau inmitten Londons übrig gelassen hat.

Durch diese Straßen ging Noah Claypole und zerrte Charlotte hinter sich her, wobei er bald in die Gosse trat, um einen Überblick über das Äußere eines kleinen Wirtshauses zu gewinnen, bald wieder weiterging, sobald irgendein Anzeichen ihm anzudeuten schien, dass es für seine Absicht zu wenig abgelegen sei. Endlich blieb er vor dem armseligsten und schmutzigsten stehen, das ihm bis jetzt zu Gesicht gekommen war, und gab, nachdem er auch dieses von der entgegengesetzten Seite der Straße gemustert hatte, gnädig seine Absicht zu erkennen, hier zu übernachten.

„Gib mir das Bündel", sagte Noah, nahm es von Charlottes Schulter und warf es über seine eigene, „und rede nur, wenn man dich dazu auffordert. Wie heißt das Haus? D–r–e–i, drei was?"

„Krüppel", sagte Charlotte.

„Drei Krüppel", wiederholte Noah. „Das ist kein übles Schild. Na, los! Halte dich nur dicht an meine Fersen und komm mit!" Unter diesen Ermahnungen drückte er die knarrende Tür mit seiner Schulter auf und trat mit seiner Begleiterin ins Haus.

Hinter dem Ausschank befand sich niemand als ein junger Jude, der, mit beiden Ellenbogen auf den Zahltisch gestützt, in einer schmuddeligen Zeitung las. Er musterte Noah durchdringend, und Noah musterte ihn ebenfalls genau.

Wäre Noah in seine Freischüleruniform gekleidet gewesen, so hätte der Jude wohl Grund gehabt, seine Augen so weit aufzusperren; Mr Claypole hatte sich aber von der Jacke mit den Aufschlägen verabschiedet und trug einen kurzen Kittel über seinen Lederhosen, weshalb kein besonderer Anlass gegeben schien, dass sein Auftreten so viel Aufsehen in einem Wirtshaus erregte.

„Sind hier die Drei Krüppel?", fragte Noah.

„So heißt unser Haus", versetzte der Jude.

„Ein Herr, der uns draußen auf der Landstraße begegnete, hat uns diese Herberge empfohlen", entgegnete Noah, wobei er Charlotte anstieß, vielleicht um ihre Aufmerksamkeit auf diesen geschickten Kunstgriff, sich Achtung zu verschaffen, zu lenken, vielleicht auch, um ihr anzudeuten, dass sie keine Überraschung zeigen solle. „Können wir hier übernachten?"

„Kann's nicht bestimmt sagen", erwiderte Barney, denn er war der dienstbare Geist, „aber ich will fragen."

„Zeigen Sie uns einstweilen die Gaststube, und geben Sie uns eine Portion kaltes Fleisch und einen Schluck Bier", sagte Noah.

Barney kam diesem Wunsch nach, indem er sie in ein kleines Hinterzimmer führte und ihnen das Verlangte vorsetzte. Dann brachte er ihnen die Nachricht, dass sie die Nacht über hier wohnen könnten, und ließ das liebenswürdige Paar bei seinen Erfrischungen allein.

Die Stube befand sich unmittelbar hinter dem Schankraum und lag einige Stufen tiefer. Eine mit dem Haus vertraute Person konnte nun, wenn sie einen kleinen Vorhang zurückzog, der eine fünf Fuß hoch in der Wand angebrachte Glasscheibe verbarg, von dem Schankraum aus nicht nur unbemerkt die Gäste beobachten – die Scheibe war in einer dunklen Ecke in die Mauer eingelassen, wo sich der Beobachter neben einen dicken, aufrecht stehenden Balken zwängen musste –, sondern man vermochte auch, wenn man das Ohr an die Zwischenwand legte, mit ziemlicher Deutlichkeit ihrem Gespräch zu folgen. Der Wirt des Hauses hatte seit fünf Minuten diesen Spionierwinkel eingenommen, und Barney war eben zurückgekehrt, nachdem er die oben erwähnte Mitteilung überbracht hatte, als Fagin, auf seinen nächtlichen Geschäftsgängen begriffen, in den Schankraum trat, um nach einem seiner jungen Zöglinge zu fragen.

„Pst!", sagte Barney. „Es sind Fremde im nächsten Zimmer."

„Fremde?", wiederholte der Alte leise.

„Ja, und noch obendrein ein seltsames Volk", fügte Barney hinzu. „Vom Lande, aber etwas für Sie, wenn ich mich nicht täusche."

Fagin schien diese Mitteilung mit großem Interesse aufzunehmen. Er stieg auf einen Stuhl und brachte vorsichtig sein Auge an die Glasscheibe, durch die er beobachten konnte, wie Mr Claypole dem Fleischgericht und dem Porterkrug tüchtig zusprach, während er Charlotte, die ruhig neben ihm saß und sich im Essen und Trinken nach ihm richtete, von beidem nur homöopathische Gaben zuteilte.

„Aha!", flüsterte der Jude Barney zu. „Das Aussehen des Burschen gefällt mir. Er kann uns nützlich werden, denn er weiß bereits mit dem Mädchen umzuspringen. Sei aber jetzt mäuschenstill, mein Lieber, damit ich hören kann, was sie sprechen."

Der Jude blickte abermals durch das Glas, legte dann sein Ohr an die Wand und horchte aufmerksam, wobei sein Gesicht einen so neugierigen und schlauen Ausdruck annahm, wie er zu einem alten Kobold gepasst hätte.

„Ich habe im Sinn, einen Herrn zu spielen“, sagte Mr Claypole und streckte im Verlauf des Gesprächs, zu dessen Anfang Fagin zu spät gekommen war, behaglich die Beine aus. „Ich will nichts mehr von alten Särgen wissen, sondern ein Herrenleben führen, Charlotte; und wenn du Lust dazu hast, kannst du eine Dame werden.“

„Das wäre mir schon recht, mein Lieber“, versetzte Charlotte, „aber es gibt nicht alle Tage Ladenkassen zu leeren und Leute, denen man hinterher heil entkommt.“

„Zum Henker mit den Ladenkassen!“, entgegnete Mr Claypole. „Es gibt noch andere Dinge, die geleert werden können.“

„Und das wäre?“, fragte seine Gefährtin.

„Taschen, Strickbeutel, Häuser, Postkutschen, Banken“, erwiderte Mr Claypole, der allmählich durch den Porter in Feuer geriet.

„Aber du kannst das alles nicht, mein Lieber“, sagte Charlotte.

„Ich werde Ausschau halten und mich mit solchen, die sich darauf verstehen, zusammentun“, versetzte Noah. „Wir werden uns auf die eine oder andere Weise nützlich machen können. Du selbst bist so viel wert wie fünfzig Weibsbilder, denn ich habe nie ein so köstlich durchtriebenes, spitzbübisches Geschöpf gesehen, wie du sein kannst, wenn ich dir freie Hand lasse.“

„Gott, wie schön das ist, so etwas von dir zu hören!“, rief Charlotte, indem sie einen Kuss auf sein garstiges Gesicht drückte.

„Nun, schon gut! Sei nicht zu zärtlich, sonst werde ich mit dir unzufrieden“, sagte Noah, indem er sich mit großer Würde losmachte. „Ich möchte der Hauptmann einer Bande sein, sie beaufsichtigen und ihnen überallhin folgen, ohne dass sie es wüssten. So was stünde mir an, wenn ein guter Profit dabei herausspränge. Und wenn wir nur mit etlichen Leuten dieses Schlages in Verbindung kämen, ich sag dir, ich gäbe gern die Zwanzigpfundnote dafür, die du besorgt hast, zumal wir doch nicht recht wissen, wie wir sie loswerden können.“

Nachdem Mr Claypole seinen Gedanken in dieser Weise Luft gemacht hatte, sah er tiefsinnig in den Porterkrug, schüttelte tüchtig dessen Inhalt, nickte Charlotte herablassend zu und tat einen Zug, wodurch er sehr erfrischt zu werden schien. Er überlegte eben, ob er nicht noch einen Schluck nehmen solle, als sich plötzlich die Tür öffnete und der Eintritt eines Fremden seine Betrachtungen unterbrach.

Der Fremde war Mr Fagin. Er hatte sein freundlichstes Gesicht aufgesetzt, machte im Nähertreten eine sehr tiefe Verbeugung, setzte sich an den Nebentisch und beauftragte den grinsenden Barney, ihm etwas zu trinken zu bringen.

„Eine angenehme Nacht, Sir, nur etwas kalt für diese Jahreszeit", begann Fagin und rieb sich die Hände. „Vom Lande, wie ich sehe?"

„Woran sehen Sie das?", fragte Noah Claypole.

„Wir haben in London nicht so viel Staub", versetzte der Jude, indem er von Noahs Schuhen auf die seiner Gefährtin und dann auf die beiden Bündel deutete.

„Sie sind ein scharfer Beobachter", sagte Noah. „Haha! Hör nur, Charlotte!"

„Ei, Freundchen, man muss auf der Hut sein in dieser Stadt", entgegnete der Jude und dämpfte seine Stimme zu einem vertraulichen Flüstern, „gewiss und wahrhaftig!"

Er tippte am Ende dieser Bemerkung mit seinem rechten Zeigefinger gegen seinen Nasenflügel – eine Bewegung, die Noah nachzuahmen suchte, die ihm aber nicht vollständig gelang, da seine Nase dazu nicht groß genug war. Trotzdem schien Mr Fagin diesen Versuch als vollkommene Zustimmung zu seiner Ansicht aufzufassen und ließ freundschaftlich den Branntwein herumgehen, mit dem Barney eben erschienen war.

„Guter Stoff", bemerkte Mr Claypole, wobei er mit den Lippen schmatzte.

„Aber teuer", sagte Fagin. „Man müsste immer etwas leeren: eine Ladenkasse, eine Tasche, einen Strickbeutel, ein Haus, eine Postkutsche oder eine Bank, um ihn täglich trinken zu können."

Mr Claypole hatte kaum diesen Auszug aus seinen eigenen Bemerkungen gehört, als er auf seinen Stuhl zurücksank und mit schreckensbleichem Gesicht von dem Juden auf Charlotte blickte.

„Nur keine Angst, mein Bester", sagte Fagin und rückte mit seinem Stuhl näher. „Haha, es war ein Glück, dass nur ich Sie zufällig hörte. Ein großes Glück, dass nur ich es war."

„Ich hab's nicht genommen", sagte Noah, der seine Beine nicht mehr wie ein Gentleman ausstreckte, sondern sie, so gut er konnte, unter seinen Stuhl zog. „Es war ganz ihr Werk, und es ist noch in deinen Händen; du weißt, Charlotte, dass du es hast!"

„Einerlei, wer es hat oder tat, mein Lieber", entgegnete Fagin, warf aber trotzdem einen Falkenblick auf das Mädchen und die beiden Bündel. „Ich bin selber vom Fach und finde Sie recht tauglich dazu."

„Von welchem Fach?", fragte Mr Claypole und atmete erleichtert auf.

„Ein Geschäftsmann wie Sie", antwortete Fagin, „und alle hier im Haus betreiben das gleiche Gewerbe. Sie haben den Nagel auf den Kopf getroffen und sind hier so sicher, wie man's nur sein kann. In der ganzen Stadt ist man nirgends besser aufgehoben als in den Krüppeln – das heißt, wenn ich will, und ich habe Sie und das junge Frauenzimmer in mein Herz geschlossen. Sie wissen nun, wie Sie dran sind, und können Ihr Gemüt beruhigen."

Mochte sich Noah Claypoles Gemüt bei dieser Versicherung beruhigen, sein Körper tat das keineswegs; er wand und drehte sich in den unbehaglichsten Lagen, während er seinen neuen Freund mit Furcht und Argwohn betrachtete.

„Ich will Ihnen noch etwas sagen", fuhr der Jude fort, nachdem er das Mädchen durch freundliches Zunicken und tröstliche Worte ermutigt hatte. „Ich habe einen Freund, der, wie ich glaube, Ihren Lieblingswunsch erfüllen und Ihnen den rechten Weg zeigen würde, wie Sie jeden Geschäftszweig, der Ihnen für den Anfang am besten gefällt, ergreifen und auch alle anderen erlernen können."

„Sie sprechen, als ob es Ihnen ernst wäre!", versetzte Noah.

„Was hätte ich davon, hier zu scherzen?", sagte der Jude achselzuckend. „Doch ich möchte ein Wörtchen draußen mit Ihnen sprechen."

„Wir brauchen uns nicht von der Stelle zu rühren", entgegnete Noah, der allmählich seine Beine wieder auszustrecken begann. „Sie soll inzwischen das Gepäck hinauftragen. Charlotte, sieh nach den Bündeln!"

Dieser Befehl, den er mit majestätischer Würde erteilte, wurde ohne den leisesten Einwand vollzogen. Charlotte eilte mit den Bündeln hinaus, während Noah die Tür offenhielt und ihr Verschwinden überwachte.

„Ich halte sie leidlich in Zucht, nicht wahr?“, fragte er, als er seinen Sitz wieder einnahm, im Ton eines Wärters, der ein wildes Tier gezähmt hat.

„Vollkommen“, erwiderte Fagin und klopfte ihm auf die Schulter. „Sie sind ein Genie, mein Bester.“

„Ah! Ich denke, ich wäre sonst nicht hier“, versetzte Noah. „Doch verlieren wir keine Zeit, sie wird bald wieder zurück sein.“

„Nun, was meinen Sie?“, sagte der Jude. „Wenn Ihnen mein Freund gefällt, könnten Sie etwas Besseres tun, als mit ihm in Verbindung zu treten?“

„Geht sein Geschäft gut?“, entgegnete Noah, indem er eines seiner kleinen Augen zukniff.

„Er ist die Krone seines Gewerbes“, sprach der Jude, „und beschäftigt eine Menge Leute. Sie finden dort die beste Gesellschaft vom Bau.“

„Alle aus der Stadt?“, fragte Mr Claypole.

„Kein Einziger vom Land darunter, und ich glaube nicht, dass er Sie nähme, selbst auf meine Empfehlung hin, wenn es ihm nicht eben jetzt an Gehilfen fehlte“, antwortete der Jude.

„Muss ich damit herausrücken?“, fragte Noah und klopfte auf seine Hosentasche.

„Lässt sich unmöglich anders machen“, versetzte der Jude entschieden.

„Aber zwanzig Pfund – das ist eine Stange Geld!“

„Nicht, wenn es eine Banknote ist, die Sie nicht loswerden können“, entgegnete Fagin. „Man wird sich wohl Nummer und Datum gemerkt und bei der Bank die Auszahlung gesperrt haben, nicht wahr? Ah, sie ist für ihn nicht viel wert, denn er muss sie auswärts anbringen und wird viel daran verlieren.“

„Wann kann ich ihn sehen?“, fragte Noah zögernd.

„Morgen früh“, erwiderte der Jude.

„Wo?“

„Hier.“

„Hm! Und der Lohn?“

„Ein Herrenleben – Kost und Wohnung, Tabak und Branntwein frei –, die Hälfte von allem, was Sie und das junge Frauenzimmer verdienen.“

Ob Noah Claypole, dessen Habsucht ziemlich groß war, nicht

Mr Fagin und „Mr Morris Bolter“ werden handelseinig

sogar bei diesen lockenden Bedingungen vielleicht doch abgesagt hätte, wenn er völlig frei gewesen wäre, ist zweifelhaft. Da er sich aber erinnerte, dass er, falls er sich weigerte, in der Gewalt seines neuen Bekannten stand, ihn den Gerichten zu überliefern – es sind ja auch unwahrscheinlichere Dinge schon geschehen –, gab er allmählich nach und sagte, dass ihm der Vorschlag annehmbar scheine.

„Aber, sehen Sie“, bemerkte Noah, „da sie viel leisten kann, wäre es mir lieb, wenn mir etwas recht Leichtes zufiele.“

„Kleine Spielereien?“, half Fagin nach.

„Ja, etwas in der Art“, entgegnete Noah. „Was wäre denn nach Ihrer Ansicht jetzt das Passendste für mich? Etwas, das nicht zu viel Kraft erfordert und nicht gefährlich ist; Sie verstehen mich?“

„Ich hörte Sie vom Ausspionieren anderer reden, mein Lieber“, sagte der Jude. „Mein Freund braucht jemanden, der dafür Talent hätte.“

„Ich erwähnte es und gebe mich auch ganz gern einmal dazu her“, versetzte Mr Claypole langsam, „aber Sie wissen, es macht sich nicht recht bezahlt.“

„Das ist wahr“, entgegnete der Jude nachdenklich – wenigstens gab er sich den Anschein, als ob er nachdächte –, „zu verdienen ist nichts dabei.“

„Fällt Ihnen sonst nichts ein?“, fragte Noah und schaute ihn ängstlich an. „Eine geruhsame, sichere Arbeit, bei der man keine Gefahr läuft?“

„Was halten Sie von alten Frauen?“, fragte der Jude. „Es lässt sich ein schönes Geld machen, wenn man ihnen ihre Taschen und Pakete aus der Hand reißt und um die nächste Ecke rennt.“

„Kreischen die nicht gleich, und kratzen sie nicht bisweilen?“, fragte Noah, indem er den Kopf schüttelte. „Ich glaube nicht, dass mir das liegt. Ist nicht noch ein anderer Zweig offen?“

„Halt!“, rief der Jude und legte die Hand auf Noahs Knie. „Käfer spießen!“

„Was ist das?“, fragte Mr Claypole.

„Die Käfer, mein Lieber“, antwortete der Jude, „sind die kleinen Kinder, die von ihren Müttern mit Sixpence- und Shillingstücken einkaufen geschickt werden, und Spießen heißt, ihnen ihr Geld wegnehmen, das sie immer in den Händen bereithalten. Man stößt sie dann in die Gosse und geht ganz langsam davon, als ob nichts weiter passiert wäre, als dass ein Kind gefallen ist und sich verletzt hat, hahaha!"

„Haha!", brüllte Mr Claypole und trampelte begeistert mit den Füßen. „So wahr ich lebe, das ist das Rechte!"

„Glaub's selber auch", versetzte Fagin. „Sie können da einige gute Bezirke bearbeiten, etwa in Camden Town, Battlebridge und dort herum, wo immer Kinder mit Aufträgen herumlaufen und man zu jeder Stunde des Tages Käfer spießen kann, hahaha!"

Mit diesen Worten stieß Fagin Mr Claypole in die Seite, und beide brachen in ein langes, lautes Gelächter aus.

„Gut, das geht in Ordnung", sagte Noah, als er sich von seinem Lachkrampf erholt hatte und Charlotte zurückgekehrt war. „Welche Zeit sollen wir für morgen festsetzen?"

„Ist zehn Uhr recht?", fragte der Jude und fügte, als Mr Claypole bejahend nickte, hinzu: „Welchen Namen soll ich meinem Freund nennen?"

„Mr Bolter", erwiderte Noah, der sich für einen solchen Fall vorgesehen hatte. „Mr Morris Bolter. Dies hier ist Mrs Bolter."

„Mr Bolter, ich bin Ihr gehorsamer Diener", sagte Fagin, indem er sich mit schnurriger Höflichkeit verbeugte. „Ich hoffe, wir werden uns demnächst näher kennenlernen."

„Hörst du, was der Herr sagt, Charlotte?", donnerte Mr Claypole.

„Ja, lieber Noah", versetzte Mrs Bolter und reichte ihre Hand hin.

„Noah nennt sie mich, wenn sie zärtlich sein will", erklärte Mr Morris Bolter, weiland Mr Claypole, dem Juden. „Sie verstehen?"

„O ja, ich verstehe – vollkommen", erwiderte Fagin, der damit wirklich einmal die Wahrheit sagte. „Gute Nacht! Gute Nacht!"

Unter wiederholten Abschiedsgrüßen und mit vielen guten Wünschen ging Mr Fagin seines Weges; Noah Claypole aber schickte sich an, seine Ehefrau in das getroffene Abkommen einzuweihen, mit der ganzen Würde und Überlegenheit nicht nur eines Wesens, das dem stärkeren Geschlecht angehört, sondern auch eines Herrn, der sich dem hohen Beruf geweiht hat, in London und Umgebung Kinder in die Gosse zu stoßen.

Dreiundvierzigstes Kapitel

In dem gezeigt wird, wie der Dodger in die Enge gerät

So sind Sie also selbst Ihr guter Freund gewesen?", fragte Mr Claypole, derzeit Mr Bolter, als er kraft des zwischen ihm und Fagin geschlossenen Vertrages am nächsten Tag in das Haus des Juden kam. „Ich Stockfisch – hab ich mir's doch gestern Nacht schon gedacht!"

„Jedermann ist sein eigener Freund, mein Bester", versetzte Fagin mit seinem liebenswürdigsten Grinsen, „er kann nirgends einen besseren finden."

„Nicht immer", entgegnete Morris Bolter, wobei er die Miene eines Mannes von Welt annahm. „Manche Leute sind niemandes Feinde als ihre eigenen, wie Sie wissen."

„Glauben Sie das ja nicht", sagte der Jude. „Ist ein Mann sein eigener Feind, so nur deshalb, weil er zu sehr sein eigener Freund ist, nicht weil er für andere mehr besorgt ist als für sich selber. Pah, so was liegt nicht in der Natur des Menschen."

„Und wenn es doch vorkommt, ist es verkehrt", erwiderte Mr Bolter.

„Versteht sich", sprach der Jude. „Manche Sterndeuter halten die Drei, andere die Sieben für die magische Zahl; aber es ist keine von beiden, mein Freund. Die Nummer eins ist's."

„Haha!", rief Mr Bolter. „Die Eins für immer."

„In einer kleinen Gesellschaft wie der unsrigen, mein Bester", versetzte der Jude, dem es nötig schien, ihre gegenseitige Stellung festzulegen, „haben wir eine gemeinsame Eins. Das heißt: Sie können sich nicht selbst als die Eins betrachten, ohne mich und alle die andern jungen Leute mit einzuschließen."

„Ha, das wäre des Teufels!", rief Mr Bolter.

„Sehen Sie", fuhr der Jude fort, als beachte er diese Unterbrechung nicht, „wir sind hinsichtlich unseres Vorteils so eng verbunden und gleichsam miteinander verwachsen, dass es so sein muss. Setzten wir den Fall, Sie wollen für die Eins sorgen und meinen damit sich selbst."

„Gewiss", versetzte Mr Bolter. „Sie haben ganz recht."

„Gut; Sie können aber nicht für sich selbst als Eins Sorge tragen, ohne dabei auch mich als Eins im Auge zu haben."

„Als Zwei wollen Sie sagen", entgegnete Mr Bolter, dem die Gabe der Eigenliebe in reichem Maße verliehen war.

„Nicht doch", erwiderte der Jude. „Ich bin für Sie ebenso wichtig wie Sie selbst."

„Hm", meinte Mr Bolter dann. „Sie sind ein Schlaukopf, den ich hochachte, aber gar so dicke Freunde sind wir doch noch nicht."

„Denken Sie nur nach", sagte der Jude achselzuckend und streckte seine Hände aus, „überlegen Sie nur! Sie haben ein ganz nettes Ding gedreht, und ich mag Sie darum; aber es könnte Ihnen doch eine Halsbinde eintragen, die sich leicht knüpfen lässt – nämlich den Strick!"

Mr Bolter steckte die Hände in seinen Kragen, als ob er unbequem säße, und murmelte eine Zustimmung, wenigstens dem Tonfall nach.

„Der Galgen", fuhr Fagin fort, „der Galgen, mein Freund, ist ein garstiger Wegweiser und zeigt auf eine scharfe Biegung, die der Laufbahn manches kühnen Burschen auf der breiten Landstraße ein Ende gesetzt hat. Den Weg einzuhalten und die Biegung zu meiden ist für Sie die Eins."

„Natürlich", versetzte Mr Bolter. „Aber wozu reden Sie von solchen Dingen?"

„Nur, um Ihnen meine Meinung klarzumachen", entgegnete der Jude, indem er die Augenbrauen hochzog. „Mit jenem Bestreben hängen Sie von mir ab; will ich gemütlich meine kleinen Gewinne einstreichen, so hänge ich von Ihnen ab. Das erste ist Ihre Eins, das zweite die meine. Je höher Sie Ihre Eins veranschlagen, desto achtsamer müssen Sie auf die meine sein; und so kommen wir zuletzt auf das, was ich von Anfang an gesagt habe: dass die Rücksicht auf die Eins uns alle zusammenhält und zusammenhalten muss, wenn unsere Gesellschaft nicht in die Brüche gehen soll."

„Das ist richtig", erwiderte Mr Bolter nachdenklich. „Sie sind ein geriebener alter Fuchs!"

Mr Fagin bemerkte mit Entzücken, dass diese Anerkennung seiner Überlegenheit kein bloßes Kompliment war, sondern dass er seinem Schüler wirklich einen Eindruck von seiner Schlauheit beigebracht hatte, was für den Anfang ihrer Bekanntschaft äußerst wichtig war. Um diesen so wünschenswerten und nützlichen Eindruck noch zu verstärken, gab er ihm Einblick in manche Einzelheiten seiner großen und ausgedehnten Operationen, wobei er, wie es seinem Zweck am besten entsprach, Dichtung und Wahrheit so kunstreich mischte, dass Mr Bolters Respekt sichtlich zunahm und in ihm zugleich eine heilsame Furcht wach wurde, die dem Juden sehr willkommen war.

„Nur das wechselseitige Vertrauen, das wir zueinander hegen, hilft mir über schwere Verluste hinweg“, sagte Fagin. „Ich habe erst heute Morgen meinen besten Gehilfen verloren.“

„Sie wollen damit doch nicht sagen, dass er starb?“, rief Mr Bolter.

„Nein, nein“, entgegnete der Jude. „So schlimm ist's nicht; nicht ganz so schlimm.“

„So ist er wohl …“

„Gesucht“, versetzte der Jude. Ja, er wurde gesucht.“

„Aus einem besonderen Grund?“, fragte Mr Bolter.

„Nein“, erwiderte der Jude, „kein besonderer. Er wurde wegen eines versuchten Taschendiebstahls angeklagt, und man fand seine silberne Schnupftabaksdose bei ihm – seine eigene, mein Lieber, seine eigene, denn er schnupfte selbst sehr gern. Man hat ihn bis heute festgehalten, denn man glaubte den Eigentümer zu kennen. Ach, er war fünfzig Schnupftabaksdosen wert, und ich ließe mich gern ihren Preis kosten, wenn ich ihn dadurch zurückholen könnte. Sie hätten den Dodger kennenlernen sollen, Sie hätten ihn kennenlernen sollen.“

„Nun, ich hoffe ihn wohl noch kennenzulernen“, sagte Mr Bolter. „Meinen Sie nicht auch?“

„Ich zweifle daran“, versetzte der Jude mit einem Seufzer. „Wenn sie kein neues Zeugnis gegen ihn aufbringen können, wird er nur summarisch abgeurteilt, und wir können ihn ungefähr nach sechs Wochen wiederhaben; bringen sie aber eins bei, so muss er verreisen. Man weiß, was für ein gewandter Bursche er ist, und so wird's wohl ohne Ziel geschehen; sie können den Dodger nicht mit weniger bedenken!‘

„Was wollen Sie mit ‚verreisen' und ‚ohne Ziel' sagen?", fragte Mr Bolter. „Wozu ist es gut, wenn Sie so mit mir sprechen statt in einer Weise, dass ich's verstehen kann?"

Fagin war eben im Begriff, diese geheimnisvollen Ausdrücke in die Umgangssprache zu übersetzen, wodurch Mr Bolter erfahren hätte, dass sie „Deportation auf Lebenszeit" bedeuteten, als das Gespräch durch die Ankunft des Master Bates unterbrochen wurde, der die Hände in den Hosentaschen hatte und ein spaßhaft betrübtes Gesicht zog.

„Alles vorbei, Fagin", sagte Charley, als er und sein neuer Gefährte einander vorgestellt worden waren.

„Was willst du damit sagen?", fragte Fagin mit zitternden Lippen.

„Man hat den Herrn gefunden, dem die Dose gehört. Es kamen auch noch zwei oder drei weitere Zeugen hinzu, und so wird der Dodger einen Platz für die Reise buchen müssen", antwortete Bates. „Ich muss einen vollständigen Traueranzug haben, Fagin, und ein Hutband, dass ich ihn besuchen kann, ehe er seine Auswanderung antritt. Ach, es will mir nicht einleuchten, dass Jack Dawkins – der großartige Jack – der Dodger – der Gerissene – fortreisen muss wegen einer gemeinen Zweipenceschnupftabaksdose. Ich hätte nie gedacht, dass er es unter einer goldenen Uhr mit Kette und Petschaften täte. Ach, warum hat er nicht irgendeinem alten, reichen Glatzkopf all seine Kostbarkeiten gemaust, dass er wie ein Mann von Rang, nicht wie ein simpler Taschendieb ohne Ehre und Ruhm abgetreten wäre!"

Indem er so seinem Mitgefühl für seinen verunglückten Freund Ausdruck gab, setzte sich Master Bates verdrießlich und kleinmütig auf den nächsten Stuhl.

„Was schwatzt du da von Abtreten ohne Ehre und Ruhm?", rief Fagin und warf seinem Schüler einen zornigen Blick zu. „War er nicht der Meister von euch allen? Ist einer unter euch, der ihm irgendwie gleich- oder auch nur nahekommt?"

„Keiner", versetzte Master Bates mit gramerstickter Stimme, „nicht einer."

„Wie kannst du dann so reden?", entgegnete der Jude unwillig. „Und was soll dieses Gegreine?"

„Weil das alles nicht gewürdigt wird", erwiderte Charley, der durch die Vorwürfe in Zorn gegen seinen verehrten Freund geriet.

„Kommt etwas davon in sein Urteil? Erfährt man auch nur zur Hälfte, wer er war? Unter welchem Titel wird er im Newgate-Kalender erscheinen? Vielleicht kommt er nicht einmal hinein! Ach, du mein Himmel, was für ein Jammer!"

„Haha!", lachte der Jude, indem er die rechte Hand ausstreckte und sich mit einem Kichern, das ihn krampfartig schüttelte, an Mr Bolter wandte. „Sehen Sie, wie stolz sie auf ihr Gewerbe sind, mein Bester? Ist das nicht prächtig?"

Mr Bolter nickte beifällig, und der Jude trat, nachdem er sich ein Weilchen an Charley Bates' Kummer geweidet hatte, auf diesen jungen Herrn zu und klopfte ihm auf die Schulter.

„Lass dir's nicht zu Herzen gehen, Charley", sagte Fagin besänftigend. „'s wird schon noch an den Tag kommen, gewiss wird es an den Tag kommen. Sie werden alle erfahren, was für ein gescheiter Bursche er war; er wird sich in einem Licht zeigen, dass seine alten Kameraden und Lehrer keine Schande an ihm erleben. Denk nur, wie jung er noch ist! Welch eine Auszeichnung, Charley, in seinen Jahren lebenslänglich verreisen zu müssen."

„Nun ja, das ist allerdings eine Ehre", versetzte Charley, ein wenig getröstet.

„Er wird alles haben, was er braucht", fuhr der Jude fort, „und gehalten werden im Steinkasten wie ein Herr, Charley. Ganz wie ein Herr: täglich sein Bier und Geld in der Tasche, um damit Kopf oder Wappen zu werfen, wenn er's nicht ausgeben kann."

„Wirklich?", rief Charley Bates.

„Kannst dich drauf verlassen", entgegnete der Jude, „und wir wollen ein großes Tier mit seiner Verteidigung betrauen, den maulfertigsten Kerl, den's gibt. Er kann auch selber eine Rede halten, wenn er Lust hat, und wir lesen dann alles in den Zeitungen: *Der pfiffige Meisterdieb – allgemeines Gelächter – das Gericht in Verwirrung!* – Wie gefällt dir das, Charley?"

„Haha!", lachte Bates. „Das muss einen herrlichen Spaß geben, nicht wahr, Fagin? Wie sie der Dodger in Verlegenheit bringen wird, haha!"

„Gewiss, gewiss, er wird!", entgegnete der Jude.

„Freilich wird er", wiederholte Charley händereibend.

„Mir ist, als sähe ich ihn", fuhr der Jude fort, indem er die Augen auf seine Zöglinge heftete.

„Mir auch!“, rief Charley Bates. „Hahaha! Meiner Seel, ich kann ihn mir vorstellen, als stünde er vor mir, Fagin. Was für ein Spaß, was für ein Hauptspaß! Alle die Perückenköpfe, die sich Mühe geben, feierlich auszusehen, während Jack Dawkins so vertraulich und frisch von der Leber weg mit ihnen spricht, als wäre er des Richters Sohn, der nach dem Mittagessen eine Rede hält – hahaha!“

Der Jude hatte seinen jungen Freund in eine so gute Laune versetzt, dass Master Bates, der anfangs geneigt gewesen war, den gefangenen Dodger als armes Opfer zu betrachten, in ihm jetzt den Hauptshelden einer seltenen und ausgesuchten Posse sah; er konnte es kaum erwarten, bis sich seinem alten Freund eine so schöne Gelegenheit darbot, seine Fähigkeiten zu entwickeln.

„Wir müssen auf irgendeine Weise erfahren, wie er sich heute anstellt“, sagte Fagin. „Lass mich überlegen.“

„Soll ich hingehen?“, fragte Charley.

„Nicht um alles in der Welt“, versetzte der Jude. „Bist du toll, mein Lieber, total toll, dass du an den nämlichen Platz gehen willst, wo –? Nein, Charley, nein! ’s ist genug, einen verloren zu haben.“

„Sie haben doch wohl nicht im Sinn, ihn selbst aufzusuchen?“, entgegnete Charley mit launigem Spott.

„Das wäre nicht ratsam“, erwiderte Fagin und schüttelte den Kopf.

„Warum schicken Sie nicht diesen neuen Zeisig?“, fragte Master Bates, indem er seine Hand auf Noahs Arm legte. „Er ist noch fremd.“

„Hm, wenn es ihm nichts ausmacht“, bemerkte der Jude.

„Ihm nichts ausmacht?“, fiel Charley ein. „Wieso sollte es ihm denn etwas ausmachen?“

„In der Tat, mein Bester“, sagte Fagin und wandte sich Mr Bolter zu. „’s ist nichts zu befürchten.“

„Sie haben gut reden“, versetzte Noah, indem er sich mit bedenklichem Kopfschütteln zur Tür zurückzog. „Nein, nein – nichts in dieser Art. Das gehört nicht in mein Fach.“

„Was für ein Fach hat er denn bekommen, Fagin?“, fragte Master Bates, der verächtlich Noahs schlottrige Figur musterte. „Das Ausreißen, wenn’s nicht ganz geheuer ist, und das Sattessen, wenn alles glattgeht – ist das sein Fach?“

„Geht dich nichts an!“, erwiderte Mr Bolter. „Nimm dir keine

Frechheiten heraus gegen Leute, die mehr sind als du, Kleiner, oder du wirst finden, dass du an den Unrechten kommst."

Master Bates lachte bei dieser großartigen Drohung so heftig, dass er einige Zeit brauchte, ehe sich Fagin ins Mittel legen und Mr Bolter erklären konnte, dass er bei diesem Gang zum Polizeiamt gar keine Gefahr laufe. Von der kleinen Sache, in die er verwickelt wäre, sei weder eine Anzeige noch eine Beschreibung seiner Person nach London gelangt, und man komme höchstwahrscheinlich gar nicht auf den Gedanken, er könne hier untergetaucht sein; auch sei in geeigneter Verkleidung dieser Ort für ihn ebenso sicher wie jeder andere in der Hauptstadt, da man am allerwenigsten annehmen werde, dass er freiwillig seine Zuflucht bei der Polizei suche.

Mr Bolter ließ sich endlich, zum Teil durch diese Vorstellungen, weit mehr aber durch seine Furcht vor dem Juden, dazu bewegen, wohl oder übel sich diesem Geschäft zu unterziehen. Er vertauschte auf Fagins Geheiß seinen eigenen Anzug mit einem Fuhrmannskittel, Lederhosen und Ledergamaschen, die der Jude gerade zur Hand hatte; obendrein wurde er mit einem Filzhut, der mit Passierscheinen reichlich besteckt war, und einer Kutscherpeitsche ausgestattet. In dieser Aufmachung sollte er als Bauernbursche, der seine Neugier befriedigen will, vom Covent-Garden-Markt nach dem Polizeiamt schlendern; und da er ein tölpischer, unmanierlicher und unbeholfener Bursche war, wie es sich nur denken ließ, zweifelte Fagin nicht, dass er seine Rolle trefflich durchführen werde.

Nachdem sie mit diesen Vorkehrungen zu Ende gekommen waren, wurde er unterrichtet, an welchen Merkmalen und Zeichen der Dodger zu erkennen sei. Schließlich führte ihn Master Bates durch viele dunkle Gässchen in die Nähe von Bow Street, beschrieb ihm genau die Lage des Polizeigebäudes und fügte noch ausgiebige Anweisungen hinzu: Er brauche nur geradeaus zu gehen, vom Hof aus die Treppe zur Rechten hinaufzusteigen und, wenn er in den Saal trete, den Hut abzunehmen. Dann trieb er ihn zur Eile an und versprach ihm, an dem Ort, wo sie sich trennten, seine Rückkehr zu erwarten.

Noah Claypole oder Morris Bolter, wie der Leser lieber will, befolgte streng die empfangenen Richtlinien, die sich, da Bates mit den Örtlichkeiten wohlvertraut war, als so zutreffend erwiesen, dass er, ohne eine Frage zu stellen oder unterwegs aufgehalten zu werden, in den Gerichtssaal gelangte. Er geriet hier in ein starkes

Gedränge von Leuten, zumal von Weibern, die Kopf an Kopf den schmutzigen, muffigen Saal füllten. An dessen oberem Ende war eine erhöhte Fläche durch eine Schranke von dem übrigen Raum abgetrennt, links an der Mauer stand ein Käfig für die Angeklagten, in der Mitte befand sich die Zeugenloge und auf der rechten Seite ein Pult für das Amtspersonal. Die letztgenannte Ehrfurcht gebietende Stelle war durch einen Verschlag den gewöhnlichen Augen verborgen; es blieb der Menge überlassen, sich dahinter, wenn sie konnte, die volle Majestät der Gerechtigkeit vorzustellen.

In dem Käfig saßen nur ein paar Weiber, die ihren Bekannten zunickten, während der Gerichtsschreiber etlichen Polizeidienern und einem einfach gekleideten Mann, der sich über den Tisch lehnte, einige Zeugenaussagen vorlas. Ein Gefängniswärter stemmte seinen Rücken gegen die Käfigstäbe und klopfte sich mit einem großen Schlüssel gleichgültig an die Nase, es sei denn, er musste unter den Zuschauern eine ungebührliche Neigung zur Gesprächigkeit durch den Befehl „Ruhe!“ unterdrücken oder mit finsterer Miene eine Frau anherrschen: „Schaffen Sie das Kind fort!“, falls die Würde des Gerichts durch schwache Schreie gestört wurde, die ein mageres Baby – es war unter dem Umschlagtuch der Mutter kaum zu hören – ausstieß. Die Luft des Saales roch dumpf und ungesund, die Wände starrten vor Schmutz, und die Decke war schwarz. Über dem Kaminsims befand sich eine alte, verräucherte Büste und über dem Käfig eine staubige Uhr, der einzige Gegenstand, der hier zu gehen schien, wie er sollte; denn Verderbtheit oder Armut oder der gewohnheitsmäßige Umgang mit beidem hatten auf jedem belebten Wesen eine Spur hinterlassen, die kaum weniger unangenehm war als der dicke Schmutz, der jeden unbelebten Gegenstand überzog.

Noah sah sich eifrig nach dem Dodger um. Er entdeckte zwar verschiedene Weiber, die für Mutter oder Schwester dieser ausgezeichneten Persönlichkeit hätten gelten können, und mehr als einen Mann, der große Ähnlichkeit mit seinem Vater haben mochte, niemand aber entsprach der Beschreibung, die man ihm von Mr Dawkins gegeben hatte. Er wartete daher in großer Ungewissheit und Spannung, bis die Weiber ihr Urteil erhalten hatten und stolz abzogen; dann aber wurde zu seiner großen Erleichterung ein anderer Gefangener vorgeführt, der, wie er sogleich fühlte, niemand anderes sein konnte als derjenige, dem sein Besuch galt.

Es war wirklich Jack Dawkins, der schlurfend und in wiegendem Gang, die Ärmel seines großen Rockes wie gewöhnlich zurückgeschlagen, den Hut in der Rechten, die Linke in der Tasche und den Schließer hinter sich, eintrat und seinen Platz im Käfig mit der lauten Frage einnahm, warum man ihn in eine so schimpfliche „Sitiwation" bringe.

„Willst du dein Maul halten!", fuhr der Gefängniswärter ihn an.

„Bin ich Engländer oder nicht?", versetzte der Dodger. „Wo sind meine Privilegien?"

„Du wirst bald genug Privilegien bekommen", erwiderte der Gefängniswärter, „und zwar gepfefferte."

„Wir wollen sehen, was der Minister des Innern den Großmäulern sagen wird, wenn ich sie nicht bekomme", entgegnete Mr Dawkins. „Also vorwärts! Worum geht's hier? Ich werde den Herren Richtern Dank wissen, wenn sie diese kleine Angelegenheit rasch aus der Welt schaffen und mich nicht warten lassen, während sie Zeitung lesen; denn ich habe mit einem Herrn in der City eine Verabredung, und da ich ein Mann von Wort und in Geschäftssachen sehr pünktlich bin, geht er vielleicht weg, wenn ich die Zeit nicht einhalte; das gibt dann möglicherweise eine Schadenersatzklage gegen die, die mich aufgehalten haben. Das wollen die Herren doch gewiss nicht."

Sodann erkundigte sich Dawkins, der anscheinend sehr auf das bevorstehende Verfahren bedacht war, beim Schließer laut nach dem Namen der beiden alten Grobiane auf der Bank, was die Zuschauer zu einem ebenso herzlichen Lachen reizte, wie Master Bates gelacht hätte, wenn er diese Frage gehört hätte.

„Still da!", rief der Gefängniswärter.

„Was gibt's?", fragte einer der Richter.

„Einen Taschendieb, Euer Gnaden."

„Ist der Knabe schon hier gewesen?"

„Er hätte schon manchmal hier sein sollen", versetzte der Schließer, „aber er ist ansonsten so ziemlich überall gewesen. Ich kenne ihn gut, Euer Gnaden."

„Ah! Sie kennen mich, wirklich?", rief der Dodger, indem er sich die Bemerkung aufzeichnete. „Sehr gut! Das gibt vielleicht eine Anzeige wegen übler Nachrede."

Es erscholl ein abermaliges Gelächter, dem wiederum ein Befehl zu schweigen folgte.

„Wohlan, wo sind die Zeugen?“, fragte der Gerichtsschreiber.

„Ah! Ganz recht“, fügte der Dodger hinzu. „Ich möchte sie doch auch sehen.“

Diesem Wunsch wurde sogleich entsprochen, denn ein Polizeidiener trat vor, der gesehen hatte, wie der Gefangene im Gedränge einem unbekannten Herrn in die Tasche griff und ein Schnupftuch herauszog, es aber dann, da es sehr alt gewesen, wieder hineinsteckte, nachdem er sich vorher das Gesicht damit abgetrocknet hatte. Er habe aus diesem Grund den Angeklagten, sobald er an ihn herankommen konnte, in Haft genommen und bei der Durchsuchung eine silberne Schnupftabaksdose gefunden, auf deren Deckel der Name des Eigentümers eingraviert stand. Dieser Herr, den man mithilfe des Adressbuchs ausfindig gemacht, habe geschworen, dass die Dose sein Eigentum sei und dass er sie am Tag vorher vermisst habe, gleich nachdem er dem bereits erwähnten Gedränge entronnen sei. Er habe auch bemerkt, dass sich ein junger Mensch im Gewühl besonders viel um ihn zu schaffen gemacht habe, und dieser junge Mensch sei der Gefangene hier vor ihm.

„Hast du etwas gegen diesen Zeugen einzuwenden, Junge?“, fragte der Richter.

„Ich mag mich nicht dazu herablassen, mich in einem Disput mit ihm zu beschimpfen“, versetzte der Dodger.

„Hast du überhaupt noch etwas zu sagen?“

„Hörst du, Seine Gnaden fragen, ob du noch etwas zu sagen hast“, wiederholte der Gefängniswärter, indem er den schweigenden Angeklagten mit dem Ellbogen anstieß.

„Ich bitte um Vergebung“, sagte Dawkins und blickte zerstreut auf. „Haben Sie mit mir gesprochen, guter Mann?“

„Ich habe noch nie einen so durchtriebenen jungen Spitzbuben gesehen, Euer Gnaden“, bemerkte der Gefängniswärter grinsend. „Hast du im Sinn, noch etwas vorzubringen, Halunke?“

„Nein“, entgegnete der Dodger, „hier nicht; denn das ist nicht der rechte Ort, um zu seinem Recht zu kommen. Außerdem frühstückt mein Anwalt diesen Morgen beim Vizepräsidenten des Unterhauses. Ich werde aber anderswo etwas vorzubringen haben, und ebenso mein Advokat und meine übrigen zahlreichen und angesehenen Bekannten, sodass die großmäuligen Kerle wünschen werden, nie geboren oder lieber von ihren Bedienten an ihren eigenen

Kleiderhaken aufgeknüpft worden zu sein, als heute ein Urteil über mich gesprochen zu haben. Ich will –"

„Ach was!", unterbrach ihn der Schreiber. „Er ist vollständig überführt. Fort mit ihm!"

„Marsch!", versetzte der Schließer.

„O ja, ich komme schon", erwiderte Dawkins und bürstete seinen Hut mit der Hand ab. „Und Ihnen" – er wandte sich gegen die Richterbank – „sollen Ihre Jammergesichter nichts helfen; ich kenne keine Schonung, nicht für einen Penny! Euch wird das teuer zu stehen kommen, ihr sauberen Kunden! Ich möchte nicht in eurer Haut stecken! Ich möchte jetzt nicht frei ausgehen, und wenn ihr auf die Knie fielet und mich darum bätet. Fort, führt mich ins Gefängnis!"

Der Dodger ließ sich nun am Rockkragen abführen, drohte, bis er in den Hof hinauskam, die Sache vors Parlament zu bringen, und grinste dann den Schließer heiter und selbstzufrieden an.

Als Noah mit angesehen hatte, wie er in eine kleine Zelle eingeschlossen wurde, eilte er, so schnell er konnte, zu der Stelle zurück, wo er Bates verlassen hatte. Dieser junge Herr ließ ihn etwas warten, weil er es für klug erachtete, sich nicht eher zu zeigen, als bis er eines sicheren Rückzuges gewiss war und sich überzeugt hatte, dass seinem neuen Freund keine zudringliche Person folgte.

Beide eilten miteinander zurück, um Mr Fagin die erfreuliche Kunde zu bringen, dass der Dodger seiner Erziehung alle Ehre mache und sich einen glänzenden Namen sichere.

Vierundvierzigstes Kapitel

Für Nancy kommt die Zeit, ihr Versprechen an Rose einzulösen, aber es misslingt

So erfahren Nancy in allen Künsten der Schlauheit und Verstellung auch war, sie konnte doch die Wirkung nicht ganz verbergen, die das Bewusstsein des Schrittes, den sie getan, auf ihr Gemüt hervorbrachte. Sie erinnerte sich, dass sie der verschmitzte Jude sowohl wie der rohe Sikes in Pläne eingeweiht hatten, die allen anderen verborgen waren, in dem festen Vertrauen, dass sie verlässlich und über jeden Verdacht erhaben sei.

So nichtswürdig diese Pläne, so verworfen ihre Urheber und so bitter auch Nancys Gefühle gegen Fagin waren, der sie Schritt für Schritt tiefer und tiefer in den Abgrund des Verbrechens und Elends geführt hatte, in einen Abgrund, dem sie nicht mehr entfliehen konnte, so fühlte sie doch hin und wieder sogar ihm gegenüber Bedauern, dass ihn ihre Enthüllung hinter Gitter bringen könnte, denen er so lang entgangen, und dass er schließlich, so reichlich er es auch verdiente, durch ihre Hand fallen sollte.

Dies waren jedoch nur Anwandlungen eines Gemüts, das sich nicht vollständig von alten Gefährten und Verbindungen zu lösen, wohl aber beharrlich auf ein Ziel einzustellen vermochte und entschlossen war, sich durch keine Rücksicht darin irremachen zu lassen. Die Befürchtungen, die sie für Sikes hegte, wären in ihren Augen ein weit gewichtigerer Anlass gewesen zurückzutreten, solange es noch Zeit war; aber sie hatte sich ausbedungen, dass ihr Geheimnis streng bewahrt werde, hatte kein Wort verlauten lassen, das zu seiner Entdeckung führen konnte, hatte es um seinetwillen sogar ausgeschlagen, sich aus Verderbtheit und Elend, die sie umgaben, zu retten; was konnte sie also mehr tun? Sie war entschlossen.

Obgleich alle ihre Seelenkämpfe immer wieder zu diesem Schluss führten, drängten sie sich ihr doch stets von Neuem auf und ließen ihre Spuren zurück. In kurzer Zeit wurde sie blass und schmal. Manchmal achtete sie auf nichts, was um sie vorging, oder mischte sich nicht in die Unterhaltung, bei der sie ehedem die Lauteste gewesen war. Bisweilen lachte sie, ohne fröhlich zu sein, und lärmte ohne Zweck und Anlass. Ein andermal, oft unmittelbar nachher, saß sie stumm, niedergeschlagen und brütend da, den Kopf in die Hände gestützt, und die Gewalt, mit der sie sich dann aufraffte, bekundete weit nachdrücklicher als diese Zeichen selbst, dass sie unruhig war und dass sich ihre Gedanken mit Dingen beschäftigten, die zur Unterhaltung ihrer Gefährten in gar keiner Beziehung standen.

Es war Sonntagnacht, und die Glocke der nächsten Kirche verkündete die Stunde. Sikes und der Jude unterbrachen ihre Unterhaltung, um zu horchen. Das Mädchen sah von dem niedrigen Sitz, auf dem es kauerte, auf und lauschte gleichfalls. Elf!

„Eine Stunde vor Mitternacht", sagte Sikes, indem er den Fensterladen öffnete, hinaussah und zu seinem Stuhl zurückkehrte. „Alles rabenschwarz: eine herrliche Nacht fürs Handwerk."

„Ach!", versetzte der Jude. „Wie schade, lieber Bill, dass wir sie nicht ausnutzen können."

„Da hast du einmal recht", entgegnete Sikes verdrießlich. „'s ist jammerschade, denn ich wäre auch in der Laune dazu."

Der Jude seufzte und schüttelte betrübt den Kopf.

„Wir müssen's einholen, wenn alles wieder im rechten Gleis läuft", erwiderte Sikes.

„So ist's recht, mein Bester", sagte der Jude, indem er sich herausnahm, ihm auf die Schulter zu klopfen. „Es tut mir wohl, Euch so sprechen zu hören."

„So, tut's dir wohl?", rief Sikes. „Na, meinetwegen."

„Hahaha!", lachte der Jude, als ob ihm sogar dieses Zugeständnis Freude machte. „Ihr seid diesen Abend wieder ganz der alte, Bill, wieder ganz Ihr selber."

„Das Gefühl habe ich aber nicht, solang diese verschrumpfte alte Pfote auf meiner Schulter liegt – weg damit!", sagte Sikes und schüttelte die Hand des Juden ab.

„Sie beunruhigt Euch, Bill – erinnert Euch ans Geschnapptwerden, he?", entgegnete der Jude, entschlossen, keine Empfindlichkeit zu zeigen.

„Sie erinnert mich an die Kralle des Teufels“, erwiderte Sikes. „Es hat nie einen Mann mit einer Fratze wie der deinen gegeben, außer vielleicht deinen Vater, und ich denke, dem wird jetzt sein grauroter Bart in der Hölle versengt, wenn du nicht etwa geradewegs von Beelzebub selber abstammst, was mich nicht im Mindesten wundernähme.“

Fagin schwieg bei diesem Kompliment, zupfte aber Sikes am Ärmel und deutete auf Nancy, die während dieser Unterhaltung ihren Hut aufgesetzt hatte und nun dabei war, das Zimmer zu verlassen.

„Holla, Nancy!“, rief Sikes. „Wo will die Dirne hin, so spät in der Nacht?“

„Nicht weit.“

„Ist das eine Antwort?“, entgegnete Sikes. „Wohin willst du?“

„Ich sage, nicht weit.“

„Und ich sage, wohin?“, erwiderte Sikes. „Hörst du?“

„Ich weiß es selber nicht“, versetzte das Mädchen.

„Dann weiß ich's“, sagte Sikes, mehr aus Lust am Widerspruch, als weil er wirklich gegen die Gänge des Mädchens etwas einzuwenden hatte. „Du gehst nirgends hin. Setz dich!“

„Mir ist nicht wohl. Ich hab dir's vorhin schon gesagt“, entgegnete das Mädchen. „Ich brauch frische Luft.“

„Dann streck den Kopf zum Fenster hinaus“, erwiderte Sikes.

„Ist mir nicht genug“, versetzte das Mädchen, „ich muss auf die Straße.“

„Du sollst aber nicht“, brummte Sikes. Er stand auf, schloss die Tür, steckte den Schlüssel in die Tasche, riss ihr den Hut vom Kopf und warf ihn auf einen Schrank. „So!“, fuhr der Halunke fort. „Willst du jetzt ruhig sitzen bleiben, wo du bist?“

„Der Hut könnte mich wohl kaum zurückhalten“, sagte das Mädchen und wurde totenbleich. „Was soll das heißen, Bill? Weißt du auch, was du tust?“

„Ob ich es weiß?“, rief Sikes. Er wandte sich an Fagin. „Ha, sie ist von Sinnen; sonst würde sie's nicht wagen, so mit mir zu sprechen.“

„Du wirst mich zu etwas Verzweifeltem treiben“, murmelte das Mädchen und drückte beide Hände an ihre Brust, als wolle sie gewaltsam einen heftigen Ausbruch niederkämpfen. „Lass mich gehen – diesen Augenblick!“

„Nein!“, brüllte Sikes.

„Sag ihm, er soll mich gehen lassen, Fagin. Es ist besser! Besser für ihn! Hört Ihr mich?“, rief Nancy, mit dem Fuß aufstampfend.

„Ob wir dich hören?“, wiederholte Sikes und drehte sich im Stuhl zu ihr um. „Ja! Und wenn ich dich noch eine halbe Minute höre, so soll dich der Hund so an der Kehle packen, dass er dir etwas von deiner kreischenden Stimme herausreißt. Was ist über dich gekommen, du Metze? Was hast du?“

„Lass mich gehen“, sagte das Mädchen sehr ernst, setzte sich dann bei der Tür auf den Boden und fuhr fort: „Bill, lass mich gehen. Du weißt nicht, was du tust; weißt es wirklich nicht. Nur eine einzige Stunde – lass mich –, lass mich!“

„Ich lass mir meine Glieder Stück für Stück ausreißen“, rief Sikes, indem er sie rau am Arm fasste, „wenn ich das Mädel nicht für reinweg toll halte! Steh auf!“

„Nicht, bis du mich gehen lässt – nicht, bis du mich gehen lässt – nicht eher – nicht eher!“, kreischte das Mädchen.

Sikes betrachtete sie eine Minute, passte einen günstigen Augenblick ab, fasste dann plötzlich ihre Hände und schleppte die sich Sträubende in einen anstoßenden kleinen Raum, wo er sich auf eine Bank setzte, sie in einen Stuhl drückte und mit Gewalt darauf festhielt. Sie wehrte sich und bat dazwischen wieder, bis die Glocke zwölf geschlagen hatte; dann ließ sie, müde und erschöpft, vom Streit ab. Sikes warnte sie unter vielen Flüchen, diese Nacht noch weitere Versuche zum Ausgehen zu machen, überließ es ihr, sich zu erholen, wie sie wollte, und begab sich wieder zu dem Juden.

„Uff!“, schnaubte der Einbrecher und wischte sich den Schweiß von der Stirn. „Was für ein seltsam launisches Mädel!“

„Kann man wohl sagen, Bill“, versetzte der Jude nachdenklich, „kann man sagen.“

„Was, glaubst du, mag ihr in den Kopf gefahren sein, dass sie nachts ausgehen wollte?“, fragte Sikes. „Du musst sie besser kennen als ich – was bedeutet es?“

„Störrigkeit, Weiberstörrigkeit, denke ich, mein Lieber“, entgegnete der Jude achselzuckend.

„Hm! Kommt mir auch so vor“, brummte Sikes. „Ich glaubte, ich hätte sie gezähmt, aber sie ist so schlimm wie je zuvor.“

„Schlimmer!“, erwiderte der Jude gedankenvoll. „Ich habe sie nie so gesehen; und das wegen einer solchen Kleinigkeit!“

„Ich auch nicht“, sagte Sikes. „Ich glaube, es steckt ihr noch etwas von dem Fieber im Blut, und das will nicht heraus – wie?“

„Wohl möglich“, versetzte der Jude.

„Ich will ihr ein bisschen Blut abzapfen, ohne den Doktor zu bemühen, wenn sie mir wieder so kommt“, erwiderte Sikes.

Fagin gab nickend sein Einverständnis mit diesem Heilverfahren zu erkennen.

„Sie ist Tag und Nacht um mich gewesen, als ich krank lag, während du dich drücktest, kaltschnäuziger Wolf, der du bist“, sagte Sikes. „Wir steckten ja die ganze Zeit über in tiefster Armut, und ich glaube, das hat ihr arg zugesetzt; das lange Eingeschlossensein hier hat sie vielleicht auch unruhig gemacht – wie?“

„Das wird's sein, mein Lieber“, flüsterte der Jude. „Pst!“

Während er sprach, erschien das Mädchen wieder und nahm ihren früheren Platz ein. Ihre Augen waren geschwollen und rot; sie schwankte hin und her, schüttelte den Kopf, und nach kurzer Zeit brach sie in Lachen aus.

„Ei, nun geht's wieder in einem andern Ton!“, rief Sikes und sah seinen Gefährten in großer Verwunderung an.

Der Jude bedeutete ihm, er solle sie vorderhand nicht weiter beachten, und nach einigen Minuten hatte sie ihr gewohntes Wesen zurückgewonnen. Er flüsterte Sikes zu, dass kein Rückfall mehr zu fürchten sei, nahm seinen Hut und sagte Gute Nacht. An der Tür blieb er stehen, wandte sich um und bat, es möchte ihm jemand die dunklen Stiegen hinunterleuchten.

„Leucht ihm hinunter“, sagte Sikes, der eben seine Pfeife stopfte. „'s wär schade, wenn er sich den Hals bräche und die Schaulustigen enttäuschte. Da, nimm das Licht!“

Nancy folgte dem Alten mit der Kerze die Treppe hinunter. Als sie den Hausflur erreicht hatten, legte er den Finger an die Lippen, trat dicht an das Mädchen heran und flüsterte: „Was gibt's, liebe Nancy?“

„Was meint Ihr?“, versetzte das Mädchen im gleichen Ton.

„Den Grund zu alldem“, entgegnete Fagin. „Wenn er“, er zeigte mit seinem knöchernen Zeigefinger die Treppe hinauf, „wenn er so hart mit Ihnen umgeht – er ist ein Vieh, Nancy, ein wildes Vieh –, warum wollen Sie nicht …“

„Nun?“, sagte das Mädchen, als Fagin innehielt, während er mit dem Mund fast ihr Ohr berührte und sie starr ansah.

„Lassen wir's für jetzt gut sein!“, fuhr der Jude fort. „Wir wollen ein andermal davon reden. Sie haben einen Freund an mir, Nancy, einen Freund, auf den Sie sich verlassen können. Ich habe genügend Mittel zur Hand, stille und verschwiegene Mittel. Wenn Sie sich an denen rächen wollen, die Sie wie einen Hund behandeln – ja schlechter sogar als einen Hund, den seinen hätschelt er doch bisweilen –, so kommen Sie zu mir. Ich sage, kommen Sie zu mir. Ihn kennen Sie erst seit Kurzem, mich aber seit undenklichen Zeiten, Nancy.“

„Ich kenne Euch allerdings“, versetzte das Mädchen, ohne die mindeste Bewegung an den Tag zu legen. „Gute Nacht!“

Sic fuhr zurück, als der Jude seine Hand auf die ihrige legen wollte, sagte jedoch nochmals mit fester Stimme Gute Nacht, beantwortete seinen letzten Blick mit einem Nicken des Einverständnisses und schloss die Tür hinter ihm.

Während Fagin nach Hause ging, beschäftigten ihn mancherlei Gedanken. Er war, nicht gerade durch das, was sich soeben abgespielt hatte – obgleich es seine Ansicht festigen half –, sondern ganz allmählich auf die Idee gekommen, dass Nancy, der Rohheit des Einbrechers müde, eine Neigung zu irgendeinem neuen Freund gefasst habe. Ihr verändertes Wesen, der Umstand, dass sie oft allein ausging, ihre verhältnismäßige Gleichgültigkeit für die Anliegen der Bande, für die sie vordem so viel Eifer gezeigt hatte, und nun auch noch das ungestüme Verlangen, das Haus zu einer bestimmten Stunde in der Nacht zu verlassen, all das nährte seine Vermutung und machte sie, für ihn wenigstens, fast zur Gewissheit. Der Gegenstand dieser neuen Liebe befand sich nicht unter seinem Anhang; mit einer Gehilfin wie Nancy müsste er eine wertvolle Erwerbung sein, und Fagin beschloss daher, sich seiner ohne Verzug zu versichern.

Auch ein anderer, noch gemeinerer Zweck ließ sich damit erreichen. Sikes wusste zu viel, und seine wilden Hohnreden hatten den Juden verletzt, wenn er auch die Wunden zu verbergen wusste. Das Mädchen musste sich darüber klar sein, dass sie, wenn sie ihn abschüttelte, vor seiner Wut nie sicher sein konnte und dass er diese an dem Gegenstand ihrer neuen Neigung auslassen werde, indem er ihn zum Krüppel schlug oder vielleicht ermordete. Durch ein bisschen Überredungskunst, dachte Fagin, lässt sie sich vielleicht dazu bewegen, ihn zu vergiften. Weiber haben solche und schlimmere Dinge schon oft getan, um sich einen Liebhaber zu sichern. Dadurch würde der gefährliche Bösewicht, der Mann, den ich hasse, beseitigt; ein anderer träte an seinen Platz, und mein Wissen um dieses Verbrechen ließe meinen Einfluss auf das Mädchen ins Unbegrenzte anwachsen.

Derartige Gedanken hatten Fagins Hirn schon beschäftigt, während er allein im Zimmer des Einbrechers saß, und hauptsächlich aus solchen Überlegungen heraus hatte er nachher beim Weggehen die Gelegenheit ergriffen, in abgebrochenen Andeutungen dem Mädchen auf den Zahn zu fühlen. Sie hatte weder Überraschung gezeigt, noch getan, als ob sie ihn nicht verstünde; ihr Blick beim Abschied zeigte deutlich, dass sie ihn begriff.

Aber vielleicht würde sie vor dem Vorschlag, Sikes das Leben zu nehmen, zurückschrecken, und das war doch das Hauptziel, nach dem er trachtete.

Wie kann ich wohl meinen Einfluss auf sie vergrößern?, dachte der Jude, als er nach Hause schlich. Wie kann ich neue Macht über sie gewinnen?

Gehirne wie das seine sind erfinderisch. Wenn er sie, ohne von ihr selbst ein Geständnis zu erpressen, überwachte, den Gegenstand ihrer veränderten Neigung ermittelte und ihr, wenn sie nicht auf seine Pläne eingehen wollte, androhte, die ganze Geschichte Sikes zu offenbaren, den sie sehr fürchtete, konnte er da nicht ihrer Willfährigkeit sicher sein?

Ja, ich kann's!, sagte Fagin fast laut. Sie darf mir dann nichts verweigern, wenn ihr das Leben lieb ist! Ich habe alles! Die Mittel sind zur Hand und sollen angewandt werden. Ich werde dich schon kriegen!

Er sah sich mit finsterem Blick um, drohte mit der Faust nach dem Ort, wo er den noch verwegeneren Bösewicht verlassen hatte, und ging seines Weges, indem er mit den knöchernen Händen die Falten seines abgeschabten Mantels zerknüllte, als presse er mit jedem Griff einem verhassten Feind die Kehle zusammen.

Fünfundvierzigstes Kapitel

Noah Claypole wird von Fagin mit einer geheimen Mission betraut

Der Alte stand am nächsten Morgen zeitig auf und harrte ungeduldig der Ankunft seines neuen Verbündeten, der mit endlos scheinender Verspätung aufkreuzte und sofort einen gierigen Angriff auf das Frühstück unternahm.

„Bolter!", sagte der Jude, indem er einen Stuhl heranzog und sich ihm gegenübersetzte.

„Nun, hier bin ich", versetzte Noah. „Was soll's? Verlangen Sie nur nichts von mir, ehe ich gegessen habe. An diesem Fehler leidet das Haus hier. Man hat nie Zeit genug zu einer Mahlzeit."

„Ei, du kannst ja auch während des Essens sprechen, oder nicht?", entgegnete Fagin, der die Gier seines jungen Freundes aus ganzem Herzen verwünschte.

„O ja, sprechen kann ich wohl; es rutscht dann besser", entgegnete Noah, indem er sich ein ungeheures Stück Brot abschnitt. „Wo ist Charlotte?"

„Ausgegangen", sagte Fagin. „Ich schickte sie heute Morgen mit dem andern jungen Frauenzimmer fort, weil ich mit dir allein sein wollte."

„Ah!", versetzte Noah. „Wär mir aber lieb gewesen, Sie hätten ihr aufgetragen, vorher Brotschnitten in Butter zu rösten. Nun, sprechen Sie nur – Sie werden mich nicht stören."

Es war wirklich nicht sehr zu fürchten, dass ihn etwas stören könnte; denn er hatte sich offenbar mit dem Entschluss niedergelassen, ein schönes Stück Arbeit zu leisten.

„Du hast dich gestern brav gehalten, mein Lieber", sagte der Jude, „großartig gehalten! Sechs Shilling und zehn Pence am allerersten Tag! Du wirst durch das Käferspießen zum reichen Mann werden."

„Die drei Bierkannen und den Milchtopf nicht zu vergessen“, versetzte Mr Bolter.

„Nein, nein, mein Lieber“, entgegnete der Jude. „Die Bierkannen waren große Geniestreiche, aber die Milchkanne war ein vollendetes Meisterstück!“

„Ganz gut für einen Anfänger, meine ich“, bemerkte Mr Bolter selbstgefällig. „Die Kannen nahm ich von einem hohen Geländer herunter, und der Milchtopf stand einsam vor einem Wirtshaus; da dachte ich, er könnte im Regen rostig werden oder sich erkälten – verstanden? Hahaha!“

Der Jude tat, als ob er von Herzen mitlache. Nachdem Bolter zu lachen aufgehört hatte, schlang er mit ein paar großen Bissen sein erstes Butterbrot hinunter und nahm ein zweites in Angriff.

„Du musst mir in einer Angelegenheit an die Hand gehen, Bolter“, sagte Fagin und lehnte sich über den Tisch, „bei der große Umsicht und Vorsicht erforderlich sind.“

„Na“, versetzte Bolter, „bringen Sie mich nur nicht in Gefahr, und schicken Sie mich ja nicht wieder auf eines Ihrer Polizeiämter! So etwas passt mir nicht, und ich sag Ihnen, ich mag das nicht.“

„’s ist keine Gefahr dabei – nicht die mindeste“, erwiderte der Jude. „Du brauchst bloß ein Frauenzimmer zu bespitzeln.“

„Ein altes?“, fragte Bolter.

„Nein, ein junges“, versetzte Fagin.

„Nun, damit weiß ich umzugehen“, sagte Bolter, „das war schon meine Lieblingsbeschäftigung, als ich noch in die Schule ging. Was soll ich denn an ihr auskundschaften? Doch nicht –“

„Du hast weiter nichts zu tun“, unterbrach ihn der Jude, „als mir zu sagen, wohin sie geht, mit wem sie Umgang hat, und womöglich, was sie spricht. Du merkst dir Straße oder Haus und bringst mir jede Kunde, die du erlangen kannst.“

„Was trägt’s mir ein?“, fragte Noah, indem er seine Tasse niedersetzte und seinem Auftraggeber gespannt ins Gesicht blickte.

„Wenn du deine Sache gut machst, ein Pfund, mein Lieber. Ein Pfund“, wiederholte Fagin, der ihn für das Geschäft möglichst zu erwärmen wünschte. „Ich habe nie so viel für eine Arbeit gegeben, bei der eigentlich nichts Gescheites zu holen ist.“

„Wer ist sie?“, fragte Noah.

„Eine der Unsrigen.“

„Merke schon!“, rief Noah und zog die Nase kraus. „Sie trauen ihr nicht recht, nicht wahr?“

„Sie hat einige neue Bekanntschaften angeknüpft, und ich muss wissen, mit wem“, versetzte der Jude.

„Ich begreife“, sagte Noah. „Bloß um das Vergnügen zu haben, sie kennenzulernen, wenn es respektable Leute sind, nicht wahr? Hahaha! Ich bin Ihr Mann.“

„Ich wusste es vorher!“, rief Fagin, vergnügt über den Erfolg seines Antrags.

„Natürlich, natürlich“, entgegnete Noah. „Wo ist sie? Wo treffe ich sie? Wann soll ich gehen?“

„All das wirst du noch von mir erfahren, mein Lieber. Ich will sie dir bei Gelegenheit zeigen. Halte dich bereit, und überlass das Übrige mir.“

Diese, die nächste und die dritte Nacht saß der Spion, gestiefelt und in seine Kärrnertracht gekleidet, bereit, um auf ein Wort des Juden hin aufzubrechen. Sechs Nächte verstrichen – sechs lange, verdrießliche Nächte –, und jedes Mal kam Fagin mit enttäuschtem Gesicht nach Hause und erklärte kurz angebunden, dass es noch nicht Zeit sei. In der siebten kehrte er früher und mit einem Entzücken zurück, das er nicht verhehlen konnte. Es war Sonntag.

„Sie geht heute Nacht aus“, sagte Fagin, „und ich bin überzeugt, wir erreichen unsere Absicht; denn sie ist den ganzen Tag allein gewesen, und der Mann, den sie fürchtet, wird vor Tagesanbruch nicht zurückkehren. Komm mit! Rasch!“

Noah sprang, ohne ein Wort zu sagen, auf, denn der Jude befand sich in solcher Aufregung, dass er ihn damit ansteckte. Sie schlichen aus dem Haus, eilten durch ein Labyrinth von Straßen und langten endlich bei einem Wirtshaus an, das Noah als dasselbe erkannte, in dem er bei seiner Ankunft in London übernachtet hatte.

Es war elf Uhr vorüber, und die Tür war geschlossen. Auf ein leises Pfeifen des Juden hin öffnete sie sich langsam. Sie traten geräuschlos ein, und die Tür tat sich hinter ihnen wieder zu.

Fagin und der junge Jude, der sie eingelassen hatte, wagten kaum zu flüstern, sondern gaben Noah nur durch Zeichen zu verstehen, dass er zu dem Fenster hinaufklettern und die Person im anstoßenden Zimmer beobachten solle.

„Ist das das Frauenzimmer?“, fragte er leise wie ein Hauch.

Der Jude nickte.

„Ich kann ihr Gesicht nicht gut sehen“, flüsterte Noah. „Sie blickt zu Boden, und das Licht steht hinter ihr.“

„Nur Geduld!“, flüsterte Fagin und machte Barney ein Zeichen, der sich entfernte.

Einen Augenblick darauf betrat der Bursche das benachbarte Zimmer, brachte unter dem Vorwand, das Licht zu putzen, den Leuchter in die erforderliche Stellung, redete das Mädchen an und bewog sie dadurch, ihr Gesicht aufzurichten.

„Ich kann sie jetzt sehen“, sagte der Spion.

„Deutlich?“, fragte der Jude.

„Ich würde sie unter Tausenden herauskennen.“

Er stieg hastig hinunter, als sich die Zimmertür öffnete und das Mädchen heraustrat. Fagin zog ihn hinter eine kleine, mit einem Vorhang versehene Nische, und beide hielten den Atem an, als sie nur wenige Schritte entfernt an ihrem Versteck vorbeikam und durch die Tür, durch die die zwei eingetreten waren, verschwand.

„Pst!“, rief der Bursche, der die Tür offenhielt. „Jetzt!“

Noah wechselte mit Fagin einen Blick und huschte hinaus.

„Links!“, flüsterte Barney. „Halten Sie sich links, und gehen Sie auf der andern Straßenseite!“

Noah folgte dieser Weisung und sah beim Schein der Laternen, dass das Mädchen bereits in einiger Entfernung von ihm davonlief. Er holte sie so weit ein, wie er es für ratsam hielt, und ging stets auf der entgegengesetzten Seite der Straße, um ihre Bewegungen besser beobachten zu können. Sie blickte zwei- oder dreimal ängstlich zurück und hielt einmal an, um zwei Männer vorbeizulassen, die dicht hinter ihr herkamen. Je weiter sie ging, desto mehr schien ihr Mut zu wachsen, und ihr Schritt wurde stetiger und fester. Der Spion hielt sich stets in gleicher Entfernung und ließ sie nicht aus den Augen.

Sechsundvierzigstes Kapitel

Die eingehaltene Verabredung

Die Turmuhren schlugen drei Viertel nach elf, als auf der London Bridge zwei Gestalten auftauchten. Die eine, ein rasch vorwärts eilendes Mädchen, sah sich eifrig um, als suche sie jemanden, den sie erwartete, die andre war ein Mann, der im tiefsten Schatten, den er finden konnte, dahinschlich und in einigem Abstand seine Schritte den ihrigen anpasste, anhielt, wenn sie stehen blieb, und verstohlen vorwärts kroch, wenn sie weiterging, der sich jedoch in seinem Verfolgungseifer niemals erlaubte, in ihre Sicht zu geraten. So kamen sie über die Brücke vom Middlesex- zum Surrey-Ufer hinüber, als das Mädchen, von ihrer sorgfältigen Prüfung der Fußgänger sichtlich enttäuscht, umkehrte. Sie wandte sich plötzlich um, aber der Mann, der ihr auflauerte, wurde dadurch nicht überrascht; er zog sich in einen der Winkel hinter den Brückenpfeilern zurück, lehnte sich, um sich besser zu verbergen, über die Brustwehr und ließ das Mädchen auf der anderen Seite der Brücke an sich vorübergehen; als sie ungefähr wieder denselben Vorsprung hatte wie früher, schlüpfte er ruhig hervor und folgte ihr aufs Neue. Ungefähr auf der Mitte der Brücke blieb sie stehen. Der Mann machte gleichfalls halt.

Es war eine sehr dunkle Nacht. Der Tag war unfreundlich gewesen; nur wenige Menschen ließen sich um diese Stunde auf der Brücke blicken, und diese wenigen eilten rasch vorüber, wahrscheinlich, ohne das Weib oder den sie beobachtenden Mann zu sehen, und sicherlich, ohne ihnen Beachtung zu schenken. Ihr Äußeres war nicht geeignet, die lästigen Blicke solcher Londoner Bettler auf sich zu ziehen, die etwa in dieser Nacht über die Brücke gingen, um irgendein kaltes Gewölbe oder eine türlose Hütte zu suchen, wo sie ihr Haupt niederlegen konnten. Sie standen schweigend da, ohne einen Vorübergehenden anzusprechen oder von ihnen angesprochen zu werden.

Über der Themse hing dichter Nebel, der den roten Schein der Feuer auf den Fahrzeugen, die an den verschiedenen Landeplätzen lagen, dunkler färbte und die finsteren Gebäude an den Ufern noch trüber und undeutlicher erscheinen ließ. Die alten rauchgeschwärzten Lagerhäuser zu beiden Seiten hoben sich schwerfällig und düster von der dichten Masse von Dächern und Giebeln ab und blickten ernst auf das Wasser nieder, das zu dunkel war, um auch nur ihre plumpen Umrisse widerzustrahlen. Die Türme der alten Sankt-Saviours-Kirche und der Sankt-Magnus-Kirche, so lange schon die riesigen Wächter der uralten Brücke, waren in der Dunkelheit sichtbar; aber der Wald von Schiffsmasten unten und die vielen Kirchturmspitzen oben blieben dem Auge fast ganz verhüllt.

Das Mädchen war einige Male unruhig hin und her gegangen, stets von ihrem verborgenen Beobachter genau bewacht, als der dumpfe Glockenton der Sankt-Pauls-Kirche das Hinschwinden wieder eines Tages verkündete. Mitternacht lag über der menschenreichen Stadt: über den Palästen und Hütten, über den Gefängnissen und Irrenhäusern, über den Kammern der Geburt und des Todes, der Gesundheit und Krankheit, über dem starren Gesicht des Toten und dem ruhigen Schlummer des Kindes.

Es waren kaum zwei Minuten verflossen, als eine junge Dame und ein grauhaariger Herr ganz in der Nähe aus einem Mietwagen stiegen, und, nachdem sie den Kutscher verabschiedet hatten, geradewegs auf die Brücke zugingen. Sie hatten sie kaum betreten, als das Mädchen aufschrak und ihnen entgegeneilte.

Die beiden schritten vorwärts und sahen sich um wie Menschen, die nur geringe Hoffnung haben, dass sich ihre Erwartung erfüllen wird, als ihnen die Gesuchte plötzlich in den Weg trat. Sie hielten mit einem Ausruf der Überraschung an, unterdrückten ihn jedoch schnell, da im selben Augenblick ein Mann in Fuhrmannstracht so dicht an ihnen vorbeikam, dass er sie streifte.

„Nicht hier“, sagte Nancy hastig. „Ich fürchte mich, hier mit Ihnen zu sprechen. Verlassen wir die offene Straße, dort die Treppen hinunter.“

Als sie diese Worte sprach und zugleich mit der Hand die gewünschte Richtung andeutete, blickte der Fuhrmann zurück, fragte rau, warum sie das ganze Pflaster einnähmen, und ging weiter.

Die Treppen, auf die das Mädchen gezeigt hatte, waren jene,

die am Surreyufer, auf derselben Seite der Brücke, wo die Sankt-Saviours-Kirche liegt, einen Landungssteg bilden. Zu dieser Stelle eilte der vorgebliche Fuhrmann unbemerkt und begann hinabzusteigen, nachdem er den Platz einen Augenblick überschaut hatte.

Diese Treppen bilden einen Teil der Brücke und bestehen aus drei Absätzen. Am Ende des zweiten läuft links die Steinwand in einen Zierpfeiler aus, der der Themse zugekehrt ist. Von diesem Punkt an werden die unteren Stufen breiter, sodass eine Person, wenn sie um diesen Winkel der Mauer biegt, notwendig denen verborgen bleibt, die sich, wenn auch nur um eine einzige Stufe, weiter oben auf der Treppe aufhalten. Der Fuhrmann sah sich, als er diese Stelle erreicht hatte, rasch um, und da sich kein besseres Versteck darzubieten schien und der eben eingetretenen Ebbe wegen hinreichend Raum vorhanden war, so schlüpfte er zur Seite, lehnte sich mit dem Rücken gegen einen Pfeiler und harrte da in der Überzeugung, dass die drei nicht weiter herunterkommen würden und er, selbst wenn er ihre Worte nicht verstehen sollte, ihnen mit Sicherheit wieder folgen könnte.

So langsam verstrich die Zeit an dieser einsamen Stelle, und so begierig war der Spion, die Beweggründe einer Zusammenkunft zu erforschen, die so ganz anderer Natur war, als er erwartet hatte, dass er mehr als einmal die Sache schon für verloren gab und sich einredete, sie hätten entweder weiter oben haltgemacht oder irgendeinen anderen Platz für ihre geheimnisvolle Besprechung gewählt. Er war sogar schon im Begriff, sein Versteck zu verlassen und wieder hinaufzugehen, als er Schritte und gleich darauf fast an seinem Ohr den Klang von Stimmen vernahm. Er drückte sich gegen die Mauer und horchte mit atemloser Aufmerksamkeit.

„Das ist weit genug“, sagte eine Stimme, die offenbar die des alten Herrn war, „und ich werde nicht gestatten, dass die junge Dame noch weiter geht. Viele hätten sich aus Misstrauen nicht einmal hierauf eingelassen; aber Sie sehen, dass wir geneigt sind, Ihren Willen zu tun.“

„Meinen Willen zu tun?“, rief die Stimme des Mädchens, das vorangegangen war. „Sie sind in der Tat rücksichtsvoll, Sir! Meinen Willen zu tun! Nun, nun, es hat nichts zu sagen.“

„Warum haben Sie uns aber auch an diesen seltsamen Ort gebracht?“, fragte der Herr in freundlicherem Ton. „Warum wollten

Das Treffen

Sie mich nicht lieber dort oben sprechen lassen, wo es hell ist und Menschen in der Nähe sind, statt uns in dieses finstere, grausige Loch zu bringen?"

„Ich habe Ihnen vorhin gesagt", versetzte Nancy, „dass ich mich fürchtete, dort mit Ihnen zu reden. Ich weiß nicht, warum", fuhr das Mädchen schaudernd fort, „aber mir ist nachts so angst und bang, dass ich mich kaum auf den Füßen halten kann."

„Wovor denn bang?", fragte der Herr, dem sie leidzutun schien.

„Ich weiß es selbst nicht", entgegnete das Mädchen, „so sehr ich's auch wünschte. Den ganzen Tag haben mich schreckliche Vorstellungen von Toten, die unter blutbefleckten Leinentüchern lagen, verfolgt, und dazu brannte in mir eine Angst, als ob ich im Feuer stünde. Ich las heute Abend in einem Buch, um mir die Zeit zu vertreiben, aber auf den Blättern tanzten stets dieselben Bilder."

„Einbildung", erklärte der Herr beschwichtigend.

„Keine Einbildung", erwiderte das Mädchen mit erstickter Stimme. „Ich kann darauf schwören, dass ich das Wort ‚Sarg' auf jeder Seite des Buches in großen schwarzen Buchstaben geschrieben sah – ja, und man trug heute Abend auf der Straße einen dicht an mir vorbei."

„Darin liegt nichts Ungewöhnliches", sagte der Herr. „Das ist mir schon oft passiert."

„Wirkliche Särge?", versetzte das Mädchen. „Aber dies war keiner."

Es lag etwas so Ungewöhnliches in ihrem Benehmen, dass es den verborgenen Zuhörer kalt überlief und ihm das Blut erstarrte, als er diese Worte vernahm. Er fühlte sich daher erleichtert wie nie, als er die süße Stimme des Fräuleins hörte, die ihre Gefährtin bat, sich zu beruhigen und sich nicht solch entsetzlichen Einbildungen hinzugeben.

„Sprechen Sie freundlich mit ihr", sagte die junge Dame zu ihrem Begleiter. „Das arme Geschöpf! Sie scheint es zu brauchen."

„Eure hochmütigen Frömmler würden wohl die Nase in die Luft stecken, wenn sie mich sähen, wie ich hier stehe, und würden vom Feuer der Vergeltung predigen!", rief das Mädchen. „O teures Fräulein, warum sind jene, die sich für die Auserwählten Gottes halten, gegen uns arme Elende nicht so sanft und freundlich wie

Sie, die Sie Jugend, Schönheit und alles besitzen, was wir verloren haben, und daher wohl ein wenig stolz sein dürften, statt sich so weit herabzulassen!"

„Ah!", sagte der Herr. „Ein Türke wendet sein Antlitz, nachdem er es gewaschen hat, dem Sonnenaufgang zu, wenn er seine Gebete spricht; diese guten Leuten aber wenden ihr Gesicht, wenn sie es an der Welt so sehr abgerieben haben, dass jedes Lächeln daraus entschwunden ist, ebenso regelmäßig nach der finstersten Seite des Himmels. Zwischen Muselman und Pharisäer gestellt, ziehe ich den ersteren vor."

Diese Worte schienen an die junge Dame gerichtet zu sein und hatten vielleicht die Absicht, Nancy Zeit zu lassen, sich wieder zu sammeln. Kurz darauf wandte sich der Herr an sie.

„Sie waren vergangene Sonntagnacht nicht hier?"

„Ich konnte nicht kommen", versetzte Nancy. „Ich wurde mit Gewalt zurückgehalten."

„Von wem?"

„Von demselben Mann, von dem ich der jungen Dame schon letzthin erzählte."

„Hoffentlich verdächtigt man Sie nicht, dass Sie wegen der Angelegenheit, die uns heute zusammenführt, mit jemandem in Verbindung getreten sind?", fragte der alte Herr besorgt.

„Nein", entgegnete das Mädchen und schüttelte den Kopf, „aber es ist für mich nicht leicht, ihn zu verlassen, ohne dass er weiß, wohin ich gehe. Ich hätte auch das erste Mal die Dame nicht sprechen können, wenn ich ihm nicht ein Schlafmittel gegeben hätte."

„Erwachte er, ehe Sie zurückkehrten?", fragte der Herr.

„Nein; auch hegt weder er noch sonst jemand Verdacht gegen mich."

„Gut!", sagte der Herr. „Nun, hören Sie mich an."

„Ich bin bereit", erwiderte das Mädchen, als er einen Augenblick zögerte.

„Diese junge Dame", begann der Herr, „hat mir und einigen andern Freunden, denen man vollkommen vertrauen kann, das mitgeteilt, was Sie ihr vor fast vierzehn Tagen erzählten. Ich gestehe, dass ich anfangs Zweifel hatte, ob man sich unbedingt auf Sie verlassen könne, ich bin aber jetzt fest davon überzeugt."

„Sie dürfen es", versetzte das Mädchen ernst.

„Ich wiederhole, dass ich Ihnen vertraue. Um es Ihnen zu beweisen, sag ich Ihnen ohne Rückhalt, dass wir entschlossen sind, dieses Geheimnis, worin es auch bestehen mag, dem Mann namens Monks durch Einschüchterung zu entreißen. Aber wenn – wenn“, fuhr der Herr fort, „wenn man sich seiner nicht bemächtigen oder das, was wir wissen müssen, nicht aus ihm herausbringen kann, so müssen Sie uns den Juden in die Hände spielen.“

„Fagin?“, rief das Mädchen zurückfahrend.

„Dieser Mann muss uns von Ihnen ausgeliefert werden“, entgegnete der Herr.

„Das tu ich nicht! Niemals!“, erwiderte das Mädchen. „Er ist ein Teufel und ist für mich mehr als ein Teufel gewesen; aber das werde ich nie tun.“

„Sie wollen nicht?“, sagte der Herr, der auf diese Erwiderung vorbereitet zu sein schien.

„Nie!“, antwortete das Mädchen.

„Und warum nicht?“

„Aus dem einen Grund“, versetzte Nancy mit Festigkeit, „aus dem einen Grund, den das Fräulein kennt und weshalb sie mir auch beistehen wird, wie ich gewiss weiß, da ich ihr Versprechen habe. Und dann noch aus einem andern Grund: So schlecht sein Leben war, das meinige ist nicht besser. Wir sind viele, die denselben Weg gemeinsam gegangen sind, und ich will keinen von denen verraten, die mich hätten verraten können, aber es trotz ihrer Verworfenheit nicht getan haben.“

„Dann“, erwiderte der Herr rasch, als wäre dies der Kernpunkt, auf den es ihm ankam „dann bringen Sie diesen Monks in unsere Gewalt, und überlassen Sie ihn meinem Gutdünken.“

„Wenn er aber die andern verrät?“

„Ich verspreche Ihnen für diesen Fall, dass man die Sache ruhen lässt, sobald man ihm die Wahrheit abgerungen hat. In Olivers kleiner Lebensgeschichte muss es Dinge geben, deren Breittreten in der Öffentlichkeit uns nur peinlich wäre, und haben wir erst die Wahrheit herausgebracht, so sollen alle frei ausgehen.“

„Wenn Sie aber nichts von ihm erfahren können?“, versetzte das Mädchen.

„Auch dann“, fuhr der Herr fort, „soll jener Jude nicht ohne Ihre Einwilligung vor Gericht gestellt werden; in diesem Fall könnte ich

Ihnen aber Gründe angeben, die Sie, wie ich glaube, veranlassen würden, es zu erlauben."

„Habe ich hierfür das Versprechen der Dame?", fragte das Mädchen.

„Ja", entgegnete Rose, „mein aufrichtiges, feierliches Versprechen."

„Monks soll nie erfahren, woher Sie Kunde erhielten?", sagte das Mädchen nach einer kurzen Pause.

„Nie!", versetzte der Herr. „Wir wollen unser Wissen so gegen ihn verwenden, dass er dessen Herkunft nie erraten kann."

„Ich bin eine Lügnerin gewesen und habe von Kindheit an unter Lügnern gelebt", entgegnete das Mädchen nach abermaligem kurzem Schweigen, „aber ich will auf Ihr Wort bauen."

Beide versicherten, dass sie dies ohne Gefahr tun könne; dann begann sie mit so leiser Stimme, dass es dem Horcher oft schwer wurde, auch nur den Inhalt ihrer Ausführungen zu erfassen, Name und Lage des Wirtshauses zu beschreiben, von dem aus ihr in dieser Nacht der Späher gefolgt war. Nach der Art, wie sie hin und wieder innehielt, schien es, als ob sich der Herr rasch einiges aus ihren Mitteilungen aufzeichne. Als sie die Ortsverhältnisse genau geschildert, die Stelle, von wo aus das Haus ohne Aufsehen am besten beobachtet werden könne, klar bezeichnet und Nacht und Stunde genannt hatte, zu der Monks dort einzukehren pflegte, schien sie einige Augenblicke nachzudenken, um sich Gesicht und Aussehen des Mannes lebhafter ins Gedächtnis zu rufen.

„Er ist groß und kräftig gebaut", sagte Nancy, „aber nicht dick, und läuft, als ob er beständig vor irgendetwas auf der Hut sei, wobei er abwechselnd bald über die eine, bald über die andere Achsel zur Seite sieht. Merken Sie sich das gut, denn seine Augen liegen so viel tiefer als bei andern Leuten, dass Sie ihn fast an diesem einzigen Merkmal schon erkennen werden. Sein Gesicht ist dunkel wie sein Haar und seine Augen, dabei eingefallen und mager, obgleich er nicht mehr als sechs- oder achtundzwanzig Jahre zählen kann. Seine Lippen sind oft blass und durch Bissnarben entstellt; denn er bekommt hin und wieder schreckliche Anfälle, bei denen er sich sogar in die Hände beißt und sich selbst mit Wunden bedeckt … Warum erschraken Sie?", unterbrach sich das Mädchen plötzlich.

Der Herr erwiderte hastig, dass er sich dessen nicht bewusst sei, und bat sie fortzufahren.

„Einen Teil dieser Angaben“, sprach das Mädchen weiter, „habe ich von anderen Leuten in dem genannten Wirtshaus erfahren, denn ich sah ihn nur zweimal, jedes Mal in einen weiten Mantel gehüllt. Ich glaube, das ist alles, was ich Ihnen sagen kann, damit Sie ihn erkennen. Doch halt“, fügte sie hinzu, „an seinem Hals, so hoch, dass man einen Teil davon noch über seinem Halstuch sehen kann, wenn er das Gesicht abwendet, befindet sich ...“

„Ein breites rotes Mal wie ein Brandfleck?“, rief der Herr.

„Wie, Sie kennen ihn?“, erwiderte das Mädchen.

Der jungen Dame entfuhr ein Ausruf der Überraschung, und einige Augenblicke herrschte so tiefe Stille, dass der Lauscher sie deutlich atmen hören konnte.

„Ich glaube fast“, unterbrach der Herr das Schweigen, „wenigstens Ihrer Beschreibung nach. Doch wir werden sehen. Manche Leute sind einander auffallend ähnlich; vielleicht ist's doch nicht der nämliche.“

Als er dies mit scheinbarer Gleichgültigkeit sprach, trat er dem verborgenen Horcher ein paar Schritte näher, wie dieser aus der Deutlichkeit schließen konnte, mit der er ihn die Worte flüstern hörte. „Er muss es sein!“ Dem Klang nach kehrte dann der Herr wieder an seinen alten Platz zurück und fuhr fort: „Sie haben uns einen sehr wertvollen Dienst geleistet, junge Frau, und ich möchte mich Ihnen dafür erkenntlich zeigen. Was kann ich für Sie tun?“

„Nichts!“, entgegnete Nancy.

„Darauf dürfen Sie nicht bestehen“, erwiderte der Herr mit einem Ausdruck von Güte in seiner Stimme, der ein weit kälteres und verhärteteres Herz hätte rühren können. „Besinnen Sie sich, und reden Sie dann.“

„Nichts, Sir“, versetzte das Mädchen weinend. „Sie können mir nicht helfen, bei mir ist wirklich alle Hoffnung vorüber.“

„Sie selbst nehmen sich jede Hoffnung“, sagte der Herr. „Die Vergangenheit ist für Sie eine traurige Vergeudung Ihrer Jugendkräfte gewesen und hat so wertvolle Schätze verwüstet, wie sie der Schöpfer nur einmal und nie wieder beschert; aber für die Zukunft dürfen Sie hoffen. Ich sage nicht, dass es in unserer Macht steht, Ihnen den Frieden des Herzens und der Seele wiederzugeben, denn der lässt sich nur finden, wenn Sie ihn suchen; aber Ihnen eine ruhige Freistatt in England oder, wenn Sie sich dazubleiben scheuen, im Ausland zu verschaffen, das liegt im Bereich unserer Mittel und ist unser sehnlichster Wunsch. Noch ehe der Morgen graut und dieser Strom die ersten Strahlen des Tages auffängt, sollen Sie sich außer Reichweite Ihrer früheren Freunde befinden und so wenig Spuren zurücklassen, als ob Sie plötzlich von der Erde verschwunden wären. Kommen Sie! Ich möchte nicht, dass Sie zurückkehren, um auch nur ein Wort mit einem Ihrer alten Genossen zu wechseln, einen Blick auf eine der alten Jammerhöhlen zu werfen oder die Luft zu atmen, die Pest und Tod für Sie ist. Verlassen Sie all das, solange noch Zeit und Gelegenheit dazu ist."

„Sie wird sich überreden lassen!", rief die junge Dame. „Sie zögert – gewiss, gewiss."

„Ich fürchte das Gegenteil, meine Liebe", sagte der Herr.

„Nein, Sir, ich kann nicht", versetzte das Mädchen nach kurzem Kampf. „Ich bin an mein früheres Leben gekettet; ich hasse und verabscheue es jetzt, aber ich kann es nicht aufgeben. Ich bin viel zu weit gegangen, um umkehren zu können – und ich weiß noch nicht einmal, ob ich, wenn Sie vor einiger Zeit so zu mir gesprochen hätten, nicht darüber gelacht hätte. Aber", setzte sie, indem sie sich rasch umsah, hinzu, „die Furcht ergreift mich wieder. Ich muss heim."

„Heim?", wiederholte die junge Dame, wobei sie starken Nachdruck auf dieses Wort legte.

„Heim", entgegnete das Mädchen, „in ein Heim, wie ich es mir durch mein Leben selbst bereitet habe. Lassen Sie uns scheiden. Man könnte mich sehen. Leben Sie wohl! Wenn ich Ihnen einen Dienst geleistet habe, so erbitte ich mir dafür nur, dass Sie mich jetzt verlassen und ich allein meines Weges gehen kann."

„Es ist vergeblich", seufzte der alte Herr. „Wir gefährden vielleicht ihre Sicherheit, wenn wir hierbleiben, und haben sie wohl schon länger aufgehalten, als sie erwartete."

„Ja, ja, so ist's!", drängte das Mädchen.

„Was kann das Ende dieser Armen sein?", rief die junge Dame.

„Das Ende?", wiederholte das Mädchen. „Blicken Sie vor sich hin auf dieses dunkle Wasser, Fräulein. Wie oft liest man von solchen wie ich, die sich in die Flut stürzen und keinen Menschen zurücklassen, der nach ihnen fragt oder sie beklagt. Vielleicht vergehen Jahre bis dahin, vielleicht auch nur Monate, aber endlich wird dies mein Los sein."

„Ach, sprechen Sie doch nicht so!", erwiderte die junge Dame schluchzend.

„Es wird Ihnen nicht zu Ohren kommen, liebes Fräulein, und Gott verhüte, dass Sie von so Entsetzlichem hören", sagte das Mädchen. „Gute Nacht, gute Nacht!"

Der Herr wandte sich ab.

„Aber diese Börse", rief die junge Dame, „nehmen Sie die mir zulieb! Sie kann Ihnen in einer Stunde der Not und Trübsal Zuflucht sein."

„Nein!", versetzte Nancy. „Ich habe das nicht für Geld getan. Lassen Sie mir diesen Trost. Und doch – geben Sie mir etwas, das Sie getragen haben. Ich möchte wohl ein Andenken – nein, nein, keinen Ring; Ihre Handschuhe oder Ihr Taschentuch, etwas, das ich behalten kann, weil es zu Ihnen gehört hat, Sie liebes Fräulein! So! Gott segne Sie! Gute Nacht! Gute Nacht!"

Die heftige Erregtheit des Mädchens und die Angst vor Entdeckung, die Misshandlungen und Gewalttätigkeiten nach sich ziehen könnte, schienen den Herrn zu bewegen, sie zu verlassen, wie sie gebeten hatte. Man vernahm Schritte, die sich entfernten, und die Stimmen verstummten.

Die beiden Gestalten der jungen Dame und ihres Begleiters erschienen bald nachher auf der Brücke. Sie hielten auf der obersten Treppenstufe an.

„Horch!", rief das Fräulein. „Hat sie gerufen? Ich glaubte ihre Stimme zu hören."

„Nein, meine Liebe", versetzte Brownlow und blickte traurig zurück. „Sie hat sich nicht gerührt und wird es auch nicht, bis wir fort sind."

Rose Maylie zauderte; aber der alte Herr zog ihren Arm durch den seinen und führte sie mit sanfter Gewalt weg. Als sie verschwunden waren, sank das Mädchen fast ihrer ganzen Länge nach auf die steinerne Treppe nieder und machte der Beklommenheit ihres Herzens in bitteren Tränen Luft.

Nach einer Weile erhob sie sich wieder und schleppte sich mit schwachen, schwankenden Schritten zur Straße hinauf. Der erstaunte

Horcher blieb noch einige Minuten reglos auf seinem Posten, kroch, nachdem er sich vorsichtig vergewissert hatte, dass er wieder allein war, langsam aus seinem Versteck und kehrte, durch den Schatten der Mauer geschützt, ebenso verstohlen zurück, wie er herabgestiegen war.

Als er die oberste Stufe erreicht hatte, überzeugte sich Noah noch mehrmals, dass er ganz sicher war, und eilte dann, so schnell ihn seine Beine trugen, zu dem Haus des Juden.

Siebenundvierzigstes Kapitel

Verhängnisvolle Folgen

Es war etwa zwei Stunden vor Tagesanbruch, jene Zeit, die man im Herbst mit Recht die Totenstille der Nacht nennen kann, da die Straßen stumm und öde sind, jeder Ton zu schlummern scheint und sogar Verbrecher und Wüstlinge ihr Lager aufgesucht haben, um zu träumen. Zu dieser stillen Stunde saß der Jude wach in seiner alten Höhle mit so blassem, stumm verzerrtem Gesicht und so roten, blutunterlaufenen Augen, dass er nicht wie ein Mensch, sondern wie ein grässliches, noch vom Grab feuchtes und von einem bösen Geist gepeinigtes Gespenst aussah.

Er kauerte, in eine alte, zerrissene Decke gehüllt, vor einem kalten Herd und hatte sein Gesicht einem fast ausgebrannten Licht zugewandt, das neben ihm auf dem Tisch stand. Die rechte Hand hielt er an seine Lippen, und da er, in Gedanken versunken, an seinen langen und schwarzen Nägeln nagte, zeigten sich in seinem sonst zahnlosen Mund ein paar Raffzähne, die einem Hund oder einer Ratte hätten gehören können.

Auf einer Matratze am Boden ausgestreckt lag Noah Claypole in tiefem Schlaf. Auf ihn richtete der Alte hin und wieder kurz seine Blicke und ließ sie dann wieder zu der Kerze zurückgleiten, von deren langem, überhängendem Docht der heiße Talg in Klumpen auf das Tischtuch tropfte, was deutlich zeigte, dass die Gedanken des Juden mit anderen Dingen beschäftigt waren.

Das waren sie wirklich. Verdruss über das Scheitern seines feinen Planes, Hass gegen das Mädchen, das es gewagt hatte, mit Fremden zu verhandeln, Misstrauen gegen die Aufrichtigkeit ihrer Weigerung, ihn auszuliefern, bittere Enttäuschung, sich an Sikes nicht rächen zu können, Furcht vor Entdeckung, Zusammenbruch und Tod und, durch all dies erregt, rasender, tödlicher Grimm – das waren die leidenschaftlichen Regungen, die unaufhörlich, in pausenlosem Wirbel durch Fagins Gehirn stürmten, während die finstersten Gedanken und die schwärzesten Absichten in seinem Herzen gärten.

Er blieb so sitzen, ohne seine Stellung im Mindesten zu ändern oder sich um den Ablauf der Zeit zu kümmern, bis sein feines Ohr durch den Klang von Schritten auf der Straße gefesselt zu werden schien.

„Endlich!", murmelte der Jude und fuhr mit der Hand über die fiebrig trockenen Lippen. „Endlich!"

Die Glocke schlug leise an. Er schlich die Stiegen hinauf zur Tür und kehrte gleich darauf mit einem bis ans Kinn vermummten Mann zurück, der ein Bündel unter dem Arm trug. Als er seinen Mantel zurückschlug und sich niedersetzte, enthüllte sich Sikes' gedrungene Gestalt.

„Da!", sagte er, indem er das Bündel auf den Tisch warf. „Nimm und verwerte es, so gut du kannst. Es hat Mühe genug gekostet, es zu bekommen; ich glaubte drei Stunden früher hier sein zu können."

Fagin nahm das Bündel, schloss es in den Schrank und setzte sich wieder, ohne zu sprechen. Aber er sah während dieser Handlung den Einbrecher unverwandt an, und als sie sich wieder Auge in Auge gegenübersaßen, betrachtete er ihn so festen Blickes, mit so heftig zitternden Lippen und einem von den übermächtigen Aufregungen so veränderten Gesicht, dass der Einbrecher unwillkürlich seinen Stuhl zurückrückte und ihn mit wahrem Entsetzen anstarrte.

„Was gibt's?", rief Sikes. „Was schaust du einen so an?"

Der Jude hob die rechte Hand und schüttelte seinen zitternden Zeigefinger in der Luft; aber seine Erregung war so mächtig, dass ihm für einen Augenblick die Sprache versagte.

„Verdammt!", sagte Sikes und griff unruhig an seine Brusttasche. „Er ist toll geworden. Ich muss auf der Hut sein."

„Nein, nein!", versetzte Fagin, der endlich Worte fand. „Es ist nicht – Ihr seid es nicht, Bill. Ich habe nichts – gar nichts gegen Euch."

„So, hast du nicht, wirklich nicht?", entgegnete Sikes, während er ihm einen wilden Blick zuwarf und auffällig seinen Revolver in eine leichter zu erreichende Tasche steckte. „Das ist ein Glück – für einen von uns; gleichgültig, für wen."

„Ich habe Euch etwas zu sagen, Bill“, erwiderte der Jude, indem er seinen Stuhl näher rückte, „das wird Euch noch mehr aufbringen als mich.“

„Wirklich?“, sagte der Gauner mit ungläubiger Miene. „So rede! Aber schnell, sonst glaubt Nancy, mit mir sei's aus.“

„Aus!“, rief Fagin. „Damit hat sie sich doch innerlich schon ganz vertraut gemacht.“

Sikes blickte völlig verblüfft dem Juden ins Gesicht, und da er hier keine genügende Erklärung des Rätsels zu lesen vermochte, fasste er Fagin mit seiner kräftigen Hand am Rockkragen und schüttelte ihn tüchtig.

„Willst du wohl reden?“, schrie er. „Geschwind, oder es soll dir der Atem dafür ausgehen! Tu dein Maul auf, und sag in dürren Worten, was du zu sagen hast. Heraus damit, du mickriger alter Gauner; heraus damit!“

„Stellt Euch vor, der Bursche, der hier liegt ...“, begann Fagin.

Sikes drehte sich nach dem schlafenden Noah um, als ob er ihn vorher nicht bemerkt hätte. „Nun, weiter!“, sagte er und nahm seine frühere Stellung wieder ein.

„Stellt Euch vor“, fuhr der Jude fort, „dieser Bursche hätte ausgeplaudert – uns alle verpfiffen –, zuerst die rechten Leute zu diesem Zweck ausgesucht und sich dann mit ihnen auf der Straße getroffen, um ihnen unsere Personen und jedes Merkmal, woran wir zu erkennen sind, zu beschreiben und um ihnen den Fleck anzugeben, wo wir am leichtesten gefasst werden könnten. Nehmt an, er hätte dies alles getan, dabei von einer Geschichte geklatscht, bei der wir mehr oder weniger alle beteiligt gewesen sind – und alles bloß aus freien Stücken, nicht verhaftet, verhört, vor Gericht gestellt, ausgehorcht vom Pfaffen und mürbegemacht bei Wasser und Brot, nein, aus freien Stücken, weil es seinem Geschmack zusagte, sich nachts fortzustehlen und die aufzusuchen, die unsere größten Widersacher sind, und ihnen auszuplaudern. Hört Ihr mich?“, rief der Jude, und seine Augen leuchteten vor Wut. „Angenommen, er hätte dies alles getan, was dann?“

„Was dann?“, versetzte Sikes mit einem schrecklichen Fluch. „Wenn man ihn noch am Leben gelassen hätte, bis ich käme, so träte ich seinen Schädel mit meinem eisernen Stiefel in so viele Splitter, wie er Haare auf dem Kopf hat.“

„Aber wenn ich es getan hätte?", rief der Jude fast gellend. „Ich, der so viel weiß und mit mir so viele an den Galgen bringen könnte?"

„Ich weiß nicht", entgegnete Sikes zähneknirschend und wurde bei dem bloßen Gedanken schon blass. „Aber ich täte etwas im Gefängnis, dass man mich in Ketten legte; und stünde ich mit dir vor Gericht, so fiele ich dich in der offenen Halle an und schlüge dir mit dem Eisen vor allen Leuten das Gehirn aus dem Kopf. Ich habe so viel Kraft", knurrte der Räuber, indem er seinen sehnigen Arm ausstreckte, „dir den Schädel zu zerquetschen, als wäre ein beladener Wagen darüber gegangen."

„Das tätet Ihr?"

„Das täte ich!", rief der Einbrecher. „Du kannst's ja versuchen!"

„Wenn's aber Charley Bates wäre oder der Dodger oder Beth oder …"

„Mir gleich!", versetzte Sikes ungeduldig. „Wer's auch sei, ich wollte ihn auf dieselbe Weise bedienen."

Fagin sah den Räuber fest an, winkte ihm zu schweigen, bückte sich über das Bett am Boden und rüttelte den Schläfer, um ihn zu wecken. Sikes beugte sich in seinem Stuhl vor, legte die Hände auf seine Knie und schaute zu, als wäre er neugierig, worauf alle diese Fragen und Vorbereitungen hinausliefen.

„Bolter! Bolter! Der arme Junge!", sagte Fagin, indem er mit teuflischer Vorfreude aufblickte und mit starker Betonung langsam fortfuhr: „Er ist müde – müde, weil er ihretwegen so lange gewacht hat –, wachen musste, ihretwegen, Bill."

„Was willst du damit sagen?", fragte Sikes und richtete sich auf.

Der Jude gab keine Antwort, sondern beugte sich wieder über den Schlafenden und brachte ihn zum Sitzen. Als er noch öfters bei seinem angenommenen Namen gerufen worden war, rieb sich Noah die Augen, gähnte heftig und sah schlaftrunken umher.

„Erzähl mir's noch einmal – noch einmal, dass er's auch hört", sprach der Jude, indem er auf Sikes deutete.

„Was soll ich erzählen?", fragte der schläfrige Noah und dehnte sich verdrießlich.

„Die Geschichte mit Nancy!", entgegnete der Jude. Dabei umklammerte er fest Sikes' Handgelenk, als wolle er ihn hindern, das Haus zu verlassen, ehe er genug gehört hatte. „Du folgtest ihr?"

„Ja."

„Zur London Bridge?“

„Ja.“

„Wo sie mit zwei Personen zusammentraf?“

„Ja.“

„Einem Herrn und einer Dame, zu der sie früher schon aus freien Stücken gegangen war; die sie aufforderten, alle ihre Gefährten anzugeben, besonders Monks, was sie tat – und ihn zu beschreiben, was sie tat – und zu sagen, in welchem Haus wir aus und ein gingen, was sie tat – und von wo aus man es am besten beobachten könne, was sie tat – und zu welcher Zeit unsere Leute dahin kämen, was sie tat. Sie tat all das. Sie beichtete alles, ohne Widerrede, ohne erpresst zu sein. Nicht wahr, das tat sie – tat sie das?“, rief der Jude, halb toll vor Wut.

„Ganz richtig“, versetzte Noah und kratzte sich am Kopf. „Genauso verhält sich die Sache.“

„Und was sprach man vom letzten Sonntag?“, fragte der Jude.

„Vom letzten Sonntag?“, entgegnete Noah, sich besinnend. „Ei, ich hab es Ihnen ja schon vorhin gesagt.“

„Noch einmal. Sag es noch einmal!“, rief Fagin. Er fasste Sikes fester und fuchtelte mit der andern Hand in der Luft herum, während ihm der Schaum von den Lippen geiferte.

„Man fragte sie“, sagte Noah, der, als er wacher wurde, dunkel zu ahnen begann, wer Sikes sei, „man fragte sie, warum sie letzten Sonntag nicht gekommen sei, wie sie versprochen habe. Sie sagte, sie habe nicht können.“

„Warum – warum?“, unterbrach ihn der Jude triumphierend. „Sag ihm das!“

„Weil sie mit Gewalt zurückgehalten worden sei von Bill, dem Mann, von dem sie der jungen Dame schon früher erzählt habe“, erwiderte Noah.

„Was sagte sie weiter über ihn?“, rief der Jude. „Was sagte sie weiter über den Mann, von dem sie schon früher erzählt hatte? Sag es ihm, sag es ihm!“

„Nun, sie sagte, es sei für sie nicht leicht, ihn zu verlassen, ohne dass er wisse, wohin sie gehe“, fuhr Noah fort. „Sie habe daher das erste Mal, als sie die Dame besuchte – hahaha! Ich musste lachen, als ich sie so sprechen hörte –, sie habe ihm damals ein Schlafmittel eingegeben!“

„Hölle und Teufel!“, schrie Sikes und riss sich von dem Juden los. „Lass mich!“

Er schleuderte den Alten von sich, eilte aus dem Zimmer und stürzte wild und wütend die Treppe hinauf.

„Bill! Bill!“, rief der Jude, der ihm hastig folgte. „Noch ein Wort! Nur ein Wort!“

Es wäre wohl nicht zu diesem Wort gekommen, hätte der Verbrecher die Tür öffnen können; vergeblich ließ er an ihr seine Kraft und Flüche aus, als der Jude keuchend anlangte.

„Lass mich hinaus!“, tobte Sikes. „Rede nicht mit mir, es ist nicht ratsam. Lass mich hinaus, sage ich!“

„Lass mich nur ein Wort sprechen“, entgegnete der Jude und legte die Hand ans Schloss. „Ihr werdet doch nicht –“

„Nun?“, versetzte der andere.

„Ihr werdet doch nicht – zu – gewaltsam sein, Bill?“, jammerte der Jude.

Der Tag brach an, und es war hell genug, dass sich die Männer ins Gesicht sehen konnten. Sie wechselten einen einzigen kurzen Blick; in beider Augen glühte ein Feuer, das sich nicht missdeuten ließ.

„Ich meine“, fuhr Fagin fort, ohne zu verhehlen, dass er hier alle Verstellung als nutzlos erkannte, „ich meine, nicht zu gewaltsam für die eigene Sicherheit. Seid schlau, Bill, und nicht zu verwegen.“

Sikes gab keine Antwort, sondern stieß, sobald der Jude den Schlüssel umgedreht hatte, die Tür zurück und stürzte auf die stille Straße hinaus.

Ohne anzuhalten oder einen Augenblick zu überlegen, ohne auch nur rechts und links zu schauen oder die Augen zum Himmel oder zur Erde zu richten, sondern in wilder Entschlossenheit geradeaus blickend und die Zähne so zusammengebissen, dass die angespannten Kinnbacken durch die Haut hervorzuspringen schienen, stürmte der Verbrecher unaufhaltsam dahin, stieß kein Wort hervor und lockerte keinen Muskel, bis er vor seiner Tür ankam. Er öffnete sie sacht mit dem Schlüssel, schritt leise die Stiege hinauf, trat in sein Zimmer, verschloss zweimal die Tür, rückte einen schweren Tisch davor und zog den Bettvorhang zurück.

Das Mädchen lag halb angekleidet auf dem Bett. Er hatte sie aus dem Schlaf aufgestört, denn sie fuhr mit erschrecktem Blick in die Höhe.

„Steh auf!“, sagte der Dieb.

„Bist du’s, Bill?“, entgegnete das Mädchen mit einem Ausdruck der Freude über seine Rückkehr.

„Ja“, lautete die Erwiderung. „Steh auf!“

Es brannte ein Licht, aber der Mann riss es rasch aus dem Leuchter und warf es unter den Feuerrost. Nancy, die nun das Dämmerlicht des Tages wahrnahm, erhob sich, um die Vorhänge zurückzuziehen.

„Lass das!“, sagte Sikes und streckte den Arm vor ihr aus. „’s ist hell genug für das, was ich zu tun vorhabe.“

„Bill!“, versetzte das Mädchen leise und ängstlich. „Warum siehst du mich so an?“

Der Verbrecher betrachtete sie ein paar Sekunden mit geblähten Nasenflügeln und keuchender Brust; dann fasste er sie an Kopf und Hals, schleppte sie in die Mitte des Zimmers, sah noch einmal zur Tür und legte seine schwere Hand auf ihren Mund.

„Bill! Bill!“, ächzte das Mädchen, das sich mit der Kraft der Todesfurcht gegen ihn wehrte. „Ich – ich will nicht schreien oder weinen – nicht ein einziges Mal – hör mich – rede zu mir – sage mir, was ich getan habe!“

„Das weißt du selbst, du Teufel!“, erwiderte der Räuber mit gepresstem Atem. „Man hat dir diese Nacht aufgelauert und jedes deiner Worte gehört.“

„So schone um Gottes Barmherzigkeit willen mein Leben, wie ich das deine geschont habe“, klagte das Mädchen. „Bill, lieber Bill, du kannst nicht das Herz haben, mich zu töten. O denk, was ich alles nur in dieser Nacht aufgegeben habe – um deinetwillen! Nimm dir Zeit zum Besinnen, und erspar dir dieses Verbrechen. Ich will dich nicht loslassen, und du kannst mich nicht abschütteln. Bill, Bill, um des ewigen Gottes, um deiner selbst, um meinetwillen – halt ein, bevor du mein Blut vergießt! Ich bin dir treu gewesen, bei meiner schuldbeladenen Seele, ich bin es gewesen!“

Der Mann unternahm eine gewaltsame Anstrengung, um seine Arme loszureißen, aber die des Mädchens hielten sie fest umschlungen, und wie er auch zerrte, er konnte sich nicht daraus befreien.

„Bill!“, rief das Mädchen und versuchte ihren Kopf an seine Brust zu legen. „Der Herr und das liebe Fräulein erzählten mir heute Nacht von einer Heimstatt in einem fremden Land, wo ich meine

Tage in Frieden und Einsamkeit beschließen könnte. Lass mich wieder zu ihnen gehen und sie auf meinen Knien anflehen, dir dieselbe Wohltat zu erweisen. Dann wollen wir beide diesen schrecklichen Ort verlassen, in der Ferne getrennt ein besseres Leben führen, des früheren nicht mehr gedenken, außer im Gebet, und uns nie wiedersehen. ‚Reue kommt nie zu spät!' So sagten sie zu mir – und ich fühle es jetzt selber –, aber wir müssen Zeit haben –, ein wenig, ein klein wenig Zeit!"

Der Verbrecher hatte seinen einen Arm befreit und griff nach der Pistole. Da zuckte ihm aber mitten in seiner Wut die Gewissheit durchs Gehirn, dass er sofort entdeckt würde, wenn er schösse, und er schlug mit der Waffe zweimal aus Leibeskräften auf ihr aufwärts gekehrtes Gesicht, das fast das seine berührte.

Sie wankte und fiel, fast geblendet von dem Blut, das aus einer tiefen Stirnwunde strömte; dann aber hob sie sich mühsam auf die Knie, zog aus ihrem Busen ein weißes Taschentuch – es war Roses –, hielt es in ihren gefalteten Händen so hoch gen Himmel, wie es ihre schwindenden Kräfte erlaubten, und hauchte ein Gebet um Gnade zu ihrem Schöpfer.

Es war ein entsetzlicher Anblick. Der Mörder wankte gegen die Wand zurück, bedeckte das Gesicht mit einer Hand, ergriff einen schweren Knüppel und schlug sie nieder.

Achtundvierzigstes Kapitel

Sikes' Flucht

Von allen Untaten, die in jener Nacht unter dem Schutz der Finsternis in Londons weitem Bereich begangen wurden, war dies die schlimmste. Von allen Gräueln, die, die Morgenluft verpestend, zum Himmel aufstiegen, war dieser der grässlichste und verruchteste.

Die Sonne, die herrliche Sonne, die dem Menschen nicht nur Licht, sondern auch neues Leben, Hoffnungen und Frische wiederbringt, ging über der menschenreichen Stadt in klarer, lichter Glorie auf. Sie warf die gleichen Strahlen durch kostbar bemalte Scheiben und papiergeflickte Fenster, durch herrliche Dome und rissige Hütten. Sie leuchtete auch in das Zimmer, wo das ermordete Mädchen lag. Sikes versuchte das Licht auszuschließen, aber es strömte dennoch herein. Wenn der Anblick in der trüben Morgenstunde schon grässlich gewesen war, wie bot er sich jetzt dar in all dem hellen Schein!

Der Mörder rührte sich nicht; Furcht hielt ihn ab, sich zu bewegen. Sie hatte noch gestöhnt und die Hand bewegt, und er hatte, da sich Entsetzen mit seinem Hass verband, wieder und wieder auf sie losgeschlagen. Einmal zog er eine schlechte Decke über sie; aber sich die Augen vorzustellen und sich einzubilden, sie schauten ihm nach, war noch entsetzlicher, als sie starr aufwärtsgerichtet zu sehen, als beobachteten sie den Sonnenstrahl, der sich in der Blutlache spiegelte und an der Decke zitterte und tanzte. Er hatte die Decke also wieder weggezogen. Und da lag die Tote – nur Fleisch und Blut, weiter nichts –, aber solches Fleisch und so viel Blut!

Er machte Licht, zündete ein Feuer an und warf den Knüppel hinein. An seinem Ende klebten menschliche Haare, die aufloderten, in leichte Asche zerfielen und im Luftzug zum Kamin aufwirbelten. Selbst das schreckte ihn, trotz seiner Härte, aber er hielt die

Waffe fest, bis sie brach, dann legte er sie auf die Kohlen, damit sie verbrenne und zu Asche zerfalle. Er wusch sich und rieb seine Kleider sauber; es waren Flecke darin, die sich nicht entfernen ließen, aber er schnitt die Stücke heraus und verbrannte sie. Wie war der Boden des Zimmers mit Blut bespritzt! Selbst die Pfoten des Hundes waren blutig.

Die ganze Zeit über hatte er nicht ein einziges Mal der Toten den Rücken gekehrt, nicht für einen Augenblick. Nachdem er mit seinen Vorbereitungen zu Ende war, ging er rückwärts auf die Tür zu und schleppte den Hund hinter sich her, aus Furcht, er könnte seine Füße wieder beschmutzen und frische Merkmale des Verbrechens mit auf die Straßen tragen. Er schloss die Tür leise, zog den Schlüssel ab und verließ das Haus.

Er ging über die Straße und blickte zum Fenster hinauf, um sich zu überzeugen, dass von außen nichts zu sehen war. Der Vorhang, den sie öffnen wollte, um das Licht hereinzulassen, das sie nie wieder sehen sollte, war noch vorgezogen. Er wusste, dass die Leiche fast darunter lag. Gott – wie die Sonne gerade diese Stelle beleuchtete!

Er wandte rasch den Blick ab. Es gewährte ihm Erleichterung, das Zimmer verlassen zu haben. Er pfiff dem Hund und ging eilig fort.

Er kam durch Islington, stieg den Hügel bei Highgate hinauf, wo Whittingtons Ehrenmal steht, kehrte wieder um, unschlüssig, wohin er gehen solle, schlug dann, kaum dass er den Abstieg begonnen hatte, den Fußpfad zur Rechten über die Felder ein, streifte Caen Wood und kam bei Hampstead Heath heraus. Nachdem er den Hohlweg beim Vale of Health hinter sich hatte, bestieg er den gegenüberliegenden Damm, kreuzte den Weg, der von Highgate nach Hampstead führte, und durchquerte den übrigen Teil der Heide bis zu den Feldern von North End, wo er sich unter eine Hecke legte und einschlief.

Bald jedoch war er wieder auf. Er lief nicht weiter aufs Land hinaus, sondern auf der Landstraße nach London zurück, kehrte dann wieder um, ging über einen andern Abschnitt desselben Geländes, das er schon einmal durchschritten hatte, wanderte in den Feldern auf und ab, ruhte am Rand des einen oder andern Grabens aus, fuhr aber wieder auf, um einen andern Ort zu suchen, dort das Gleiche zu tun und aufs Neue weiterzueilen.

Wohin sollte er gehen? Was lag nah genug und war nicht allzu belebt, damit er dort etwas essen und trinken konnte? Hendon. Das wäre günstig: nicht zu weit und ziemlich abgelegen. Dorthin lenkte er seine Schritte, indem er in seltsamer Verstörtheit bald rannte, bald wie eine Schnecke schlich oder ganz stehen blieb und zum Zeitvertreib die Zweige der Hecken mit dem Stock abschlug. Als er aber in Hendon anlangte, schienen ihn alle Leute, denen er begegnete, selbst die Kinder an den Türen, mit Argwohn zu betrachten. Er kehrte daher wieder um, ohne den Mut zu haben, sich einen Bissen oder Tropfen reichen zu lassen, obgleich er seit vielen Stunden nichts über die Lippen gebracht hatte. Er schlenderte abermals der Heide zu, ungewiss, wohin er gehen sollte.

So lief er meilenweit und kam doch immer wieder an die alte Stelle zurück. Morgen und Mittag waren vorüber; die Sonne neigte sich, und immer noch wanderte er hin und her, auf und nieder und umkreiste die nämliche Stelle. Endlich ging er auf Hatfield zu. Es war abends neun Uhr, als der Mann, völlig ermüdet, und der Hund, der von der ungewohnten Anstrengung lahm war und hinkte, den Hügel bei der Kirche des ruhigen Dörfchens hinabstiegen, auf dem schmalen Weg weiterschlichen und in einem kleinen Wirtshaus verschwanden, dessen spärliches Licht ihnen als Wegweiser gedient hatte. In der Gaststube brannte ein Feuer, und einige Bauern saßen davor und tranken. Sie machten dem Fremden Platz, aber er setzte sich im hintersten Winkel nieder und aß und trank allein oder vielmehr mit seinem Hund, dem er hin und wieder einen Bissen zuwarf.

Die Unterhaltung der Männer drehte sich um die Felder und Bauern in der Nachbarschaft und, als diese Gemeinplätze erschöpft waren, um das Alter eines Greises, den man am letzten Sonntag begraben hatte, wobei ihn die jüngeren Gäste für sehr alt und die alten für noch ganz jung erklärten – „nicht älter als ich“, meinte ein weißköpfiger Großvater, „und er hätte wohl noch zehn oder fünfzehn Jahre leben können, wenn er sich in Acht genommen hätte.“

Es war nichts in diesen Gesprächen, was Aufmerksamkeit oder gar Unruhe hätte erregen können. Der Mörder hatte seine Zeche bezahlt, saß stumm und unbeobachtet in seiner Ecke und war fest eingeschlafen, als ihn der lärmende Eintritt eines neuen Gastes weckte.

Dieser war ein Possenreißer, halb Hausierer, halb Quacksalber, der im Land umherwanderte, um Wetzsteine, Streichriemen, Rasiermesser, Seifenkugeln, Putzpulver, Arzneien für Hunde und Pferde, wohlfeile Parfümerien, Schönheitsmittel und andere derartige Waren zu verkaufen, die er in einem Kasten auf dem Rücken trug. Sein Eintritt gab den Leuten das Signal zu manchen bäuerischen Witzen, die nicht eher aufhörten, als bis der Hausierer sein Nachtessen eingenommen hatte und seinen Raritätenkasten öffnete, wobei er Geschäft und Belustigung geschickt zu verbinden verstand.

„Was für ein Ding ist denn das? Gut zum Essen, Harry?", fragte ein Bauer grinsend, indem er auf eine in Tafeln geschnittene Masse deutete.

„Das", sagte der Bursche, indem er die Ware vorzeigte, „ist eine unfehlbare und unbezahlbare Mischung, um alle Arten Flecke, Rost-, Schmutz-, Stock, Öl-, Fett- und andre Flecke aus Seide, Atlas, Leinwand, Batist, Tuch, Flor, Teppichen, Merino, Musselin, Bombasin oder sonstigen wollenen Stoffen zu entfernen. Weinflecke, Obstflecke, Bierflecke, Wasserflecke, Farbflecke, Teerflecke – kurz, alle Flecke verschwinden auf einen einzigen Strich mit diesem untrüglichen und unschätzbaren Mittel. Hat ein Frauenzimmer ihre Ehre befleckt, so braucht sie bloß ein Täfelchen zu verschlucken, und sie ist ein für alle Mal kuriert – denn es ist Gift. Will ein Herr seine Ehre beweisen, so braucht er nur ein Viereckchen zu kaufen, und er hat sie allem Zweifel entrückt, denn es wirkt wie eine Pistolenkugel, schmeckt nur viel garstiger und gereicht folglich zu noch größerer Ehre. Einen Penny das Täfelchen! Bei all diesen Vorzügen nur einen Penny das Täfelchen!"

Es meldeten sich sogleich ein paar Käufer, und einige der Zuhörer zeigten sich unschlüssig. Der Verkäufer bemerkte das und steigerte seine Beredsamkeit noch.

„Sie finden reißenden Absatz, sodass man kaum genug herstellen kann", fuhr der Bursche fort. „Vierzehn Wasserwerke, sechs Dampfmaschinen und eine galvanische Batterie sind ohne Unterlass in Tätigkeit, und doch bringen sie nicht genug fertig, obgleich die Leute sich förmlich zu Tode arbeiten und ihre Witwen eine jährliche Pension von zwanzig Pfund für jedes Kind und eine Prämie von fünfzig für Zwillinge erhalten. Einen Penny für das Täfelchen – zwei Halbpence tun's übrigens gleichfalls, und auch vier Farthings werden mit Vergnügen angenommen. Weinflecke, Obstflecke, Bierflecke, Wasserflecke, Farbflecke, Schmutzflecke, Teerflecke, Blutflecke – hier ist ein Fleck am Hut eines Herrn aus Ihrer Gesellschaft, den ich wegbringen will, ehe er mir einen Krug Ale bestellen kann."

„Ha!", rief Sikes auffahrend. „Lasst meinen Hut liegen!"

„Ich will ihn säubern, Sir", versetzte der Mann, indem er den Übrigen zuwinkte, „ehe Sie durch das Zimmer kommen können, um ihn zu holen. Meine Herren, bemerken Sie den dunklen Fleck auf diesem Hut, nicht größer als ein Shilling, aber dicker als eine halbe Krone? Mag es nun ein Weinfleck, Obstfleck, Bierfleck, Wasserfleck, Farbfleck, Teerfleck, Schmutzfleck oder ein Blutfleck ..."

Der Mann kam nicht weiter, denn Sikes warf mit einem grässlichen Fluch den Tisch um, riss ihm den Hut aus der Hand und stürzte aus dem Haus.

In derselben Verwirrung und Unschlüssigkeit, die gegen seinen Willen den ganzen Tag auf ihm gelastet hatten, kehrte der Mörder, als er bemerkte, dass er nicht verfolgt wurde und dass man ihn höchstwahrscheinlich bloß für einen betrunkenen, eigensinnigen Menschen hielt, wieder um. Er ging dem Lampenschein einer Postkutsche, die an der Straße stand, aus dem Weg und erkannte im Vorbeigehen, dass es der Londoner Wagen war und dass er vor dem kleinen Postgebäude stand. Er wusste fast sicher, was er hören würde, ging aber trotzdem über die Straße und horchte.

Der Postschaffner stand an der Tür und wartete auf den Postsack. Ein Mann in der Kleidung eines Wildhüters kam in diesem Augenblick heraus, und jener übergab ihm einen Korb, der schon auf dem Pflaster bereitstand.

„Das ist für Eure Leute!", sagte der Schaffner. „Nun – wird's bald da drinnen? Der Henker hol den Postsack; vorgestern war er auch nicht fertiggemacht; das geht doch nicht!"

„Nichts Neues aus der Stadt, Ben?", fragte der Wildhüter, indem er etwas gegen die Fensterläden zurücktrat, um die Pferde besser bewundern zu können.

„Nicht dass ich wüsste", erwiderte der Mann und zog seine Handschuhe an. „Korn ist im Preis etwas gestiegen. Auch hörte ich von einem Mord in Spitalfields drunten reden, aber ich glaube nicht recht daran."

„Oh, das hat seine Richtigkeit“, versetzte ein Herr in der Kutsche, der aus dem Fenster blickte. „Es war ein schrecklicher Mord!“

„Wirklich, Sir?“, entgegnete der Schaffner, indem er an seinen Hut tippte. „Ein Mann oder eine Frau?“

„Eine Weibsperson“, sagte der Herr. „Man glaubt …“

„Nun, Ben?“, rief der Postillion ungeduldig.

„Hol der Teufel diesen Postsack!“, entgegnete der Schaffner. „Seid ihr da drinnen eingeschlafen?“

„Kommt schon!“, rief der Posthalter und eilte heraus.

„Ja, kommt schon“, grollte der Schaffner, „gerade wie das junge reiche Frauenzimmer, das sich in mich verlieben soll; ich weiß nur nicht, wann. Her damit! Fertig!“

Das Posthorn ließ eine lustige Weise ertönen, und die Kutsche rollte weiter.

Sikes blieb auf der Straße stehen, scheinbar unbewegt von dem, was er gehört hatte, und nur durch die Ungewissheit, wohin er gehen solle, beunruhigt. Endlich kehrte er wieder um und schlug den Weg ein, der von Hatfield nach Sankt Albans führt.

Er schritt verdrossen dahin; aber als er den Ort hinter sich hatte und immer weiter in der Einsamkeit und Dunkelheit seinen Weg fortging, spürte er eine Angst an sich hochkriechen, die ihn bis ins Innerste schüttelte. Jeder Gegenstand vor ihm, ob Wirklichkeit oder Schatten, reglos oder bewegt, nahm das Aussehen von irgendetwas Schrecklichem an; aber sie alle waren nichts im Vergleich mit der grässlichen Gestalt von heute Morgen, die ihn überall verfolgte. Er konnte ihren Schatten in der Dunkelheit ausmachen, ihre Umrisse bis ins Kleinste erkennen und bemerken, wie sie steif und feierlich dahinzuschreiten schien. Er hörte ihre Kleider in den Blättern rauschen, und jeder Windhauch trug ihm das letzte leise Stöhnen der Sterbenden zu. Stand er still, so tat sie es auch; eilte er, so folgte sie ihm – nicht eilend, das hätte ihm Trost gewährt, sondern wie ein Leichnam, der eine nur mechanische Lebendigkeit besitzt und stets vom gleichen langsamen und melancholischen Wind dahingetragen wird.

Hin und wieder wandte er sich mit dem verzweifelten Entschluss um, das Gespenst zu verscheuchen, und sollte es ihn auch mit seinem Blick töten; aber seine Haare sträubten sich, und das Blut gerann ihm in den Adern, denn es hatte sich mit ihm umgewandt und stand nun hinter ihm. Am Morgen war es vor ihm hergegangen, jetzt aber befand es sich immer in seinem Rücken. Er lehnte sich an eine Böschung, aber er fühlte, dass es sichtbar über ihm am kalten Nachthimmel schwebte. Er warf sich mit dem Rücken auf die Erde, aber es stand schweigend und aufrecht neben seinem Kopf – ein lebendiger Grabstein mit blutiger Inschrift.

Man sage nicht, dass Mörder ihrem Gericht entgingen und dass die Vorsehung schlafe. Eine einzige lange Minute solcher Todesangst wiegt ein hundertfältiges gewaltsames Sterben auf.

Er kam zu einer Hütte auf freiem Feld, die ihm Obdach für die Nacht bot. Vor der Tür standen drei hohe Pappeln, die das Innere sehr verdunkelten, und der Wind stöhnte grässlich in ihren Zweigen. Er *konnte* nicht bis zum Anbruch des Tages weiterwandern und streckte sich daher dicht an der Wand aus – um eine neue Folter zu erfahren.

Denn jetzt trat ein Gesicht vor seine Seele, ebenso beharrlich und noch schrecklicher als das, dem er entgangen war. Die weiten, glanzlosen, glasigen Augen, deren Anblick er immer noch leichter ertragen hätte als den Gedanken daran, erschienen ihm mitten im Dunkel: leuchtend zwar, aber sie gaben kein Licht. Es waren nur zwei Augen, aber sie waren überall. Wenn er sein Gesicht bedeckte, stand sein Zimmer vor ihm mit all den wohlbekannten Gegenständen, selbst solchen, die er bei einem Versuch, sich den Inhalt des Gemachs ins Gedächtnis zu rufen, vergessen hätte. Alles war an seinem gewohnten Platz. Auch die Leiche lag an „ihrem“ Platz, und ihre Augen waren dieselben, wie er sie sah, als er sich davonschlich. Er sprang auf und eilte wieder ins Freie. Die Gestalt war hinter ihm. Er trat wieder in die Hütte und drückte sich abermals gegen die Wand. Die Augen waren da, noch ehe er sich niedergelegt hatte.

Solchen Schrecken ausgeliefert, wie sie niemand sonst kennen kann, lag er da, an allen Gliedern zitternd, während ihm kalter Schweiß aus allen Poren brach, als ihm plötzlich der Nachtwind entferntes Angstgeschrei und den Lärm erregter Stimmen zutrug. Jeder menschliche Laut an diesem einsamen Ort, selbst wenn er ihm wirkliche Gefahr brachte, tat ihm gut. Er gewann dadurch Entschluss- und Tatkraft wieder, sprang auf und eilte ins Freie.

Der ganze Himmel schien in Flammen zu stehen. Feuersäulen

stiegen funkensprühend in die Höhe, türmten sich übereinander, erleuchteten meilenweit die Luft und trieben Rauchwolken dorthin, wo er sich befand. Das Geschrei wurde lauter, da stets neue Stimmen den Lärm vermehrten, und er vernahm deutlich den Ruf „Feuer!" unter dem Läuten der Sturmglocke, dem Niederstürzen schwerer Körper und dem Prasseln der Flammen, wenn sie ein neues Hindernis erfassten und frisch genährt gen Himmel schossen. Das Getöse nahm mit jedem Augenblick zu. Es waren Leute da, Männer und Weiber, Licht und Tätigkeit. Es war wie ein neues Leben für ihn. Er eilte dahin, geradeaus, über Stock und Stein, Hecken und Zäune, ebenso toll wie der Hund, der laut bellend vor ihm hersprang.

Er kam zu der Stelle. Halb angekleidete Leute rannten hin und her; einige bemühten sich, die erschreckten Pferde aus den Ställen zu bringen, andere trieben das Rindvieh aus den Höfen und Nebengebäuden, und wieder andere kamen schwer beladen, unter Schauern niederfallender Funken und herabstürzenden, glimmenden Gebälks, aus den brennenden Häusern. Aus den Öffnungen, wo sich noch vor einer Stunde Türen und Fenster befunden hatten, schlug ein Flammenmeer; Mauern wankten und stürzten krachend in den Feuerstrom, geschmolzenes Blei und Eisen flossen weißglühend nieder auf den Boden, Weiber und Kinder stießen ein Jammergeschrei aus, Männer ermutigten einander mit lauten Zurufen. Das Klappern der Feuerspritzen und das Zischen des Wassers, wenn es auf das glühende Holz fiel, vermehrten den wüsten Lärm. Sikes schrie gleichfalls, bis er heiser wurde, und stürzte sich in das dichteste Gedränge, um sich und seiner Erinnerung zu entfliehen.

Er tauchte in dieser Nacht bald hier, bald dort auf; bald arbeitete er an den Spritzen, bald jagte er durch Rauch und Flammen, aber immer schloss er sich da an, wo Menschen und Getöse sich am dichtesten ballten. Leitern auf, Leitern ab, auf Hausdächern, über Böden, die unter seinem Gewicht krachten und wankten, neben fallenden Ziegeln und Steinen – er war allerorten in der Feuersnot. Aber er schien gefeit zu sein, denn als der Morgen graute und nur noch Rauch und geschwärzte Trümmer übrig waren, hatte er auch nicht eine Schramme oder Quetschung erhalten; er fühlte sich nicht einmal müde.

Nach dieser tollen Erregung kehrte das schreckliche Bewusstsein seines Verbrechens mit zehnfacher Gewalt zurück. Er sah misstrauisch umher, denn die Leute standen in Gruppen beieinander, und er fürchtete, der Gegenstand ihrer Unterhaltung zu sein. Der Hund gehorchte dem Wink seines Fingers, und beide schlichen davon. Er kam an einer Spritze vorüber, wo einige Männer saßen und ihm zuriefen, er solle an ihrer Erfrischung teilnehmen. Er nahm etwas Brot und Fleisch an, und als er einen Schluck Bier trank, hörte er die Spritzenleute, die aus London waren, von dem Mord sprechen. „Es heißt, er sei nach Birmingham gegangen“, sagte der eine, „aber man wird seiner schon habhaft werden, denn man fahndet bereits nach ihm, und morgen ist das Aufgebot im ganzen Land verbreitet.“

Er sprang auf und lief, bis er fast in die Knie brach; dann legte er sich in einem Hohlweg nieder und schlief einen langen, aber häufig unterbrochenen, unruhigen Schlaf. Er wanderte abermals weiter, unschlüssig und planlos, in steter Furcht vor einer zweiten einsamen Nacht.

Plötzlich fasste er den verzweifelten Entschluss, nach London zurückzukehren. Jedenfalls kann ich dort mit Leuten sprechen, dachte er, und finde auch ein gutes Versteck. Da man mich auf dem Lande glaubt, wird man mich in London am wenigsten suchen. Ich bleibe ungefähr eine Woche stillliegen, presse Fagin Geld ab und gehe dann nach Frankreich. Verdammt, ich wag's!

Er folgte dieser Eingebung ohne Zögern, wählte die einsamsten Pfade für seinen Heimweg und beschloss, sich kurz vor der Hauptstadt zu verstecken und dort liegen zu bleiben; sobald es dunkel würde, wollte er auf einem Umweg nach London hineingehen und schnurstracks die Gegend aufsuchen, die er für seinen Zweck ausersehen hatte.

Aber der Hund! Wenn eine Beschreibung seiner Person im Umlauf war, so hatte man wahrscheinlich nicht zu erwähnen vergessen, dass auch der Hund vermisst werde, der ihm wahrscheinlich gefolgt sei. Dies konnte zu seiner Verhaftung führen, wenn er durch die Straßen lief. Er entschloss sich daher, ihn zu ertränken; er sah sich im Gehen nach einem Teich um, hob einen schweren Stein auf und band ihn in sein Taschentuch.

Das Tier sah während dieser Vorbereitungen zum Gesicht seines Herrn auf; mochte ihm nun sein Instinkt etwas von ihrem Sinn

Sikes versucht seinen Hund umzubringen

verraten, oder war vielleicht der Blick des Mörders finsterer als sonst, er blieb jedenfalls etwas weiter zurück als gewöhnlich und kroch nur langsam dahin. Als Sikes am Rand eines Weihers haltmachte und sich umsah, um ihn zu rufen, rührte sich der Hund nicht von der Stelle.

„Hörst du nicht? Hierher!“, rief Sikes.

Die Macht der Gewohnheit trieb den Hund vorwärts; aber als sich sein Herr bückte, um das Schnupftuch an seinem Hals zu befestigen, knurrte er und sprang zurück.

„Komm zurück!“, sagte der Verbrecher und stampfte mit dem Fuß auf.

Der Hund wedelte mit dem Schwanz, rührte sich aber nicht. Sikes drehte nun eine Schlinge und rief ihn wieder.

Der Hund kam ein wenig näher, wich wieder zurück, blieb einen Augenblick stehen, wandte sich um und jagte davon.

Der Mann pfiff mehrmals und setzte sich nieder, in der Hoffnung, er werde zurückkehren. Aber der Hund erschien nicht, und schließlich nahm er seine Wanderung wieder auf.

Neunundvierzigstes Kapitel

Monks und Mr Brownlow treffen sich endlich.
Ihre Unterhaltung und die Nachricht, die sie unterbricht

Es dunkelte bereits, als Mr Brownlow vor seiner eigenen Tür aus einem Mietwagen stieg und leise anpochte. Sobald sich die Tür öffnete, stieg ein kräftiger Mann aus der Kutsche und stellte sich auf der einen Seite an den Tritt, während ein zweiter, der auf dem Bock gesessen hatte, gleichfalls abstieg und sich auf der andern Seite aufpflanzte. Auf ein Zeichen Mr Brownlows halfen sie einem dritten Mann heraus, nahmen ihn in die Mitte und brachten ihn schleunigst in das Haus. Dieser Mann war Monks.

Sie stiegen in derselben Weise schweigend die Treppen hinauf, und Mr Brownlow, der voranging, führte sie in ein Hinterzimmer. An der Tür dieses Raumes blieb Monks, der mit sichtlichem Widerstreben gefolgt war, stehen. Die beiden Männer blickten den alten Herrn an, als ob sie Verhaltensmaßregeln von ihm erwarteten.

„Er weiß, welche Wahl ihm bleibt“, sagte Mr Brownlow. „Wenn er zögert oder nur einen Finger rührt, ohne dass Sie es ihm befehlen, dann schleppen Sie ihn auf die Straße, rufen die Polizei und klagen ihn in meinem Namen als Verbrecher an.“

„Wie können Sie es wagen, das von mir zu behaupten?“, fragte Monks.

„Wie können Sie es wagen, mich dazu zu zwingen, junger Mann?“, erwiderte Mr Brownlow, der ihn mit festem Blick musterte. „Wären Sie so wahnsinnig, dieses Haus zu verlassen? Lassen Sie ihn los! So, Sir! Niemand hindert Sie zu gehen, und uns zu folgen. Aber ich warne Sie! Bei allem, was mir heilig ist: Sobald Sie den Fuß auf die Straße setzen, lasse ich Sie wegen Betrugs und Raubes verhaften. Mein Entschluss steht fest und unabänderlich. Ist Ihr Entschluss ebenso unumstößlich, so komme Ihr Blut über Ihr eigenes Haupt.“

„Auf wessen Befehl bin ich von diesen Hunden auf der Straße abgefangen und hierhergebracht worden?“, fragte Monks und sah abwechselnd die beiden Männer an, die ihm zur Seite standen.

„Es geschah auf meine Verantwortung“, versetzte Brownlow. „Diese Leute werden von mir gedeckt. Wenn Sie sich über Freiheitsberaubung beklagen wollen, hätten Sie Macht und Gelegenheit gehabt, es auf dem Herweg zu versuchen; aber Sie hielten es für ratsamer, sich ruhig zu verhalten. Darum sage ich noch einmal: Rufen Sie nur den Schutz des Gesetzes an. Auch ich will mich an das Gesetz wenden; aber sind Sie erst einmal zu weit gegangen, um noch zurücktreten zu können, so haben Sie von mir keine Nachsicht mehr zu erwarten, wenn die Entscheidung in andere Hände übergegangen ist, und dürfen dann nicht sagen, ich hätte Sie ins Verderben gestürzt, in das Sie selber gerannt sind.“

Monks war offenbar verwirrt und beunruhigt. Er zögerte.

„Sie müssen sich rasch entschließen“, fuhr Mr Brownlow fest und ruhig fort. „Wollen Sie, dass ich meine Anklage öffentlich vorbringe und Sie einer Strafe überantworte, deren Umfang ich zwar mit Schaudern voraussehen, aber dann nicht mehr verhindern kann, so steht Ihnen der Weg offen. Wollen Sie das nicht, und bauen Sie auf meine Nachsicht und die Vergebung derer, die Sie so tief gekränkt haben, so setzen Sie sich ohne Widerrede auf jenen Stuhl: Er harrt Ihrer schon seit Tagen.“

Monks murmelte einige unverständliche Worte, schwankte aber noch immer.

„Entscheiden Sie sich bald“, sagte Mr Brownlow. „Ein Wort von mir, und Sie haben keine Wahl mehr.“

Monks zögerte auch jetzt noch.

„Ich habe nicht die Absicht, lange herumzureden“, fuhr Mr Brownlow fort, „und auch kein Recht dazu, da ich die teuersten Anliegen anderer vertrete.“

„Gibt es“, fragte Monks stotternd, „gibt es – keinen Mittelweg?“

„Nein!“

Monks sah den alten Herrn ängstlich an; da er aber in dessen Zügen nur Strenge und Entschlossenheit las, trat er in das Zimmer und setzte sich achselzuckend nieder.

„Schließen Sie die Tür von außen“, sprach Mr Brownlow zu den Gehilfen, „und kommen Sie herein, wenn ich klingle.“

Sie gehorchten, und Mr Brownlow blieb mit Monks allein.

„Eine saubere Behandlung vom ältesten Freund meines Vaters", sagte Monks, indem er Hut und Mantel ablegte.

„Gerade weil ich Ihres Vaters ältester Freund war, junger Mann", entgegnete Mr Brownlow, „gerade weil die Hoffnungen und Wünsche einer glücklichen Jugendzeit an ihn und das holde Wesen von seinem Blut geknüpft waren, das früh zu seinem Gott zurückkehrte und mich einsam und allein ließ; gerade weil er als Knabe – an demselben Morgen, der sie, wenn es Gottes Wille gewesen wäre, zu meiner Gattin gemacht hätte – mit mir am Sterbebett seiner einzigen Schwester kniete; gerade weil von jener Zeit an mein verwundetes Herz an ihm in all seinen Prüfungen und Verirrungen bis zu seinem Tod hing; gerade weil diese alten Erinnerungen und Beziehungen noch immer in meinem Herzen lebendig sind und selbst Ihr Anblick mir Gedanken an ihn wachruft; gerade weil all dies war und ist, finde ich mich bewogen, Sie mit Milde zu behandeln – ja, Edward Leeford, selbst jetzt noch –, und erröte über den Unwürdigen, der diesen Namen trägt."

„Was hat der Name damit zu schaffen?", fragte der andere, der mit halb stummer, halb störrischer Verwunderung die Aufregung seines Gefährten beobachtete. „Was kümmert mich überhaupt dieser Name?"

„Nichts!", versetzte Mr Brownlow. „Sie freilich nicht. Aber es war der ihrige, und selbst nach so langer Zeit bringt er mir altem Mann die Glut und die innere Spannung zurück, die ich ehemals fühlte, wenn ich ihn auch nur von einem Fremden ausgesprochen hörte. Ich bin sehr froh, dass Sie einen anderen angenommen haben – sehr, sehr froh."

„Das ist alles recht schön", sagte Monks, für den wir den angenommenen Namen beibehalten wollen, nach langem Schweigen, währenddessen er sich in mürrischem Trotz hin und her gewiegt hatte, wohingegen Mr Brownlow dasaß und sein Gesicht mit der Hand bedeckte. „Aber was wollen Sie von mir?"

„Sie haben einen Bruder", entgegnete Mr Brownlow, indem er sich erhob, „einen Bruder, dessen leise in Ihr Ohr geflüsterter Name, als ich auf der Straße hinter Ihnen herging, Sie fast schon allein veranlasste, mich in unruhigem Staunen hierherzubegleiten."

„Ich habe keinen Bruder", erwiderte Monks. „Sie wissen, dass ich der einzige Sohn meines Vaters bin. Warum sprechen Sie von Brüdern? Sie wissen das so gut wie ich."

„Hören Sie, was ich weiß und was Sie vielleicht nicht wissen", sagte Mr Brownlow. „Sie werden sich schon nach und nach dafür interessieren. Ich weiß, dass Sie der einzige und unnatürlichste Sprössling jener unseligen Ehe sind, zu der Familienstolz und der schmutzigste, engherzigste Ehrgeiz Ihren unglücklichen Vater, als er fast noch ein Knabe war, gezwungen haben."

„Harte Ausdrücke lassen mich gleichgültig", unterbrach ihn Monks mit höhnischem Lachen. „Sie kennen die Tatsache, das ist mir genug."

„Aber ich kenne auch das Elend, die langsame Folter und die endlose Seelennot dieser heillosen Verbindung", fuhr der alte Herr fort. „Ich weiß, wie unfroh und müde dieses beklagenswerte Paar seine schwere Kette durch eine Welt schleppte, die beiden vergiftet war; ich weiß, wie die kalte Förmlichkeit in offene Vorwürfe überging; wie Gleichgültigkeit der Abneigung, Abneigung dem Hass und Hass dem Abscheu wich, bis sie zuletzt das Band zerrissen, einen weiten Raum zwischen sich legten und jedes ein Bruchstück der Fessel mitnahm, die ihr Leben verbitterte, die nur der Tod zerbrechen konnte und die jeder in seinem neuen Kreis unter der heitersten Maske zu verhüllen suchte, die ihm zu Gebote stand. Ihrer Mutter gelang es, die Vergangenheit zu vergessen, aber am Herzen Ihres Vaters nagte und bohrte sie noch lange fort."

„Nun, sie haben sich getrennt", versetzte Monks. „Aber was hat es damit auf sich?"

„Als sie bereits längere Zeit getrennt lebten", entgegnete Mr Brownlow, „und Ihre Mutter im Vergnügungstaumel jenseits des Kanals ihren um zehn Jahre jüngeren Gatten ganz vergessen hatte, der mit vernichteten Hoffnungen in der Heimat blieb, fand Ihr Vater neue Freunde. Diesen Umstand wenigstens werden Sie kennen."

„Nein", erwiderte Monks, indem er die Augen abwendete und mit dem Fuß aufstampfte wie ein Mann, der entschlossen ist, alles abzustreiten. „Nein!"

„Ihr gegenwärtiges Benehmen wie Ihre frühere Handlungsweise beweisen mir, dass Sie es nie vergessen und unablässig mit Bitterkeit daran gedacht haben", sagte Mr Brownlow. „Ich spreche von einer Zeit, die fünfzehn Jahre zurückliegt, als Sie erst elf Jahre und

Ihr Vater einunddreißig zählte; denn ich wiederhole, er war beinahe noch ein Knabe, als ihm sein Vater befahl, sich zu vermählen. Muss ich auf die Ereignisse zu sprechen kommen, die einen Schatten auf das Andenken Ihres Erzeugers werfen, oder wollen Sie es mir ersparen und mir die Wahrheit enthüllen?“

„Ich habe nichts zu enthüllen“, versetzte Monks. „Es steht bei Ihnen, was Sie mir mitteilen wollen.“

„Nun denn“, fuhr Mr Brownlow fort, „zu diesen Freunden gehörte ein verabschiedeter Marineoffizier, dessen Gattin ein halbes Jahr zuvor gestorben war. Von seinen Kindern waren ihm glücklicherweise nur zwei Töchter geblieben, die eine ein schönes Mädchen von neunzehn, die andere noch ein Kind von zwei oder drei Jahren.“

„Was geht das mich an?“, fragte Monks.

„Sie wohnten“, sprach Mr Brownlow weiter, indem er scheinbar die Unterbrechung überhörte, „in einem Teil des Landes, den Ihr Vater auf seinen Wanderzügen besucht und zum dauernden Aufenthalt gewählt hatte. Die Bekanntschaft ging schnell in Vertraulichkeit und Freundschaft über. Ihr Vater war begabt wie wenige Männer, er besaß Herz und Aussehen seiner Schwester. Je mehr ihn der alte Offizier kennenlernte, desto inniger liebte er ihn. Ich wünschte, es hätte damit sein Bewenden gehabt; aber seine Tochter tat dasselbe.“

Der alte Herr hielt inne. Monks biss sich auf die Lippen und sah zu Boden. Mr Brownlow bemerkte das und fuhr wieder fort: „Am Ende des ersten Jahres war er verlobt, feierlich verlobt mit jener Tochter – er war der Gegenstand der ersten wahren, glühenden und einzigen Liebe eines arglosen, unerfahrenen Mädchens.“

„Ihre Erzählung ist sehr lang“, bemerkte Monks und rückte unruhig auf seinem Stuhl hin und her.

„Es ist eine getreue Erzählung von Kummer, Prüfungen und Leiden, junger Mann“, versetzte Mr Brownlow, „und solche Geschichten sind gewöhnlich lang; handelte sie von ungetrübtem Glück, so wäre sie recht kurz. – Endlich starb einer der reichen Verwandten, für dessen Einfluss und Gewinn Ihr Vater wie so viele andere, denn solche Fälle sind nicht ungewöhnlich, geopfert worden war, und um ihn für all das Elend zu entschädigen, das er gestiftet hatte, hinterließ er ihm sein Allheilmittel für Kummer: Geld. Es war nötig, dass

Ihr Vater schleunigst nach Rom reiste, wo jener Verwandte Genesung gesucht hatte und gestorben war, ohne seine Angelegenheiten ordnen zu können. Kaum dort angekommen, wurde Ihr Vater von einer tödlichen Krankheit befallen; sobald Ihre Mutter davon in Paris Kunde erhielt, reiste sie ihm nach und nahm Sie mit. Er starb am Tag nach Ihrer Ankunft, ohne Testament – ohne Testament! –, sodass sein ganzes Vermögen ihr und Ihnen zufiel."

Bei diesem Teil der Erzählung lauschte Monks in atemloser Neugier, obgleich seine Augen nicht auf den Sprecher gerichtet waren; als Mr Brownlow innehielt, wechselte er die Stellung wie ein Mann, der sich plötzlich erleichtert fühlt, und wischte sein glühendes Gesicht ab.

„Ehe er abreiste", sagte Mr Brownlow langsam, wobei er den andern fest ins Auge fasste, „kam er zu mir, da ihn sein Weg über London führte."

„Davon habe ich nie gehört!", unterbrach ihn Monks mit einem Ton, der ungläubig klingen sollte, aber doch mehr unangenehme Überraschung verriet.

„Er kam zu mir und übergab mir unter anderem ein Bild – ein von ihm selbst gemaltes Porträt jenes armen Mädchens, das er nur ungern zurückließ, aber weil er so rasch reisen musste, nicht mit sich nehmen konnte. Kummer und Gewissensbisse hatten ihn so ausgezehrt, dass er fast einem Schatten glich, er sprach wirr und unzusammenhängend von Schande und Verderben, die er angerichtet habe, und vertraute mir seine Absicht an, sein ganzes Eigentum, auch unter Verlust, in bares Geld umzuwandeln, einen Teil des ihm neu zugefallenen Vermögens auf seine Gattin und Sie zu übertragen und dann England zu verlassen – ich erriet nur zu gut, dass er nicht allein fliehen wollte – und es nie wiederzusehen. Selbst gegen mich, seinen alten Jugendfreund, dessen Anhänglichkeit Wurzeln gefasst hatte in der Erde, die ein uns beiden so teures Wesen bedeckte, selbst gegen mich hielt er mit weiteren Bekenntnissen zurück, indem er versprach, mir alles brieflich mitzuteilen, um mich dann noch einmal – das letzte Mal auf Erden – wiederzusehen. Ach, es war damals schon das letzte Mal. Ich erhielt keinen Brief und sah ihn nie wieder. – Ich ging", fuhr Mr Brownlow nach kurzer Pause fort, „ich ging, als das alles vorüber war, zum Schauplatz seiner – ich will mich des Ausdrucks bedienen, den die Welt wählen würde, denn Härte oder Nachsicht der Welt sind ihm ja jetzt gleichgültig – seiner sündigen Liebe, fest entschlossen, wenn sich meine Befürchtungen bewahrheiten sollten, dem verirrten Kind ein Herz und eine Heimat anzubieten, wo es Schutz und Mitleid finden sollte. Die Familie hatte die Gegend eine Woche vorher, nach Bezahlung ihrer kleinen Schulden, bei Nacht verlassen. Warum und wohin, konnte mir niemand sagen."

Monks atmete jetzt freier und blickte mit triumphierendem Lächeln auf.

„Als Ihr Bruder", sagte Mr Brownlow, indem er dem Stuhl des andern näher rückte, „als Ihr Bruder, ein elendes, zerlumptes, vernachlässigtes Kind, mir durch eine mächtigere Hand als den Zufall in den Weg geführt und von mir einem Leben des Lasters und der Schande entrissen wurde ..."

„Was?", rief Monks.

„Von mir!", versetzte Mr Brownlow. „Ich wusste es ja, die Sache werde bald Ihre Anteilnahme gewinnen. Ich sage: von mir – denn ich sehe, dass Ihnen Ihr schlauer Verbündeter meinen Namen nicht nannte, obgleich er sicher sein durfte, dass Sie ihn nicht kannten. Als Ihr Bruder bei mir Zuflucht fand und sich in meinem Haus langsam von seiner Krankheit erholte, setzte mich seine auffallende Ähnlichkeit mit dem vorhin erwähnten Gemälde in Staunen. Schon als ich ihn zum ersten Mal in Schmutz und Lumpen sah, fand ich einen Ausdruck in seinem Gesicht, der mich wie ein lebhafter Traum an einen alten Freund gemahnte. Ich brauche Ihnen nicht zu sagen, dass er wieder abgefangen wurde, ehe ich seine Geschichte erfuhr –"

„Warum nicht?", fragte Monks hastig.

„Weil Sie es genau wissen."

„Ich?"

„Das Leugnen hilft Ihnen nichts", entgegnete Mr Brownlow. „Ich werde Ihnen beweisen, dass ich mehr weiß als das."

„Sie – Sie – können nichts gegen mich beweisen", stammelte Monks. „Ich fordere Sie auf, es zu tun!"

„Wir werden sehen", erwiderte der alte Herr mit forschendem Blick. „Ich verlor den Knaben und konnte ihn trotz aller Anstrengungen nicht wieder auffinden. Da Ihre Mutter tot ist, konnten höchstens Sie das Geheimnis aufklären; als ich das letzte Mal von Ihnen hörte, hieß es, Sie hielten sich auf Ihrer Besitzung in Westindien auf, wohin Sie sich nach Ihrer Mutter Tod zurückzogen, um, wie Sie recht wohl wissen, den Folgen Ihres verbrecherischen Lebens in London zu entgehen. Ich reiste Ihnen nach, aber Sie hatten jenes Land schon vor Monaten verlassen; man vermutete Sie in London, aber niemand konnte mir Näheres sagen. Ich kehrte zurück. Ihre Geschäftsführer wussten mir Ihren Aufenthalt nicht anzugeben und sagten mir, Sie kämen und gingen so unbestimmt, wie Sie es immer getan hätten. Bisweilen zeigten Sie sich alle Tage, bisweilen monatelang nicht, und allem Anschein nach hielten Sie sich an dieselben gemeinen Schlupfwinkel und an die gleiche verderbte Menschenklasse, wo Sie schon als wilder, unbändiger Knabe heimisch waren. Ich ermüdete sie mit immer neuen Nachfragen. Ich lief Tag und Nacht auf den Straßen umher, aber bis vor zwei Stunden waren all meine Bemühungen fruchtlos, und ich sah Sie nie auch nur einen Augenblick."

„Und nun, da Sie mich sehen", sagte Monks, indem er sich frech erhob, „was nun? Betrug und Raub sind hochtönende Worte – gerechtfertigt, wie Sie glauben, durch die eingebildete Ähnlichkeit eines Jungen mit der müßigen Sudelei eines Verstorbenen! Bruder! Sie wissen nicht einmal, ob der Umgang dieses Pärchens ein Kind zur Folge hatte; Sie wissen nicht einmal das."

„Ich *wusste* es nicht", versetzte Mr Brownlow, der gleichfalls aufstand, „aber ich habe in den letzten vierzehn Tagen alles erfahren. Sie haben einen Bruder; Sie wissen es und kennen ihn. Es war ein Testament vorhanden; Ihre Mutter vernichtete es und hinterließ Ihnen nach ihrem Tod das Geheimnis und den Gewinn. Dieses Testament verwies auf ein Kind, das wahrscheinlich dem traurigen Verhältnis entspringen werde. Das Kind wurde geboren und kam Ihnen zufällig in den Weg, wobei seine Ähnlichkeit mit Ihrem Vater zuerst Ihren Argwohn weckte. Sie begaben sich an seinen Geburtsort. Dort gab es Beweise, lang unterdrückte Beweise seiner Geburt und Herkunft. Sie vernichteten sie und erklärten Ihrem Mitschuldigen, dem Juden, wörtlich: ‚So liegen denn die einzigen Beweise, durch die der Junge beglaubigt werden kann, auf dem Grund des Flusses, und die alte Hexe, die sie von der Mutter in Empfang nahm, modert in ihrem Sarg!' – Unwürdiger Sohn, Feigling, Lügner – Sie, der Sie nachts in dunklen Kammern Zusammenkünfte halten mit Dieben und Mördern; der Sie durch schändliche

Tücke einen gewaltsamen Tod über ein Mädchen gebracht haben, das Millionen von Ihrer Art wert war, der Sie von der Wiege an das Herz seines Vaters mit Bitterkeit und Galle erfüllt haben und in dem alle schlimmen Leidenschaften und Laster wühlten, bis sie in einer hässlichen Krankheit zum Ausbruch kamen, die Ihr Gesicht zum Spiegel Ihrer Seele machte – Sie, Edward Leeford, Sie wollen mir noch Trotz bieten?"

„Nein, nein, nein!", entgegnete der Feigling, durch diese gehäuften Anklagen überwältigt.

„Jedes Wort", rief der alte Herr, „jedes Wort, das zwischen Ihnen und diesem verruchten Schurken gesprochen wurde, ist mir bekannt! Schatten an der Wand haben Ihr Geflüster aufgefangen und zu meinen Ohren gebracht. Der Anblick des verfolgten Kindes hat selbst auf das Laster Eindruck gemacht und ihm Mut und fast die Eigenschaften der Tugend verliehen. Ein Mord wurde begangen, an dem Sie, wenn auch nicht körperlich, so doch moralisch beteiligt sind."

„Nein, nein!", fiel Monks ein. „Ich – ich – wusste nichts davon; ich war eben im Begriff, mich zu erkundigen, wie viel an der Sache wahr sei, als Sie mich überraschten. Ich kannte den Anlass zu dieser Tat nicht. Ich glaubte, sie sei die Folge eines gewöhnlichen Streites."

„Die teilweise Enthüllung Ihrer Geheimnisse war daran schuld", erwiderte Mr Brownlow. „Wollen Sie nun das Ganze gestehen?"

„Ja, ich will."

„Die Angabe der wahren Verhältnisse mit Ihrer Unterschrift bestätigen und sie vor Zeugen wiederholen?"

„Auch das verspreche ich."

„Ruhig hierbleiben, bis ein solches Dokument entworfen ist, und mit mir an einen Ort gehen, den ich für den geeignetsten halte, um es beglaubigen zu lassen?"

„Wenn Sie darauf bestehen, will ich auch das tun", antwortete Monks.

„Sie müssen noch mehr tun", fuhr Mr Brownlow fort. „Sie müssen einem unschuldigen, harmlosen Kind Ersatz leisten, denn unschuldig ist es, wenngleich der Sprössling einer sündigen und unglücklichen Liebe. Sie haben die einschlägigen Bestimmungen des Testaments nicht vergessen. Führen Sie diese aus, so weit sie Ihren Bruder betreffen, und dann gehen Sie, wohin es Ihnen beliebt. Sie dürfen ihm in dieser Welt nie wieder begegnen."

Während Monks im Zimmer auf und ab ging und mit finsteren, bösen Blicken über diesen Vorschlag und die Möglichkeiten, ihn zu umgehen, nachsann, zwischen Furcht und Hass hin und her gerissen, wurde hastig die Tür aufgeschlossen, und Dr. Losberne trat in gewaltiger Aufregung ins Zimmer.

„Sie haben den Mann bald!“, rief er. „Man wird ihn noch heute Abend festnehmen!“

„Den Mörder?“, fragte Brownlow.

„Ja, ja“, versetzte Dr. Losberne. „Man hat seinen Hund um irgendeinen alten Schlupfwinkel herumschleichen sehen, und ohne Zweifel hält sich sein Herr an diesem Ort auf oder wird ihn unter dem Schutz der Dunkelheit aufsuchen. Allenthalben sind Wachen aufgestellt. Ich habe selbst mit den Männern gesprochen, die ihn verhaften sollen, und sie sagten mir, er könne keinesfalls entwischen. Die Regierung hat heute Abend einen Preis von hundert Pfund für seine Ergreifung ausgesetzt.“

„Ich will noch fünfzig dazulegen“, sagte Mr Brownlow, „und es selbst an Ort und Stelle verkünden, wenn ich hinkommen kann. Wo ist Mr Maylie?“

„Harry?“, entgegnete der Doktor. „Sobald er Ihren Freund hier wohlbehalten bei Ihnen in der Kutsche sah, eilte er zu der Stelle, wo er dies gehört hatte, bestieg dann sein Pferd und sprengte fort, um sich der ersten Verfolgungsmannschaft anzuschließen, mit der er sich irgendwo in den Vorstädten verabredet hat.“

„Und was ist mit dem Juden?“, fragte Brownlow.

„Als ich das letzte Mal von ihm hörte, war er noch nicht verhaftet; aber er wird es jetzt sein. Man ist seiner sicher.“

„Haben Sie einen Entschluss gefasst?“, fragte Mr Brownlow Monks leise.

„Ja“, antwortete er. „Sie – Sie – werden doch von mir schweigen?“

„Ja. Bleiben Sie hier, bis ich zurückkehre. Es ist für Sie das einzige Rettungsmittel.“

Sie verließen das Zimmer, und die Tür wurde wieder verschlossen.

„Was haben Sie erreicht?“, fragte der Doktor flüsternd.

„Alles, was ich erhoffen konnte, und sogar noch mehr. Ich verband die Angaben des armen Mädchens mit dem, was ich schon wusste, und mit dem Ergebnis der Nachforschungen, die Grimwig an Ort und Stelle veranstaltete, und führte ihm die ganze Schurkerei, die sich aus diesen Aufschlüssen ergab, vor Augen, sodass ihm nicht der mindeste Ausweg blieb. Schreiben Sie, dass die Zusammenkunft übermorgen Abend um sieben Uhr stattfinden soll. Wir werden einige Stunden früher dort sein, aber die Ruhe nötig haben, besonders die junge Dame, die vielleicht mehr Festigkeit brauchen wird, als wir jetzt voraussehen können. Doch mein Blut kocht, dieses arme, ermordete Geschöpf zu rächen. Welchen Weg haben sie eingeschlagen?"

„Wenn Sie geradewegs auf das Polizeiamt gehen, werden Sie rechtzeitig anlangen", entgegnete Dr. Losberne. „Ich will hierbleiben."

Die beiden Herren trennten sich hastig, jeder in unbezwingbarer Aufregung.

Fünfzigstes Kapitel

Verfolgung und Flucht

Nahe dem Teil der Themse, wo die Kirche von Rotherhithe steht und die Gebäude an den Ufern am schmutzigsten und die Fahrzeuge auf dem Fluss am schwärzesten sind vom Kohlenstaub und vom Rauch der eng aneinander gebauten niedrigen Häuser, befindet sich bis auf den heutigen Tag der elendeste, ungewöhnlichste, sonderbarste Winkel, der sich in London finden lässt; selbst dem Namen nach ist er nur den wenigsten Leuten bekannt.

Um dorthin zu gelangen, muss man sich durch ein Labyrinth enger, dreckiger Straßen winden, überfüllt von den rohesten und ärmsten Uferbewohnern, die dort je nach Gelegenheit ihre Geschäfte betreiben. Die billigsten und unappetitlichsten Nahrungsmittel sind in den Läden aufgehäuft, die gröbsten und schlechtesten Kleidungsstücke hängen an den Türen oder flattern an den Mauern und Fenstern der Trödler. Nur mühsam kann man sich durch unbeschäftigte Arbeiter der niedrigsten Klasse, durch Last- und Kohlenträger, freche Weiber, zerlumpte Kinder und den Auswurf und Abschaum des Flusses Bahn brechen, belästigt von ekelhaften Anblicken und Gerüchen aus den rechts und links abzweigenden engen Gässchen und betäubt von dem Gepolter schwerer Wagen, die große Massen von Handelswaren aus den Lagerhäusern befördern, die sich an jeder Ecke erheben. Kommt man endlich in abgelegenere und weniger belebte Straßen, als man sie bisher durchschritten hat, so geht man zwischen schwankenden Häuserfronten dahin, die sich über das Pflaster neigen, vorbei an verfallenen Gemäuern, die bei den Schritten des Wanderers zittern, an halb eingestürzten Schornsteinen, Fenstern, die durch rostige, von Zeit und Schmutz fast ganz zerfressene Eisenstäbe gesichert sind, und allen sonst denkbaren Zeichen von Elend und Verwahrlosung.

In dieser Gegend, jenseits Dockhead im Bezirk Southwark, liegt Jacob's Island, von einem sechs bis acht Fuß tiefen und zur Flutzeit fünfzehn bis zwanzig Fuß breiten, sumpfigen Graben umgeben, der ehedem Mill Pond genannt wurde, heutzutage aber unter dem Namen Folly Ditch bekannt ist. Er ist eine Art Nebenarm der Themse und kann bei hohem Wasserstand durch Öffnung der Schleusen bei den Lead Mills, von denen er seinen früheren Namen hatte, gefüllt werden. Zu solchen Zeiten kann man von einer der hölzernen Brücken aus, die in der Nähe der Mill Lane den Graben überspannen, sehen, wie die Bewohner der Häuser auf beiden Seiten aus ihren Hintertüren und -fenstern Eimer, Kübel und Geschirr aller Art herunterlassen, um Wasser zu schöpfen; und wenn man dann das Auge von dieser Tätigkeit auf die Häuser selbst richtet, dann bietet sich einem eine Szenerie dar, die größtes Staunen erregen kann: gebrechliche Holzgalerien, die an der Rückseite eines halben Dutzends Häuser entlanglaufen, mit Löchern, durch die man in den Schlamm hinuntersehen kann, zerbrochene und verklebte Fenster, aus denen Stangen herausragen, um nicht vorhandenes Leinenzeug daran zu trocknen; Stuben, so eng und schmutzig, dass die Luft selbst für den Unrat, den sie bergen, zu dumpf scheint; hölzerne Kammern, die über die sumpfige Lache vorspringen und hineinzustürzen drohen, wie es einige schon wirklich getan haben; kotbesudelte Wände und versinkende Fundamente; jeder abstoßende Zug der Armut, jedes widerliche Anzeichen ekelhaften Schmutzes und hässlicher Verkommenheit – das sind die Zierden der Ufer des Folly Ditch.

Auf Jacob's Island sind die Lagerhäuser ohne Dächer und leer, die Wände stehen kurz vor dem Einstürzen, die Fenster sind ausgebrochen, die Türen wollen auf die Straße hinausfallen, und die Schornsteine sind schwarz, obgleich kein Rauch daraus aufsteigt. Vor dreißig oder vierzig Jahren, ehe Verluste und Prozesse über die Insel kamen, war dies eine blühende Gegend; aber jetzt ist wirklich alles verödet. Die Häuser sind herrenlos und werden nur von denen bewohnt, die sie aufbrechen und den Mut haben, dort zu leben und zu sterben. Man muss wirklich sehr gewichtige Gründe haben, sich zu verbergen, oder muss aufs Äußerste verarmt sein, wenn man auf Jacob's Island Zuflucht sucht.

In einem oberen Gemach eines dieser Häuser, das alleinstand, mit der Rückseite in der beschriebenen Art auf den Graben sah und in jeder Hinsicht baufällig, aber ziemlich groß und durch Türen und Fenster gut gesichert war, saßen drei Männer in tiefem, düsterem Schweigen, die einander hin und wieder verlegen und erwartungsvoll anschauten. Der eine war Toby Crackit, der zweite Mr Chitling und der dritte ebenfalls ein Gauner von etwa fünfzig Jahren, dessen Nase früher einmal bei einem Faustkampf fast eingeschlagen worden war und dessen Gesicht eine furchtbare Narbe trug, wahrscheinlich vom selben Anlass her. Er war ein zurückgekehrter Deportierter und hieß Kags.

„Ich wollte", sagte Toby zu Mr Chitling, „du hättest einen anderen Unterschlupf ausgesucht, als die beiden alten zu heiß wurden, statt hierherzukommen, mein Guter."

„Warum tatest du's nicht, du Dummkopf?", stimmte Kags ein.

„Ich hätte erwartet, ihr würdet euch mehr freuen, mich zu sehen", versetzte Mr Chitling traurig.

„Ja, schau, junger Herr", entgegnete Toby, „wenn sich ein Mann so vornehm absondert wie ich und dadurch zu einem hübschen Dach über seinem Kopf gekommen ist, um das niemand herumschnüffelt und herumspioniert, so ist's ein wunderliches Ding, mit dem Besuch eines jungen Bürschleins in deinen Umständen beehrt zu werden, wie anständig und unterhaltend es auch sein mag, wenn sich's ergibt, mit dir Karten zu spielen."

„Besonders wenn der vornehme junge Mann einen Freund bei sich hat, der früher als erwartet aus fremden Ländern zurückgekehrt und zu bescheiden ist, um sich nach seiner Ankunft den Richtern vorstellen zu lassen", fügte Kags hinzu.

Es trat eine kurze Pause ein, nach der Toby Crackit jede weitere Anstrengung, seinen gewohnten Hol's-der-Teufel-Ton festzuhalten, als hoffnungslos aufgab und an Chitling die Frage richtete, wann man den Juden aufgegriffen habe.

„Gerade zur Essenszeit – nachmittags um zwei Uhr", war die Antwort. „Charley und ich suchten das Weite durch den Waschhausschornstein, und Bolter stürzte sich kopfüber in das leere Wasserfass; aber seine Beine waren so lang, dass sie oben heraussahen, und so wurde er auch mitgenommen."

„Und Beth?"

„Die arme Beth!", versetzte Chitling mit immer trübseligerem

Gesicht. „Sie ging hin, um zu bezeugen, wer die Leiche sei, und wurde darauf ganz toll, schrie und raste und stieß den Kopf gegen die Wände. Man steckte sie in eine Zwangsjacke und brachte sie ins Spital, wo sie noch ist."

„Was ist denn aus dem jungen Bates geworden?", fragte Kags.

„Er streift in der Stadt herum, weil er vor Einbruch der Nacht nicht hierherkommen wollte; aber er wird sich jetzt bald einstellen", antwortete Chitling. „Es gibt jetzt keinen anderen Zufluchtsort mehr, denn die Leute in den Krüppeln sind alle in Haft. Ich sah, als ich dort vorbeiging, mit eigenen Augen die ganze Stube voller Häscher."

„Das ist schlimm", bemerkte Toby und biss sich auf die Lippe, „'s wird wohl mehr als einer abfahren müssen."

„Die Sitzungen sind im Gang", sagte Kags. „Wenn die Untersuchung abgeschlossen ist und Bolter als Kronzeuge auftritt, was er nach dem, was er bereits gesagt hat, sicherlich tun wird, so kann man Fagin die Beihilfe zu der Tat nachweisen und ihn am Freitag aburteilen, und sechs Tage nachher wird er baumeln! Verdammt!"

„Sie hätten das Volk toben hören sollen", fuhr Chitling fort. „Die Polizeidiener mussten sich wie die Teufel wehren, sonst wäre er zerrissen worden. Er lag einmal schon am Boden, aber sie schlossen einen Ring um ihn und bahnten sich mit Gewalt einen Weg. Sie hätten sehen sollen, wie er um sich blickte, ganz schmutzig und blutig, und wie er sich an die Wächter klammerte, als wären sie seine besten Freunde. Ich sehe noch, wie die Häscher in dem Gedränge der Menge kaum aufrecht zu stehen vermochten und ihn so zwischen sich hinschleppten; die Leute hatten ihn zähneknirschend mit Füßen getreten und waren wie wilde Bestien über ihn hergefallen. Ich sehe noch das Blut in seinem Haar und Bart und höre noch die Schreie, mit denen sich die Weiber an der Straßenecke gerade mitten in den Haufen drängten und schworen, sie wollten ihm das Herz aus dem Leib reißen."

Der entsetzte Zeuge dieses Schauspiels drückte die Hände an die Ohren und ging mit geschlossenen Augen wie ein Wahnsinniger auf und ab.

Während er das tat und die Männer schweigend und mit gesenkten Augen dasaßen, ließ sich auf der Stiege ein Trappeln vernehmen, und Sikes' Hund sprang ins Gemach. Sie eilten zum Fenster und dann die Stiege hinunter und auf die Straße. Der Hund war durch ein offenes Fenster hereingesprungen und machte keinen Versuch, ihnen zu folgen; von seinem Herrn war nichts zu sehen.

„Was bedeutet das?“, sagte Toby, als sie zurückgekehrt waren. „Er kann doch nicht hierherkommen wollen. Ich – ich hoffe nicht.“

„Wenn er das wollte, wäre er mit dem Hund gekommen“, entgegnete Kags, indem er sich niederbeugte, um das Tier, das keuchend auf dem Boden lag, genauer zu betrachten. „Gebt ihm etwas Wasser; er hat sich ganz müde gelaufen.“

„Er hat alles ausgesoffen, jeden Tropfen“, stellte Chitling fest, nachdem er dem Hund einige Zeit schweigend zugesehen hatte. „Mit Schmutz bedeckt, lahm, halb blind – er muss einen weiten Weg hinter sich haben.“

„Woher kann er kommen?“, rief Toby. „Natürlich hat er zuerst die anderen Schlupfwinkel aufgesucht, und da er sie mit Fremden angefüllt fand, kam er hierher, wo er früher oft gewesen ist. Doch woher mag er ursprünglich kommen – und warum allein, ohne den andern?“

„Er“ – keiner nannte den Mörder bei Namen –, „er wird sich doch nicht selbst etwas angetan haben? Was meinen Sie?“, fragte Chitling.

Toby schüttelte den Kopf.

„Wenn das der Fall wäre“, entgegnete Kags, „würde uns der Hund nach der Stelle führen wollen, wo er liegt. Nein, ich denke, er hat das Land verlassen, und der Hund ist zurückgeblieben. Er muss ihm heimlich entwischt sein, sonst wäre er nicht so ruhig.“

Da diese Lösung am meisten einleuchtete, wurde sie als die richtige angenommen. Der Hund kroch unter einen Stuhl, kauerte sich zusammen und begann zu schlafen, ohne auf irgendetwas zu achten.

Da es jetzt dunkel geworden war, schlossen sie den Fensterladen und zündeten eine Kerze an, die sie auf den Tisch stellten. Die schrecklichen Ereignisse der letzten beiden Tage hatten auf alle einen tiefen Eindruck gemacht, der noch durch die Gefahr und Unsicherheit ihrer eigenen Lage gesteigert wurde. Sie rückten ihre Stühle näher zusammen und fuhren bei jedem Laut auf. Sie sprachen wenig und nur flüsternd und waren so still und ängstlich, als läge die Leiche der Ermordeten im nächsten Zimmer.

So hatten sie eine Weile dagesessen, als sich plötzlich ein rasches Pochen unten an der Tür vernehmen ließ.

„Der junge Bates!", meinte Kags, indem er verdrießlich umher sah, um seine Furcht zu unterdrücken.

Das Klopfen wiederholte sich. Nein, er war es nicht; so hatte er nie gepocht.

Crackit ging zum Fenster und zog, während ihn ein Schauer überlief, den Kopf wieder zurück. Er brauchte ihnen nicht zu sagen, wer es sei, sein bleiches Gesicht sagte genug. Auch der Hund war im Nu wach und lief winselnd zur Tür.

„Wir müssen ihn einlassen", sagte Crackit und griff nach dem Leuchter.

„Geht es nicht anders?", fragte Kags heiser.

„Nein, er *muss* herein."

„Lasst uns nicht im Finstern", versetzte Kags. Er nahm ein Licht vom Kaminsims und zündete es mit so zitternden Händen an, dass sich das Klopfen noch zweimal wiederholte, ehe er damit fertig war.

Crackit ging zur Tür hinunter und kehrte mit einem Mann zurück, dessen untere Gesichtshälfte mit einem Schnupftuch verhüllt war, während er sich ein zweites unter dem Hut um den Kopf gebunden hatte.

Er nahm die Tücher langsam ab; ein fahles Gesicht, tief liegende Augen, eingefallene Wangen, ein dreitägiger Bart, abgemagerte Knochen, ein kurzer, schwerer Atem – es war eher sein Geist als Sikes selbst.

Er griff nach einem Stuhl, der mitten im Zimmer stand, fuhr aber zusammen, als er sich darauf niederlassen wollte, rückte ihn, indem er einen Blick über seine Schulter zu werfen schien, dicht an die Wand – so dicht es gehen wollte – und setzte sich.

Noch war kein Wort gefallen. Schweigend sah er vom einen zum andern. Begegnete ein verstohlener Blick dem seinen, so wandte er sich ab. Als seine hohle Stimme die Stille unterbrach, fuhren alle drei auf. Sie schienen nie vorher ihren Klang vernommen zu haben.

„Wie kam der Hund hierher?", fragte er.

„Allein. Vor drei Stunden."

„Die Abendblätter melden, Fagin sei verhaftet. Ist das wahr oder gelogen?"

„Wahr."

Sie schwiegen wieder.

„Gott verdamm euch alle!“, begann Sikes von Neuem, wobei er sich über die Stirn fuhr. „Habt ihr mir nichts zu sagen?“

Es entstand eine unruhige Bewegung unter ihnen, aber niemand antwortete.

„Du, der du hier Hausherr bist“, fuhr Sikes zu Crackit gewendet fort, „hast du im Sinn, mich zu verschachern, oder willst du mich hierlassen, bis die Hetze vorüber ist?“

„Du kannst hierbleiben, wenn du es für ratsam hältst“, antwortete der Angeredete nach einigem Zögern.

Sikes versuchte seinen Kopf umzudrehen, tat es dann rasch, ließ seine Blicke langsam über die Wand hinter sich gleiten und sagte: „Ist sie – ist – die Leiche –, ist sie begraben?“

Sie schüttelten den Kopf.

„Warum nicht?“, fragte er, wobei er noch immer hinter sich schaute. „Warum behält man derartig hässliche Dinge über der Erde? – Wer klopft da?“

Crackit deutete, als er das Zimmer verließ, durch eine Handbewegung an, dass nichts zu befürchten sei, und kam bald mit Charley Bates zurück. Sikes saß gerade der Tür gegenüber, sodass er dem eintretenden Knaben auf den ersten Blick ins Auge fallen musste.

„Toby“, sagte der Junge zurückschreckend, als Sikes seine Augen auf ihn richtete, „warum haben Sie mir das nicht unten gesagt?“

Es hatte etwas so Fürchterliches im Aufschrecken der drei Männer gelegen, dass der Elende wenigstens diesen Knaben für sich günstig stimmen wollte. Er nickte ihm daher zu und hielt ihm seine Hand entgegen.

„Lasst mich in eine andre Stube gehen“, sagte der Junge und trat noch weiter zurück.

„Charley?“, fragte Sikes, indem er auf ihn zuging. „Kennst du – kennst du mich denn nicht?“

„Komm mir nicht nahe!“, antwortete der Knabe, der dem Mörder mit entsetzten Blicken auswich. „Du Ungeheuer!“

Der Mann hielt auf halbem Weg inne, und sie sahen einander an; aber Sikes’ Augen senkten sich allmählich zu Boden.

„Ihr drei seid Zeugen!“, rief der Knabe und schüttelte die geballte Faust in immer noch wachsender Aufregung. „Ihr drei – und er selbst mag’s hören –: wenn man ihn hier sucht, so verrat ich ihn;

ja, das tu ich! Ich sag es ein für alle Mal, er mag mich dafür umbringen, wenn er es will oder wagt, aber wenn ich hier bin, verrat ich ihn. Ich tät's, und wenn er lebendig gesotten werden sollte. Mörder! Hilfe! Wenn nur ein Stück Männlichkeit in euch dreien ist, müsst ihr mir helfen! Mörder! Hilfe! Nieder mit ihm!"

Unter diesem Geheul, das er mit wilden Gebärden begleitete, stürzte sich der Knabe allein auf den kräftigen Mann, und die Heftigkeit und überraschende Schnelle des Angriffs brachten Sikes zu Fall.

Die drei Zuschauer waren wie vom Donner gerührt. Sie griffen nicht ein, und der Knabe wälzte sich mit dem Mann auf dem Boden; ohne auf die Schläge zu achten, die auf ihn niederfuhren, packte er den Mörder vor der Brust immer fester an den Kleidern und hörte nicht auf, aus Leibeskräften um Hilfe zu rufen.

Der Kampf war jedoch zu ungleich, um lang zu währen. Sikes hatte Bates unter sich und setzte ihm das Knie auf die Kehle, als ihn Crackit zurückriss und mit entsetztem Blick auf das Fenster deutete. Unten flimmerten Lichter, Stimmen sprachen laut und ernsthaft, während von der nächsten Holzbrücke die raschen Schritte einer zahllos scheinenden Menschenmasse herüberhallten. Unter ihr schien auch ein Reiter zu sein, denn Pferdehufe klapperten auf dem holprigen Pflaster. Die Lichter wurden immer zahlreicher und die Fußtritte immer lärmender. Dann erscholl lautes Klopfen am Tor und das Toben so vieler zorniger Stimmen, dass es auch den Kühnsten entmutigt hätte.

„Hilfe!", schrie der Knabe mit gellender Stimme. „Er ist hier! Schlagt die Tür ein!"

„Im Namen des Königs!", riefen die Stimmen draußen, und das Toben schwoll noch lauter an.

„Schlagt die Tür ein!", kreischte der Knabe. „Sie wollen nicht aufmachen! Kommt gerade in das Zimmer, wo Licht ist! Fort mit der Tür!"

Dichte, schwere Hiebe fielen auf die Tür und die unteren Fensterläden, als er zu rufen aufhörte, und ein lautes Hurra gab denen im Haus zum ersten Mal einen wahren Begriff von ihrer Anzahl.

„Einen Ort, wo ich diesen plärrenden Teufelsbuben einsperren kann!", rief Sikes wütend, wobei er den Knaben jetzt so leicht, als wäre er ein leerer Sack, im Zimmer auf und ab schleppte. „Diese

Tür! Rasch!“ Er schleuderte ihn hinein, schob den Riegel vor und drehte den Schlüssel um. „Ist die Tür unten fest?“

„Doppelt verschlossen und verkettet“, antwortete Crackit, der mit den beiden andern Männern noch immer in ratloser Bestürzung dastand.

„Die Türfüllung – ist sie stark?“

„Mit Eisen beschlagen.“

„Und die Fenster auch?“

„Ja, auch die Fenster.“

„Gott verdamm euch!“, rief der verzweifelte Bösewicht, indem er das Schiebefenster öffnete und der Menge drohte. „Treibt's, so schlimm ihr könnt, ich prell euch doch!“

Auch der schrecklichste Ton, der je an ein sterbliches Ohr schlug, konnte nicht ärger sein als der Schrei der wütenden Menge. Einige riefen den Vordersten zu, sie sollten das Haus in Brand stecken, andere brüllten den Polizisten zu, sie sollten ihn totschießen. Keiner aber zeigte solchen Grimm wie der Berittene, der sich rasch aus dem Sattel schwang, den Haufen durchbrach, als teilte er Wasser, und unter dem Fenster mit einer Stimme, die alle Übrigen überbot, zwanzig Guineen dem verhieß, der eine Leiter bringe.

Die nächsten nahmen den Ruf auf, und Hunderte wiederholten ihn. Einige riefen nach Leitern, andere nach Schmiedehämmern, wieder andere liefen mit Fackeln hin und her, als ob sie solche Werkzeuge suchten, kamen aber wieder zurück und begannen abermals zu brüllen. Einige verschwendeten ihren Atem an ohnmächtige Flüche und Verwünschungen, andere drückten rasend wie Tollhäusler vorwärts und verhinderten so, dass die Bemühungen derer vor dem Haus Erfolg hatten; etliche der Kühnsten versuchten an der Dachrinne und der zerbröckelten Wand hinaufzuklettern, und alles wogte in der Dunkelheit auf und nieder wie ein vom Sturm bewegtes Getreidefeld und vereinigte sich von Zeit zu Zeit in einem einzigen Wutschrei.

„Als ich kam, war Flut!“, rief der Mörder, während er das Fenster schloss und ins Zimmer zurückwankte. „Gebt mir ein Seil – ein langes Seil. Sie sind alle vorn. Ich kann mich in den Folly Ditch hinunterlassen und auf diesem Weg entkommen. Gebt mir ein Seil, oder ich bringe noch drei Menschen um und dann mich selbst.“

Die schreckgelähmten Männer deuteten dorthin, wo solche

Gegenstände aufbewahrt wurden. Der Mörder suchte hastig den längsten und stärksten Strick aus und eilte aufs Dach.

Alle Fenster auf der Rückseite des Hauses waren längst zugemauert bis auf ein enges Loch in dem Raum, wo der Knabe eingesperrt lag, und dieses war selbst für ihn zu schmal, um durchzukriechen. Von dieser Öffnung aus hatte er aber denen draußen dauernd zugerufen, sie sollten auch die Hinterfront bewachen. Als der Mörder endlich durch eine Luke auf das Dach kroch, wurde das daher durch einen lauten Ruf den Vornstehenden verkündet, die sich sogleich wie ein unaufhaltsamer Strom um das Haus herumdrängten.

Sikes hatte ein Brett mit hinaufgenommen und es so fest gegen die Dachluke gestemmt, dass es sehr schwierig wurde, sie von innen zu öffnen; dann kletterte er über die Ziegel und sah über die niedrige Brustwehr hinunter.

Das Wasser war abgelaufen und der Graben ein Schlammbett.

Die Menge verfolgte diese paar Augenblicke hindurch lautlos seine Bewegungen, gespannt, was er jetzt wohl beginnen werde; sobald sie aber seine Absicht erkannte und zugleich merkte, dass er sich in der Flut verrechnet hatte, erhob sich ein so furchtbares Triumphgeheul, dass alles frühere Geschrei dagegen wie Flüstern wirkte. Wieder und wieder stieg es empor. Wer zu weit entfernt war, um seine Bedeutung zu verstehen, hielt sich an den Klang: Es hallte von allen Seiten zurück, sodass es war, als hätte die ganze Stadt ihre Bevölkerung ausgeschickt, um den Mörder zu verfluchen.

Vorwärts und immer weiter vorwärts drängte das Volk – ein gewaltig kämpfender Strom zorniger Gesichter, dazwischen hin und wieder eine flammende Fackel, in deren Licht die ganze leidenschaftliche Wut sichtbar wurde. Der Pöbel war in die Häuser jenseits des Grabens gedrungen; Fensterläden wurden aufgerissen oder ausgeschlagen, in jedem Fenster drängten sich die Gesichter zu mehreren Reihen hintereinander, und ganze Trauben hingen an jedem Dachgiebel. Jede der drei benachbarten kleinen Brücken bog sich unter dem Gewicht der Menschenmassen, und noch strömten immer neue herbei, um noch ein Eckchen zu finden, von wo aus sie in den Lärm einstimmen und wenigstens für einen Augenblick den Bösewicht sehen könnten.

„Jetzt haben sie ihn!“, rief ein Mann auf der nächsten Brücke. „Hurra!“

Die Menge schwang begeistert die Mützen und stimmte brüllend ein.

„Ich verspreche fünfzig Pfund“, rief ein alter Herr ebenfalls von dort, „fünfzig Pfund dem Mann, der ihn lebend ergreift! Ich will hierbleiben, bis er das Geld einfordert!“

Neuerliches Brüllen. In diesem Augenblick verbreitete sich das Gerücht, dass die Tür endlich eingeschlagen und der Mann, der zuerst nach der Leiter gerufen, in das Zimmer hinaufgestiegen sei. Der Strom machte jäh kehrt, als diese Nachricht von Mund zu Mund ging, und die Leute an den Fenstern, die jene auf den Brücken zurückkehren sahen, verließen ihre Posten, eilten auf die Straße und vermehrten die Masse, die jetzt in wildem Wirbel zu der Stelle zurückdrängte, die sie vorher verlassen hatte. Jeder lag im Handgemenge mit seinem Nachbarn und mühte sich ungeduldig, der Tür näher zu kommen und den Verbrecher zu sehen, wenn ihn die Polizeidiener herausbrächten. Das Weh- und Angstgeschrei derer, die fast erdrückt oder in dem Wirrwarr niedergetreten wurden, war furchtbar. Die engen Gassen waren völlig verstopft, und während die einen den Platz an der Vorderseite des Hauses zurückzugewinnen und andere sich vergeblich aus der Masse herauszuwinden suchten, wurde die unmittelbare Aufmerksamkeit von dem Mörder abgelenkt, obgleich der allgemeine Wunsch, dass er gefangen werde, womöglich noch wuchs.

Der Mann war, durch die Wut der Menge und die Unmöglichkeit zu entkommen überwältigt, niedergesunken; da er aber diesen plötzlichen Umschwung ebenso schnell wahrnahm, wie er stattfand, sprang er wieder auf, entschlossen, einen letzten Rettungsversuch zu wagen. Er hatte vor, selbst auf die Gefahr hin, im Schlamm zu ersticken, sich in den Graben hinunterzulassen und in der Dunkelheit und Verwirrung wegzukriechen.

Zu neuer Tatkraft erwacht und angestachelt durch den Lärm im Haus, der das Eindringen seiner Verfolger anzeigte, setzte er seinen Fuß gegen die Kaminwand, schlang das eine Ende seines Seiles fest um den Schornstein und knüpfte am andern mit Händen und Zähnen in Sekundenschnelle eine starke, laufende Schlinge. Er konnte sich so fast bis auf Manneshöhe über den Boden hinablassen und hielt sein Messer bereit, den Strick dann zu durchschneiden und sich hinabfallen zu lassen.

Der letzte Fluchtversuch

Er hatte sich eben die Schlinge über den Kopf geworfen, um mit den Armen gleichfalls durchzuschlüpfen; der erwähnte alte Herr, der sich mit aller Macht am Brückengeländer festhielt, um durch die Menge nicht von seinem Platz weggedrängt zu werden, machte schon seine Umgebung eifrig darauf aufmerksam, dass der Mann dabei sei, sich herunterzulassen – aber im selben Augenblick schaute der Mörder nach dem Dach zurück, warf die Hände in die Höhe und stieß einen Schrei des Entsetzens aus.

„Wieder die Augen!", schrie er mit Grabesstimme.

Er wankte wie vom Blitz getroffen, verlor das Gleichgewicht und rutschte über die Brustwehr hinunter. Die Schlinge lag um seinen Hals und zog sich durch sein Gewicht straff wie eine Bogensehne, so plötzlich, wie diese den Pfeil abschießt. Er fiel fünfunddreißig Fuß tief. Ein plötzlicher Ruck, ein schreckliches Zucken der Glieder, und da hing er, das offene Messer in der erstarrten Hand.

Der alte Schornstein erbebte unter der Erschütterung, aber er hielt stand. Der Mörder schlug entseelt gegen die Wand, und der Knabe stieß die schwebende Leiche, die ihm die Aussicht versperrte, beiseite und rief dem Volk zu, man solle ihn um Gottes willen herauslassen.

Ein Hund, der bis jetzt verborgen gewesen war, lief mit grausigem Heulen auf der Dachbrüstung hin und her, setzte dann an und sprang nach der Schulter des Toten. Er verfehlte jedoch sein Ziel, fiel in den Graben und überschlug sich; dabei stieß er mit dem Kopf so heftig gegen einen spitzen Stein, dass sein Gehirn umherspritzte.

Einundfünfzigstes Kapitel

Klärt mehr als ein Geheimnis auf und enthält einen Heiratsantrag ohne ein Wort von Rente und Nadelgeld

Zwei Tage nach den im letzten Kapitel erzählten Ereignissen befand sich Oliver nachmittags um drei Uhr in einem Reisewagen, der rasch seinem Geburtsort zurollte. Mrs Maylie, Rose, Mrs Bedwin und der gute Doktor waren bei ihm. Mr Brownlow folgte in einer Postkutsche, begleitet von jemandem, dessen Name noch nicht erwähnt worden war.

Sie sprachen unterwegs wenig, denn Oliver war in seiner Ungewissheit so aufgeregt, dass er seine Gedanken nicht zu sammeln und fast auch nicht zu sprechen vermochte, und die Aufregung schien auf seine Begleiter, die von ihr im gleichen Maße erfasst waren, kaum einen geringeren Einfluss auszuüben. Mr Brownlow hatte ihm und den beiden Damen die Geständnisse, die er Monks abgerungen, vorsichtig mitgeteilt, und obgleich sie wussten, dass es der Zweck der gegenwärtigen Reise war, das so gut begonnene Werk zu vollenden, war doch die ganze Sache noch in genug Zweifel und Geheimnis gehüllt, um sie fortwährend in höchster Spannung zu halten.

Derselbe wohlwollende Freund hatte mit Dr. Losbernes Hilfe vorsichtig alle Wege versperrt, auf denen sie von den entsetzlichen Geschehnissen hätten hören können, die sich zuletzt ereignet hatten. „Natürlich“, meinte er, „müssen sie über kurz oder lang davon erfahren, aber es gibt dafür einen besseren Zeitpunkt als den jetzigen, und jedenfalls keinen schlechteren.“ So fuhren sie schweigend dahin, jeder in Betrachtungen über die Angelegenheit versunken, die sie zusammengeführt hatte, und keiner geneigt, die Gedanken zu äußern, die alle bedrängten.

Aber wenn Oliver auch stumm blieb, solange sie auf einer Straße reisten, die er nie gesehen hatte – wie wandte sich all sein Erinnern den alten Zeiten zu, welcher Sturm der Gefühle erhob sich in seiner Brust, als man in jenen Weg einbog, den er als armer, heimatloser Junge zu Fuß zurückgelegt hatte, ohne hilfreichen Freund, ohne Dach über seinem Kopf.

„Sehen Sie, dort, dort –!", rief Oliver lebhaft, indem er Roses Hand ergriff und aus dem Wagenfenster deutete. „Dort ist die Stiege, über die ich kam, da sind die Hecken, hinter die ich mich verkroch, aus Furcht, man werde mich einholen und mit Gewalt zurückbringen! Dort drüben ist der Pfad, der über die Felder führt zu dem Haus, wo ich als kleines Kind lebte! Ach, Dick, Dick, mein lieber Freund, wenn ich dich nur jetzt besuchen könnte!"

„Du wirst ihn bald sehen", versetzte Rose und nahm freundlich seine gefalteten Hände in die ihrigen. „Du kannst ihm dann sagen, wie glücklich und reich du geworden bist und dass es deine größte Freude ist, ihn zu holen und ebenfalls glücklich zu machen."

„Ja, ja", sagte Oliver, „wir wollen ihn mit fortnehmen, ihn ordentlich kleiden und etwas lernen lassen und ihn an einen ruhigen Ort aufs Land schicken, wo er gesund und kräftig werden kann – nicht wahr?"

Rose nickte, denn der Knabe lächelte unter so seligen Tränen, dass sie nicht sprechen konnte.

„Sie werden freundlich und gut zu ihm sein, denn Sie sind's ja zu jedem", fuhr Oliver fort. „Ich weiß, Sie werden weinen müssen, wenn Sie hören, was er zu erzählen hat. Aber es macht nichts, es macht nichts, das geht vorüber, und Sie werden gewiss wieder lächeln, wenn Sie ihn ganz anders sehen; Sie taten es ja auch bei mir. Er sagte zu mir ‚Gott segne dich!', als ich weglief", schluchzte der Knabe bewegt, „und ich will zu ihm sagen ‚Gott segne dich' und ihm zeigen, wie lieb ich ihn deswegen habe!"

Als sie sich der Stadt näherten und endlich durch ihre engen Straßen fuhren, war es schwierig, den Knaben in vernünftigen Schranken zu halten. Da stand Sowerberrys, des Leichenbestatters Haus – wie ehemals, nur kleiner und unansehnlicher, als es in seiner Erinnerung lebte; da waren all die wohlbekannten Läden und Häuser, die fast sämtlich durch irgendein kleines Ereignis für ihn bedeutsam waren; da stand Gamfields Karren, derselbe wie früher, vor dem alten Wirtshaus; da war das Armenhaus, das traurige

Gefängnis seiner Kinderjahre, mit den trüben Fenstern nach der Straße zu, derselbe magere Pförtner bewachte das Tor, bei dessen Anblick Oliver unwillkürlich zurückschrak, dann über seine eigene Torheit lachte, weinte und wieder lachte; da waren Dutzende von Gesichtern an den Türen und Fenstern, die er ganz genau kannte – fast alles, als hätte er es erst gestern verlassen und sein neues Leben wäre nur ein glücklicher Traum gewesen.

Aber es war die reine heitere Wahrheit. Sie fuhren an der Tür des ersten Gasthofs vor, den Oliver einst mit Ehrfurcht anzusehen und für einen gewaltigen Palast zu halten pflegte, der aber jetzt an Großartigkeit und Ausdehnung verloren hatte. Hier empfing sie Mr Grimwig, der, ganz Lächeln und Freundlichkeit, das Fräulein und auch die Tante, als sie dem Wagen entstiegen, küsste, als wäre er der Großvater der ganzen Gesellschaft, und sich nicht ein einziges Mal erbot, seinen Kopf aufzuessen, nicht einmal, als er einem sehr alten Postillion wegen des nächsten Weges nach London widersprach und es besser zu wissen behauptete, obgleich er diese Strecke nur ein einziges Mal, und zwar fest schlafend, zurückgelegt hatte. Mittagessen und Zimmer standen bereit, und alles schien wie durch Zauberei angeordnet.

Trotz alledem lasteten auf allen, als die Unruhe der ersten halben Stunde vorüber war, wieder das Schweigen und der Druck, die die Reise über geherrscht hatten. Mr Brownlow erschien nicht zum Essen, sondern blieb auf seinem Zimmer. Die beiden anderen Herren eilten mit ängstlichen Gesichtern ein und aus und hielten während der kurzen Augenblicke, die sie zugegen waren, geheime Zwiesprache. Einmal wurde Mrs Maylie gerufen, und nach fast einer Stunde kam sie mit rotgeweinten Augen zurück. All dies versetzte Rose und Oliver, die in die neuen Geheimnisse nicht eingeweiht waren, in große Unruhe. Sie saßen verwundert und schweigsam da, und wenn sie ein paar Worte sprachen, flüsterten sie, als fürchteten sie sich vor dem Klang ihrer eigenen Stimmen.

Endlich, als es neun schlug und sie bereits glaubten, sie würden an diesem Abend nichts mehr erfahren, traten Dr. Losberne und Mr Grimwig ins Zimmer. Ihnen folgten Mr Brownlow und ein Mann, bei dessen Anblick Oliver vor Überraschung fast laut aufschrie. Man sagte ihm, es sei sein Bruder; es war aber derselbe Mann, den er im Wirtshaus des Marktfleckens getroffen und an

Fagins Seite vor dem Fenster seines kleinen Zimmers hatte stehen sehen. Monks warf einen Blick des Hasses, den er selbst jetzt nicht zu verbergen vermochte, auf den erstaunten Knaben und setzte sich nahe der Tür nieder. Mr Brownlow, der Papiere in der Hand hielt, trat an einen Tisch, in dessen Nähe Rose und Oliver saßen.

„Es ist zwar ein peinliches Geschäft“, begann er, „aber diese Erklärungen, die in London vor Zeugen unterschrieben worden sind, müssen ihrem Hauptinhalt nach hier wiederholt werden. Ich hätte Ihnen gern diese Demütigung erspart, aber wir müssen die Aussagen von Ihren eigenen Lippen bestätigt hören, ehe wir uns trennen, und Sie wissen, warum.“

„Wohlan“, sagte der Angeredete, der sein Gesicht abwendete, „machen Sie schnell. Ich habe genug getan, halten Sie mich nicht hier auf!“

„Dieses Kind“, fuhr Mr Brownlow fort, indem er Oliver an sich zog und ihm die Hand auf den Kopf legte, „ist Ihr Halbbruder, der uneheliche Sohn Ihres Vaters, meines teuren Freundes Edwin Leeford, und der unglücklichen Agnes Fleming, die bei seiner Geburt starb.“

„Ja“, sagte Monks und warf einen zornigen Blick auf den zitternden Knaben, dessen Herz hörbar klopfte, „er ist ihr Bastard.“

„Der Ausdruck, den Sie gebrauchen“, entgegnete Mr Brownlow finster, „ist ein Vorwurf gegen diejenigen, die längst dem armseligen Tadel dieser Welt entrückt sind; die Schmach fällt auf keine lebende Person außer auf den, der ihn verwendet. Doch lassen wir das. Er wurde in dieser Stadt geboren?“

„Im Armenhaus dieser Stadt“, lautete die trotzige Antwort. „Sie haben die Geschichte hier aufgezeichnet.“ Er deutete ungeduldig auf die Papiere.

„Sie muss aber hier nochmals behandelt werden“, versetzte Mr Brownlow mit einem Blick über die Zuhörer.

„Also hören Sie!“, entgegnete Monks. „Als sein Vater in Rom erkrankte, begab sich seine Gattin, meine Mutter, von der er lange getrennt lebte, von Paris aus mit mir zu ihm, um nach seinem Vermögen zu sehen; denn soviel ich weiß, hegte weder sie eine besondere Liebe für ihn noch er für sie. Er wusste nichts von unserer Anwesenheit, denn er war bereits besinnungslos und wachte bis zum nächsten Tag, an dem er starb, nicht mehr auf. Unter den Papieren in seinem Pult befanden sich zwei mit dem Datum des

Abends, an dem er erkrankte. Sie waren nebst einigen kurzen Zeilen an Sie adressiert" – er wandte sich an Mr Brownlow – „und enthielten auf dem Umschlag die Weisung, dass das Paket erst nach seinem Tod abgeschickt werden solle. Das eine dieser Papiere war ein Brief an jenes Mädchen Agnes, das andere ein Testament."

„Und dieser Brief?", fragte Mr Brownlow.

„Der Brief? Es war ein ganzer Bogen voll reuiger Bekenntnisse und Bitten, dass Gott ihr helfen möge. Er sagte darin dem Mädchen, ein tiefes Geheimnis, das sich eines Tages aufklären werde, habe ihn verhindert, sich mit ihr zu vermählen; sie habe ihm hingebend vertraut, bis sie ihm zu viel vertraut und das verloren habe, was ihr keiner mehr zurückgeben könne. Es fehlten damals nur noch einige Monate bis zu ihrer Entbindung, und er teilte ihr mit, was er, wenn er am Leben geblieben wäre, alles unternommen hätte, um ihre Schande zu verbergen; er bat sie, wenn er tot sei, weder seinem Andenken zu fluchen noch zu glauben, dass die Sünde an ihr oder ihrem Kinde heimgesucht würde, denn alle Schuld sei sein. Er erinnerte sie an den Tag, an dem er ihr das kleine Medaillon und den Ring gegeben habe. Ihr Taufname sei eingraviert, und die leere Stelle daneben habe er eines Tages mit seinem Familiennamen auszufüllen gehofft. Er bat sie, diesen Ring aufzubewahren und an ihrem Herzen zu tragen, wie sie es bisher getan, und kam dann ziemlich verworren immer und immer wieder auf dieselben Worte zurück, als ob er schon nicht mehr recht bei Verstand gewesen wäre. Ich glaube, so verhielt es sich auch."

„Nun das Testament", sagte Mr Brownlow, während Oliver die Tränen über die Wangen rollten.

Monks schwieg.

„Das Testament", fuhr Mr Brownlow an seiner statt fort, „war im selben Sinne gehalten wie der Brief. Es sprach von dem Elend, das sein Weib über ihn gebracht, von dem störrischen Charakter, der Bosheit und den frühzeitigen lasterhaften Neigungen seines einzigen Sohnes, den man gelehrt hatte, den Vater zu hassen, und hinterließ Ihnen und Ihrer Mutter eine jährliche Rente von je achthundert Pfund. Die Hauptmasse seines Eigentums teilte er in zwei gleiche Teile: die eine für Agnes Fleming, die andere für ihrer beider Kind, wenn es lebend zur Welt kommen und heranwachsen sollte. Sei es ein Mädchen, so solle es das Erbe bedingungslos antreten, sei es jedoch ein Knabe, dann nur unter der Voraussetzung, dass er während seiner Minderjährigkeit seinen Namen durch keine öffentlich entehrende, gemeine, feige oder schlechte Handlung befleckt habe. Dies setzte er fest, um dadurch, wie er sagte, sein Vertrauen zu der Mutter und seine Überzeugung zu bekunden, die der herannahende Tod nur bestärke, dass das Kind der Erbe ihres reinen Herzens und edlen Charakters sein werde. Falls er sich in dieser Erwartung täuschen sollte, fiele das Geld Ihnen zu; denn dann und nur dann, wenn beide Kinder gleichgeartet wären, wollte er Ihre Erstlingsansprüche auf sein Vermögen anerkennen, obgleich Sie keine an sein Herz geltend machen könnten, sondern ihn von früher Jugend an kalt und feindselig zurückgestoßen hätten."

„Meine Mutter", setzte Monks in erregtem Ton den Bericht fort, „tat, was jede Mutter getan hätte: Sie verbrannte dieses Testament. Der Brief erreichte nie seine Bestimmung; aber sie bewahrte ihn und noch andre Beweise auf für den Fall, dass man versuchen sollte, den Fehltritt abzuleugnen. Sie berichtete dem Vater des Mädchens die Wahrheit mit allen erschwerenden Zusätzen, die ihr der Hass eingab, und ich liebe sie darum. Die Schande bewog ihn, sich mit seinen Kindern in einem Winkel von Wales zu verbergen, wobei er auch seinen Namen änderte, damit seine Freunde nie seinen Zufluchtsort erfuhren; kurze Zeit nachher wurde er tot im Bett aufgefunden. Das Mädchen hatte einige Wochen zuvor heimlich das Haus verlassen; er hatte sie zu Fuß in jeder Stadt, in jedem Dorf der Nachbarschaft gesucht, und in der Nacht, als er mit der Überzeugung nach Hause gekommen war, sie habe sich das Leben genommen, um ihre und seine Schande nicht offenbar werden zu lassen, brach das Herz des alten Mannes."

Es trat ein kurzes Schweigen ein, bis Mr Brownlow den Faden der Erzählung wiederaufnahm.

„Jahre nachher", sagte er, „kam die Mutter dieses Mannes hier – Edward Leeford – zu mir. Er hatte sie verlassen, als er erst achtzehn Jahre alt war, sie ihrer Juwelen und ihres Geldes beraubt, hatte gespielt, erpresst, Fälschungen begangen und sich nach London geflüchtet, wo er zwei Jahre lang mit dem niedersten Gesindel zusammenlebte. Sie siechte an einer schmerzhaften, unheilbaren Krankheit dahin und wünschte ihn vor ihrem Tod noch einmal zu sehen. Man stellte die sorgfältigsten Nachforschungen an, lange

Zeit vergeblich, bis man ihn endlich doch auffand; er ging dann mit ihr nach Frankreich zurück."

„Dort starb sie", sagte Monks, „nach einem langwierigen Krankenlager und vermachte mir auf dem Totenbett diese Geheimnisse nebst ihrem unversiegbaren, tödlichen Hass gegen alle, die darin verflochten waren, obgleich sie mir den nicht erst zu hinterlassen brauchte, denn ich hatte ihn längst vorher besessen. Sie wollte nicht glauben, dass das Mädchen sich selbst und dem Kind ein Leid angetan habe, sondern war fest überzeugt, es sei ein Knabe geboren worden, der noch lebe. Ich schwor ihr, wenn er je meinen Pfad kreuze, ihn zur Strecke zu bringen, ihm nie Ruhe zu lassen, ihn in bitterster und unversöhnlichster Feindschaft zu verfolgen, an ihm meinen tiefen Hass auszulassen und ihn, der eitlen Prahlerei jenes beleidigenden Testaments zum Trotz, wenn möglich bis an den Fuß des Galgens zu bringen. Meine Mutter hatte recht. Er lief mir endlich über den Weg. Der Anfang war gut; und ohne jene schwatzhafte Metze hätte ich zu Ende geführt, was ich begann!"

Als der Bösewicht nun die Arme verschränkte und in der Ohnmacht vereitelter Bosheit sich selbst verwünschte, wandte sich Mr Brownlow an die entsetzten Zuhörer und teilte ihnen mit, der Jude, Monks' alter Vertrauter und Mitschuldiger, habe dafür, dass er Oliver in seine Obhut genommen habe, eine reiche Belohnung erhalten; sollte er entrinnen, hätte ein Teil dieser Summe wieder zurückerstattet werden müssen, und ein daraus erwachsender Streit habe sie zu jenem Besuch bei dem Landhaus veranlasst. Sie wollten sich überzeugen, dass es wirklich Oliver sei.

„Und was wurde aus dem Medaillon und dem Ring?", fragte Mr Brownlow, indem er sich an Monks wandte.

„Ich kaufte beides einem Mann und einer Frau ab. Sie hatten den Schmuck, wie ich Ihnen bereits erzählte, der Wärterin gestohlen, die ihn der Toten entwendet hatte", antwortete Monks, ohne die Augen zu erheben. „Sie wissen, was daraus wurde."

Mr Brownlow nickte nun Mr Grimwig zu, der eilig verschwand, aber bald zurückkehrte, Mrs Bumble ins Zimmer drängte und ihren widerstrebenden Gemahl hinter sich herzerrte.

„Trügen mich meine Augen?", rief Mr Bumble mit schlecht gespielter Freude. „Oder ist das wirklich der kleine Oliver? O O–liver, wenn Sie wüssten, wie ich mich um Sie gegrämt –"

„Halt's Maul, Dummkopf!", brummte Mrs Bumble.

„Frau, ist's nicht ganz natürlich – ganz natürlich", entgegnete der Armenhausvater, „muss mir nicht da's Herz aufgehen – mir, der ich ihn als Kirchspielkind erzogen habe –, wenn ich ihn hier sitzen sehe unter Damen und Herren leutseligster Art? Ich habe diesen Knaben immer geliebt, wie wenn er mein – mein – mein eigener Großvater gewesen wäre", fuhr er fort, indem er nach einem passenden Vergleich suchte. „Mr Oliver, mein lieber Oliver, erinnern Sie sich noch an den braven Herrn in der weißen Weste? Ach! Er ist heimgegangen in der letzten Woche, in einem eichenen Sarg mit versilberten Handgriffen, Oliver."

„Lassen Sie das, Sir!", fiel Mr Grimwig spitz ein. „Unterdrücken Sie Ihre Gefühle."

„Ich will mir Mühe geben, Sir", versetzte Mr Bumble. „Wie befinden Sie sich, Sir? Ich hoffe, wohl!"

Diese Begrüßung war an Mr Brownlow gerichtet, der sich dem achtbaren Paar genähert hatte und nun, auf Monks deutend, fragte: „Kennen Sie diesen Mann?"

„Nein!", antwortete Mrs Bumble ohne Bedenken.

„Aber vielleicht kennen Sie ihn?", sagte Mr Brownlow zu ihrem Gemahl.

„Ich habe ihn mein Lebtag nie gesehen!", versetzte Mr Bumble.

„Ihm auch nichts verkauft?"

„Nein!", entgegnete Mrs Bumble.

„Wahrscheinlich haben Sie auch nie ein gewisses goldenes Medaillon und einen Ring in Händen gehabt?", fuhr Mr Brownlow fort.

„Gewiss nicht!", erwiderte Mrs Bumble. „Hat man uns hierhergeholt, um einem derartigen Unsinn Rede zu stehen?"

Wieder winkte Mr Brownlow Mr Grimwig, und wieder hinkte dieser bereitwilligst von dannen. Diesmal kam er aber nicht mit einem kräftigen Mannsbild und einem ebensolchen Frauenzimmer zurück, sondern mit zwei lahmen alten Weibern, die mühsam hereinhumpelten.

„Sie haben zwar in der Nacht, als die alte Sally starb, die Tür verschlossen", sagte die erste und hob ihre verschrumpfte Hand hoch, „aber Sie konnten weder unsere Ohren noch die Türritzen verstopfen."

„Nein, nein", fügte die zweite hinzu, indem sie umherblickte und mit dem zahnlosen Kiefer wackelte. „Nein, nein, nein!"

„Wir hörten, wie sie Ihnen zu sagen versuchte, was sie getan hatte, und sahen, wie Sie ihr ein Papier aus der Hand nahmen", sagte die erste. „Wir haben auch am andern Tag achtgegeben, als Sie ins Leihhaus gingen."

„Ja", bemerkte die zweite, „und es waren ein Medaillon und ein goldener Ring. Das haben wir herausbekommen, und wir haben gesehen, wie Ihnen die Sachen gegeben wurden. Wir waren mit dabei! Ja, mit dabei!"

„Und wir wissen noch mehr", setzte die erste wieder ein, „denn die Sally hat uns lange vorher oft erzählt, die junge Mutter habe ihr, als sie fühlte, dass sie nicht mehr zu Kräften kommen werde, gesagt, sie sei auf dem Weg zum Grab des Vaters ihres Kindes gewesen, um dort zu sterben."

„Wünschen Sie vielleicht auch den Pfandleiher noch zu sehen?", fragte Mr Grimwig mit einer Bewegung zur Tür.

„Nein", antwortete das Weib. „Da er" – sie deutete auf Monks –, „wie ich sehe, feig genug gewesen ist zu beichten, und da Sie all diese Hexen befragt haben, bis Sie die rechten erwischten, so bleibt mir nichts zu sagen übrig. Ja, ich verkaufte ihm den Plunder, und er liegt an einem Ort, wo Sie ihn nie wieder herausholen können. Was weiter?"

„Nichts", versetzte Mr Brownlow, „als dass wir dafür Sorge tragen müssen, dass keiner von Ihnen mehr in einer Vertrauensstellung beschäftigt wird. Ihr könnt abtreten."

„Ich hoffe", entgegnete Mr Bumble, der kläglich umherblickte, als Mr Grimwig mit den beiden alten Weibern verschwunden war, „ich hoffe, dass mich dieser unglückselige kleine Umstand nicht meines Kirchspielamtes berauben wird."

„Das wird er allerdings", erwiderte Mr Brownlow. „Sie können sich darauf gefasst machen und noch froh sein, dass es so abläuft."

„Es war ausschließlich das Werk meiner Frau, sie wollte es so", wandte Mr Bumble ein, nachdem er sich vergewissert hatte, dass seine Ehehälfte das Zimmer verlassen hatte.

„Das ist keine Entschuldigung", versetzte Mr Brownlow. „Sie waren zugegen, als diese Kleinodien beiseitegeschafft wurden, und sind daher in den Augen des Gesetzes sogar der schuldigere Teil;

denn das Gesetz unterstellt, dass Ihr Weib unter Ihrer Anleitung gehandelt hat."

„Wenn das Gesetz das annimmt", erwiderte Mr Bumble, indem er seinen Hut aufgebracht in den Händen zerknüllte, „so ist das Gesetz ein Esel – ein Dummkopf! Wenn das Gesetz es so sieht, dann ist es ein Junggeselle, und ich wünsche ihm das Schlimmste, nämlich, dass ihm die Augen durch Erfahrung aufgehen – ja, durch Erfahrung!"

Mr Bumble legte großen Nachdruck auf die Wiederholung dieser zwei Worte, stülpte sich den Hut auf den Kopf, steckte die Hände in die Taschen und folgte seiner Gattin die Treppe hinunter.

„Mein Fräulein", wandte sich Mr Brownlow an Rose, „geben Sie mir Ihre Hand. Zittern Sie nicht; Sie brauchen sich vor den wenigen Worten, die noch zu sagen sind, nicht zu fürchten."

„Wenn sie – ich weiß zwar nicht, wie das möglich wäre –, aber wenn sie Bezug auf mich haben", versetzte Rose, „so bitte ich, sie mir ein andermal mitzuteilen. Ich habe jetzt weder Kraft noch Mut dazu."

„Nein", erwiderte der alte Herr und legte ihren Arm in den seinen, „ich bin überzeugt, Sie haben Festigkeit genug. Kennen Sie diese junge Dame, Sir?"

„Ja", erwiderte Monks.

„Ich habe Sie noch nie gesehen", sagte Rose leise.

„Aber ich Sie des Öfteren", versetzte Monks.

„Der Vater der unglücklichen Agnes hatte zwei Töchter", entgegnete Mr Brownlow. „Was war das Schicksal der zweiten – des Kindes?"

„Als der Vater starb", antwortete Monks, „als er an einem fremden Ort unter einem angenommenen Namen starb, ohne einen Brief, eine Eintragung oder sonst etwas Schriftliches zurückzulassen, das seinen Freunden oder Verwandten hätte auf die Spur helfen können, wurde das Kind von armen Landleuten aufgenommen, die es als ihr eigenes aufzogen."

„Weiter", sagte Mr Brownlow, indem er Mrs Maylie winkte, näher zu treten. „Weiter!"

„Sie, Sir, konnten den Platz, wohin die Familie gezogen war, nicht finden", sprach Monks weiter, „aber wo die Freundschaft irregeht, erzwingt sich oft der Hass einen Weg. Meine Mutter entdeckte den

Ort, nachdem sie ein Jahr lang emsig geforscht hatte; ja, und sie fand auch das Kind."

„Sie nahm es zu sich, nicht wahr?"

„Nein. Die Leute waren arm und begannen, wenigstens der Mann, ihrer edlen Menschenfreundlichkeit müde zu werden. Meine Mutter ließ es dort, machte ihnen ein kleines Geldgeschenk, das nicht weit reichte, und versprach ihnen mehr, ohne es wirklich schicken zu wollen. Sie hielt jedoch die Armut und Unzufriedenheit der Leute nicht für hinreichend, um das Mädchen so recht unglücklich zu machen; deshalb erzählte sie ihnen von der Schande seiner Schwester, wobei sie die Geschichte ihrem Zweck entsprechend veränderte, bat sie, das Kind recht zu hüten, denn es stamme aus einer schlechten Familie, und fügte hinzu, es sei unehelich und werde sicherlich früher oder später auf die schiefe Bahn kommen. Die Umstände begünstigten diese Erzählung, und die Leute glaubten alles. Das Mädchen wurde daher so elend behandelt, dass selbst wir damit zufrieden sein konnten, bis einmal eine verwitwete Dame, die damals in Chester wohnte, zufällig das Kind sah und es aus Mitleid mit sich nahm. Der Teufel war gegen uns im Spiel, denn trotz aller unserer Bemühungen blieb es dort und war glücklich. Ich verlor sie vor zwei oder drei Jahren aus den Augen und sah sie erst vor einigen Monaten wieder."

„Sehen Sie sie jetzt?"

„Ja, an Ihrem Arm."

„Aber gleichwohl meine Nichte", rief Mrs Maylie und schloss das halb ohnmächtige Mädchen in die Arme, „gleichwohl mein liebes Kind! Ich möchte sie jetzt nicht um alle Schätze der Welt verlieren. Meine treue Gefährtin, meine eigene liebe Tochter!"

„Die einzige Freundin, die ich je hatte", brachte Rose weinend heraus, wobei sie sich an sie klammerte, „die gütigste, die beste aller Freundinnen. Mein Herz will brechen. Ich kann so viel auf einmal nicht ertragen."

„Du hast schon mehr ertragen und bist dabei immer das beste und edelste Wesen gewesen, das je Glück über seine ganze Umgebung verbreitete", sagte Mrs Maylie, indem sie sie zärtlich umarmte. „Komm zu dir, komm, meine Liebe, besinne dich, wer hier darauf wartet, dich in die Arme zu schließen. Das arme Kind! Sieh hier – sieh, mein Herz!"

„Nicht Tante!“, rief Oliver und schlang seinen Arm um ihren Nacken. „Ich will sie nicht Tante nennen – Schwester, meine liebe Schwester, die mich mein Herz vom ersten Augenblick an so innig lieben lehrte. Rose, gute Rose!“

Halten wir die Tränen heilig, die jetzt geflossen, und die abgerissenen Worte, die in der langen, innigen Umarmung zwischen den beiden Waisen gewechselt wurden. Ein Vater, eine Schwester und eine Mutter waren in diesem einzigen Augenblick gewonnen und verloren. Freude und Schmerz mischten sich im selben Becher; aber die Tränen waren nicht bitter, denn selbst der Schmerz schien gemildert und in so süße, zarte Erinnerungen gekleidet, dass er zur erhebenden Freude wurde und alles Herbe verlor.

Sie blieben lang, lang allein. Ein leises Pochen zeigte endlich an, dass jemand vor der Tür war. Oliver öffnete, schlüpfte hinaus und machte Harry Maylie Platz.

„Ich weiß alles!“, sagte er und ließ sich an der Seite des lieblichen Mädchens nieder. „Ich weiß alles, teuerste Rose! – Ich bin nicht aus Zufall hier“, fuhr er nach einer langen Pause fort, „und habe das alles nicht erst diesen Abend erfahren, sondern schon gestern gewusst. Errätst du, dass ich gekommen bin, um dich an ein Versprechen zu erinnern?“

„Halt!“, versetzte Rose. „Du weißt alles?“

„Alles. Du gabst mir die Erlaubnis, innerhalb eines Jahres den Gegenstand unseres letzten Gesprächs nochmals aufzugreifen.“

„Ja.“

„Nicht um dich zu drängen, deinen Entschluss zu ändern“, fuhr der junge Mann fort, „sondern nur, um dich ihn wiederholen zu hören, wenn du das wolltest. Ich sollte dir zu Füßen legen dürfen, was ich dann an Rang und Reichtum besäße, und verpflichtete mich, weder durch Wort noch Tat zu versuchen, dich wankend zu machen, wenn du auf deinem früheren Entschluss beharren wolltest.“

„Dieselben Beweggründe, die mich damals bestimmten, werden mich auch jetzt leiten“, entgegnete Rose fest. „Wenn ich mir je einer strengen, gebieterischen Pflicht gegen die Frau bewusst sein musste, deren Güte mich einem Leben voll Elend und Leiden entriss, wann sollte ich sie lebhafter empfinden als diesen Abend? Es ist ein Kampf“, fuhr Rose fort, „aber einer, den zu bestehen ich stolz bin; es ist ein Schmerz, aber einer, den mein Herz ertragen wird.“

„Die Aufklärungen dieses Abends –“, begann Harry.

„Die Aufklärungen dieses Abends“, fiel ihm Rose sanft ins Wort, „verändern meine Lage dir gegenüber nicht.“

„Du verhärtest dein Herz gegen mich, Rose!“, ermahnte der Liebende.

„Ach Harry! Harry!“, erwiderte die junge Dame und brach in Tränen aus. „Ich wollte, ich könnte es und könnte mir diese Qual ersparen.“

„Warum bürdest du sie dir dann auf?“, sagte Harry, indem er ihre Hand ergriff. „Denk an das, liebe Rose, was du diesen Abend gehört hast.“

„Und was habe ich gehört? Was habe ich gehört?“, schluchzte Rose. „Dass das Gefühl seiner Entehrung auf meinen Vater so tief wirkte, dass er vor der Welt floh – nein, wir haben genug gesagt, Harry, wir haben genug gesagt!“

„Noch nicht! Noch nicht!“, versetzte der junge Mann und hielt sie zurück, als sie aufstehen wollte. „Meine Hoffnungen, meine Wünsche, Erwartungen, Ansichten – jeder Gedanke meines Lebens ist anders geworden, nur nicht meine Liebe zu dir. Ich trage dir jetzt keine hohe Stellung unter betriebsamen Gesellschaftsmenschen an, keinen Verkehr mit einer Welt voll Bosheit und Verleumdung, wo man über alles ehrbar errötet außer über das wirklich Schandbare, sondern ein Heim – ein Herz und ein Heim. Ja, teuerste Rose, das und nur das ist es, was ich dir zu bieten habe.“

„Was willst du damit sagen?“, stammelte sie.

„Weiter nichts, als dass ich dich bei unserem letzten Abschied mit dem festen Entschluss verließ, alle eingebildeten Schranken zwischen dir und mir niederzureißen und, wenn meine Welt nicht die deine sein konnte, die deine zur meinen zu machen. Der Standesdünkel sollte nicht über dich die Nase rümpfen, denn ich wollte ihm den Rücken kehren. Das habe ich getan. Wer sich deshalb von mir zurückzog, hat sich von dir zurückgezogen und dadurch bewiesen, dass du recht hattest. Machthaber und Gönner, hochgestellte und einflussreiche Verwandte, die mir ehedem zulächelten, blicken jetzt mit Kälte auf mich. Aber es gibt blühende Auen und rauschende Bäume in Englands reichstem Landstrich, und bei einer Dorfkirche – der meinen, Rose, meiner eigenen – steht ein Landhaus, auf das du mich stolzer machen kannst als auf alle Hoffnungen, denen ich entsagt habe, und wären sie auch noch tausendmal schöner gewesen. Das ist jetzt *mein* Rang und *meine* Stellung, und ich lege sie dir zu Füßen."

„EINE böse Sache, mit dem Nachtessen auf Verliebte zu warten", sagte Mr Grimwig, der eben aufwachte und sein Taschentuch vom Kopf nahm.

Die Wahrheit zu sagen, hatte das Nachtessen allerdings ungebührlich lang auf sich warten lassen. Weder Mrs Maylie noch Harry, noch Rose, die miteinander eintraten, konnten ein Wort zur Entschuldigung vorbringen.

„Ich hatte ernstlich im Sinn, heute Abend meinen Kopf aufzuessen", meinte Mr Grimwig, „denn es kam mir nachgerade vor, als sollte ich nichts anderes bekommen. Übrigens nehme ich mir mit Ihrer Erlaubnis die Freiheit, die künftige Braut mit einem Kuss zu begrüßen."

Mr Grimwig verlor keine Zeit, diese Mitteilung bei dem errötenden Mädchen in die Tat umzusetzen, und da das Beispiel ansteckend wirkte, taten es ihm der Doktor und Mr Brownlow nach. Gewisse Leute behaupten, dass ursprünglich Harry Maylie in einem dunklen Nebenzimmer den Anstoß dazugegeben hätte; aber die besten Autoritäten betrachten das als böswillige Verleumdung, denn er war ein junger Mann und obendrein Geistlicher.

„Oliver, mein Kind", sagte Mrs Maylie, „wo bist du gewesen, und warum siehst du so traurig aus? Du hast Tränen in den Augen. Was fehlt dir?"

Wir leben in einer Welt der Enttäuschungen: Oft erfüllen sich gerade die Hoffnungen nicht, die uns die liebsten sind und unserer Natur die meiste Ehre machen.

Der arme Dick war tot!

Zweiundfünfzigstes Kapitel

Des Juden letzte Nacht auf Erden

Der Gerichtssaal war bis unters Dach mit Menschen vollgestopft, und aus jedem Zoll des Raumes spähten forschende, neugierige Augen. Von dem Geländer vor dem Käfig bis zur hintersten Ecke des kleinen Winkels auf den Galerien hafteten alle Blicke an einem Mann: dem Juden. Vorn und hinten, oben und unten, rechts und links schien er von einem Firmament umgeben, das von leuchtenden Augen funkelte.

Er stand da, der Sammelpunkt all dieser lebendigen Lichter, die eine Hand auf die hölzerne Balustrade gestützt, die andere ans Ohr gelegt und den Kopf vorgestreckt, um mit größerer Deutlichkeit jedes Wort des Richters aufzufangen, der den Vorsitz führte und die Anklage erhob. Bisweilen wandte er seinen stechenden Blick auf die Geschworenen, um den Eindruck eines federleichten Wörtchens zu seinen Gunsten zu beobachten; und als die Anklagepunkte gegen ihn mit schrecklicher Bestimmtheit festgelegt waren, blickte er mit stummer Bitte auf seinen Verteidiger, er solle auch jetzt noch etwas für ihn vorbringen. Abgesehen von diesem Zeichen der Angst, rührte er weder Hand noch Fuß; er hatte sie seit Beginn der Verhandlung kaum bewegt, und als jetzt der Richter zu sprechen aufhörte, verharrte er noch in derselben Stellung gespanntester Aufmerksamkeit, den Blick auf ihn gerichtet, als hörte er ihm noch immer zu.

Ein leichtes Geräusch im Gerichtssaal rief ihn zur Besinnung, und als er sich umsah, bemerkte er, dass die Geschworenen zusammengetreten waren, um ihr Urteil zu beraten. Ein Blick zur Galerie zeigte ihm, wie sich die Leute hintereinander auf die Zehenspitzen stellten, um sein Gesicht zu sehen; einige brachten rasch ihre Ferngläser an die Augen, andere flüsterten mit Mienen voll Abscheu ihren Nachbarn etwas zu. Nur wenige schienen sich nicht um ihn zu kümmern und schauten allein auf die Geschworenen, in ungeduldiger Verwunderung, wie diese überhaupt zögern könnten; aber in keinem einzigen Gesicht, nicht einmal unter den Weibern, von denen viele zugegen waren, konnte er den leisesten Zug des Mitleids oder irgendein anderes Gefühl als den alles beherrschenden Wunsch lesen, er möge verurteilt werden.

Während er all das mit einem einzigen verstörten Blick wahrnahm, kehrte wieder Totenstille ein, und als er sich umschaute, sah er, dass sich die Geschworenen an den Richter gewandt hatten. Still!

Sie baten bloß um die Erlaubnis, sich zurückzuziehen.

Er blickte, als sie abtraten, einem nach dem andern ins Gesicht, wie um zu erforschen, wohin die Mehrheit neige. Aber vergeblich. Der Gefängniswärter berührte ihn an der Schulter. Er folgte ihm mechanisch in den hinteren Teil des Käfigs und setzte sich auf einen Stuhl. Der Mann hatte darauf gedeutet, sonst hätte er ihn nicht gesehen.

Er schaute wieder zur Galerie hinauf. Einige von den Leuten aßen, andere fächelten sich mit ihren Schnupftüchern Luft zu, denn in dem überfüllten Raum war es drückend heiß. Da saß ein junger Mann, der sein Gesicht in ein kleines Notizbuch zeichnete. Er hätte gern gewusst, ob es ihm ähnlich würde, und blickte den Künstler an, als dieser den abgebrochenen Bleistift mit seinem Messer spitzte, wie ihm ein müßiger Beobachter zugeschaut hätte.

Kehrte er sich dem Richter zu, so begann sich sein Geist mit dem Schnitt von dessen Talar zu befassen, wie viel er wohl gekostet habe und wie er ihn anzog. Auf der Gerichtsbank saß ein alter, dicker Herr, der vor einer halben Stunde hinausgegangen war und nun zurückkam. Er überlegte, ob dieser Mann wohl sein Mittagessen zu sich genommen, was und wo er gespeist habe, und überließ sich diesem Zug unbekümmerter Gedanken, bis ein anderer Gegenstand sein Auge fesselte und eine Reihe neuer Überlegungen weckte.

Er war allerdings die ganze Zeit über keinen Augenblick frei von einem dumpfen, niederdrückenden Gefühl, dass das Grab zu seinen Füßen offen liege; das war ihm stets gegenwärtig, aber nur unbestimmt und allgemein, und er konnte seine Gedanken nicht darauf konzentrieren. So kam es, dass er, während er beim Gedanken an den nahen Tod in Fieberglut zitterte, die Eisenstäbe seines Käfigs zählte und Vermutungen darüber anstellte, wie wohl die Spitze des einen abgebrochen sei und ob man die Stange ausbessern oder so belassen werde. Dann dachte er an alle Schrecken des Galgens und Schafotts, hielt darin inne, um einen Mann zu beobachten, der zur Abkühlung den Boden mit Wasser besprengte, und begann wieder nachzudenken.

Endlich wurde Schweigen geboten, und alles blickte atemlos zur Tür. Die Geschworenen kehrten zurück und kamen dicht an dem Angeklagten vorbei. Er konnte aus ihren Gesichtern so wenig ersehen, als wären sie von Stein gewesen. Totenstille trat ein – keine Bewegung –, kein Atemzug.

Schuldig!

Das Gebäude erbebte von einem Schrei – noch einem – und noch einem. Dann antwortete ein dumpfes, schweres Getöse, das stärker und stärker anschwoll, einem zürnenden Donner gleich. Es war das Freudengeschrei des Volkes draußen vor dem Tor, womit es die Nachricht begrüßte, dass der Jude am Montag sterben müsse.

Der Lärm legte sich, und der Verbrecher wurde gefragt, ob er etwas vorzubringen habe, das die Vollstreckung des Todesurteils aufhalten könnte. Er hatte wieder seine horchende Stellung eingenommen und blickte forschend auf den, der die Frage stellte; sie musste jedoch zweimal wiederholt werden, ehe er sie zu verstehen schien, und dann murmelte er bloß, er sei ein alter Mann – ein alter Mann; dabei verfiel er in ein leises Flüstern und verstummte.

Der Richter setzte das schwarze Barett auf, und der Gefangene stand noch in der gleichen Haltung da. Die schreckliche Feierlichkeit des Augenblicks riss ein Weib auf der Galerie zu einem Ausruf hin; er blickte hastig auf, gleichsam unwillig über die Unterbrechung, und beugte sich noch aufmerksamer vor. Die Worte des Richters waren ernst und nachdrücklich, der Urteilsspruch schauerlich anzuhören; aber er stand da wie eine Marmorgestalt, ohne dass ein Nerv zuckte. Sein hageres Gesicht war noch immer vorgeschoben, sein Kinn hing herunter, und seine Augen starrten vor sich hin, als ihn der Gefängniswärter am Arm fasste und aufforderte, ihm zu folgen. Er sah ihn einen Augenblick stumpfsinnig an und gehorchte.

Man führte ihn durch einen gepflasterten Raum unter dem

Gerichtssaal, wo einige Gefangene warteten, bis die Reihe an sie kam, und andere mit ihren Freunden sprachen, die sich um ein auf den Hof hinausgehendes Gitter drängten. Es war niemand da, der mit ihm gesprochen hätte; aber als er vorüberging, traten die Gefangenen zurück, damit ihn das Volk besser sehen könne, das sich an das Gitter klammerte und ihn mit Schimpfworten, Schreien und Zischen empfing. Er schüttelte die Faust und hätte nach ihnen gespien, hätten ihn nicht seine Führer schnell durch einen finsteren, nur von ein paar düsteren Lampen erleuchteten Gang ins Innere des Gefängnisgebäudes gebracht.

Hier wurde er durchsucht, ob er nicht vielleicht irgendwelche Mittel bei sich trage, um dem Gesetz vorzugreifen. Als diese Förmlichkeit vorüber war, führte man ihn in eine der Todeszellen und ließ ihn hier allein.

Er setzte sich der Tür gegenüber auf eine Steinbank, die ihm als Stuhl und Bettstelle diente, starrte mit seinen blutunterlaufenen Augen auf den Boden und suchte seine Gedanken zu sammeln. Nach einer Weile begann er sich einiger unzusammenhängender Bruchstücke aus der Rede des Richters zu entsinnen, obgleich es ihm damals vorgekommen war, als könne er kein Wort verstehen. Er brachte sie allmählich in die richtige Ordnung, ergänzte Stück für Stück, und in kurzer Zeit stand das Ganze fast so, wie er es gehört hatte, vor seiner Seele. Aufzuhängen am Hals, bis er tot sei – so lautete der Schluss. Aufzuhängen am Hals, bis er tot sei!

Als es immer dunkler wurde, begann er sich an all seine Bekannten zu erinnern, die auf dem Schafott gestorben waren, einige sogar auf seine Veranlassung hin. Sie stiegen in so rascher Folge vor ihm auf, dass er sie kaum zählen konnte. Er hatte etliche von ihnen sterben sehen – und hatte ihrer gespottet, weil sie mit Gebeten auf den Lippen hinübergegangen waren. Wie rasselte es, wenn sie fielen; und wie plötzlich verwandelten sie sich aus gesunden, kräftigen Männern in baumelnde Kleiderbündel!

Einige von ihnen hatten vielleicht dieselbe Zelle bewohnt – hatten auf derselben Stelle gesessen. Es war sehr dunkel, warum brachte man kein Licht? Die Zelle war für viele Jahre gebaut worden – Dutzende von Menschen mussten hier ihre letzten Stunden zugebracht haben! Es war ihm, als sitze er in einem mit Leichen gefüllten Gewölbe – die Armesünderklappe, der Strick, die gebundenen

Fagin in der Todeszelle

Arme, die Gesichter, die er selbst unter diesem grässlichen Schleier erkannte. Licht! Licht!

Endlich, als er seine Hände an der schweren Tür und den Wänden wundgeschlagen hatte, erschienen zwei Männer; der eine brachte ein Licht, das er in einen eisernen, in der Mauer befestigten Leuchter steckte, der andere schleppte eine Matratze herein, um die Nacht darauf zu schlafen, denn der Gefangene sollte nicht mehr allein gelassen werden.

Die Nacht kam – die finstere, grauenhafte, schweigende Nacht. Andere, die wach sind, freuen sich, wenn sie die Glocken von den Kirchtürmen schlagen hören, denn sie verkünden Leben und einen kommenden Tag. Dem Juden brachten sie Verzweiflung. Der Schlag jeder Glocke rief ihm mit tiefem, hohlem Klang zu: Tod! Was nützte ihm das Geräusch und Getriebe eines heiteren Morgens, das sogar durch die Kerkerwände drang? Es war nur ein Totengeläut anderer Art, das der Mahnung noch Hohn beifügte.

Der Tag entschwand. Tag? Es war kein Tag! Er war so schnell dahin, wie er gekommen war, und abermals brach die Nacht an – eine Nacht, so lang und doch so kurz: lang in ihren flüchtigen Stunden. Das eine Mal raste und lästerte er, dann wieder heulte er und raufte sich die Haare. Priester seines Glaubens waren gekommen, um mit ihm zu beten, aber er hatte sie mit Flüchen fortgejagt. Sie erneuerten ihre wohlmeinenden Bemühungen, aber er schlug nach ihnen.

Samstagnacht. Er hatte nur noch eine einzige Nacht zu leben. Und während er daran dachte, graute der Morgen – Sonntag!

Erst am Abend dieses letzten, schrecklichen Tages erfasste das verzehrende Gefühl seines hoffnungslosen, verzweifelten Zustandes seine verderbte Seele mit voller Gewalt. Nicht, dass er sich je eine bestimmte Hoffnung auf Gnade gemacht hätte, aber er hatte sich die Wahrscheinlichkeit eines so nahen Todes nie ganz vor Augen führen können. Er hatte nur wenig zu den beiden Männern gesprochen, die sich den Dienst bei ihm teilten; und sie versuchten nicht, seine Aufmerksamkeit zu gewinnen. Er hatte dagesessen, wach, aber träumend. Jetzt jedoch sprang er alle Augenblicke auf und raste mit schnappendem Mund und brennender Haut in so schrecklichen Anfällen von Furcht und Wut auf und nieder, dass selbst seine Wächter, die doch an solche Anblicke gewöhnt waren, entsetzt zurückfuhren. Er wurde endlich unter der Folter seines bösen Gewissens so fürchterlich, dass es keiner aushielt, ihn allein zu bewachen, und sie es gemeinschaftlich taten.

Er kauerte sich auf sein Steinlager nieder und gedachte der Vergangenheit. Er war am Tag seiner Verhaftung durch Steinwürfe aus der Volksmenge verwundet worden und trug daher den Kopf mit einem Tuch verbunden. Sein rotes Haar hing über sein blutloses Gesicht nieder; sein Bart war zerrauft und verfilzt; seine Augen brannten in schrecklichem Glanz, seine ungewaschene Haut knisterte vom Fieber, das ihn verzehrte. Acht – neun – zehn! Wenn es nicht eine Tücke war, um ihn zu schrecken, wenn die Stunden einander wirklich so rasch ablösten, wo mochte er sein, wenn dieselben Stunden wiederkehrten! Elf! Schon wieder ein Schlag, ehe noch der Ton der entschwundenen Stunde ganz ausgezittert hatte. Um acht Uhr sollte er der einzige Leidtragende bei seinem eigenen Leichenbegängnis sein. Um elf Uhr …

Die schrecklichen Wände von Newgate, die so viel Elend, so unaussprechliche Seelenqualen nicht nur vor den Augen, sondern nur zu oft und zu lang auch vor den Gedanken der Menschen verborgen haben, umschlossen doch nie ein so grässliches Schauspiel wie dieses. Die wenigen, die im Vorübergehen stehen blieben und Vermutungen anstellten, was wohl der Mann mache, der morgen gehängt werden solle, hätten die Nacht über nur schlecht geschlafen, wenn sie ihn hätten sehen können.

Vom Nachmittag an bis fast um Mitternacht erschienen immer wieder kleine Gruppen am Gefängnistor und fragten mit besorgten Gesichtern, ob ein Aufschub der Hinrichtung verfügt worden sei. Auf die verneinende Antwort teilten sie die willkommene Botschaft den Leuten mit, die die Straße bevölkerten, einander das Tor zeigten, aus dem er treten musste, auf die Stelle aufmerksam machten, wo das Schafott erbaut werden würde, und, nur ungern von hinnen gehend, sich auf dem Heimweg das kommende Schauspiel ausmalten. Nach und nach verliefen sie sich, und eine Stunde lang, im stillsten Teil der Nacht, lag die Straße öd und dunkel da.

Der Platz vor dem Gefängnis war geräumt, und einige starke, schwarz gestrichene Schranken sperrten die Straßen ab, um den Andrang der erwarteten Menge abzuwehren, als Mr Brownlow mit Oliver an dem Pförtchen erschien und eine von einem Sheriff unterzeichnete Erlaubnis, den Gefangenen zu besuchen, vorzeigte. Sie wurden unverzüglich eingelassen.

„Will der junge Herr da auch mit?“, fragte ihr Begleiter. „Es ist kein Anblick für Kinder, Sir.“

„Gewiss nicht, mein Freund“, versetzte Mr Brownlow, „aber was ich mit diesem Mann abzumachen habe, hängt eng mit dem Knaben zusammen, und da er ihn im Glanz seiner Verbrechen gekannt hat, halte ich es für gut, dass er ihn auch jetzt sieht, selbst um den Preis von Furcht und Schmerz.“

Diese Worte wurden beiseite gesprochen, sodass Oliver sie nicht hören konnte. Der Mann tippte an seinen Hut, blickte neugierig auf den Knaben, öffnete eine Tür dem Eingang gegenüber und führte sie durch dunkle und verwinkelte Gänge zu den Zellen.

„Hier“, sagte der Mann und machte in einem düstern Gang halt, wo ein paar Handwerker in tiefem Schweigen einige Vorbereitungen trafen, „hier wird er hindurchgeführt. Wenn Sie mir folgen, können Sie die Tür sehen, durch die er hinaus muss.“

Er führte sie nun in eine Küche mit Steinboden, ausgestattet mit Kesseln zum Zubereiten der Gefangenenkost, und deutete auf eine Tür. Über ihr befand sich ein offenes Gitter, durch das Männerstimmen, vermischt mit dem Geräusch von Hammerschlägen und fallenden Brettern, herübertönten. Man baute dort das Schafott auf.

Von hier aus gingen sie durch verschiedene befestigte Tore, die von anderen Schließern von innen geöffnet werden mussten, gelangten in einen offenen Hof und stiegen über eine Treppe mit schmalen Stufen zu einem Gang empor, der linker Hand eine Reihe starker Türen aufwies. Der Gefängniswärter bedeutete ihnen, zu bleiben, wo sie waren, und schlug an eine Tür mit einem Schlüsselbund. Die beiden Wächter kamen nach kurzem Flüstern auf den Gang heraus, dehnten sich, als ob sie sich über die vorübergehende Ablösung freuten, und winkten den Besuchern, dem Schließer in die Zelle zu folgen. Sie taten es.

Der verurteilte Verbrecher saß auf seiner Steinbank und wiegte sich hin und her mit einem Gesicht, das mehr dem eines eingesperrten Tieres als dem eines Menschen ähnlich sah. Sein Geist war sicher mit seinem früheren Leben beschäftigt; denn er fuhr fort, vor sich hinzumurmeln, und schien die Eingetretenen nur als Teil eines Traumgesichtes anzusehen.

„Guter Knabe, Charley – brav gemacht“, murmelte er. „Oliver auch, hahaha! Oliver auch – ganz ein Herr jetzt – ganz ein – bringt den Jungen zu Bett!“

Der Schließer nahm Oliver bei der freien Hand, flüsterte ihm zu, er solle sich nicht fürchten, und fasste den Juden schweigend ins Auge.

„Bringt ihn zu Bett!“, rief der Jude. „Hört keiner von euch? Er ist – gewissermaßen – die – Ursache von all dem. Er ist sein Geld wohl wert, ihn heranzubilden zu … Bolters Kehle, Bill; kümmert Euch nicht um das Mädchen – Bolters Kehle, so tief Ihr schneiden könnt. Sägt ihm den Kopf ab!“

„Fagin!“, sagte der Schließer.

„Das bin ich!“, rief der Jude und verfiel plötzlich in dieselbe lauschende Stellung, die er vor Gericht angenommen hatte. „Ein alter Mann, Mylord, – ein sehr alter – alter Mann!“

„Hier ist jemand“, fuhr der Gefängniswärter fort, indem er Fagin die Hand auf die Schulter legte, damit er nicht aufstand, „der Euch, glaube ich, etwas fragen will. Fagin, Fagin, seid Ihr ein Mann?“

„Nicht mehr lang!“, schrie der Jude. Er hob sein Gesicht, aber es zeigte keinen menschlichen Zug mehr, sondern nur noch Wut und Entsetzen. „Schlagt alle tot! Was für ein Recht haben sie, mich zu schlachten?“

Bei diesen Worten erblickte er Oliver und Mr Brownlow. Er wich in den hintersten Winkel seiner Bank zurück und fragte, was sie hier wollten.

„Ruhig“, sagte der Gefängniswärter, der ihn noch immer niederhielt. „Nun, Sir, sagen Sie ihm, was Sie wollen – aber rasch, wenn's beliebt, denn er wird immer schlimmer, je näher seine Stunde rückt.“

„Ihr seid im Besitz einiger Papiere“, bemerkte Mr Brownlow näher tretend, „die Euch ein gewisser Monks aufzubewahren gegeben hat.“

„Es ist alles miteinander Lüge“, versetzte der Jude. „Ich habe keine – gar keine.“

„Um der Barmherzigkeit Gottes willen“, entgegnete Mr Brownlow feierlich, „sprecht nicht so am Rand des Grabes, sondern sagt mir, wo sie sind. Ihr wisst, dass Sikes tot ist. Monks hat ein Geständnis abgelegt, und für Euch besteht keine Hoffnung mehr, Vorteil daraus zu ziehen. Wo sind diese Papiere?“

„Oliver!“, rief der Jude, indem er ihm winkte. „Komm her, ich will dir's ins Ohr sagen.“

„Ich fürchte mich nicht", sagte Oliver laut und ließ dabei Mr Brownlows Hand los.

„Die Papiere", sagte der Jude und zog ihn näher zu sich heran, „stecken in einem Leinwandbeutel in einem Loch, etwas oberhalb des Kamins in der Vorderstube. Ich muss mit dir sprechen, mein Lieber, ich muss mit dir sprechen."

„Ja, ja", entgegnete Oliver. „Lassen Sie mich ein Gebet sprechen. Ja, lassen Sie mich ein Gebet sprechen; beten Sie nur eines auf Ihren Knien mit mir, und wir wollen dann bis zum Morgen miteinander reden."

„Draußen! Draußen!", erwiderte der Jude, indem er den Knaben vor sich her gegen die Tür drängte und mit leerem Blick über seinen Kopf hinwegstierte. „Sag, ich schlafe – dir wird man glauben. Du kannst mich retten, wenn du mich so mitnimmst. Nur zu! Nur zu!"

„Ach Gott, vergib diesem unglücklichen Mann!", rief der Knabe unter Tränen.

„Das ist recht! Das ist recht!", sagte der Jude. „Das wird uns forthelfen. Diese Tür zuerst. Kehr dich nicht an mein Zittern und Beben, wenn wir am Galgen vorbeikommen, sondern eile weiter. Nun – geschwind, geschwind!"

„Haben Sie sonst noch etwas, Sir?", fragte der Gefängniswärter.

„Nein", versetzte Mr Brownlow. „Wenn wir hoffen könnten, ihm seine Lage bewusst zu machen …"

„Das ist unmöglich", entgegnete der Mann kopfschüttelnd. „Sie täten besser, ihn zu verlassen."

Die Tür der Zelle wurde geöffnet, und die Wächter kehrten zurück.

„Fort! Fort!", rief der Jude. „Leise, aber nicht so langsam! Schneller, schneller!"

Die Männer legten Hand an ihn, befreiten Oliver aus seinem Griff und hielten ihn zurück. Er rang einen Augenblick mit der Kraft der Verzweiflung, dann begann er ein solches Geschrei auszustoßen, dass es selbst die dicksten Gefängnismauern durchdrang und ihnen in den Ohren gellte, bis sie den offenen Hof erreichten.

Es währte einige Zeit, ehe sie das Gefängnisgebäude verlassen konnten, denn Oliver war nach dieser schrecklichen Szene fast ohnmächtig und so schwach, dass er länger als eine Stunde nicht zu gehen vermochte.

Der Tag brach an, als sie wieder ins Freie traten. Es wimmelte bereits von Menschen; die Fenster waren mit Leuten besetzt, die sich mit Rauchen und Kartenspielen die Zeit vertrieben, während sich die Menge auf der Straße bald zankend, bald lachend hin und her stieß. Alles deutete auf Leben und Heiterkeit, nur ein dunkler Haufen von Gegenständen ganz in der Mitte nicht: das schwarze Gerüst, der Querbalken, der Strick und all die übrigen grauenvollen Werkzeuge des Todes.

Dreiundfünfzigstes Kapitel

Und zuletzt …

Die Schicksale derer, die in dieser Erzählung eine Rolle gespielt haben, sind fast abgeschlossen; das Wenige, was dem Berichterstatter zu sagen bleibt, lässt sich in kurzen Worten zusammenfassen.

Ehe noch drei Monate vergangen waren, wurden Rose Fleming und Harry Maylie in derselben Dorfkirche getraut, die hinfort den Schauplatz für die Tätigkeit des jungen Geistlichen abgeben sollte. Am selben Tag nahmen sie auch ihr neues, freundliches Heim in Besitz.

Mrs Maylie zog zu Sohn und Schwiegertochter, um sich für den stillen Rest ihrer Tage des schönsten Glücks zu erfreuen, das einem verdienstvollen Alter zuteilwerden kann: das Glück derer mit anzusehen, denen die innigste Liebe und die zärtlichste Sorgfalt eines wohlangewandten Lebens gewidmet waren.

Nach genauer Untersuchung stellte sich heraus, dass die Überreste des Vermögens, mit dem weder Monks noch seine Mutter gut gewirtschaftet hatten, zwischen diesem und Oliver gleichmäßig geteilt, kaum mehr als dreitausend Pfund für jeden betrugen. Dem Letzten Willen des Vaters zufolge hätte Oliver Anspruch auf das Ganze gehabt; aber Mr Brownlow, der den ältesten Sohn nicht der Gelegenheit berauben wollte, sein früheres lasterhaftes Leben zu ändern und eine ehrenhafte Laufbahn zu beginnen, schlug diese Teilung vor, und sein junger Schützling stimmte freudig zu.

Monks, der seinen angenommenen Namen beibehielt, begab sich in eine entfernte Gegend der Neuen Welt, wo er seinen Anteil schnell durchbrachte, wieder in seine alte Lebensweise verfiel, wegen Betrugs und Schurkerei zu langer Haft verurteilt wurde und endlich an einem Anfall seiner alten Krankheit im Gefängnis starb.

Ebenso fern der Heimat starben die übrig gebliebenen Hauptmitglieder von der Bande seines Freundes Fagin.

Mr Brownlow nahm Oliver an Kindes statt an, bezog mit ihm und der alten Haushälterin eine Wohnung etwa eine Meile von dem Pfarrhaus entfernt, wo seine lieben Freunde wohnten, und erfüllte so den einzigen Wunsch, den Olivers warmes, aufrichtiges Herz noch hegte: Er half eine kleine Gesellschaft bilden, deren Lebenslage einem vollkommenen Glück so nahe kam, wie es in dieser wechselvollen Welt überhaupt möglich ist.

Bald nach der Vermählung des jungen Paares kehrte der würdige Doktor nach Chertsey zurück, wo er, nicht mehr in der Nähe seiner alten Freunde, wohl missmutig geworden wäre, wenn sein Temperament eine solche Stimmung zugelassen hätte; so aber wusste er nicht, wie er hätte ein Murrkopf werden sollen. Einige Monate begnügte er sich mit der Andeutung, er fürchte, dass ihm die Luft nicht mehr zusage; als er dann fand, dass ihm der Ort wirklich nicht mehr das bedeutete, was er ihm ehemals gewesen war, übertrug er seine Praxis seinem Gehilfen, kaufte sich ein Häuschen am Rand des Dorfes, wo sein junger Freund Pfarrer war, und erholte sich augenblicklich wieder. Er verlegte sich nun aufs Gärtnern, Fischen, Zimmern und auf ähnliche Arbeiten, die er alle mit der ihm eigentümlichen Leidenschaftlichkeit betrieb, und hat sich seitdem in der ganzen Umgegend in allem und jedem den Ruf gewichtiger Sachkenntnis erworben.

Ehe er aufs Land zog, hatte er zu Mr Grimwig eine tiefe freundschaftliche Zuneigung gefasst, die dieser seltsame Herr herzlich erwiderte. Grimwig besucht ihn daher oftmals im Jahr und gärtnert, fischt und zimmert bei solchen Gelegenheiten eifrig mit, tut aber alles auf eine eigentümliche, ganz unerhörte Art und behauptet stets unter seiner Lieblingsbekräftigung, dass sein Verfahren das rechte sei. An Sonntagen versäumt er nie, dem jungen Geistlichen ins Gesicht seine Predigt zu kritisieren, sagt jedoch stets hinterdrein zu Dr. Losberne im strengsten Vertrauen, dass sie ganz vortrefflich gewesen sei; er halte es aber nicht für gut, dies zuzugestehen. Mr Brownlow macht sich einen Lieblingsscherz daraus, ihn mit seiner alten Prophezeiung hinsichtlich Olivers zu necken und ihn an den Abend zu erinnern, an dem sie, die Uhr zwischen sich, seine Rückkehr erwarteten; aber Mr Grimwig besteht darauf, dass er in der Hauptsache doch recht gehabt habe, denn Oliver sei eben nicht zurückgekommen; und dann bricht er immer in Lachen aus, und seine gute Laune steigt.

Mr Noah Claypole wurde begnadigt, weil er gegen den Juden als Zeuge aufgetreten war; da er aber sein Gewerbe nicht für so sicher hielt, wie er wünschen mochte, war er einige Zeit in Verlegenheit, auf welche Weise er sich fortbringen könne, ohne allzu viel arbeiten zu müssen. Nach einiger Überlegung übernahm er das Geschäft eines Denunzianten, womit er sich ein feines Auskommen sichert. Sein Haupterwerb besteht darin, alle Sonntage zurzeit des Gottesdienstes mit Charlotte in anständiger Kleidung spazieren zu gehen. Die Dame sinkt an den Türen menschenfreundlicher Wirte in Ohnmacht, der Herr kauft für einige Pence Branntwein, um sie wieder zu sich zu bringen, macht dann am andern Tag die Anzeige und streicht die halbe Strafe ein. Bisweilen wird Mr Claypole selbst ohnmächtig, aber das Ergebnis ist das Nämliche.

Mr und Mrs Bumble verloren ihre Stellen, sanken nach und nach in Bedürftigkeit und Elend und kamen zuletzt als Arme in dieselbe Anstalt, in der sie vordem über andere geherrscht hatten. Mr Bumble hat man sagen hören, diese Wendung und Demütigung hätte ihm sogar die Lust genommen, für die Trennung von seinem Weib dankbar zu sein.

Was Mr Giles und Brittles anlangt, so versehen sie noch immer ihre alten Posten, obgleich der eine kahl und der letztgenannte Junge ganz grau geworden ist. Sie schlafen im Pfarrhaus, teilen aber ihre Dienste so gleichmäßig zwischen dessen Bewohnern und Oliver, Mr Brownlow und Dr. Losberne auf, dass die Dorfbevölkerung bis auf diesen Tag nicht herausfinden konnte, welchem Hausstand sie eigentlich angehören.

Charley Bates geriet durch das Entsetzen, das ihm Sikes' Verbrechen eingejagt hatte, auf den Gedanken, ob nicht ein ehrliches Leben im Grunde doch noch das Beste sei. Er kam zu dem Schluss, dass dies wirklich der Fall sei, und wandte den Schauplätzen seiner Vergangenheit den Rücken, entschlossen, sein früheres Leben in einem neuen Beruf gutzumachen. Er musste eine Zeit lang hart kämpfen und viel ausstehen; da er aber genügsam war und einen festen Willen hatte, gelang es ihm endlich, und aus einem

Bauernknecht und Fuhrmannsjungen wurde er nach und nach der munterste junge Viehzüchter von ganz Northhamptonshire.

Und nun, da ich mich dem Schluss nähere, beginnt mir die Hand zu zittern, die diese Worte niederschreibt, da sie den Faden dieser Geschichte gern noch ein wenig länger ausspinnen möchte.

Ich möchte gern noch bei denen verweilen, unter denen ich mich so lang bewegt habe, und teilnehmen an ihrem Glück, indem ich es zu schildern versuche. Ich möchte Rose Maylie in der Blüte und Anmut ihres jungen Ehelebens zeichnen, wie sie über ihren stillen Lebenskreis ein sanftes, liebliches Licht verbreitete, das auf alle fiel, die ihn mit ihr teilten, und ihre Herzen erwärmte. Ich möchte sie zeigen als Leben und Freude des heimischen Kreises am winterlichen Kamin und im Sommer draußen im Freien; möchte ihr gern mittags auf die sonnigen Fluren folgen und auf Mondscheinspaziergängen den weichen Tönen ihrer lieblichen Stimme lauschen; ich möchte sie sehen in ihrer lächelnden, unermüdlichen Geschäftigkeit am eigenen Herd; ich möchte schildern, wie sie und das Kind ihrer verstorbenen Schwester in ihrer Liebe zueinander glücklich waren und gemeinsam stundenlang in Erinnerungen an die Lieben schwelgten, die sie auf so traurige Weise verloren hatten; ich möchte mir noch einmal die heiteren kleinen Gesichter vorführen, die sich um ihre Knie sammelten, und deren fröhlichem Plappern zuhören; möchte mir die Töne ihres harmlosen Lachens zurückrufen und die mitleidige Träne heraufbeschwören, die hin und wieder in ihrem sanften blauen Auge glänzte. Dies alles und tausenderlei sonst, Blicke, Lächeln, Gedanken und Worte – o wie gern möchte ich alles wieder auftauchen lassen!

Wie Mr Brownlow jeden Tag das Wissen seines Adoptivsohnes mit neuen Schätzen bereicherte und ihn immer lieber gewann, je mehr sich des Knaben Charakter entwickelte und der von ihm gelegte Same alles zu werden versprach, was er wünschte, wie er an ihm stets neue Ähnlichkeiten mit seinem Jugendfreund entdeckte, die in seinem Herzen alte Erinnerungen weckten, traurige und doch süß und beruhigend, wie die beiden durch Unglück geprüften Waisen sich an die bitteren Lehren erinnerten im Erbarmen mit anderen, in gegenseitiger Liebe und in heißem Dank gegen Ihn, der sie beschützt und bewahrt hatte – das braucht hier nicht erzählt zu werden; denn ich habe gesagt, dass sie wahrhaft glücklich waren,

An Agnes' Grab

und ohne innige Liebe, Herzensgüte und Dankbarkeit gegen denjenigen, dessen Gebot Erbarmen und dessen größte Eigenschaft Liebe zu allem ist, was da atmet, kann von wahrem Glück keine Rede sein.

Am Altar der kleinen Dorfkirche befindet sich ein weißes Marmortäfelchen, das nur ein einziges Wort trägt: AGNES. Unter ihm liegt kein Sarg; und mögen noch viele, viele Jahre vergehen, bis ein anderer Name hinzugesetzt wird! Doch wenn die Geister der Toten auf die Erde zurückkehren, um Orte aufzusuchen, die durch Liebe geweiht sind, durch die übers Grab hinausreichende Liebe derer, die sie im Leben gekannt haben, dann glaube ich, dass der Schatten des armen Mädchens oft diese feierliche Stätte umschwebt – obwohl diese Stätte in einer Kirche ist und sie schwach war und irreging.

Nachwort

Charles Dickens erblickte am 7. Februar 1812 im englischen Hafenstädtchen Landport bei Portsmouth das Licht der Welt. Er war das zweite von insgesamt acht Kindern, und sein Vater John Dickens, der als Kanzlist im Marinezahlamt angestellt war, hatte große Mühe, seine stetig wachsende Familie mit seinem kärglichen Gehalt zu ernähren. Dennoch bedeutete der kleine Beamtenposten für John Dickens, dessen Mutter noch eine einfache Dienstmagd gewesen war, einen sozialen Aufstieg. Möglich geworden war dies durch die industrielle Revolution, die zu dieser Zeit bereits in vollem Gange war. In ihrem Gefolge entstand eine ganz neue Gesellschaftsordnung, die die alte Klassengesellschaft ablöste. Plötzlich gab es nur noch „oben", „unten" und die „Gosse", und wer seinen Platz in dieser neuen Welt suchte, sah sich einem gnadenlosen Überlebenskampf ausgesetzt.

In diesen turbulenten und schwierigen Zeiten war das Elternhaus für Charles Dickens und seine Geschwister zumindest zwölf Jahre lang eine freundliche, schützende Oase, zunächst von 1817 bis 1822 in Chatham östlich von London und danach im ärmlichen Londoner Vorort Camden Town. Charles war ein schmächtiges, kränkliches Kind, zeichnete sich aber durch Intelligenz und eine große, von der Mutter geförderte Lesebegeisterung aus. Auch der Vater nahm sich seiner Kinderschar liebevoll an und diente dem Autor noch drei Jahrzehnte später als Modell für den immer fröhlichen und optimistischen, aber auch hoffnungslos nachlässigen Mr Micawber in „David Copperfield". Leider teilte John Dickens mit seinem literarischen Abbild den Hang zur Verantwortungslosigkeit in Gelddingen, sodass ihn seine Spielschulden und sonstigen Verbindlichkeiten schließlich in das berüchtigte Marshalsea-Schuldgefängnis brachten. Damals war es nichts Ungewöhnliches, dass Frau und Kinder dem verurteilten Ernährer ins Gefängnis folgten, und so geschah es auch im Fall der Familie Dickens. Nur der zwölfjährige Charles wurde in einer Fremdenpension untergebracht und musste fünf Monate lang als Etikettenkleber in einer Schuhwichsefabrik Geld verdienen.

Die Erinnerung an diese Zeit ließ Dickens sein ganzes Leben lang nicht mehr los, denn was ihm hier widerfuhr, war die Geschichte seines Oliver Twist mit umgekehrten Vorzeichen: der Abstieg eines Jungen aus angenehmen, verhältnismäßig gesicherten Lebensumständen in die harte, gefährliche Welt der armen Londoner Unterschicht. Und doch: So viele Ungerechtigkeiten, so viel kleines und großes Elend er dort erdulden musste, es gab auch Augenblicke, in denen herzlich gelacht wurde und in denen man ihm kleine Freundschaftsbezeugungen erwies. Es war, mit einem Wort, eine „Dickens-Welt".

Was auf diesen Lebensabschnitt folgte, hätte die Erfindung eines Schriftstellers sein können. Das Schicksal hielt für den tapferen jungen Charles eine Belohnung bereit: Der Vater machte eine Erbschaft, die es ihm ermöglichte, seine Schulden zu begleichen und die Familie wieder zusammenzuführen. Während der nächsten zwei Jahre besuchte Charles eine Privatschule, wo er sich allerdings weniger dem Lernen widmete als vielmehr seine Zeit mit dem Schreiben kleiner Geschichten, dem Inszenieren von Theaterstücken und dem Aushecken von Streichen verbrachte. Dass seine Studien nicht wie geplant voranschritten, lag weniger an der Faulheit des Schülers als vielmehr an seinem unbändigen Tatendrang, denn als der Fünfzehnjährige die Schule endgültig verließ, war er bereits das, was unsere Zeit als „Workaholic" bezeichnet: ein Arbeitssüchtiger. Er begann sich seinen Unterhalt als Gehilfe in einem Anwaltsbüro zu verdienen, versuchte nebenbei mit unersättlichem Lesehunger in der Bibliothek des Britischen Museums seine Bildungslücken zu schließen und brachte sich selbst Stenografie bei. So gerüstet ergatterte er zunächst einen Posten als Gerichtsreporter und wurde danach Parlamentsberichterstatter im britischen Unterhaus. Anschließend arbeitete er als freiberuflicher Redakteur und betätigte sich sodann als Herausgeber und Gründer mehrerer Zeitschriften; kurz, er machte Karriere.

Seine beruflichen Pflichten führten ihn unablässig landauf, landab, in Pferdewagen und Postkutschen – Eisenbahnen gab es noch nicht –, und gerade diese Verkehrsmittel boten reichlich Gelegenheit zu abenteuerlichen Erlebnissen. Dickens registrierte alles mit Interesse und großer Aufmerksamkeit, egal ob es sich nun auf den Überlandstraßen Englands oder in einer Londoner Seitengasse zutrug. Es sollte nur noch eine Frage der Zeit sein, bis er dieses reiche Material mit schriftstellerischem Ehrgeiz verwerten würde. Seine erste humoristische Geschichte erschien im Dezember 1833 im *Monthly Magazine*. Vom Erfolg beflügelt, schrieb er im darauffolgenden Jahr gleich neun weitere Geschichten, die unter dem Pseudonym Boz veröffentlicht wurden, dem Spitznamen seines jüngsten Bruders Augustus. Im Frühjahr 1836 erschienen sie gesammelt in Buchform unter dem Titel *Sketches by Boz* (Londoner Skizzen), illustriert von George Cruikshank, einem überaus beliebten und bekannten Karikaturisten. Ebenfalls im Frühjahr 1836 heiratete Charles Dickens Catherine Hogarth, die Tochter eines angesehenen Verlegers, ein Ereignis, das im immer noch klassenbewussten England großes Aufsehen erregte. Der vierundzwanzigjährige Enkel einer Dienstmagd hatte es schon weit gebracht. Jetzt musste er beweisen, dass sein literarischer Erfolg kein einmaliger Glücksfall war.

Diesen Beweis erbrachte Dickens mit seinem ersten Roman *The Pickwick Papers* in überzeugender Weise. „Die Pickwickier", anfangs als Fortsetzungsheftchen veröffentlicht, erzählten auf amüsante Weise von den Reise- und sonstigen Abenteuern der Mitglieder des Pickwick-Klubs. Mr Samuel Pickwick, der Clubgründer, sein Diener, der welterfahrene waschechte Cockney Sam Weller, und beider Freunde und Zufallsbekanntschaften eroberten die Leserherzen im Sturm. Die Auflagenzahl stieg von anfänglich vierhundert auf vierzigtausend Heftchen, und der atemraubende Erfolg dieser Fortsetzungsreihe beförderte Dickens schlagartig in die erste Garde der zeitgenössischen englischen Schriftsteller.

Doch Dickens ruhte sich nicht auf den Lorbeeren aus, die ihm die „Pickwickier" einbrachten. Während er immer neue Folgen schrieb, begann er bereits – wiederum in Fortsetzungen – eine neue Geschichte unter dem Titel „Oliver Twist", und fast ein Jahr lang liefen beide Romane nebeneinanderher. Damit war das Arbeitsschema festgelegt, das Dickens viele Jahre lang beibehalten sollte: Während er noch mitten in einer Seriengeschichte steckte, veröffentlichte er bereits die ersten Folgen einer zweiten und manchmal sogar einer dritten. Diese Arbeitsweise hätte wohl die meisten anderen Schriftsteller binnen Kurzem an den Rand der Erschöpfung gebracht, und in der Tat gab es bald skeptische Stimmen. Ein Rezensent drückte seine Kritik so aus: „Zweifellos schreibt Mr Dickens zu viel und zu schnell, vermutlich nach dem Grundsatz, man müsse das Eisen schmieden, solange es heiß ist. Wenn er davon nicht ablässt, braucht man kein Hellseher zu sein, um sein Schicksal voraussagen zu können. Er ist wie ein leuchtender Stern aufgestiegen – und wird wie eine Sternschnuppe am Himmel verglühen."

Zumindest die Leser des Jahres 1837 waren überrascht, dass Dickens' zweiter Roman durchaus keine leichtfüßig daherkommende Geschichte wie „Die Pickwickier" war. In „Oliver Twist" zeichnete er die düsteren Seiten Londons nach, die Welt der Arbeitshäuser und der finsteren Gassen. Es wäre dem Autor sicher leichtgefallen, wieder eine so heitere, leichtverdauliche Ware zu produzieren wie „Die Pickwickier", doch nun meldete sich ein anderer Dickens zu Wort, den die Zeitgenossen vielleicht nicht auf Anhieb genauso schätzten wie den, den sie kannten, den aber unzählige spätere Lesergenerationen verehren und lieben sollten. Mit der Geschichte des umhergestoßenen und misshandelten Waisenkindes Oliver Twist übte Dickens scharfe Kritik an den sozialen Missständen seiner Zeit, an großen und kleinen Ungerechtigkeiten. Und vor allem wusste er im Gegensatz zur Mehrzahl seiner Leser, wovon er schrieb, denn schließlich hatte er all dies am eigenen Leib erfahren. Die berühmteste Szene des Romans, die Bitte des hungrigen kleinen Oliver um „mehr", war ein Appell an das soziale Gewissen Englands, dessen Echo in der Sozial- und Literaturgeschichte noch lange nachhallen sollte.

Unermüdlich fuhr Dickens in seiner schriftstellerischen Tätigkeit fort. Selbst wenn man all seine journalistischen Arbeiten, seine Reden und Theaterstücke unberücksichtigt lässt und nur die Romane betrachtet, bleibt eine beeindruckend lange Liste von Werken übrig, die von unerhörten schöpferischen Kräften zeugt: Auf „Oliver Twist" (1837/38) folgten zwischen 1839 und 1861 *Nicholas Nickleby, The Old Curiosity Shop* (Der Raritätenladen), *A Christmas Carol in Prose* (Ein Weihnachtslied in Prosa), *Martin Chuzzlewit, Dombey and Son* (Dombey und Sohn), *David Copperfield, Bleak House, Hard Times* (Harte Zeiten), *Little Dorrit* (Klein Dorrit), *A Tale of Two Cities* (Eine Geschichte aus zwei Städten) und *Great Expectations* (Große Erwartungen).

Nach dem Erscheinen des Romans „Große Erwartungen" waren Dickens noch knapp zehn Lebensjahre vergönnt. In dieser Zeit ging seine literarische Produktivität deutlich zurück zugunsten öffentlicher Auftritte aus unterschiedlichsten Anlässen, vor allem aber Lesungen vor seinem Publikum. Was einst als erholsamer Zeitvertreib begonnen hatte, war nun zu einer Art Hauptberuf geworden. Dickens hetzte von Lesung zu Lesung, nahm dabei viel Geld ein und erschöpfte seine körperlichen Kräfte. Selbst nach einer schweren Erkrankung im Jahre 1865 setzte er diese Lebensweise fort. Offenbar brauchte er jetzt den Rausch, den ihm die Auftritte vor einer großen Gemeinde von Anhängern verschafften, die ihn regelrecht verehrte. Immerhin gelang es ihm noch, vor dem Aufbruch zu seiner – bereits zweiten – Amerikareise im Jahre 1868 einen längeren Roman – *Our Mutual Friend* (Unser gemeinsamer Freund) – zu vollenden. Die Lesungen in Amerika trugen ihm noch größeren Reichtum ein, brachten ihn aber an den Rand des Todes. Nach seiner Heimkehr unternahm er noch eine allerletzte Lesetour durch England, so als wollte er damit sein Lebenswerk vollenden. Die Mordszene aus „Oliver Twist", die er diesmal in sein Programm aufgenommen hatte, trug er mit solcher Intensität vor, dass die Anstrengung selbst einen viel jüngeren und gesünderen Mann überfordert hätte.

Das Unvermeidliche trat ein: Dickens' Kräfte waren aufgezehrt. Er war gerade zu Hause und arbeitete an *The Mystery of Edwin Drood* (Das Geheimnis um Edwin Drood), als ihn am 8. Juni 1870 der Tod ereilte. Er wurde in der Westminster Abbey in London beigesetzt und so tief betrauert wie kein anderer Autor vor ihm. „Wenn von Mr Dickens die Rede ist, denkt niemand an ihn nur als Schriftsteller", hatte ein amerikanischer Verleger im Jahre 1868 geschrieben. „Durch seine Werke ist er uns allen ein Freund geworden. Jedem warmherzigen, großmütigen Menschen muss er ein enger Vertrauter werden, und er ist bei uns daheim nicht nur ein gern gesehener Gast, sondern schon fast ein Familienmitglied."

Charles Dickens:
OLIVER TWIST

Titel der 1837/38 erschienenen englischen Originalausgabe: „Oliver Twist, or, The Parish Boy's Progress“

Übersetzt von Gisela Geisler

MEISTERWERKE DER WELTLITERATUR

050240

Printed in Germany
ISBN 978-3-95619-212-8